小田　剛　著

拾遺愚草、下（部類歌）、四季歌注釈

武蔵野書院

目　次

凡例

本稿は、拾遺愚草、下の部類歌の春、夏、秋、冬（四季）歌・2026〜2378の注釈である。底本は定家自筆本（『冷泉家時雨亭叢書』）に拠り、歌番号は、『藤原定家全歌集（冷泉為臣編）』に従った。新編国歌大観③は、〝上〟の末に藤川百首（1501〜1600）を入れているために、（ほぼ）百番ずつずれている。なお注釈中の「全歌集」は、『訳注 藤原定家全歌集』のことである。略称は以下の如くである。

『新古今歌人の研究』久保田淳、昭和四八（一九七三）年…久保田・研究
『藤原定家研究〈増補版〉』安田章生、昭和五〇（一九七五）年…安田
『定家の歌一首』赤羽淑、昭和五一（一九七六）年…赤羽・一首
『藤原定家（日本詩人選11）』安東次男、昭和五二（一九七七）年…安東
『拾遺愚草古注㊤㊥』昭和五八（一九八三）年、同六一（一九八六）年、その中の「拾遺愚草抄出聞書（C類注）」、「拾遺愚草不審」（以上「㊤」）、「拾遺愚草抄出聞書（D類注）」、「拾遺愚草摘抄」（以上「㊥」）、なお未刊国文古註釈大系7に、「拾遺愚草抄出聞書」（B類注）が収められている。順に〈C〉〈不審〉〈D〉〈摘抄〉〈B〉と略。
『藤原定家の歌風』赤羽淑、昭和六〇（一九八五）年…赤羽
『藤原定家研究』佐藤恒雄、平成一三（二〇〇一）年…佐藤・研究
「新宮撰歌合〈建仁元年三月〉全注解稿㈠〜㈤」（『大阪工業大学紀要（人文社会編）』五三〜五六巻、二〇〇八〜二〇一一年）、後『新宮撰歌合全釈』（歌合・定数歌全釈叢書十九）所収…奥野注

春

建久五年夏左大将家哥合（、③題名所　普通の字③）

春二首之中（、③）志賀浦

2026（2126）　こほりとくはるのはつかぜたちぬらし／かすみにかへるしがのうらなみ

【訳】氷が解ける春の初風が立ったらしい、霞によって（岸の近くに）返ってくる志賀の浦波であるよ。

【語注】○春　下・部類歌の春歌は定家69首、他人の歌2首。　○建久五年　一一九四年、定家33歳。　○志賀浦（歌題、『歌題索引』による、以下同じ――）③132壬二709、③112堀河137（「しか（ママ）のうら」）、③133拾遺愚草1209（内裏百首）、1947（最勝四天王院名所御障子歌）――

○こほりとくはる　⑤5寛平御時中宮歌合5「氷とくはるたちくらしみよしののよしのたきのこゑまさるなり」（春）。○はつかぜ　八代集では、「秋の初風」のみの用例で、十四例。　○たちぬらし　①1古今361「千鳥なくさほの河ぎりたちぬらし…」。　○しがのうらなみ　八代集七例、うち後拾遺二例、初出は同419（後述）、千載五例。　○うらなみ　上記も含めて八代集十二例、初出は古今489。

▽三句切。立春で春の初風が立ち、氷がとけて、志賀の浦波は立春を告げる霞の中で（解氷によって）岸近くに帰っ

てくると歌って、下、部類歌、春を開始する。【類歌】が多い。全歌集「霞が立つとともに、志賀の浦では…」、「参考」・①4後拾遺419「さよふくるままにみぎはやこほるらんとほざかりゆくしがのうらなみ」（冬、快覚法師）、「快覚の歌とは反対の状況を歌った所が狙い。良経家名所題歌合（散逸）での詠。」。

【類歌】③131拾玉4055「しがのうらの浪よりかすむ明ぼのに山吹きおろす春の初風」（「水郷春望」）…2026に似る

③132壬二1692「氷とく春の山かぜ吹きぬらしいはねをとむる滝のなる《ふ(老)ご(〃)》こゑ」（老若歌合五十首、春。⑤184老若五十首歌合17）…全体の調子が似る（特に上句）

③132同2047「春くれば汀の氷うちとけて霞ぞとづるしがのうらなみ」（下、春「…、志賀浦春」。②16夫木539）…2026に似る

③132同2124「あづさ弓いそべの浪をたちすてて霞にかへる春の雁がね」（下、春「霞中帰雁」）

④15明日香井195「こほりとくおきつはる風ふきぬらしみぎはにかへるしがのうら浪」（千五百番歌合、春。⑤197千五百番歌合54）…2026に酷似

④15同1300「そらはなほゆきげながらのやまかぜにはるとかすめるしがのうら波」（春「湖上立春」）

④39延文百首2002「おきべより春たちくらしみるままに霞ぞよする志賀のうら波」（春「霞」実俊）

④40永享百首16「はるといへば釣するあまの袖もまた霞にかへる志賀の浦風」（春「霞」公冬）…2026に似る

④43為尹千首13「氷とくなみこそあらめ早せ川はやくも春の立ちにけるかな」（春「早春河」）

2027　**建仁元年正月七日院③に年始哥講／ぜられ侍し日③　初春祝**

春ごとのかものはいろのこまなれど／けふをぞひかむ《ん》③ちよのためしに

【訳】春毎の鴨の羽色の馬ではあるが、今日ぞひこう、千代の例として。

【語注】○建仁元年　一二〇一年、定家40歳。　○初春祝（題）他、③130月清1407のみ。　○春ごとの　⑤197千五百番歌合96「はるごとの子日のまつのちよはみな我が君が代のためしなりけり」（春一、釈阿）。　○かものは、はいろ共に八代集にない。　②4古今六帖50「水鳥のかものはいろのあき馬《青(万)》をけふくる《見(ッ)》人はかぎりなしてふ《といふ(ッ)》」（第一「あをむま」やかもち。万葉4518 4494）。②4同1467「水鳥のかものはいろのはるやまの…」（さかの女郎イ。万葉1455 1451）。③132壬二2072「なにはえのかものは色に立ちかへて…」。④32正治後度百首889「ももしきやかものは色の青きむまをいつしかみよとひきぞつらぬる」（ざふ「くじ」宮内卿）。　○こまなれ　①1古今1045「いとはるるわが身ははるのこまなれや…」。

○ちよのためし　八代集三例。　○ちよのためしに　①3拾遺23「…千世のためしになにをひかまし」（ただみね）。③105六条修理大夫182「君が代をねのびのまつとけふよりは千代のためしにひかむとぞ思ふ」（百首和歌、春「子日」）。③129長秋詠藻614「春日野のけふの子日の松をこそ千世のためしに引くべかりけれ」（正月「子日、小松原」。⑤258文治六年女御入内和歌16）。

▽四句切、下句倒置。毎年の鴨の羽色の馬だが、千代の例として今日曳こうと歌う祝賀詠。

B373「初春祝鴨のは色とは白馬の事也駒なれとゝは年ゝのことなれとも今日をそ千世のためしにはひくへきの心也」。

C462「本《ナシ(D)》水鳥の…馬は陽の獣なり《也(ッ)》。正月七日、禁中にて御覧する《ず(ッ)》也。白馬の節会といへり《云(ッ)》。白馬とかきてあを馬とよむ也。年ごとの事なれど、けふを千世《ちよ(ッ)》のためしにひかんと、《ナシ(ッ)》祝言也。」・D98。不審186「…かも※…如何。／※白馬ヲバアヲ馬トイヘリ。正月七日ノ歌ナレバ、白馬節会ノ心也。」。

全歌集「参考」・万葉4518 4494（②4古50）（私注―前述（【語注】））、「以下一二〇二九まで三首は、後鳥羽院御所年始歌会の詠。…正月七日、天皇が左右馬寮の引く白馬《あおうま》（青馬）を見る白馬節会を歌う。白馬（青馬）は実際は灰色の馬かという。青は春の色、馬は陽の獣なので、青陽の春にちなむ白馬を見て年中の邪気を避けようとした」。

安田143、147頁「『万葉集』の影響を受けていると思われる作」・「（参考歌）」・万葉4518 4494（②4古50）

【参考】③119教長21「はるごとにさかゆるのべのこまつばらちよのためしにむべもひきけり」（春）

【類歌】④31正治初度百首510「あさみどり春のしるしにひく物はかものは色の駒にぞ有りける」（春、通親）

松間鶯

2028　まつの葉もはるはわけとやゆふづく日／さすやをかべにきゐるうぐひす

【訳】松の葉も春は分けよということでか、夕付日が差すよ、岡辺に来て止まっている鶯であるよ。

【語注】**○松間鶯**（題）　他は、③130月清1012のみ。　**○まつの葉**　八代集七例。　**○初句**　2046後出。　**○わけ**　動詞、命令形。　**○ゆふづく日**　八代集二例、初出は金葉427。「言ふ（ゆふ）」掛詞か。　**○さすやをかべ**　③131拾玉476「あさづくひさすやをかべの草のはにすがれる露をよそにやはみる」（日吉百首和歌、無常五首）。　**○をかべ**　八代集四例。　**○きゐる**　八代集三例。　**○末句**　2033後出。

【本歌】①1古今490「ゆふづく夜さすやをかべの松のはのいつともわか《しら（猿）》ぬこひもするかな」（恋一、読人しらず。「本歌」（全歌集）。②4古今六帖355。③4猿丸20。⑤292綺語抄16。⑤307近代秀歌73）

▽詠歌大概で言う如く、恋の本歌で四季（春）歌を詠む。本歌をふまえて、いつとも分かぬ（恋をしている）という松の葉も、春はそれによって区別せよということでか、夕月の暮方の日がさしている岡辺に鶯が来ていると歌う。本歌の古今歌ゆえか、【類歌】が多い。

【参考】①1古今5「梅がえにきゐるうぐひすはるかけて…」（よみ人しらず）。②4古今六帖279「ゆふづくひ《よ(2159)》さすやをかべにつくるやのかたちをよしみしかぞよりくる」（第一「てるひ」。②4同2159。⑤292綺語抄13）

【類歌】①11続古今573 576「ゆふづくひさすやをかべのこがらしにまつをのこしてちるもみぢかな」（冬「…、夕落葉と…」師継）
①15続千載1641 1642「朝日影さすやをかべの松の雪もきえあへぬまに春は来にけり」（雑上、読人しらず）
③131拾玉4999「みかさやまさすやすそののゆふづくひはるのわらびををりえてぞくる」
③132壬二2180「あさづく日さすや岡べと名のみして霞める松に春雨ぞふる」（下、春「朝春雨」）
④15明日香井159「いろかへぬいろこそかはれゆふづくひさすやをかべのまつのむらだち」（後鳥羽院第二度百首、雑「暮」。④32正治後度百首266）
④11隆信147「秋の色をいつしかみするゆふづくよさすやをかべの松風のこゑ」（秋上。⑤197千五百番歌合1098）
④38文保百首2530「涼しさはいつともわかず夕附日さすや岡べの松のしたかぜ」（夏、為定）
⑤197千五百番歌合1958「さびしさをいかにとはましゆふづくひさすやをかべの松のゆきをれ」（冬三、公経）
⑤319和歌口伝145「きえぬまは春ともわかず夕づく日さすやをかべの松のしら雪」（隆博）…2028に近い
⑤319同146「春のたつあとをもわかずゆふづく日さすや岡べにのこる白雪」（御製）

朝若菜

2029　霞たちこのめはるさめきのふまで／ふるの、わかなけさはつみてむ《ん》③

【訳】霞が立ち春が来て、木の芽が張り、春雨は昨日まで降って、布留野の若菜を今朝は必ず摘むことにしよう。

【語注】**○朝若菜**（題）他、③130月清1013。③131拾玉3779、③132壬二606、③133拾遺愚草1106（内大臣家百首）のみ。**○霞たち** 八代集十例。**○このめ** 八代集八例。**○第二句** 2060後出。**○はる**「春・張る」掛詞。**○はるさめ** ④26堀河百首、春に、題として、161〜176（16首）ある。**○きのふまで** ①2後撰1405 1406「昨日までちよとちぎりし君をわが…」（右大臣）。　○ふるの　八代集四例。「ふる」掛詞（布留、降る・「春雨」の縁語」（全歌集））。　○て　強意。

【本歌】①1古今9「霞たちこのめもはるの雪ふれば花なきさとも花ぞちりける」（春上「ゆきのふりけるをよめる」きのつらゆき。「本歌」（全歌集）。②4古今六帖19）

▽本歌をふまえて、雪が降って花なき里も花が散っていたような布留野にも、春が来て霞がたち、木芽が張り、春雨が昨日まで降っていた布留野の若菜を今朝は摘もうと歌う。①13新後撰29、春上「朝若菜を」前中納言定家、末句「…てん」。

【参考】③125山家20「春雨のふるののわかなおひぬらしぬれぬれつまんかたみたぬき《ぬ》れ《い(西)》」（春「雨中若菜」。③126西行法師19）

【類歌】③130月清806「のもやまもおなじみどりにそめてけりかすみよりふるこのめはるさめ」（千五百番歌合、春。①15続千載63。⑤197千五百番歌合183）

③132壬二2067「昨日まで故郷ちかく三芳野の山もはるかに霞むはるかな」（下、春「霞歌…」。①13新後撰4。④34洞院摂政家百首解201）

④18後鳥羽院314「霞みたちこのめはる雨ふるさとの吉野の花もいまやさくらむ」（外宮御百首、春。①10続古今67。②15万代193）

④18同404「しろたへの衣はる雨かきくもりふるののわかないまやつむ《し(千)》らん」（千五百番御歌合、春。⑤197千五百番歌合91）

⑤197千五百番歌合207「もえいづるこのめはるさめけふもなほふるのの若なまだはつかなり」（春二、具親）

2030　承久元年七月内裏哥合十首之内③／野怪《ママ》霞

かすが野、かすみの衣山かぜに／しのぶもぢずりみだれてぞゆく

【訳】春日野の霞の衣は山風に（吹かれて）、信夫文字摺りとして乱れて行くことよ。

【語注】○承久元年　一二一九年、定家58歳。○野径霞（題）他は、③132壬二2091、⑦46出観（覚性）20のみ。○かすが野へ　①1古今18「かすがののとぶひののもりいでて見よ…」（よみ人しらず）。④33建保名所百首45「梅の花それかとばかり春日のの霞を分けて春風ぞふく」（春「春日野」）。○かすみの衣　八代集二例・古今23（本歌）、千載9。「漢語「霞衣」に当る。」（新大系・古今23）。2058後出。○しのぶもぢずり　八代集五例、古今724（本歌）の他すべて千載集。○ゆく　時空のうち時か。

【本歌】①1古今23「はるのきるかすみの衣ぬきをうすみ山風にこそみだるべらなれ」（春上、在原行平。「本歌」（全歌集）。②3新撰和歌73。②4古今六帖607
①1古今724「みちのくのしのぶもぢずりたれゆゑにみだれむ《そめにし（伊）》と思ふ我ならなくに」（恋四、河原左大臣。「本歌」（全歌集）。⑤415伊勢物語2）
▽第一、二句かすの頭韻。二つの本歌によって、春日野の、春の着ている緯の薄い霞の衣は、山風によって、陸奥の信夫文字摺のように、あなたのせいで我が恋心が乱れる如く乱れて行くと歌う。①19新拾遺31、春上「承久元年内裏十首歌合に、野径霞」前中納言定家。②16夫木494、春二、霞「承久元年十首歌、野径霞」同（＝前中納言定家卿）。⑤218内裏百番歌合〈承久元年〉3、承久元年七月廿七日、野径霞、二番、左勝、定家卿、「左、かすがのの霞のころも、すがたことばえんに、殊によろしくきこゆ、以左為勝」。⑥11雲葉34、春上「承久元年内裏十首歌合に、野径霞」前中納言定家。
六家抄274「ゆう〳〵としたる霞が風にみだれたる心也。右、しのぶのみだれと春のきるかすみの衣と二首取てよめり。」。

全歌集「参考」・⑤415伊勢物語1「かすが野の若紫のすり衣しのぶのみだれ限り知られず」（第一段、男）。

【参考】②4古今六帖616「鶯のはかぜをさむみ春日野の霞の衣いまや《は（続）》たつらん」（第一「かすみ」。①10続後撰17）

③106散木1352「宮木野のしづくにかへるかり衣忍ぶもぢずりみだれしぬらし」（雑上）

【類歌】②16夫木4119「かすがののしのぶもぢずりあき萩の花のみだれもかぎりしられず」（秋二、萩、為家）

④34洞院摂政家百首906「道の辺の山はしのぶのすり衣かさなる雪もみだれてぞ行く」（雪、四条坊門）

2031

正治二年九月院初度哥合若草（十首之内、③）十首之内

うちなびきはるのみそらもみどりにて／かぜにしらる、野邊のわかくさ

【訳】（うち）靡いて春の空も緑であって、風によって存在が知られる野辺の若草であるよ。

【語注】**○正治二年**　一二〇〇年、定家39歳。**○若草**（題）歌合「七五　天延三年三月十日　一条中納言為光歌合」、「一六一〔天喜四年閏三月〕六条斎院禖子内親王歌合」・⑤78六条斎院歌合11、12、⑤175六百番歌合・春（37〜48）。**○うちなびき**　八代集八例。2040、2041後出。「霞が」か、「若草が」靡いているのか。「「春」の枕詞。」（全歌集）。①1古今230「をみなへし秋のの風にうちなびき心ひとつをたれによすらむ」（秋上、左のおほいまうちぎみ）。④34洞院摂政家百首259「岡のべのつばなも白く打ちなびき風さへ春をおくりがほなる」（春、暮春、行能）。**○はるのみそら**　八代集一例・①7千載1229 1226「…はるのみそらもみどりなるらん」（丹後）。他「春の空」八代集二例、初出は金葉421。「春のみ空」か。**○かぜにしらる**　①3拾遺66「…ちりのこれりと風にしらるな」（小弐命婦）。**○るゝ**　自発か可能か。**○わかくさ**　八代集六例。

▽靡いていて、春の空も若草同様緑であって、野辺の若草は風によってありかがほのかに知られると歌う。風に知られるのは、（草の）生長の度合か。同じ定家に、員外ではあるが、③134拾遺愚草員外234「えのみなみわか葉の草もみどりにて春のかげなる神無月かな」（詠四十七首和歌、冬。②16夫木6528）がある。⑤181仙洞十人歌合20、正治二年九月

十二日、「若草」十番、右、定家朝臣、「右もあしからねど、左の、むらむら…」、「九番《(ママ)》では女房（後鳥羽院）と合されて負けた。」（全歌集）。

C463「打《うち(D)》なびき」とは、世界の春に乗じたる事なり。もえいでし草も、やうやう風にしらる、程《ほど》に生《おひ》のびたる体也。君子徳風□小人徳草也。草に風を加即のべふすと云事よりいへり。「み空」は、たゞそらの事までなり。」、「一春の気運にうちまかせて。／二「君子之…必偃（論語・顔渕《(ママ)》一二）」。」・D99。

【類歌】①18新千載37「冬がれのしののをすすき打ちなびきわかなつむ野に春風ぞ吹く」（春上、為家）
④35宝治百首399「おしなべておなじ緑の春の色に空もひとつの野べの若草」（春「若草」但馬）
④38文保百首2305「春雨は空のみどりの雫とやふれば色こきのべのわかくさ」（春、為実）
⑤230百首歌合〈建長八年〉361「あをやぎのは山の霞うちなびき空もみどりに春風ぞ吹く」（伊嗣）
⑤244南朝五百番歌合274「うちなびき草のしげみを吹く風に露もたまらぬ夕立の空」（夏四、具氏）…ことば

雪間若菜といふことを

2032　いつしかと、ぶひのわかなうちむれて／つめどもいまだゆきもけなくに

【訳】早くも飛火（野）の若菜に（うち）群れて、摘むけれどもまだ雪も消えていないのに…。

【語注】○雪間若菜（題）　この歌のみ。　○いつしかと　①1古今183「…いつしかとのみまちわたるべき」（みぶのただみね）。　○ゝぶひ《(と)》　地名・歌枕。普通名詞共に八代集六例。「「問ふ」を掛けるか。」（全歌集）。　○うちむれ　八代集七例。　○うちむれて　①1古今126「おもふどち春の山辺にうちむれて…」（そせい）。　○いまだ　これのみ八代集十三例。　○ゆきもけ　①2後撰1206 1207「しらがしの雪もきえにし葦引の…」（敦忠）。　○なく　ク語法。　○けな

くに　「消えないことだ。」（全歌集）。

【本歌】①1古今18「かすがののとぶひののもりいでて見よ今いくかありてわかなつみてむ」（春上、よみ人しらず。「本歌」（全歌集））

▽本歌をふまえて、早くも春日野の飛火野の、出て見て、もうあと何日したら若菜が摘めるのか聞いた野守のいる野の若菜に群がって摘もうとするが、まだ雪も消えていないのに…と詠ず。同じ定家に、共に円熟期の、③133拾遺愚草903「春の色をとぶひの野守尋ぬれば《ど(正)》二葉の若菜雪もきえあへず」（正治…、春。④31正治初度百首1306）、③133同1730「若なつむ宮こののべにうちむれて花かとぞみる峰の白雪」（仁和寺宮五十首、（春）。④41御室五十首500）がある。

【類歌】①14玉葉7「いつしかもかすみにけらしみよしのやまだふる年の雪もけなくに」（春上「早春の心を」前関白太政大臣）

③132壬二1243「うちむれてわかな摘むのの《は(続)》花がたみ木のめも春の雪ぞたまらぬ《ず(〃)》」（為家卿家百首、春。①11続古今22）

④22草庵24「打ちむれてわかなつみにとこしものをまだ雪ふかし荻のやけ原」（春「雪中若菜」）

④39延文百首305「いつしかとつみにきつれど野べはまだ雪ますくなきわかななりけり」（公蔭）

④39同905「たれしかもゆきてつむらんかすがののとぶひのわかな雪もけなくに」（春「若菜」賢俊）

2033　老後閑居つれ〴〵のあまりとぶらひ/まうできたる人〴〵の哥よみ侍しに/初聞鸎
あらたまのとしのはつこゑうちはぶき/あさけのそらにきゐるうぐひす

【訳】（新）年の初声を上げ、羽ばたきをし、朝明けの空にやってきた鶯であることよ。

【語注】○老後閑居　「あるいは、承久の乱後、安貞元年（一二二七）十月二十一日、民部卿を辞した後にしばしば行った月次歌会での詠か。」（全歌集）。　○初聞鸎（題）　①5金葉二13（「はじめてうぐひすをきくと…」）、⑥1金葉初

16（「同」）、②10続詞花15（「はじめて鶯をきく」）、③119教長44～47（「始聞鶯と…」）。　○あらたまの　「年」の枕詞。

○あらたまのとし　①1古今339「あらたまの年のをはりになるごとに…」（在原もとかた）。①2後撰1303 1304「まつ人はきぬときけどもあらたまのとしのみこゆるあふさかのせき」（雑四「しはす…」よみ人しらず）。①5金葉二7「あらたまのとしのはじめにふりしけばはつゆきとこそいふべかりけれ《るらん(三)》」（春「む月の…」顕季。①5金葉三7）。④15明日香井735「あらたまのとしのをながくうちはへてたえずもなびく春のあをやぎ」（院百首、春）。④41御室五十首549「あら玉のとしもかはらぬ故郷の雪の内にも春は来にけり」（春、家隆）。　○はつこゑ　八代集九例。　○うちはぶき　八代集二例。①1古今137「さ月まつ山郭公うちはぶき今もなかなむこぞのふるごゑ」（夏、よみ人しらず。「参考」（全歌集））。④21兼好252「きくからに春ぞのどけきうちはぶきみやこにいづる鶯のこゑ」（「…、初聞鶯と…」）。　○あさけ　八代集五例。　○あさけのそらに　⑤244南朝五百番歌合501「水ぐきの岡のやかたもうち時雨れあさけの空に冬はきにけり」（冬二、女房）。　○きゐる　八代集三例・すべて三代集、初出は古今5（後述）。　○きゐるうぐひす　2028前出。①1古今5「梅がえにきゐるうぐひすはるかけてなけどもいまだ雪はふりつつ」（春上、よみ人しらず。「参考」（全歌集））。⑤50四季恋三首歌合4「梅枝にきゐる鶯年毎に花の匂ひをあかぬ声する」（春）。

▽新年、初声を響かせ、羽ばたきをして、待望の鶯が朝明の空にやってきたと歓ぶ。同じ定家に、共に円熟期の、初めと終りが同一な③133拾遺愚草902「あら玉の年のあくるをまちけらしけふ谷の戸をいづる鶯」（正治…、春。④31正治初度百首1305）、腰句が同じ③133同1004「山里は谷の鶯うちはぶき雪よりいづるこぞのふるごゑ」（千五百番百首、春。①15続千載11。⑤197千五百番歌合104）がある。②16夫木313、春二、鶯「家集、初聞鶯」同（＝前中納言定家卿）。六家抄275「鶯のきゐるきなくなど有は来所はいづことなけれどもよみならはしたる也。うちはぶきは羽をひろぐる也。」。

霞中梅

2034　とひこかしたちえはむ《(う)》めの見えずとも／にほひをこめてたつかすみかは

【訳】やって来よ（君）、立枝の梅は見えなくても、匂いを込めて立つ霞であろうか、イヤそうではない。

【語注】〇霞中梅（題）　この歌のみ。　〇とひこ　八代集五例、初出は千載413、あとすべて新古今。西行の①8新古今51「とめこかし梅さかりなる我がやどを…」もある。　〇たちえ　八代集七例。式子374・一例（⑤183三百六十番歌合50）。　〇見えずとも　①1古今91「花の色はかすみにこめて見せ《え(寛)》ずともかをだにぬすめ春の山かぜ」（春下、よしみねのむねさだ。⑤5寛平御時中宮歌合6）。①1古今335「花の色は雪にまじりて見えずとも…」（小野たかむら）・②3新撰和歌136「梅のはな雪にまじりてみえずともかをだににほへ人のしるべく」（第二）。③116林葉98「杉のはは霞にこめて見えずとも祈るしるしはいなりかくれし」（春「稲荷詣同」）。　〇たつかすみ　②4古今六帖626「たまきはるわがやどのうへにたつかすみ…」。

【本歌】①3拾遺15「わがやどの梅のたちえや見えつらん思ひの外に君がきませる」（春、平兼盛。「本歌」（全歌集））

▽本歌をふまえて、君よ、思いの外に訪れて来よ、我が宿の立枝は梅が見えても見えなくても、匂いを封じ込めて立つ霞であろうか、イヤそうではないのだから…と歌う。

湖邊梅花

2035　けふぞとふしがつのあまのすむさとを／うぐひすさそふ花のしるべに

【訳】今日訪れることよ、志賀津の海人が住む里を、鶯をいざなう花のしるべとして。

【語注】○湖邊梅花（題）　この歌のみ。　○しがつ　八代集にない。万葉218「楽浪の志賀津の子らが罷り道《ぢ》の…」。③116林葉504「…しがつの浦に雪ぞ降りしく」。③117頼政237「…しがつの浦は山のはちかし」。③132壬二2614「氷りゆくしがつの汀あらためて…」。⑤163三井寺新羅社歌合40「夜もすがらしがつの浦による玉や…」（智暹）。⑤163同46「…しがつの沖に雪ぞきえせぬ」（智経）。　○すむさと　①3拾遺387「あかずしてわかれし人のすむさとは…」（よみ人しらず）。　○うぐひすさそふ　③131拾玉2600「花と竹とつづく梢の山里に鶯さそふ春のやまかぜ」（春）。③132壬二2198「古郷は梅もさくらも散りはてて鶯さそふ款冬の花」（春）。④34洞院摂政家百首解289「ちりはつる花だにつらき古郷にうぐひすさそひ春もいぬめり」（（暮春）（家隆））。

【本歌】①1古今13「花のかを風のたよりにたぐへ《マジ（新万）》てぞ《や（綺）》鶯さそふしるべにはやる《す（六30、4394）》」（春上、紀とものり）。②2新撰万葉11。②3新撰和歌15。②4古今六帖30、同385、同4394。②8新撰朗詠64。③11友則2。⑤4寛平御時后宮歌合1。⑤292綺語抄473。

「全歌集」

▽初句切、倒置。本歌をふまえて、梅の香を風の便りとして伴い、鶯を誘う梅の花のしるべとして放って、志賀津の海人の住む里を今日訪れると歌う。②16夫木735、春三、梅「家集、湖辺梅を」同（＝前中納言定家卿）。全歌集「参考一・万葉1257 1253「楽浪《ささなみ》の志賀《しが》津《つ》の海人《あま》は我《あ》れなしに潜《かづ》きはなせそ波立たずとも」（巻第七）。

旅宿早春

2036　枕とて草のはつかにむすべども／ゆめもみじかきはるのうたゝね

【訳】枕として草はわずかで、わずかに（草枕を）結ぶのだが、夢もまた短い春の転寝であることよ。

【語注】○旅宿早春（題）　この歌のみ。　○草のはつかに　①1古今478「かすがののゆきまをわけておひいでくる草のはつかに見えしきみはも」（恋一、みぶのただみね。「参考」（全歌集））。　**○はつかに**　八代集十三例。両義（上下にかかる）。　**○むすべども**　①3拾遺1004「…むすべども猶あわに見ゆらん」（貫之）。③119教長694「あふことはくさのまくらにむすべどもつゆもあだにはおもはざらなむ」（恋「旅宿遇恋」）。⑤72関白殿蔵人所歌合25「草まくらつゆうちはらひむすべどもいもこひしさにぬれまさるかな」。　**○みじかき**　これのみ八代集十例、他「短夜」八代集三例。　**○はるのうたゝね**　③133拾遺愚草628「…苔にやどかる春のうたたね」（花月百首）。④1式子216「…しづこころなき春のうたたね」（①11続古今147。④31正治初度百首218）。⑤244南朝五百番歌合48「…手まくら匂ふ春のうたたね」（光資）。

【本歌】⑤415伊勢物語151「枕とて草ひき結ぶこと《むすびてし（古2424）》もせじ《をし（〃）》秋の夜とだにたのまれなくに」（第八十三段、馬頭。①9新勅撰538。②4古今六帖2424。同3242。③6業平31。「全歌集」）

▽本歌の伊勢物語の世界をふまえ、枕として、引き結ぶことはすまいといった草は、早春とてまだわずかで、わずかに草枕を結ぶが、春の転寝は、夢も草同様、秋夜のように頼みと出来なくて短いと歌う。全歌集は「…、夜は明けてしまった。」と添える。

六家抄276「右、まくらとて草引結ぶにてよめる。本哥の心秋の夜ならば長きほどにたのみもせんが、春の夜は中〳〵みじかきほどに枕もせぬと也。」。

【類歌】①10続後撰1053 1050「まくらとてむすぶばかりぞあやめ草ねぬにあけぬる夏の夜なれば」（雑上、藤原孝継）

④15明日香井1565「たれとかはかりのならひのまくらとてくさひきむすぶのべにかもねん」

⑤325和歌用意条々20「枕とてあまたはねずなあやめ草かりにぞ結ぶただ一夜のみ」（九条二品（行家））

三宮より十五首哥めされし春哥中[③]

2037　あすかゞはとをきむめがえ《ほ③》にほふ夜は／いたづらにやは春風のふく

【訳】飛鳥川、（付近の）遠い梅の枝に香がする夜は、むなしく春風が吹くのであろうか、イヤそうではない（、梅の香を川辺の里に運んでくる）。

【語注】○三宮　高倉天皇の第三皇子惟明親王（一一七九～一二二一）。式子との歌の贈答で知られる（①8新古今137、138、同1545 1543、1546 1544。詳しくは『式子内親王全歌注釈』309と310、323と324）。○あすかゞは　①1古今284「たつた河もみぢば流る神なびの…」（「又は、あすかがは…」）や、有名な①1同933「世中はなにかつねなるあすかがは…」（読人しらず）。○にほふ夜は　③134拾遺愚草員外75「にほふ夜はさらに物こそかなしけれ梅さく春と人やたのめし」。④39延文百首707「梅がかは閨にもりきて手枕のすきまのかぜも匂ふよはかな」（春「梅」覚誉）。○夜は　「夜半」ではなかろう。○春風のふく　⑤185通親亭影供歌合6「ちりぬればにほひばかりを梅の花ありとや袖に春風のふく」（「梅香留袖」有家。①8新古今53。⑤329桐火桶196）。

【本歌】万葉51「采女《たをやめ(続)》の袖吹きかへす明日香風都を遠みいたづらに吹く」（巻第一、志貴皇子、初句・②1万葉51「婇女乃《タヲヤメノ》」。「本歌」（全歌集、新大系・百番6）。①11続古今938 946（田原天皇））

▽本歌の万葉歌をふまえて、無常の飛鳥川の周辺の、都のはるか彼方の梅の枝に香りのする夜は、むなしく采女の袖を吹き返す春風が吹くのか、イヤそうではなく梅香を運ぶと歌う。また同じ定家に、③133拾遺愚草1806「たをやめの袖かもみぢかあすか風いたづらにふく霧のをちかた」（院五十首「秋」）がある。②16夫木733、春三、梅「六条親王家卅首」同〔＝前中納言定家卿〕。⑤216定家卿百番自歌合6、右、三宮十五首、無判。

摘抄14「春は千草万木の気皆かうばしきもの也。其中にも梅はことなり。春の夜は何となく心あくがれていねがてなる暁がた、そこともしらぬ梅の匂ひをさそひきたる風によりて、本歌をおもひよれる歌なり。…」。

全歌集「この十五首は建暦二年（一二一二）五月—建保二年（一二一四）二月一一日の間の詠か。親王・家隆の作が知られる。」、「家隆はこの十五首で「なさけある…〔私注—③132壬二3046「情あるこのごろのよの数に入りてうき身のはても人や忍ばん」（雑「三宮十五首会に、雑歌」）〕と詠んでいるが、これは建暦二年（一二一二）五月五日に昇殿を聴された喜びを籠めるか。一方、定家の本十五首に見られる述懐は、これが建保二年（一二一四）二月十一日の任参議以前の詠であることを暗示するか。」。

【類歌】①9新勅撰1036 1038「むめがかのたがさとわかずにほふ夜はぬしさだまらぬはるかぜぞふく」（雑一、行念）

2038　建保四年潤六月内裏哥合春哥③ 普通の字③十首之中

しるしらずわきてはまたず梅花《むう》／にほふはるべのあたら夜の月

【訳】知る人であるのか、知らない人なのか、とりわきては待ちません、梅の花の香がかおる春べのすばらしい夜の月であるよ（、だから誰かやって来ないかなあと思う）。

【語注】○建保四年　一二一六年、定家55歳。○しるしら　八代集七例。○にほふはるべ　③134拾遺愚草員外515「梅の花にほふ春べと吹く風にたがかきねとかあすも尋ねん」（風）。○はるべ　八代集四例。○あたら夜　八代集四例。

【本歌】①1古今39「梅花にほふ春べはくらぶ山やみにこゆれどしるく有りける」（春上「くらぶ山にてよめる」つらゆき。「本歌」（全歌集）。「参考」（玉葉全注釈）。②3新撰和歌9）

①1古今477「しるしらぬなにかあやなくわきていはむ思ひのみこそしるべなりけれ」（恋一、よみ人しらず。「本歌」（全歌集）。「参考」（玉葉全注釈）。⑤415伊勢物語175）

▽二つの本歌をふまえて、知っていても知らなくても、どうしてわけも分からずに人を区別して待つようなことはい

いません、なぜなら、暗いという「くらぶ山」は闇に越えても、はっきりとありかが分かるように、梅花の香が芳しく匂っている春の値千金の最高の月の夜であり、（梅への）思ひ〔火〕のみがしるべであるから、皆さんおいで下さいと歌う。いうまでもなく、この上ない春夜の月と花を歌った有名な①2後撰103「あたら夜の月と花とをおなじくはあはれしれらん人に見せばや」（春下「月の…」源さねあきら。「参考」（全歌集、玉葉全注釈）。③25信明99）の歌もある。同じ定家に③133拾遺愚草1508「色もかもしらではこえじ梅の花にほふ春べのあけぼののやま」（春「山路梅花」。④45藤川五百首36）、新古今所収歌の③133同906「梅の花にほひをうつす袖の上に軒もる月の影ぞあらそふ（正治…、春。①8新古今44。④31正治初度百首1309）がある。①14玉葉126、春上「建保四年内裏歌合に」前中納言定家。⑤213内裏百番歌合〈建保四年〉2、建保四年閏六月九日、一番（持）、春、右、治部卿定家、第四句「にほふ春辺は」、「右歌、あらぬさまの詞をだによまでは、またずはともにといへるよりどころのなさ、わきてのことば殊露顕のよし申し侍りしを、依別勅定持の字をかかれ侍りき、定貽後代之疑歟」。

B374「色をも香をもの余情也知人はいふに及はす知ぬさへ待へきの心也あたら夜とは面白夜の事也世俗にあたら物といへるもおしむ心をいへる也又月と花とをおなしくはの心もこもれるにや」、C464「本《ナシ(D)》君ならで…〔私注—①1古今38「君ならで誰にか見せむ梅花色をもかをもしる人ぞしる」（春、とものり）〕／梅花…〔私注—【本歌】の①1古今39〕本歌には《ナシ(ツ)》、色香にを《を知(ツ)》もしる人ぞしるとあれども《、(ツ)》、これは《是(ツ)》又、かゝる時分は《面白き(ツ)》心《、(ツ)》なくとも月花にめで《かげ(ツ)》んといふ歌也《云(ツ)の作(ツ)》。「あたら夜」、是はあたらしき心。新の字《也(ツ)》。」・D100。

全歌集「順徳院と合された。判詞を執筆した定家は「右歌…どころなき」という。」。

【参考】③23忠見86「むめのはなはるまちわびてさきにけりいまはにほひのそはるばかりぞ」

③107行尊164「かばかりもいかでしらましむめのはなはるをもしらぬわれが身なれば」（「かへし」）

④26堀河百首105「梅の花にほふかきねの宿もりは人より先に春をこそしれ」（春「梅花」師時）

⑤65六条斎院歌合〈永承四年〉20「いろもかもえだにこもれる梅のはなにほはむはるのひかりをぞまつ」（「春待」宣旨）
⑤101禖子内親王家歌合〈延久二年〉5「わがやどにひらけそめぬるむめのはなにほはむはるぞかずもしられぬ」（「家梅始開」武蔵）
【類歌】④31正治初度百首1811「ぬししらぬ宿をもわかず梅花匂になるるこころなりけり」（春、静空）
④38文保百首2413「いかにしてなれずはしらんあたらよの月と花との春のあはれを」（春、行房）
⑤358増鏡87「梅の花春は春にもあらぬ世をいつと知りてか咲き匂ふらん」（第八　あすか川、具氏）

2039　土御門内大臣家歌合密有臨幸／春題六首之《ナシ③》中《、③》梅香留袖

梅（むう）花ありとや袖のにほひゆへ（ゑ）／やどにとまるはうぐひすのこゑ

【訳】梅の花があるということでか、袖の香ゆえに我家にとどまるのは鶯の声であるよ。

【語注】○土御門内大臣　源通親（一一四九～一二〇二年。式子とほぼ同じ）。○梅香留袖（題）他、①8新古今53（有家【類歌】）のみ。○梅花　2038前出。①2後撰40「梅花ちるてふなへに春雨のふりでつつなくうぐひすのこゑ」（春上、よみ人しらず。②4古今六帖33・はせを）…一、末句同一。○うぐひすのこゑ　①1古今108「…たつたの山のうぐひすのこゑ」（藤原のちかげ）。

【本歌】①1古今32「折りつれば袖こそにほへ梅花有りとやここにうぐひすのなく」（春上、よみ人しらず。⑤294奥儀抄443。⑤301古来風体抄228。⑤329桐火桶46。「全歌集」）

▽本歌取り歌で、梅の花があるとして、折って移った袖の匂いのせいで、鶯の声がここ・我家にとどまっていると歌う。同じ定家にことばの通う③133拾遺愚草2576「たましひの入りにし袖の匂ゆゑさもあらぬ花の色ぞかなしき」（恋）

がある。やはり【類歌】が多い。⑤185通親亭影供歌合〈建仁元年三月〉9、建仁元年三月十六日、梅香留袖、五番、左、左近衛権少将定家、第三句「にほひさへ」、第四句「やどにとどまる」、無判詞（「右勝」・左負）。一二〇一年、定家40歳、通親の死の前年である。

B375「梅花留袖この花にむつれてわか宿に立かへりたる時分鶯の鳴たるを聞てさては袖に薫のとまれるよと思ひえたるさま也又宿にとまると云を木のもとにわかとまりたれはと云説あり如何」、C465「本ナシ(D)おり…梅の《が(〃)》香のそで《袖(〃)》にとまるうへに、匂ひゆへ、うぐひす《鶯(〃)》も宿《やど(〃)》にとゞまると也。おもしろき事のたえなる義《かさなりたる儀(〃)》也。」・D101。

赤羽303頁「このように初句と末句の頭韻は、その間隔の開きにもかかわらず、重要な位置にあるために全体を統一する効果が強い。」。

【参考】②4古今六帖4385「梅のはなさけるをかべにいへしあればともしくもあらず鶯のこゑ」（第六「うぐひす」あかひと二首）

③118重家479「わがやどのはなたちばなのにほひゆゑをちかた人のたちとまるらむ」（「盧橘遠薫」）…ことば

④30久安百首1009「吹きすぐる風にたぐへど梅の花にほひは袖にとまりぬるかな」（春、堀川）

⑤74左京大夫八条山庄障子絵合5「梅のはなにほひことなるやどにきてをらぬそでにもうつりぬるかな」（頼家）

【類歌】④41御室五十首55「墨染の袖にはふれじ梅の花あらぬ匂ひにかよひもぞする」（春、静空）

⑤183三百六十番歌合41「むめのはなにほはぬほどぞまたれけるかをとめてくるうぐひすのこゑ」（春、前関白）…一、末句同じ

⑤185通親亭影供歌合6「ちりぬればにほひばかりを梅の花ありとや袖に春風のふく」（「梅香留袖」有家。①8新古今53）

⑤185同18「むめの香になれにし袖のあたりとや花よりのちのうぐひすの声」（「同」寂蓮）

⑤185同20「むめの花ありとやなきしうぐひすのこゑもとまれる袖のうつりが」（「同」通具）…2039によく似る

⑤197千五百番歌合219「むめのはなそでににほひのかぜこえてゆめの枕にきゐる鶯」（春二、公経）⑤230百首歌合〈建長八年〉155「春風のをちこちにほふ梅が枝にありかさだめぬ鶯のこゑ」（権大納言）

翠柳誰家

2040　うちなびきはるのやどりやこれならむ《ん③》／そともの柳ぬしはしらねど

【訳】（柳が）靡いていて、（とどまる）春の宿りがこれなのであろうよ、外にある柳の主《あるじ》は誰か知らないけれど…。

【語注】**○翠柳誰家**（題）　この歌のみ。　**○うちなびき**　八代集八例。2031前出、2041後出。「「春」の枕詞的に用いつつ、柳の姿を写す。」（全歌集）。①1古今230「をみなへし秋のの風にうちなびき…」（左のおほいまうちぎみ）。④31正治初度百首2119「うちなびき柳なみよる春の庭露をば風のはらふなりけり」（春、丹後）。　**○うちなびきはる**　②4古今六帖4386「打ちなびき春さりくれば青柳のえだくひもちてうぐひすなくも」（第六「うぐひす」）。③71高遠26「うちなびきはるたち《はき（新古、新時）》にけりあをやぎのかげふむみちに《ぞ（新古）》ひとのやすらふ」（「柳ある所」）。①8新古今69。⑤235新時代不同歌合79）。④18後鳥羽院621「うちなびき春のくるてふ色なれや霞にめぐむ青柳の糸」（詠五百首和歌、春）。　**○これならむ**　④31正治初度百首1112「さほ姫の春のすがたやこれならんなつかしくもある玉柳かな」（春、釈阿）。　**○そとも**　八代集五例、初出は金葉75。

▽三句切、倒置法。外側の柳の主《あるじ》は誰か知らないけれど、靡いているが、春の宿っているものがこれであろうと推量している。同じ定家に、2031・③133拾遺愚草2131「うちなびき春のみ空も緑にて風にしらるる野べの若草」（春「…、若草」）がある。また同歌合、同題で、2040によく似た、院の④18後鳥羽院1523「ぬししらぬそともの柳これぞ此なびくにつけて春すぐるもの」（影供御歌合「翠柳誰家」。⑤185同21）があり、2040「春の宿り」、院「春過ぐる」と対になって

いる。なお「明治・後鳥羽院1523」では、「○外面」の注にこの定家の歌が挙がっている。この時院（一一八〇～一二三九年）、22歳。⑤185通親亭影供歌合…34、前歌・2039と同じ歌合、翠柳誰家、七番、右、定家、無判詞（「左持」）。C466「本《ナシ(D)》山里の…（私注―①3拾遺1031「山ざとの家ゐは霞こめたれどかきねの柳すゑはとに見ゆ」（雑春、弓削嘉言））／二遙見人家花有《有花》即入、此《この(〃)》「うちなびき」も、春の事《こと(〃)》也。柳の主はしらねども、春のやどりといはんは是なると也。」、「…二「遙…疎（私注―和漢115「遙見人家花便入　不論貴賤与親疎」（春「花」白）・佐藤・研究452、453頁「漢詩文受容…朗115…文集六六・3244「又題一絶」」（和漢朗詠集・花　白氏長慶集三三）」。」・D102。

内裏哥合に水邊柳③

2041　はるの日に岸のあをやぎうちなびき／ながき世ちぎるたきのしらいと

【訳】春の日に岸の青柳が靡いて、（我が君の）永い治世を約束する白糸の如き滝であるよ。

【語注】**○水邊柳（題）**　②12月詣84（覚延）、③125山家55、③127聞書集72、③132壬二2085、⑦61実家18（「みづのへんのやなぎ」）、定家はこれのみ。　**○はるの日**　八代集八例。　**○はるの日に**　①1古今84「久方のひかりのどけき春の日に…」（きのとものり）。　**○岸**　滝の岸。　**○岸のあをやぎ**　①5金葉二25 26「…いとひきそふるきしのあをやぎ」（源雅兼）。　**○うちなびき**　八代集八例。2031、2040前出。「人々も我が君に靡く」も含意か。①1古今230「をみなへし秋のの風にうちなびき…」（左のおほいまうちぎみ）。　**○ながき**「「青柳」「しらいと」の縁語。」（全歌集）。　**○ながき世ちぎる**　③134拾遺愚草員外629「玉のをのながき世ちぎれしらいとにまがふあやめの根はほそくとも」（夏）。　**○たきのしらいと**　八代集九例。滝は庭園の滝。また「白糸」は上記込で八代集十六例。①3拾遺447「ながれくる滝のしらいとたえずして…」（つらゆき）。

▽春の日に、庭の滝水の岸の青柳が風に靡き、白糸を思わせる滝の如き永き（我が君の）治世を約束していると歌う。同じ定家に、前歌2040・③133拾遺愚草2140「うちなびき春のやどりやこれならんそともの柳ぬしはしらねど」（春「翠柳誰家」）、員外ではあるが、2041との語の重なりの多い③134拾遺愚草員外384「あさ日さすきしの青柳うちなびき春くる方はまづしるきかな」（十五首歌「東」。②16夫木8052）がある。②16夫木814、春三、柳「内裏歌合、水辺柳」同（＝前中納言定家卿）。

全歌集「内裏歌合なので祝言の心を籠める。建保三年（一二一五）三月、順徳天皇の内裏での詠か。この年、定家五十四歳。」。

【参考】②4古今六帖4386「打ちなびき春さり《はき（新古、新時）》くれば青柳のえだくひもちてうぐひすなくも」（第六「うぐひす」）

③71高遠26「うちなびきはるたちにけりあをやぎのかげふむみちに《ぞ（新古）》ひとのやすらふ」（「柳ある所」）。①8新古今69。⑤235新時代不同歌合79）

【類歌】②16夫木884「よし野川岸の青柳打ちなびき浪にこぼるる露のしら玉」（春三、柳「…、岸柳」経乗法師）…二、三句同一

④18後鳥羽院621「うちなびき春のくるてふ色なれや霞にめぐむ青柳の糸」（詠五百首和歌、春）

④35宝治百首312「風ふけば岸の青柳打ちなびき道さへたどる春の夕ぐれ」（春「行路柳」高倉）

⑤230百首歌合〈建長八年〉379「河浪の〔　　〕ながき春の日にいと染めほせるきしの青柳」（衣笠前内大臣）…2041に似る

2042　同題　普通の字③ 家會

そめかくるはなだのいとのたま柳／したゆく水もひかりそへつゝ

【訳】染めかける縹の糸のような玉の如き柳（の、）下行く水も光を加えつつあるよ。

【語注】○そめかくる　八代集四例、が同一歌重複につき実際は二例、初出は金葉（三）31。「「いと」の縁語。」（全歌集）。④41御室五十首759「そめかくる柳の糸の色もみんしばしなぬひそ梅の花がさ」（春、生蓮）。○はなだ　八代集二例、うち一例は「はなだの糸」・①3拾遺34「青柳の花田のいとをよりあはせて…」（躬恒）。○はなだのいと　③134拾遺愚草員外108「こきまずるにしきおれとや青柳のはなだのいとをまづは染むらん」（春。②16夫木842）。④39延文百首1609「雨はれて露の玉ぬく青柳のはなだのいとに春風ぞふく」（春「柳」尊氏。①20新後拾遺59）。○たま柳　八代集一例・①2後撰131「鶯の糸によるてふ玉柳…」（よみ人しらず）。「玉」と「光」は縁語。③129長秋詠藻217「やつはしにみどりの糸をくりかけてくもでにまがふ玉柳かな」（「…、橋辺柳」）。④11隆信45「あさみどりいとよりかくるたまやなぎぬくしらつゆのなにこそ有りけれ」（春上「院百首に」。⑤197千五百番歌合319）。④30久安百首1308「春くればみどりの糸の筋ごとにつらぬきかくる玉柳かな」（春、小大進）。○したゆく水　八代集四例。①1古今494「山高みした行く水のしたにのみ…」（読人しらず）。○ひかりそへつゝ　②14新撰和歌六帖87「けふかくるたもとの花のいろいろにさ月のたまもひかりそへつつ」（第一帖「五日」）。

▽玉を思わせる、染め懸けた縹色の糸の如き柳の枝の下を流れる水も、玉柳に光を添え加えていると歌う。同じ定家に③133拾遺愚草206「朝みどり露ぬきみだる春雨にしたさへひかる玉柳かな」（大輔百首、春）がある。全歌集「詠出年次未詳の歌。」、「参考」・催馬楽44「浅緑　濃い縹　染めかけたりとも　見るまでに　玉光る　下光る　新京朱雀の　しだり柳…」（浅緑）。

【類歌】②16夫木10079「うすくこくはなだのいとをよりかけてたまをそめけるあをやぎのもり」（雑四、森「…、あをやぎのもり」小侍従）
③131拾玉2207「春の雨にみどりのいとを染めかくるたつ田がはらの玉のを柳」（「河」）

④22草庵79「青柳のはなだの糸を染めかけてさほのかはらに今やほすらん」（春上）

2043　はるがすみかすめるそらのなにはえに／心ある人や心見ゆらむ《ん③》

江上霞、内裏哥合③

【訳】春霞の霞んでいる空の難波江に、情趣を解する人は、その心が見えるであろうよ。

【語注】○江上霞（題）　他、③132壬二2086のみ。　○はるがすみ　①1古今3「春霞たてるやいづこみよしのの…」（よみ人しらず）。　○なにはえ　八代集九例。八代集初出・①3拾遺537「なにはえのあしのはなげのまじれるは…」（恵慶）。

【本歌】①4後拾遺43「こころあらむ人にみせばやつのくにのなにはわたりのはるのけしきを」（春上、能因。「本歌」（全歌集））

▽下句心の頭韻、「や…らむ」の型。本歌を取り、情緒を解する人に見せたいといった、春霞の霞む空の、津の国の難波江（周辺）の光景によって、情緒を解する人の心ばえが分かるのであろうよと現在推量する。二つの「心」は同じか、後の「心」は、自然の心（情緒）といったものか。同じ定家に、③133拾遺愚草1262「春霞かすみのうらを行く舟のよそにもみえぬ人を恋ひつつ」（内裏百首、恋「霞浦」）がある。

全歌集「順徳天皇内裏での詠か。年月不明。本歌の「心ある人」が難波江に住んでいるという設定。」。

C467「本《ナシ(D)》心あら…おもしろき所にのぞみては、《ナシ(〃)》詩歌管弦をもよほす《催(〃)》習ひなれば《なら(〃)》、諸芸。も《を|を(〃)》こ、にてあらはさん程《ほど(〃)》に、心見えんと也。」・D103。

赤羽315、316頁「同語反復も上下にそれぞれ繰返されて、バランスに意が用いられている例…はるがすみかすめる…／

心ある人や心…このように、地口、または語呂合せともとれるようなつづけ方の中に、定家らしい工夫がみてとれるのである。」。

【参考】①6詞花272 271「はるがすみかすめるかた《空(後)》や津のくにのほのみしまえのわたりなるらん」（雑、源頼家。②9後葉479）

②4古今六帖605「かはと見るみちだにあるを春霞かすめるかたのはるかなるかな」（第一「かすみ」）

③19貫之379「あはとみる道だにあるを春霞かすめる方のはるかなるかな」（「みち行人」）

③79輔親40「なには江にこころふかくぞたづねくるのりをひろめし人のあとみに」

③81赤染衛門553「いつしかとかすめる空のけしきかなはるまつ人はい《の(万)》かがみるらむ《ん(こ)》」（②15万代17）

【類歌】③131拾玉106「春霞かすみこめたる山里のはれぬ心を人しるらめや」（百首述懐）

⑤250風葉和歌集50「心さへやがてぞくらす春霞かすみわけつる明ぼののそら」（春上、をんなすすみの右大将）

⑤261最勝四天王院和歌57「難波江に心有りてや住みそめし春のけしきをみつのうら人」（「難波浦」家隆）…2043に近い

2044

建保二年二月内裏詩《ナシ③》哥合《(こ)》　野外霞

たちなる、とぶひの、もりを《(お)》のれさへ《續拾》／霞にたどるはるのあけぼの

【訳】（霞が）立つのに馴れている飛火の野守よ、汝までもが霞にたどっている春の曙であるよ。

【語注】〇建保二年　一二一四年、定家53歳。　〇野外霞（題）他、③132壬二2081、2082のみ。　〇たちなる丶　八代集にない。源氏物語「ひとつ院の中に明け暮れ立なれ給へば、」（「匂宮」、新大系四―221頁）。紫式部日記「こよなくたちなれにけるも、うとましの身のほどやと覚ゆ。」（新大系296頁）。枕草子「いみじうたちなれたらん心ちもさはぎぬべ

しかし。」（新大系（八八段）、119頁）。更級日記「さても宮仕への方にもたちなれ、「たちなるるくもゐばかりはそれながら…」」。⑤176民部卿家歌合12「たちなるる雲居の花を思はずは…」（成家）。③76大斎院前199〇

とぶひ　八代集二例・①1古今18「かすがののとぶひののもりいでて見よ今いくかありてわかなつみてむ」（春上、よみ人しらず。「参考」（全歌集））、後撰663、共に「かすがのの――」である。定家・③133拾遺愚草903「春の色をとぶひの野守尋ぬれば《ど（正）》二葉の若菜雪もきえあへず」（正治…、春。④31正治初度百首1306）。〇2032前出。〇**とぶひのゝもり**

をのれ　八代集九例。〇**をのれさへ**　①1古今1027「葦引の山田のそほづおのれさへみるめはたえぬかへるかりにほ《みカ（夫）》の奥津《おきべ（〃）》の春の霞に」（家百首「湖帰雁」。②16夫木10409）。〇**たどる**　八代集十例。〇**はるのあけぼの**　八代集七例、初出は千載28、千載二、新古今五例。末句の定型。①19新拾遺37「もしほやく煙も波もうづもれて霞のみたつ春のあけぼの」（春上「…、霞」為世）。④31正治初度百首1584「あはれなる春の明ぼの朝立ちぬ霞のそこやくれのたび人」（羈旅、範光）。④41御室五十首707「すみ吉の松のあらしもかすむなり遠里をのの春の明ぼの」（春、覚延）。⑤165治承三十六人歌合56「立ちのぼる煙をだにもみるべきに霞にまがふ春の明ぼの」（⑤183三百六十番歌合32）。

▽春曙詠ではないので、霞が立つことに馴れているはずの飛火の野守・お前までもが、春の曙には霞にたどって行くと歌う。同じ定家に、④41御室五十首499「いつしかと外山の霞立ちかへりけふあらたまる春の明ぼの」（（春）、定家。③133拾遺愚草1729）がある。①12続拾遺25、春上「建保二年内裏詩歌をあはせられ侍りける時、おなじ心を」前中納言定家。

全歌集「二月三日内裏詩歌合（散逸）での詠。」・明月記。

【類歌】④35宝治百首50「立ちなるる伊駒の山の雲ならで霞もかくす春の明ぼの」（春「山霞」実雄）

④38文保百首1399「ひとしほのまつがうらしまそことだに霞にたどる春の曙」（春、定房）…下句同一

⑤262寛喜女御入内和歌15「峰の雪すそののかすみたちなるるむめのいろかに春かぜぞふく」（二月「小野梅花盛開」）

2045　松の雪きえぬやいづこはるの色に／みやこの、べはかすみゆくころ

【訳】松の雪が消えない（深山という）のはどこであろうか、春の色に都の野辺は霞んで行く頃であるよ。

【語注】○はるの色　八代集三例、初出は①1古今93「春の色のいたりいたらぬさとはあらじ…」（よみ人しらず）。「漢語「春色」に当る。」（新大系・古今93）。

【本歌】①1古今19「み山には松の雪だにきえなくに宮こはのべのわか（に〈俊〉）なつみけり」（春上、よみ人しらず。「全歌集」。「参考」（玉葉全注釈）。⑤285新撰髄脳10。⑤291俊頼髄脳34）

▽前歌・2044と同じ歌合、題。第三句字余（い）。本歌をふまえて、松の雪が消えないのは、どこか、それは深山のあたりであろうか、が、春の色・様子に都の野辺は、若菜を摘んで霞み行く今日この頃だと歌う。①14玉葉20、春上「建保二年二月内裏に詩歌をあはせられ侍りけるに野外霞をよみ侍りける」前中納言定家。②16夫木9611、雑四、野「建保二年内裏詩歌合、野外霞」前中納言定家卿。

全歌集「参考」・①1古今3「春霞たてるやいづこみよしののよしのの山に雪はふりつつ」（春上、よみ人しらず。「参考」（玉葉全注釈））。

玉葉全注釈20「参考」・③133拾遺愚草1304「梅の花にほふやいづこ雲かかるみ山の松は雪もけなくに」（百首、春）。

【類歌】③130月清410「かすむよりみやまにきゆるまつのゆきのさくらにうつる春のあけぼの」（治承題百首「花」）

④18後鳥羽院102「み山辺の松の雪まに見わたせば都は春のかすみなりけり」（正治…、「霞」。④32正治後度百首2）

④35宝治百首90「うちきらしふれども雪のかつ消えて都ののべは春めきにけり」（春「春雪」実雄。①21新続古今34）

⑤243新玉津島社歌合49「わかの浦やみぎはの松の春の色に波のいづくもかすむころかな」（「浦霞」慈能）…2045に近い

2046　建仁元年三月盡日哥合霞隔遠樹③

みつしほにかくれぬいそのまつのはも續古／見らくすくなくかすむはるかな

【訳】満ちてくる潮に隠れはしない磯の松の葉も、見ることは少なく霞んでいる春であることよ。

【語注】○建仁元年　一二〇一年、定家40歳。　○霞隔遠樹（題）　他、①8新古今72（公経）、③133拾遺愚草1503「三輪の山先さとかすむはつせ川いかにあひみん二もとの杉」、③130月清1010のみ。　○みつしほ　八代集六例。①1古今665「みつしほの流れひるまをあひがたみ…」（清原ふかやぶ）。　○みつしほにかくれぬ　「本歌の恋の気分がほのかに漂う。」（奥野注）。　○まつのは　八代集九例。①1古今490「ゆふづく夜さすやをかべの松のはのいつともわかぬこひもするかな」（恋一、読人しらず）。　○第三句　2028前出。「「も」は累加。松の葉は、「松の…〔私注—前述の①1古今490〕などと詠まれており、その不変のイメージが、次の「見らくすくなく」との間に緊張のある詞続きをもたらす。題の「遠樹」として「磯の松」を選んだ。」（奥野注）。　○見らく　八代集一例・拾遺967。「万葉的表現。」（明治・万代34）。「「く」は体言化するク語法。　○見らくすくなく　「本歌の詞。…結句の「霞む」にかかる。題「霞隔」に相当する。」（奥野注）。　○すくなく　八代集十五例。

【本歌】①3拾遺967「しほみてば入りぬるいその草なれや見らくすくなくこふらくのおほき」（恋五、坂上郎女。「本歌」（全歌集、明治・万代34、奥野注）。「☆」（続古今和歌集全注釈）。①′3拾遺抄318。②1万葉1398 1394。②4古今六帖3582。②16夫木12037）

▽本歌をふまえ、満潮で隠れる草とは違って、満潮でも隠れない磯の松の葉も、恋い慕うことが多いのとは異なって、

春には霞んで少ししか見えないと歌う。①11続古今44、春上「建仁元年三月歌合に、霞隔遠樹といふことを」前中納言定家。②15万代34、春上「後鳥羽院御時歌合に、霞隔遠樹といふことを」前中納言定家。⑤186新宮撰歌合6、建仁元年三月二十九日、「霞隔遠樹」、三番、右勝、左近衛権少将定家、「右歌を左申云、松の葉こそあまりにくはしくきこゆれ、判者申云、見らくなどいへる詞は、ふるき事なれば〔ど・奥野注〕よろしくも聞えねど、末遠きといへるにはまさるべくや」判者、釈阿。⑥31題林愚抄180、春一、霞隔遠樹「続古」定家。

C468「本塩《ナシ(D)》みてば…「らく」は、一《ナシ(タ)》そへ字也。しほにかくれぬ草の外の松さへ、春になれば霞にかくる、由也《よし(ク)》。」、「二当注二八八番参照。」・D104。

明治・万代34「〔霞〕」、「満ち潮にも隠れない磯の松も、霞んではっきり見えない。」。

赤羽・一首43頁「岡崎義恵先生が、…「此等は感覚の深さ、風景の与へる縹緲たる情調、特に下の句の詞つづきに籠る妖しい感触などで人を魅する力のある歌である。…」、安田143、146頁「『万葉集』の影響を受けていると思われる作…（参考歌）潮満てば…」。

【参考】③106散木11「春霞たなびくうらはみつしほにいそこす波のおとのみぞする」（春、正月「…海辺霞…」）。①12続拾遺34。⑤248和歌一字抄63）
⑤169右大臣家歌合6「みつしほにかくれぬ沖のはなれ石かすみにしづむ春のあけぼの」（「霞」仲綱）
【類歌】③132壬二1890「高砂の山には花やみつしほのあらはにみゆる松のはもなし」（九条前内大臣家三十首、春「花満山」。②16夫木1339。⑤225定家家隆両卿撰歌合10）
④37嘉元百首1513「あすもみん春の日数のみつしほにいそ山こえてかかるふぢなみ」（春「藤」頓覚）
⑤358増鏡49「ふる郷は入りぬる磯の草よただ夕しほみちて見らくすくなき」（第三　藤衣、法皇（後鳥羽院））

羇中見花　羇③

2047　かり衣たちうき花のかげにきて／ゆくすゑくらすはるのたびゞと

【訳】狩衣を着て、立ち離れがたい花の陰にやって来て、これから先の将来を暮らす春の旅人であるよ。

【語注】○羇中見花（題）　他は③118重家303のみ。　○かり衣　八代集十一例。「「たち」を導く枕詞的用法。」（玉葉全注釈）。①1古今593「よひよひにぬぎてわがぬるかり衣…」（とものり）。　○たちうき　八代集三例。「裁ち」（「「かり衣」の縁語」（全歌集））と「立ち」掛詞。　○花のかげ　八代集十一例。　○きて　「「衣」の縁語。」（玉葉全注釈）。　○くらす　「日々を暮らし過ごす」。「日の暮れまで過ごす」ではなかろう。　○はる　「「春」に「衣」の縁語「張る」を響かせる。」（全歌集）。　○はるのたびゞと　⑤421源氏物語635「…垣根を過ぎぬ春のたび人」。　○たびゞと　八代集八例。

▽すなおな詠のようであるが、伊勢物語の「唐衣きつつなれにし…」を思わせる、縁語を駆使した技巧的な歌。狩衣を着、立ち去りがたい桜花の蔭に来ては、春の旅人はこれから先もここで暮らすと詠ず。①14玉葉1132 1133、旅「羇中見花といふことを」前中納言定家。

C469「「ゆく末くらす」ナシ(D)奇特《きどく》也。遠くへナシ(ッ)ゆきてくらさん道を、花に乗じて、一ナシ(ッ)こゝにくらすと也。「ナシ(ッ)たび人《旅(ッ)》」、は(ッ)わが事也。／本ナシ(ッ)けふのみ…(私注—①1古今134「けふのみと春をおもはぬ時だにも立つことやすき花のかげかは」(春下「…はるのはてのうた」みつね))」、「一　花の美しきままに、花に任せて。」・D105。

全歌集「参考」・①3拾遺129「ゆくすゑはまだとほけれど夏山のこのしたかげぞたちうかりける」（夏、みつね。「参考」（玉葉全注釈））、前歌・2046「新宮撰歌合の撰外歌。」」。

玉葉全注釈「参考」・①8新古今952「いづくにかこよひは宿をかり衣日もゆふぐれのみねの嵐に」（羇旅「…、羇中晩嵐と…」定家。③133拾遺愚草2679）。

【類歌】③130月清1011「けふもまたさくらにやどをかりころもきつつなれゆくはるの山かぜ」（春「…、羇中花」。⑤186新

宮撰歌合9）

④35宝治百首483「さくら色の初花ぞめのかり衣きて《つつ（続）》をやなれむ《ん（〃）》春の木下《このもと（〃）》」（春「初花」実氏。①11続古今96）

内裏詩哥合③山居春曙（ママ）二首之中

2048　と山とてよそにも見えじはるのきる／衣かたしきねてのあさけは

【訳】外山だからといって外《よそ》からでも見えることはないだろう、春が着る衣・霞を片敷いて、一人寝をする朝明（のその様）は。

【語注】**○山居春曙**（題）　他は③131拾玉4172〜4176、③132壬二2079、2080、③133拾遺愚草2176「名もしるしみねの嵐も雪とふる山さくら戸の明ぼのの空」のみ。　**○と山**　八代集十二例。　**○はるのきる**　③131拾玉4621「はるのきる霞の衣たちそめてまちしもしるしみわの山本」（詠三十首和歌「早春霞」）。③132壬二1955「長閑なる山風うすみ春のきる霞の衣ぬきもみだれず」（住吉三十首、春）。④19俊成卿女解4「春のきるはなのころもや山風にかをるさくらの八重の白雲」。⑤247前摂政家歌合14「春のきるみのしろ衣打ちかすみ山風吹けばあは雪ぞふる」（初春、正徹）。　**○はるのきる衣**　③132壬二1251「はるのきる衣雁がねおのれさへみだれてかへる山風ぞ吹く」（為家卿家百首、春）。　**○衣かたしき**　①1古今689「さむしろに衣かたしきこよひもや…」（よみ人しらず）。③105六条修理大夫321「このもとにころもかたしきたびねせんはなちるさとと見てやかへらん」。④18後鳥羽院393「よそにみし高ねの雲に今夜かも衣かたしきあかしつるかな」（外宮御百首、雑）。⑤248和歌一字抄1148「蘆の葉をかりふく賤の山里に衣かたしき旅ねをぞする」（「雖非水辺詠蘆歌」降

綱)。　〇あさけ　八代集五例。

【本歌】①1古今1072「水ぐきのをかのやかたにいもとあれとねてのあさけのしものふりはも」（大歌所御歌、みづくきぶり）。「本歌」（全歌集）。「参考」（新大系・百番9）

▽二句切、倒置法。本歌をもとに、霜の降った（あの時）、妹とではなく、霞の衣を着ての独寝の朝明は、里近くの山の岡の仮屋であっても、まさか外からは見えまいと歌う。⑤216定家卿百番自歌合9、五番、左持、内裏詩歌合、無判詞。

C470「本《ナシ(D)》春のきる…と山は《山(ヶ)ナシ(ヶ)》、よそよりみゆる物《もの(ヶ)》なれど、霞の衣をかたしきてはみえ《見(ヶ)》じと也。外《外山(ヶ)》にみえ《見(ヶ)》ば哀《衣イ哀(ヶ)》をもかけられんをと也。」・D106。摘抄16「山家春曙といへる題也。春の明ぼの朧々と霞わたりたるをみわたすに、近き山なりとて外にはみえじといふ五文字也。…」。

全歌集「建暦二年（一二一二）五月十一日内裏詩歌合（散逸）での詠。定家五十一歳。」、新大系・百番9「参考」・①1古今23「はるのきるかすみの衣ぬきをうすみ山風にこそみだるべらなれ」（春上、在原行平。②3新撰和歌73。②4古今六帖607。⑤293和歌童蒙抄65）。

【類歌】②16夫木506「春のきる衣かけほすさほ山のみらくすくなき明ぼのの空」（春二、霞「…、霞」同〔＝為家〕）

2049　内裏哥合③　夜帰鴈

つれもなくかすめる月のふかきよに（夜）／かずさへ見えずかへるかりがね

【訳】冷淡にも霞んでいる月の深き夜に、数までは見えないで（北へ）帰って行く雁であるよ。

【語注】〇夜帰鴈（題）他、③132壬二2088のみ。　〇つれもなく「友・つれあいもなく」ではなかろう。①1古今662

「冬の池にすむにほ鳥のつれもなく…」（みつね）。　**○かへる・かり**　①1古今412「北へ行くかりぞなくなるつれてこしかずはたらでぞかへるべらなる」（羇旅、よみ人しらず）。　**○かへるかりがね**　八代集八例、初出は後拾遺71。2051後出。

【本歌】①1古今191「白雲にはねうちかはしとぶかりのかずさへ見ゆる秋のよの月」（秋上、よみ人しらず。②4古今六帖300。「全歌集」）

▽下句かの頭韻（及び末句か音、全体としてのか音）。有名な本歌をふまえて、秋には白雲に羽を動かして飛ぶ数までも秋夜の月の中に見えた、しかし、今、つれなく霞んでいる春の月の夜更けに雁が帰って行くが、数は見えず分からないと歌う。本歌は来雁（秋）であるが、2049は反対の帰雁（春）である。同じ定家に、2049に近い③133拾遺愚草2151「花の香もかすみてしたふ有明をつれなくみえて帰る雁がね」（春「…暁帰雁」）、新古今所収歌の③133同1950「おほよどのうらにかりほすみるめだに霞にたえて帰る雁金」（最勝四天王院名所御障子歌「大淀浦」。①8新古今1725 1723）がある。全歌集「建保三年（一二一五）三月二十一日の影供三首歌会での詠か。」、定家54歳。安東110頁「有心の風情を添える言い回しにとどまって、変化に向う目はない。」。赤羽254頁「肉眼では見えないけれども霞の中やおぼろ月夜の中を帰ってゆく雁の姿は、心の眼に据えられており、ここには広い意味での視覚、自在な視点が見出されている。それはとりもなおさず主体を離れた普遍的な目なのであった。」、同291頁「…かす…数さ…かへ…句中にある同音反復よりははるかにリズミカルであり、イメージ喚起や気分の盛り上げの効果があるのは、句頭にある押韻が音数律と協調しているからであろう。これは押韻と律格の関係が密接であることを示している。」2055参照。

【参考】③125山家600「つれもなくたえにし人をかりがねのかへる心とおもはましかば」（恋「寄帰雁恋」）

【類歌】③132壬二13「詠むればくもるともなき春のよの月に霞みて帰る雁がね」（初心百首、春。⑤217家隆卿百番自歌合20）…2049に近い

④18後鳥羽院1323「あか月のこれもならひのわかれぞとつれなく見えてかへるかりがね」（日吉卅首御会、春）
④22草庵99「面影を又やしのばん春のよの月にかすみて帰るかりがね」（春上）

海邊歸鴈

2050　さとのあまのしほやき衣たちわかれなれ《（ママ）》しもしらぬはるのかりがね

【訳】里の海士の（着馴れた）潮焼く作業着の如く、別れて馴れることを知らない春の（帰）雁であるよ。

【語注】**○海邊歸鴈**（題）この歌のみ。**○さとのあま**　歌枕（古注）とも考えられるが、『歌枕索引』には項目はなかった。**○のあまのしほやき衣**　①1古今758「すまのあまのしほやき衣をさをあらみ…」（よみ人しらず）。**○しほやき衣**　八代集二例・古今758、新古今1210。**○たちわかれ**　八代集十二例。□「たち」は「立ち」に「しほやき衣」の縁語「裁ち」を掛ける。」（全歌集）。①1古今365「立ちわかれいなばの山の峰におふる…」（在原行平）。**○なれ**　□「しほやき衣」の縁語。」（全歌集）。「着古すの意の「褻れ」と「馴れ」とを掛ける。「衣」の縁語。」（明治・続後拾56）。「汝《なれ》」か。**○末句**　末句の一つの型。③131拾玉、③132壬二集に用例が多い。

▽この歌は行間記入で一行。初句字余（あ）。「里の海人の潮焼衣」の「裁ち」と同音の「立ち」別れて、春雁は帰っていくとて、その土地に馴れることを知らないと歌う。なお定家の歌ではあるが、「拾遺愚草員外之外」4010・⑤206賀茂別雷社歌合9「浦にたくもしほの煙立ちわかれ霞のなみにかへる雁がね」（「海辺帰雁」定家）の詠が存する。①16続後拾遺56、春上「春歌中に」前中納言定家、第三句「立ちかへり」。⑤216定家卿百番自歌合11、六番、左持、或所歌合、無判詞。

C471「□里のあまの」《ナシ（D）》、四国にある名所也《ナシ（ッ）》。海人《士（ッ）》などもかつ〴〵すみて《住（ッ）》物がなしき《悲（ッ）》浦也。雁《かり（ッ）》の立わかるゝ《別（ッ）る》事《こと（ッ）》をも、なる、をも、心ある人もなければ哀をもしらじと也。かりも又わかる、とも心はめめじと也。」、「一　歌枕名寄は阿波国に掲げるが、それまでの歌枕書には見えない。」・D107。摘抄17「此歌は、所をかりて風情をしたてたる歌也。彼里の海士は、家一・二つありて、世にたぐひなく悲き所也。しかるあひだ、所がら住ぬるあま人も猶心なく侍よしをいひたてたる歌也。…」、「一　…歌枕としては「歌枕名寄」「宗祇名所方角鈔」などに見え、…」。六家抄277「里の海士名所也。阿波也。序哥。なれしもしらぬと云むためなり。帰鴈をおしむ心也。なれしとよめるはきなる、心。なれ衣とよめるもき馴る、心也。塩やき衣なれなばかとよめるも馴る、心也。」。

全歌集「参考」・万葉2629 2622「志賀の海人の塩焼き衣なれぬれど恋といふものは忘れかねつも」（巻第十一。「参考」（明治・続後拾56））、「詠出年次未詳。」。明治・続後拾56「一帰雁一」。

【参考】②4古今六帖3287「いせのあまのしほやき衣なれてこそ人のこひしきこともしらるれ」（第五「しほやきごろも」）

【類歌】①22新葉516 515「さとのあまのしほなれ衣忍べとてからき別のかたみにぞやる」（離別、文貞）…2050に近い

①22同517 516「里のあまの塩なれ衣とどめてもながらへばこそかたみともみめ」（離別「返し」妙光寺内大臣母）

②16夫木5805「さとのあまのしほやき衣うつおともまどほにひびく風のつてかな」（秋五、擣衣「…、擣衣幽」家長）…一、二句同一

⑤247前摂政家歌合75「すまのあまのしほやきごろもなれにしもしらぬ浪ぢに春ぞ暮行く」（後春、茂成）…2050によく似る

2051　賀茂社哥合御幸日　暁帰鴈

花のかもかすみてしたふありあけを／つれなく見えてかへるかりがね

【訳】花の香も霞んでいて（雁が）慕う有明をそっけなく見えて帰って行く雁であるよ。

【語注】○暁帰鴈（題）　他、③132壬二2131、2179のみ。　○花のか　八代集十一例。　○花のかも　①2後撰69「匂こき花のかもてぞしられける…」。　○したふ　八代集十一例。　○ありあけを　②4古今六帖2820「…やちよもここにありあけをせよ」。　○つれなく見え　①1古今625「有あけのつれなく見えし別より暁ばかりうき物はなし」（恋三、みぶのただみね。「参考」（全歌集）。②4古今六帖362。同3034。②8新撰朗詠393。③13忠岑154。　○末句　2049前出。

▽桜の香も霞んでいて思い慕う有明を、雁は薄情にも北へ帰って行くと歌う。2051によく似た二つ前の詠・2049「つれもなくかすめる月のふかきよに／かずさへ見えずかへるかりがね」（春）、新古今所収の③133拾遺愚草1950「おほよどのうらにかりほすみるめだに霞にたえて帰る雁金」（最勝四天王院名所御障子歌「大淀浦」。①8新古今1725 1723。⑤261最勝四天王院和歌326）がある。

六家抄278「うちかすみたる有明の時分、帰鴈を月殿も花殿もしたふ心也。つれなきは有明のつれなくにてよめる也。鴈の難面事也。在明を難面とよみならはしたる也。」。

全歌集「この賀茂社歌合はいつの催しか、未詳。「御幸」は後鳥羽院御幸か。」。赤羽306、307頁「第二句と第五句に頭韻がある場合…ある程度の統一感はあるが、韻律の効果は強くない。…かす…かへ…部分的なイメージの重層とか、気分的な交響のようなものがあって、それが一首のアクセントになっている。」。

【参考】⑤92禖子内親王家歌合〈庚申〉5「かきつらねかへる雁がね霞わけ花のみやこの花を見すてて」（「帰雁」中務）

【類歌】①22新葉1022 1019「きぬぎぬの別もかくやしたはれん有明の月に帰るかりがね」（雑上「暁帰雁を」嘉喜門院大蔵卿）

③132壬二2131「たがしのぶ袖の別の有明をつばさにしりてかへる雁がね」（春「暁帰雁」）

④18後鳥羽院1323「あか月のこれもならひのわかれぞとつれなく見えてかへるかりがね」（日吉卅首御会、春）…下句同

一

④22草庵100「山こゆるほどもしられずかすむよの有明の月にかへるかりがね」（春上「暁帰雁」）

暮山花

2052　たが春のくものながめにくれぬらむ《ん》／やどかる花の峯のこのもと

【訳】一体誰の春の雲の眺望として日は暮れはててしまうのであろうか、宿を借りる花・桜の峯の木の本（の私を）。

【語注】○暮山花（題）他、③132壬二2119、③133拾遺愚草1840「たれと又雲のはたてに吹きかよふ嵐のみねの花をうらみん」（院句題五十首）、③130月清961（同）のみ。○くものながめ　新編国歌大観①～⑩の索引に、他はなかった。○くれぬらむ　⑤213内裏百番歌合〈建保四年〉70「日ぐらしのなく山かげはくれぬらむ《ん（新）》夕日かかれる峯のしら雲」（夏、知家。①19新拾遺447）。○やどかる花　④38文保百首1613「あかなくにみつつをゆかん玉つしまやどかる花にはるはくるとも」（春、為藤）。○峯のこのもと　新編国歌大観索引①～⑩の索引では、他は⑧10草根（正徹）3033「…すすむかし嶺の木の本」のみ。

▽第二、三句くの頭韻。三句切。峯の花の木下で宿を借りた私のことを、遠くから見ている人は、いったい誰の春の花雲のながめとして暮れたのかと思う、と歌う。全歌集は、「遠くでは誰がこの花を雲と眺めているうちに春の長い日は暮れたのだろう。私は峯の花の木の下に宿を借りる。」と、「誰《た》」を他人とする。①14玉葉153、春下「暮山花を」前中納言定家、第三句「…らん」。⑤329桐火桶128（作者）、初句「たがさとの」、下句「宿かる峰の花の木の本」。⑥31題林愚抄1073、春三、暮山花「玉」定家、初句「誰が春《さとか》の」、下句「宿かるみねの花の木の本」。⑩115仙洞歌合〈後崇光院　宝徳二年〉90判、初句「たがさとの」、下句「やどかるみねの花の木のもと」。⑩206歌林良材207、初句「たが里

の」、下句「やどかる嶺の花の木の本」。

C472「我は花の木のもとにやどをかり、か(けD)ゝるおもしろさをも外(ゝ)よりは雲とこそながむらんと也。」・D108。

玉葉全注釈「参考」・①3拾遺781「あしひきの山こえくれてやどからばいもたちまちていねざらむかも」（恋三「たびの思ひをのぶと…」石上乙麿）、「〔補説〕参考拾遺集詠の発想から展開された一首か。「たが春の雲のながめ」とは「立ち待ちていねざらん」妹のながめであろうか。妖艶きわまる叙景。」。

赤羽303頁「第二句と第三句に頭韻がある場合／一、三句切で第三句がとくに強調される。…雲の…くれ…」。


摂(攝)政殿にて哥を詩にあはせらるべ／しとておなじ(同③)題を二首よませら／れし詩哥合とかやの初也此後連ゝ有此事**／花添山氣色**

2053　春の花の雲の(ナシ③)にほひにはつせ山／かはらぬいろ(色)ぞ、ら(空)にうつろふ

【訳】春の花の雲の美しさに、初瀬山（では）、変らぬ色が空に写ろっているよ。

【語注】**○花添山氣色**（題）他、③132壬二2121、2122のみ。　**○春の花**　八代集三例。①3拾遺1146「…春の花にもおとらざりけり」（もとすけ）。　**○雲のにほひ**　新編国歌大観①〜⑩の索引をみると、他は⑦123伏見院478「とへかしなくものにほひもしるからん…」、⑧8沙玉Ⅰ（後崇光院）284「…はれぬ雪げの雲のにほひに」だけである。　**○はつせ山**　八代集六例、初出は金葉51。2055後出。　**○かはらぬいろ**　①2後撰864 865「…かはらぬ色ときかばたのまむ」（よみ人しらず）。

▽初句字余（母音ナシ）・赤瀬信吾『論集　藤原定家』「藤原定家の和歌表現――字余り句の機能をめぐって――」68頁に挙げられている。2053は、初瀬山では、春の桜の雲の美しさが見え、花雲と変らない花桜の色が空に写ろって――移ろってか――見えると歌う。定家に③133拾遺愚草912「いつも見し松の色かははつせ山桜にもるる春の一しほ」（正

治…、春。④31正治初度百首1315）がある。

五39「「雲の匂ひ」とは花也。雲に映じて匂ひたる也。「かはらぬ色」とは、雲と花と也。雲も花もひとつにうつろひたる此山の眺望たるべし。」」。Ｂ376「花緑山気色雲の匂ひとは花の雲に映して匂ひたる也かはらぬ色とは雲と花との事也　花も空の雲にうつろひ雲も花にうつろひたるさまにや此山の眺望なるへし」、Ｂ25「花の雲匂やかにして空の雲にひとしく満山うつろひあひたる心とみるへき歟」。摘抄18「この「雲の匂ひ」といへるは色の事也。にほひの事にてはなし。花のさかりには、花は雲にまがひ雲は花にまがひ侍り。花は、ちらんとては色はふかくなるものなり。…本歌〽春霞…〔私注―①1古今69「春霞たなびく山のさくら花うつろはむとや色かはりゆく」（春下、よみ人しらず）〕…」。六家抄279「花の色も匂ひも雲にうつりたる也。」」。

全歌集「建仁三年（一二〇三）八月一日良経家詩歌合（散逸）での詠。」、定家42歳。

【類歌】③130月清718「はつせやまうつろふ花に春くれてまがひしくもぞみねにのこれる」院初度百首、春。①8新古今157。④31正治初度百首422）

③130同817「はつせやま花に春かぜふきはててくもなきみねにありあけの月」（千五百番百首、春。①21新続古今210。②16夫木1578。⑤197千五百番歌合512）

③132壬二2090「はつせ山うつろはんとや桜花色かはり行く峰のしら雲」（春「…、春歌」。①12続拾遺95。⑤213内裏百番歌合〈建保四年〉39）…2053に近い

2054

たますだれおなじみどりもたをやめの／そむる衣にかほ《を》るはるかぜ

【訳】玉簾と同じ緑色（の山）も、たおやめの染めている衣・山の美景に美しく輝く春風であるよ。

【語注】 **○たますだれ** 八代集二例、①3拾遺663「たますだれいとのたえまに人を見て…」（よみ人しらず）、同898。 **○おなじみどり** ③130月清806「のもやまもおなじみどりにそめてけりかすみよりふるこのめはるさめ」（千五百番百首、春。①15続千載63。⑤197千五百番歌合183）。 **○たをやめ** 「たわやめ」共に八代集にない。万葉585 582「ますらをもかく恋ひけるをたわやめの…」、同3775 3753「逢はむ日の形見にせよとたわや女の…」。④421源氏物語443「たをやめの袖にまがへる藤の花…」。③133拾遺愚草1806「たをやめの袖かもみぢかあすか風…」（院五十首）。 **○たをやめの** ③132壬二1242「たをやめの春たつけふの衣より匂ひそめたる花の色かな」（為家卿家百首、春）。③132同1555「たをやめのうちたれ髪の花かづら曙かけてにほふ春風」（九条前内大臣家百首「春暁花」）。④40永享百首117「たをやめの春のころもをおるはたやにひくはまゆの青柳の糸」（春「春雨」浄喜）。⑤213内裏百番歌合〈建保四年〉14「青柳の春のけしきもたをやめのかざしの玉の露ぞみだるる」（春、右大臣）。 **○かほ《を》る** 八代集十二例、初出は金葉59。 **○かほ《を》るはるかぜ** ③127聞書集（西行）1「こずゑにかねてかをるはるかぜ」など。

▽緑の玉簾の如き、緑の山のすきまからたおやめの染めた衣を思わせる、花が咲き、春風が薫ると歌う。古注では難解歌としている。同じ定家に③133拾遺愚草1210「みしま江の浪にさをさすたをやめの春の衣の色ぞうつろふ」（内裏百首、春「三島江」）。②16夫木16595。④33建保名所百首111）がある。②16夫木1195、春四、花「後京極摂政家詩歌合、花添山気色、詩歌合初云云」前中納言定家卿。②16同16596、雑十七、婦人「後京極摂政家詩歌合、花添山気色」同（=前中納言定家卿）。⑤336愚問賢注25、定家卿、第二句「…に」。⑤344東野州聞書151、京極黄門（定家）。

五40「此歌、前々より聞えがたき歌也といへり。山と云字も花と云字もなくて、気色ばかりをいへり。まことに難解難入の歌なり。…」。B377「同題此歌は気色といへるはかりの姿侍る歟余字は一向にのそかれたり是によりて此歌の心難知解難入の歌也強て心をいふに先歌の総別春の山の花媛艶せる姿を美女にたとへたり…」。B26「×」。C473「むすび題のよみやうの手本也。秘歌也。」・D×。六家抄280「花山のきしよくをそふと云題にてよめる。花に山の景気をます心也。同じみどりにてすだれはみどりなる物なれば、山のみどりをもつて也。山の心かほるにて花美人に匂ふと云事あり。すだれのひまの花をみてたをやめの衣のやうなる也。」」。

全歌集「緑の玉簾の中から現れるたおやめの美しく染めた衣のように、同じ緑色の山を彩って花が咲き、春風が薫っている。参考「和風…〈私注—和漢朗詠715「和風先導薫煙出　珍重紅房透翠簾」（下「妓女」）〉」、「右に同じ」・前歌2053。佐藤・研究443頁「漢詩文受容…朗64〈私注—②6和漢朗詠64「誰家碧樹　鶯啼而羅幕猶垂　幾処華堂　夢覚而殊簾未巻　暁賦」（春「鶯」）〉」。

正治二年三月左大臣家哥合暁霞③

2055　はつせ山かたぶく月もほのぐ〵と／かすみにもる、かねのを《お》と哉

【訳】初瀬山（においては）、傾く月もほのぼのとして、ほのぼのと霞に漏れてくる鐘の音であるよ。

【語注】○正治二年　一二〇〇年、定家39歳。○暁霞（題）他は歌合（440「〔寿永元年以前〕或所歌合雑載」）」、③130月清1020、⑦63親宗4のみ。○はつせ山　2053前出。○かたぶく月　②6和漢朗詠417「一片西傾之月《いっぺんにしにかたぶくつき》」（「暁」）。②8新撰朗詠216「月西傾《つきにしにかたぶく》」。○ほのぐ〵　八代集九例。○ほのぐ〵と　①1古今序＝409「ほのぼのと明石の浦の朝霧に…」（よみ人しらず）。○もる、　下二段は八代集一例・「もれ出づ」で新古今413、が四段は多い。○かねのを《お》と　八代集十例、初出は後拾遺1211。

▽下句かの頭韻。腰句は上下にかかる。長谷寺の初瀬の鐘の音。初瀬山を見ると、傾いて行く、夜明け近い月もほのぼのといった感じで、ほのかに長谷寺の鐘の音が霞より漏れ出てくると歌う。同じ定家に③133拾遺愚草936「けふこそは秋ははつせの山おろしにすずしくひびく鐘の音かな」（正治…、秋。④31正治初度百首1339）がある。【類歌】が多い。

①17風雅30、春上「後京極摂政、左大臣に侍りける時、家に歌合し侍りけるとき、暁霞といふ事を」前中納言定家。⑥17閑月49、春上、前中納言定家。六家抄282、歌のみで、注文ナシ。全歌集「良経家十題二十番撰歌合（散逸）での詠。」。風雅全注釈「参考」・①6詞花112 110「ゆふぎりにこずゑもみえずはつせ山いりあひのかねのおとばかりして」（秋「霞をよめる」源兼昌）、③132壬二916「時くればこれも哀はしられけり霞にもるるはるごまのこゑ」（百首文治三年十一月、春）。

安田358頁「すぐれた作品が撰ばれているのである。いずれも、『玉葉集』に撰ばれた歌と同様、清新な感覚を持った、構成の確かな歌であり、粘り強い調べを有して対象への切り込みの深さを示している。」。赤羽291頁「第二句以下の三句に亘る頭韻であるが、中間に一句を隔てているものである。…かた…／かす…かね…」2049参照、同382頁「初瀬の尾上の鐘であるが、…月が傾き、…時の鐘の音である。」。

【類歌】①11続古今82「ほのぼのとかすめる山のしののめに月をのこしてかへるかりがね」（春上「帰雁をよめる」衣笠前内大臣）

①21新続古今1716「泊瀬山月にさびしき鐘の音をひばらにおくる夜半の秋風」（雑上、荒木田経顕）

②13玄玉348「はつせ山かはらのこけに霜ふけてさびしくひびく鐘の音かな」（天地歌下「…、仏寺歌とて…」信光）…一、末句同じ

③131拾玉4497「はつせ山月の光にあまりゆく心をせむるかねのおとかな」（百首題「月」）…一、末句同じ

④15明日香井1048「おきまよふしもになれてやはつせ山月にもひびくかねのおとかな」（影供歌合「古寺月」）

⑤182石清水若宮歌合232「泊瀬山ふかくや雪もつもるらむをのへにしづむ鐘の音かな」（「雪」経通）…一、末句同一

⑤342落書露顕20「初瀬山月は高根にかたぶきて嵐に残る鐘の一こゑ」

朝花

2056　世のつねの雲とは見えず山櫻／けさやむかしのゆめのおもかげ

【訳】世の常の雲とは見えないで、山桜よ、今朝は昔の夢の面影（をほうふつとさせること）であるよ。

【語注】○朝花（題）他、③132壬二1352、2102、④11隆信53（「あしたのはな」）、54（「おなじ心を」）のみ。　○世のつね　八代集十例。　○世のつねの　①2後撰669 670「世のつねのねをしなかねば逢ふ事の…」（藤原治方）。　○雲　「山桜は雲のように満開」（全歌集）。　○山櫻　①1古今51「やまざくらわが見にくれば春霞…」（よみ人しらず）。①4後拾遺84「をらばをしをらではいかが山ざくらけふをすぐさずきみにみすべき」（春上、源雅通）。④32正治後度百首711「白雲はいくへもこめよ山桜見えぬも花の色ならぬかは」（「花」季保）。　○ゆめのおもかげ　③133拾遺愚草1526「…たえてつれなきゆめの面かげ」など。

▽三句切。山桜は尋常の雲とは見えず、今朝は昔の夢の面影を思わせると歌う。巫山の神女の面影なら、①8新古今38「春の夜のゆめのうき橋とだえして峰にわかるる横雲のそら」（春上、定家）の世界でもある。⑤248和歌一字抄183、朝「裏書云朝花」。⑥11雲葉142、春中「後京極摂政家十首歌合に、朝花一前中納言定家、第二句「ものとは…」。C474「ふざん《巫山(D)》の神女、あしたには《朝(ッ)》雲となり、《ナシ(ッ)》夕には雨となりて《成(ッ)》、《ナシ(ッ)》陽台のもとにあらん《いた(ッ)》といひて、亭王《帝襄(ッ)ヒ》の夢に見えし事をおもひよそへり。文選の古事也。《ナシ(ッ)》花の雲のこれ《と見えて是(ッ)》ほどおもしろきは、神女の化したる雲かと也。花をあいし《愛(ッ)》たる《てよめる(ッ)》歌也。」・D109。摘抄19「「尋常の雲ともみえず」は、花は雲と見、雲をば花とみるもの也。古今集の序に、「春の朝よしの丶山の桜をば人丸が心には雲かとのみなむおぼえける」とあり。されども、この明ぼの丶山〳〵にさきいづる花のけしき、いかにして只大かたの雲とは見侍るべきと也。…」。六家抄283「九六古新註○けうずるうへからかくよめる也。右、梁の武帝契をなしてひる寝の夢に、朝には雲と成、夕には雨と成んとの其面影にてよめる也。巫山神女

と云し也。」」。

全歌集「…今朝美しく咲き匂っているさまは、昔楚の襄王が夢に見た巫山の神女の面影をとどめた雲ではないかと思われる。▽高唐賦の心がある。↓二七〇補注。二〇五五と同じ時の詠。」。赤羽464頁「「おもかげ」は…定家の場合それは、浜木綿のように幾重にも隔った雲の底の面影として空間的な構成の中に組入れられ、重なり合う山や雲と同次元のイメージとして定着される。…「夢の面影」にも定家の独創が見られる。前者は、『文選』「神女賦」の「朝雲」の面影であろうし、」。

【類歌】①15続千載1675 1676「をらずとも人にかたらん山桜みる面かげを家づとにして」（雑上、祝部行氏）

2057　建保三年五月哥合和哥所　春山朝
このねぬるあさけの山の松風は／霞をわけて花のかぞする

【訳】この寝てしまった朝明けの山の松風は、霞を分けて花・桜の香がすることよ。

【語注】○建保三年　一二一五年、定家54歳。○春山朝（題）他、③132壬二2129、③131拾玉4012、4013、4031〜4033のみ。○あさけ　八代集五例。2048前出。○松風は　②4古今六帖3403「まつのおとをことにしらぶるまつかぜは…」」。○霞をわけて　①2後撰90「山高み霞をわけてちる花を雪とやよその人は見るらん」（春下、よみ人しらず）。○花のか　八代集十一例。

【本歌】①1古今103「霞立つ春の山べはとほけれど吹きくる風は花のかぞする」（春下、ありはらのもとかた）。②2新撰万葉29。②4古今六帖383。⑤4寛平御時后宮歌合29）
①3拾遺141「秋立ちていく日もあらね《ば(万)》どこのねぬるあさけの風はたもとすずし《さむ(万、和、敏)》も」（秋、安貴王。「本歌」（全歌集、明

治・新続古129）。万葉1559 1555。②6和漢朗詠211。③8敏行20。和・志貴皇子）

▽二つの本歌をふまえて、古歌では立秋となってさほど日が経っていない折には袂が涼しいと歌うが、春においては、この寝起きの朝明けの、遠い春山より吹き来る松風は、立つ霞を分け進んで花の香がすると歌う。①21新続古今129、春下「建保三年歌合に、春山朝といふ事を」前中納言定家。⑤212院四十五番歌合4、建保三年六月二日、春山朝、二番、右、侍従藤原朝臣、「左方申日、あさ明の山の松風、花の香をさそひて霞をわけん、まことにすてがたくなん侍る、左は、とほき山べとおき、右は、このねぬるあさけのなどいひて、ともに古歌をおもへり、なぞらへて為持」・「左持」。

六家抄281「昨日までは匂はぬが、咲そめたる也。」。安田134、135、137頁「五十四歳の頃の作品に万葉調のものが目立つということである。…（参考歌）秋たちて…（『万葉集』安貴王）／秋たちて…（『拾遺集』安貴王）…これらの歌は、『万葉集』の作…を本歌としているが、あるいは少なくとも、その影響を受けていると思われるので、…」。

【類歌】②15万代217「このねぬるあさけのかぜもこころあらばはなのあたりをよきてふかなん」（春上「…、朝花と…」

入道前摂政左大臣）

③131拾玉4033「春の今朝はなにはいとふ山風の霞を分けてのどかにもゆく」（「春山朝」）

④14金槐35「このねぬるあさけの風にかをるなり軒ばの梅の春のはつ花」（春「梅花風ににほふ…」）

④18後鳥羽院536「此ねぬるあさけのかぜのをとめ子が袖ふる山に秋やきぬらむ」（建保四年二月御百首、秋）

2058　建仁二年三月三躰とかやおほせられて／めされし春哥

花ざかり霞の衣ほころびて／みねしろたへのあまのかぐ山

【訳】花盛りであり、（あたり一面の）霞の衣がほころんで、（見えるのは）峰はまっ白の天の香具山であることよ。

【語注】**○建仁二年**　一二〇二年、定家41歳。**○花ざかり**　八代集十四例。①2後撰121「花ざかりまだもすぎぬに吉野河…」（よみ人しらず）。**○霞の衣**　2030前出。①1古今23「はるのきるかすみの衣ぬきをうすみ…」（在原行平）。②10続詞花19「春風に霞の衣ほころびてたえまに見ゆる青柳の糸」（春上、源季遠）、④11隆信583「春がすみ霞のころもほころびてしのぶのみだれあらはれやせん」（恋四）…共に二、三句同一。**○ほころび**　八代集八例。①1古今26「…みだれて花のほころびにける」（つらゆき）。**○あまのかぐ山**　八代集五例、初出は詞花379、あとすべて新古今。他、「あまのかご山」八代集一例・千載609、他②4古今六帖858も。

▽花ざかりで、広々としていた霞（衣）もほころんで、峰のまっ白な天の香具山が見えると歌う。いうまでもなくもとに、①8新古今175「はるすぎて夏きにけらし《ぞ来ぬ（古）きたる（万）》白妙の衣ほすてふ《サラセリ（ホシタリ）（万）したり（〃）かわかす（古）》天《アマ（万）あめ（万）》のかぐ山」（夏、持統天皇。「参考」（全歌集）。②1万葉28。②16夫木8290。⑤301古来風体抄16）がある。【類歌】が多い。②16夫木1136、春四、花「建仁二年三体和歌」前中納言定家卿。⑤259三体和歌19、定家朝臣、末句「…かご山」。

六家抄284「かすみのひまにみえたる花を興じて也。みね白妙は花の盛を也。」。

全歌集「三体和歌での詠。春夏は「大ニフトキ歌」として詠めと指示されていた（明月記）」。安田464頁「『歌舞髄脳記』に見えるもの」。

【参考】④26堀河百首153「春風に霞の衣ほころびてぬひさへみゆる山ざくらかな」（春「桜」師時）

【類歌】②16夫木1139「さほひめのほすや衣の白妙に花咲きにほふあまのかぐ山」（春四、花…知家）

③130月清867「くもはるるゆきのひかりやしろたへのころもほすてふあまのかぐやま」（千五百番百首、冬。⑤197千五百番歌合2012）

③132壬二1992「しろたへの衣ほすなり郭公あまのかぐ山おもはへてなけ」（西園寺三十首、夏）

③132同2397「いまよりの秋かぜたちぬしろたへの衣吹きほすあまのかぐ山」（下、秋）
④2守覚17「滝のうへのみふねの山の花ざかりみねにも尾にもかかるしらなみ」（春「桜」）
④31正治初度百首613「峰ははなふもとはかすみ久かたのくもゐにみゆるあまのかぐやま」（春、慈円）
④33建保名所百首306「夏くれば霞の衣たちかへて白妙にほす天のかぐ山」（夏「天香九山」）…2058に近い
④40永享百首4「春はきぬ霞の衣しろたへの雪にかけほすあまのかぐ山」（春「立春」兼良）…2058に近い
④41御室五十首462「山の葉も霞の衣立ちかへて今朝はひとへにみねのしら雲」（夏、有家）
⑤205鴨御祖社歌合5「山かげの霞のころもほころびて春風さむきあさあけの袖」（「山家朝霞」通光）

秀能が人〳〵によませ侍し五首之中花哥[③]

2059　おほかたのまがはぬくも、かほ《を》るらむ／さくらの山の春のあけぼの

【訳】　おおよその桜と見紛わない雲も美しく輝いているのであろうよ、桜の山の春の曙は。

【語注】　**○おほかたの**　八代集十三例。2064後出。①1古今185「おほかたの秋くるからにわが身こそ…」（よみ人しらず）。①4後拾遺96「さくらばなにほふなごりにおほかたのはるさへをしくおもほゆるかな」（春上「花を…」能宣）。③33能宣84「ちりまがふはなを《ママ》しむとおほかたのはるさへけふにくれぬべきかな」（「三月尽をしむところ」）。⑤44内裏歌合〈寛和二年〉7「さくらばなちりだにせずは《せざりせ》おほかたのはるをばをしと《をしとも》おもはざらまし」（「桜」能宣）。**○かほ《を》る**　2054前出。**○かほ《を》るらむ**　④41御室五十首458「を初瀬の麓のいほもかをるらむさくら吹きまく深山おろしに」（春、有家）。**○さくらの山（の）**　③江帥351「みかみなるさくらのやまのはなざかり…」など。**○春のあけぼの**　2044前出。③130月清410「かすむよりみやまにきゆるまつのゆきのさくらにうつる春のあけぼの」（治承題百首「花」）。③131拾玉3734

「はつせ山心もそらに成りにけり雲に風まつ春のあけぼの」（詠百首和歌「暁」）。▽三句切、倒置法。桜の山の春曙は、全体としての、まがわない雲も美しく照り輝くことだろうと現在推量する。同じ定家に③133拾遺愚草2165「おほかたの春にしられぬならひゆゑたのむ桜もをりや過ぐらん」（下、春「返し」）がある。②16夫木1149、春四、花「秀能すすめ侍りける五首歌」前中納言定家卿、第三句「…らん」。全歌集「参考」・①8新古今157「はつせ山うつろふ花にはるくれてまがひし雲ぞ嶺にのこれる」（春下、摂政太政大臣）、「秀能勧進五首の詠出年次は未詳。おそらく承久の乱以後か。」。

【類歌】①13新後撰76「山たかみかさなる雲のしろたへにさくらもまがふ春のあけぼの」（春下、平貞時）…2059に近い
⑤184老若五十首歌合59「山のはもうすくれなゐの花盛雲にまかせ（夫）《がは》ぬ春の明ぼの」（春、寂蓮。②16夫木1396）

三宮十五首之中

2060　も、ちどりなくやきさらぎつくぐ〵と／このめはるさめふりくらしつ、

【訳】百千鳥が鳴くよ、二月は、つくづくと木の芽が張り、春雨が一日中降り、私は日々を過ごし暮しつつあるよ。

【語注】○三宮十五首　2037前出。○もゝちどり　八代集二例・①1古今28「ももちどりさへづる春は物ごとにあらたまれども我ぞふり行く」（春上、よみ人しらず。「参考」（全歌集））、後拾160。顕注密勘、『歌枕歌ことば辞典〈増訂版〉』『歌ことば歌枕大辞典』など参照。諸鳥。○きさらぎ　八代集一例・新古1993。○つくぐ〵と　八代集十例。「尽く」との掛詞か。①3拾遺999「かしまなるつくまの神のつくづくと…」（よみ人しらず）。○このめ　八代集八例。○このめはる　②4古今六帖1105「このめはるはるのあらたをうちかへし…」。○第四句　2029前出。ここも「張る・春」掛詞。○ふりくらし　掛詞「降り・経り暮す」。八代集にない。源氏物語「つれぐ〵と降り暮らしてしめやかなるよひ

の雨に、」（「帚木」、新大系一―33頁）。②4古今六帖483「くれなゐのやしほの雨はふりくらし…」。⑤97定綱朝臣家歌合4「しめじめとふりくらすなる春雨は…」（昌任）。⑤175六百番歌合369「ふりくらすこはぎがもとのにはのあめを…」（女房）。④415伊勢物語210「降り暮し降り暮しつる雨のおとを…」（補一段、（男））。

▽様々な鳥が鳴く二月比には、つくづくと木の芽の張る春雨が一日中降り、私は日々を過ごし送り暮らしつついると歌う。同じ定家に③133拾遺愚草908「もも千鳥こゑやむかしのそれならぬ我が身ふり行く春雨の空」（正治…、春。④31正治初度百首1311）がある。

六家抄285「とまりにつ、と云にさびしき心いろ〳〵有べし。」。

全歌集「参考」・①7千載31「よも山にこのめ春さめふりぬればかぞいろはとや花のたのまん」（春上、匡房）、①8新古今64「つくづくと春のながめのさびしきはしのぶにつたふ檐の玉水」（春上「閑中春雨と…」行慶）、①9新勅53「霞しくこのめはるさめふるごとに花のたもとはほころびにけり」（春上、顕季）。

【参考】④26堀河百首174「つくづくと詠めてぞふる春雨のをやまぬ空の軒の玉水」（春「春雨」肥後）

④26同176「磯上ふる春雨のつくづくと世のはかなさぞ思ひしらるる」（春「春雨」河内）

④28為忠家初度百首69「つくづくとひをふるさとのはるさめやみをしる人のなみだなるらん」（春「閑中春雨」顕広）

④28同71「つくづくとながむるやどにはるさめのこころぼそくもふりくらすかな」（春「同」為業）

④28同72「春さめのきのしづくをつくづくとさびしきやどにながめてぞふる」（春「同」為盛）

⑤70六条斎院歌合〈永承六年一月〉27「つくづくとふる春さめにさほがはのきき（ママ）のあをやぎいろづきにけり」（「雨中柳」しきぶ）

【類歌】④38文保百首1605「つくづくとふるぞのどけき春雨は軒の雫もかぞふばかりに」（春、為藤）

⑤206賀茂別雷社歌合20「これも又いそぐか秋のたつた山木のめ春雨降りくらしつつ」（「暮山春雨」家隆）…下句同一

2061　みよしのはゝるのにほひにうづもれて／かすみのひまも花ぞふりしく（春）

【訳】み吉野は春の美しさに埋もれてしまって、霞のすき間も花が降り頻き、地上に降り敷くことよ。

【語注】○ゝる《は》のにほひ　③125山家1542「野辺の色も春のにほひもおしなべて…」。③133拾遺愚草407「こぞもこれ春の匂に成りにけり…」（早率百首、春）。⑤197千五百番歌合323「おもかげをはるのにほひにさきだてて…」（保季）。○うづもれ　八代集初出は後拾23。○かすみのひま　③132壬二1150「…霞のひまは春風ぞ吹く」（風）、同2082「…霞のひまも霞みしにけり」（春）、同2094「春もなほ霞のひまの山かぜに…」（春）など。○しく「敷く・頻く」掛詞か。

▽吉野は春の美・花桜に埋もれ果てて、霞の間からも花が降り頻きり、里に散り敷いていると歌う。同じ定家に③133拾遺愚草1919「みよしのは花にうつろふ山なれば春さへみ雪ふるさとの空」（最勝四天王院名所御障子歌「吉野山」。①10続後撰134 125）がある。【類歌】が多い。

B378「春の匂ひは花の事也此山の眺望悉花にうつもれてかすみも立となきさま也自然かすめるひま〳〵をも又花のふりしくそと也」。

全歌集「花の吉野山を雪景色になぞらえて歌う。」。

【参考】⑤24麗景殿女御歌合2「みよしのはゆきふりやまずさむけれどかすみぞはるのしるべなりける」（「霞」）

【類歌】③130月清402「みよしのはやまもかすみてしらゆきのふりにしさとにはるはきにけり」（治承題百首「立春」。①8新古今1。⑤178後京極殿御自歌合2）

③132壬二514「けふみれば雲も桜にうづもれて霞みかねたるみよしのの山」（院・千五百番歌合百首、春。⑤197千五百番歌合418）

③132同1990「あらしふく春のみゆきは吉野山菅のねしのぎ花ぞ降りしく」（西園寺三十首、春）

④1式子212「峰の雲ふもとの雪にうづもれていづれを花とみよし野の里」（春。④31正治初度百首214）
④35宝治百首92「みよしのは花と見えつつかげろふのもゆる春日にふれる白雪」（春「春雪」為経）
④38文保百首2414「忍ぶさへ軒ばの花にうづもれてふりにしやども春をこそしれ」（春、行房）
⑤182石清水若宮歌合56「みよし野ははれぬや春の色ならん霞のひまも花のしら雲」（「桜」源光行）…2061に近い
⑤184老若五十首歌合49「さきぬれば雲と雪とにうづもれて花にはうときみよしのの山」（春、寂蓮）
⑤230百首歌合〈建長八年〉545「みよし野は花のしら雪降りつみて霞のしたも冬ごもりせり」（正二位）

2062　建久五年夏左大将家哥合　泊瀬山《ややこ字③》

かねのを《お》とも花のかほり《を》になりはてぬ／をはつせ山のはるのあけぼの

【訳】鐘の音も花の美しさになりはて（鳴り終え）てしまった、小初瀬山の春の曙であることよ。

【語注】〇泊瀬山（題）他、③130月清1033、③132壬二731、1845、③133拾遺愚草1231、1922のみ。〇かねのを《お》と　2055前出。〇花のかほり《を》　①14玉葉204「さきみてる花のかをりの夕附日かすみてしづむ春の遠山」（春下、入道前太政大臣）、③78発心26「ひとたびの花のかをりをしるべにて…」、③134拾遺愚草員外254「鳥のねも花のかをりも春ながら…」（春）など。〇かほり《を》　2054前出。ただし2054は動詞。名詞は八代集にない。〇なりはて　八代集十一例。「「成り」と「鳴り」の掛詞。」（全歌集）。〇をはつせ山　八代集にない。「小初瀬」八代集一例・千載74、「小初瀬の山」、同一例・後撰1242。なお「はつせ山」は2053、2055前出。万葉3828 3806「事しあらば小泊瀬山の石城にも…」、③106散木41「…をはつせ山の雪のむらぎえ」・④26堀河百首88、④26同215「つねよりもをはつせ山のよぶこ鳥…」（顕仲）など。〇はるのあけぼの　2044前出。

▽初句字余（をお）。三句切、倒置法。2055「はつせ山かたぶく月もほのぼのとかすみにもる、かねのを《お》と哉」同様、初瀬山（長谷寺）の鐘の音。初瀬山の春の曙には、鐘の音も花の美の輝きとなってしまったように聞えると歌う。能因の①8新古今116「山ざとのはるの夕暮きて見ればいりあひの鐘に花ぞ散りける」（春下）が想起される。良経家名所題歌合、2026前出。

不審187×「※1※2はつ山、同前候哉。「を」ノ字如何。／※1合点　※2せ歟。」。六家抄286、注文ナシ、歌のみ記載。

全歌集「…すっかり花のかおりになってしまって、和らいだ響きで鳴り終った。」。久保田・研究771頁「「みてもなを…」〔私注—「軸物之和歌」4588〕の作のさし替えは、思うに、自身の旧作、／建久…かねの…〔私注—この2062〕との近似を避けたのではなかったであろうか。」。安田77～79頁「客観的傾向の作品…感覚の冴えを強く見せている作品」・2063参照。

【類歌】③131拾玉4175「いかにせんをばすて山のみねの雲よ花なりけりな春の曙」（「山居春曙」）

③132壬二1015「四方の山みやこも花になりはてぬいづくに春の宿を定めん」（二百首和歌、春「桜」）

④18後鳥羽院1205「春くれてひと夜ふしみの曙にをはつせ山の夏をみるかな」（八幡卅首御会、夏）

④40永享百首90「鐘の音も峰の霞にこもり江の初瀬の山の春のあけぼの」（春「春曙」公名）…2062に近い

④43為尹千首129「鳥の声花のかをりもただならず雲井の春の明ぼのの空」（春「禁中花」）

2063　同六年二月同家五首、③　春哥

山のは、かすみはてたるしの、めの／うつろふ花にのこる月かげ

【訳】山の端は霞がなくなってしまった未明の移り変ってゆく花に残っている月の光であるよ。

【語注】〇同六年　一一九五年、定家34歳。〇かすみはて　八代集にない。③107行尊136「あさまだきかすみはてぬと

みてしより…」、③130月清1032「ふるきあとぞかすみはてぬるたかまどの…」、④15明日香井390「しら雲とかすみはててもあしびきの…」など。　〇しのゝめ　八代集十例。恋、時鳥の歌に多い。　〇しのゝめの　①1古今637「しののめのほがらほがらとあけゆけば…」（よみ人しらず）。　〇うつろふ花に　①1古今105「…うつろふ花に風ぞふきける」（よみ人しらず）。

▽山の端は霞が消えた東雲時の移ろい散ってゆく花に月光が残っていると歌う。⑥17閑月94、春下「後京極摂政家の五十首歌に、春歌」前中納言定家。六家抄287「暮春の哥也。悲しき心有。」。全歌集「良経家女房百首披講後の五首歌会での詠。」。安田77～79頁「客観的傾向の作品…感覚の冴えを強く見せている作品」・2062参照、同508～510頁はこの歌の評釈。

【類歌】①17風雅1433 1423「しののめのかすみもふかき山のはにのこるともなきありあけの月」（雑上「（春曙を）」源頼春）…2063に近い

③132壬二2775「わかれてもなほうき物はしののめのささ分くる袖に残る月かげ」（恋「後朝恋の心を」）

④19俊成卿女85「朝ぼらけおぼろに霞む山の端に代代のむかしも残る月かげ」（詠百首和歌「霞」。②16夫木521）

④37嘉元百首813「山のははかすみにこめて見せねどもあくるか月の影しらむなり」（春「春月」実泰）

⑤220石清水若宮歌合36「月影もうつろふ花にかはる色の夕を春もみよし野の山」（「暮山花」俊成卿女）

〔2064〕

花のさかりに大宮大納言のもとより

かずならぬやどにさくらのお《（を）》り〳〵は／とへかし人のはるのかたみに・③（2164）

【訳】ものの数ではない（我が）家に、桜のその折々は、訪れよ、人は春の形見として。

【語注】○大宮大納言　「藤原（西園寺）公経。承元元年（一二〇七）十月―承久三年（一二二一）閏十月がその大納言時代。」（全歌集）。○かずならぬ　「身」と続く例が多い。①1古今754「…わすられぬらむかずならぬ身は」（よみ人しらず）。①2後撰179「かずならぬわが身山べの郭公…」（よみ人しらず）。○かずならぬやどに　④27永久百首17「かずならぬやどにははるもこざりせばくれぬをさへはなげかざらまし」（春「春日」俊頼）。○おり《（を）》〳〵　八代集三例。「動詞「折り」を掛ける。」（全歌集）。②4古今六帖787「をりをりにうちてたくひのけぶりあらば…」。○とへかし　西行の①8新古今51「とめこかし梅さかりなる我がやどをうときも人はをりにこそよれ」（春上）を想起させる。○とへかし人の　「けふ来ずは…〔私注―③130月清18「けふこずはにはにやあとのいとはれむとへかし人のはなのさかりを」（花月百首、花）〕他の作例があり、この頃流行した句か。」（全歌集）。④30久安百首1080「…とへかし人のこりはつるまで」（堀川）の先蹤がある。○はるのかたみ　八代集七例。○はるのかたみに　①3拾遺72「…ちりのこらなんはるのかたみに」（よみ人しらず）。

▽他人歌。公経よりの手紙の歌。下句倒置、「春の形見に人の訪へかし」の語順。ものの数にも入らない我が家であっても、桜のその時々は、春の形見として人・あなたは訪れて下さいと願う。送られた定家に、③133拾遺愚草614「宮人の袖にまがへるさくら花匂もとめよ春のかたみに」（花月百首、花五十首）、③同1322「しのばるるときはの山《もり（夫）》の岩つつじ春のかたみの数ならねども」（夏。②16夫木2340）がある。

B379「数ならぬ宿はつねにはとふ事もかたけれはせめて花の折折をも春のかたみかてらにとへかしと也大宮の大納言は西園寺相国の御事とぞ返し」。

返し

2064　おほかたの春にしられぬならひゆへ《ゑ》／たのむさくらもお《を》りやすぐらむ《ん》・③
（2165）

【訳】おおよそ一般の春に知られぬならいであるゆえに、頼みにする桜も時期がきっと過ぎていることでしょう。

【語注】○おほかたの　2059前出。「世間一般の」（全歌集）。①1古今185「おほかたの秋くるからにわが身こそ…」（よみ人しらず）。⑤354栄花物語157「大方の桜も知らずこれをただ待つよりほかの事しなければ」（巻第十四　あさみどり、弁の乳母）。　○おほかたの春　④35宝治百首680「大かたの春の日数もすぎ行けば梢は花の色ものこらず」（春「落花」下野）。④38文保百首307「大方の春はすぐとも形みとてたもとにとまる梅がかもがな」（春、内経）。④40永享百首73「おほかたの春のならひやうき雲のかからぬ月もかすむ空かな」（春「春月」持基）。⑤44内裏歌合〈寛和二年〉7「さくらばなちりだにせず《せざりせ》はおほかたのはるをばをしと《をしとも》おもはざらまし」（「桜」能宣）。　○春にしられぬ　ここは不遇であること。①1古今323「…春にしられぬ花ぞさきける」（貫之）。　○上句　「世間一般の春とは縁がない習慣なので。」（明治・続拾506）。　○ならひ　名詞・八代集十一例、初出は「こころならひ」で、金葉381。　○お《を》り　「桜」の縁語「折り」が響く。」（明治・続拾506）。

▽普通一般・並の春に知られてはいない、沈淪の常であるので、頼りとし期待している桜であっても、時期が外れてしまうことでしょうと返す。同じ定家に2059「おほかたのまがはぬくも、かほ《を》るらむ／さくらの山の春のあけぼの」がある。①12続拾遺506 507、雑春「花ざかりに西園寺入道前太政大臣のもとよりおとづれて侍りける返事に」前中納言定家、末句「…らん」。

B380「大方の春にしられぬとは我宿の事也わか宿に春のなけれは桜の時分をもしらぬ也たのむとは大納言殿への時宜也」。

2065
（③2166）殷富門院皇后宮と申し、時まい《ゐ③》りて／侍《り③》しに権亮大輔などさぶらひて夕／花といふことをよみしに

つま木こりかへる山地《ぢ③》のさくら花／あたらにほひ《匂③》をゆくてにや見る

【訳】薪を樵って帰って行く山路の桜花（を）、惜しくもその美しさを行くてに見るのか。

【語注】〇殷富門院　「亮子内親王。後白河院皇女。寿永元年（一一八二）八月十四日、准母であるため皇后宮となり、文治三年（一一八七）六月二十八日院号を蒙った。」（全歌集）。殷富門院亮子（久安三年（一一四七）～建保四年（一二一六））は、式子の二つ歳上の姉であり、一一四九年生、一二〇一年死の式子の後、十五年生きた。〇権亮　「藤原公衡。大炊御門右大臣公能の男。」（全歌集）。〇大輔　「殷富門院大輔。」（全歌集）。百人一首90「見せばやな雄島のあまの袖だにも…」の作者、殷富門院に仕えた。〇夕花（題）　これのみ。〇つま木　八代集四例、うち新古今三。〇つま木こり　①2後撰1083 1084「…つまぎこるべきやどもとめてむ」（業平）。〇かへる山地　八代集四例、初出は詞花315、あとすべて千載集。⑤165治承三十六人歌合91「香をとめて尋ねきたれば桜花帰る山路ぞ道しるべなき」（「山中桜」寂念）。⑤176民部卿家歌合26「桜ばな梢をさして尋入りぬかへる山路を誰にとはまし」（「山花」朝経）。〇さくら花　①1古今49「ことしより春しりそむるさくら花…」（つらゆき）。〇あたら　八代集にない。が、「あたらよ」は八代集四例。万葉394 391「…木に伐り行きつあたら船木を」。③125山家87「…あたらさくらのとがには有りける」。源氏物語「「君の御心はあはれなりけるものを。あたら御身を」など言ふ。」（「帚木」、新大系一―42頁）。〇ゆくて　八代集二例・金葉㈢79、千載440。

▽瓜木を刈る山路に咲いている桜を、残念なことにその美しさを遥か彼方の行手に見るだけなのかと歌う。

【参考】③14兼輔12「桜花匂ふをみつつかへるには《みても(続)》しづこころなき物にぞ有りける」（②15万代244。②16夫木1299）
③99康資王母51「ゆく雁はかへる山ぢの雪をみて花の都をおもひ出でなん」（「こしへまかる人に」。①16続後拾遺549）

④26堀河百首313「桜花山ぢもみえずちりにけりこれより春は暮行くかとよ」（春「三月尽」師時）

【類歌】⑤243新玉津島社歌合85「木のもとにけふはくらさむさくら花かへさをおくれやまのはの月」（「尋花」基隆）

⑤250風葉95「さくら花匂ひこぼるる木がくれも猶うぐひすはなくなくぞみる」（さねただ）

2066（2167）　**建久七年三月關白殿宇治にて③／③山花留客といふことを當座③**

春きての花のあるじにとひなれて／ふるさとうとき袖のうつりが

【訳】春がやってきての桜という花の主に訪れ馴れて、（宇治の）故里に疎い袖の移り香であるよ。

【語注】**○建久七年**　一一九六年、定家35歳。　**○關白殿**　藤原（九条）兼実。　**○宇治にて**　「兼実・良経父子はこの時平等院で一切経供養法会を行っている。」（全歌集）。　**○山花留客（題）**　これのみ。　**○當座**　その座で出題されて詠じること。即詠。　**○花のあるじ**　①2後撰395「…花のあるじやいくよなるらん」（雅正）。①12続拾遺490 491「今更に春とて人もたづねこずただやどからの花のあるじは」（雑春、師良）。②14新撰和歌六帖74「春ならぬ花のあるじもありといはばうづきかきねを人やとはまし」（「うの花」）。②15夫木1328「とふ人のみすててかへる山ざとに花のあるじの名こそをしけれ」（春四、花、為家）。　**○とひなれ**　八代集にない。④35宝治百首490「都人外のさかりにとひなれて…」（実雄）。⑤199八幡若宮撰歌合〈建仁三年七月〉8「かはらずよいはでこしよにとひなれて…」（長明）。「なれ」と「うとき」が対。　**○袖のうつりが**　当然ながら恋の詞。③130月清818「はなちりてこのもとうとくなるままにとほざかりゆくそでのうつりが」（院第二度百首、春。⑤197千五百番歌合542）。⑤175六百番歌合739「ありしよのそでのうつり香きえはてて…」（女房）。　**○うつりが**　八代集八例。

【本歌】①3拾遺1015「春きてぞ人もとひける山ざとは花こそやどのあるじなりけれ」（雑春、公任。①3拾遺抄388。②

5金玉21。②7玄玄52。②8新撰朗詠114）

▽第一、二句はの頭韻。本歌をふまえ、春がやって来て、（山）桜こそが我家の主《あるじ》であり、桜を人も訪れることに馴れてしまって、袖にはその移り香がし、一方宇治の故里とは疎遠となってしまったと歌う。同じ定家に、③133拾遺愚草1970「たのむべき花のあるじも道たえぬさらにやとはん春の山ざと」（建暦二年…、春）がある。「建久七年（一一九六）三月五日関白兼実宇治歌会。」（全歌集）。

B27（73頁）「宇治にての歌なれは山の字心にもたせられたる歟山花に馴て古郷人の袖の香にはうとくなりたる也」。

中宮女房船にて人③〳〵うたよみ侍《り》③しに

2067（2168）　たづぬとてならぶる舟の衣手に／花もさらにや春をしるらん

【訳】訪《と》い訪れるということで、並べている舟の（女房の）袖に、花も改めて春を知るのであろうか。

【語注】○中宮　「後鳥羽天皇の中宮藤原任子（兼実女、宜秋門院）。」（全歌集）。　○ならぶる　下二段・八代集六例、四段・同三例。　○衣手に　恋の詞。②4古今六帖426「衣手に山おろし吹きてさむきよを…」。　○や　詠嘆または疑問。　○春をしるらん　①3拾遺1003「…たきのおとにやはるをしるらん」（右近）。

▽下句はの頭韻。桜を訪れようとして並べている舟の女房の袖によって、桜も改めて春を知るのかと歌う。同じ定家の詠に、⑤184老若五十首歌合75「春霞かさなる山をたづぬとも都にしかじ花のにしきは」（春、定家。③133拾遺愚草1786）がある。「二〇六六と同じ時の船遊びの際に詠まれた作。『秋篠月清集』春により、歌題は「舟中見花」と知られる。」（全歌集）・③130月清1045「又の日、中宮の女房ども舟にのりて公卿殿上人など物のねならしてあそびけるに、はてつかたに人人舟中見花といふ事をよみけるに」（詞書）、同1045「ふもとゆくふなぢは花になりはてて…」。

2068 (2169)　大内の花ざかりに宮内卿③藤少将など／にさそはれて
春をへてみゆきになる、花のかげ《新古》／ふりゆく身をもあはれとやおもふ

【訳】春をへて、御幸・深雪に慣れている花の蔭（に）、降り古くなってゆく我身をもあはれと思うことであろうか。

【語注】○宮内卿　「藤原家隆をさすか。ただし、この時家隆は同席していたとは考えられない。定家の記憶違いに基づく誤記か。」（全歌集）。　○藤少将　「藤原（飛鳥井）雅経。新古今撰者の一人。」（全歌集）。　○みゆき　「行幸（御幸）」に「深雪」を掛ける。」（全歌集）・「行《御》幸」「み《深》雪」。　○みゆきになる、　「「行幸」をいつもお迎えしていた意と、いつも「深雪」となって降って（散って）いた意を掛ける。」（新大系）。　○花のかげ　八代集十例、他「花のしたかげ」八代集一例。①1古今95「…くれなばなげの花のかげかは」（そせい）。「左近の桜の意。左近衛府の官人は左近の桜の下に、…立つ習慣となっていた。」（全評釈）。　○ふりゆく　八代集五例。「「古り」に「雪」「花」の縁語「降り」を掛ける。」（全歌集）。「「古る」とは近衛司として行幸時には花下に陣を引いていた長年の習いをいう。「降る」は源家長日記にも当日一かことがましきまで花はこぼれ落つ」とある。」（新大系）。　○あはれ　「同情に値するの意。」（全評釈）。　○あはれとやおもふ　「花に対しての歎きの詞。」（完本評釈）。

▽末句字余（お）。春をへて、幾度も深雪となって降り散ることに馴れていた大内の桜の蔭で、古く老いゆく我身をも、桜は〝あはれ〟と思うのかと歌う。定家にしては珍しく、西行的な実情・抒情歌。同じ定家に③133拾遺愚草1736「春をへて雪とふりにし花なれど猶《ば(御)》みよしのの曙の空」（仁和寺宮五十首、（春）。④41御室五十首506）がある。建仁三年（一二〇三）二月二十四日大内花見における詠。定家は42歳。明月記、同日の条。後鳥羽院御口伝「惣じて…あらはなり」。①8新古今1455 1454、雑上「近衛づかさにて年ひさしくなりて後、うへのをのこども、大内の花見にまかれりけ

るによめる」藤原定家朝臣。⑤277定家十体112、定家。⑤305後鳥羽天皇御口伝6、左近中将定家、初句「としを経て」、第四句「ふりぬる…」。⑤328三五記74、定家。⑤399源家長日記106、中将定家、初句「年を…」、第二句「…なれし」。

久保田・研究523頁「むしろ、和歌を通じて不遇を訴えることが一つの美徳だったのである。…これ〔私注―当詠〕を自ら低く評価しようとした定家の態度を難じていることなどを思うべきである。」。

安日127、128頁「『定家十体』のなかの「有心様《（ママ）》」（…）の例歌…「有心体」が実情性ないしは抒情性への傾斜を、その性格として有していたこと」、同465頁「『五音三曲集』に見えるもの」。

集抄「かくみゆきに馴る花なれば、わが近き衛《マモ》りにて、供奉仕りて、久しく年ふり行て、昇進をもせぬ身を、哀とや思ふと、花に読かけての述懐にや。是も行幸を深雪にそへてふりゆくと読給也。」。美濃「めでたし、初二句は、春ごとの行幸に供奉して、なれたるよし也、近衛づかさは、必供奉すること也、三の句、陰なる、といふによし有、さてみゆきといふに、花の雪をかねて、その縁にふりゆくといひて、我身の昇進もえせで、年のふりゆくにいひかけたり、身をものもじは、わが花の雪とふりゆくをあはれとおもふにつけて、花も又我をあはれとや思ふといふ意なり、〽もろともに哀とおもへ山ざくら云々、」。全書「定家は、…左近衛府将官たること十五年。」。全集「はかばかしい昇進もなく年経た嘆きを訴える作者の姿とが、渾然と融合して、哀感を美しく広がらせている。」。完本評釈「定家は…二十一年間を近衛司であった。…「春」は、定期の任官・昇進の時となっていた。…廷臣として昇進の遅いことを歎いた心である。…この種のものとしては類を超えたゆかしいものである。実感の表現ではあるが、遺憾なく文芸化されて、その意味では題詠の仮想の歌と異ならない、渾然としたものとなっている。句句充実しているが、完全に統一づけられて、しめやかに、一脈の哀感の流れている形である。美しくあわれな歌である。」。集成「桜（花）に寄せる雑歌。…いつまでも同じ官にとどまっている嘆きを花に対して訴えた述懐の歌。」。新大系「「桜」に寄せる。…右日記〔私注―源家長日記〕は、この歌を聞いた院が早速翌日花見に駆けつけたことを記し、」。全注釈「定家自身は本当にこの自詠に対して否定的だったのであろうか、どうであろうか。」。

【参考】③126西行法師51「春をへて花のさかりにあひきつつ思ひで《いで(御)》おほき我が身なりけり」（春「花」。⑤172御裳濯河歌合11）

【類歌】①10続後撰96「はるをへて花をし見ればとばかりをうきなぐさめの身ぞふりにける」（春中「花歌の中に」知家）

③131拾玉1320「春をへてはなをあはれと思ひしる心のやどはみよしのの山」（花月百首、花）

④36弘長百首110「雲の上になれしむかしの花の陰なほもとしへておもひやるかな」（春「花」同〔＝寂西〕）

④42仏洞句題五十首102「花のかげ旅ねの嵐夜比へて月ぞなれ行く袖の手枕」（「橋下花」、（御製））

⑤230百首歌合〈建長八年〉509「せめてうき命なりけり春をへて花にわかるる物おもふ身は」（中納言）

⑤319和歌口伝83「花の色もうつろひかはる春をへてあはれいく世のしがのふる郷」（資平）

建保五年四月十四日院③にて庚申／五首③　春夜

2069
(2170)
山の葉《は③》の月まつそらのにほふより／花にそむくるはるのともし火

【訳】山の端の月を待っている空が、（月によって）美しくなった時から、花に背を向ける春の灯火であるよ。

【語注】○建保五年　一二一七年、定家56歳。　○春夜（題）　②6和漢朗詠27（白）・後述、同28（躬恒）、②8新撰朗詠23（白）、同24（以言）、同25（泉式部）／「二〇六　某年〔二月〕禖子内親王男女房歌合」、③132壬二2742…。　○山の葉の　①3拾遺439「つねよりもてりまさるかな山のはの…」（つらゆき）。　○月まつそらの　③131拾玉4052「ゆふまぐれ月まつ空の山のはをこよひたのめてたれながむらむ」（「暮山恋」）。　○はるのともし火　後述の和漢朗詠27や後述歌で分かるように漢詩語（句）。　**〇ともし火**　八代集四例、初出は千載1084。

▽下句はの頭韻。山の端の月の出を待っていた空が、月の出によって（美しく）輝いた時から、桜を賞美するのに邪魔にならぬよう、春の燈を背けると歌う。同じ定家に、③133拾遺愚草1413「にほふより春は暮行く山吹の花こそ花のなかにつらけれ」（関白左大臣家百首「暮春」）。④34洞院摂政家百首228）、末句が同一の③133同1610「ふかき夜を花と月とにあかしつつよそにぞきゆる春の釭」（韻歌（百廿八首和歌）、春）がある。「後鳥羽院庚申五首歌会。」（全歌集）・明月記。

①14玉葉211、春下「建保五年四月庚申に春夜」前中納言定家。⑤273続歌仙落書9、「仙洞庚申夜春夜と云ふ事を」民部卿定家。⑥10秋風和歌集79、春下「後鳥羽院のおほんときの庚申はるの夜といふことをよみ侍りける」前中納言さだいへ。

C475「宵灯共隣深夜月、《(D)》「にほふ」とは、月のにほ〱といで《出(ツ)》たる体也。月のいでぬあひ《ま(ツ)》だは、ともし火《び(ツ)》をか《(ママ)》ゞげて《(D)》花をみたるよし也。夜《よる(ツ)》も花をみる證《証(ツ)》歌也。」・D110。

六家抄「花の匂ふ時分、月を待心。そむくる灯前に注也。」。

全歌集「本文「背」…年春」〔私注―和漢朗詠27「燭を背けては共に憐れむ深夜の月　花を踏んでは同じく惜しむ少年の春」（春「春夜」白）〕」。

赤羽・一首228、229頁「若いころからの意識的な漢詩への接近が、ようやく身についてきたといってよいのではなかろうか。／定家は若いころから燈を好んで歌にとりあげた。…定家がとくに漢詩に傾倒した建久期と建保期に集中しているのも興味ぶかい。…後になるにつれて漢詩の直訳くささはなくなり、和歌的抒情の中に溶け込ませている。」。

安東236～238頁、「庭前に夜桜の景があってはあたら春の月の風情が失われる、と見ている歌」（236頁）。安田133頁「構成の確かな、絵画的で唯美の世界を現出せしめている作品」、同308、309頁「端麗にしてしかも縹渺たる幻想味を有している特質」（の歌）。同355、356頁「洗練された表現を持ち、感覚のあざやかな、構成の確かな歌。…自然の風景を深く凝視し、構成のしっかりした絵画的作品」。同357頁「花園院もまた、為兼と同様、主として造型的な手法と粘りのある調べとを、定家から学ばれた…院の歌は華麗さは乏しくなっているけれども、より内観的な深さを出しているといえるであろう。」。同546、547頁、「短歌形式の美しさを生かした、完成された表現のもとに、艶の美を湛えている作…余情深い一首」（547、548頁）。佐藤・研究447頁「漢詩文受容…朗27（私注―前述）…文集一三・633「春中与廬四周諒…」」。

【類歌】③131拾玉3680「花もにほふ春のともし火きえやらでかたぶく月に竹の一こゑ」（詠百首和歌「鶯」。②16夫木402。④32正治後度百首1007）

『玉葉和歌集全注釈上巻』、「参考」・和27「背…春」、「朗詠集の詩句を見事に取った秀歌。」。

⑤240院六首歌合128「山のはにあくるひかりのにほふよりいろこき空ぞうすくなりゆく」（「雑色」為名）

建保元年内裏詩哥合③　**山中花夕**

2070
(2171)　しぐれせし色はにほはずからにしき／たつたのみねのはるのゆふかぜ

【訳】かつて時雨した色は（今は）美しくならない、唐錦を裁つ立田の峯の春の夕風では。

【語注】**○建保元年**（**建暦三年**）一二一三年、定家52歳。**○山中花夕**（**題**）当歌と次歌のみ。**○しぐれせ**　八代集四例。**○からにしき**　八代集十二例。①1古今864「思ふどちまとゐせる夜は唐錦…」（よみ人しらず）。①1古今1002「…からにしき　たつたの山の　もみぢばを　見てのみしのぶ　神な月　しぐれしぐれて　…」（雑体・短歌、つらゆき。②4古今六帖2505）。①9新勅撰342「あしびきのやまとにはあらぬからにしきたつたのしぐれいかでそむらん」（秋下、雅経。④15明日香井1229）。④15明日香井314「そでのいろになれにし花のからにしきたたまくをしき夏ごろもかな」

（詠百首和歌、夏）。⑤22陽成院一親王姫君達歌合32「からにしきかぜのたつらんもみぢばはきりのたつにもおくれざりけり」（右）。　○たつたのみね　新国歌大観①〜⑩の索引では、他は⑦113隣女（雅有）554「…たつたのみねはもみぢしにけり」、⑩137道助法親王家五十首196「あさがすみたつたのみねの木のまより…」（孝継）しかなかった。「「にしき」の縁語「裁つ」を掛ける。」（全歌集）。　○はるのゆふかぜ　③132壬二1349「…匂ふにまよふ春の夕風」。④33建保名所百首76「…手向の山の春の夕かぜ」（家衡）。⑤197千五百番歌合451「…うらみはてぬるはるのゆふかぜ」（女房）。⑤207内裏詩歌合36「尋ねつつかすみを分けてみねの花匂ひぞふかき春の夕かぜ」（「山中花夕」）。　○ゆふかぜ　八代集八例、初出は後拾遺511。

▽下句の三つのリズム。竜田の紅葉を春へもってきて、立田の峰に、花の唐錦を裁つように春風が吹くが、（昨季）時雨によって、紅葉が唐錦の如く美しく色付いたほどには美しくならないと歌う。春の錦を歌ったものに、有名な①1古今56「みわたせば柳桜をこきまぜて宮こぞ春の錦なりける」（春上、そせい）がある。②16夫木1238、春四、花「建保元年内裏詩歌合、山中花夕」前中納言定家卿、末句「花のゆふかぜ」。⑤207内裏詩歌合〈建保元年二月〉14、詩歌合（二月二十五日）「山中花夕」、七番、右、（左持）、侍従定家卿、末句「花の…」、無判詞。C476「その《其(D)》時節〲をしやうくはん《賞翫(〃)》の心也。「たつたやま《立田山》」、もみぢのおもしろき《は紅葉の面白》所《きところ(〃)》なれど、花《はな(〃)》の春は猶〻《なを〲》面白《おもしろ(〃)》き也《と(〃)》。紅葉に《には(〃)》匂ひは《の(〃)》なかりしと也《にや(〃)》。」・D111。摘抄20「花のにしき、紅葉の錦などいへるは、紅の色に付ていふ事也。…時雨せし色はにほはず、春の夕風こそにほへと首尾したる也。」。

六家抄「時雨に秋もみぢの錦のやうにみえたるは匂はぬが、花のかくみえたるは匂ふ心也。花をもつてよめる也。」。全歌集「参考」・①8新古今566「からにしき秋のかたみや立田山散りあへぬ枝に嵐ふくなり」（冬、宮内卿）。

【類歌】④38文保百首1750「からにしきたつたの山の夕時雨わきてこのはの色やそふらん」（秋、実前）…2070に似る

2071（2172）　さくらがり霞のしたにけふくれぬ／ひとよやどかせはるの山びと

【訳】桜狩（をして）、霞のもとで今日は暮れはててしまった、一夜宿をかせ、春の山人よ。

【語注】○さくらがり　八代集二例。①3拾遺50「さくらがり雨はふりきぬおなじくはぬるとも花の影にかくれむ」（春、よみ人しらず）。　○山びと　八代集十一例。

▽三句切。桜狩をして霞のもとで、今日は暮れはててしまったから、今夜一晩宿を貸してくれと、山人へ呼びかけ、訴えかけた歌。⑤361平家物語（覚一本）77「行きくれて木の下かげをやどとせば花やこよひのあるじならまし」（忠度）が想起される。①11続古今115、春下「建保元年内裏詩歌合に、山中花夕」前中納言定家、末句「…やまもり」。⑤207内裏詩歌合16、八番、右、（左持上）、末句「…山風」、無判詞。⑤216定家卿百番自歌合16、八番「右　内裏詩歌合」、（左持）、末句「…山もり」、無判詞。⑤225定家家隆両卿撰歌合3「二番　左」、末句「…山もり」、無勝負、無判詞。

C477「本《ナシ(D)》桜がり…さくら《桜(ゞ)》がりを、そとくらがる雨といふ《云(ゞ)》事、《ナシ(ゞ)不用の。(ゞ)》ふ用。桜をもとむる《求(ゞ)》よし《ナシ(ゞ)》也。霞の下にておもほえ《ぼ(ゞ)》ず暮はてたれば、山もりもやどりを《ナシ(ゞ)》かせこ也。」・つ112。

六家抄「うちかすみたる山家のさま也。此山人とあるは山賤にては有まじきと也。山の辺にゐる人の心也。」。

全歌集「参考」・⑤175六百番歌合72「おもふどちそこともいはず《しら(新)》ゆきくれぬ花のやどかせ野べのうぐひす」（春「野遊」家隆。①8新古今82）。

新大系・百番16「左・曙と右・たそがれ。桜狩りに明け暮れた一日。」。

【参考】①5金葉二44 45「けふくれぬあすもきてみむさくらばなこころしてふけはるの山かぜ」（春、源師俊）

②10続詞花754「春霞花園山をあさたてばさくらがりとや人はみるらん」（雑上、よみ人しらず）

【類歌】①12続拾遺708 709「あしがらの山のふもとに行暮れて一よやどかる竹のしたみち」（羈旅、平長時）
①17風雅201 191「吹くとなき霞のしたのはるかぜに花の香ふかきやどの夕ぐれ」（春中「…春風を」家雅。⑤237仙洞五十番歌合12）
②16夫木14934「みかりするかり場のをのに今日暮れぬ山ざくら戸に宿やからまし」（雑十三、山ざくら戸、同〔＝家隆〕）
③132壬二2174「春霞たち出でて行けば桜がり野にも山にも鵼なくなり」（春「春日鷹狩と…」）
⑤220石清水若宮歌合48「桜がり山路もくれぬさらずとてやどらざるべき花の陰かな」（「暮山花」覚寛）

建保二年内裏詩哥合河上花《③》

2072
（2173）　花の色のおられ《を③》ぬ水にこす《さ③》さほの《を③》／しづくもにほふ宇治のかはをさ《續古》

【訳】花の色の、折ることができない水を越す棹の水の雫も美しい宇治の川長であるよ。

【語注】○建保二年　一二一四年、定家53歳。　○河上花（題）　③132壬二2083、2084、2184、③133拾遺愚草2173、2174〔当歌、次歌〕、2187。　○花の色の　①1古今583「秋ののにみだれてさける花の色の…」（つらゆき）。　○さほ《（を）》　八代集十七例。　○宇治のかはをさ　①19新拾遺182「ちりはつる山吹のせに行く春の花に棹さすうぢの川長」（春下「…、河款冬」西園寺入道前太政大臣。②16夫木2053）。③67実方288「うぶねさすうぢのかはをさかずかずに…」。⑤421源氏物語629「さしかへる宇治の川長朝夕のしづくや袖をくたしはつらむ」（「橋姫」（大君））。　○かはをさ　八代集にない。③58好忠24「あさなぎにさをさすよどのかはをさも…」。

【本歌】①1古今43「春ごとにながるる河を花と見てをられぬ水に袖やぬれなむ」（春上「水のほとりに梅花さけりけるをよめる」伊勢。②3新撰和歌89。②4古今六帖1459。「本歌」（全歌集、新大系・百番22）

▽初句字余（い）。本歌をふまえて、毎年春ごとに、流れているうすの水に映っているので、（それと見る）桜（の色）を折ることができないで、袖を濡らすのだが、その水の上をさしこす船頭の棹の雫も美しく光ると歌う。同じ定家に③133拾遺愚草192「よそにても袖こそぬるれみなれざを猶さし帰るうぢの川をさ」（二見浦百首「河」）、③133同2629「如何せむさすがよなよなみなれざをしづくににごるうぢの川をさ」（下、恋）がある。「建保二年二月三日内裏詩歌合（散逸）での詠。」（全歌集）。①11続古今116、春下「同二年詩歌合侍りけるに、河上花を」前中納言定家。⑤216定家卿百番自歌合22、十一番「右勝」内裏詩歌合」、第三句「さすさをの」。不審188「…水にヽこす棹の——「こす《小歟》」トハ如何。」。六家抄「水に花のかげのうつりたる也。こすさほは水の上をとをす心也。おさはつかさどるもの、事、舟人なり。」。『続古今和歌集全注釈』116「☆「春ごとに…〈私注—【本歌】〉「さしかへる…〈私注—【語注】の⑤421源629〉「この里と…〈私注—①9新勅撰1370 1372「このさとといはねどしるきたに水のしづくもにほふきくのしたえだ」（雑五、橘広房）〉。

【類歌】③132壬二2529「こすさをのしづくも色はかはりけり紅葉ばうつる宇治の川をさ」（秋「秋歌とて」）…2072に近い

2073
(2174)
なとり河《川③》はるのひかずはあらはれて《続後》／花にぞしづむせゞのむ《う》もれ木

【訳】名取川（に）、春の日数は顕われ見えて、花に沈んでいる瀬々の埋木であるよ。

【語注】**○なとり河**　八代集七例。陸奥国の歌枕。名取・噂になるということで、恋歌（本歌も）によく用いられる。①1古今628「みちのくに有りといふなるなとり河…」（ただみね）。**○あらはれ**　下の「しづむ」「むもれ」と対。「〈名取〉の縁語「洗はれ」をも掛ける。」（続後撰和歌集全注釈135）。**○しづむ**　「〈現はれて〉と対照させる。」（同）。**○せゞ**　八代集十五例。**○むもれ木**　八代集十五例。

【本歌】①1古今650「名とり河せぜのむもれ木あらはれば如何にせむとかあひ見そめけむ」（恋三、よみ人しらず。②4古今六帖2661。「本歌」（全歌集、新大系・百番23、明治・万代418））
▽本歌をふまえて、名取川においては、露顕したらどうしようかと思って逢い初めたのでしょうかという、その瀬々の埋木は落花に沈んで見えることによって、春の日数の経過があらわれ分かると歌う。同じ定家に、③133拾遺愚草2633「せきわびぬいまはたおなじ名とり川あらはれはてぬせぜの埋木」（下、恋）、③133同2634「名とり川ゆくての浪にあらはれてあさくぞみえんせぜのむもれ木」（下、恋）がある。「名取河」と「瀬瀬の埋木」（、「あらはれ（て）」）は付き物ゆえに、また歌いやすいせいか、おびただしい【類歌】がある。①10続後撰135 126、春下「建保二年内裏詩歌をあはせられけるに、河上花」前中納言定家。②15万代418、春下「おなじ内裏詩歌合に、河上花を」前中納言定家。⑤216定家卿百番自歌合23「十二番　左持　同上（＝内裏詩歌合）」。⑤225定家家隆両卿撰歌合9「五番　左」。⑤335井蛙抄111。九代抄。
C478「本《ナシ(D)》なとり河せゞの…「むもれ木《埋(ソ)》」はなを《猶(ソ)》〳〵花にうづもれ《埋》、《て、(ソ)》春の日数のあらはるゝよし也《由なり(ソ)》。花《はな(ソ)》のちるをもつて、春の日数をあらはしたると也。」・D113。摘抄15「春もやうやう過行、花も今はと留がたき折ふし、…言語道断なる歌とぞ。」。六家抄「大なる木がよこにある也。それが時々あらはるゝ也。さあるによりてあらはるゝ事によめる。此哥は日数をあらはして埋木をしづめたる尤珍重也。落花にうづもるゝ心。日数のあらはれては暮春の心也。」。

安東208、209頁、「物静かな諦念のようなものも自ずと出ている。」（209頁）。

明治・万代418「落花の量が多くなって、春の深まりが顕著に感じられて、流れに洗われて顕れた埋もれ木も、落花の下に沈んでしまう。「あらはれ」と「沈む」が対となっている。」。

【参考】③58好忠535「さはだがはせぜのむもれぎあらはれてはなさきにけりはるのしるしに《ら波(夫)》」（②16夫木11222）…2073に近い
【類歌】①13新後撰212「名取河せぜにありてふむもれ木も淵にぞしづむ五月雨の比」（夏、為継）

①13同816 817「むもれ木のさてやくちなむ名取河あらはれぬべき瀬瀬は過ぎにき」（恋一「恋歌中に」津守国助女）

①15続千載1099 1103「いかにして朽ちだにはてむ名取河せぜの埋木あらはれぬまに」（恋一、少将内侍。④38文保百首3367）

①15同1124 1128「うしとてもあふにしかへば名取河よしあらはれよせぜの埋木」（恋一、平政長）

①18新千載1619「あらはれてくやしき物は名取川たえける中のせぜの埋木」（恋五、為子。④37嘉元百首2673）

①19新拾遺265「名取河せぜのむもれ木うきしづみあらはれて行く五月雨の比」（夏、為定。④38文保百首2524）…2073に近い

②16夫木6440「むもれ木もしばしもみぢの名とり川あらはれて行く冬の嵐に」（冬一、落葉、後九条内大臣）

④24慶運17「名取川こほり吹きとく春かぜになみの花さく瀬瀬の埋れ木」（春「春氷」）

④33建保名所百番953「あらはれてしづむ涙の名取河袖の色かは瀬瀬の埋木」（恋「名取河陸奥国」）…2073に近い

④33同957「名取河うき名ばかりはあらはれて思ふ心のせぜの埋木」（恋「同」）

④34洞院摂政百首456「五月雨にみくづのこらぬ名取川あらはれて行く瀬瀬の埋木」（夏「五月雨」行能）

④35宝治百首2798「あらはれて後はうくともなとり河逢ふはうれしき瀬瀬の埋木」（恋「寄木恋」御製）

④38文保百首1070「あひみずはよしあらはれよ名取川名もをしからぬせぜの埋木」（恋、為世）

④38同2429「名取川おもひはせぜにあらはれてむもれもにてず行くほたるかな」（夏、行房）

④39延文百首928「名とり川あらはれいでしむもれ木のみかさにしづむ五月雨の比」（夏「五月雨」賢俊）

⑤197千五百番歌合2452「おもふことしのべどいまは名とりがはせぜのむもれ木あらはれにけり」（恋二、保季）

⑤228院御歌合〈宝治元年〉164「名取川おもひ朽ちても年はへぬまだあらはれぬ瀬瀬の埋木」（「忍久恋」公相）

⑤244南朝五百番歌合114「春の夜の月はおぼろの名取河霞にしづむ瀬瀬の埋木」（春六、源頼武）…2073に近い

⑤367太平記４「陸奥のうき名取川流来て沈みやはてん瀬瀬の埋木」（三人僧徒関東下向事、円観上人）

内裏哥合、③ 朝落花

2074
（2175）

庭もせにうつろふころのさくら花／あしたわびしきかずまさりつゝ

【訳】庭も狭く、散り移ろう頃の桜花（は）、朝には侘しくさせる数がまさりつつあるよ。

【語注】○朝落花（題）　他は③132壬二2087のみ。　○せに　八代集六例。　○さくら花　①1古今69「春霞たなびく山のさくら花…」（よみ人しらず）。　○かずまさり　①2後撰697 698「…たのむ心ぞかずまさりける」（源もろあきらの朝臣）。

【本歌】①3拾遺724「ももはがきはねかくしぎもわがごとく朝《あした》わびしきかずはまさらじ」（恋二、つらゆき。①′3拾遺抄285。②4古今六帖2591。③19貫之571。⑤293和歌童蒙抄772。⑤299袖中抄885。「全歌集」）

▽本歌をふまえて、庭も狭く見えるほど、桜が散る時分は、幾度も羽ばたきをする鴫もまさらない、暁の別れのわびしさの数の如く、朝ごとにわびしさが数まさると歌う。本歌の「数はまさらじ」に対して、「数まさり（つつ）」という。「建保三年三月順徳天皇の内裏での詠か。→二〇四一。」（全歌集）。C479「日ごとにちりそはんほどに、あしたわびしきと也。「庭もせ」は、庭もせばきほどに也（D と也）。／本 百羽がき…」・D（ナシ）114。摘抄191「二の句「うつろふ比の」といへるに、はや惜心侍り。…「紅葉のながれざりせば」の歌の心の類なるべし。」」。

【参考】⑤165治承三十六人歌合279「侘人の宿にはうゑじ桜花ちれば歎の数まさりけり」（「家の花の散るを見て」師光）

2075
（2176）　同詩哥合山居春曙（ママ）、③　二首之内（ナシ③）

名もしるし峯のあらしも雪とふる／山さくら戸のあけぼのゝそら

【訳】名も明らかだ、峰の嵐も（花の）雪と降る山の、山桜の桜戸を明ける曙の空であるよ。

【語注】○山居春曙（題）③132壬二2079、2080、③133拾遺愚草2148、2176（当歌）、③131拾玉4172～4176。○名もしるし「嵐山という名もしるく、」（全歌集）。「「名」を曙や嵐山とする説、諸註に見える。」（新大系・百番24）。「「山桜戸」という名の通り、ということ。」（新勅撰・全釈94）。「「嵐山」という名前もその特徴がはっきりと顕れている。」（明治・新勅撰94）。○峰のあらし　八代集十二例。①2後撰1289 1290「ははそ山峰の嵐の風をいたみ…」（つらゆき）。○第二～五句「「峰の嵐も雪と降る山桜」「山桜戸の開け」「曙の空」と鎖る。「山桜戸」は題を承けて、山桜が咲く山居（の戸）の意。▽「山（の）桜」を次歌と共有。」（明治・新勅撰94）。○山さくら戸「さくら戸」と共に八代集にない。「山桜でできた戸、そして山桜に包まれた山家の戸口の映像。」（新大系・百番24）。「山の桜の木で作った粗末な戸、あるいは家。」（新勅撰・全釈94）。「ふる山」「山桜」、「山桜」「桜戸」の掛詞。②4古今六帖1375「あしひきの山ざ《サ(万)》くらど《ト(〃)》をあけおきてわがまつ君をたれかとどむる」（「と」。②1万葉2624 2617。「参考（歌）」（全歌集、新勅撰・全釈94、明治・新勅撰94）」。③118重家284「あしびきの山ざくらどにとざしせよ…」。③124殷富門院大輔26「あしびきのやまざくらどのわびしきは…」。○あけぼのゝそら　八代集七例、初出は金葉118。恋の詞。また「曙」は、上記も含めて、初出は後拾遺1102。「開・明け」掛詞。

▽初句切。峰の嵐も雪の如く降る山桜の下、山桜戸を開けて見る曙の空は、名もぴったりだと歌う。同じ定家に③133拾遺愚草362「さびしさは霜こそ雪にまさりけれ峰の梢の明ぼのの空」（閑居百首、冬）、③133同1736「春をへて雪とふりにし花なれど《ば(御)》猶みよしのの曙の空」（仁和寺宮五十首、（春）。④41御室五十首506）がある。「建暦二年五月十一日内裏詩歌合→二〇四八。」（全歌集）。①9新勅撰94、春下「（建暦二年のはる、内裏に詩歌をあはせられ侍りけるに、山居春曙といへる心をよみ侍りける）」権中納言定家。⑤216定家卿百番自歌合24、十二番「右　同上（＝内裏詩歌合）」。⑤225定家隆両卿撰歌合7「四番　左」中納言定家。⑤314詠歌一体59。⑤335井蛙抄60、権中納言定家。九六古新註。九代抄。

Ｂ381・47頁「山居春曙此五文字は山桜戸と云名もしるしと也嶺の嵐も雪とふるとは山家のさま也かきりなき曙也秘蔵せられて新勅撰に入られたる歌也」。Ｃ480「「名もしるし」とは、あけぼの《曙(D)》、の《の(ㇱ)》事を云り。あくる時分はしろき《白(ㇱ)》物《もの(ㇱ)》なれば、その《其(ㇱ)》上に桜も雪のごとく白妙にて、曙といふ《云(ㇱ)》名のしるきよし也《は(ㇱ)》。」・Ｄ115。不審189「五文字如何。※1惣の心如何。※2／※1合点　※2山桜戸ト云名モシルシト也。誠ニ名ノ如クナルト也。」。六家抄「さくら戸は桜の辺に有宿也。曙の落花を興ずる人の名をしると云心か、又花の雪とふるをみてさくら戸の名もしるしと云心也。右、花をふく風のあらしと云名をしる心か、風のあらひなを知心歟。桜戸にゐる人の名をしらる、心、むべ山かぜを嵐と云心歟。」。

赤羽・一首86頁「曙の気分は艶で、夢幻的な雰囲気を伴う。色彩感覚としては、白か桜色のほのぼのとした色である。」。安東209～212頁、「嵐山を眺望しての或日或時の実感のようにも読める歌である。」（210頁）、「若紫の巻はほのかに匂っているのかもしれぬ。」（212頁）。安田164、165頁「有心体確立期の歌…艶の美を強く有する歌…より実情的な発想法、より平淡な美意識へと、その心は傾斜していたのだと考えられる。」。

明治・新勅撰94「一花一…定家は参考歌を本歌に「あしびきの…（私注―③133拾遺愚草2016「足びきの山さくら戸をまれに明けて花こそあるじたれを待つらん」（仁和寺宮五十首、春「山花」））とも詠む。」。新勅撰・全釈94「作者の自信作であったことがうかがわれる。後世秀逸の作とされながら、その解釈は必ずしも一致しているわけではない。次に「名もしるし」「山桜戸」の諸説について整理してみる。」、前者…①「嵐」、②「嵐山」、③「山桜戸」、④「曙」、⑤〝住人〟説、後者①～⑤、「以上、各五説。／まず、「名もしるし」については「山桜戸」説をとるのが妥当であろう。また「山桜戸」については、①の桜の木で作った粗末な戸あるいは家と考えたい。ただし、家の近くには、当然桜の木がたくさんあるものと考えられる。当時の「山桜戸」の用例…『拾遺愚草』二〇一六〔私注―前述〕…『壬二集』八一一…同、二二一二…『御室五十首』七九九・生蓮（師光）…」。

【参考】⑤15京極御息所歌合28「さくらばなゆきとふるめりみかさやまいざたちよらむなにかくるやと」（躬恒）

⑤15同29「やまのなにたちしもよらじさくらばなゆきとふるともいろにぬれめや」

【類歌】①8新古今130「山たかみ嶺のあらしにちる花の月にあまぎるあけがたの空」（春下、二条院讃岐）

④15明日香井540「春風にありかをとへば足引の山ざくら戸のあけぼのの空」（春日社百首、春）…下句同一

⑤218内裏百番歌合〈承久元年〉31「みねふかき山さくらどのいたづらに明けぬくれぬと花ぞふりしく」（「深山花」為家）

建保四年閏六月内裏哥合春③十首之中

2076（2177）

ちる花は雪とのみこそふるさとを／心のまゝに風ぞふきしく

【訳】散ってゆく花は雪とばかり降る古里を心のままに風が吹きしきることよ。

【語注】○建保四年　一二一六年、定家55歳。　○ちる花は　①3拾遺303「ちる花は道見えぬまでうづまなん…」（よみ人しらず）。　○ふる　掛詞（「古里」「降る」）。　○ふるさとを　①2後撰399「旧里をわかれてさける菊の花…」（よみ人しらず）。　○心のまゝ　八代集五例、初出は後拾遺91。　○心のまゝに　③105六条修理大夫188「さほやまにやなぎのいとをそめかけてこころのままにかぜぞふきくる」（百首和歌、春「柳」。㊁26堀河百首117）…下句似る。　○風ぞふき　①1古今105「…うつろふ花に風ぞふきける」（よみ人しらず）。　○ふきしく　八代集三例、すべて後撰。「敷く」との掛詞か。

【本歌】①1古今86「雪とのみふるだにあるをさくら花いかにちれとか風の吹くらむ」（春下「さくらのちるをよめる」凡河内みつね）

①1同111「こまなめていざ見にゆかむふるさとは雪とのみこそ花はちるらめ」（春下、よみ人しらず。②3新撰和歌79。②4古今六帖1300。「本歌」（全歌集））

▽二つの本歌をふまえて、桜の花びらは、雪とばかり降るように散ってさえいるのに、馬を連ねて見に行こうとする古里を心のままに、散れとばかり風が吹きしきると歌う。同じ定家に、③133拾遺愚草17「春ののにはなるる駒は雪とのみちりかふ花に人やまどへる」（初学百首、春）がある。⑤213内裏百番歌合〈建保四年〉22、歌合建保四年閏六月九日、判者定家、十一番「右」（「左勝」）、治部卿定家、初句「さく…」、「花よりにしの山のはの月、左右歌人ともに詠吟声満多、不申其非為勝」。佐藤・研究444頁「漢詩文受容…朗129〔私注―②6和漢朗詠129「落花狼藉風狂後　啼鳥竜鐘雨打時江」（春「落花」）〕」。

【類歌】④18後鳥羽院1642「みよし野や花はかはらず雪とのみふるさとにほふ明ぼのの空」（「同月日六首、和歌所、故郷春曙」）

2077 (2178)　正治二年九月十首哥合落花③

わがきつるあとだに見えず櫻花／ちりのまがひのはるの山風

【訳】私がやってきた跡さえも見えない桜花よ、散りのまがいの春の山風であるよ。

【語注】○正治二年　一二〇〇年、定家39歳。○落花（題）①5金葉二60 63（長実卿母）、解題20（俊頼）、⑥1金葉初度92（覚樹）…②6和漢朗詠131（貫之）、132…④27永久百首92～98…。○あとだに見えず　①2後撰904 905「ふりやめばあとだに見えぬうたかたの…」（よみ人しらず）。○櫻花　①1古今49「ことしより春しりそむるさくら花ちるといふ事はならはざらなむ」（春上、つらゆき）。②4古今六帖4190「風ふかぬほどにをりてん桜ばな我がてからこそちらばちらさめ」（「さくら」みつね）。○ちり（名）八代集一例・古今72（本歌）、しかし動詞は多い。○まがひ（名）八代集十一例。○はるの山風　八代集一例・古今72（本歌）、他「まがひす」八代集二例、これも八代集一例・古今72（本歌）、他「まがひす」八代集二例、これも動詞は多い。

①1古今91「花の色はかすみにこめて見せずともかをだにぬすめ春の山かぜ」（春下、よしみねのむねさだ）。

【本歌】①1古今72「このさとにたびねしぬべしさくら花ちりのまがひにいへぢわすれて」（春下、よみ人しらず。「全歌集」）

①1同295「わがきつる方もしられずくらぶ山木木《やま(敏)》のこのは《もみぢ(是)》のちるとまがふに」（秋下、としゆき。②3新撰和歌86。③8敏行10。③16是則解1）

▽下句、三つののリズム。三句切、倒置法か。二つの本歌をふまえて、桜花は春の（くらぶ）山風によって、秋の木々の木葉の如く散り乱れて、そのために私のやってきた跡・方角さえ知られず見えない、そして家路を忘れて、この里に旅寝をすることになってしまいそうだと歌う。同じ定家に⑤197千五百番歌合525「とまらぬはさくらばかりを色にいでてちりのまがひ《よ(拾)》にくるるはるかな」（春四、定家。③133拾遺愚草1018）がある。①15続千載138 139、春下「正治二年九月十首歌合に、落花」前中納言定家。⑤181仙洞十人歌合25、正治二年九月十二日「十三番　左持」定家朝臣、第二句「かた…」、「左右ともによろしく侍り」。

六家抄「落花に道もわかぬ心。ちりのまがひは散まがふ心也。大方の落花にてはなしとみるべし。」。全歌集「参考」・①1古今349「さくら花ちりかひくもれおいらくのこむといふなる道まがふがに」（賀、業平）、「…桜花は散り乱れて、そのために迷ってしまって。」。

【参考】①1古今87「山たかみみつつわがこしさくら花風は心にまかすべらなり」（春下、つらゆき。②4古今六帖4222）

①5金葉二44 45「けふくれぬあすもきてみむさくらばなこころしてふけはるの山かぜ」（春、源師俊）

②10続詞花43「春風はふくともちるな桜花春の心よわれになしつつ」（春下、通俊）

④26堀河百首313「桜花山ぢもみえずちりにけりこれより春は暮行《行く(六)》かとよ」（春「三月尽」師時）

【類歌】①21新続古今227「つぎてふる雪かとぞみる山桜ちりのまがひにさける卯花」（夏「…、卯花を」後香園院入道関

白前左大臣）
③132壬二515「ひさかたのひかりのどかに桜花ちらでぞ匂ふ春の山かぜ」（院百首、春。①13新後撰80）
④34洞院摂政家百首199「春風か吹きにけらしな桜花山のかひより雪のちりくる」（春「花」但馬）
④43為尹千首154「面影ぞ猶うとみえぬ桜ばなちるはうかりし春の山風」（春「花面影」）

院に詩哥合とてめされし、元久二年六月水郷春望（③水郷春望元久二年六月③）

2078（2179）

宮木もりなぎさの霞たなびきて／むかしもとほきしがのはなぞの

【訳】宮殿の木の番人もいなく、渚の霞はたなびいて、昔も遠い志賀の花園であるよ。

【語注】○元久二年　一二〇五年、定家44歳。○水郷春望（題）他、①8新古25（通光）、26（秀能）、36（太上天皇）／③132壬二2039、2040、③131拾玉4054～4070。○宮木もり　八代集一例・拾遺483（本歌）。③119教長32「みやぎもりはるはひばらにてもかけでかすみにのみやたなびかるらん」（春「春霞と…」）。○なぎさ「無き」との掛詞。○たなびきて　③58好忠536「かをとめてうぐひすはきぬたなびきてかくすかひなしはるのかすみは」。③125山家995「山もなきうみのおもてにたなびきてなみの花にもまがふしら雲」。○しがのはなぞの　八代集二例・千載67、新古今174。また「花園」は、八代集では「志賀の――」のみ。

【本歌】①3拾遺483「さざなみやあふみの宮は名のみして霞たなびき宮ぎもりなし」（雑上「大津《しがのみやこ》の宮のあれて侍りけるを見て」人まろ。②16夫木14282。③1人丸59、第二句「おほつのうらは《あふみのみやは》」。⑤292綺語抄300。「全歌集」）

▽本歌をふまえて、さざ波の打ち寄せる近江の宮は荒廃して名前だけとなってしまって、志賀の花園には、宮城の木守もいなくて、渚の霞はたなびき、昔もすっかり遠くなってしまったと歌う。①18新千載155、春下「元久二年詩歌合

に、水郷春望」前中納言定家、第四句「昔も遠し」。②16夫木14239、雑、故郷「元久二年詩歌合、水郷春望」前中納言定家卿。⑤203元久詩歌合24、十二番「右」、（「左勝」）、定家、無判詞。⑥20拾遺風体和歌集6、春「水郷春望」中納言定家。

C481「本《ナシ(D)》さゞ波や…霞にたちこめられ《立(ツ)》、《て、(ツ)》花ぞののとをきの《遠(ツ)》みならず、昔もとをき《遠(ツ)》と也。しが《「志賀」(ツ)》は旧都なれ《跡(ツ)》ばいへり《かくよめり。(ツ)》。」・

D116。

全歌集「参考」・①7千載67「さざ浪や志賀の花ぞのみるたびにむかしの人の心をぞしる」（春上、祝部成仲）。

【類歌】①10続後撰141 132「宮木もりなしとやかぜもさそふらんさけばかつちる志賀のはなぞの」（春下、土御門院御製）

2079
(2180)　あじろ木にさくらこきまぜゆくはるの／いざよふなみをえやはとゞむる

【訳】網代木に桜をまぜ合せて行く春のたゆたう波を止められないように、行く春を止めることはできない。
【語注】〇あじろ木　八代集八例。　〇あじろ木に　①3拾遺216「網代木にかけつつ洗ふ唐錦…」（よみ人しらず）。①4後拾遺385「あじろぎにもみぢこきまぜよるひをはにしきをあらふ心地こそすれ」（冬「宇治…」橘義通）。〇あじろ木に・いざよふなみ　型。①15続千載644 646「あじろ木にいざよふ浪をたよりにて八十氏川はまづこほりつつ」（冬「氷初結と…」後二条院）。②16夫木15746「あじろ木にいざよふ浪のよるを見てくれぬ日をさへいそぐいかだし」（雑十五、筏、祐挙）。④18後鳥羽院1220「あじろ木にいざよふ浪や氷るらん千鳥吹きよる宇治の川風」（冬）。⑤189撰歌合97「網代木にいざよふ波のおとはして月かげこほるうぢの河かぜ」（「河月似氷」家長）。⑤261最勝四天王院和歌222「網代木にいざよふ波の音ふけてひとりやねぬる宇治の橋姫」（「宇治河山城」慈円。①8新古今637）。〇さくらこきまぜ　③132壬二

2126「はるくれば桜こきまぜ青柳の葛城山ぞ錦なりける」（下、春「名所春といふ事を」）・ライバル家隆の詠は山、一方2079は波（宇治川）。○こきまぜ　八代集二例・①1古今56「みわたせば柳桜をこきまぜて…」（そせい）、後拾遺385（前述）。○ゆく　掛詞。○ゆくはるの　①3拾遺77「花もみなちりぬるやどは行く春の…」（つらゆき）。○いざよふ　八代集五例、初出は千載173。○えやはとゞむる　①3拾遺322「…涙をだにもえやはとどむる」（御めのと少納言）。①8

【本歌】②4古今六帖1645「もののふのやそうぢ川のあじろ木にい《ただ（新撰）》さ《ざ（新古、夫、袖）》よふなみのよるべしらずも」（「あじろ」人丸。①8新古今1650 1648。②1万葉266 264。②3新撰和歌301。②16夫木6692。③1人丸21。⑤294奥儀抄367。⑤299袖中抄958。⑤301古来風体抄37。末句「ユクヘシラズモ ゆくへしらずも」（万）、「ゆくへしらずも」（新古、新撰、夫、奥）。「全歌集、新大系・百番27」。安田148夏「（参考歌）」・（『万葉集』（小田）『新古今集』柿本人麿））

▽本歌をふまえて、宇治川の網代木に桜の花びらをまぜこぜにして流れ行く、行く春のたゆたい、よるべも分からない波は止められないと歌う。春に重点があるのか、それとも波か。表現上は波である。②16夫木2277、春六、暮春「元久元年詩歌合、水郷春望」前中納言定家卿。⑤203元久詩歌合22、十一番（「左持」）、「右」定家、第四句「…浪も」、無判詞。⑤216定家卿百番自歌合27「十四番　左持　院詩歌合」。不審190「…春の〜※いさよふ《ヒ》波の《ヲ》…如何。／※あじろ木ニいさよふ波、トヨメリ。「イサヨフ」ハ、シバラクトヾマル心也。」。

【類歌】④15明日香井1422「はしひめのまつ夜ふけゆく月かげもいざよふなみのせぜのあじろぎ」（冬）

④44正徹千首111「網代木にいざよふ花の波こえて八十うぢ山にちる桜かな」（春「水郷花」）

承久元年七月内裏哥合、③深山花

2080（2181）　山人もすまでいく世のいしのゆか／霞に花は猶にほひつゝ

【訳】仙人も住まなくなって幾世たったのか、石の床は、霞の中に花・桜はやはり咲いてにおい立ちつつあるよ。

【語注】○承久元年　一二一九年、定家58歳。　○深山花（題）　他、③132壬二2181、③133拾遺愚草1839、私家集大成・中古Ⅱ、86頼政Ⅰ46、47（同歌が③117頼政46、47にあるが、題詞（詞書）は異なる）、③130月清960のみ。　○山人　八代集十一例。仙人か、山賤か。和漢朗詠547（後述）によれば仙人。①1古今1076「まきもくのあなしの山の山人と…」。①8新古今719「山人のをる袖にほふきくのつゆうち払ふにも千世はへぬべし」（賀、俊成。⑤258文治六年女御入内和歌200）。　○いしのゆか　八代集にない。新国歌大観索引①～⑩では、他は②16夫木8984「…いしのゆかふくほらの山かぜ」（為家）のみ。和漢547による。また「ゆか」は八代集四例、初出は千載332。　○猶にほひ　⑤389土左日記54「きみこひてよをふるやどのむめのはなむかしのかにぞなほにほひける」（あるひと）。

▽「山人」も住まなくなって石の床は幾代経ったことか、霞の中に桜はやはり美しく輝いていると歌う。普通の人ならぬ仙人でさえもいなくなって歳月がずいぶん経ったのに…と、例の人（事）は変化・無常であるのに、自然は不変、常であるといふ観念に拠る。②16夫木14187、雑、仙家「承久元年内裏御会、深山花」前中納言定家卿、第四句「かすみに花の」。⑤218内裏百番歌合〈承久元年〉23、承久元年七月廿七日、判者、衆議判、隠名、「十二番　左勝　定家卿」、「山人もすまでいくよのといひ、霞に花は猶にほひつつと侍る、昔今の景気おもひやられて優なりとて、左勝とす」。B・47頁382「深山花み山のいく世もしらぬ石のさま也むかし山人なとも住つらんと思ふ風情也下句聞えたり」。佐藤・研究440頁「漢詩文受容…朗547〔私注―②6和漢朗詠547「石床留洞嵐空払　玉案抛林鳥独啼」（下「仙家」。「参考」（全歌集））〕」。

【参考】③81赤染衛門581「たれみよと猶にほふらんさくら花ちるをゝしみし人もなきよに」（①14玉葉2395 2382）

暮春雨

2081 (2182) うぐひすのかへるふるすやたどるらん／くもにあまねきはるさめのそら

【訳】鶯は帰って行く古巣（への道）を辿るのであろうか、雲に空いっぱい覆われている春雨の空を。

【語注】**○暮春雨**（題）他③132壬二2093のみ。**○うぐひすの** ①1古今4「雪の内に春はきにけりうぐひすの…」（二条のきさき）。**○うぐひすの・ふるす** 型。③67実方109「うぐひすのふるすといはばかりがねのかへるつらにやおもひなさまし」（「返し」）。④10寂蓮385「鶯のふるすをつげし跡なれば雲路よりなく郭公かな」（「五月」）。④32正治後度百首518）。④32正治後度百首310「花ををしむ友にはなりし鶯のふるすにかへるこころづよさよ」（「鶯」具親）。**○ふるす** 八代集十例。**○たどる** 八代集十例。**○あまねき** 八代集四例。**○はるさめのそら** ③132壬二2187「…あまりてつらき春雨の空」。③133拾遺愚草908「…我が身ふり行く春雨の空」。

▽三句切、倒置法。（春雨の）雲にすっかり覆われている春雨の空を見て、鶯は古巣への帰り道をちゃんと辿って行けたのかと思いやって歌う。同じ定家に、③133拾遺愚草2740「…うぐひすの　ふるすは雲に　あらしつつ…」（下「返し」）。②16夫木17386。⑤358増鏡17）、③134拾遺愚草員外484「鶯のふるすはさらにかすめどもうき老いらくの帰る日ぞなき」（述懐）がある。⑤218内裏百番歌合〈承久元年〉43、「廿二番　左　定家卿」（右勝）、第三句「たづぬらん」、「左歌、雲にあまねきなどいへる、さらにまくべきさまにあらず、いうなるよし頻申し侍るを、おして右を為勝」。

全歌集「家隆執筆の判詞「雲に…為勝」。本歌合で右は一貫して家隆。」、「参考」・和漢70「旧…雲」（後述）。

佐藤・研究442頁「漢詩文受容…朗70（私注―②6和漢朗詠70「新路如今穿宿雪　旧巣為後属春雲　菅」（春「鶯」））」。

【参考】③129長秋詠藻4「わが園を宿とはしめよ鶯のふるすは春の雲につけてき」（春。④30久安百首804。①17風雅53

43。②16夫木410）
⑤37一条大納言家歌合9「はるはまだのどけきものをうぐひすのかへるくもぢに心またじな」（「残鶯」）
【類歌】③132壬二519「鳴きとむる花かとぞ思ふ鶯のかへるふる巣の谷のしら雲」（院百首、春。①21新続古今167。⑤197千五百番歌合557）
④31正治初度百首1622「うぐひすのふるすにとめし郭公かへらばさそへ雲にいるこゑ」（春、寂蓮。②16夫木2738）
④32正治後度百首407「谷はいでて宮この空やたどるらんとやまの里の鶯の声」（春「鶯」隆実）
④40永享百首21「いとはやもふるすを出て鶯の雲井のどけき春にあふなり」（春「鶯」御製）
④40同402「帰りつる春の雲路やたどるらん空にまどへるはつかりのこゑ」（秋「雁」持基）
⑤185通親亭影供歌合118「なにゆゑか春をしまむうぐひすの帰るふるすもまがきなりけり」（「山家暮春」具親）

〔2082〕（2183）

左大臣殿よりやへざくらをたまふ／とて 承久三年三月

いたづらに見る人もなきやへざくら／やどからはるやよそにすぎなん

【訳】むなしいことに見る人もない八重桜だ、我家ゆえに春もよそに、無関係としてきっと過ぎてゆくのでしょうか。

【語注】**○左大臣殿** 「藤原（九条）道家。この直後の承久三年四月二十日摂政太政大臣になるが、承久の乱後の同年七月八日これを止められる。」（全歌集）。**○承久三年** 一二二一年、定家60歳。**○見る人もなき** ①1古今68（後述）。**○やへざくら** 八代集六例、初出は金葉308。

▽第三、四句やの頭韻。かいないことに、この八重桜を誰も見る人もなく、我家のせいで、春も（私にとって）無関

係なものとして過ぎ去るのかと、道家から送られたもの。師光歌によく見られる不遇、疎外意識がみえる。同じ定家に③133拾遺愚草15「中中にをしみもとめじ我ならでみる人もなき宿の桜は」（初学百首、春）がある。【類歌】が多い。

①12続拾遺86、春下「前中納言定家もとにやへざくらにつけてつかはしける」光明峰寺入道前摂政左大臣。

B383・48頁「春やよそに過らんとは人しれぬ宿なれは春をもよそにこそすくし侍らめと也述懐の心にやこの左大臣は光明峯寺殿の御事也」。

【参考】①1古今68「見る人もなき山ざとのさくら花ほかのちりなむのちぞさかまし」（春上、伊勢）。②6全歌集「参考」・①1古今351「いたづらにすぐす月日はおもほえで《ほかれど(和)》花見てくらす春ぞすくなき」（賀、ふぢはらのおきかぜ。和漢朗詠49。⑤166俊成三十六人歌合81）

⑤150南宮歌合32「徒らにやどに匂へる藤ばかま恋しき人のきてもみよかし」（「蘭恋」大僧正）

【類歌】①12続拾遺85「九重のまぢかきやどのやへ桜春をかさねて君ぞみるべき」（春下、資季）

①15続千載133 134「かすみたつ山のさくらはいたづらに人にもみえで《せ(万)ちり(〃)》春や過ぐらん《しぬ(〃)》」（春下、花山院。②15万代337）…〔2082〕に近い

③130月清1042「やへざくらをりしる人のなかりせばみし世のはるにいかであはまし」（「返し」。①10続後撰113。②15万代2781）

④14金槐208「故郷のもとあらのこはぎいたづらに見る人なしみさきかちりなん」（秋「故郷萩」）

④34洞院摂政家百首1568「宿はあれど一夜のとまりいたづらに人こそ見えね柴のあみ垣」（雑「旅」隆祐）

④37嘉元百首1401「かずならでふるのわかないたづらに春待ちえてもつむひとぞなき」（春「若菜」俊光）

⑤230百首歌合〈建長八年〉755「花もいとみるとしなくていたづらに春日と春の過ぎにけるかな」（真観）

⑤244南朝五百番歌合405「いたづらにみる人ぞなきあすか風ふくる川せの秋のよの月」（秋六、長親）

御返し

2082（2184）　やへざくらやどのさかりのちかければ／このはるの日ぞひかりそふらん

【訳】八重桜（のある）、家の盛《さか》えが近いので、この春の日は光を添え加えることでしょう。

【語注】**○やへざくら**　前歌（2081）。②16夫木1107「うつしううる神のみむろの八重桜はるの日よしの外にちらすな」（「…、春四、花、同〔＝為家〕）。③104俊忠49「この春はかさねてにほへやへざくらかすみとともにたちもはなれじ」（「…、花為春友」左中将）。④1式子333「故郷の春を忘れぬ八重桜これやみしよにかはらざるらん」。**○やどのさかり**　新編国歌大観①〜⑩の索引では、他は⑨27亮々遺稿（幸文）171「…宿のさかりを見するなりけり」しかなかった。**○ち****かければ**　①1古今321「ふるさとのよしの山しちかければ…」（読人しらず）。**○はるの日**　八代集八例。「春の陽」は八代集六例。

▽初、第二句やの頭韻。八重桜が咲き、家の繁栄も近いから、春の日ざしも必ず光を加えるでしょうと、慰め励ます。前歌とに、「八重桜」「宿」「春」が重なる。

B384・48頁「ちかければとは栄花の盛也此春の日とは春日の御神をこめていへり藤氏棟梁を賞してよめるにや」。

【類歌】①12続拾遺85「九重のまぢかきやどのやへ桜春をかさねて君ぞみるべき」（春下、資季）

2083（2185）　**おなじ三月八日内③よりしのびてめ／されし三首のうち野③花**

かくしつ、ちらずは千世《代③》もさくらさく／のべのいくかにはるのすぐらん

【訳】このようにしつつ、（桜がもし）散らなかったとしたら、いつまでも桜の咲く野辺は幾日にもわたって春は過ぎて行くことでしょう。

【語注】○内よりしのびてめされし　「順徳天皇の内裏からこっそりと召された。前年の承久二年二月十三日の内裏歌会での「野外柳」の詠（二六〇三）が父後鳥羽院の逆鱗に触れ、定家を内裏歌会に召してはならないとの意向が天皇に伝えられ、定家は以後籠居しているので、公式に定家の歌を召すことができなかった。」（全歌集）。○野花（題）　この題では、他、「八七　寛和元年八月十日内裏歌合」、「一七一　天喜六年八月右近少将公基歌合」、「一九八　承保二年八月廿日摂津守有綱歌合」、「一九九　承保二年九月内裏歌合」、⑦44郁芳門院安芸22、③82故侍中左金吾46のみ。○かくしつゝ　①1古今347「かくしつつとにもかくにもながらへて…」。①3拾遺1174「きみが世に今いくたび《ちたび（抄）》かかくしつつうれしき事に《をり（ヶ）》あはんとすらん」（雑賀、公任。①3拾遺抄595・（貫之））。③95為仲171「かくしつつ世をへてみつる秋の月今いくとせかあらむとすらむ」（「月前の述懐、…」）。○さくらさく　④28為忠家初度百首707「さくらさくのべはたたまくをしきかなふくはる風のゐひをすすめて」（雑「野酌」）。④29為忠家後度百首28「さくらさくふなをかやまのすそつかたはるはすぎうきとまりなりけり」（桜「旅泊桜」）。④41御室五十首456「うき世出でて誰ながむらん桜さくよし野のおくの春の明ぼの」（春、有家）。○いくか　八代集九例。

【本歌】①1古今96「いつまでか野辺に心のあくがれむ花しちらずは千世もへぬべし」（春下、そせい。「全歌集」）

▽本歌をふまえて、こうしてこのままで散らなかったら、千世にいついつまでも心があくがれて、日々がたってゆき、桜が咲く野辺で何日もにわたって春が過ぎてゆき、私は春を過ごすことだろうと歌う。同じ定家に、③133拾遺愚草1512「たまきはるうき世わすれて桜花《咲く花の（藤）》ちらずは千世ものべの諸人」（春「野花留人」。④45藤川五百首56）がある。

不審191「是又[※1]、てには[※2]心得がたく候、如何。／※1合点　※2無別儀候。「千世も」にて切テ可見候。」」。

海霞

2084（2186）　浦にたつもしほのけぶりしたふらし／かすみすてたるはるのゆくてを

【訳】浦に立つ藻塩の煙を恋い慕うらしいよ、霞み捨てていってしまった春の行手をば。

【語注】○海霞（題）　他③132壬二604、③133拾遺愚草1104のみ。　○もしほのけぶり　八代集六例。　○したふ　八代集十一例。　○かすみすて　八代集にない。名詞＋「捨つ」か。新編国歌大観①～⑩では、他になかった。　○はるのゆくて　これも新編国歌大観①～⑩の索引では、他は④18後鳥羽院610「けさこゆる春の行てにかすみけり…」、⑧35雪玉（実隆）5064「…はるのゆくてはさはりやはある」しかなかった。また「ゆくて」は八代集二例・金葉（三）79、千載440。

▽三句切、倒置法。浦に立つ春霞と藻塩の煙でもって、霞み捨て果ててしまった春の行く手を、浦に立ち上る藻塩の煙は思い慕っているらしいと、『全歌集』の言う如く、「春を男、煙を女に見立てて歌う。」恋歌仕立ての春詠。同じ定家に、③133拾遺愚草2701「おも影にもしほの煙立ちそひて行かたつらき夕がすみかな」（雑、旅）、⑤206賀茂別雷社歌合9「浦にたくもしほの煙立ちわかれ霞のなみにかへる雁がね」（「海辺帰雁」定家）がある。

C482「かすみも消はて、はるの名残もなきに、けぶりの春のいろを残すやうなれば、したふらしと也。」・D117。摘抄21「是は暮春の歌也。…能々引合て納得し給ふべし。」。六家抄「煙殿が暮春のかすみをしたふ心也。」。

【参考】①3拾遺1018「たごの浦に霞のふかく見ゆるかなもしほのけぶりたちやそふらん」（雑春、よしのぶ。①′3拾遺抄380）

③33能宣82「すまのうらのもしほのけぶりはるなればうらにかすみのなほやたつらむ」（「正月、すまのうらもしほやく所」）…2084に近い

③57兼澄122「たごのうらのもしほのけぶりうちがすみのどけくみゆる春のそらかな」（「たごのうら春」）
③129長秋詠藻100「…わかの浦人　かずそひて　藻しほの煙　たちまさり　行するまでの　…」（短歌一首。①9新勅撰1342・1344。④30久安百首901）
⑤73頼家歌合1「いつとなくもしほのけぶりたつしまにたなびきそふる春がすみかな」（春「立島」。②16夫木1486）

【類歌】①21新続古今2046「…心ちして　もしほのけぶり　行へなく　たちへだてたる　和歌の浦の　…」（雑下、雅縁）
⑤224遠島御歌合14「春霞なびく朝けの塩風にあらぬけぶりや浦に立つらん」（「朝霞」家清）

老後仁和寺宮しのびておほせられ／し五首、③河上花

2085（2187）　みなの河峯《川峰③》よりおつるさくら花／にほひのふちのえやはせかる、

【訳】みなの川（の）、峯から落ちる桜花（の）、美しい渕はよう堰き止められることができようか（、できない）。

【語注】**○仁和寺宮**　「道助法親王。後鳥羽院の皇子。」（全歌集）。**○河上花**（題）　他は③132壬二2083、2084、2184、③133拾遺愚草2173、2174のみ。　**○みなの河**　八代集一例・後撰776（本歌）。　**○みなの河・峯よりおつる**　型。①20新後拾遺782「みなの河ながれてせぜにつもるこそ峰より落つる木の葉なりけれ」（雑秋「…、落葉」摂政太政大臣。④39延文百首1057）。①21新続古今630「みなの川みねよりおつる紅葉ばもつもりて浪を又やそむらん」（冬、義重）。　**○さくら花**　①1古今49「ことしより春しりそむるさくら花…」（つらゆき）。　**○にほひのふち**　新国歌大観①～⑩の索引では、他は、⑧10草根（正徹）四例、35雪玉（実隆）三例、⑨3挙白（長嘯子）62「梅の花にほひのふちもあすか川…」・⑥32林葉累塵集90、⑨3同128「…匂ひの淵やいくせながれし」がある。桜花の「匂いは、淵のよう。その淵は」（全歌集）。

○るゝ　可能。

【本歌】①2後撰776 777「つくばねの峰よりおつるみなの河恋ぞつもりて《たま（六）》淵となりける《ぬ（百一）》」（恋三、陽成院。②4古今六帖1549。⑤275百人秀歌12。⑤276百人一首13。「全歌集」）

▽初、第二句みの頭韻。本歌をふまえて、みなの川の、筑波嶺の峯から流れ落ちる桜花の美しく輝く、恋が積ってなったような淵は堰き止められないと、恋の本歌でもって四季（春）を歌う。「以下二〇八八まで、嘉禄元年（一二二五）三月の詠。覚寛法眼五首、仁和寺宮五首と呼ばれるもの。定家六十四歳。」（全歌集）。②16夫木1426、春四、花「仁和寺宮にて、河上花」前中納言定家卿。

B385・48頁「河上花匂ひの淵とはふかき事也此淵はいか、せくへきと也ゆくゑもなく色もなき物なれはとりとめられぬ物を愛してよめる也」。

【参考】③115清輔34「をはつせの花のさかりやみなの河みねより落つる水のしら浪」（春「桜」。①20新後拾遺83）

【類歌】①12続拾遺118「つくばねのみねの桜やみなの川ながれて淵とちりつもるらむ」（春下、雅有）

④35宝治百首2666「みなの河恋の淵よりながれ出づる涙の滝はえやはせかるる」（恋「寄滝恋」成茂）

⑤230百首歌合〈建長八年〉827「みなの河おちくる嶺《け（夫）》はいかならん山のはこめてさける卯花」（前内大臣。②16夫木2414）

2086（2188）

野外花

ふりまがふさくらいろこきはる風に／野なるくさ木のわかれやはする

【訳】降り乱れ紛う桜の色が濃い春風に、野にある草木が見分けられようか、イヤできない。

【語注】○野外花（題）　他③132壬二2185のみ。　○ふりまがふ　四段・八代集一例・新古今545、下二段・八代集一例・新古今684。②2新撰万葉408「フユクレバ　ウメニユキコソ　フリマガヘ　…」。③133拾遺愚草2469「ふりまがふ雪をへだてていでつれど…」で分かるように、雪のイメージ。　○さくらいろ　八代集五例。　○はる風に　①2後撰31「梅花かをふきかくる春風に…」（よみ人しらず）。　○くさ木　八代集十三例。　○わかれ（やは）する　八代集六例。

【本歌】①1古今868「紫の色こき時はめもはるに野なる草木ぞ《も（奥）》わかれざ《もあはれな（六）》りける《り（六、奥）》」（雑上、なりひら。②4古今六帖3501。③6業平54。⑤294奥儀抄552。⑤299袖中抄1031、1035。⑤415伊勢物語78。「全歌集」）

▽本歌をふまえて、降り紛う桜の、紫（色）ではなく桜色の濃い春風に、芽も張る、目も遥かな野の草木は区別し見分けることはできず（、いとしく思われる）、と歌う。同じ定家に、④45藤川五百首311「めもはるにもえてはみえじ紫の色こきのべの草木なりとも」（「忍親昵恋」）。③133拾遺愚草1563）がある。

【類歌】①8新古今684「くさも木もふりまがへたる雪もよに春まつ梅の花のかぞする」（冬、通具。⑤197千五百番歌合2045）
①15続千載1662 1663「あさみどりあまねきめぐみ色に出でて野なる草木に春雨ぞふる」（雑上「春雨を」後二条院）
④34洞院摂政家百首19「夕がすみ色こき時はおしなべて野なる草木も春や知るらん」（春「霞」大納言四条坊門）

2087（2189）　庭上花

月草の色ならなくにうつしうへ《ゑ③》て／あだにうつろふ花ざくら哉

【訳】露草の色ではないのに、移し植えて、実りもなく移ろい散ってしまう花桜であるよ。

【語注】○庭上花（題）　他③132壬二2078のみ。　○月草　八代集四例。　○月草の　①1古今711「いで人は事のみぞよき月草のうつし心はいろことにして」（恋四、よみ人しらず）…本歌か。②4古今六帖3844「世の中の人の心はつきくさのうつろひやすき色にぞ有りける」（「つきくさ」）…これも本歌か。　**○色なら**　八代集六例、初出は後拾遺311。　○
うつしうへ《ゑ》　八代集五例、初出は後拾遺332。　**○花ざくら**　この詞は八代集十一例、あと「薄花桜」同二例。①1古
今73「空蝉の世にもにたるか花ざくら…」（よみ人しらず）。
▽第三句字余（う）。露草の色でもないはずなのに、移し植えたところ、かいなく桜は散ってしまうと歌う。同じ定家に③133拾遺愚草516「すみれつむ花ずり衣露をおもみ帰りてうつる月草の色」（重早率百首、春）がある。「月草」の歌ゆえ【類歌】が多い。⑤248和歌一字抄558、庭「庭上花」同〔＝定家〕。
C483「本《ナシ(D)》いで人は…いろ《色(ッ)》をうつすを、さくら《桜(ッ)》をうつしうゆる事によそへり《て(ッ)》。露草ぞめは、《ナシ(ッ)》あだにうつろひやすき《易(ッ)》物《もの(ッ)》なり《也(ッ)》。それを、《ナシ(ッ)》さくら《桜(ッ)》のあだに移《うつろ(ッ)》ふをよそへていへり《よめ(ッ)》。」・D118。六家抄「さくらは月草の色にはあらでうつろひやすき心。月草は早くうつろふ物なればかくよめる也。」。
全歌集「参考」・①1古今247「月草に衣はすらむあさつゆにぬれてののちはうつろひぬとも」（秋上、よみ人しらず）。
【参考】③100江帥463「つきくさのいろなるはなぞめづらしきちかくて《う(続)》見れば心《衣(ッ)》もうつりぬ」（「き経」）。①16続後拾遺511）
【類歌】①9新勅撰915 917「月草のうつろふいろのふかければ人の心の花ぞしをるる」（恋四、中宮但馬。④34洞院摂政家百首1382）
①11続古今1270 1278「つきくさのはなもあだにやおもふらんぬれぬにうつる人のこころを」（恋四「…、寄草恋」有教。④35宝治百首2853）
①13新後撰1147 1152「つき草の花のこころやうつるらん昨日にも似ぬ袖の色かな」（恋五「逢不遇恋…」土御門院
①15続千載1436 1439「月草の花色ごろもたが袖のなみだよりまづうつりそめけん」（恋四、源親教）
①16続後拾遺877 869「あだにのみうつるは安き月草の色こそ人の心なりけれ」（恋三、伏見院）
②14新撰和歌六帖2059「月草のはなだのおびの色もうしこなたかなたのうつりやすさに」（「つきくさ」）

③132壬二2711「程もなくうつろふ色を月草の露のよすがに何に憑むらん」（下、恋）
④22草庵605「つき草の色にさけばや朝がほのうつろひやすき花とみゆらん」（秋下「民部卿百首に」）
④39延文百首2417「つき草のはなにはあらぬ山桜いかでうつろふ色にさきけん」（春「花」源有光）…2087に近い
⑤221光明峰寺摂政家歌合11「月草の花ずりごろもあだにのみこころの色のうつりゆくかな」（「寄衣恋」資季。①10続後撰922 918。②15万代2497）…2087に近い
⑤250風葉91「をるからに色やかはらむ山ざくらあだにうつろふ花のにほひぞ」（ゆめぢにまどふ大納言女）
⑤358増鏡197「すみぞめの色をもかへつ月草の移ればかはる花のころもに」（第十七　月草の花、誰にかありけん）

閑中花

2088
(2190)　わが身よにふるともなしのながめして／いくはるかぜに花のちるらん

【訳】我身は世に古び、経るともなく物思ひにふけりながら降るともなく降っている長雨をみて、幾年にもわたっての春風に花がちるのであろうか。

【語注】**○閑中花**（題）他③132壬二2187のみ。**○ふる**「経（古）る、降る」掛詞。「「経る」に「古る」と「花」の縁語「降る」を響かせる。」（全歌集）。「「経る―降る」と呼応させる。」（『玉葉和歌集全注釈上巻』）。**○ながめ**「詠め、長雨」掛詞。「小町の本歌では「長雨」の意を掛けるが、ここではそこまで考えなくてよいか。」（全歌集）。**○ながめして**　①2後撰854 855「ながめしてもりもわびぬる人めかな…」（よみ人しらず）。拾遺愚草に例が多い。**○花のちるらん**　①1古今84「久方のひかりのどけき春の日にしづ心なく花のちるらむ」（春下、きのとものり）。

【本歌】①1古今113「花の色はうつりにけりないたづらにわが身世にふるながめせしまに」（春下、小町。③5小町1。

「全歌集」）

▽本歌をふまえて、私はこの世に為すすべもなく空しく年月を送り、年老いるともなく物思いをしながら、降るということもなく降っている長雨を見ているうちに、何年にもわたって桜は色が衰え春風に散ってしまったのかと、人生的に歌う。同じ定家の歌に③134拾遺愚草員外473「あし引の山ぢにはあらずつれづれと我が身世にふるながめする里」（閑居十首）がある。これも本歌の小町歌ゆえか、【類歌】が多い。①14玉葉240、春下「閑中花」前中納言定家。久保田121頁「老の嘆きと共に我身の顧みられることがいよいよ多くなっている。…小町の「花のいろは…」「いまはとて…」の作（私注―【本歌】と①1古今782「今はとてわが身時雨にふりぬれば事のはさへにうつろひにけり」（恋五、をののこまち））を本歌に仰ぐものであるが、本歌の…あえかな詠嘆を篩い落して、…明確な叙景に置換えようとしている所に、両者の差が看守される。」。

『玉葉和歌集全注釈上巻』「参考」・①1古113（本歌）。

【類歌】①13新後撰1230 1235「あはれいまは身をいたづらのながめして我が世ふり行く花の下陰」（雑上「…、見花」院御製）

①15続千載1645 1646「我が身よにふり行く年をかさねきていく春きつうぐひすのこゑ」（雑上「鶯の歌とて…」資季）

①17風雅237 227「我が身世にふるの山べのやま桜うつりにけりながめせしまに」（春下、後鳥羽院。④18後鳥羽院1294）

②15万代304「あさゆふのわが身世にふるながめにもいたづらならぬはなのいろかな」（春下、建保御製）

③130月清968「はるさめのわが身よにふるながめよりあさぢがにはにはなもうつりぬ」（院句題五十首「庭上落花」。④42仙洞句題五十首109）

④18後鳥羽院1742「嵐やまわが身世にふるながめしてはなのにほひの庭のもみぢば」（「山家落葉」）

④24慶運24「我が身世にふるとしもなししかりとて袖やはぬれぬ春雨の空」（春「春雨」）

④34洞院摂政家百首123「いくかへり花色衣立ちなれぬ我が身世にふる春をへし世に」（春「花」経通）

⑤197千五百番歌合412「はなのいろにうつるこころのいとなくてわが身世にふるながめやはする」（春三、越前）…2088に近い

⑤247前摂政家歌合454「いとどしく我が身世にふる花の色のうつる月日のをしき春かな」（春述懐、近衛）

権大納言家五首之中關路花③ 貞應三年

2089（2191）　山ざくら花のせきもるあふさかは／ゆくもかへるもわかれかねつゝ

【訳】山桜が咲き、桜が関を守っている逢坂は、行く人も帰る人も（花と）別れることができないでいつつある。

【語注】○権大納言　藤原（九条）基家。良経男。永久二年（一二二〇）権大納言。○關路花　他、①8新古今129（宮内卿）、③132壬二2077、2175、③131拾玉4048、④13長明5、③133拾遺愚草1842、③130月清963のみ。○貞應三年　一二二四年、定家63歳。○山ざくら　①1古今序「〈山ざくらあくまでいろを見つるかな…〉」。○あふさかは　①1古今390「かつこえてわかれもゆくかあふさかは人だのめなる名にこそありけれ」（離別、つらゆき）。○せきもる　動詞「関守る神」八代集二例・千載190、363。○ゆくもかへる　動詞「ゆきかへる」（八代集に多い）あり。①21新続古今545「旅人の逢坂山はきりこめてゆくも帰るもわかぬ比かな」（秋下、為経。④35宝治百首1771）。○わかれかね　八代集にない。万葉278 276「…二見の道ゆ別れかねつる」。①14玉葉1442 1443「きぬぎぬに別れかねつるやすらひに…」（宣子）。②14新撰和歌六帖1347「…げにしらむまでわかれかねつつ」（②16夫木17132（為家））。⑤435言はで忍ぶ158「別れかねくさのゆかりをたづねつつ…」（関白）。あと⑥は一例、⑧は三例、⑨は五例、⑩は四例（の用例）が挙がっている。

【本歌】①2後撰1089 1090「これやこのゆくも帰るも別れつつ《ては（百一）》しるもしらぬもあふさかの関」（雑一、蟬丸。⑤275百人秀歌

16。⑤276百人一首10。「全歌集」）

▽本歌をふまえて、逢坂山に桜花が咲き乱れ、花が関所を守っており、知っている人も知らない人も会うという逢坂の関は、桜のためにこれがまあ行く人も帰る人も（桜と）別れかねつついる（逢坂の関だ）と歌う。同じ定家に、③133拾遺愚草1540「あふさかはかへりこむ日をたのみても空行く月の関もりぞなき」（秋「関路惜月」。④45藤川五百首196）がある。「九条基家家五首歌合の詠。」（全歌集）。

【参考】①3拾遺314「別れゆくけふはまとひぬあふさかは帰りこむ日のなにこそ《や》有りけれ《あるらん》（抄）」（別、つらゆき。①3拾遺抄204）

③104俊忠16「あふさかのせきぢににほふ山ざくらもるめにかぜもさはらましかば」

⑤417平中物語128「あふさかはせきといふことにたかければきみもるやまと人をいさめよ」（女）

【類歌】①18新千載1416「越えじただ行くも帰るもとどまらぬ《じ（延）》わかれのみちのあふ坂の関」（恋三「…、寄関恋」為定。④39延文百首2275）

①20新後拾遺860「しるしらずゆくもかへるも相坂の関の清水にかげはみゆらし《る（建）》」（離別、順徳院。④33建保名所百首1177）

②16夫木3758「夏と秋のゆくもかへるもさ夜更けて今やこゆらん逢坂のせき」（夏三、晩夏、同（＝為家卿））

④22草庵791「相坂やゆくもかへるも跡みえて関路たどらぬけさのゆきかな」（冬「関路雪」）

④39延文百首2916「かち人のゆくもかへるもこえやらではなぞせきもるあふさかの山」（春「花」行輔）…2089に近い

⑤261最勝四天王院和歌281「あふさかや関の杉村かすむめり行くも帰るも春のみちとて」（「会坂関近江」御製。④18後鳥羽院1437）

土御門内大臣家哥合、③水邊躑躅 春六首之中③

2090
（2192）　たつた河いはねのつゝじかげ見えて／猶水くゝ《ぐ③》るはるのくれなゐ

【訳】立田川（の）、岩の根本のつつじは（水に映る）姿が見えて、やはり水をくくり染めにしている春の紅色であるよ。

【語注】○土御門内大臣　源通親。　○水邊躑躅（題）他、②12月詣229（賀茂実保）／④11隆信88のみ。　○たつた河　大和国の歌枕。①1古今序・283「〈たつた河もみぢみだれてながるめり…」。④1式子257「神無月みむろの山の山颪に、い、い、い、くれなゐくくる竜田川かな」（冬。④31正治初度百首259）。⑤416大和物語259「たつたがはいはねをさしてゆく水のゆくへもしらぬわがごとやなく」（女）。　○いはねのつつじ　新国歌大観①～⑩の索引では、他は②16夫木2241「神路山岩ねのつつじ咲きにけり…」（西行。全書・山家集2121）、④30久安百首719「奥山のいはねのつつじさきぬれば…」（実清）、⑥29菊葉和歌集245「…岩根のつつじ影を写して」（よみ人しらず）、⑧三例、⑨三例、⑩3宗良親王171「春ふかみ岩根のつつじ咲きにけり…」のみである。また「いはつつじ」は八代集四例。　○かげ見えて　①3拾遺170「あふさかの関のし水に影見えて…」（つらゆき）。　○くゝる　八代集二例、「くぐる」八代集四例、初出は後拾遺13。　○はるのくれなゐ　②14新撰和歌六帖2345「…木ごとにまがふ春のくれなゐ」（「こうばい」）。

【本歌】①1古今294「ちはやぶる神世もきかず竜田河唐紅に水くくるとは」（秋下、なりひら。⑤416伊勢物語182。「全歌集、明治・新続古今188」）

▽本歌をふまえて、本歌の秋の紅葉の立田川を、春の躑躅にして、龍田川の川面に岩根のつつじが影を落として、神代にも聞いたことのない深い唐紅色の紅葉の秋のみならず、春でもやはり紅色に水をくくり染めにしていると歌う。同じ歌合での「水辺躑躅」は、「立田川」「岩・つつじ」「紅・くくる」の詞で、【類歌】が多い。①21新続古今188、春下「建仁元年影供歌合に、水辺躑躅」前中納言定家。②16夫木2249、春六、躑躅「土御門内大臣家《（マヽ）》、水辺つつじ」前中

納言定家卿。⑤185通親亭影供歌合〈建仁元年三月〉44、影供歌合建仁元年三月十六日、水辺躑躅、二番「右」（「左持」）定家、無判詞。一二〇一年、定家40歳。「以下二〇九三まで建仁元年三月十六日通親家影供歌合の詠。」（全歌集）。

全歌集「参考」・②6和漢116「染枝…之紅」（後述）。安東98頁。

佐藤・研究443頁「漢詩文受容…朗116〔私注―②6和漢朗詠116「瑩日瑩風　高低千顆万顆之玉　染枝染浪　表裏一入再入之紅　花光浮水上　菅三品」（春「花」（文時））〕」。

明治・新続古今188「一躑躅―…岩に生えた躑躅。…影を川に映して。」。

【類歌】①13新後撰905 906「たつた川くれなゐくくる秋の水色もながれもそでのほかかは」（恋二「…、名所恋」光明峰寺入道前摂政左大臣）
③130月清752「たつたがはちらぬもみぢのかげ見えてくれなゐこゆる《くく（正）》せぜのしらなみ」（院初度百首、秋。①12続拾遺366。④31正治初度百首456）
④31正治初度百首1934「秋といへば紅くくる竜田川夏は緑のいろぞ見えける」（夏、讃岐）
④41御室五十首455「春風の立田の川に影みえてしづえなみよる岸のあをやぎ」（春、有家）
⑤185通親亭影供歌合48「いはつつじうつれる陰はくれなゐの岩をぞあらふ山川の水」（「水辺躑躅」範光）
⑤185同49「立田川ふかきもみぢのかげ見えて秋の色さくいはつつじかな」（「同」家長）
⑤185同53「かげうつす岩間のつつじなかりせば春をもしらじ谷川の水」（「同」新参）
⑤185同54「かげうつすいはねのつつじさきしより紅くくるやま河の水」（「同」家隆）…2090に近い
⑤185同55「たつた川神代までやはいはつつじくれなゐくくる水のながれは」（「同」寂蓮）…2090に近い
⑤185同56「陰うつす岩もとつつじさきにけりくれなゐあらふ山河の水」（「同」慈円）
⑤185同58「つつじさくいはまをくぐる山水に竜田の川の秋かよふらし」（「同」有家）

⑤220石清水若宮歌合８「朝日影さすや霞の立田川かは水《又(夫)》くくるはるのくれなゐ」（「河上霞」女房下野。②16夫木538）…
下句ほぼ同一で、2090に近い

故郷款冬

2091
(2193)　山吹のこたへぬ色につゆおちて／さとのむかしはとふかひもなし

【訳】山吹の、答えてはくれない、くちなし色（の所）に露（涙）が落ちて、（くちなしゆえに、古）里の昔は聞くかいもない。

【語注】○故郷款冬（題）これのみ。○山吹の　③49海人手古良25「山ぶきの色にかひある女郎花さのみやゐでの名にはあるらん」（秋）。○さとのむかし　新国歌大観①～⑩の索引では、他は⑧9沙玉集Ⅱ（後崇光院）159「すみすてし里の昔をきてとへば…」のみである。

【本歌】①1古今1012「山吹の花色衣ぬしやたれとへどこたへずくちなしにして」（雑体・誹諧歌、素性。「全歌集」）

▽本歌をふまえて、黄色の衣の持主は誰と聞いても、山吹の花は口無しで、答えはしないのと同様、昔（のこと）を問うても応えてはくれない梔子（口無し）色の山吹に、露・（懐旧の）涙が落ち、応えてはくれないので、古里の昔を問うても空しいと歌う。2090と同じく、⑤185通親亭影供歌合72、故郷款冬、六番「右勝」定家。⑥20拾遺風体和歌集42、春「故郷款冬」定家卿、第三句「春暮れて」。

C484「本《ナシ(D)》山吹の…くち《口(ﾂ)》なしいろ《色(ﾂ)》にさけば《咲(ﾂ)》、「こたへぬ」と也。とふ人もなき故郷の体也。」・D119。六家抄「故郷の款冬と云心をよめる也。」。

全歌集「「桃李…誰栖」（私注―②6和漢朗詠548「桃李不言春幾暮　煙霞無跡昔誰棲」（下「仙家」（文時））。佐藤・研

究443頁「漢詩文受容」）…に通うところもある。」。

【類歌】④39延文百首1818「たづねきてこのさと人にことゝへばこたへぬ色にさける山ぶき」（春「款冬」実夏）

⑤185通親亭影供歌合73「人はなし昔をとへばふるさとにこたへぬ色のやまぶきのはな」（「故郷款冬」範光）…2091に近い

⑤185同75「すみすてし昔をとへばいはぬ色の八重やまぶきの露ぞこぼるる」（「同」家長）

⑤279未来記9「里の名に昔をとへば山吹のこたへぬ色の露のたまづさ」（春、柿本貫躬）…2091に近い

雨中藤花

2092（2194）しゐて《ひ③》猶そでぬらせとやふぢの花《續拾》／はるはいくかのあめにさくらん《(む)》

【訳】無理やりにやはり（折るのに）袖を濡らせということでか藤の花（は）、春はもうあと何日もない雨の中に咲くのであろうよ。

【語注】〇雨中藤花（題）他、①5金葉二87 91（顕仲）／③106散木177、⑦64親盛20のみ。〇しゐて《(ひ)》 八代集十四例。〇第一、二句 恋の詞。〇ふぢの花 ①1古今119「よそに見てかへらむ人にふぢの花…」（遍昭）。③33能宣300「ふぢのはなさきにしはるもすぎはててさみだれならしたつぞわびしき」。〇いくか 八代集九例。

【本歌】①1古今133「ぬれつつぞしひてをりつる年の内に春はいくかもあらじと思へば」（春下「やよひのつごもりの日、あめのふりけるにふぢの花ををりて人につかはしける」なりひら。③6業平5。⑤301古来風体抄239。⑤335井蛙抄154。⑤415伊勢物語143。「全歌集、明治・続拾遺143」）

▽本歌をふまえて、やはり無理やりに敢えて袖を濡らしてでも折れということでか、藤はこの年の内で、もうあと幾

日もあるまいと思う春の雨の中で咲くのかと歌う。同じ定家に、③133拾遺愚草418「おもふから猶うとまれぬ藤の花さくより春のくるるならひに」（早率百首、春）③133同1020「けふのみとしひてもをらじ藤の花さきかかる夏の色ならぬかは」（千五百番歌合百首、春）がある。①12続拾遺143、春下「土御門内大臣家歌合に、雨中藤花」前中納言定家。⑤185通82、一番「右」（「左持」）、雨中藤花、定家。

明治・続拾遺143「一藤一…初二句――無理を押してやはり袖を濡らして折り取れというのか。」。

【類歌】①11続古今170「さきにけりぬれつつをりしふぢのはないくかもあらぬはるをしらせて」（春下「藤花を…」中務卿親王）

③132壬二920「さき初めていくかもへぬを藤の花はるのものとはけふのみやみん」（百首、春）

④41御室五十首262「暮れぬべししひてもをらむ藤の花雨そほふれば春のつくる日」（春、釈阿）

⑤185通100「たそかれのたどたどしさに藤の花折りまがふ袖に春雨ぞふる」（「雨中藤花」女房）

⑤218内裏百番歌合〈承久元年〉46「ぬれてをる藤の下陰露ちりて春はいくかの夕ぐれの雨」（「暮春雨」基良）

山家暮春

2093
（2195）　ちる花に谷のしばゝしあとたえて／いまよりはるをこひやわたらん《む》

【訳】散る花に谷の柴橋は人の足跡が絶え果ててしまって、（山家にいる私は）この今から春を恋い慕い続けるのであろうか。

【語注】**○山家暮春**（題）他、①8新古今173（宮内卿）のみ。**○ちる花に**　①3拾遺60「見もはてでゆくとおもへばちる花に…」（よみ人しらず）。**○谷のしばゝし**　②16夫木2173（後鳥羽院）、9377（定家。③133拾遺愚草1845「…とはれぬしるき谷のしば橋」（院句題五十首）。④42仙洞句題五十首101、③133拾遺愚草2083「竹の戸の谷のしばはしあらためて…」（権大納言家三十首）、④34洞院摂政家百首955（頼氏）、1864（光俊）、35宝治百首982（寂能）、43為尹千首123、560。なお「しば、し」は八代集にない。　**○あとたえて**　①2後撰470 471「しら山に雪ふりぬればあとたえて…」（「…をんな」）。　**○こひやわたらん**　恋の詞。「わたる」は「橋」の縁語。「や」は詠嘆か疑問か。①1古今180「…年のをながくこひやわたらむ」（凡河内みつね）。

▽散り乱れる桜の花びらに、谷の柴橋はすっかり埋もれ、人の跡も絶え果ててしまって、この今から暮れ行く春を恋い続けることになるのかと歌う。⑤185通101「一番　山家暮春　左」定家（「右勝」）。赤羽392頁「「あとたえて」は、遠い世界、かけ離れた場所であって、人の訪れもなく、花や雪だけがその空間を占めている。そのような場所は…安らかなイメージとして夢想されている。…定家の描く空間が、…視覚的に、また感覚面から世界を捉えようとするところにある。時間を空間化して捉えるといってもよい。」。

【類歌】①18新千載1718「山里はとはれし庭も跡たえてちりしく花に春風ぞ吹く」（雑上、頓阿。④22草庵219）

②12月詣11「あとたえて今はながらの橋なれど春の霞は立ちわたりけり」（正月「（霞を…）」経盛）

④40永享百首781「おく山の谷のしばはしまれにだにあふ人なしにこひや渡らん」（恋「寄橋恋」兼良）

三位中将公衡卿家にて③旅宿三月尽

2094（2196）　いほりさすは山がみねのゆふがすみ／たえてつれなくすぐるはる哉〔春歌終わりにつき、底本は、後６行分アキ・空白〕

【訳】庵を作る端山の峯の夕霞もなくなって、冷たい態度で過ぎて行く春であることよ。

【語注】**○公衡**　「藤原公衡。→二〇六五。」（全歌集）。　**○旅宿三月尽（題）**　他は④28為忠家初度百番155～162・8首の

み。　**○いほりさす**　③131拾玉590「いほりさすかた山ぎしのみみづくもいかがききなす峰のまつ風」（御裳濯百首、雑）。⑤160住吉社歌合88「いほりさすやまぢはすぎぬはつしぐれふるさとまでやめぐりゆくらむ」（「旅宿時雨」実守）。　**○はし**　**は山**　八代集四例、初出は金葉147。　**○ゆふがすみ**　八代集にない。④30久安百首606「松しまやをじまが磯《さき》(新)の夕がすみ…」（親隆。①9新勅撰12）。④31正治初度百首1611「夕がすみ入日の影にたつた山春の梢もいろかはりけり」（春、寂蓮）。⑤167別雷社歌合19「神山の梢にかかる夕霞これこそ春の手向なりけれ」（「霞」経盛）。⑤167同44「葛城やくめぢの橋のゆふ霞はるはいづくかとだえなるらん」（「霞」伊綱）。⑤248和歌一字抄525「誰かすむ野原の末の夕霞…」（定家。③133拾遺愚草1833）。⑤261最勝四天王院和歌278「大原や神代かけたる夕霞春は小塩のまつのやま風」（「小塩山山城」雅経）。　**○たえて**　八代集七例。掛詞（「なくなって、全く」）か。全歌集「とぎれて」。　**○たえてつれなく**　①1古今601「風ふけば峰にわかるる白雲のたえてつれなき君が心か」（恋二、ただみね。「参考」（全歌集））。③132壬二1698「さくら花夢かうつつかしら雲のたえてつれなき峰のはる風」（老若歌合五十首、春。⑤217家隆卿百番自歌合27）。　**○すぐるはる哉**　②4古今六帖57「…心もとなく過ぐる春かな」。

▽旅の庵を結ぶ人里近い山の峯に夕霞がかかり、それも消えてそっけなく春は過ぎ暮れてゆくと歌う。恋歌（擬人化）めかしているか。

六家抄「暮春をしたふ山家の暮春、霞がたえてと也。」。

【類歌】④35宝治百首61「いつしかも峰立ちならす夕がすみたえずぞかかる葛城の山」（春「山霞」顕氏）

夏〔底本は、次のページより〕

春後思花

2095（2197）わすられぬやよひのそらをしたふとて／あお葉《青(を)③》に、ほふ花のかもなし

【訳】忘れることができない三月の空を思い慕おうとしても、青葉の中に美しく咲く花の香もない。

【語注】○夏　夏歌は定家35首、他人の歌1首。　○春後思花（題）　これのみ。　○わすられぬ　恋の詞。「られ」可能。②4古今六帖2879「わすられぬこころぞいまはうらめしき…」。　○やよひ　八代集一例・後拾遺149。　○やよひのそら　③106散木189「わかれゆくやよひの空にしたはれて…」（⑤248和歌一字抄42）。③107行尊131「…やよひのそらにきくときはなし」。④31正治初度百首612「あをやぎはやよひの空に糸そめて花ゆゑにくる人を待ちける」（春、慈円）。　○したふ　八代集十一例。　○あお《(を)》葉　八代集十例。　○花のか　八代集十一例。

▽決して忘れることのできない春・弥生の空を思い慕おうとしても、一面の青葉の中で美しく輝く桜の香もないと歌う。同じ定家に、ほぼ二句が同一の③133拾遺愚草1415「わすられぬ三月の空の恨より春の別ぞ秋にまされる」（関白左大臣家百首、暮春。④34洞院摂政家百首11）がある。「寛喜元年（一二二九）四月十三日、定家家三首歌会での詠。時に定家は六十八歳。「燈下…月明」（明月記、同日の条）」（全歌集）。安田158、159頁「佳品と見るべきもの…表現が平明となり、艶よりは平淡により近い美が現われている。…平明な抒情性を増してきている」。赤羽254頁「そこにすでにない季節のイメージを再現させる場合にも否定表現が使われている。…「あお葉にほふ花のかもなし」というのも、青葉の中に花の面影を描いてみせるのであって、夏に入ったばかりの

ころ「春後思花」という心を詠んでいる。」。

郭公初聲

2096（2198）　まつほどやさすがにしるき郭公／ことしわすれぬくものをちかた

【訳】待っているうちに、とはいうもののやはり明らかな郭公であるよ、今年（も）忘れはしない雲の彼方（で、郭公の声がする）よ。

【語注】〇郭公初聲（題）　これのみ。　〇まつほど　②4古今六帖785「もしほやくあまくらめやとまつほどに…」。

〇さすがに　八代集十七例。　〇郭公　①1古今138「五月こばなきもふりなむ郭公…」（伊勢）。なお「山郭公」は、①1同135にある。①4後拾遺1229「山里のかひも有るかな郭公今年ぞ（も（袋））またで初音ききつる」（異本歌）。⑤295袋草紙74）。①16続後拾遺198「天雲のよそにかたらふ郭公さすがに声も聞きぞふりぬる」（夏「…、郭公」為氏。④36弘長百首162）。④31正治初度百首330「待ちくらすしるしはこれかほととぎす雲のはたてに一こゑぞする」（夏、御室）。④34洞院摂政家百首343「雲の色もかはらぬ空の時鳥ことしも同じこぞのふるごゑ」（夏「郭公」知家）。⑤133山家五番歌合28「しのびかねまたれてなきぬほととぎすことしやこゑにあはむとすらん」（「郭公」隆源）。⑤197千五百番歌合702「あま雲のよそにもなるかほととぎすさすがにこゑはたえぬものから」（夏、宮内卿）。⑤224遠島御歌合38「われならで何をうしとか時鳥ことしも雲のよそに鳴くらん」（「郭公」信成）。⑤244南朝五百番歌合237「山ふかきすまひにかへて時鳥ことしはまたぬ初ねをぞきく」（夏二、無品法親王）。　〇くものをちかた　⑤175六百番歌合363「…むらさめなびく雲のをちかた」（定家。③133拾遺愚草831）。なお「をちかた」は八代集三例、他「彼方人」同五例。

▽待ちに待った効果があったのか、やはりはっきりと著しい時鳥の声が、今年も忘れずに雲の彼方に聞こえると歌う。

効果てきめんしかと待ち侘びた声がするというのである。同じ定家に③133拾遺愚草1119「よそにのみききかなさなむ時鳥たかまの山の雲のをち方」（内大臣家百首、夏「嶺時鳥」）がある。前歌と同じ時の歌。

【参考】⑤295袋草紙518「まつほどもこころそらなるほととぎすいとど雲井になきわたるかな」（道経）

【類歌】②16夫木2755「誰が里にききなやむらん郭公ほのめきわたる雲のをちかた」（夏二、郭公「…、遠郭公」為家）…

2096と同位置

④24慶運67「なれをしぞあはれとはきく時鳥さすがまちえぬ年の情は」（夏「蜀魂」）

④35宝治百首907「郭公あかぬ心をしるべにて思ひぞおくる雲のをちかた」（夏「聞郭公」経朝）

④38文保百首24「ゆふづくよをぐらの山のほととぎすほのかになのる雲のをちかた」（夏、忠房）

④39延文百首2922「こころとぞ心をつくすほととぎすさすがまちえぬ年もなかりき」（夏「郭公」行輔）

土御門内大臣宰相中将に侍し時五首／哥よませられ侍し中に卯花

2097
（2199）
ゆふづく夜いりぬるかげもとまりけり／卯花さける白河のせき

【訳】夕月の夜、（月の）入ってしまった光も止まっていることよ、卯の花の咲いている白河の関では。

【語注】○土御門内大臣　源通親。「通親が宰相中将であったのは、治承四年（一一八〇）正月二十八日から元暦二年（一一八五）正月二十日までの間。ただし、一二三〇一によれば、この五首は元暦元年（私注―一一八四年、定家23歳）の詠か。」（全歌集）。　○卯花（題）　①4後拾遺172（読人不知）、②4古今六帖77～82など。　○ゆふづく夜　八代集十一例。①1古今312「ゆふづく夜をぐらの山になくしかの…」（つらゆき）。　○とまり　「とまる」は「関」の縁語。

○とまりけり　①2後撰438「もみぢばはちるこのもとにとまりけり…」（よみ人しらず）。　○白河のせき　八代集八例。

他「白川」の用例が八代集にある。卯花の白をほのめかすか。④40永享百首465「みる人の心をとむる秋の夜の月にその名やしら川のせき」（秋「関月」公冬）。
▽三句切、倒置法。その三句切、体言止の「見わたせば花も紅葉もなかりけり浦のとま屋の秋の夕暮」（①8新古今363、定家）の型。卯花の咲いている白河の関は、夕月の没してしまった後も、光はそこにとどまっていると歌う。例の、卯花の白い色を月光に見立てたもの。久保田氏の指摘する【参考】歌の①5金解24が、卯花の咲く白河の関を歌っている。②16夫木2404、夏一、卯花「土御門内大臣家歌（ママ）」前中納言定家卿。
久保田553頁「みて…〔私注—【参考】の①5金解24〕の作と関係がありそうである。…一時代前の歌人の作品を強く意識しているらしいことは、注目に価する。」」。

【参考】①5金葉二解24「みる人のたちしとまれば《みてすぐる人しなけ（夫）　みですぐる人しなけ（千、続、鳥）》卯花のさけるかきねやしら川の関」（夏「…卯花をよめる」季通。①7千載142。②10続詞花101。②16夫木2406。⑤136鳥羽殿北面歌合9）…2097に近い
①7千載140「ゆふづくよほのめく影もうの花のさけるわたりはさやけかりけり」（夏「暮見卯花と…」実房）
③116林葉202「ゆふづく夜入りぬとおもへば卯花のさけるかきねは影ぞ残れる」（夏「夕見卯花」）…2097に近い
③118重家345「ゆふまぐれうのはなさけるかきねこそそらにしられぬ月よなりけれ」（「卯花」）
④29為忠家後度百首43「月かげのさやけきあきにあらねども花さくはるもしらかはのせき」（桜「関路桜」）
【類歌】②12月詣300「うの花のさける垣ねは夕づくよ入りぬるあとに影ぞとまれる」（四月「暮見卯花と…」賀茂重保）…2097に酷似している。月詣集は一一八二年成立といわれ（新国歌大観解題875頁）、重保の生没年は一一一九～一一九一年であり、重保歌に定家がならったのかもしれない。
②16夫木2402「ゆふづくよあやしくことにさやけきは卯の花さける山ぢなりけり」（夏一、卯花「文治六年五社百首」俊成）…第一、四句同一

②16同2403「ゆふづくよかげかとぞみるやま人のつま木のうへにさけるうのはな」（夏一、卯花「祇園社百首」同〔＝俊成〕）
②16同3185「夕づくよ卯のはながきにかげそひて軒ばにちかくくひなくなり」（夏二、水鶏、為兼）
④37嘉元百首319「ほのかなる影とはみえずゆふづく夜うの花がきのたそかれの宿」（夏「卯花」空性）
④38文保百首721「とふ人のなさけをぞ待つ夕づくよ影ほのかなるやどのうの花」（夏、公顕）

2098
（2200）
承元二年祭使《（祭）③》かむだち《ん③》にとまりたる／あしたにをくり侍し
思《（ひ）》やるかりねの、べ《野③》のあふひぐさ／《續古》きみを心にかくるけふ哉

【語注】○承元二年　一二〇八年、定家47歳。　○祭　葵祭。　○かむだち　神館。　○思やる　①1古今488「…思ひやれどもゆく方もなし」（読人しらず）。　○かりね　「仮寝」は八代集五例、初出は千載534。　○あふひぐさ　八代集三例、初出は千載196。「葵」のみは八代集十一例。　○かくる　「「あふひぐさ」の縁語。」（全歌集）。
▽祭使忠明が神館に宿泊した翌朝に、忠明に送った詠。葵草を枕として野辺・神館で仮寝されたことを思いやって、今日心に懸けていると歌う。全歌集「神館で仮寝なさった情趣がどんなにすばらしかったか、あなたのことを…」。また式子に、①8新古182「わすれめやあふひを草にひきむすびかりねののべの露の曙」（夏、式子内親王。④1式23。「参考」（全歌集））があり、「○かりねの野べ…式子から定家への影響関係が想定されている。」（式子・全歌注釈）。「なお定家が「仮寝の野辺」「葵草」の二語を用いて、…などと歌うのは、式子の影響かもしれない。」（式子・全釈）、「その影響作と思われ、」（式子・明治）などと指摘されている。返事は、③133拾遺愚草2201「あふひ草かりねの野べのあはれをも誰ことの葉にかけてとはまし」（下、夏「返し」）・次歌である。そして同じ定家に③133同1024「あふひ草かりねののべに時《の（千）》鳥暁かけてたれをとふらん」（千五百番歌合百首、夏。②16夫木2505。⑤197千五百番歌合693）がある。①11続古今

192、夏「承元…あした、いひつかはしける」前中納言定家。
不審192「「かんだち」とは如何。／※神館。」。

『続古今和歌集全注釈』192「仮寝の野辺」・「宿泊する神館のたとえ。」、「葵」・「その〈葵〉に「逢ふ日」を暗示する。」、「かくる」・「〈葵草〉の縁語。」、「☆「忘れめや…」」（式子）。

【参考】③80公任241「葵草心にかけて思ひやるわれがくるまをさしはまかせむ」
③101周防内侍40「かひなしとおもひもかれずあふひぐさ心をかけぬをりしなければ」（「返し」）
③107行尊192「そのかみにおもはざりきなあふひぐさきみゆゑよそにかけてみんとは」
③115清輔407「いにしへの契はしらずあふひ草おもひかけけるけふぞうれしき」
④26堀河百首353「神山のけふのしるしのあふひ草心にかくるかざしなりけり」（夏「葵」公実）
④30久安百首122「千早振けふのみあれのあふひ草心にかけて年ぞへにける」（夏、公能）
【類歌】①14玉葉1619 1611「わすれにしそのかみやまのあふひ草今日だにかけて思ひ出でずや」（恋四、読人しらず）
①21新続古今1012「けふこそは君をみあれのあふひ草思ひかけつとしらせそめぬれ」（恋一、経家）
④31正治初度百首1726「心にはかけてこそ思へあふひ草かざすとよそに見えぬばかりぞ」（夏、生蓮）
④21兼好10「しのびつついでつるみちにあふひぐさ君みるべしとおもひかけきや」
⑤249物語二百番歌合196「ひきつれてけふはかざししあふひぐさおもひもかけぬしめのほかかな」（⑤250風葉146）

〔2098〕（2201）返し　　使少将忠明朝臣
葵草かりねの、べのあはれをも／たれことのはにかけてとはまし

【訳】葵草よ、（その）仮寝の野辺の情趣をも、いったい誰が言葉にかけて聞いてくださるのでしょうか、あなた以外にはおられませんよ。

【語注】〇忠明　「中山忠親の息。兼宗の弟。寿永二年（一一八三）誕生。」（全歌集）。この時26歳。定家より二十歳ほど年下。　〇かりねの丶べ　①8新古今182「わすれめやあふひを草にひきむすびかりねののべの露の曙」（夏「斎院に…」式子内親王。④1式子23）・前歌参照。　〇ことのは　「草」の縁語「葉」。

▽送られた、前歌・③133拾遺愚草2200「思ひやるかりねの野べのあふひ草君を心にかくるけふかな」（下、夏。①11続古今192）に対する返事で、葵草を枕として神館・野辺で仮寝したあはれ（情緒）も、いったい誰が言葉をかけてくれるのか、あなた以外にはいないと、定家の千五百番歌合歌・③133拾遺愚草1024「あふひ草かりねののべに《の(千)》時鳥暁かけてたれをとふらん」（千五百番歌合百首、夏。②16夫木2505。⑤197千五百番歌合693）をふまえて「返」す。

【参考】④26堀河百首368「あふひ草いのりかけてしことのはをあだのかざしと思はざらなん」（夏「葵」河内）

【類歌】②11今撰46「なほざりのことのはにだにあふひ草かけてとはれぬ身こそつらけれ」（夏、頼輔）

建保三年五月和哥所哥合③夕早苗

2099
（2202）

あらたまの年あるみよの秋かけて／とるやさなへにけふもくれつ、

【訳】年（の実り）のある御代の秋を心にかけて取ることよ、早苗に今日も日は暮れつつあるよ。

【語注】〇建保三年　一二一五年、定家54歳。　〇夕早苗　（題）他は、③131拾玉4014～4016、4034～4036のみ。　〇あらたまの　八代集十六例。①1古今339「あらたまの年のをはりになるごとに…」（在原もとかた）。　〇年　「稲のみのり。」（全歌集）。　〇年あるみよ　②14新撰和歌六帖1838「たみのとにあきをさめするいなばかりとしあるみよをかけてしるらし」（「はかり」）。②16夫木15695）。　**○さなへ**　八代集六例。　**○けふもくれ**　①3拾遺1329「…けふもくれぬときくぞかなしき」（よみ人しらず）。

▽豊年の、実りの秋を心に期待して早苗を取る作業をしているうちに今日も暮れ行くと歌う。「早苗を取るいとなみに今日も暮れる。」（全歌集）。また同じ定家に、④41御室五十首536「あら玉の年のいくとせ暮れぬらん思ふおもひの面がはりせで」（冬。③133拾遺愚草1766）がある。①12続拾遺175、夏「建保三年五首歌合に、夕早苗」前中納言定家。⑤212院四十五番歌合〈建保三年〉22、六月二日、判者、衆議、十一番、右、（左持）、侍従、末句「けふも暮しつ」、「右方申、左歌、風情尤可然侍り、左方申、右歌、としある御代為祝言、以仍為持」。B386（48頁）「夕早苗年あるとは豊年也おさまる代なれは年も豊也かけてとはみのる時分を待心によせたりけふもくれつ、とは毎日の心地（ママ）」。六家抄「あら玉のとしとよめるは春なる心也。」。明治・続拾遺175「早苗」、「あら玉の→一。（祝意を込めるか。）」、「年ある御世—穀物が豊作である御世。」、「秋かけて」・「秋を期して。」、「下句」・「早苗を取る仕事にまた今日も一日が暮れていくよ。」。

【類歌】④35宝治百首926「遠山田おりたつ田子のいとまなみとるや早苗にけふも暮れつつ」（夏「早苗」基良）…下句同一

2100
（2203）
建久六年二月左大将家五首夏③

あれまくも人は《を③》おしまぬふるさとの／ゆふかぜしたふのきのたちばな

【訳】荒れようことも人は惜しまない古里の夕風を思い慕っている軒の橘であるよ。

【語注】**○建久六年**　一一九五年、定家34歳。　**○左大将**　良経、この時27歳。　**○あれまくも**　①1古今981「いざここにわが世はへなむ菅原や伏見の里のあれまくもをし」（雑下、よみ人しらず。「参考」（全歌集））。この歌に分かるように、末句「あれまくもをし」は、一つの表現型である【類歌】参照）。〇ふるさとの　①1古今1005「…紅葉とともに　ふるさとの　よしのの山の　山あらしも　…」（躬恒）。〇ゆふかぜ　八代集八例、初出は後拾遺511、あと千載一、新古今六例。〇したふ　八代集十一例。〇のきのたちばな　新撰集初出は、①14玉葉374「…露さへかをる軒のたちばな」（藤原為道）。

▽すっかり荒廃しても、人は少しも惜しみはしない故里に、軒の橘は夕風を慕って匂っていると歌う。「夕風」は人恋しい思いの募る頃ゆえか、恋人を待つ時ゆえか。「夕風を慕うように軒の橘がかおっている。」（全歌集）の解としたが、B注（後述）のように、（荒れた）軒の橘は昔を思わせ匂っているゆえに、（人は惜しまぬが、）夕風は慕っている、か。「荒廃の旧里」については、川村晃生氏の『新古今集と漢文学』（和漢比較文学叢書第十三巻）、「廃園の風景」・「二　新古今前後」・「1　荒廃の場」14〜16頁参照。拙著（『定家初学百首、千五百番歌合百首、韻歌百二十八首、内大臣家百首　注釈』武蔵野書院、二〇一二年）の韻歌百二十八首1511の注でも触れている。【類歌】が多い。良経家五首歌会。

B387（48頁）「あれまくは詞字也みまくほしきの類也心は荒行をも中々人はおしまぬに夕風の橘をしたひてこゝろ面白眺望をなすこと心をつけたる歌也」。（ママ）六家抄は、歌だけで注はない。

【参考】③15伊勢148「ふるさとのあれてなりたる秋ののにはなみがてらにくる人もがな」

⑤107顕季家歌合7「たづねくる人こそたえねふるさとのはなたち花のにほふさかりは」（「花橘」）

【類歌】①12続拾遺547 548「いにしへをしのぶとなしにふる郷のゆふべの雨に匂ふたちばな」（雑春、鎌倉右大臣。④14金槐160）

①19新拾遺1297「通ひこし里はふしみの秋風に人のこころのあれまくもをし」（恋四「…、逢不遇恋を」知家。④34洞院摂政家百首1329）

③130月清756「さをしかもわけこぬのべのふるさとにもとあらのこはぎあれまくもをし」（院初度百首、冬。④31正治初度百首460）

③130同967「ふるさとのあれまくたれかをしむらむわがよへぬべきはなのかげかな」（院句題五十首「花下過日」。①9新勅撰96。④42仙洞句題五十首103）

③131拾玉1741「故郷の軒のたち花雨なれてさびしくかをるゆふ暮の空」（百番歌合、夏）

③132壬二2232「昔みぬ花たちばなの匂ひまで玉のみぎりのあれまくもをし」（夏「盧橘」）

④23続草庵653「古郷のあれぬる後も人すみて／をぎ吹くかぜにころもうつなり」

④37嘉元百首623「故郷の花たちばなのかぜのうちにいくよの人の袖のこるらん」（夏「盧橘」内実）

④40永享百首252「ふる里の軒の橘咲きそめてむかしを今にまたかをるなり」（夏「橘」持基）

⑤197千五百番歌合1376「おもひかねあれまくもをしすがはらやふしみのさとの秋かぜのころ」（秋三、具親）

2101
(2204)
建久六年民卩《部》卿經房卿家哥合に／初郭公

かはらずもまちいでつ《づ③》る哉郭公／月にほのめくこぞのふるごゑ

【訳】（去年と何ら）変ることなくも待ち出たことであるよ、郭公（よ）、月に仄かに鳴く去年（と同じ）の古声であるよ。

【語注】○建久六年　一一九五年、定家34歳。　○民部卿經房　吉田（藤原）経房。一一四三―一二〇〇年、58歳。この時53歳。6歳年下の式子の後見人であり、一一七八年、式子30歳の時より没するまで、二十余年式子を支え続けた。詳しくは、拙著『式子内親王――その生涯と和歌』（新典社、二〇一二年）16、17頁参照。　○哥合　有名な⑤176民部卿家歌合である。「正月二〇日、権中納言兼民部卿であった藤原（吉田）経房の家で催された歌合。…本歌合の跋文は…俊成の歌論として注目される。」（⑤解題1448頁）。　**○初郭公（題）**　これのみの題は他、③132壬二618、2247（後述）、③131拾玉3789、④10寂蓮144、③133拾遺愚草1118（後述）、④11隆信103（「…はじめのほととぎすのこころを」）だけである。　**○まちいで**　八代集四例。①1古今691「今こむといひしばかりに長月のありあけの月をまちいでつるかな」（恋四、そせい。「参考」（全歌集））。　**○郭公**　①1古今135「…山郭公いつかきなかむ」（よみ人しらず）。①1同138「五月こばなきもふりなむ郭公…」（伊勢）。　**○月にほのめく**　④42仙洞句題五十首172「…月にほのめくはつかりの声」（宮内卿）。**○ほのめく**　八代集五例。④31正治初度百首2225「卯花の陰とやしのぶほととぎすほのめく月のくもにいるころ」（夏、信広）。　**○ふるごゑ**　八代集一例・古今137（本歌）。

【本歌】①1古今137「さ月まつ山郭公《時鳥花たちばなに（新）》うちはぶき今もなかなむこぞのふるごゑ」（夏「題しらず」よみ人しらず。「本歌」（全歌集）。②3新撰和歌123。②4古今六帖4452。③4猿丸36）

▽二句切。本歌をふまえて、五月を待って鳴く、羽を振って、今すぐに鳴いてほしいと思っていた、（山）郭公の、月にほのめき鳴く、去年と同じ声を、去年と変らず、今年も出てくるまで待って、聞くことができたと歌う。全歌集は「今年も変らず待つ甲斐あって出た月の下で」と、「待ち出」たのは、郭公ではなく、月とする。「郭公・去年の古声」は一つの型。同じ定家に、③133拾遺愚草1118「山のはのあさけの雲に時鳥まだ里なれぬこぞのふるごゑ」（内大臣家百首、夏「初郭公」）、③133同1522「昨日こそ霞たちしか郭公またうちはぶくこぞのふる声」（夏「初聞郭公」。④45藤川五百首106）、③134拾遺愚草員外213「わすられぬこぞのふるごゑ恋恋ひて猶めづらしき郭公かな」（詠四十七首和歌、夏。①17風雅328 318）がある。郭公歌ゆえ【類歌】が多い。⑤176民部卿家歌合68、建久六年正月廿日、判者、釈阿、「初郭公」、十一番、右、（左勝）、定家朝臣、第二句「待ちいづるかな」、「左、…、右、かはらずも待出づるかな、などといへる姿、宜しくは侍れど、去年もことしも、月にしもほのめきけむ事覚束なくや、以左勝とすべし」。

【参考】①5金葉二118　126「ほととぎすほのめくこゑをいづかたときまどはしつあけぼののそら」（夏、中納言女王。①´5金葉三119）

②4古今六帖2909「郭公こぞのふる声きくからにあはれむかしのおもほゆるかな」（「むかしをこふ」）

③12躬恒110「あたらしくてる月かげにほととぎすふるごゑしるくなきわたるなり」（なつ）

⑤131俊忠朝臣家歌合4「ほととぎすほのめくこゑやいづかたときまどはしつあけくれのそら」（「郭公」中納言君）

【類歌】①18新千載211「つれなさもかはらぬ比と時鳥去年のふるごゑ猶やまたれん」（夏、権僧正深守）…2101に近い

①22新葉185「またれてぞ今もなくなる時鳥身はならはしのこぞのふるごゑ」（夏、国夏）

②15万代591「神まつるしるしありてもほととぎすけふはつこゑをまちいでつるかな」（夏、恵慶）

②16夫木2878「夏衣きなれのさとのほととぎすかはらずぞきくこぞのふるごゑ」（夏二、郭公、順徳院）

③130月清415「ほととぎすわれをばかずにとはずともことしになりぬこぞのふるごゑ」（治承題百首、郭公）

③132壬二2247「時鳥待つよかさなる雲路より初音にかへる去年の古声」（夏「…、初時鳥」）

④15明日香井22「ほととぎすまちえぬほどのなぐさめはこころにとめしこぞのふるごゑ」（鳥羽百首「郭公」）

④18後鳥羽院116「時鳥しのびもあへずもらすなりさ月まつまのこぞのふる声」（正治…「郭公」。①18新千載213。④32正治後度百首16（夏））

⑤176民部卿家歌合50「めづらしくけふ待ちえたる子規こぞかたらひし声にぞ有りける」（「初郭公」生蓮）

⑤176同74「時鳥まつよかさなる雲路より初音にかへる去年のふるごゑ」（「初郭公」家隆）

⑤197千五百番歌合747「ほととぎすこぞのふるごゑいまさらになにかはしのぶおのが五月を」（夏一、丹後。②16夫木2850）

三宮より十五首哥《ナシ③》めされし夏哥③

2102
（2205）　とへかしな霞もきりもたなびかぬ／のきのあやめのあけぼのゝそら

【訳】（私の許を）訪れよ、霞も霧もたなびくことはない、軒の菖蒲の曙の空をば。

【語注】○三宮　惟明親王。2037前出。　○十五首　2037参照。　○霞もきりも　①3拾遺1180「…かすみもきりもけぶりとぞ見る」（もとすけ）。　○のきのあやめ　①4後拾遺208「…のきのあやめのしづくなりけり」（橘俊綱）。　○あけぼのゝそら　八代集七例、初出は金葉118。「あけぼの」は上記も含めて八代集二十例、が、初出は後拾遺1102。言うまでもなく「曙」は春が多い（春曙）が、八代集では、夏の曙は、①5金葉二118 126、①8新古今182（式子）、秋、冬は①8同493・秋、①8同636・冬に見られ、新しい情趣である。また「夏の曙」の用例は①17風雅301、②16夫木2328、③130月清910、131拾玉5018、④三例、⑤184老若五十首歌合104、197千五百番歌合600にある。

▽初句切、倒置法。下句のの リズム。春の霞、秋の霧もたなびかない、（私のいる）軒の菖蒲の曙の空を訪れよと歌う。「霞」は春、「霧」は秋のものであるが、それらの「たなびかぬ」、「春の曙」ではない、「霞の曙」（新編国歌大観①～⑩の索引すべてにない）、「霧の曙」（②16夫木4942、④15明日香井1003、44正徹千首544、⑤261最勝四天王院和歌348、428住吉物語（真銅本）72に用例がある）ならぬ「軒の菖蒲の曙」の空を「訪へ」と、全体として、有名な①1古今982「わがいほはみわの山もとこひしくはとぶらひきませすぎたてるかど」（雑下、よみ人しらず）を想起させる詠。六家抄「九六古新註　○霞霧は明ぼのゝ時分おもしろき物なれども、かすみもきりもたゝぬ曙にあやめの匂ふを興じてよめる也。猶あやめの匂ふあけぼのゝおもしろきと云心也。」。

【類歌】③130月清1102「おほぞらはかすみもきりもたなびかでこかげばかりにくもる月かな」（夏「…夏月を、当座」）…第二、三句ほぼ同一

④1式子207「ながめやる霞のすゑのしら《は（正、三）》雲のたなびく山のあけぼのの空」（春。④31正治初度百首209。⑤183三百六十番歌合4）

④37嘉元百首643「たちどまり人のとへかしわが門の霧のまよひの明ぼのの空」（秋「霧」内実）

⑤182石清水若宮歌合27「よこ雲のかすみたなびく木ずゑより花になり行く明ぼのの空」（桜、顕兼）

2103
（2206）

時すぎずかたらひつくせ郭公／たがさみだれのそら《（空）》おぼれせで《におほせて③》

【訳】この時を過ぎることなく、鳴き尽くせ、郭公よ、いったい誰の五月雨の空だなどと、そらとぼけすることもなく。

【語注】○時すぎ　八代集にない。新編国歌大観索引①〜⑩でも、2103、【類歌】の他は、⑥15人家集2「老がよにかたらひつくせ郭公…」（前大僧正公豪）のみである。が、「かたらふ」は八代集十一例。　○郭公　2101前出。　○さみだれのそら　八代集十四例。「そら」掛詞。　○そらおぼれせ　八代集一例・新古今1044（【類歌】）。また「溺る」は、この「そらおぼれす」のみ。⑤421源氏物語494「…そらおぼれする君はきみなり」。①8新古今1044。③80

【本歌】③62馬内侍55「五月雨の《は（新、公）》空くもり《おぼれ（ッ、ッ）》するほととぎす時になくねは人もとがめず」（「かへし」。公任549。「参考」（全歌集））

▽二句切、倒置法。本歌をふまえて、いったい誰が五月雨の空で鳴いているのかと空とぼけすることなどしないで、この、今の時を逃すことなく、聞き耳を立てる人もないといわれる音であるが、鳴き尽くせと郭公に呼びかけた詠。摘抄33「時鳥をあかぬ心からいひたる歌也。郭公より外はとももあらじとたぐひなくおもふやうに、郭公もまた我ほどのよきとももはあらじとおもひてかたらへと云。…」。

【参考】⑤84六条斎院歌合（天喜五年五月）2「やどにきてことはかたらへほととぎすそらだのめしてなどかすぐら

ん」（「遠聞郭公」さぬき）

⑤157重家朝臣家歌合43「ほととぎすかたらふこゑはとまらねど過ぎぬるそらのなつかしきかな」（「郭公」通能）

【類歌】①9新勅撰155「いまははやかたらひつくせほととぎすながなくころの五月きぬなり」（夏、祝部成茂）

②11今撰55「ほととぎすかたらひかねてすぎぬなりたれか名残の声をきくらむ」（夏「郭公歌…」覚忠）

②11同58「あかでのみこの世つきなば時鳥かたらふ空の雲とならばや」（夏「（郭公歌…）」清輔）

④15明日香井1019「誰ゆゑに山路くらせば郭公かたらひ過ぐる峰の一こゑ」（下「郭公」。⑤182石清水若宮歌合128

⑤232歌合〈文永二年七月〉18「郭公かたらひつくせくれ竹の伏見の里の一夜なりとも」（「里郭公」資平）

院北面にて講ぜられし二首菖蒲《(菖)(蒲)》

2104（2207）　てなれつゝすゞ《ず》むいは井のあやめぐさ／けふはまくらに又やむすばん

【訳】手馴れながら涼んでいる岩井の菖蒲草よ、（それを）今日は枕として再び結ぶのであろうか。

【語注】○院　「後鳥羽院」（全歌集）。　○てなれ　八代集一例・千載495。　○すゞむ　八代集二例、初出は後拾遺511。他「すずみ」八代集一例・後拾遺220。「進む」か。　○いは井　八代集三例。　○あやめぐさ　①1古今469「郭公なくやさ月のあやめぐさ…」（読人しらず）。②11今撰64「あやめぐさ枕にむすぶこよひこそ我が宿ながら旅ごこちすれ」（夏、印性）。④37嘉元百首419「あやめ草むすぶ枕に夢さめて一こゑつらきほととぎすかな」（夏「郭公」師教）。⑤184老若五十首歌合136「あやめ草いはかきぬまにねは絶えずけふはたもとの匂ひとぞなる」（夏、女房。④18後鳥羽院1113）。

○第三句以下　伊勢物語・151「枕とて草ひき結ぶこともせじ…」（八十三段）。　○又やむすばん　②14新撰和歌六帖690「露ふかきたごの入野の草まくらぬれてもこよひ又やむすばん」（「ざふの野」。②16夫木9691（光俊））。④21兼好125

「ちぎりあらば又やむすばむ一夜ねしにひたまくらの野べのわかくさ」（「寄野恋」）。　○むすばん　「岩井の水をむすぶ意も籠めるか。」（全歌集）。「今日は泉の水を手に掬い、」（同）。　○や　疑問。詠嘆か。　○ん　意志（全歌集）か。
▽菖蒲草を手に馴らしながら、涼を取る岩井の水を今日は手にむすび、また菖蒲を枕として結ぶのかと歌う。定家の新しい菖蒲の歌である。②16夫木2664、夏一、昌蒲「家集、院北面にて」前中納言定家卿、第二句「すすむいは井の」。⑤181仙洞十人歌合31「正治二年九月十二日、十六番、菖蒲、左勝、定家朝臣、第二句「すずむ岩ねの」、「左、心あるさまにきこゆ、…」。正治二年（一二〇〇）、定家39歳。
【類歌】①21新続古今967「むさし野はけふもはてなく行きくれぬ又やむすばん草の枕を」（羇旅、よみ人しらず）
④41御室五十首769「けふといへばよど野におふる菖蒲草枕にたれし引結ぶらん」（夏、生蓮）

郭公

2105（2208）　まちあかすさよのなか山なか〳〵に／ひとこゑつらきほとゝぎす哉

【訳】夜を待ち明した小夜の中山で、却って一声（では）つらい郭公であることよ。
【語注】○まちあかす　八代集一例・後拾遺1109。⑤84六条斎院歌合（天喜五年五月）3「まちあかすやどにはなかでほととぎすくもゐながらもすぎぬなるかな」（「遠聞郭公」宮殿）。　○さよのなか山　八代集三例、初出は千載538。「よ」（夜）掛詞。「さやの――」八代集七例。＋「なか〳〵に」①1古今594「あづまぢのさやの中山なかなかになにしか人を思ひそめけむ」（恋二、とものり）。①2後撰507 508「あづまぢのさや《よや（宗）》の中山中中にあひ見てのちぞわびしかりける」（恋一、源宗于。③17宗于1）。③132壬二2958「さえくらすさやの中山なかなかにこれより冬のおくもまさらじ」（旅「…、冬夕旅」）。④33建保名所百首1126「中中にさやの中山うき物となにしか身をもおもひしりけん」（雑「佐夜中山」）。　○

ほとゝぎす哉　①15続千載1708 1709「宵のまの月まちいづる山のはにこゑもほのめくほととぎすかな」〔雑上、頼氏〕。②12月詣327「まつほどはちぢに心をつくさせて一声なのるほととぎすかな」〔四月「（時鳥を…）」源仲頼〕。④37嘉元百首1418「猶やまつさてもやぬるとやすらへば一声ゆるす時鳥かな」〔夏「郭公」俊光〕。④38文保百首1023「さ夜更けて人もきかじと忍びねを一こゑもらすほととぎすかな」〔夏、為世〕。

▽第二、三句、〝なか、なかなか〟のリズム。小夜の中山で、夜通し待ち明かした郭公の一声を聞けたが、そうすると、一声だけではかえって辛いと歌う。①13新後撰184、夏「正治二年、十首歌合に、おなじ心を」前中納言定家。②16夫木2904、夏二、郭公「院北面にて郭公」同〔＝前中納言定家卿〕。⑤181仙洞十人歌合42「正治二年九月十二日、廿一番、郭公、右勝、定家朝臣」、「右は、姿詞いひしりたるさまに聞ゆ」。C485「本《ナシ(D)》東路の…夜の字に用所のとき《時(ゝ)》は、「さよのなか山」といへり《云(ゝ)》。五音相通なれば也。「中〳〵」と云詞《は(ゝ)》、もの《同物の(ゝ)》、うれしからん事《こと(ゝ)》のかなしきをいへる《云(ゝ)》也。まちあかして聞事《きく(ゝ)》はうれしけれど《共(ゝ)》、一こゑ《声(ゝ)》なれば、中〳〵《サシ(ゝ)》つらきと也《よし(ゝ)》。」・D172。
佐藤・研究443、444頁「漢詩文受容」、「＊朗182〔私注—②6和漢朗詠182「一声山鳥曙雲外　万点水蛍秋草中　許渾」〔夏「郭公」〕〕」。

【参考】⑤69祐子内親王家歌合55「ほととぎすよぶかきこゑにならひつつなかぬをりさへまちあかすかな」〔「郭公」〕

【類歌】③131拾玉2174「夏の夜のあり明の月の山のはに一声をしむほととぎすかな」〔詠百首倭歌、夜〕
④32正治後度百首916「中中にまちつるよりも郭公心くだくる一声のそら」〔なつ「ほととぎす」越前〕
④37嘉元百首419「あやめ草むすぶ枕に夢さめて一こゑつらきほととぎすかな」〔夏「郭公」師教〕…下句同一
④39延文百首1223「またれつる心づくしの一声はつらかりぬべきほととぎすかな」〔夏「郭公」経教〕

建仁元年三月盡日哥合雨後郭公[3]

2106（2209）　さみだれのなごりの月もほのぐ\と／さとなれやらぬほと、ぎす哉

【訳】 五月雨が名残として残っている（空の）月もほのぼのとして、ほのぼのと里にまだ慣れてはいない郭公（の声）であることよ。

【語注】 **○建仁元年**　一二〇一年、定家40歳。　**○雨後郭公**（題）　他、①8新古今237（讃岐）／④11隆信106（「あめののちのほとゝぎす」）、③130月清1062のみ。　**○さみだれの**　①1古今160「五月雨のそらもとどろに郭公なにをうしとかよただなくらむ」（夏、つらゆき）。③85能因248「五月雨の月かさなれり郭公めづらしからでことしだになけ」（「五月ふたつきある比」。②15万代701）。　**○なごりの月**　新国歌大観索引①〜⑩では、他は⑨28三草集（定信）406「一声のなごりの月のかげきえて…」のみ。　**○ほのぐ**　八代集九例。　**○ほのぐ\と**　上、下両方にかかる。①1古今序「〈ほのぼのとあかしのうらのあさぎりに…」（人まろ。①1同409（よみ人しらず（人麿）））。④30久安百首724「時鳥雲井の声のほのぼのと夜も明がたになきわたるかな」（夏、実清）。　**○さとなれ**　①3拾遺1076「あしひきの山郭公さとなれてたそかれ時になのりすらしも」（雑春、輔親。①3拾遺抄405）。

▽五月雨の後の名残のある月もほのかな感じで、その中を郭公は郭公で、ほのかにまだ里に馴れていない感じで鳴いていると歌う。同じ定家に、下句が似る③133拾遺愚草926「いかばかり深山さびしとうらむらん里なれはつる郭公かな」（秋日…、夏。④31正治初度百首1329）、初、末句が同一の③133同1793「五月雨の月はつれなき深山よりひとりもいづる郭公かな」（院五十首、夏。①8新古今235。⑤184老若五十首歌合145）がある。

六家抄「時鳥のほのかになかぬ心也。雨後の月のほのぐ\と、又こゑのほのぐ\ともなかぬをよめる也。」

【参考】 ③12躬恒108「さみだれのつきのほのかにみゆるよはほととぎすだにさやかにをなけ」（「なつ」）。①14玉葉370

【類歌】①8新古今237「五月雨の雲まの月のはれ行くをしばし待ちける時鳥かな」（夏、二条院讃岐）③131拾玉2990「五月雨の雲に成行くなつのよの月影しのぶほととぎすかな」（詠百首和歌、夏）

正治二年二月左大臣家哥合夕郭公③

2107（2210）　郭公たそかれ時のくもまより／われなのりてぞやどはとふなる

【訳】郭公が黄昏時の雲間より、自分（自身）で名を告げて宿は訪れるようだ。

【語注】**○正治二年**　一二〇〇年、定家39歳。**○左大臣**　良経。**○夕郭公**　他、④29為忠後度百首208～215、⑦41為忠64、③132壬二2245、2249、③119教長244、⑦48風情集（公重）8（「ゆふべのほととぎす」）、中古Ⅱ・21能因Ⅱ36（③85能因ナシ、ただし同歌③131拾玉1226にアリ）、③117頼政147、148のみ。**○たそかれ時**　八代集四例。他、「たそかれ」は八代集一例・新古今277（式子）。④14金槐157「さ月やま木だかき峰の時鳥たそかれ時の空に鳴くなり」（夏「郭公の…」）。⑤99同6 99禖子内親王家歌合5「かたらふも中中なりや郭公たそかれ時のあかぬ一こゑ」（「ゆふぐれのこゑ」美作）。⑤「ふたこゑと鳴きてをすぎよ郭公たそかれ時はおぼめかれけり」（「ゆふぐれのこゑ」式部）。**○くもま**　八代集十五例。③129長秋詠藻228「わが心いかにせよとてほととぎす雲まの月の影に鳴くらん」（夏「…、郭公」）。**○なのり**　八代集七例。**○なる**　いわゆる伝聞推定。

▽郭公は黄昏時の雲間から、自分自ら名乗って宿を訪れると歌う。人が待ち望むというよりも、自ら来る、か。「時鳥・黄昏時（の）」は、一つの型である。①3拾遺1076「あしひきの山郭公さとなれてたそかれ時になのりすらしも」（雑春、輔親。①´3拾遺抄405。②7玄玄105）がもとか。【類歌】が多い。「良経家十題二十番歌合（散逸）の詠。」（全歌集）。B388「夕子規たそかれ時と云詞に対して我なのりてそといへるなり」。

【参考】③125山家181「さとなるるたそがれどきのほととぎすきかずがほにてまたなのらせん」（夏「ゆふぐれの郭公」。①14玉葉325。②15万代617。③126西行法師134）

④30久安百首124「おぼつかなたれそま山のほととぎすとふになのらで過ぎぬなるかな」（夏、公能。①9新勅撰158）

【類歌】①8新古今208「一こゑはおもひぞあへぬほととぎすたそかれ時の雲のまよひに」（夏「時鳥を…」八条院高倉）

②12月詣326「行きちがふたそかれどきの雲路にてかたみになのるほととぎすかな」（四月「（時鳥を…）」藤原盛方）

②15万代589「ゆふづく夜たそかれどきのほととぎすなのりがほなるこゑぞきこゆる」（夏「…、郭公を」小命婦）

④31正治初度百首927「なのれただ明けはてぬまに時鳥たそかれ時にかぎる空かは」（夏、季経）

④35宝治百首911「をりはへて山郭公なのるなりたそかれ時のむら雲の空」（夏「聞郭公」禅信）

④35同920「郭公たそかれ時になのるなりおのがね山へ帰るさのこゑ」（夏「聞郭公」下野）

⑤182石清水若宮歌合117「郭公たそかれ時をことなくてとはぬになのるあけぼのの空」（「郭公」允成）

⑤197千五百番歌合749「郭公なのればまづぞしられけるたそかれどきのいにしへの空」（夏一、越前）

五月雨朝

2108 (2211) たまみづの、きもしどろのあやめぐさ／さみだれながらあくるいくかぞ

【訳】玉水・雨の雫の（落ちる）軒も乱れ落ち、（それによって）乱れている菖蒲草よ、五月雨の状態のままで夜が明けたのは何日もだ。

【語注】〇五月雨朝（題）これのみ。〇たまみづ　八代集七例。①3拾遺569「…いやたかからし　たま水の　たぎつの宮こ…」（人まろ）。〇のき　2102前出。五月雨ゆえか、夏のそれがよく出てくる。〇しどろ　八代集二例、初

出は後拾遺659。玉水と菖蒲の様。　**○あやめぐさ**　2104前出。　**○さみだれ**　2106前出。　**○いくか**　八代集九例。

▽玉水が軒に乱れ落ち、軒の菖蒲も乱れ、五月雨が降り続いて、幾日もこんな状態で日々が過ぎて行くと歌う。「寛喜元年（一二二九）五月十三日、定家家月次歌会での詠。」（全歌集）。明月記参照。この時定家68歳。①19新拾遺1570、雑上「朝五月雨」前中納言定家、初句「玉水も」、第二句「しどろの軒の」、末句「あくるいくよぞ」。⑤248和歌一字抄184、朝「五月雨朝」同（＝定家）、上句「玉水もしどろの軒の…」、末句「…いくよぞ」。安東213、214頁「これは五月雨の降り様をアヤメの文目にうまく重ねて、滂沱とした軒水の向うに見える草花の風情に、鬱憂を噛みしめている歌である。」。

【参考】②4古今六帖101「五月雨の玉にぬくひのあやめ草ねにあらはれてなきぬべらなり」（「あやめぐさ」みつね）

③81赤染衛門602「さみだれのいつかすぎてもあやめ草軒の雫は雨とみえけり」（「あやめ」）

④26堀河百首386「五月雨は宿につくまのあやめ草軒のしづくに枯れじとぞ思ふ」（夏「菖蒲」匡房。①20新後拾遺210）

【類歌】①20新後拾遺209「五月雨はあやめの草のしづくより猶おちまさる軒の玉水」（夏「…、五月雨」後光厳院）

③131拾玉5717「あやめ草軒にけふ見るゆふ暮ににほふしづくは五月雨の空」（「乃刻」）

⑤247前摂政家歌合132「玉水の数もかぎりぞなかりける軒のしのぶの五月雨の比」（中夏、秦兼任）

2109
(2212)
庭夏草

あげまきのあとだにたゆるにはもせに／をのれむすべとしげるなつくさ

【訳】総角髪の童子の姿さえも消えてなくなってしまった庭も狭いほどに（いっぱいに）、自分で結べとばかりに生い茂っている夏草であるよ。

【語注】○庭夏草（題）　これのみ。　○あげまき　八代集にない。枕草子「御簾の帽額《もかう》総角などにあげたる鉤《こ》の、」（新大系（一八九段）240頁）。⑤421源氏物語653「あげまきに長き契りをむすびこめ…」。源氏物語「浅茅は庭の面も見えず、しげき蓬は軒をあらそひ生ひのぼる。葎は西東の御門を閉ぢこめたるぞ頼もしけれど、崩れがちなるめぐりの垣を馬牛などの踏みならしたる道にて、春夏になれば、放ち飼う総角の心さへぞめざましき。」（「蓬生」、新大系二―135頁。「参考」）・常陸宮邸（末摘花）邸の荒廃。　○せに　八代集六例。　○を《お》のれ　八代集九例。　○むすべ　「総角（髪）」の縁語。④39延文百首1430「ふみなるる野もりもおのが跡をだにたどるばかりにしげる夏草」（夏、公顕）。④38文保百首722「ことのははまれなる宿の庭の面におのればかりと茂る夏草」（夏「夏草」源通相）。

○なつくさ　八代集十一例。　○しげるなつくさ

▽第一、二句あの頭韻。総角髪の童べの姿も絶え果て見えなくなってしまった庭を埋めて自分で（髪を）結べというほどに夏草が茂っていると歌う。総角髪ゆえに「結べ」である。源氏物語「蓬生」（【語注】）をふまえる。だとすればこの「庭」は常陸宮・末摘花邸のそれである。2108・前歌と同じ時の詠。②16夫木16743、雑十七、総角「後京極摂政家卅首歌合」前中納言定家卿、初句「あげまきは」、末句「しげる夏ぐさ」。⑤346兼載雑談61、定家、第二句「あとだにみえぬ」、第三句「庭の面に」。

C486「本《ナシ(D)》夏草は…（私注―①8新古今188「夏草《ぐさ(元)》はしげりにけりな玉桙のみち行人もむすぶばかりに」（夏、元真。③28元真94））「あげまき」、武具《具足(〃)》などにつくるもい《を》へり《云也(〃)》。又、これは《ナシ(〃)是(〃)》うしかひの事也。春夏《夏春(〃)》になればはなちかふあげ巻《まき(〃)》、と、げんじ、《源氏よもぎふ(〃)》蓬生の巻《巻(〃)》にあり《有(〃)》。その心《ことばのよせ(〃)》也。馬牛《うし(〃)》をはなちかふあけ《げ まま(〃)(ママ)》。きさへ絶たる《る(〃)》ふるさとの体也。人もむすべと草の物《もの(〃)》いふごとくあれたると也《体(〃)》。」・D173。不審193「如何。あげまきハ牧童事候歟。※／※合点」。

【類歌】④38文保百首531「庭もせに茂る夏草そのままにからでや秋の花をまたまし」（夏、空性）全歌集「参考」・①8新古今187「かりにくとうらみし人のたえにしを草ばにつけてしのぶころかな」（夏、好《か》忠《おもひ(〃)》。③58好忠104）

2110（2213）　建仁二年三月六首めされし夏哥

さみだれのふるの神すぎ〱がてに／こだかくなのるほと、ぎす哉

【訳】五月雨の降る布留の社の神杉を通り過ぎ難く、木高く、声高く名のり声をあげる時鳥であることよ。

【語注】〇建仁二年　一二〇二年、定家41歳。　〇さみだれ　2106前出。①1古今160「五月雨のそらもとどろに郭公なにをうしとかよただなくらむ」（夏「郭公の…」つらゆき）。①12続拾遺179「ほととぎすふりいでてなけおもひ出づる常盤の杜の五月雨の空」（夏、前関白左大臣一条）。　〇ふるの神すぎ　八代集三例、すべて新古今（初出は同581）。「ふる」掛詞。なお「神すぎ」は八代集すべて「ふるの―」の用例。②4古今六帖4279「いそのかみふるの神杉かみさびて…」。　〇〱《すぎ》がてに　八代集六例。全歌集「すぎがてら、」（訳）。①1古今120「…すぎがてにのみ人の見るらむ」（みつね）。　〇こだかく　八代集九例。「高く」掛詞。　〇なのる　八代集七例。　〇ほと丶ぎす哉　②4古今六帖2189「…そらなきしつるほととぎすかな」。

▽すぎ／すぎのリズム。五月雨の降る布留の神杉を行き過ぎにくく、木の高い所で声高く郭公が鳴いていると歌う。①1古今154「夜やくらき道やまどへるほととぎすわがやどをしもすぎがてになく」（夏、紀とものり）がもとか。同じ定家に、【類歌】の①8新古今237同様、初、末句が同一の①8同235「五月雨の月はつれなき深山よりひとりもいづる時鳥かな」（夏、定家。③133拾遺愚草1793。⑤184老若五十首145）がある。後述の三体和歌は、2058前出。①16続後拾遺215、夏「和歌所にて六首歌たてまつりけるに、夏歌」前中納言定家。②16夫木2905、夏二、郭公「建保二年三月屏風歌」、同〔＝前中納言定家卿〕、第三句「すぎかて《ママ》に」。⑤259三体和歌20、定家朝臣。

C487「本《ナシ(D)》石上…〔私注―後述の万葉2421 2417〕さみだれ《五月雨(ツ)》の時分といひ、こと《殊(ツ)》に神木なれば、かた〱もつて《以(ツ)》時鳥《ほととぎす(ツ)》も過《すぎ(ツ)》が

てにするかと也。」・D174。六家抄「ふるとうけたる也。時鳥の杉の陰を過がたき心也。木ずゑの高きとこゑのたかきとうけたる也。神杉と云に木たかき、尤也。」」。

安田「『万葉集』の影響を受けていると思われる作」（143頁）、147頁「（参考歌）石上…〔私注―万葉1931 1927「石上布留の神杉神びにし我れやさらさら恋にあひにける」（巻第十）〕／石上…〔私注―万葉2421 2417「石上布留の神杉神さびて恋をも我《あ》れはさらにするかも」（巻第十一）〕。

明治・続後拾遺215「五月雨」、「「ふとく、おほきに」、いわゆる長高体の歌。「五月雨」の主題と「五月郭公」の主題とをつなぐ。」」。

【参考】③100江帥55「あさくらやきのまろどのにおもへどもなのりてすぐるほととぎすかな」（夏）
③114田多民治31「わがやどはきのまろどのにあらねどもなのりてすぐるほととぎすかな」（夏「霍公鳥」）…右の③100江帥55に似る
【類歌】①8新古今237「五月雨の雲まの月のはれ行くをしばし待ちける時鳥かな」（夏、二条院讃岐）…初、末句同一
④30久安百首1224「五月雨のふるの社のほととぎす三笠の山をさしてなくなり」（夏、安芸。②16夫木16141）
③132壬二2226「五月雨の過ぎにし空の時鳥又夕だちに声のこるなり」（夏「時鳥の歌の中に」）
承元二年潤四月四日和哥所雨中郭公
2111
(2214)
たがためにぬれつ、しゐ《ひ③》てほと、ぎす／ふるともあめの山地《路③》わくらん

【訳】いったい誰のために濡れながら無理をして郭公は、雨が降っていても雨の山路を分けて来るのだろうか。
【語注】**○承元二年**　一二〇八年、定家47歳。　**○雨中郭公**（題）　①5金葉二126 135（経信）、①7千載189（資賢）…。

○たがため　八代集八例。　**○たがために**　初句・例として擣衣の歌などにみられる。①1古今924「たがためにひきてさらせるぬのなれや…」（承均法師）。④15明日香井319「たがためにまちしさつきのあやめ草あやめもしらぬほととぎすかな」（詠百首和歌、夏。751）。⑤248和歌一字抄603「たがために旅ねをすれば時鳥またともなかでさよふかすらん」（客「時鳥留客」俊頼。676）。　**○しゐ《(ひ)》て**　八代集十四例。　**○ほとゝぎす**　③76大斎院前281「ほととぎすあめふりにたるころなれどこふるなげきはただならぬかな」。③118重家318「五月雨にしをれつつなく時鳥ぬれいろにこそこゑもきこゆれ」（「時鳥」）。③131拾玉4114「時鳥ぬれてなくねぞなつかしきにほひも雨も橘のころ」（詠三首和歌「雨中郭公」）。

▽郭公は誰の為に濡れながら、山路を雨が降っていても分けてくるのかと歌う。雨の中を、女の許へ無理をして通う男・恋の世界をほのめかすか。同じ定家に、④41御室五十首512「たがために《の(拾)》なくや五月の夕とて山時鳥なほまたるらん」（夏。③133拾遺愚草1742。⑤216定家卿百番自歌合31）がある。「後鳥羽院三首和歌会。」（全歌集）。全歌集「参考」・①3拾遺765「礒神ふるとも雨にさはらめやあはむといもにいひてしものを」（恋二、大伴方見）。

2112
(2215)
秀能五首哥中郭公③

こひすとやなれもいぶきのほとゝぎす／あらはにもゆと見ゆる山ぢに

【訳】恋をしているとお前も言い鳴いている伊吹（山）の郭公よ、はっきりとさしも草がもえるように、恋心が燃えていると見える山路において。

【語注】**○郭公**（題）①4後拾遺193、194（赤染衛門）…。　**○なれ**　八代集四例、「汝《な》」八代集二例。　**○いぶき**　八代集三例、初出は後拾遺612（▽）。「言ふ」との掛詞。　**○ほとゝぎす**　①3拾遺1307「しでの山こえてきつらん郭公こひしき人のうへかたらなん」（哀傷、伊勢。①3拾遺抄370。③15伊勢27）。③100江帥68「はがへせぬみやまにかへるほととぎすこひしきことぞときはなるべき」（夏「五月…」）。③122林下69「ほととぎすなれもむかしのこひしきか花たちばなのえだにしもなく」（夏「郭公歌とて」）。④29為忠家後度百首241「ほととぎすやまかたつけていへゐせしもとのこころはなれきかんとて」（郭公「山家郭公」）。⑤197千五百番歌合859「ほととぎすなれもこころやなぐさめぬをばすて山の月に鳴く夜は」（夏二、丹後）。⑤258文治六年女御入内和歌101「きく人のこころのみかはほととぎすなれもくも路はゆくへしられじ」（五月「郭公」宮）。　○あらはに　八代集六例。　○もゆ　掛詞（「燃・萌ゆ」）。「萌ゆ」は八代集十八例。「もぐさは燃えるから、もぐさ（さしもぐさ）を産する「伊吹」の縁語。」（全歌集）。　○山ぢ　2111前出。

▽あらわに恋が燃えていると見える山路で、郭公も恋をしていると、おまえも鳴くのかと歌う。百人一首の著名な、①4後拾遺612「かくとだにえやはいぶきのさしもぐささしもしらじなもゆるおもひを」（恋一、実方）と①4同820「ひとの身もこひにはかへつなつむしのあらはにもゆとみえぬばかりぞ」（恋四、和泉式部。③73和泉式部34）がもとか。「秀能勧進五首」（全歌集）、2059前出。②16夫木2906、夏二、郭公「秀能すすめける五首歌」同〔＝前中納言定家卿〕、下句「山のしづくにはねしほるらん」（次歌・2113の下句と同一であり、間違ったのか）。不審194「いぶき山もゆる[※1]といふ[※2]故事如何。いづれより起候哉。／※1合点　※2さしも草、ノ心乎。」・「一…「かくとだに…ひを」」。

2113（2216）　建保四年潤六月内裏哥合十首之中夏

郭公たがしの、めをねにたて、山のしづくにはねしほ《を》るらん

【訳】郭公はいったい誰のために東雲ということでか音に立てて鳴き、山の雫に羽を濡らし萎れるのであろうか。

【語注】○この歌（「建保…らん」）行間に。つまり一行分に三行分（前歌　下句「あら…ぢに」も含めて）ある。○建保四年　一二一六年、定家55歳。○夏（題）①8新古今185（安芸）、207（範光）…。○しのゝめ　八代集十例。男女の後朝の別れの朝。○ねにたて「ねにたつ」八代集二例。①2後撰1407 1408「ねにたててなかぬ日はなし鶯の…」（大輔）。○山のしづく　八代集二例、初出は金葉482。○はね　八代集十四例。○はねしほ《を》るらん　③106散木430「かりがねもはねしをるらんますげおふる…」（④26堀河百首696）。

▽時鳥は、男が女の許を東雲時に別れる、その誰かの東雲の別れを思って、声に出して鳴き、山の雫に羽が萎れ果てるのかと歌う。もとに①3拾遺111「葦引の山郭公けふとてやあやめの草のねにたててなく」（夏、延喜御製。①′3拾遺71。②3新撰和歌135。②4古今六帖94。②8新撰朗詠149）がある。下句同一の②16夫木2906は、前歌参照。また同じ定家に二句が同一の⑤187鳥羽殿影供歌合12「郭公やまのしづくにたちぬれてまつ人しる《とは（新）》やあかつきの声」（「暁山郭公」定家。①19新拾遺229）がある。⑤213内裏百番歌合〈建保四年〉42、歌合建保四年閏六月九日、判者、定家、二十一番、夏、（左勝）、右、定家、末句「はねしほるらん」。

五41「此歌は、暁の山に郭公の鳴を、たがしのゝめの別の涙をかりて鳴ぞと心を付たり。をかやが下葉たがために、とよめるも、此類也」、「一　文意の首尾が通ずるように理由・説明の関係になる句を持ってきた。／二「あだし野の…③133拾遺愚草1528・3589」・B389「しのゝめの別の泪をかりて鳴そと心を付たり野夕憂草にてをかやか下葉たか為にとよめるもこの類也」・48頁。不審195「…音に《如何。※》たて、――／※暁ノ別ヲ云也。」。

全歌集「参考」・万葉107「あしひきの山のしづくに妹待つと我れ立ち濡れぬ山のしづくに」（巻第二、大津皇子）。

【参考】③60保憲女48「さつき山しづくもよにほととぎすたがさとへとかよはにきつらん」（なつ）

【類歌】①13新後撰179「しがらきのと山の末のほととぎすたが里ちかきはつねなくらん」（夏、隆祐。②16夫木2968）

承久元年七月内裏哥合暁郭公③

2114（2217）　新後　ほと、ぎすいづるあなしの山かづら／いまやさと人かけてまつらし

【訳】時鳥が出てくる穴師の山の暁の雲よ、今や里人は心にかけて待っているらしい。

【語注】○承久元年　一二一九年、定家58歳。　○暁郭公　①5金葉三124（源定信）、②10続詞花127（顕広・俊成）…。

○いづるあなし 「ほととぎすが山の洞のごとき場所から出てくると想像し、「穴」を暗示するか。」（全歌集）。 ○あなしの山　八代集一例・古今1076（本歌）。大和国。「あな（穴）」掛詞か。なお「穴」は八代集一例・千載1191。　○山かづら　八代集二例・古今1076（本歌）、新古今749。暁に山の端にかかる雲をいう。なお「かづら」は上記も含めて八代集八例。「蔓」「掛け」は縁語。　○さと人　八代集十二例。　○かけて　「「山かづら」の縁語。」（全歌集）。

【本歌】①1古今1076「まきもくのあなしの山の山人と人も見るがに山かづらせよ」（神あそびのうた、とりもののうた。「本歌」（全歌集））

▽本歌をふまえて、郭公が巻向の穴師の山の暁の雲から出てくるのを、今、山の人だと他人が見るほどに山葛を髪飾りにして、里人は期待して（郭公を）待っているらしいと歌う。同じ定家に③133拾遺愚草924「もろかづら草のゆかりにあらねどもかけてまたるる時鳥かな」（秋日…、夏。①18新千載203。②15万代530。④31正治初度百首1327）、③133同1418「山かづら明行く雲にほとときすいづる初音も峰わかるなり」（渡（夫））（関白左大臣家百首「郭公」。②16夫木7818。④34洞院摂政家百首327）、⑤187鳥羽殿影供歌合12「郭公やまのしづくにたちぬれてまつ人（とは（新））しるやあかつきの声」（「暁山郭公」定家。①19新拾遺229）がある。【類歌】が多い。①13新後撰174、夏「承久元年、内裏歌合に、暁郭公」前中納言定家、末句「かけて待つらむ」。②16夫木2907、夏二、郭公「承久元年内裏御会、暁郭公」同（＝前中納言定家卿）。⑤218内裏百番歌合〈承久元年〉57「歌合　承久元年七月廿七日、…判者、衆議判、隠名」、「暁郭公」、卅二番、左、定家卿、末句「かけ

てまつらん」」、「いづるあなしの山かづら、暁の心もこもりて、めづらしきさまによろしきよし申し侍りき、…、猶右の勝と被付はべりにけり」、定家負、家隆執筆判詞。

C489「本《ナシ(D)巻》まきもくの《向(〃)》…「山かづら」、暁《あかつき(〃)》の雲の事《こと(〃)》なり。《也(〃)》「かけて」といはんため也。里人も心にかけて時鳥《ほととぎす(〃)》のいづるをまたんと也。」・D176。

赤羽304～306頁「(二)　第二句と第四句に頭韻がある場合…第二句から押韻がはじまる場合には、初句が第二句以下を修飾する語になっており、それほど強くひびかないという共通の性格をもっている。また、第二句と第四句の押韻は上句と下句のつづき方が、第二句と第三句の押韻よりはるかに密接であることも指摘できよう。…三、体言止で第四句へつづく。…初句が、第二句以下から切離された説明の句になっていることが多い。主題が第二句からはじまるので音韻上も第二句以下に統一性がみられる。」。

【参考】③15伊勢337「あしひきの山はとほしとほととぎすさとにいでてぞねをばなきける」
③117頼政150「宮こにはまつらんものを郭公いづるを惜む深山べの里」（夏「山家郭公、法住寺殿会」。⑤165治承三十六人歌合342。⑤271歌仙落書49）
【類歌】①14玉葉309「ほととぎすいまやと思ふ山のはに月をまつごこなれをこそまて」（夏「待郭公」常磐井入道前太政大臣）
①20新後拾遺1159「くる人もあらじいまはの山かづら暁かけてなにとまつらん」（恋四、よみ人しらず）
③131拾玉223「かくばかりまつかひありて時鳥里なれぬまのしる人にせよ」（百首、夏「郭公」）
③132壬二2884「まきもくのあなしの山の山かづらかけていく夜に人をこふらん」（恋）
④15明日香井393「かけてまつそのかみやまのほととぎすけふやはつねにあふひなるらん」（詠千日影供百首和歌、夏）
④15同752「ほととぎすやすらふ雲のやまかづらあか月かけて一こゑぞきく」（院百首、夏）

④31正治初度百首1728「時鳥いまやきなくとおきゐつつ待つ事ありと人に見えぬる」（夏、生蓮）
⑤182石清水若宮歌合132「まつよりはゆきてをきかむ郭公山のとかげをいづるはつ声」（「郭公」寂信）

水邊草

2115
(2218)
かりねせし玉江のあしにみがくれて／秋のとなりの風ぞすゞしき

【訳】○水邊草（題） 他、③132壬二2242のみ。 ○かりね（仮寝） 八代集五例、初出は千載534。旅、恋歌に用いられる。他「刈根」がある。「仮寝」に「あし」の縁語「刈り」を掛ける。「夏刈の…〔私注―①8新古今932「夏かりのあしのかりねもあはれなりたまえの月の明がたの空」（羇旅、俊成）〕の影響もあるか。」（全歌集）。 ○玉江 八代集九例。
○玉江のあし ①3拾遺1212「みしま江の玉江のあしをしめしより…」（人麿）。②15万代2532「むらどりのうきなやそらにたちにけむたまえのあしのかりねばかりに」（恋四、但馬）。④18後鳥羽院745「ひまもりし玉えのあしはかりはててすずしくやどる夏の夜の月」（詠五百首和歌、夏）。⑤82六条斎院歌合（天喜四年五月）12「さみだれのながきさつきの《はの(夫)》みづふかみたまえのあしのなつが《か(夫)》りもあらじ《せ(ゞ)》」（さみだれあまりあり、左衛門。②16夫木3048）。 ○みがくれ（水隠れ） 八代集五例。「身隠れ」を掛ける。①1古今565「河のせになびくたまものみがくれて人にしられぬこひもするかな」（恋二、紀とものり。「参考」（全歌集））。④18後鳥羽院435「みそぎ河せぜの玉ものみがくれてしられぬ秋や今夜きぬらむ」（千五百番御歌合、夏。⑤197千五百番歌合1020）。 ○秋のとなり 「春の隣」は八代集にあるが、「秋の隣」はない。なお「隣」は八代集五例。②4古今六帖122「…秋のとなりになればなりけり」。②14新撰六帖108「あしがきをふきこす風よ身にぞしむ秋のとなりはくるるかたとて」（なつのはて）。 ○風ぞすゞしき ④38文保百首1329「山河の水のみなわのわきかへり玉ちるせぜの風ぞ涼しき」（夏、経継）。

▽（芦を）刈って仮寝した玉江のほとりの芦に身を隠し、また水に隠れて秋はすぐ隣までやってきていて、涼しい風が吹いていると歌う。これも前歌・2114と同じ歌合で、同77「水辺草」、四十二番、左、（右勝）、定家卿、「玉江のあしにみがくれて、宜之由申す、…」、家隆執筆判詞。

C488「「みがくれて」は、水にかくれなり《て也（D）》。秋も漸蘆《芦（ツ）》にかくれてちかく成、《近成て（ツ）》すゞしき体也《なり（ツ）》。夏の歌也。」・D175。

【類歌】④35宝治百首3481「みがくれて玉江を人や渡るらんなびくにしるしきしのあしはら」（雑「江葦」基家）

⑤218内裏百首歌合〈承久元年〉75「吹きみだす玉江のあしのこす波の秋かぜまたぬ袖ぞすずしき」（「水辺草」内大臣）

2116（2219）　建保五年四月十四日庚申五首夏暁③

なきぬなりゆふつけどりのしだりお《を③》の／《續後》をのれ《お③》にもにぬよはのみじかさ

【訳】鳴いた声が聞こえるよ、木綿付鳥（鶏）の長い垂れた尾を持つお前にも似ていない夜の短さであるよ。

【語注】○建保五年　一二一七年、定家56歳。　○夏暁（題）　他、③132壬二2290、③131拾玉4042のみ。　○なき　おおそは時鳥。　○なり　いわゆる伝聞推定。　○ゆふつけどり　八代集六例。なお「ゆふつけ」は同一例。①1古今536「相坂のゆふつけどりもわがごとく…」（読人しらず）。①1同634「こひこひてまれにこよひぞ相坂のゆふつけ鳥はなかずもあらなむ」（恋三、よみ人しらず）。②4古今六帖1360）。③106散木258「夏のよは山郭公まちかねてゆふつけ鳥のなきぬべきかな」（夏）。④37嘉元百首1913「たつた山夕つけ鳥のおのが音を夜ぶかき花の色に待つかな」（春「花」為藤）。④39延文百首791「ながきよはゆふつけどりのおのが音をきさてもあくるほどぞ久しき」（雑「暁鶏」覚誉）。　○しだりお（を）　八代集三例。②4古今六帖1359「庭鳥のかけのたりを《れ（夫）》のしだりをのながながしよをひとりかもねん」（にはとり）。

②16夫木12759）。③132壬二868「雪つもる松のはさへにしだりをの山鳥のをのながきよの空」（院百首、冬）。④18後鳥羽院223「ほととぎすさてやま鳥のしだりをのなかなかつらきさよの一こゑ」（夏、内宮御百首）。⑤244南朝五百番歌合470「月のこる遠山鳥のしだり尾の長き夜すがらうつ衣かな」（秋九、関白）。**○をのれ**《（お）》　八代集九例。「しだり尾のを《（お）》」と続く。　**○みじかさ**　いうまでもなく「長」に対する。なお「みじかし」は八代集十例、「みじかよ」は同三例。

▽初句切。その中で鳴いている鶏の尾の長さに少しも似はしない夏の夜の短さを歌う。短い夏の夜は歌によく詠まれる。もとに有名な百人一首の①3拾遺778「葦引の山鳥の尾のしだりをのながながし夜をひとりかもねむ《わがひとりぬる（六）》《ぬる（俊）》」（恋三、人まろ。万葉2813。②6和漢朗詠238。②4古今六帖924。③1人丸212。⑤291俊頼髄脳262。「参考」（全歌集）。前述の②4古今六帖1359に似る）がある。「後鳥羽院庚申五首歌合。」（全歌集）・2069前出。①10続後撰221、夏「建保五年四月庚申に、夏暁」前中納言定家。⑤216定家卿百番自歌合36、夏、十八番、（左持）、右、院庚申五首建保五年四月。⑤225定家家隆両卿撰歌合13、七番、左。⑤388沙石集198、定家、下句「…にずよひの…」。新続歌仙・⑩123新三十六人撰〈正元二年〉193・権中納言定家。

C490「「しだりお《尾（D）》」とは、一番にながき尾《お（ヶ）》の事《こと（ヶ）》也。尾のながきにもにず《似（ヶ）》、はやく《早く（ヶ）》明て《あけて（ヶ）》、暁《あかつき（ヶ）》をしらするよし也。／本《ナシ（ヶ）》庭つ鳥《どり（ヶ）》かけ…〔私注―万葉1417 1413「庭つ鳥鶏《とりかけ》の垂り尾の乱れ尾の長き心も思ほえぬかも」（巻第七）〕」・D177「庭つどり…「しだり尾」…」の順。

『続後撰和歌集全注釈』、「おのれ」・「反射指示代名詞。」、「☆「あしひきの…〔私注―▽の①3拾778〕」。

【類歌】③132壬二1451「しだりをのおのが春日もくれはてぬ夕かけ《付（洞）》鳥も鳴きて恨みよ」（洞院摂政家百首「暮春」。④34洞院摂政家百首236）

④37嘉元百首1083「あふさかや夕つけ鳥も鳴きぬなり関の戸ざしの明がたの空」（雑「関」公顕）

建仁二年六月和哥所にて當座[③]／田家夏月

2117（2220）　かどたふくほむけの風のよる〳〵は／月ぞいなばの秋をかりける

【訳】門田を吹く穂向の風の寄る夜々は、月が（射して）稲葉の秋の風景を借りるよ。

【語注】○建仁二年　一二〇二年、定家41歳。　○田家夏月（題）　これのみ。　○かどた　八代集四例、初出は金葉173（▽）。良田である。　○かどたふく　⑤261最勝四天王院和歌255「門田吹く野風をさむみかりにきて伏見の里のいねがての露」（「伏見里」有家）。　○ほむけの風　八代集一例・新古今1431（【類歌】）。なお「ほむけ」も上記のみ。③130月清738「みだれあしのほむけのかぜのかたよりに秋をぞよするまのうらなみ」（院初度百首、秋。④31正治初度百首442）。　○よる〳〵　八代集三例。掛詞「夜」・「寄る」。①2後撰561 562「住吉の岸の白浪よるよるは…」（よみ人しらず）。　○いなば　八代集十一例。

▽門田を吹く、稲穂を寄り靡かせる風が吹く夜々は、夏の月でありながら、稲葉波寄る秋の景色を思わせると歌う。晩夏詠。秋に近い季節の間《はざま》、移ろいを歌う。【類歌】で分かるように、「門田吹く稲葉の風」は一つの表現型。また経信、俊頼父子の名歌、①5金葉二173 183「ゆふさればかどたのいな葉おとづれてあしのまろ屋に秋風ぞふく」（秋「…田家秋風…」経信）、①5同239 254「うづらなくまののいりえのはまかぜにをばななみよる秋のゆふぐれ」（秋、源俊頼）が想起される。同じ定家に、③133拾遺愚草833「いく夜ともやどはこたへず門田ふくいな葉の風の秋の音信」（歌合百首、秋「秋田」。⑤175六百番歌合393）、③133同1707「山ざとの門田吹きこす夕風にかりいほの上もにほふ秋萩」（韻歌百廿八首和歌、山家）、③133同2356「ながめあへぬほむけの風のかたよりに田のも吹きこす峰の紅葉ば」（秋「秋田」）がある。②16夫木3547、夏三、夏田「建仁二年和歌にて、田家夏月」前中納言定家卿。

不審196「…〳〵ほむけ[※1]の風の…「ほむけ[※2]」といふは如何。／※1穂向。※2穂向。」、「一　「ほむけ」、「秋の田の…（万・

一〇・二二四七）〔私注―【類歌】の①8新古今1431 1430〕などの万葉語。」」。

全歌集「夏でもそろそろ穂の出た稲田を涼風が吹く夜、月の光がさすと、秋景色かと錯覚させるという風景を歌う。」」。

【類歌】①8新古今1431 1430「秋の田のほむけの風のかた《き(万)寄れる(〃)》よりにわれは物おもふつれなきものを」（恋五、よみ人しらず。万葉2251 2247。「参考」（全歌集））

①14玉葉624「色色にほむけの風を吹きかへてはるかにつづく秋の小山田」（秋上、安嘉門院四条）

③132壬二1669「門田ふく稲葉の風や寒からんあしの丸屋に衣うつなり」（守覚法親王家五十首、秋。①13新後撰405。④41御室五十首579）

③132同2329「門田ふく稲葉のおとになりぬなりをのへの松のすゑの秋かぜ」（秋「田家風」）

④18後鳥羽院448「小山田のいなばかたより月さえてほむけの風に露みだるなり」（千五百番御歌合、秋。①13新後撰376。⑤197千五百番歌合1410）

⑤189撰歌合80「かど田ふく風《いなばの風(隆)》のあはれをよそ《そよ(〃)》とても月よりほかにとふ人もな《は(〃)》し」（「田家見月」隆信。④11隆信213）

⑤244南朝五百番歌合439「影やどすあら磯波のよるよるは月もいはこす秋のうら風」（秋七、経高）

水風晩涼

2118
(2221)　したくゞ《ぐ③》る水よりかよふ風のを《お③》とに／秋にもあらぬ秋のゆふぐれ

【訳】下をくぐって流れる（遣）水を通って行く風の音によって、秋でもないのに秋の夕暮（の感じがするの）だ。

【語注】**○水風晩涼**　他、①5金葉二145 154（俊頼）、⑦43行宗86、③106散木312のみ。**○したくゞる**　八代集一例・千載693。なお「くぐる」は八代集四例、初出は後拾遺13。「ここでは水面に設けた釣殿などの下を潜り流れると考えておく。」（全歌集）。②4古今六帖1454「あしひきの山下みづのしたくぐり…」。⑤248和歌一字抄899「したくぐる岩まの水のあたりにはあふぎの風をかる人もなし」（忘、「同（＝対泉忘夏）」家経）。**○より**　経過。**○風のを《(お)》とに**　①1古今169「…風のおとにぞおどろかれぬる」（敏行）。④28為忠家初度百首287「かぜのおとに秋たちきぬとおほはらやせがゐのしみづくみてしるかな」（秋「泉辺初秋」）。⑤250風葉1112「もらさばや身にしむ秋の風の音に下ばの露のたへで消えぬと」。**○秋のゆふぐれ**　八代集初出は後拾遺271。①22新葉268「吹くかぜはまだ身にしまで荻のはの音ばかりなる秋の夕ぐれ」（秋上「荻を…」前内大臣隆）。④10寂蓮356「たれもみなしのびし跡に松かぜのおとのみのこる秋の夕暮」。④32正治後度百首153「みかも山ならのうはばにおとづれて風わたるなり秋の夕暮」（雑「神祇」範光）。

【本歌】②6和漢朗詠166「したく《く(中)》ぐるみづにあきこそかよふなれ《らし(新、中、266三、267三)》むすぶいづみのてさへすずしき」（夏「納涼」中務）。①18新千載302。③24中務40。⑤266三十人撰128。⑤267三十六人撰148。「全歌集」

▽第三句字余（お）。下句秋・あの頭韻。前歌同様、夏、秋の季節の交錯を歌う。本歌をふまえて、掬ぶ泉の手も涼しく、また下を潜って流れる水面を吹く、秋を思わせる風の音に、（下句・）思わず夏とは思われない、秋の夕暮のような気がすると歌う。同じ定家に、③134拾遺愚草員外42「野べはいま萩の下露ぬきみだり風に色づく秋の夕ぐれ」（一字百首）がある。

安東100頁「この「下くぐる」は潜るとしか読み様がない。…それは、古今集の業平の歌をクグルからククルに読み替えたのも、定家ではないか、ということとも関連する。」。

【類歌】②16夫木3665「下くぐる水こそあらめ泉川川辺の松にかよふ秋風」（夏三、納涼「水辺納涼」公朝）…2118に近い
③131拾玉4296「日ぐらしの声は梢のかぜの音に秋をかぞふるゆふ暮の空」（詠三十首和歌、夏）
④31正治初度百首757「野原よりたもとにかよふ風の音におなじ露ちる秋の夕暮」（秋、忠良）…2118に近い

2119 建久五年夏左大將家哥合龍③田河夏

(2222) ゆふぐれは山かげすゞしたつた河／みどりのかげをくゝ《ぐ③》るしらなみ

【訳】夕暮には山陰が涼しいよ、立田川（は）、緑の蔭を括り染めにしている白波（が見える）よ。

【語注】○建久五年　一一九四年、定家33歳。○龍田河夏（題）他、③132壬二2293、③131拾玉3978のみ。○ゆふぐれは　①1古今205「ひぐらしのなく山里のゆふぐれは…」（よみ人しらず）。③125山家261「船よするあまの河辺《瀬（西）》のゆふ暮はすずしき風やふきわたる《す（ゞ）》らん」（秋、七夕。③126西行法師168）。○山かげ　八代集七例、初出は千載210、あと新古今。が、「山のかげ」は八代集一例・古今204。○山かげすゞし　④37嘉元百首726「くれはつる夏みの川の河風に山かげすずし秋かよふらし」（夏「納涼」実重）。○たつた河　①7千載1167 1164「こまなめていざみにゆかんたつた川しら浪よするきしのあたりを」（雑下、源雅重）。④34洞院摂政家百首166「立田川波の花より咲初めて山もさくらになりにけるかな」（春、花、頼氏）。○みどりのかげ　新国歌大観①～⑩の索引では、他に、①18新千載2341 2340「松が枝の緑のかげを池水に…」（資明。⑥31題林愚抄10606）、⑦91実材母712「…みどりのかげぞひさしかるべき」、⑧26閑塵集（兼載）308「あまつ空みどりの影のうつろへば…」しかなかった。「かげ」は「山かげ」か。○くゝるしらなみ　③125山家1268「…井せきのひまをくぐる白波」。「くゝる」は八代集二例。

▽二句切。夕間暮、竜田山の山蔭は涼しく、竜田川では白波が緑蔭を括り染にしていると歌う。下句、緑と白との色彩感があざやかである。もとに有名な①1古今294「ちはやぶる神世もきかず竜田河唐紅に水くくるとは」（秋下、なりひら。⑤415伊勢物語182。「参考」（全歌集））があり、式子にも④1式子257「神無月みむろの山の山颪にくれなゐくくる竜田川かな」（冬。④31正治初度百首259）の詠がある。「良経家名所題歌合」（全歌集）・2026（下・部類歌、春の冒頭歌）前出。

安東99頁「新古今時代以降の「くくる」はクグルではなく括り染の意味で遣われているようにも思うが、とすると「みどりのかげをくくる白波」などは、その最も大胆にして、かつ新鮮な例ということになる。」。

【類歌】①15続千載1727 1729「風わたるなつみの河の夕暮に山かげ涼し日ぐらしの声」（雑上、惟宗忠景）

③130月清437「秋かぜのたつたやまよりながれきてもみぢのかはをくくるしらなみ」（治承題百首、紅葉。②16夫木6215）

④38文保百首335「柳かげ涼しきかぜの立田川波のはやくや秋になりけん」（夏、内経）

⑤184老若五十首歌合181「夏ふかみよなよな秋やたつた川くるればすずしいは浪のこゑ」（夏、権大納言）

名所夏月

2120（2223）　影きよきなつみのかはと秋かけて／しらゆふ花をてらすよの月

【訳】影の清く美しい夏実の川とばかりに、秋に先がけて、白木綿花（のような波）を照らしている夜の月であるよ。

【語注】○名所夏月（題）　これのみ。　○影きよき　③131拾玉2566「なつの夜は待つもをしむも影きよき月にすずしき山の井の水」（夏月）。　○なつみのかは　八代集一例・新古今654。また「なつみ」も上記のみ。「夏」掛詞か。　○しらゆふ　八代集四例、初出は詞花157。

【本歌】万葉1740 1736「山高み白木綿花に落ちたぎつ《（夫）る》菜摘の川門《と（夫、綺）》見れど飽かぬかも」（巻第九、式部の大倭。②16夫木11042。⑤292綺語抄226。「全歌集」）

▽本歌をふまえて、見飽きることのない、姿の美しい、また山が高くて白木綿花に落ちたぎつと歌われた夏実の川では秋に先んじて、その白木綿花の如き白波を夏の夜の月が照らし出していると歌う。上句は「夏」と「秋」の対照。同じ定家に、③133拾遺愚草704「天の河年のわたりの秋かけてさやかになりぬ夏のよのやみ」（十題百首、天部）がある。

「寛喜元年六月二十三日定家家月次歌会での詠。」（全歌集）、明月記参照、定家68歳。②16夫木11044、雑六、河、なつみの川、夏見、大和又近江「名所夏月」前中納言定家卿、末句「てらす月かげ」。

不審197「〽なつみのかはと秋かけて―如何。／二三句ノツヾキ心得がたく候。／※1合点　※2別儀なく候。」、「一万葉・三・三七五「吉野なる…〔私注―万葉378 375「吉野にある菜摘の川の川淀に鴨ぞ鳴くなる山蔭にして」（巻第三、湯原王）〕」。

【参考】③58好忠143「かげきよきなつの夜すがらてるつきをあまのとわたる舟かとぞ見る」（夏中、五月中）

【類歌】①11続古今1733 1742「ふけゆけばやまかげもなしよしのなるなつみのかはの秋のよの月」（雑下「月歌の中に」中原行実）」」。

①20新後拾遺1378「影清きよもぎがほらの秋の月霜をてらさばすてずもあらなん」（雑下、通具）

②16夫木3150「よしのなるなつみの川の鵜かひ舟月夜もわかず山かげにして」（夏二、鵜河、六条みこ）

③130月清734「みそぎがはなみのしらゆふ秋かけてはやくぞすぐるみな月のそら」（院初度百首、夏。①10続後撰236 227。

④31正治初度百首438）

③131拾玉4132「かげきよき月は浪まにいづみ川秋の十日のけふみかの原」（「水路秋月」）

③132壬二935「かげ清き河べのひさ木風こえて秋をかけたる御祓をぞする」（百首文治三年、夏）

⑤186新宮撰歌合32「影清き月よりおつる袖の雨の雲は秋の夜軒はやまのは」（「山家秋月」前権僧正）

⑤197千五百番歌合1399判「よはの秋すむ月かげのかげきよしよさのうらわのしののめの空」（秋三、御判）

2121（2224）　夏の日のさすともしらぬみかさ山／松のみかげぞますかげもなき

【訳】夏の太陽が差しているとも感じない三笠山（よ）、松の御蔭にまさる蔭もないことよ。

【語注】**○山納涼**（題）これのみ。**○夏の日**「夏の陽」は八代集一例・新古今268。なお「夏の日」は八代集二例。①2後撰173「あふと見し夢にならひて夏の日の…」（安国）。**○さす**「笠」の縁語。②4古今六帖1815「…としはやつむるさすとはなしに」。**○みかさ山**　八代集十六例。笠。①2後撰1029 1030「さしてこと思ひしものをみかさ山かひなく雨のもりにけるかな」（恋六、よみ人しらず）。**○松のかげ**　八代集三例。**○みかげ**　八代集三例。

【本歌】①1古今1095「つくばねのこのもかのもに影はあれど君がみかげにますかげはなし」（東歌「ひたちうた」）。「本歌」（全歌集）

▽第三、四句みかのくり返し。下句まの頭韻、さらに本歌によってかげのくり返し。本歌をふまえて、筑波嶺では、こちら側あちら側に「かげ」はあるが、我が君の御「かげ」にまさる「かげ」はないと言われた如く、三笠山では、夏の激しい日ざしが、松の葉に遮られて、さしているとも思われず、松の木蔭以上の蔭はないと歌う。同じ定家に、③133拾遺愚草1187「三笠山松の木のまを出づる日のさして千とせの色はみゆらん」（内大臣家百首、祝）がある。2120「と同じ折の詠。明月記では「名所納涼」と記しているものであろう。」（全歌集）。

【参考】①6詞花335 334「みかさやまさすがにかげにかくろへてふるかひもなきあめのしたかな」（雑上、源仲正）

③58好忠103「みかさやまさしても見えず夏なればいづこともなくあをみわたれり」（四月はじめ）

③62馬内侍124「みかさ山ひかげまばゆきかげみるもさしはなれずはかからましやは」

【類歌】②14新撰六帖251「みかさ山かげのくさ葉もおのづからてるひのひかりさせばさしけり」（「てるひ」）

③131拾玉897「みかさ山まつのむらだちひまをなみさしてぞしるき君が千とせは」（詠百首倭歌、雑「社頭祝言」）

④15明日香井1297「まつかぜもつきせぬやどとみかさやまさしそふちよのかげなびきつつ」（左大将家会に「庭上松」）
⑤228院御歌合〈宝治元年〉240「あめのしたをさまれるよは三笠山さすや朝日の影ものどけし」（社頭祝、実雄）

権大納言家海上螢③

2122
（2225）　みつしほにいりぬるいそをゆくほたる／を《お③》のがおもひはかくれざりけり

【訳】満（ちる）潮に隠れ入り込んでしまう磯辺を飛び行く螢（よ）、お前の思いという火は隠れないことであるよ。

【語注】〇海上螢（題）他、③132壬二2298、③131拾玉4049のみ。〇みつしほ　八代集六例。①3拾遺573「…うらみはふかく　みつしほに　そでのみいとど　…」（よみ人しらず）。〇ゆくほたる　①2後撰252「ゆく蛍雲のうへまでいぬべくは…」（業平。⑤415伊勢物語84）。〇おもひ　「火」掛詞。「「螢」の縁語「火」」（全歌集）。〇かくれざりけり　①3拾遺抄440「…たけのみどりはかくれざりけり」（つらゆき）。

【本歌】①3拾遺967「しほみてば入りぬるいその草なれや見《る日(新)》らくすくなくこふらくのおほき《おほし(新)》」（恋五、坂上郎女。①3拾遺抄318。万葉1398。②3新撰和歌280。②4古今六帖3582。②16夫木12037。「本歌」（全歌集））

▽本歌をふまえて、潮が満ちると、隠れる磯の草の如く、逢うことは少なく、恋い慕うことの多い、そのような我が恋心を思わせる、磯行く螢の思い・火は隠れないと歌う。同じ定家に、③133拾遺愚草2146「みつしほにかくれぬ磯の松のはもみらくすくなく霞む春かな」（下、春「…、霞隔遠樹」。②15万代34。⑤186新宮撰歌合6）・2046がある。「元仁元年基家家五首歌会」（全歌集）・2089前出。⑤248和歌一字抄7、上「海上蛍」定家。全歌集「参考」・①2後撰209「つつめどもかくれぬ物は夏虫の身よりあまれる思ひなりけり」（夏、よみ人しらず。⑤416大和物語53）。

【参考】⑤248和歌一字抄51「水の面《うへ（嘉）》にわたる蛍の影みればおのがおもひもかくれ《よら（〃）》ざりけり」（辺「水辺蛍」嘉言。③70
嘉言171）…2122に近い

【類歌】②16夫木11560「みつしほにかたえはなみのはなれやいりぬるいそのおふのうらなし」（雑七、浦、おふのうら、
伊勢、知資）
⑤175六百番歌合977「おもへどもまだみぬほどはみつしほにいりぬるいそのためしだになし」（恋下「寄海恋」兼宗。①
21新続古今1106）

2123
（2226）

建仁二年六月みなせ③殿のつり殿に／いでさせたまうて六首題③をたまはり／て御製にあはせられ侍し中に③／河上夏月

たかせ舟くだすよかはのみなれざほ《を③》／とりあへずあくるころの月かげ

【訳】高瀬舟を下す夜河の水馴れ棹（を）、取り終らないうちにすぐに夜が明けてゆく比の月の光よ。

【語注】○建仁二年　一二〇二年、定家41歳。○河上夏月（題）　これのみ。○たかせ舟　八代集六例、初出は後拾遺835（【参考】）。なお「たかせ」は上記の他、八代集二例、共に新古今（72、252）。○くだす　八代集六例。○くだすよかはの　④38文保百首329「夕やみにくだすよ川の篝火の…」。○よかは（夜川）　八代集にない。私家集には「篝火」と共に用いられて散見する。③19貫之10「篝火の…よかはのそこ《水（六）》は水《そこ（〃）見（〃）》もえけり」（第一「六月うかひ」）。②4古今六帖1643、第三「よかは」）、③106散木309「遠近のよ川にたけるかがり火と…」。他、⑤390蜻蛉日記23「こほるらんよかはのみづにふるゆきも…」（（作者））。『小侍従全歌注釈』133参照。さらに⑤175六百番歌合、夏、217～228「鵜河」（題）で、220「よかは」（隆信）、227「夜かはたつ」（顕昭）の例、また題・「よかは」として、②4古今六帖1639～1644があり、1643の歌の用例（前述）がある。○みなれざほ《（を）》　八代集三例。なお「水馴る」は八代集七例。「水馴…」は上記

（二つ）のみ。また「さほ(を)」は上記も含めて八代集十七例。①3拾遺639「大井河くだすいかだのみなれざを見なれぬ人もこひしかりけり」（恋一、よみ人しらず）。

○とりあへ　八代集五例。源氏物語「高瀬といふものになむ、取りあへず人損はる、とは聞けど、」（「須磨」、新大系二―45頁）。

▽第四句字余（あ）。高瀬行く舟を下し去る夜の川の水馴棹を取り果てないのに明ける月光を歌う。これも2116同様、夏の短夜の詠。同じ定家に①15続千載962 966「みなれざを岩まに波はちかへ《が》(拾)どもたゆまずのぼる宇治の河舟」（釈教、定家。③133拾遺愚草2928）がある。また式子にも、すぐに明ける夏夜を歌った30「夏の夜はやがてかたぶくみか月の見る程もなく明る山のは」（夏）がある。【類歌】が多い。②16夫木3329、第四句「取りあへずあぐ(ママ)る」、末句「夏の月かげ」、夏三、夏月「建仁二年水無瀬殿六首御会、川上夏月」前中納言定家卿。以下三首、⑤193水無瀬釣殿当座六首歌合〈建仁二年六月〉1、六月日、一番「河上夏月」、左、定家、「判者親定申していはく、左歌、くだすよ川のみなれ竿とりあへずあくらんのまことになごりおほかるべし、右歌さしたる事なしといへども、しばらく持などにてや侍るべき」・後鳥羽院判詞。

【参考】①4後拾遺835 836「みなれざをとらでぞくだすたかせぶね月のひかりのさすにまかせて」（雑一「船中月と…」源師賢。⑤248和歌一字抄626。⑤385撰集抄18）…2123に近い

③106散木361「となせよりくだすう舟のみなれざをゐ《を》(右)くひおとなふ心してとれ」（夏「…うかはをよめる」。②15万代2855。②16夫木11349。⑤140右兵衛督家歌合15）

【類歌】①8新古今1908「くまの川くだすはやせのみなれざをさすがみなれぬ浪のかよひぢ」（神祇、（太上天皇））

①10続後撰219 210「かがりさすたかせのよどのみなれざをとりあへぬほどにあくるそらかな」（夏、教雅）…2123に近い

①13新後撰211「さすさをに水のみかさのたかせ舟はやくぞくだす五月雨の比」（夏、信実）

①20新後拾遺746「大井河せぜにいく夜かみなれざをくだすいかだのとこの月かげ」（雑秋、為藤。④38文保百首1643）…2123

に近い
③130月清915「うかひ舟くだすかは《と（続、老）》せのみなれざをさしもほどなくあくるよはかな」（院無題五十首、夏。①16続後拾遺226。⑤184老若五十首歌合154）…2123に近い
③130同1100「たかせぶねさをもとりあへずあくるよにさきだつ月のあとのしらなみ」（夏「水路夏月」。⑤198影供歌合39）…2123に近い
④14金槐591「ゆふづくよさすや川せのみなれ棹なれてもうとき浪のおとかな」（雑）
④15明日香井1113「からふねやいくせをさしてみなれざをみなれてくだるなみの月かげ」（「水路秋月」）
④35宝治百首1685「川舟の月をあかずやみなれ棹さしもさやけき淀の渡を」（秋「渡月」基良）
⑤198影供歌合37「いかだしよいく夜か袖にみなれ棹きよたき河のなつのよの月」（「水路夏月」親定。④18後鳥羽院1617）
⑤198同46「えち川にやどれる月をみなれ棹とる程もなくあくるしののめ」（「水路夏月」隆房）
⑤198同59「たかせ舟まだよひながらみしま江にあけぬる月に浪のをちかた」（「水路夏月」経通）

海邊見螢

2124（2227）　すまのうらもしほの枕とぶほたる／かりねのゆめぢわぶとつげこせ

【訳】須磨の浦（よ）、藻塩の煙の枕もとに飛ぶ螢（よ）、旅の仮寝の夢で、侘しく思っているとあの人に告げておくれ。

【語注】**○海邊見螢**（題）これのみ。**○すまのうら**「須磨の浦—」も含めてすべて八代集十八例。②9後葉101「もしほやくすまのうら人打ちたえていとひやすらん五月雨の空」（夏、通俊）。**○もしほの枕**　飛躍した、省略表現。

全歌集の訳・解によったが、単純に「藻塩用の藻の枕」か。新編国歌大観①～⑩の索引では他に、⑥27六華集513・この2124、末句「わぶとこたへよ」、⑦78範宗250「うらづたひもしほのまくらあまたたび…」、⑧32春夢草（肖柏）1988「思ひやれもしほの枕あま人も…」しかなかった。**〇ゆめぢ**　これのみ八代集十八例。**〇つげこせ**　八代集一例・新古今1794。**〇かりねのゆめ**　八代集一例・千載534。なお「仮寝」は2115前出。〇

【本歌】①1古今962「わくらばにとふ人あらばすまの浦にもしほたれつつわぶとこたへよ」（雑下、在原行平。②3新撰和歌315。②4古今六帖1793（全歌集））

①2後撰252「ゆく蛍雲のうへまでいぬべくは秋風ふくと雁につげこせ」（秋上、業平。⑤415伊勢物語84（男）。「本歌」（全歌集））

▽行平と勢語（後撰）の本歌二つをふまえて、須磨を舞台とする。2124は、藻塩の煙が上がり、蛍が飛んでいる須磨の浦で旅寝・草枕をするが、まれに聞く人があったら、この浦で泣きながら「侘ぶ」と答えよと言った如く、また雲上にまで行くことができるのなら、秋風が吹いていると雁に告げた如く、仮寝の夢で、心悲しくうちしおれているとあの人に言ってくれと、ゆく螢に懇願している。②16夫木15377、初句「すまのうらや」、雑十四、枕、もしほの枕「水無瀬御会、海辺見蛍」前中納言定家卿。⑤193水無瀬釣殿当座六首歌合〈建仁二年六月〉3、二番、海辺見蛍、左、末句「わぶとこたへよ」、「左歌、行平中納言もしほたれ侍りけんすまの浦、まことにおもかげある心ちしてありがたく侍るうへに、秋風吹くと雁に告げこせなどいへる古歌思出でられて、結び句ことにやさしく侍り、…尤左勝」・後鳥羽院判詞。

六家抄「旅ねの悲しきを螢に都へ告こせと思ふ心なり。都を夢にみての心也。わくらばの哥と又秋風ふくと鴈にの哥にてよめる也。」。

山家松風

2125 (2228)　松かげやと山をこむるかきねより／夏のこなたにかよふ秋風

【訳】松の蔭（にいる）よ、外山を込めている山家の垣根から、夏のこちら側に通ってくる秋風よ。

【語注】○山家松風（題）これのみ。○松かげ　これのみ八代集三例、他「松の陰」八代集三例。③133拾遺愚草1747「松かげや岸による浪よるばかり…」（④41御室五十首517）。④39延文百首1334「風ならでかよふもすずし松かげや岩ねをつたふ水のしらなみ」（夏「納涼」藤原道嗣）。○と山　すべて含めて八代集十二例。「深山」の対で、人里近い山。○かきね　外山より近い、庵のそれ。③131拾玉1354「みか月のほのめきそ《出づ(慈)》むるかきねよりやがて秋なる空のかよひぢ」（花月百首、月。⑤177慈鎮和尚自歌合104）。○こなた　すべて含めて八代集八例。○かよふ秋風　③133拾遺愚草1332「…浪のよるよるかよふ秋風」。③133同1746「…しられぬほどにかよふ秋風」（④41御室五十首516）。

▽松蔭にあって外山の庵の垣根から、まだ夏のこちらへ秋風がむこうからやってくると歌う。有名な①1古今168「夏と秋と行きかふそらのかよひぢはかたへすずしき風やふくらむ」（夏「みな月の…」（みつね））と想は通っている。⑤193水―5、三番、山家松風、左、「左歌、夏のこなたにかよふ秋風、めづらしく侍れども、又あながちにはきこえず、…持歟」・後鳥羽院判詞。

六家抄「山を垣ねにしこめたる涼しきさま也。」。

赤羽369頁「「夏と…（私注―▽の①1古今168）など、伝統的な擬人法の発展であるが、」。

【類歌】③130月清1106「まつかげやなつなきとしのしみづにもげに秋かぜはけふぞたちける」（秋「泉辺立秋」）

⑤197千五百番歌合1007「まつかげやたきのうちはのいはまくらなつなき山にかよふころかな」（夏三、家隆。③132壬二534）

建仁元年三月盡日哥合松下晩涼[3]

2126（2229）　このくれを夏とはたれかいは井《ゐ》くむ／松かげはらふ山おろしのかぜ

【訳】この夕暮を一体夏だなどと誰が言うのか、その岩井の水を汲み飲む松蔭の下、松蔭を払って通りすぎる山颪の風よ。

【語注】〇建仁元年　一二〇一年、定家40歳。〇松下晩涼（題）他、③130月清1063のみ。〇このくれ　恋の歌では、女が男を待つ刻《とき》。②4古今六帖594「郭公まつときなかずこのくれや…」（つらゆき或本）。〇いは井　八代集三例。「言ふ」掛詞（「いはむ」（全歌集））。〇松かげ　2125前出。〇山おろしのかぜ　八代集五例、古今一、新古今四例。なお「山おろし」は上記も含めてすべて八代集十二例。①1古今285「…吹きなちらしそ山おろしのかぜ」（よみ人しらず）。

【本歌】①3拾遺131「松影のいはゐの水をむすびあげ《つつ（和）》て夏なきとしと思ひけるかな」（夏、恵慶。①3拾遺抄83。②6和漢朗詠集167。「全歌集」）

▽本歌をふまえて、岩井の水を掬い上げて飲む松蔭を払って、山颪の風が吹くが、こんな夕べをいったい夏だと誰が言えようか、言えない、夏のない年だと思うと歌う。夏の本歌で、夏の歌を詠む。和漢朗詠164「池冷やかにして水に三伏の夏なし　松高うして風に一声の秋あり」（夏「納涼」英明）の世界である。同じ定家に、③133拾遺愚草1624「いは井くむ松にまたるる秋風にまくずうらみば我も帰らん」（韻歌、夏）があり、①7千載210 209「山かげやいはもるし水おとさえて夏のほかなるひぐらしのこゑ」（夏、慈円）、④1式子33「松かげの岩まをわくる水のおとにすずしくかよふ日ぐらしのこゑ」（夏）と歌境が似る。「新宮撰歌合の撰外歌。」（全歌集）。

【類歌】③131拾玉3026「月を思ふ秋のなごりのゆふ暮に木かげ吹きはらふ山おろしの風」（詠百首和歌、冬。⑤177慈鎮和尚自歌合48）

摂政殿詩哥合、[3]水邊涼自秋

2127（2230）　雪とのみおつるしらあわに夏きえて／秋をもこゆるたきのいはなみ

【訳】雪だとばかり落ち行く白泡に夏（の感じ）はすっかり消え果て、秋をも越えている（まさに冬のような）滝の白波であるよ。

【語注】○水邊涼自秋　他、③132壬二2291、2292のみ。　○雪　桜が多い。①1古今86「雪とのみふるだにあるをさくら花…」（みつね）。①21新続古今162「雪とのみさそふもおなじ河風に氷りてとまれ花の白浪」（春下「河上落花と…」雅縁）。　○しらあわ　八代集二例。①2後撰1237 1238「宮のたきむべも名におひてきこえけりおつるしらあわの玉とひびけば」（雑三、法皇。②4古今六帖1716）…もとか。　○秋をもこゆる　④22草庵405「せき入れて結ぶ泉のすずしさは秋をもこゆる水のしらなみ」（夏「…、泉」）。　○いはなみ　八代集四例。④44正徹千首815「…鳴く音したはぬ滝の岩波」。

▽第二句字余（あ）。桜に紛う雪を思わせて落ちる白泡に夏の感じはなく、滝の岩波は秋をもとび越して冬を思わせると歌う。雪の吉野と言われるので、この滝は、①2後撰1237 1238（語注）の如く宮滝か。②16夫木3649、夏三、納涼、同〔＝後京極摂政家詩歌合、水辺涼同秋〕、同〔＝前中納言定家卿〕。「建仁三年八月一日良経家詩歌合での詠↓二〇五三。」（全歌集）。

不審198「水辺涼自秋　ス※ゞシクシテヲノヅカラアキトよみ候哉。／198（雪と…）／※合点」。

2128（2231）　夏衣秋だにたゝぬ神な月／井《ゐ》せきの浪のいそぐしぐれに

【訳】夏衣を着て裁たずにおり、まだ立秋ですらないのに、十月の如く（思われる、なぜなら）、井堰の浪は、急いでいる時雨によって。

【語注】**○夏衣**　①1古今715「蟬のこゑきけばかなしな夏衣…」（夏。とものり）。②3新撰和歌141「なつ衣たちきるものをあふ坂のせきのしみづのさむくも有るかな」（夏。②4古今六帖72（「ころもがへ」つらゆき））。④26堀河百首542「立ちよれば涼しかりける夏衣秋やいづみの底にすむらん」（夏「泉」肥後）。④30久安百首1130「なつ衣かさぬばかりにすずしきはむすぶいづみに秋やたつらむ」（夏、上西門院兵衛）。④33建保名所百首383「夏衣秋もたつたの山風にかさねて物を猶やおもはむ」（秋「竜田山」）。⑤159実国家歌合36「夏衣いそぐ中にもわれはただ散りにし花ぞおもかげにたつ」（「夏衣」定長）。⑤197千五百番歌合607「夏ごろもいそぎかへつるかひもなくたちかさねたるはなのおもかげ」（夏一、越前）。⑤261最勝四天王院和歌84「夏衣秋立つ袖にいとふまでまなくみだるる滝のしら玉」（「布引滝」俊成卿女）。**○たゝ**「（夏）衣」の縁語「裁つ」、「立つ」との掛詞。**○神な月**「神無月時雨…」と続く。①1古今253「神な月時雨もいまだふらなくに…」（よみ人しらず）。①3拾遺1138「そま山にたつけぶりこそ神な月時雨をくだすくもとなりけれ」（雑秋「時雨を」よしのぶ）。**○井せき**　八代集九例。**○井せきの浪**　③125山家176「…ゐせきの浪にまがふうの花」（③126西行法師765）。③133拾遺愚草1549「大井河ゐせきの浪の花の色を ナシ（藤）…」（④45藤川五百首241）。

▽まだ夏衣を身にまとい、立秋にもなっていないのに、井堰の浪の音が、時雨を急いでいるように思われて神無月（冬、十月）の感じがすると歌う。「井堰の波は十月に早くもしぐれが降るようだ。」（全歌集）。時雨の音か様《さま》か。同じ定家に、③133拾遺愚草1058「残る色も嵐の山の神な月ゐせきの浪におろすくれなゐ」（千五百番歌合百首、冬。⑤197千五百番歌合1735）がある。前歌・2127と同じ時の詠。②16夫木3648、夏三、納涼「後京極摂政家詩歌合、水辺涼（ママ）同秋」、同〔＝前中納言定家卿〕。

摘抄34「此歌の風情、末代更にありがたし。水辺は涼しき物なれども、波の音のさゝとする所はいとゞすさまじきもの也。…」。不審199「へた、ぬ神無月[※1]（此三字如何。）[※2]ゐせきの…井[※3]せきの波をしぐれにたとへ候哉。／※1合点※2秋ダニモタ、ズ、ハヤ十月ノ時雨ノ如ト也。※3合点」。六家抄「秋にだにならぬいぜきの波のをとが、時雨をいそぐ様なる心也。涼しき事に神無月、尤珍重也。」。

【参考】③49海人手古良11「やをとめもけふやひとへに夏衣神のみそぎもいそぎ立つらん」（夏）

【類歌】⑤247前摂政家歌合260「冬きぬと名にこそたてれ神無月秋もしぐれし空のうき雲」（初冬、茂成）…ことば

建保四年潤六月内裏哥合夏③

2129
(2232)

なつはつるみそぎにちかき河風に／いはなみたかくかくるしらゆふ〔そのページ、底本は後空白〕

【訳】夏が終わる禊に近い川風によって、岩波が高く舞い上り、（それはあたかも禊に）掛ける白木綿（のようである）よ。

【語注】○建保四年　一二一六年、定家55歳。　○夏（題）　2113前出。　○なつはつる　①2後撰208「秋ちかみ夏はてゆけば郭公…」（よみ人しらず）。④26堀河百首559「思ふ事大ぬさにてぞ夏はつる川の瀬ごとに御祓をばする」（夏「荒和祓」紀伊）。　○ちかき　時か空間か。「間近い」（全歌集）。　○河風　八代集九例。この川は賀茂か。①1古今170「河風のすずしくもあるかうちよする…」（つらゆき）。　○いはなみ　八代集四例。2127前出。①1古今471「吉野河いは浪たかく行く水の…」（貫之）。　○しらゆふ　2120前出。木綿は神事に用いた。③133拾遺愚草1791「…えだもとををにかくるしらゆふ」。

▽夏の終りの禊・名越しの祓に近い川の川風によって岩波が高く、まさに白木綿をかけたかと思われると歌って、夏を閉じる。歌境の通う③19貫之11「みそぎす《つ（六）》る川のせみればから衣ひもゆふぐれに浪ぞ立ちける」（「みなづきのはら

へ」。①8新古今284。②4古今六帖113）の詠があり、同じ定家に③133拾遺愚草1798「夏はつる扇に露もお《を(老)》きそめてみそぎすずしきかもの川かぜ」（院五十首、夏。⑤184老若五十首195）がある。①12続拾遺213、第二句「みそぎもちかき」、夏「建保四年内裏百番歌合に」前中納言定家。⑤213内裏百番歌合〈建保四年〉62「歌合 建保四年閏六月九日…判者、定家、夏、三十一番、右、（左持）、定家」、第三句「河風の」、末句「かかる白ゆふ」、「持と被仰侍りにき」。明治・続拾遺213「六月祓」、「下句―岩にあたって白波が高く立ち、一足早く白木綿を掛けているように見えるよ。「かくる」は「浪」の縁語。」。

【参考】④26堀河百首558「夏はつる夕になれば川浪にあさのみそぎをせぬ人ぞなき」（夏「荒和祓」肥後）…もとか

【類歌】②16夫木11270「夏はつるけふやなごしの御祓河川辺の風は涼しかりけり」（雑六、河、同（＝みそぎ川、近江）、同（＝読人不知））

④15明日香井1065「なつはつるけふみなづきのみそぎがはかは風かくるなみのしらゆふ」（院御会「六月祓」）…2129に酷似

④38文保百首734「夏はつるけふみな月のゆふはらへしらゆふなびくかもの河風」（夏、公顕）

④38同3331「みそぎする袂も涼し河かぜにいは波こして夏や〔　　〕」（少将内侍）

④39延文百首2235「夏はつるみそぎもさこそきよからしみなそこすめる賀茂の川波」（夏「夏祓」釈空）

⑤197千五百番歌合1039「夏はつるかものかはらのみそぎこそ神やうくらん秋風のこゑ」（夏三、寂蓮）

秋

〔底本は、次のページより〕

松尾哥合に、③初秋風　建暦二年《ナシ③》

2130（2233）
あらたまのとしもなかばいたづらに《續後》／なみだかずそふおぎ《を》のうは風

【訳】今年も半ばとなり、むなしく涙の数がまさる荻の上を吹く風であるよ。

【語注】○秋　定家の歌172首、他人の詠はない。○松尾「松尾社は京都嵐山にあり、朝廷の守護神として信仰が厚かった。」（明治・万代781）。○初秋風（題）他、③70嘉言70（「はつあきかぜ」）、③131拾玉4116、③130月清1141のみ。○建暦二年　一二一二年、定家51歳。○あらたまの　①1古今339「あらたまの年のをはりになるごとに…」（在原もとかた）。④38文保百首35「あら玉のとしのなかばになる滝の河瀬にしつる夏はらへかな」（夏、忠房）。○なかば　八代集六例。○いたづらに　腰句は上、下にかかるか。①15続千載1204 1208「いたづらに涙をかけてさ夜衣かさねぬ床に年ぞへにける」（恋二、新兵衛督）。④35宝治百首2376「いたづらにことしもくれて行く水にかく数ならぬうき身をぞ知る」（冬「歳暮」成実）。④38文保百首2786「いたづらに年ふる身こそ悲しけれわすれぬ袖は涙ながれて」（恋、覚助）。⑤162広田社歌合165「いたづらにとしはみそぢにあまりても身はかずならぬなげきをぞする」（「述懐」懐綱）。⑤244南朝五百番歌合736判「いたづらに涙ながれし年月を空だのめにもなどやすごさぬ」。○かずそふ　八代集二例・金葉318、新古850。○おぎ《を》のうは風　八代集六例、初出は千載233、千載二、新古今四例。なお「上風」はすべて「をぎの――」である。①8新古今1309「…しらずがほなるをぎのうはかぜ」（式子内親王。④1式子318）。

▽今年ももう半ばとなってしまい、むなしく、荻の上風によって涙が数添うと歌って秋を開始する。③123唯心房45

「あきはきぬことし《とし（千、月）》も《は（月）》なかば《に（千）》すぎぬ《に成り（月）》とやをぎふく風のおどろかすらん」（「はじめの秋のこころを」。①7千載230 229。②12月詣607。「参考（歌）」（全歌集。明治・万代781）、「☆」（続後撰和歌集全注釈249）がもとか。①10続後撰249 240、秋上「建暦二年松尾社歌合に、初秋風を」前中納言定家。②15万代781、秋上「後鳥羽院御時松尾社歌合に、初秋風」前中納言定家。

C491「当年も《ナシ（D）》なす事も《ナシ（〃）》なくなかば《半（〃）》くらし《暮（〃）》たると《とは（〃）》、一観念したる也。述懐の涙《なみだ（〃）》也。／本《ナシ（〃）》秋はきぬ…《（初めに）（〃）》」、「一　対象の実相を感得すること。」・D309。六家抄1081「九代抄　○荒玉ことしと云枕詞也。初春にてなくともかくよめり。秋の半を荻の風に驚心也。」。

全歌集「建暦三年（一二一三）七月十七日松尾社歌合（散逸）での詠。」・全歌集（下）「定家年譜」（421頁）一二一三年であり、「建暦二年」ではない。

2131
(2234)
建久五年夏左大将《将》家歌合③　**秋宮城野**

秋きぬな荻《を》ふく風のそよさらに／しばしもためぬ宮木のゝつゆ

【訳】秋がやってきたことよ、荻を吹く風がそよと、そうだよ全く少しの間も留めることがない宮城野の露よ。

【語注】**○建久五年**　一一九四年、定家33歳。　**○秋宮城野**（題）これのみ。　**○秋きぬ**　①1古今169「あききぬとめにはさやかに見えねども…」（敏行）。定家・③133拾遺愚草1427「秋きぬと荻の葉風はなのるなり人こそとはねたそかれの空」（関白左大臣家百首、早秋。④34洞院摂政家百首526）。④1式子37「秋きぬとをぎのは風のつげしよりおもひし事のただならぬ暮」（秋）。　**○荻ふく風のそよ**　セット。「そよ」は「其」、「微」共に八代集七例で、ほとんど重複している。　**○そよさらに**「「それ、さらに」の意に風の擬音「そよ」を響かせる→三六一。」（全歌集）。　**○ため**　八代集すべて「うけたむ」など下に付き、六例。　○宮木の　八代集十三例。「宮城野」は「萩」が通常であるが、これは「荻」とする。

▽荻吹く風は秋の到来を確かに告げ、宮城野の（荻の）露を暫しの間も溜《とど》めないと歌う。【類歌】が多い。②16夫木4472、秋二、荻「後京極摂政家歌合、宮城野秋」同〔＝前中納言定家卿〕。全歌集「良経家名所題十首歌合の詠→二〇二六。」。

【参考】①7千載226 225「あききぬとききつるからにわがやどの荻のはかぜの吹きかはるらん」（秋上「秋たつ日よみ侍りける」侍従乳母）

①7同230 229「秋はきぬとし《ことし(唯)》もなかば《は(月)》にすぎ《成り(ツ)》に《ナシ(ツ)》ぬとや荻ふくかぜのおどろかすらん」（秋上「初秋の心をよめる」寂然。②12月詣607。③123唯心房45）

②4古今六帖3717「をぎのはにふきくるかぜぞ秋きぬと人にしらるるしるしなりけれ」（「をぎ」みつね）

③110忠盛31「あききぬとかぜやつぐらんあさまだきまがきのをぎのそよとこたふる」（百首、秋）

③125山家287「をしかふすはぎさくのべの夕露をしばしもためぬをぎのうはかぜ」（秋「荻風払露」）…もとか

【類歌】①8新古今306「秋きぬと松ふく風もしらせけりかならずをぎのうはばならねど」（秋上、七条院権大夫）

①18新千載309「しらでこそあるべかりけれ秋きぬと荻ふく風の音にたてずは」（秋上「秋たつ日…」延喜御製）

①21新続古今358「秋きぬと荻の葉ならす風のおとに心おかるる露のうへかな」（秋上、源貞世）

④23続草庵374「消えねただ何かをしまむ秋風の吹きぬる後の宮城のの露」（恋「寄露恋」）

④34洞院摂政家百首解220「あききぬと露もあらしも月やまつそよさらしなの山のささ原」（「早秋」前宮内卿）

④35宝治百首1296「今ぞきく荻の葉わけのそよさらに風こそ秋のはじめなりけれ」（秋「荻風」師継）

④35同1298「秋きぬと吹きおどろかす暁の風よりしるき荻のおとかな」（秋「荻風」成実）

秋（2131、2132）　154

④37嘉元百首35「そよさらにあはれそへける風の音も秋をこめたる庭の荻原」（秋「荻」法皇）

⑤197千五百番歌合1185「秋きぬとをぎのうはかぜうたがひて萩のしたつゆこころおかるな」（秋一、内大臣）

2132
(2235)

阪磨關

世やはうき秋や、すぐす、まのせき／うら風こゆるそでのしら波

【訳】この世が辛く悲しいせいか、秋を過ごすせいか、須磨の関では、浦風が越える袖の白波であるよ。

【語注】○阪磨關（題）他、歌合大成三、「一三〇　長久二年五月十二日　庚申祐子内親王名所歌合」、④10寂蓮179の

み。○世やはうき　定家・③133拾遺愚草2357「世やはうき霜より霜に結びおく…」（秋霜）。○ゝまのせき　八代

集七例、初出は金葉270。「須磨の関」のみは八代集二例。②4古今六帖1199「すまの関秋はぎしのぎ駒なべて…」。○

うら風　すべて八代集十六例。○波　涙のこと。

▽この憂世のせいか、心尽しの悲しい秋を過ごすせいか、須磨の関では浦風が、袖の白波のような涙を越えていくと

歌う。秋歌ではあるが、述懐歌的な、また恋歌的要素も含む。有名な、源氏物語（「須磨」、新大系二一31頁）に引かれ

ている①11続古今868・876「たび人はたもとすずしくなりにけりせきふきこゆるすまのうらかぜ」（羈旅、行平）。③23忠

見8「あきかぜのせきふきこゆるたびごとにこゑうちそふるすまのうらなみ」（秋、すまのせきあり）。①8新古今1599

1597。【参考】（全歌集）が、父詠に②16夫木3877「すまの関秋の初風越えにけりしきつの浪のおともかはれる」（秋、立

秋、同〔＝文治六年五社百首、立秋〕、同〔＝俊成〕）。⑩6俊成五社百首336。古典文庫「五社百首歌群」277、⑤188和歌所影供

歌合54「時しもあれ秋の旅ねをすまの関身にしむ風のかへる白波」（「関路秋風」釈阿）がある。また同じ定家に、員

外ではあるが、③134拾遺愚草員外268「なみぢより秋や立つらんすまの関あさけの空にかはるうら風」（秋）がある。

B390「此五文字は世もうからす也秋やは過すとは秋のうきをたへすくすことにもあらすと也関吹こゆるといひし秋風の袖に波をかくると云也かくいへるはこの関の秋の感情也」、B28「関は世をうしとも秋をとをさんとも思ふへからす只わか袖に吹こす風の波をかくるむかしをみする関也けりと云歟」。

【類歌】③130月清1187「すまのせきふけゆくなみのうきまくらともなふ月ぞうらづたひぬる」（「阪磨関同（＝秋）」）。⑤178後京極殿御自歌合164）

⑤188和歌所影供歌合59「浦かよふ秋風さびしすまの関吹きこす浪のおとにつけても」（「関路秋風」通具。建仁元年八月）…影響・一二〇一年

2133（2236）　**建保三年七月内裏七首**

あまの河水かげぐさのうちなびき／たまのかづ《つ》③らもつゆこぼるらん

【訳】天の川では、水蔭草が靡いていて、玉の蔓も露がこぼれていることだろう。

【語注】**○建保三年**　一二一五年、定家54歳。　**○あまの河**　①1古今175「天河紅葉をはしにわたせばや…」（よみ人しらず）。　**○あまの河水かげぐさ**　型《セット》。＋露・玉。　**○水かげぐさ**　八代集にない。後述歌参照。　**○うちなびき**　八代集八例。①1古今230「をみなへし秋のの風にうちなびき…」（左のおほいまうちぎみ）。　**○たまのかづら**　八代集にない。が、「玉葛」は八代集八例、「玉鬘」は同四例。また「かづら（蔓）」はすべて八代集八例。②16夫木6597「たまかけし玉のかづらもおとろへて…」（季経）。　**○つゆ**　涙のこと。

【本歌】②4古今六帖134「あまの河水かげ草の秋風になびく《かふ》（万）を見ればときはきぬらし《にけり》（続、万）」（「七日夜」人丸。①11続古今307

309（山辺赤人）。万葉2017 2013。⑤299袖中抄737。「全歌集」）

▽本歌をふまえ、天の川では、水蔭草が秋風に靡いているのを見ると、ようやく会える時がやって来たので、織姫の玉の蔓からもさぞ露がこぼれているだろうと歌う。【類歌】が多い。②16夫木4050、秋一、七夕「光明峰寺入道摂政家百首」前中納言定家卿、第四句「玉のかづらも」。

不審200「苗の事候哉。「け」ノ字、清候哉、濁候歟。※1「玉のかづら」※2、如何。／※1合点　※2織女ノ玉かづら也。」。

全歌集「建保三年（一二一五）七月七日、順徳天皇の内裏での七夕歌会。七夕には七首歌を詠む習慣があった。定家は初句をすべて「天の河」で揃えているが、順徳天皇や家隆の作ではそのような技巧は用いられていない。定家五十四歳の時の作。」。

【参考】③115清輔99「あまの河水かげ草におく露やあかぬわかれの涙なるらん」（秋「七夕」）。①9新勅撰218

③116林葉352「あまの川水かげ草の夕露にそ《け》(中)ふさへあやな袖なぬらしそ」（秋。⑤272中古六歌仙166）

【類歌】①10続後撰259 250「あまのがはみづかげ草のつゆのまにたまたまきてもあけぬこの夜は」（秋上「七夕のこころを」入道前摂政左大臣。②15万代821）

①12続拾遺229「ひこ星のかざしの玉やあまの川水かげ草の露にまがはむ」（秋上、後鳥羽院）

①18新千載335「ふけぬるか水かげ草のうちなびき涼しくなりぬ天の河風」（秋上「…、七夕草と…」花園院）

①21新続古今385「七夕の涙の露にあまの川水かげ草や猶なびくらん」（秋上、等持院贈左大臣。④39延文百首1637）

①22新葉260「くれゆかばあふせにわたせあまの川水かげ草の露の玉はし」（秋上「七夕橋」冷泉入道前右大臣）

④31正治初度百首141「あまの川水かげ草のうちなびきいその枕に秋《松》(夫)風ぞふく」（秋、三宮。②16夫木10889）…上句同一

④39延文百首937「たなばたのむすぶ契は天の川水かげ草の露もかはらじ」（秋「七夕」賢俊）

④39同1437「たなばたのあふせぞふかき天の川みづかげ草の露のちぎりは」（「秋「七夕」源通相）

⑤247前摂政家歌合169「こぐ舟のかいのしづくや天の川みづかげ草の露と置くらん」（初秋、近衛）

2134（2237）　天河ふるきわたりもうつろひて／月のかつらぞいろにいでゆく

【訳】天の川（の、）以前の古い渡りもすっかり変ってしまい、月の桂も色に出てくる、つまり紅葉してゆく。

【語注】○天河　①2後撰1363 1364「てる入（六）月のながるる見ればあまのがはいづるみなとは海にぞざ（六、土）有りける」（羇旅「土左より…」つらゆき。②4古今六帖1968。⑤389土左日記10）。○ふるき　八代集八例、が、「古―」は八代集に多い。○わたり　「渡り」はすべて八代集十五例。安の渡りか。○うつろひて　「移り変って。「色」の縁語。」（全歌集）。③130月清909「花のいろはやよひのそらにうつろひて月ぞつれなきありあけのやま」（院無題五十首、春。⑤184老若五十首歌合96）。○月のかつら　八代集十二例。「月光。月の中に桂の木があるという古代中国の考えに基づいていう。」（全歌集）。①1古今194「久方の月の桂も秋は猶…」（ただみね）。○下句　「月の光がいよいよはっきりとしてくる。」（全歌集）。○いでゆく　八代集にない。後述の2148「色に出で行く」参照。万葉546 543「…八十伴の男と　出で行きし　愛し夫は…」。③119教長910「…いでゆくらくてふりにけるかな」。③131拾玉5050「…いでゆきかたもなき身なりけり」。後出の定家の③133拾遺愚草2251「…雁の涙ぞ色に出行く」・2148。

【本歌】①3拾遺145「天の河こぞの渡で（万）のうつろへばあさせふむまに川（〃）をふむに（〃）夜ぞふけにける」（秋、柿本人まろ。万葉2022 2018。「本歌」（全歌集）。「（参考歌）」（安田136頁））

▽本歌をふまえて、天の河の、前の去年の渡り場もすっかり変ってしまったので、浅瀬を探し求めて踏んでいるうちに、夜も更けていって、月の桂も紅葉していて明るくなってゆくと歌う。同じ定家に、③133拾遺愚草2312「久方の月のかつらの下紅葉やどかる袖ぞ色にいで行く」（「…、秋歌」。⑤216定家卿百番自歌合72）がある。全歌集、第三句以下

「変ってしまい、…、月の光がいよいよはっきりとしてくる。」」。②16夫木4068、秋一、七夕「建保四年百首」前中納言定家卿。

B391「ふるきわたりとは年〳〵のこと也うつろひてとは今日にうつろひたる也下句は七夕の月の折にあひたるさやけさをしたてたる歌也」。六家抄1082「ふるきわたりと云は七月七日の過たる心。七日の時分は初秋にて月の光もうすかりけるが、時過て月のさやかになりたる心。うつろひてはかはりて也。月の桂の色に出行とはさやかに成たる月の光也。」」。

安田134頁「万葉調のものが目立つということである。」。

【類歌】③132壬二2377「天河雲のみをなき秋のよは月のかつらぞしるしなりける」（秋「河月」）

⑤222名所月歌合20「たつた山月のかつらのした露にあきのなかばぞいろにいで行く」（「名所月」源家清）

2135
（2238）　あまのがは〳〵とのなみの秋風に／くもの衣をたつやとぞまつ

【訳】天の川（では、）川門（渡り場）の波の秋風によって、雲の衣を裁ち、彦星が今出発するかと（私・織女は）待つことよ。

【語注】○〳〵《かは》と　八代集にない。また「門波」も八代集にない。全歌集「天の川を川と見て、両岸の狭まった場所（渡り場）を想像して言う。」（全歌集）。さらに「かはとのなみ」は、新国歌大観①～⑩の索引では、他、⑧10草根（正徹）5536「…河との浪に千鳥なくなり」しかなかった。万葉1226 1207「…明石の門波いまだ騒けり」。同1740 1736「…菜摘の川門見れど飽かぬかも」。同3568 3546「青柳の萌《は》ら川門に汝《な》を待つと…」。④30久安百首796「はりまがたあかしのとなみさわぐめり…」（実清）。　○くもの衣　八代集二例・後拾241、金葉194。「漢語「雲衣」に基づく表現。万葉集以来の語。」（新大系・金葉194）。和漢朗詠323「雲衣《うんい》は范叔が羇中の贈　…」（秋「雁」後中書王）。○たつ　「裁つ」と「立つ」の掛詞。」（全歌集）。「裁つ」のは、見晴らしをよくするためである。

▽天の川の川門の波に立つ秋風が、邪魔となる雲の衣を裁ち切って、牽牛が一瞬でも早く来ないかと、彦星を待つ織姫の立場で歌う。大もとに①3拾遺143「秋風に夜のふけゆけばあまの河かはせに《べ(抄)》浪のたちゐこそまて」（秋、つらゆき。①、3拾遺抄91。③3家持208。③19貫之13）がある。

Ｂ392「河とは河渡の心也雲の衣をたつやとは七夕の衣をたつかとみる心にいへり又一説明石の巻に歎つ、あかしの浦に朝霧のたつやと人を思ひやる哉此歌の心にて七夕の思ひたつやとひこほしの待心とそ」。

全歌集「牽牛との年に一度の逢瀬を心待ちする織女の心で歌う。」。

【参考】①2後撰330「秋風に浪やたつらん天河わたる《すぐる》せ《マ(新)ま(是)》もなく月のながるる」（秋中、よみ人しらず。②2新撰万葉380。⑤3是貞親王家歌合61）

万葉2052 2048「天の川川門に立ちて我《あ》が恋ひし君来ますなり紐解き待たむ」（巻第十）

同2067 2063「天の川霧立ち上る織女《たなばた》の雲の衣のかへる袖かも」（巻第十。「参考」（全歌集））

③3家持97「あきかぜのふきにしひよりあまのがはせにいでたちてまつとつげこせ」（秋）

③3同207「あまのがはかはせのなみのうちはへてわがたちまちしけふぞきにける」（雑）

【類歌】②16夫木4076「けふきてや立ちかさぬらん天の川いほはたにおるくもの衣手」（秋一、七夕、同（＝為家））

2136
(2239)

天河手だまもゆらにをる《お③》はたの／ながきちぎりはいつかたえせん

【訳】天の川の手玉もゆらゆらとゆらせながら織る機の（布の）長い（二人の）契りはいついつまでも絶えることはない。

【語注】○天河　④31正治初度百首1741「天の川たえぬ契のわたりにや羽をかはせる鵲のはし」（秋、生蓮）。○手だま
八代集にない。後述歌参照。　○手だまもゆらに　定家・③133拾遺愚草1337「七夕の手玉もゆらにおるはたををりしも
ならふ虫の声かな」（春日…、秋）。⑤197千五百番歌合1500「秋のむしのてだまもゆらにおるはたをたれきて見よと野辺
のゆふぐれ」（秋四、女房）。　○ゆら（に）　八代集にない。「ゆらぐ」は八代集一例・新古708。「響かせながら」（全歌
集）。万葉3237 3223「…まき持てる　小鈴もゆらに　たわや女に　…」。⑤347古事記107「おほきみのこころをゆらみおみ
のこの…」。前述、後述歌参照。　○を（お）るはた　①2後撰58「あをやぎのいとよりはへておるはたを…」（伊勢）。　○
はた　すべて「機」八代集十五例。
【本歌】②4古今六帖3253「あしだまもてだまもゆらにおるはたは《を（万、赤）》きみがころも《みけし（万）》にたたむとぞ思ふ《縫ひあへむかも（万）》《ぬひきせんかも（赤）》」（「はた」。万葉2069 2065。
③2赤人326。「本歌」（全歌集）。「（参考歌）」（安田137頁）
▽表現として、第二、三句はセット。本歌をふまえて、天の川での、足飾りの玉や腕飾りの玉をゆらして、あなたの
衣として織ろうと思う機布の如き長い二人の契り（宿縁）は決して絶えることはないと、二星の永遠の契りを歌う。

不審201「…手だまもゆらにをる《如何。》はたの…／※長也。」。

安田134頁「万葉調のものが目立つということである。」。

【類歌】②16夫木4071「天の川手だまもゆらにおる糸のながき契の秋はかはらじ」（秋一、七夕、同〔＝千首歌〕、同〔＝

為家〕）…2136に似る

2137
(2240)　天河もみぢのはしのいろに見よ／秋まつそでのくれをまつほど

【訳】天の川（の）、紅葉の橋の色で見て下さい、（逢える）秋を待っている（私・織姫の）袖の（逢瀬の）夕暮を待っ

ているほどをば。

【語注】○もみぢのはし　八代集二例・新古323、1655。　○秋まつそで　新国歌大観①～⑩の索引に、他はなかった。

【本歌】①1古今175「天河紅葉をはしにわたせばやたなばたつめの秋をしもまつ」（秋上、よみ人しらず。②4古今六帖140。⑤329桐火桶75。⑤346兼載雑談34。「全歌集」）

▽三句切、倒置法。下句はまつが重なる。本歌をふまえて、秋を心待ちにしていた袖が、会える夕暮を待っている私・織女の袖の色の具合は、天の川に渡す紅葉の橋の色で見て取って下さいと、紅葉を紅涙に比す。

B393「色にみよとはたれにみよともなく云たるを一年のけふを待こし袖はさそ紅涙にあるらむ誰も見よと云詞の余情誠に作者のもの也」。

【参考】④26堀河百首580「あまの川空にこそしれ織女のくれをまつまの秋の心を」（秋「七夕」師頼）

【類歌】①8新古今323「星逢のゆふべすずしき天の川もみぢのはしをわたる秋かぜ」（秋上「七夕の心を」公経）

①16続後拾遺250「天河紅葉の橋の色よりや去年のわたりもうつろひにけん」（秋上、源兼氏）

⑤197千五百番歌合1122「あまのがはもみぢのはしやわたすらんいろづくにしのゆふぐれの雲」（秋一、宮内卿）

2138
(2241)

天河あれにしとこをけふばかり／うちはらふそでのあはれいくとせ

【訳】天の川（の）、荒れた寝床を今日だけ、うち払う袖はかわいそうにも幾年（涙で濡れたこと）か。

【語注】○天河　③122林下234「としをへてたえぬちぎりはあまのがはけふのあふせぞうらやまれける」（恋「かへし」）。⑤197千五百番歌合1104「あまの河けふをあふせとながめてもくるるまつまは袖やぬるらん」（秋一、良平）。⑤248和歌一字抄270「七夕にとふよしもがな天の川けふを契りていく世過ぎぬと」（期「織女期秋」清原元輔）。⑤419宇津保物語76「年、ごとにあふとみながらあまのがはいくよわたるとしる人のなさ」（左大臣殿御方）。　**○あれにしとこ**　「夫婦の契りが絶えた床。」（全歌集）。　**○けふばかり**　③115清輔102「けふばかりあまの河かぜ心せよ紅葉のはしのとだえもぞする」（秋、七夕）。　**○うちはらふ**　八代集十例。「床に積った塵などを払う意。」。　**○いくとせ**　八代集四例、初出は金葉519。

▽第一、二句あの頭韻。第四句・字余、語頭はうであり、語中に母音はないが、Fuがある（『論集　藤原定家』赤瀬信吾「藤原定家の和歌表現——字余り句の機能をめぐって——」、68頁「Fu>uで処理できる例」）。①1古今733「わたつみとあれにしとこを今更にはらはばそでやあわ《は(六)》とうき《消え(ゝ)》なむ」（恋四、伊勢。①2後撰757 758。②4古今六帖1383。「参考」（全歌集））をもととし、天の河を翌朝帰って行って、すっかり荒れ果てた夜床を、今日だけ（塵などを）払い清めようとする織女の袖は、ああ何年涙で萎れ果てたことかと歌う。「けふ」と「幾年」とが対。同じ定家に、③133拾遺愚草2445「山風のあれにし床をはらふ夜はうきてぞこほる袖の月影」（冬「寒閨月…」）がある。

【参考】　③家持203「ひととせにひとたびわたるあまのがはいくらばかりのひろさなるらむ」（雑）

2139
(2242)

天河あくるいはともなさけしれ／秋のなぬかのとしのひとよを

【訳】　天の川（よ）、明ける岩戸も情趣を解せよ、（つまりなかなか夜を明けさせてくれるなということだ、）秋の七日の年に一度の夜なのだから。

【語注】　**○いはと**　八代集は「苔の岩戸」のみ一例・新古1923。「岩戸」は夜明けを司る。　**○なさけ**　八代集十二例。　**○秋のなぬか**　「七夕。」（全歌集）・①2後240（後述）。　**○なぬか**　八代集七例。

▽第一、二句あの頭韻。三句切、倒置法。①2後撰240「あまの河いはこす浪のたちゐつつ《して(円)》秋のなぬかのけふをしぞまつ《おもふ(家)》」（秋上「七夕をよめる」よみ人しらず。③3家持212。⑤35円融院扇合6）をもととし、二星の、秋の七日目の、年に

一回の一夜の逢瀬なのだから、夜を明けさせる天の岩戸も情けを知って、少しでも夜明けを遅らせるようにせよ、夜が明けると二星は別れねばならないのだから…と歌う。同じ定家に、③133拾遺愚草704「天の河年のわたりの秋かけてさやかになりぬ夏のよのやみ」（十題百首、天）がある。【類歌】が多い。②16夫木4084、秋一、七夕「建保三年内裏七夕七首」前中納言定家卿。

赤羽288頁「同音（同字）が四句に亘って句頭にある場合が一首来田本にみられる。／あ…あ…あはれしれ／秋…三句に亘って同音の頭韻があるものを押韻の限度としてみることがよいように思われる。」。

【参考】③1人丸88「天河よはふけにつつさぬる夜のとしのまれらにただひとよのみ」（下）

③119教長418「あきのよやすみまさるらんあまのがはとわたるつきのことにさやけき」（秋「月歌とて…」）

【類歌】④38文保百首836「待ちわたる程や久しき天河秋の一よをたのむちぎりは」（秋、師信）

④38同2272「よそにのみ聞きこそわたれあまの川年に一夜もまつ身ならねば」（恋、雅孝）

④39延文百首437「たどりても又こそわたれ天の川としにひと夜のあさ瀬しらなみ」（顕実母）

④39同3137「あまの河としにひと夜の契ゆゑちかきわたりぞつひにしられぬ」（秋「七夕」為遠）

④40永享百首365「あまの河あふ瀬をせめていそがなんとしの一夜の秋のはつ風」（秋「七夕」公冬）

⑤175六百番歌合735「あまのがはあきの七日をながめつつくものよそにもおもひけるかな」（恋上「稀恋」有家。①11続古今1244 1252）

⑤197千五百番歌合1096「あまのがはとしにひと夜はまちも見しまたわくかたのこころありせば」（秋一、小侍従）

⑤224遠島御歌合66「天川秋の一夜のちぎりだにかた野に鹿の音をや鳴くらん」（「夜鹿」家隆。⑤225定家家隆両卿撰歌合38。⑤345心敬私語61）

建久六年二月左大将家五首秋③

2140（2243）　あきといへどこの葉もしらぬはつ風に／われのみもうきそでのしらたま

【訳】秋だといっても木葉（の色付くことを）も知らない（秋の）初風に、私だけがもろくも（涙を流している）袖の白玉であるよ。

【語注】**○建久六年**　一一九五年、定家34歳。**○はつ風**　八代集は「秋の――」のみ。八代集十四例、うち新古今八例。③129長秋詠藻237「草も木も色づく秋のはつ風は吹きそむるより身にぞしみける」（秋「初秋歌とて…」。①21新続古350）。③131拾玉5001「おしなべて身にしむ秋の初風をいかなる色としる人ぞなき」（秋）。**○もろき**　八代集四例、すべて新古今、初出は新古549。**○そでのしらたま**　八代集二例・古今400、新古221。**○しらたま**　恋歌に多い詞。

▽初句字余（い）。秋といっても、また木の葉の色付く（前述の③129長237による。全歌集「落ちる」）ことをも知らない初風の程ではあるが、私一人だけが涙もろく袖に白玉を散らしていると歌う。

六家抄1083「まだ風は初秋にて落葉もしらぬに、我涙はもろき心也。」。

全歌集「良経家女房百首披講後の五首歌会での詠→二〇六三。」。

【類歌】③130月清425「秋かぜにこのまの月はもりそめてひかりをむすぶそでのしらたま」（治承題百首「月」。②16夫木5117）

2141（2244）　**閑中草花**

あとたえて風だにとはぬはぎのえに／身をしるつゆはきゆる日もなし

【訳】人跡も絶え、風でさえも訪れない萩の枝に、我身の程を知る露（・涙）は消えてしまう日もない（よ）。

【語注】○閑中草花（題）　これのみ。　○あとたえ　八代集十四例。　○あとたえて　①2後撰470 471「しら山に雪ふりぬればあとたえて…」（をんな）。①4後拾遺171「あとたえてとふ《くる》ひともなき山ざとにわれのみみよとさけるうのはな」（夏「山ざとの卯花をよめる」通宗。⑤248和歌一字抄568）。④20隆祐295「あとたえてとはぬ日数のふるさとにうらみもつもる庭の雪かな」。④21兼好4「あとたえてとはぬ日かずもふる雪におぼつかなさのつもるころかな」。④31正治初度百首992「あと絶えてしられぬほどの山路かはとへかし人のなさけばかりに」（山家、季経）。　○はぎのえ　③132壬二838「露ながら萩の枝をる乙女子がたまも吹きしく庭の秋かぜ」（院百首、秋）。③132同878「萩のえに末ふきなびく秋風にたまらぬ露のくだけてぞふる」（院百首、恋）。③133拾遺愚草1850「宮木のの風まちわぶる萩のえの露をかぞへてやどる月影」（院句題五十首「月前草花」）。　○身をしるつゆ　①1古今705「かずかずにおもひおもはずとひがたみ身をしる雨はふりぞまされる」（恋四、業平。⑤415伊勢物語185）・「などに基づいて創出した句か。「露」は「萩」の縁語。」（全歌集）。

▽萩の枝の露に我身を見い出し、人のやってくることもなくなり、風でさえも訪れない萩の枝に、我が身の程を知る露・涙は決して絶える日がないと、一世間から忘れられたわび人の心を歌う。」（全歌集）。人生を投影し、述懐的詠である。②16夫木5490、秋四、露「建久二《ママ》年左大将家五百《ママ》首歌、閑中草花」前中納言定家卿。「詠出年次未詳。」（全歌集）。

2142（2245）　元久元年七月宇治御幸、③　山風

かへり見るすその、くさ葉かたよりに／限[波③]なき秋の山おろしの風

【訳】振り返って見る裾野の草葉（の）かたよりによって、この上もない秋の山颪の風（が吹いているのが分かる）よ。

【語注】**○元久元年**　一二〇四年、定家43歳。　**○山颪**（題）他、⑦16惟成弁24、③132壬二2331、③131拾玉4391、4392、③130月清1145のみ。　**○かへり見る**　八代集三例。「風の音により」、「平安朝を」か。定家に用例が多い。　**○すその**　八代集六例、初出は後拾遺371（後述）。　**○すそのヽくさ葉《は》**　新国歌大観①～⑩の索引では、他に⑤140右兵衛督家歌合10「なつごろもすそののくさはふくかぜに…」（修理大夫。③105六条修理大夫301「すそののくさば」。⑤295袋草紙496）、⑤198影供歌合4「…すそ野の草は色付きにけり」（宮内卿）、⑧32春夢草（肖柏）987「…すその草ば吹きかくるまで」、⑩4師兼千首525「旅衣すそのの草は（ママ）枯れはてて…」しかなかった。　**○かたより**（名）　八代集五例、初出は後拾遺371（後述）。　**○山おろしの風**　八代集五例、うち新古今四例。上記も含めて「山おろし」は八代集十二例。①1古今285「…吹きなちらしそ山おろしのかぜ」（よみ人しらず）。

▽第一、三、四句かの頭韻。振り返って見ると、裾野の草葉は靡き片寄って、この上なく永遠の秋の山颪の風が見い出されると、民の靡き従う後鳥羽院の永久の御世を寿いでいる。同じ定家に、員外ではあるが、③134拾遺愚草員外54「みわたせばよもの梢にもみぢして秋をかぎりの山下の（ママ）風」（一字百首、秋）がある。

B394「波なき秋とは波なき秋のなみにてある也限なき眺望也」。　不審202「かへり…草葉へかたよりに※　と申候如何。／※一方二也。」・「一「かたより」」、…などの万葉語。」。

全歌集「元久元年（一二〇四）七月十六日、宇治で講ぜられた五首歌会の一首。後鳥羽院の御幸の折の会なので、「草葉かたより」に民が従っている意を寓し、「限なき秋の山」の句と共に祝言の心を籠める。」。

小島吉雄、314頁「外的自然の直接なる印象の忠実なる再現である。」（『新古今和歌集の研究（続篇）』）。赤羽288、289頁「頭韻が三句に亘る場合も、初句と第四句（上句と下句の第一字）に同音を揃える場合が押韻の位置としてはもっとも安定している。…方向のイメージを、…打出すのに効果的である。」、337頁「「かへり見る」という立体的で、動態的な視点を用いようとするのは当然なことであった。」。佐藤『研究』、「漢詩文受容」454頁「＊文集一四・805・806「王昭君

二首」／＊文集一五・0863「初貶官過望秦山嶺」／望秦嶺上回頭立　無限秋風吹白鬚」。

【参考】①4後拾遺371「ゆふひさすすそののすすきかたよりにまねくやあきをおくるなるらん」（秋下、源頼綱。⑤235新時代不同歌合194）

③117頼政231「吹きおろすあらしやまなきをしほ山すそ野の草のかたなびきする」（秋「野風、同会」）

④30久安百首31「いつしかと荻の葉むけのかたよりにそ《空(新)》そや秋とぞ風もきこゆる」（秋、御製。①8新古今286）

【類歌】③132壬二840「花すすきほむけのいとのかたよりに暮るれば野べに秋風ぞふく」（院百首、秋。⑤217家隆卿百番自歌合51）

⑤213内裏百番歌合〈建保四年〉87「秋風に小田のかりほのかたよりになびく末葉の露ぞ色づく」（秋、忠信）

正治二年九月院初度哥合、③　山嵐

2143
(2246)　秋のあらしひとはもお《を③》しめみむろ山／ゆるすしぐれのそめつくすまで

【訳】秋の嵐よ、一枚でも（散らすのも）惜しめ、三室山よ、（神が紅葉を）許している時雨がすべてを染め尽くすまで。

【語注】〇正治二年　一二〇〇年、定家39歳。　〇山嵐（題）他、③132壬二2463、④11隆信231、232、③130月清1126のみ。　〇秋のあらし　八代集一例・新古1570。初句字余（あ）。　〇ひとは　八代集二例・詞花80、新古1962。　〇みむろ山　八代集三例、初出は金葉263。また「みむろの山」は八代集十例。　〇ゆるす　八代集五例、初出は後拾遺939。　〇ゆるすしぐれ　新国歌大観①～⑩の索引では、他になかった。「「三室山ゆるす」と続くから、三室山の神が木々を紅葉させることを時雨に許すの意と解される。」（全歌集）。　〇そめつくす　八代集にない。③134拾遺愚草員外659「たをやめのかふる心に染めつくす…」。

▽二句切、倒置法。三室山においては、神が許し給うた、時雨がすべての葉を紅葉し尽くすまでは、秋の嵐に、一葉でも惜しんで散らさないようにしてくれと歌う。【類歌】が多い。②16夫木6011、秋六、秋山「正治二年仙洞十首歌合、山嵐」同〔＝前中納言定家卿〕。⑤181仙洞十人歌合64、卅二番、（左勝）、右、定家朝臣・「…右の歌、ゆるす時雨、あまり心こもりて、愚意およびがたし」。

不審203「…ゆるすへ時雨の…下句如何。／※1時雨ニユルス也。」。

【類歌】①12続拾遺360「みむろ山秋のこのはのいくかへりした草かけて猶しぐるらん」（秋下「…、山中秋興」為教）

①12同406 407「みむろ山秋の時雨にそめかへて霜がれのこる木木の下草」（冬、順徳院）

③131拾玉4076「こころさへ時雨れてぞ行くたつた山木のはよこぎる秋の嵐に」（「山路秋行」）

④18後鳥羽院1490「うす紅葉なほ色まされ三室山あらしにつたふ秋のしぐれに」（「山嵐」。⑤181仙洞十人歌合61）

④33建保名所百首466「よそにやはちる紅葉ばをみむろ山秋行く袖を吹く嵐かな」（秋「三室山大和国」）

⑤184老若五十首歌合270「秋やときしぐれやおそきみむろ山そめぬ梢に嵐吹くなり」（秋、女房。④18後鳥羽院1125。⑤183三百六十番歌合289）

⑤234亀山殿五首歌合51「ちりぬべき秋のあらしの山のなにかねてもをしき木木のもみぢば」（「山紅葉」公雄。⑤335井蛙抄529）

⑤247前摂政家歌合233「いまははや秋の日数も程なさに山の木の葉も染めつくすらし」（後秋、為季）

2144（2247）　**建保元年内裏詩哥合**[3]　**野外秋望**

むらさめのたまぬきとめぬ秋風に／いくのかみがくはぎのうへのつゆ

【訳】村雨の残した（露の）玉を貫き止めない秋風によって、幾野磨かれたことか、萩の上の露は。

【語注】○建保元年　一二一三年、定家52歳。　○野外秋望（題）　これのみ。　○むらさめ　八代集九例。①3拾遺1110「庭草にむらさめふりてひぐらしの…」（人まろ）・八代集初出。　○たまぬき　八代集四例、初出は詞花237。　○ぬきとめ　八代集二例。　○いくの　「生野」は八代集にあるが、「幾野」は八代集にない。④7広言44「…いくのとも なくすめる月かな」。　○みがく　八代集九例。　○末句　字余（う）。①1古今221「…物思ふやどの萩のうへのつゆ」（よみ人しらず）。

▽下句、倒置法。村雨の玉を貫き留《つらぬき》めるようなことはしない秋風によって、萩の上の露は幾野磨かれたことであろうかと歌う。百人一首の名歌、①2後撰308「白露に風の吹敷く秋ののはつらぬきとめぬ玉ぞちりける」（秋中、文室朝康）が響く。同じ定家に、③133拾遺愚草2378「宮木のはもとあらの萩のしげければ玉ぬきとめぬ秋風ぞふく」（…秋十首、…）がある。⑤207内裏詩歌合58「野外秋望」三番（左持上）、右、定家卿、第四句「…くだく」、建保元年二月二十六日。⑤248和歌一字抄712、望「野外秋望」定家。

【類歌】③132壬二878「萩のえに末ふきなびく秋風にたまらぬ露のくだけてぞふる」（院百首、恋）
③132同2425「宮木のの真萩吹きこす秋風に露さへ送るさをしかのこゑ」（秋「…、宮城野秋」）
③132同2696「憑まずようつろふ中の秋風にいさ本あらの萩の上の露」（恋）
④18後鳥羽院763「夕さればまのの秋かぜふきみだりしづ心なき萩のうへの露」（詠五百首和歌、秋）
④38文保百首738「秋風に露もたまらずをれふして庭にぞうつる萩が花ずり」（秋、公顕）
⑤207内裏詩歌合92「村雨の露のかごともうらがれてをのの草ぶし秋かぜぞふく」（「野外秋望」）
⑤237仙洞五十番歌合60「しほれふす枝吹きかへす秋かぜにとまらずおつる萩のうへの露」（「秋露」九条左大臣女）

2145（2248）　ながめつゝくさのたもとはうつろひぬ／かりのなみだもをちのしのはら

【訳】思いを込めて見ながら草の所にいる私の袂は色が（紅涙によって）移り変ってしまった、雁の涙も落ちる遠の篠原をば。

【語注】**○ながめつゝ**　①2後撰942 943「ながめつつ人まつよひのよぶこどり…」（寛湛法師母）。②9後葉414「夕ま暮こしげき庭をながめつつ木の葉とともに落つる涙か」（哀傷、義孝）。④1式子43「おもほえずうつろひにけりながめつつ枕にかかる秋の夕つゆ」（秋）。**○くさのたもと**　八代集一例・①1古今243「秋の野の草のたもとか花すすきほにいでてまねく袖と見ゆらむ」（秋上、ありはらのむねやな）。「墨染の衣を意味することもあるが、ここでは「秋の…〔上記の①1古243〕などの古歌によって、薄の穂がなびいている有様を暗示するか。」（全歌集）。草染めの袂か。雁の涙・④15明日香井1224「はなすすき草のたもとをかりぞなくなみだのつゆやおきどころなき」（秋十首）。**○うつろひぬ**　定家に多い。**○かりのなみだ**　八代集三例。①1古今221「なきわたるかりの涙やおちつらむ物思ふやどの萩のうへのつゆ」（秋上、よみ人しらず。「参考」（全歌集））。④18後鳥羽院1171「夜半になく雁のなみだに雨すぎて月にうつろふ野べの色かな」（建仁元年九月五十首御会「雨後月」）。**○をち**　これのみ八代集九例。「「落ち」を掛ける。」（全歌集）。**○しのはら**　八代集五例。**○をちのしのはら**　新編国歌大観①～⑩の索引では、他に⑨3挙白（長嘯子）185「…くるれば床にをちのしの原」しかなかった。

▽三句切、倒置法。雁の涙も（私の涙も）落ちる遠い篠原をじっと見つめつついると、草の中にいる私の袂も「草の袂」なのか、落ちる紅涙によって色が移り変ると歌う。⑤207内裏詩歌合60「野外秋望」、四番、（左持上）、右、初句「あさなあさな」。

B395「野分秋野五文字ははる〳〵と見渡したるさま也草の袂の色つく時分雁なきて眺望をそへたる風景也秋の夜の露

をは露とよめる風情にや」。

【類歌】④18後鳥羽院784「夜はになく雁のなみだはおかねども月にうつろふまのの萩原」（詠五百首和歌、秋）

2146（2249）　同四年潤六月内裏哥合、③　秋

なをざ《ほ③》りのをの、あさぢにをく《お③》つゆも／草葉にあまる秋のゆふぐれ　續後

【訳】たいしたことのない小野の浅茅に置いている露も、（浅茅の）草の葉にあり余っている秋の夕暮であるよ。
【語注】○同四年　一二一六年、定家55歳。　○なをざ《ほ》りの　八代集三例、初出は後拾遺862。なお「なをざ《ほ》りに」は八代集四例。「露が置くには浅茅が頼りにならないことを言うか。」（全歌集）。いい加減な、そっけない、つまらない、など様々な訳語が考えられる。　○をのゝあさぢ　②4古今六帖3905「まくずはふをののあさぢをこころより…」（あさぢ）。　○草葉にあまる　新大系・百番45「重る露は思いと寂しさが深まることの暗喩。」。　○秋のゆふぐれ　八代集初出は後拾遺271。
【本歌】①2後撰577 578「あさぢふのをののしの原忍ぶれどあまりてなどか人のこひしき」（恋一、源ひとし。「本歌」（全歌集。明治・万代914。新大系・百番45））
▽本歌をふまえて、置くに価値のあるとも思えない小野の篠原に生えている浅茅に置く露も、秋の夕暮には草葉にあり余るほどだ、それはあたかも我慢しきれず恋しいあなたへの思いと同様だと歌う。①10続後撰273 264、秋上「建保四年内裏百番歌合に」前中納言定家。②15万代914、秋上「建保内裏百番歌合の歌」前中納言定家。⑤213内裏百番歌合〈建保四年〉82、建保四年閏六月九日、判者、定家、四十一番、秋、（左勝）、右、定家「右歌も秀逸之由有沙汰」。⑤216定家卿百番自歌合45、廿三番、左持、内裏歌合。⑤225定家家隆両卿撰歌合23、十二番、左。⑤335井蛙抄113。

B396「あちさふ《（ママ）》の小野のしのはらとよめるを本歌也なをさりとは大かたと云詞也草葉にあまるとは秋の感情也茅の葉にをく露にも秋の興はあまるそと云ふにや」。C492「浅《本ナシ(D)》ぢふの…「なをざり」、《は、(ッ)》かりそめ也。わづかの草葉に置露《をく(ッ)》なれども《共(ッ)》、秋のかんせい《ニ》は十分したると也。「小野」、《は(ッ)》非名所。」、「三　秋の自然が表象する美感。」・D310。摘抄64「さらぬだに秋はものがなしき物也。いはんや秋の夕はいはん方なくやるかたもなし。あさぢなどほどのなをざりなる物なし。心なきあさぢも夕を感じて泣やうにみえたり。「あまる」といへる奇特也。…」。

【類歌】①19新拾遺1643「宮城野の木の下露や落ちぬらん草葉にあまる秋のよの月」（雑上「野月を」雅成親王）
④15明日香井683「きえやすき露のかぎりをたづぬればあさぢがはらの秋のゆふ暮」（百日歌合「浅茅」）
④18後鳥羽院841「おく露もあだのおほののまくず原恨みかねたる秋のくれかな」（詠五百首和歌、秋）
④35宝治百首1381「あさぢふのおのれしをるる袖の露おくとぞなげく秋の夕暮」（秋「秋夕」寂能）
④40永享百首398「虫の音の草葉にあまる夕暮はやどりをそでの露にとはなん」（秋「虫」公保）
⑤184老若五十首歌合189「夏ふかき森の梢もうつせみの葉におく露は秋の夕暮」（夏、寂蓮）
⑤218内裏百番歌合〈承久元年〉109「あさぢふのをののしのはら数ごとに露をさかりの秋の夕暮」（「秋夕露」信実）

2147
(2250)
承久元年内裏哥合、③　秋夕露

ゆふぐれの草のいほりの秋のそで／ならはぬ人やしぼらでも見む

【訳】夕暮の草の庵の秋に住む（私の）袖よ、馴れてはいない人は袖をしぼらないで（、この夕べの景を）見るのだろうか。

【語注】**○承久元年**　一二一九年、定家58歳。　**○秋夕露**（題）他、③132壬二2421のみ。　**○ゆふぐれの**　①1古今392

「ゆふぐれのまがきは山と見えななむ…」（遍昭）。　**○草のいほり**　八代集四例、初出は千載177。他「くさのいほ」八代集三例、初出は金葉533。　**○秋のそで**　八代集一例・新古401。　**○しぼら**　八代集十一例。
▽上句ののリズム。⑤415伊勢物語102「わが袖は草の庵にあらねども暮るれば露のやどりなりけり」（第五十六段、男）をもとし、夕べの有様を、私は草の庵の秋の袖に露と涙を絞るが、（住み）馴れない人は絞らないで見るのかと歌う。⑤218内裏百番歌合〈承久元年〉97、承久元年七月廿七日、判者、衆議判、隠名、「宮内卿家隆後日付判詞」・「家隆執筆判詞」、「秋夕露」、五十二番、左勝、定家卿、「夕ぐれの草の庵の秋の袖ならはぬ人やなどいへる、いとあはれに心ぼそきさまなるよし申し侍りしかば、左勝つべしと被定にき」。
【類歌】④44正徹千首608「うらなれぬ人のかざしをみるふさに初しほかかる秋の袖かな」（恋二百首「初見恋」）
⑤199八幡若宮撰歌合23「草むすぶかりほのとこの秋のそでつゆやはぬらすゆふぐれのそら」（「羇中暮」忠良。①19新拾遺767）

2148（2251）　**建永元年七月和歌所哥合**[3]　**朝草花**

あさな〳〵した葉もよほすはぎのえに／かりのなみだぞ色にいでゆく

【訳】朝ごとに下葉が紅葉を催す萩の枝に雁の涙が（紅葉によって）色にあらわれて行くよ。
【語注】**○建永元年**　一二〇六年、定家45歳。　**○朝草花**（題）他、①8新古今351（通光）、③132壬二2383のみ。　**○あさな〳〵**　八代集十四例。字余（あ）。①1古今16「…なくなるこゑはあさなあさなきく」（よみ人しらず）。萩の枝・①6詞花116 114「あさなあさなつゆおもげなるはぎのえにこころをさへもかけてみるかな」（秋、周防内侍）。　**○もよほす**　八代集一例・千載234。　**○はぎのえ**　2141前出。　**○かりのなみだ**　八代集三例。2145前出。露のことか。①1古今221「なきわたるかりの涙やおちつらむ物思ふやどの萩のうへのつゆ」（秋上、よみ人しらず。②3新撰和歌88。②8新撰朗詠321）。 ○色にいでゆく 2134前出。定家に多い。

▽朝ごとに下葉が色付き始める萩の枝に置く雁の涙も、色をうつして色に出てくると歌う。⑤204卿相侍臣歌合6、建永元年七月廿五日、右方、左近権中将藤原定家負二持一、判衆議、詞神筆後日被下之「朝草花」、三番、（左勝）、右、定家朝臣、第三句「…葉に」、「右方に頗宜之由申之、左方に又やさしきさまなるよし申せども、…仍為勝」。不審204「和歌所と申候ハ如何。／※合点」※。六家抄1084「萩の下葉の色付うへにをく露をみて涙をもよほすかと也。下葉に涙が色に出るかと興ずる心也。右、鴈の涙や落つらんの哥も大方の露にてはなし。一段かなしきばかりのなみだかと也。」。

全歌集「参考」・①1古今211「夜をさむみ衣かりがねなくなへに萩のしたばもうつろひにけり」（秋上、よみ人しらず）・①1古221（前述）。

【参考】①6詞花353 352「あさなあさなしかのしがらむはぎのえのすゑば上（玄）の露のありがたのよや」（雑下「世中…」増基。②7玄玄127）

【類歌】②15万代2061「わがそでのなみだにもあらぬつゆにだにはぎのしたばはいろにいでにけり」（恋二「寄萩恋と…」鎌倉右大臣）

⑤244南朝五百番歌合328判「萩の上のつゆは数そふ朝な朝な下葉にかよふ風ぞ色なき」

2149 (2252) 海邊月

もしほくむ袖の月かげをお③のづから新古／よそにあかさぬすまのうら人

【訳】藻塩を汲む（浦人の）袖の月の光を、自然と、自分に関係のないものとして夜を明すことのない須磨の浦人であるよ。

【語注】○海邊月（題）①7千載291 290（俊恵）、①8新古403（家隆）…。○もしほくむ　八代集一例・新古今1557（この歌）。○袖の月かげ　定家に多い。新大系・百番167「潮と涙に濡れた袖に月光がきらめく。」。○を《お》のづから　後拾952、八代集初出。○すまのうら人　八代集五例、初出は金葉694。「うら人」は上記も含めて八代集七例。父詠・①7千載183「さみだれはたくもの煙うちしめりしほたれまさるすまのうら人」（夏、俊成。③129長秋詠藻27。④30久安百首827）。⑤421源氏物語189「…須磨の浦人しほたるるころ」（光源氏））。

▽藻潮を汲む須磨の浦人は袖に月光は自然と写り宿るので、無関係な存在として夜を明すことはないと歌う。①8新古今1557 1555、雑上「和歌所歌合に、海辺月といふ事を」定家朝臣。⑤204卿相侍臣歌合26、「海辺月」、十三番、（左持）、「左右両方尤宜之由各申之」。⑤216定家卿百番自歌合167、八十四番、左勝、和歌所歌合。⑩177定家八代抄1675、雑下「和歌所歌合に、海辺月」参議定家。

C493「名にたてる浦《名所のうら(D)》のあま人なれば、心あるやうに見《み(ツ)》なしたる也。天然《自イ　一天(ツ)》と月をよそにせぬ体也。」、「一　おのづから、自然に。」・D311。六家抄1085「夜もすがらしほを汲程に、をのづから袖に月の宿る心。月をみてよそにあかさぬやうに人のみなす心也。」。

八代集抄「よそにあかさぬとは、塩くむに袖ぬれて、月のやどるゆゑおのづから月をば、よそにせずと也。」。美濃「めでたし、上句詞めでたし、もしほをくむすまの浦人は、袖に月をやどして見むとは思はねども、おのづからやどりて、よそならず、月を袖に見てあかすと也、〳〵月やどれとはぬれぬ物からといへると、同じ意ながら、かれにはおとれり、」。全評釈「意識的に月を賞美しているわけではないが、その行為がおのずと月を賞する結果となっていることを風雅と感じたのが作意である。…古今集の在原行平の、／わくらばに…歌の面影に、さらに『源氏物語』の「須磨」の巻での光源氏の面影が重なり、しかもそれらはかすめた程度にとどめられている。むしろ、巧みさは定家の歌の方にあるのではないであろうか。」・全注釈。全集「浦人の藻塩で濡れた袖に映る月の光を想像し、その月の光とともに夜を明かす姿にもよおす哀感を詠んだ。発想・表現ともに、作者が躍如としている。」。完本評釈「技巧としては、月が袖に映りとおすことを、「おのずからよそに明かさぬ」といって、画中のものとなっている浦人に、心なきものながら心あるかのような余情を持たせるところに置いている。わざとならぬ艶と心細さとねばり強さをもって生み出している趣のある歌である。」。全註解「月下に汐を汲む須磨の浦人を描いた妖艶の体であるが、作為の跡が目につく。」。新大系「本歌」・⑤421源氏物語499「あまの世をよそに聞かめや須磨の浦にもしほたれしも誰ならなくに」（「若菜下」（光源氏）。「参考歌」（全注釈））。

【類歌】①8新古今1083「恋をのみすまのうらびともしほたれほしあへぬ袖のはてをしらばや」（恋二、摂政太政大臣。

③130月清770。④31正治初度百首474）

①14玉葉663「もしほ火も月の夜ごろはたきさして煙なたてそすまの浦人」（秋下「海辺月と…」実衡）

③132壬二1856「明石がたうらみぬ袖も月やどるねなましあまのもしほくみつつ」（最勝四天王院御障子和歌「明石浦」）

④33建保名所百首392「秋よまた月にいくたびもしほたれたえぬながめをすまのうら人」（秋「阪磨浦摂津国」）

④33同744「もしほくむ霞の浦のよそにてもとへかし人の思ふ心を」（恋「霞浦陸奥国」）

④36弘長百首302「おのづからよそなる雲の影もなしかづらき山の秋の夜の月」（秋「月」同（＝為氏））

⑤228院御歌合〈宝治元年〉108「しをるなよ月をば袖の秋のよにもしほたれてもすまのうら人」（「海辺月」俊成卿女）

建久八年、[3]秋哥あまたよみける中に

2150（2253）　ながめつゝ思《ひ》しことのかず〳〵に／むなしきそらの秋のよの月

【訳】（秋夜の月を）もの思いにふけりながら見つつ思ったことの数々に対して、むなしい思いをした虚空の秋の夜の月であるよ。

【語注】〇建久八年　一一九七年、定家36歳。　〇ながめつゝ　2145前出。　〇かずかずに　八代集四例。　〇むなしき「思ひし事の数々」が「むなしき」ことになったと続き、一方、「むなしき空」と続き、大空の意となる。」（明治・続後拾遺1057）。　〇むなしきそら　八代集十二例、うち新古今八例。漢語「虚空」の訓を重意。①1古今488「わがこひはむなしきそらにみちぬらし…」（読人しらず）。　〇末句　終り方の一つの型。初句へ還る。①1古今191「…かずさへ見ゆる秋のよの月」（よみ人しらず）。

▽心をこめて見つつ思ったことの数々は、むなしくはかなくなり、そして虚空には変ることなく秋の夜の月が皓皓と照っていると歌う述懐詠。同じ定家に、③133拾遺愚草1815「ながめつつ夜わたる月におく霜のすぎて跡なき一とせの空」（院五十首、冬。⑤184老若五十首歌合365）がある。秋夜月詠ゆえに、【類歌】が多い。①16続後拾遺1057 1049、雑中「題しらず」前中納言定家。⑤216定家卿百番自歌合53、廿七番、左持、述懐秋歌建久八年。⑤225定家家隆両卿撰歌合29、十五番、左。

B397「こし方行末のことを月に催されて思ひしかとも又月の面白さに忘したる心にやなかむれは千ゝに物こそとよめる余情にや」。C494「月をみるはじめは忄《ナシ(D)》いろ〳〵《色(ソ)》の事うかびしも、いま《今(ソ)》は月一ぺん《篇(ソ)》に成たると也。月に他念なく乗じたるさま《様》也《なり(ソ)》。」、「一　特定の対象にいちずに向かうさま。…二　任せきったさま。」・D312。全歌集「詞書に「秋歌あまたよみける中に」というが、知られるのはこの一首のみ。建久八年は主家九条家の失脚中で、定家も失意のうちに過していた。この歌は良経家における前年の詠（二二三一）と照応するところがあるか。」。

赤羽340頁「〈ながめ〉の内部に、時間の経過を含め、対象の多様性と変化をこめ、さらにはいっさいを解体し無化する作用まで担わせている。これは当時流行の仏教的な観法や無常観と共通するところもある。」。

【参考】③73和泉式部466「よさのうみになみのよるひるながめつつ思ひし事をいふみともがな」（「なほ或人に、のぼりて」）

④26堀河百首1571「月みてもむなしき空にあまるまで君が千代へん事をこそ思へ」（雑「述懐」国信）

④30久安百首1201「…はかなさを　思ひよそへて　なに事も　むなしき空に　すむ月を　うき世にめぐる　ともとして　…」（短歌）

【類歌】①8新古今357「おしなべておもひしことのかずかずに猶色まさる秋の夕ぐれ」（秋上、摂政太政大臣。③130月清739。④31正治初度百首443）…第二、三句同一

①8同392「ながめつつおもふもさびし久方の月の都のあけがたの空」（秋上、家隆。③132壬二2448。⑤217家隆卿百番自歌合61）

①8同415「ながめつつおもふもぬるるたもとかないくよかはみむ秋のよの月」（秋上、殷富門院大輔）

①18新千載1759「思ふことむなしき空の秋風にことしはいたくぬるる袖かな」（雑上、宗尊親王）

②16夫木10355「漕出でて松浦の海をながめつつ月になれたる秋のさ夜姫」（雑五、海、まつらのうみ、筑前「建長元年歌合」花山院内大臣）

③131拾玉4208「是報如の如如のことわり十にしてむなしき空に秋のよの月」（夏日…）

③132壬二2676「はるる夜のほしの光のかずかずに思ふ思ひの空にまがへん」（恋）

④22草庵942「ながめてもむなしき空の秋霧にいとどおもひのゆく方もなし」（恋上「…、霧中恋」）

④37嘉元百首440「としへぬる秋のおもひはかずかずに月みる宿を尋ねきにけり」（秋「月」師教）

④42仙洞句題五十首201「ひとりのみ蘆屋のいほにながめつつ秋のよすがらみしま江の月」（「江上月」俊成卿女）⑤179院当座歌合1「あまつ空星の光のかずかずに秋をたのめて過ぐる月かげ」（「月契多秋」内大臣。⑤236摂政家月十首歌合77）⑤236摂政家月十首歌合125「ながめつつ月にぞしのぶいにしへのよよのあきまでおもひつづけて」（「月前感思」女房）

2151
(2254)
秀能がよませ侍し月哥③

秋といへば月のたゞち《ぢ③》をふく風の／くもをばすてのひさかたの山

【訳】秋というので、月の通り路を吹く風は、雲をば吹き入れ捨てている、姨捨のはるか彼方の山よ。

【語注】〇初句　字余（い）。①1古今824「あきといへばよそにぞききしあだ人の…」（よみ人しらず）。③131拾玉4131「秋といへば月をもてあそぶ嵐かなまちいづる山の峰の木のまに」（詠三首和歌「月前秋嵐」）。④31正治初度百首851「むら雲もいかがへだてん秋といへば心の空にすめる月かげ」（秋、隆房）。④31同2239「秋といへばおどろく風の音よりもまづ面影に出づる月かげ」（秋、信広）。④1式子244「秋といへば物をもおもふ山のはにいざよふ雲の《ぞ（ミ）》夕暮の空」（秋。④31正治初度百首246）。〇たゞち　八代集一例・古今558。〇ふく風の　①1古今251「紅葉せぬときはの山は吹く風のおとにや秋をききわたるらむ」（秋下、紀よしもち）。③133拾遺愚草783「春日山峰の松ばら吹く風の雲井にたかき万代のこゑ」（十題百首、神祇）。〇くもをばすて　新編国歌大観①～⑩の索引では、他になかった。〇をばすて　八代集十五例。「「姨捨」を掛ける。」（全歌集）。〇ひさかたの　枕詞か。これはふつう「山」にかからない。久しく堅い、久しい彼方の、か。〇ひさかたの山　新編国歌大観①～⑩の索引では、他は、④44正徹千首4「…久かたの山の南に春やたつらん」（春「立春」）、⑥35鳥の迹738「久かたの山のひがしの色をまた…」、⑧10草根（正徹）5「…久堅の山のみなみに春や立つらむ」、⑧10同69「…春たちのぼる久かたの山」、⑧17松下（正広）1929「…久堅の山をはじめの染色のかげ」、⑩116武家歌合25「久堅の山より北の色なしぐれそ」（心敬）しかなかった。

▽秋ということで、月のまっすぐな通り路を吹く風は雲をばすっかり吹き捨て飛ばしてしまった姨捨の、久しくはるかなる山を歌う。②16夫木5274、秋四、月「建久八年季能《ママ》卿月歌」前中納言定家卿、第二句「…ぢを」。②16同8094、雑二、山、久方の山「建久八年季能卿すすめける月歌」同、第二句「…ぢを」。⑥27六華集795、秋、定家、第四句「雲姨母《ママ》奇の」、⑩213六花集注426、秋、第二、四句「…ただぢを…雲姨奇《棄イ》の」。

B398「月のたゝちとは月の当位也雲を見すてたる風の月に残たる也久堅の山といへる所尤珍重也晴天の景気なるへし」。C495「「たゞぢ」、たんてき也。「をばすて」と云名は、雲をすつる名なると也。高山なれば　久かたの山」といへり。」、「一　正面。」・D313。不審205「「月のたゞぢ」※1、如何。「雲をばすて」、ヲバステ※2山ヲかけてよみ候哉。／

※1直路。※2合点」。

全歌集「秀能勧進五首→二〇五九」。

【類歌】⑤247前摂政家歌合188「吹く風の音ばかりかは秋といへば雲に日影の色もかはりて」（初秋、定衡）

2152（2255）　**摂政殿詩哥合月明風又冷**③

雲たえてのちさへ月をふくあらし／こぬ夜うらむるとこなはらひそ

【訳】雲が消えてその後までも月を吹く嵐は、（男が）来ぬ夜を恨んでいる私・女の寝床を払ってくれるな。

【語注】**○月明風又冷**（題）　他は、③132壬二2487、2488のみ。　**○ふくあらし**　③130月清1133「ゆきかへり月とまつとにふくあらしはれてのくもにつゆぞこぼるる」（秋「…、月前秋風」）。
▽雲が消えた後までも月を吹く嵐へ、あの人が来ない夜を恨みに思っている私の床を払ってくれるなと懇願する。恋歌仕立てで、待つ女の立場で歌う。
B29「月冷風秋団扇等而共絶張文成此詞恋の心なる故に下句その面影をうつされたる歟」。全歌集「建仁三年八月一日良経家詩歌合（散逸）での詠。」・一二〇三年定家42歳。佐藤『研究』「漢詩文受容」444頁「＊朗162　斑婕妤団雪之扇代岸風兮長忘／＊朗779　更闌夜静　長門闃而不開　月冷風秋　団扇杳而共絶」。

【類歌】⑤197千五百番歌合2933「かずならぬわが身は花にふくあらしすむ夜も月にかかるうき雲」（雑二、忠良。②16夫木17359）

2153（2256）　さむしろにはつしもさそひふく風を／いろにさえゆくねやの月かげ

【訳】狭筵に、初霜を誘うかのように吹く風を、色に出して冴え行く閨の月の光であるよ。
【語注】○さむしろ　八代集十二例、うち新古今七例。①8新古今420「さむしろや待《に（玄）》つよの秋の風ふけて月をかたしく宇治の橋姫」（秋上、定家。②13玄玉194。③133拾遺愚草660）。④1式子264「さむしろの夜半の衣手さえさえてはつ雪しろし岡のべの松」（冬。④31正治初度百首266）。④26堀河百首816「さむしろもさゆる霜夜によもすがらをちの里には衣擣つなり」（秋「擣衣」河内）。　○さむしろに　①1古今689「さむしろに衣かたしきこよひもや…」（よみ人しらず）。①8新古今518「きりぎりすなくやしもよのさむしろに衣かたしきひとりかもねむ」（秋下、摂政太政大臣。③130月清751。④31正治初度百首455）。⑤184老若五十首歌合262「さむしろにひとりねまちの夜半の月しきしのぶべき秋の空かは」（秋、左大臣）。　○はつしも　八代集七例。　○ふく風を　当然ながら桜の歌に多い。①1古今106「吹く風をなきてうらみよ鶯は…」（よみ人しらず）。　**○さえゆく**　八代集二例・金葉193、288。　**○ねや**　八代集十二例。　**○ねやの月かげ**　③133拾遺愚草674「…思ひもあへぬねやの月かげ」。④1式子253「秋の色はまがきにうとく成行けど手枕〔枕に（正）〕なるるねやの月かげ」（秋。④31正治初度百首255）。④1同317「かぜさむみ木の葉はれ行くよなよなにのこるくまなきねやの月かげ」。⑤175六百番歌合261「かぜかよふあふぎに秋のさそはれてまづてなれ〔手に（拾）〕ぬるねや〔ぬ床（ヶ）〕の月かげ」（夏「扇」定家。③133拾遺愚草822）。⑤421源氏物語733「…おもがはりせるねやの月かげ」（（薫））。

▽狭筵に、初霜を誘って吹き来る風を、閨の月の光は色に見せあらわして冴えて行くと歌う。同じ定家に、③133拾遺愚草2305「霜まよふを田のかりほのさむしろに月ともわかずいねがての空」（秋「…、秋歌」）がある。

六家抄1086「霜を風がさそふ時分に、月影も霜の色ぞ〔に歟〕さえ心也。〔（さえ行と也・松）〕」。

全歌集「六六〇〔私注―【語注】の①8新420〕と類想の歌。」。

【参考】①5金葉298　319「さむしろにおもひこそやれささの葉にさゆるしも〔の（堀）〕夜のをしのひとりね」（冬、顕季。①5金葉三303。④26堀河百首917）

【類歌】⑤175六百番歌合1137「きみまつとあれゆくねやのさむしろにはらはぬちりをはらふあき風」（「寄席恋」女房）

正治二年九月院に初度哥合浦月③

2154（2257）

あはぢしま月のかげもてゆふだすき／かけてかざせるすまのうら波

【訳】淡路島よ、月の光でもって結ぶ木綿襷をかけてかざしとする須磨の浦波であるよ。

【語注】**○正治二年**　一二〇〇年、定家39歳。　**○浦月**（**題**）他は、③132壬二634、1390、2462、③131拾玉3805、③133拾遺愚

草1134、③130月清1125のみ。　**○あはぢしま**　八代集二例、他「あはぢのしま」同一例、「あはぢしまやま」同二例がある。①3拾遺926「住吉の岸にむかへるあはぢ島…」（人まろ）。③117頼政205「住吉の松の木まより見渡せば月おちかかるあはぢ島山」（秋「海辺月」）。③132壬二2975「見わたせば夕日ぞかかるすみよしの浦にむかへる淡路島山」（旅「眺望の歌とて」）。④31正治初度百首747「あはぢ島おきつ浪まに風たちて月はくまなく住よしの松」（秋、忠良）。⑤184老若五十首歌合420「あはぢ島吹きまふすまの浦風にいくよの千鳥こゑかよふなり」（雑、女房）。　**○ゆふ**　「「結ふ」に「木綿」を掛ける。」（全歌集）。　**○ゆふだすき**　八代集十四例、「たすき」は同十五例で、上記の他は「玉―」のみで同一例。①1古今487「ちはやぶるかもの社のゆふだすき…」（読人しらず）。③122林下178「ゆふだすきかけてもきみはしらじかしありしにはびのかげをこふとは」（冬）。　**○かけて**　「「たすき」「波」の縁語。」（全歌集）。　**○すまのうら波**　八代集一例・新古1599。また「浦波」は八代集十二例。③23忠見8「…こゑうちそふるすまのうらなみ」。⑤118宗通歌合15「かぜはやみすまのうらなみいかならん…」。⑤421源氏物語207「…うちや過ぎまし須磨の浦波」。

【本歌】①古今911「わたつ海のかざしにさせる白妙の浪もてゆへる淡路しま山《みん（六）かな（新）》」（雑上、よみ人しらず。②4古今六帖1914。②3新撰和歌225。「全歌集」）

▽本歌をふまえて、月光のさす須磨の白妙の浦波は、海の神が淡路島山に木綿襷をかけてかざしにさしたようだと歌う。⑤181仙洞十人歌合54、正治二年九月十二日、「浦月」、判者不明、廿七番、（左勝）、右、定家朝臣、「左、月の…右は、浪もてゆへるといふ歌をおもひてよめるなるべし、あながちに優にもきこえず」。
B399「浦月かけてかさせるはすまの浦波も更にこの嶋のかさしそと月に映したる波を自愛してよめるにやゆふたすきはかくる枕言也」。

【類歌】①10続後撰488 480「あはぢ島なみもてゆへる山のはにこほりて月のさえわたるかな」（冬、忠良。⑤197千五百番歌合1833）

建仁元年八月十五夜哥合月③多秋友

2155
（2258）
千世ふべきたまのみぎりの秋の月／かはすひかりのすゑぞひさしき

【訳】千代を経るに違いない宮中の玉の砌にさす秋の月光（と）、交わす玉の光の将来は永久である（、我が君の御代とともに）。

【語注】〇建仁元年　一二〇一年、定家40歳。　〇月多秋友　（題）①8新古740（寂蓮）／④10寂蓮257、④11隆信200、③130月清1114。　〇千世ふ　八代集九例。　〇千世ふべき　①2後撰83「千世ふべきかめにさせれど桜花…」。　〇たまのみぎり　「みぎり」と共に八代集にない。①7千載・序「…ひさしかるべきみぎりとみがきおきたまひ、…」。万葉3338 3324「…大殿の　砌しみみに　露負ひて　…」（巻第十三）。③129長秋詠藻211「春くれば玉の砌をはらひけり…」。　〇秋の月　①1古今289「秋の月山辺さやかにてらせるは…」（よみ人しらず）。　〇かはす　すべてで八代集十三例。　〇すゑぞひさしき　④38文保百首1297「君がすむはこやの山の玉椿やちよさかへん末ぞ久しき」（雑、俊光）。

▽千世を経る玉の砌の秋の月光と、光を交わす実際の月光は永遠だと歌う。同じ定家に、同様な③133拾遺愚草1074「万代の春秋君になづさはん花と月とのすゑぞ久しき」（千五百番歌合百首、祝。⑤197千五百番歌合2213）、③133同1188「秋の月ひさしき宿にかげなびく籬の竹は万代やへん」（内大臣家百首、雑、祝五首）、後十首目の③133同2268「月清み玉の砌のくれ竹にちよをならせる秋風ぞふく」（下、秋「建保三年八月十五夜内裏、月前竹風」。②16夫木13249）、③133同2495「枝かはす玉のみぎりの松の風いく千代君に契そ（も（仙））ふらん」（下、賀「庭松」。⑤181仙洞十人歌合96）がある。⑤248和歌一字抄616、友、定家。全歌集「撰歌合・選外歌。」。

【類歌】④35宝治百首1725「なべてよのひかりもしかじ白露の玉の砌にみがく月影」（秋「庭月」基良）

月前松風

2156（2259）　ゆふべよりくもはまよはぬ《が③》月かげに／まつをぞはらふみねのこがらし

【訳】夕方より雲は揺れ動かず定まっている月の光に、（月を覆う雲を払う必要がないのだから）松を吹き払っている峯の木枯であるよ。

【語注】**○月前松風**（題）①8新古396（寂蓮。ただし「月前風」）。④10寂蓮258、③130月清1115。**○月かげに**　①1古今602「月影にわが身をかふる物ならば…」（ただみね）。**○みねのこがらし**　終りの型。定家、家隆に用例が多い。③84定頼184「…見せでちらすなみねのこがらし」（＝③84定188）。

▽夕方から雲は動きはしない月光の中に、峯の凩は松を吹き払っていると歌う。同じ定家に、③133拾遺愚草653「これぞこのまたれし秋の夕よりまづ雲はれていづる月かげ」（花月百首、月五十首）、③133同2444「月の上に雲もまがはでおく霜をあかず吹きはらふ峰の木がらし」（下、冬「建保四年内裏、寒山月」）がある。⑤248和歌一字抄81、前、定家。全歌集「撰歌合・選外歌。」。

六家抄1087「雲はなく、月のさやかになるにはらひ物がなし。松を凩がはらふ心也。」。

【類歌】③132壬二2474「月影もすめばすみけりしら雲の絶えずたなびく峰の木がらし」（下、秋「…、深山月」）。⑤209内裏歌合〈建保元年閏九月〉7。⑤217家隆卿百番自歌合79）

⑤210内裏歌合〈建保二年〉24「ゆふべより雲をはらひし秋風のともにふけゆく山のはの月」（秋月、範宗）

月前擣衣

2157
（2260）　秋風によさむの衣うちわびぬ／ふけゆく月のをちの山もと

【訳】秋風の中で、夜寒用の衣を擣つことに疲れてしまった（らしい）、更けて行く月の落ちかかる遠い山の麓では。

【語注】○月前擣衣（題）①7千載338 337（覚性）／③132壬二2493（ただし「風前擣衣」）、⑦46出観454、③103在良11、③133拾遺愚草2269（後出）。　○秋風に　①1古今207「秋風にはつかりがねぞきこゆなる…」（とものり）。　○よさむ　八代集六例、後拾遺276初出。　○うちわび　八代集四例。「うち」掛詞・接頭語と「擣ち」。　○をち　これのみ八代集九例。掛詞（「遠・落ち」）。　○をちの山もと　④31正治初度百首1261「…時雨にくもるをちの山もと」（隆信）。④33建保名所百首1041「…村雨なびく遠の山本」。　○山もと　八代集八例。

▽倒置法で、更け行く月の落ち行く遠方《かなた》の山もとにおいて、秋風に夜寒の衣を擣つことに倦んでしまったと歌う。

【類歌】が多い。①13新後撰410、秋下「建仁元年八月十五夜、和歌所撰歌合に、月前擣衣」、前中納言定家、末句「をちのさと人」。⑤189撰歌合〈建仁元年八月十五日〉28、十四番、右、（左勝）、月下擣衣、定家朝臣、「右歌よわくきこゆるうへに、左の歌ことによろし、よりて為勝」。

六家抄1088「遠の山もとに衣をうつをき、て、さぞさむからんといふ心也。」。

【参考】②4古今六帖150「秋風によのふけゆけば天河かはべ《せ（新、家、貫）》の浪のたちゐこそまて」（第一「七日の夜」つらゆき。②3新撰和歌18。③3家持208。③19貫之13）

③66為頼17「あきかぜに夜やふけぬらんおほぞらの月のかつらのなびくかげみゆ」（「月の歌、…」）

【類歌】①18新千載409「雲はらふ軒ばの山の秋風にふけてこずゑの月ぞはれ行く」（秋上「…、山居月夜と…」季雄）

①18同508「河風の夜さむの衣うちすさび月にぞあかすまきの島人」（秋下、為道）

①19新拾遺433「杉たてる門田の面の秋風に月影さむき三輪の山本」（秋下、浄弁）
②16夫木5765「しぐれゆくまきのを山の秋風にころもうつなりなりうぢのさと人」（秋五、擣衣、下野）
②16同5793「かふちめがてぞめの衣うちわびぬあきかぜさむきたかやすのさと」（秋五、擣衣「…、擣衣」公朝）
③132壬二1972「すみよしの里の霜よの秋かぜに衣やうすきころもうつなり」（住吉三十首、秋）
③132同2489「秋風に更けゆく星のかげさえて《へに(右)》心もよほす月を待ちつつ」（下、秋「…、夜深待月」。⑤214右大臣家歌合〈建保五年九月〉5）
④18後鳥羽院254「秋ふかしたれ浅茅生に《の(仙)》ひとりかも夜寒の衣月にうつらむ」（内宮御百首、秋）
④18同1180「月のこるいくたの杜に秋ふけて夜さむの衣夜半にうつなり」（五十首御会「杜間月」。④42仙洞句題五十首186）
④20隆祐157「衣うつよそのねざめの秋かぜに月みよとてや袖にふくらん」（四十九番、擣衣五首中「左、大殿百首中」。④34洞院摂政家百首684）
④22草庵1289「秋かぜに夜さむの月をながむとも都にたれかしら川の関」
④35宝治百首1830「誰がためも夜寒の衣うちとけてねられぬままの秋風ぞふく」（秋「聞擣衣」禅信）
④37嘉元百首842「さとつづきふけたる夜半の秋風にをちの砧のこゑつたふなり」（秋「擣衣」実泰）
④40永享百首419「おのが妻待ちかね山の秋風にふくる夜さむの鹿やなくらん」（秋「鹿」公名）
⑤218内裏百番歌合〈承久元年〉130「たがやどぞまづ秋かぜを身にしめて夜さむの衣うちはじむらん」（聞擣衣、藤原範綱）

2158（2261）
海邊秋月

月にふすいせのはまをぎこよひもや／あらきいそべの秋をしのばむ

【訳】月下に伏せっている伊勢の浜荻（芦）は今夜もか、荒磯の辺の秋を堪え忍んでいるのであろうか。

【語注】**○海邊秋月**（題）①8新古今399（宮内卿）、400（丹後）、401（長明）／④11隆信201、③130月清1117。**○月にふす**　⑤197千五百番歌合1398「さのみやは月にふすゐのいをやすみねられぬものを秋のよなよな」（秋三、隆信）。**○いせのはまをぎ**　八代集六例、初出は千載500（後述）。また「はまをぎ」も「いせの—」の用例のみ。「難波の芦は伊勢の浜荻」。①7千載500 499「あたら夜をいせのはま荻をりしきていも恋しらにみつる月かな」（羈旅「月前旅宿と…」藤原基俊）。⑤187鳥羽殿影供歌合〈建仁元年四月〉28「ながむれば月は秋なる浪の上にまだほに出でぬ伊勢の浜荻」（「海辺夏月」寂蓮）。⑤217家隆卿百番自歌合139「人心あらいそなみにをりかねてよそにやねなむいせの浜荻」（恋）。**○こよひもや**　①1古今689「さむしろに衣かたしきこよひもや…」（よみ人しらず）。**○あらき**「荒し」八代集九例。**○いそべ**　八代集四例。

【本歌】②4古今六帖2407「神風や《の（万）》いせのはまをぎをれ《り（新）》ふし《せ（新、万、伊）》てたびねやすらむあらきはまべ《へ（万）》に」（第四「たび」）。①8新古今911。万葉503 500。⑤415伊勢物語237。「『万葉集』の影響を受けていると思われる作」・2158（安田143頁）、「（参考歌）」（同146頁）

▽下句、あの頭韻。本歌の旅歌を秋歌とし、月光の下に折れ伏す、（神風や）伊勢の浜荻は、旅寝をする今夜も荒い磯浜辺の秋を堪え忍んでいるのかと歌う。全歌集「撰歌合・選外歌。」。

B400「海邊秋月月にふすは旅泊の事也又萩《ママ》のふす縁也あかき《ママ》磯をも後にや忍はんと也かなしき心より旅泊の感をいひ出たる歌也」。

湖上月明

2159
(2262)
さゞ波やちりもくもらずみがゝれて／かゞみの山をいづる月かげ

【訳】さざ波よ、湖面は（鏡の如く）塵も曇らず磨かれたような状態で、鏡の山を出て来た（澄んだ）月よ。

【語注】○湖上月明（題）他、①8新古1507 1505（丹後）／③130月清1118のみ。○さゞ波　すべてで八代集十七例。○さゞ波や　八代集九例。①3拾遺483「さざなみやあふみの宮は名のみして…」（人まろ）。○ちりもくもら（ず）①3拾遺613「万代をあきらけく見むかがみ山ちとせのほどはちりもくもらじ」（神楽歌「かがみ山」中務）。○みがゝれ　八代集九例。○かゞみの山　八代集二例。が、「鏡山」は同十二例。①1古今1086「近江のやかがみの山をたてたれば…」（大伴くろぬし）。○いづる月かげ　①1古今881「…山のはならでいづる月かげ」（きのつらゆき）。

▽琵琶湖は少しも曇らず磨かれたような状態で、鏡山を月が出ると歌う。【類歌】が多い。全歌集「参考「曇り…（私注）—①8新古今751「くもりなきかがみの山の月をみてあきらけきよを空にしるかな」（賀、永範）」▽撰歌合・選外歌。」。

【参考】③57兼澄114「あふみなるかがみのやまのやまかげのくもらぬほどにこえいでぬるかな」（「かがみのやまなつ」）

④29為忠家後度百首416「つきかげにみつのしらなみみがかれてたまゐるたまのひかりをぞます」（秋月、水上月）

⑤155右衛門督家歌合〈久安五年〉20判「くもりなきかがみの山の月なればひとしきかげもあらじとぞおもふ」

【類歌】①12続拾遺586 587「雲はるるみかみの山の秋かぜにさざ浪とほくいづる月かげ」（雑秋、浄助法親王）

①18新千載388「池水にますみの鏡かげそへてちりもくもらぬ秋の夜の月」（秋上「…、池上月と…」冷泉前太政大臣）

①19新拾遺1649「霧はらふひらの山風ふくるよにさざ浪はれて出づる月かげ」（雑上、等持院贈左大臣）

②12月詣1052「たぐひなき玉に心のみがかれてくもらぬ空にすめる月かげ」（釈教「…、提婆品の心を…」成全法師）

③131拾玉5117「おほだけ（た〔新、寂、慈〕）のみねふく風に霧はれてかがみの山に月ぞくもらぬ」（①9新勅撰1305 1307。④10寂蓮211。⑤177慈鎮和尚自歌合14）

④33建保名所百首709「行年をかゞみの山の冬の月みる影さへにくもりなきかな」（冬「鏡山近江国」）
④33同717「月影のくもるたえまも鏡山色はさやかに嶺の白雪」（同、同）
④33同720「冬きてぞみるべかりけるかゞみ山梢くもらぬ嶺の月かげ」（同、同）
④39延文百首1061「ふきはらふあらしに月はいでにけり山の木の葉のちりもくもらで」（冬「冬月」良基）
④22草庵529「さゞなみや山はかゞみの名のみしてかげなるうみに月ぞうつろふ」（秋上「…鏡山秋…」）

古寺残月

2160（2263）　はつせ山ゆづ《つ③》きがしたにてる月の／あくるもしらぬありあけのかげ

【訳】　初瀬山（の）、神聖な槻の木の下に照っている月は、夜が明けたことも知らないかのような有明の残光（をとどめている）よ。

【語注】**○古寺残月**（題）　他、⑦41為忠174、③130月清1119のみ。「古寺」は長谷寺。**○はつせ山**　これのみ八代集六例、初出は金葉51。**○ゆづき**　斎槻（神聖な槻の木）。八代集にない。後述歌参照。弓月が岳ではなかろう。**○てる月の**　①2後撰428「てる月の秋しもことにさやけきは…」（よみ人しらず）。**○あくるもしらぬ**　②4古今六帖3967「秋のよのあくるもしらず鳴く虫は…」（としゆき）。**○ありあけのかげ**　家隆、定家あたりより用例がある。③132壬二2666「…つもりてのこる有明のかげ」、③133拾遺愚草935「今はとて在明の影のまきの戸に…」。

【本歌】　万葉2357 2353「泊瀬の《のや（続、夫、和、綺、袋）》斎槻《ゆつき》が下に我が隠せる《かくれたる（夫）　した（続、和、綺、袋）》妻《玉（和）》あかねさし照れる《る（綺、袋）》月夜に《ナシ（袋）》人見てむ《け（和）》かも一には「人見つらむか」といふ」（巻第十一、旋頭歌。①15続千載714。②16夫木16619。⑤248和歌一字抄1040。⑤292綺語抄37。⑤295袋草紙691。「全歌集」。「『万葉集』の影響を受けていると思われる作（安田143頁）・2160、「（参考歌）」（同147頁））

▽下句あの頭韻。本歌をふまえて、初瀬山の斎槻の下に、人が見たかもしれない、私の隠し妻を茜色の光を放し照り光っている月の有明の光は明けたことも知らぬかのようだと歌う。同じ定家に、③133拾遺愚草1125「はつせのや《山(夫)》ゆつきがしたにかくろへ《ひ(〃)》て人にしられぬ秋風ぞ吹く」（内大臣家百首、夏「樹陰納涼」）。②16夫木3661、同じく定家作とされる松浦宮物語に、⑤431松浦宮物語65「はつせのやゆつきがしたにてる月のひかりをそでにまちうけてみる」（三、（華陽公主））、⑤431同66「おもひいるちぎりしひけばはつせなるゆつきがしたにかげはみえけり」（三、（橘氏忠））がある。全歌集「初瀬山―長谷寺があるので、この地名を詠むことによって歌題の「古寺」を表わそうとする。▽撰歌合・選外歌。」。⑤248和歌一字抄1145「古寺残月以泊瀬山用　古寺　裏書」、同〔＝定家〕、第二句「ゆつきがしたに」、末句「有明の空」。不審206「はつせ…「ゆつき」如何。槻木候哉。／※所名也。泊瀬ノ内也※。」。

【参考】④30久安百首242「かねてよりひるとみゆれば秋の夜のあくるもしらぬ晨明《ありあけ》の月」（秋、教長）

【類歌】①18新千載468「初瀬山つまかくるとや霧《へ(文)やと(〃)夕霧》ふかき《の(〃)》ゆつきがしたに鹿のなくらん」（秋下、芬陀利花院前関白内大臣。

①132壬二2498「はつせ山ゆつきが下《もと(夫)》に鳴く鹿の妻もかくさず照す月かげ」（下、秋「…、名所秋歌に」。②16夫木4723）…2160に近い

④38文保百首347

⑤222名所月歌合〈貞永元年〉36「はつせやまゆつきがしたもあらはれてこよひの月の名こそかくれね」（名所月、下野。

①10続後撰333（324）

2161（2264）　**深山暁月**

鳥のねもきこえぬ山の山人は／かたぶく月をあけぬとやしる

【訳】鳥の声も聞こえない山の山人は、傾く月を見て夜が明けたと知るのだろうか。

【語注】○深山暁月（題）①8新古1523 1521（長明）／③116林葉（俊恵）490、④11隆信214、③130月清1120。○鳥のね　八代集九例。「鳥のねもきこえぬ山」は一つの型《パターン》。例として、⑤421源氏物語656「鳥の音もきこえぬ山と思ひしを世《に(風)》のうきことは尋ね来にけり」（「総角」、（大君）。⑤250風葉1404。「本歌」（全歌集））の他、②10続詞花444「鳥の音もきこえぬ山にきたれどもまことの道は猶遠きかな」（釈教、仲実。①21新続古今843）、④30久安百首186「世中をいとふあまりに鳥の音もきこえぬ山のふもとにぞすむ」（尺教、公能。①13新後撰681）、④37嘉元百首1154「鳥の音もきこえぬ山のさびしきは雪にこもれる宿の夕暮」（冬「雪」実教）がある。「鳥」は、夜明けを告げる鶏か。○鳥のねも　①2後撰895 896「ひとりぬる時はまたるる鳥のねも…」（小野小町があね）。○山の山人　①1古今1076「まきもくのあなしの山の山人と…」。

▽鳥の声も聞こえないほどの深い山の山賤《がつ》は、西に傾いた月をすっかり明けはてたものと知るのかと歌う。全歌集は、前述の⑤421源656を本歌としており、それなら「山人」は大君となる。全歌集「撰歌合・選外歌。」。

赤羽253頁「ある感覚を打消すことによって他の感覚を際立たせる場合、…音を消すことによって、静寂感を強め、月の印象を鮮明にしている。」、317頁「反復しながら意味をすり変えてゆく例…山の山人は／…同音異義語を〈しりとり〉あそびのように連ね、頭韻なども交えて全体としてのバランスをとっている。」。

【参考】②4古今六帖1011「鳥のねもきこえぬたに《山(貫)》の埋木はわが人しれぬなげきなりけり」（第二「たに」。③19貫之662

…2161に近い

③27仲文11「とりのねもきこえぬ山にいかでかはくもぢをわけて人のかよはむ」（「返し」）

【類歌】①21新続古今990「おきなれてあけぬとやしる鳥のねもきこえぬ山をいそぐ旅人」（羈旅、土御門入道前内大臣）

…2161にとても近い

④21兼好9「とりのねのきこえぬ山のかひもなしさてもあけゆくみじかよの月」（「…、なつの夜あくるまで月を見て」）

…2161に近い
④31正治初度百首1494「とりのねもみつのみのりをきかすなり深山の庵のあけがたの空」（鳥、家隆）

2162
（2265）
野月露深

を《お③》きあかすのべのかりいほのそでのつゆ／を《お③》のがすみかと月ぞさえゆく

【訳】起き明かしている野辺の仮庵の（私の）袖に置く露（涙）、それを自分の住みかとして月光は冴えてゆくことよ。

【語注】○野月露深（題）　定家のこの歌のみ。　○をき（お）あかす　八代集六例。「置く」縁語か。「「露」の縁語「置く」を掛ける。」（全歌集）。①2後撰283「おきあかすつゆのよなよなへにければ…」（右大臣）。①8新古今551「おきあかす秋のわかれ《かたみ(千)》の袖の露しもこそむすべ冬やきぬらん」（冬「…、初冬の…」俊成。⑤197千五百番歌合1671）・2162と初、三句同位置。　○かりいほ　八代集四例、他「かりほ」八代集二例。　○そでのつゆ　これのみ八代集七例（うち新古今六）、他「袖の上露」八代集一例。「涙」もか。①1古今369「…夜やふけぬらむ袖のつゆけき」（きのとしさだ）。①2後撰1094「…わきてもおける袖のつゆかな」（右衛門）。　○すみか　八代集十六例。　○さえゆく　八代集二例・金葉193、288。

▽第二句字余（い）。夜通しずうっと起きて夜を明している野の仮庵の私の袖の露を、自分の居場所だとして月が冴えてゆくと歌う。⑤189撰歌合〈建仁元年八月十五日〉70、三十五番、題同〈＝深山暁月〉、右、定家朝臣、第四句「おのがすみかに」、末句「月さへぞゆく」、「左歌、…もともよろし、仍為勝」。⑤248和歌一字抄498、深「野月露深」定家、第二句「野べのかりほの」。

【類歌】④15明日香井1025「しげきののおのがすみかにおく露をそでにしらするむしのこゑごゑ」（下、新宮歌合「野辺虫」）

田家見月

2163（2266）　さをしかのつまどふを田にしもを《お③》きて／月かげさむしをかのべのやど《里③》

【訳】牡鹿が妻の許を訪れる田には霜が置いて、月光は寒々としているよ、岡の辺の宿では（であるよ）。

【語注】○田家見月（題）　他、①8新古426（前太政大臣・頼実）／③130月清1122のみ。　○さをしかの　①2後撰306「さを鹿の立ちならすをのの秋はぎに…」（つらゆき）。　○つまどふ　八代集三例、初出は千載308。　○を田　八代集十一例。　○をかのべ　八代集二例・新古今662、1675。　○をかのべのやど　新国歌大観①～⑤の索引では、他は、④43為尹千首529「…霜にあれたる岡のべの宿」、④44正徹千首466「…葛のはかへる岡のべの宿」のみ。

▽四句切。岡の辺の小屋に宿ると、牡鹿が妻の許を訪れ、その小田では霜が置いて、月光が寒々と照っていると歌う。同じ定家に、③133拾遺愚草953「おもひあへず秋ないそぎそさをしかの妻どふ山の小田の初しも」（秋日侍…、秋。④31正治初度百首1356。⑤216定家卿百番自歌合68）がある。①13新後撰377、秋下「建仁元年八月十五夜、和歌所撰歌合に、田家見月」前中納言定家。⑤189撰歌合〈建仁元年八月十五日〉84、四十二番、題同（＝田家見月）、右勝、定家朝臣、俊成判詞「右、柿本古風を思へり、山の辺の夜月にまさると定め申す」。　六家抄1089・歌のみ。

久保田469頁「俊成が万葉歌の影響下にあることを積極的に支持した例」。

【参考】万葉2135 2131「さを鹿の妻ど《じ（秀）》ふ時に月をよみ雁が音聞こゆ今し来らしも」（巻第十、雁を詠む）

②4古今六帖673「さをしかのつままつ《どふ（新、秀）》《呼ぶ（万）》山のをかべなる《にあ（万）》わさ田はからじ霜はおく《降る（万）》とも」（第一「しも」。①8新古今459。万葉2224 2220。⑤274秀歌大体73。「参考」（全歌集）。「『万葉集』の影響を受けていると思われる作」（安田143頁）・2163、「（参考歌）」（同146頁）…2163に近い

【類歌】①15続千載421 423「をかべなるいなばの風に霜おきて夜さむの鹿や妻をこふらん」（秋上、藻壁門院少将）

①18新千載457「秋風も夜さむにふきぬさをしかの妻どふ萩の花やさくらん」（秋下、後二条院）
①19新拾遺457「をぐら山秋は今夜とさをしかの妻どふ嶺にすめる月かげ」（秋下「…、月前鹿」為藤）
④39延文百首3296「さをしかの妻どふまではもる人もみえし山田のいほぞあれゆく」（雑「田家」為重）
④43為尹千首383「さをしかのつまどふ夜半のうす霧に月もこもれる春日野の原」（秋「原鹿」）
⑤210内裏歌合〈建保二年〉93「さをしかの妻どふをかは霜がれてからぬわさ田に残る秋風」（「秋霜」僧正。①18新千載470。②16夫木5808）…2163に近い

河月似氷

2164
(2267)　すみわたる月かげきよみ、なせ河／むすばぬ水をこほりとぞ見る

【訳】澄み渡っている月光は清いので、水無瀬川は、手にすくわない水を氷と見ることよ。

【語注】〇河月似氷（題）他は、私家集大成、中世Ⅰ、24寂蓮Ⅱ539、④11隆信202、③130月清1123のみ。〇すみわたる八代集四例。「「澄み」に「住み」を掛ける。」（全歌集）。⑤163三井寺新羅社歌合36「…かち渡りする氷とぞ見る」（泰覚）。〇ゝ《み》なせ河　八代集八例。①1古今607「事にいでていはぬばかりぞみなせ河…」（とものり）。〇こほりとぞ見る

▽水無瀬川では、澄んでいる月光が清くさやかであるので、手に結ばない水を氷と見ると歌う。前歌と同じく⑤189撰歌合100、五十番、題同（＝河月似氷）、右（負）、定家朝臣。「水無瀬離宮をたたえる心を籠める。」（全歌集）。

【参考】③126西行法師家集745「見ればまづなみだながるる水無瀬川いつより月の独すむらん」（雑）

④26堀河百首1153「おもひあまり人にとはばやみなせ川結ばぬ水に袖はぬるやと」（恋「不逢恋」公実。①7千載704 703。

「参考」（全歌集））…第二、四句同位置

④26同1417「しら川の関にや秋はとまるらんてる月影のすみわたるかな」（雑「関」師時）
⑤155右衛門督家歌合〈久安五年〉14「すみわたる月をみてしか白河の関までおなじかげやしたると」（秋月、遠明）
⑤248和歌一字抄10「冬のよのあしまにやどる月影はむすばぬ水のこほるとぞみる」（上「水上冬月」源信宗）…2163に近い

【類歌】①11続古今409 411「みなせがはこほるもつきのかげなればなほありてゆく水のしらなみ」（秋上「河月を」平時直）
①16続後拾遺451「すみわたる八十宇治川のあじろ木に月の氷もくだけてぞ行く」（冬「河辺冬月と…」常磐井入道前太政大臣）
④18後鳥羽院1713「みなせ川むすばぬ水につららゐて月にぞ冬の袖はぬれける」（冬月）
⑤183三百六十番歌合578「すみわたるみたらしがはのそこみればきよきは神のこころのみかは」（雑、前関白。②13玄玉19）…ことば
⑤250風葉740「すみわたる月のひかりも池水に君が千年のかげをならべて」（賀、左大臣）

2165（2268）　建保三年八月十五夜内裏月前竹風③

月きよみたまのみぎりのくれ竹に／ちよをならせる秋風ぞふく

【訳】月が清らかなので、宮中の（清らかな）玉の砌にある呉竹に、千代を告げ知らせる秋風が吹くことよ。

【語注】○建保三年　一二一五年、定家54歳。　○月前竹風（題）他、③133拾遺愚草1854、③130月清975のみ。　○月きよみ　①2後撰148「卯花のさけるかきねの月きよみ…」（よみ人しらず）。　○たまのみぎり　2155前出。　○くれ竹　鶯もよくよまれる。　○くれ竹に　①2後撰1382 1383「君がためうつしてうるくれ竹に…」（きよただ）。　○ちよをならせる　①2後撰186「色かへぬ花橘に郭公ちよをならせるこゑきこゆなり」（よみ人しらず）。「千代を響かせる。「よ」

に「呉竹」の縁語「節（よ）」を響かせる。「色変へぬ…（私注―前述の①2後186）」（全歌集）。○ならせ　掛詞（鳴・馴―）か。「馴らす」は八代集に用例が多いが、「鳴らす」は八代集一例、「うちならす」同二例、すべて千載、初出は千577。　○秋風ぞふく　②4古今六帖401「…すすきうごきて秋風ぞ吹く」。

▽月清らかで、玉を敷いたような砌の呉竹に、千代を告げ鳴らしている秋風が吹くと寿ぐ。末句は終りの型。同じ定家に、③133拾遺愚草2258「千世ふべき玉のみぎりの秋の月かはす光のすゑぞ久しき」（下、秋「…、月多秋友」。⑤248和歌一字抄616）、③133同2495「枝かはす玉のみぎりの松の風いく千代君に契そ《も》ふらん（仙）」（下、賀「庭松」。⑤181仙洞十人歌合96）がある。②16夫木13249、雑十、竹「八月十五夜内裏御会」前中納言定家卿。「以下、二一六七まで十五夜三首歌会の詠。いずれも祝言性が強い。」（全歌集）。

【類歌】①18新千載417「呉竹の葉分の露にさそはれて月もたまらぬ秋風ぞふく」（秋上「（月前竹風を）」道性）
④39延文百首394「ここのへや玉のみぎりのかはたけのさかゆくかげは千代もかぎらじ」（公蔭女）

月前擣衣

2166
（2269）　月にうつ民の衣もやどごとに／くにさかへ《(ママ)》たるみよぞきこゆる

【訳】月下に擣つ人々の衣も家ごとに、（我）国が盛《さか》えている御代だと（いう砧の音が）聞こえることよ。

【語注】○月前擣衣（題）　2157前出。　○月に　「に対して」か。　○民　八代集七例、初出は金葉319。　○やどごと　八代集三例、初出は後拾遺315。　○やどごとに　④41御室五十首477「宿ごとにいそぎてあかすから衣うちふく風や夜さむなるらん」（秋、有家）。　○くにさかへ　②4古今六帖1254「…くにさかへんといほつつなはふ」（いしかはのとしなり）。同じ定家に、③133拾遺愚草1395「玉ぼこやたび行く人はなべてみよ国さかえたる秋津島かな」（百首、雑）がある。

▽月の下に擣つ人々の衣の音も、家々ごとに国が盛《さか》えている御代だと告げていると、これも前歌同様寿いでいる。②16④26堀河百首1594「にぎははぬ民のかまどもあらじかし国さかえたる君が御世には」（雑「祝詞」師時）がもとか。夫木5737、秋五、擣衣「建保三年内裏御会、月前擣衣」同〔＝前中納言定家卿〕。全歌集「参考「靫懸くる…〔私注―万葉1090 1086「靫《ゆき》懸くる伴の男広き大伴に国栄えむと月は照るらし」（巻第七）〕▽孤閨を守る女の悲しみを象徴することの多い砧の音が、治世への頌歌に用いられている。宮廷和歌の特性が看取される。」。

月前眺望

2167（2270）　きわ《は③》もなき田のもばかりにしく、もの／ちりもまがはぬ秋の夜の月

【訳】果てしない田の面だと思われる程に敷いていた雲は、散り去って、澄んだ秋の夜の月（が照らしている）よ。

【語注】**○月前眺望**（題）他は、⑦46出観401、⑦68隆信45、③130月清984（ただし「月前虫」）のみ。**○きわ《は》もなき**　③132壬二2945「…照す月日のきはもなければ」。八代集にない。が、「みぎは」は八代集に多い。⑤262寛喜女御入内和歌24「山桜あかぬ心のきはもなく…」。**○きわ《は》**「だけ」か。**○田のも**　八代集六例、初出は千載36。**○ばかり**「だけ」か。**○しく〱も**「文選・巻一・西都賦に「星羅雲布」という句があり、新古今・真名序でそれに基づいて「衆作雑詠之什、並二群品一而雲布」と綴る。その「雲布」を和らげて、田の面の形容とした。」（全歌集）。**○ちりもまがは**「ちりまがふ」八代集三例。「散り」掛詞か。「「雲の散り」から「塵」へと続ける。」（全歌集）。②3新撰和歌111「さくがうへにちりもまがふか桜花…」（春）。**○秋の夜の月**「春の…」と共に終りの型。①1古今191「…かずさへ見ゆる秋のよの月」（よみ人しらず）。①5金葉二188 199「すみのぼるこころやそらをはらふらん雲のちりゐぬ秋のよの月」（秋「八月十五夜明月の心をよめる」源俊頼。①5金葉三204。③106散木504。⑤248和歌一字抄229）。⑤155右衛門督家歌合〈久安五

年〉9「はれわたるみどりの空のきよければくもりなくみゆ秋の夜の月」（秋月、家明）。⑤186新宮撰歌合〈建仁元年三月〉23「ささの庵露おく床の苔むしろしく物もなき秋の夜の月」（「山家秋月」通具）。
▽果てもない田の面と思われるほどに覆っていた雲が散り去り、塵一つない澄んだ秋の夜空を月が皓皓と照らしていると歌う。
全歌集「雲を敷いたような田の面」。
【類歌】④39延文百首1412「庭の面はうつれるかげのきはもなしあまりにかすむ春のよの月」（春「春月」源通相）

2168
(2271)

建永（仁③）元年七月十三日和哥所當座③／湖邊月

さゞなみやにほのうら風ゆめたえて／夜渡月にあきのふな人

【訳】さざなみよ、琵琶湖の浦風に夢もさめ、夜を渡る月（の船）に、秋の湖の舟人（も共にいる）よ。
【語注】○建永元年　一二〇六年、定家45歳。　○湖邊月（題）①8新古389（家隆）／③132壬二2465、③116林葉480、485、④4有房198、199。　○さゞなみや　八代集九例。2159前出。「さざ波」すべて八代集十七例。「「にほの浦」に掛かる枕詞。」（全歌集）。①3拾遺483「さざなみやあふみの宮は名のみして…」（人まろ）。　○にほ　八代集七例。　○にほのうら風　④35宝治百首1637「…みるめはよそににほの浦風」（弁内侍）。⑤222名所月歌合〈貞永元年〉63「…月まつしまのあきのふな人」（知宗）。　○ふな人　八代集三例、初出は金葉511。　○あきのふな人　①16続後拾遺333「…あくがれ出づる秋の舟人」（行房）。
▽琵琶湖の浦風に夢が覚め、夜渡っていく月に、秋の船人もいると歌う。下句「夜を渡る月の下に、湖の秋の舟人がいる」か。【類歌】が多い。

摘抄65「此歌、五文字に湖辺あり。「うら風夢たえて」とはつゞかぬ也。…」。六家抄1090「夜渡るは宵からあしたまで渡る月を云也。舟人も夜わたるほどにねず、夢もたえたる心也。」。

全歌集「空の海を月の船が、その月の光が照る琵琶湖を実際の船が渡っていく、照応の面白さ。三首歌合（散逸）中の一首。」。

安田113頁「定家の「艶」は、じつに、幻想的で枯れ枯れとした冷たさを不思議にただよわせているものであった。…この種の歌」。

【類歌】①11続古今1246 1254「おのづからいかにねしよのゆめたえてつらき人こそつきはみせけれ」（恋四、家隆。②15万代2479）

①14玉葉660「さざ波やうら風ふけて秋の夜のながらの山に月ぞかたぶく」（秋下「湖辺月」入道前太政大臣）…2168に近い

①15続千載550 552「さざ波やにほてる海士のぬれ衣うら風さむくうたぬ夜もなし」（秋下「…、湖辺擣衣」為氏）

①15同834 838「旅人の床の山風夢たえてまくらにのこるありあけの月」（羈旅、中原師員）

①17風雅1554 1544「さざ浪やにほてるうらの秋かぜにうき雲はれて月ぞさやけき」（雑上「…、湖月を」為親）…2168に近い

③132壬二1511「おのづからいかにねしよの夢たえてつらき人こそ月はみせけれ」（洞院摂政家百首「怨恋」）

④35宝治百首1700「なるみがた波ぢの月をながめつついそがで渡る秋の舟人」（秋「渡月」顕氏）

④40永享百首637「さざ浪やにほてる月もこほる夜のみぎはにさむき水鳥のこゑ」（冬「水鳥」公保）

⑤236摂政家月十首歌合121「あきの夜のながきおもひにゆめたえてなみだもよほすつきのかげかな」（「月前感思」重経）

⑤261最勝四天王院和歌260「をしか鳴く床の月影夢たえて独りふしみのあきの山かぜ」（「伏見里山城」秀能）

元久元年七月宇治御幸水月[3]

2169
(2272)
にほのうみやしたひてこほる秋の月／みがくなみまをくだすしばふね

【訳】琵琶湖よ、それを慕って（宇治川では）氷ったような秋の月光が磨いている波間を下し行く柴舟であるよ。

【語注】**○元久元年**　一二〇四年、定家43歳。　**○水月（題）**　⑦73季経76、⑦48公重299、③122林下112、③118重家500、③117頼政226など。　**○にほのうみ**　八代集二例・千載855、新古389。　**○したひ**　八代集十一例。　**○秋の月**　①1古今289「秋の月山辺さやかにてらせるは…」（よみ人しらず）。　**○みがく**　八代集九例。　**○なみま**　八代集七例。①8新古今639「しがのうらやとほざかり行く浪間よりこほりて出づるあり明の月」（冬「…、湖上冬月」家隆）。　**○くだす**　八代集六例。　**○しばふね**　八代集一例・新古今169。

▽初句字余（う）。琵琶湖を思い慕って氷ったような秋の月光が磨いている波間を柴舟が下って行くと歌う。同じ定家に、③133拾遺愚草2121「にほの海や氷をてらす冬の月浪にますみのかがみをぞしく」（女御入内御屏風和歌、十二月「氷」）がある。②16夫木10398、雑五、湖「元久元年七月宇治御幸、水月」同（＝前中納言定家卿）。「宇治での五首歌会の一首。→二二四二。」（全歌集）。

B401「したひてとは残なく月のこほらせたると也みかく波間とは氷のひまを柴舟のもとめて行様なるとおもへる心をかきりなくいひたてられたり」。摘抄66「此歌、舟に乗たるうへにていひたる事也。以前にしづかなる海上を行夜は、のりてみるに、さながら月もこの舟をしたひてくるやう也。…」。六家抄1091「月がしろぐ〳〵と浪に移りて氷をみがくやうにみゆる心也。月がにほの海をしたふ心也。舟はよせひ也。」。

安田79頁「絵画的構成を強く見せている作品」、113頁「定家の「艶」は、じつに、幻想的で枯れ枯れとした冷たさを不思議にただよわせているものであった。…この種の歌」。

【類歌】①14玉葉654「にほの海や秋の夜わたるあま小舟月にのりてや浦づた《漕ぎつ（後）》ふらん」（秋下「…湖月を」俊成女。④19俊

成卿女220）
③132壬二2465「にほの海や月の光のうつろへば波の花にも秋はみえつつ《けり》（新）」（下、秋「…、湖辺月」。①8新古今389）
④18後鳥羽院1611「にほの海やひとりぞいづる秋の夜の月を友とは志賀の舟人」（「水路秋月」）
④35宝治百首1613「にほの海や秋の氷とみるまでにうつれる月の影ぞさえける」（秋「湖月」資季）

2170（2273）　**正治二年左大臣家哥合山月**③

まつことは心の秋にたえぬれど／猶山のはに月はいでけり

【訳】待ち望んだこと（出世）は、飽きるほど思い、この秋にすっかり絶えはててしまったけれど、それでもやはり変らずに山の端に月は出てくることよ。

【語注】**○正治二年**　一二〇〇年、定家39歳。　**○山月（題）**　①5金葉三197（済慶）、㊙48（親隆）、55（時昌）、①8新古398（秀能）、1522　1520（業清）／③116林葉458、③106散木531、③114田多民治75など。　**○まつことは**　当然ながら恋（人）、郭公歌が多い。　**○心の秋**　八代集五例。「飽き」を掛けるか。「「秋の心」と同じく「愁」の字を二つに分けた表現か。」（全歌集）。①1古今820「…心の秋にあふぞわびしき」（よみ人しらず）。

▽待望していることは、「心の秋」（心の中で、この秋）にすっかり絶えはててしまったが、やはりそれでも山の端に月は出ると歌う。「正治二年三月良経家十題二十番撰歌合（散逸）での詠。→二〇五五。」（全歌集）。

C496「何事《なに(D)》をもまつ事《こと(ツ)》なく、みな休《待(ツ)》しはてたれども、山のはの月をばまちいで、おもしろきさま《様(ツ)》也。」・D314。六家抄1092「何事も心にたのむ事はなけれども、いづる月はまつ心也。述懐也。」。

【類歌】①14玉葉1196　1197「宮こにてまたれし峰をこえきても猶山よりぞ月はいでける」（旅、藤原景綱）

①18新千載1769「身を秋のつもれば老としりながら猶山のはの月ぞまたるる」（雑上、静仁法親王）
④14金槐520「恨みわびまたじと思ふゆふべだに猶山のはに月はいでにけり」（恋「寄月待人」）…下句ほぼ同一
⑤197千五百番歌合2586「いもがことおもひくらせば山のはにまたれでこそは月はいでけれ」（恋二、公継）

2171
(2274)
建暦三年後九月内裏哥合深③山月

しらかしのつゆを《お③》く山も道しあれば／枝にも葉にも月ぞともなふ

【訳】白樫のところに露を置く（奥）山でも、道があるのだから、（白樫の）枝にも葉にも月光が伴い置いていることよ。

【語注】**○建暦三年**　一二一三年、定家52歳。　**○深山月**（題）①8新古395（良経）／③132壬二2474、⑦48風情326、⑦61実家136、③122林下113、⑦27道済207。　**○しらかし**　八代集四例。「しらがし」か。①2後撰1084 1085「葦引の山におひたるしらがしの…」（みつね）。　**○ともなふ**　八代集にない。源氏物語「なつかしき御遊びがたきにてともなひ給へば、」（「匂宮」、新大系四―216頁）。③125山家451「…ともなふむしの声なかりせば」。

【本歌】①3拾遺252「あしひきの山ぢ《（紆）》もしらず《山のかひそこともみえ（人64、家）》しらがしの枝にもはにも《もたわわに（人159）もとををに（万）》雪のふれれば」（冬、人まろ）①、3拾遺抄150。万葉2319 2315。②4古今六帖682。②8新撰朗詠746。③1人丸64。③1同159。③3家持279。⑤292綺語抄453。「全歌集」。「『万葉集』の影響を受けていると思われる作」（安田143頁）・2171、「（参考歌）」（同149頁）

▽第三句字余（あ）。本歌をふまえて、白樫に露が置くような、知らぬ山にも道があるから、雪が降ったように、枝（の露）にも葉（の露）にも月の光が伴っていると歌う。⑤209内裏歌合〈建保元年閏九月〉4、閏九月十九日、「深山月」、二番、右（負）、侍従、判者・定家、初句「しらがしの」、「右しらがしの露おく山とつづけたるふることなども

侍らぬを、ことありがほにきこえ侍らばそのこととなくや、みちあるみよの月かげ山のおくまでくもりなかるべき心を思ひけるにこと葉のたらぬにぞ侍るべき、以左為勝」。

Ｂ402「深山月本歌の詞計也道しあれはとはいかなる深山までも道ある御代そと也祝言の歌也されは月も残なく至りてすめるそと也」。不審207「如何。※／※「足曳ノ山跡ハ…」、此歌ニテヨメリ。」。

全歌集「判詞「右しら…べき」によっても、祝言の心を籠めたことは明らか。」、「後鳥羽院の「奥山の…（私注—①8新古今1635 1633「おく山のおどろがしたもふみわけてみちある代ぞと人に知らせん」（雑中「…、山を」太上天皇）」は承元二年（一二〇八）五月住吉社歌合の詠ゆえ、それをも念頭に置くか。」。

【類歌】②14新撰和歌六帖2465「しらがしの枝はおしなみ雪ふれどなれたるやまはみちもまよはず」（第六帖「かし」）

③131拾玉2183「夏かけて山かをるらししらがしのおちばしをれ（ほ）（夫）て道むもれつつ」（詠百首倭歌、山。②16夫木14059）

④15明日香井673「やま人のしをりのみちもしらがしのえだにもはにもあらしふく比」（百日歌合「白樫」）…2171に近い

④34洞院摂政家百首174「風ふけばよそなる花をしら樫の枝にも葉にも咲くさくらかな」（春「花」家長）

建久七年九月十三夜内大臣家未出月[③]

2172
(2275)

秋のそら月はこよひとはらふなり／ひかりさきだつみねのまつ風

【訳】秋の空において、月は今夜（こそ名月）だと吹き払っているよ、月光に先立っている峯の松に吹く風は。

【語注】**○建久七年**　一一九六年、定家35歳。**○未出月**（題）他、③130月清1192のみ。**○秋のそら**　①2後撰423「おほかたの秋のそらだにわびしきに…」（右近）。**○さきだつ**　八代集十四例。**○みねのまつ風**　八代集十一例。①2後撰167「…峰の松風ふくかとぞきく」（藤原兼輔）。やはり③131拾玉1370「…光をわくるみねのまつ風」など慈円歌が多い。

▽三句切、倒置法、体言止で、末句はまた終りの型。秋空で名月は今夜だと峯の松風は、月光に先立って空を吹き払っていると歌う。「良経家月五首歌会。」（全歌集）。②16夫木5108、秋四、月「建久七年内大臣家歌合、未出山月」前中納言定家卿。

六家抄1093「名月也。雲をもて松風がはらふと也。まだ月は出ぬに光がほのめく心也。」。

安田79頁「絵画的構成を強く見せている作品」。

【参考】⑤33内裏前栽合〈康保三年〉34「あきのそらすめるこよひの月なれば花のひもとくかげもみえけり」（大ふの蔵人）

【類歌】④39延文百首2744「山たかみまだいでやらぬ月なれどひかりさきだつみねの松ばら」（秋「月」源義詮）

⑤189撰歌合〈建仁元年八月十五日〉20「くもりなく山のはまでとはらふなり月より西の嶺のまつかぜ」（「月前松風」具親）

⑤197千五百番歌合1357判「よさの浦やしほかぜ松をはらふなりきよき月夜のはるかなるかげ」

⑤229影供歌合〈建長三年九月〉252「くまもなきいくたのうらの秋の空月は今宵のさがとこそみれ」（名所月、真観）

⑤236摂政家月十首歌合12「ながづきのなかばのそらにさきだちて月はこよひぞすみまさりける」（十三夜晴、左衛門督）

⑤244南朝五百番歌合418判「たぐひなき月は今夜の中空にうたてふけ行く秋風のこゑ」

2173
（2276）

初昇月

さしのぼるみかさの山のみねからに／又たぐひなくさやかなる月

【訳】さしのぼっている三笠の山の峯であるゆえに、また比類のなくさやかなる月であることよ。

【語注】○初昇月（題）他、③130月清1193のみ。○さしのぼる　八代集一例・金葉348。「さす」は「笠」の縁語。○

みかさの山　八代集十二例。①1古今406「あまの原ふりさけ見ればかすがなるみかさの山にいでし月かも」（羇旅「もろこしにて月を見てよみける」安倍仲麿。「参考」（全歌集）。①1同1010「きみがさすみかさの山のもみぢばの…」（つらゆき）。　**○たぐひなく**　八代集六例。　**○さやかなる**　八代集十五例。

▽第二、三句みの頭韻。さしのぼってゆく三笠の山の峯だから、又類いもなく月はさやかだと歌う。全歌集「三笠山の月を歌うことで、左大将を兼ねていた良経への祝言の心を籠めるか。」。

【参考】⑤146関白内大臣歌合〈保安二年〉5「神のますみかさのやまに《の(新、田、右)》月影の《は(右)》ゆふかけて《に(田)》しもさしのぼるかな」（山月、殿下。①18新千載978。③114田多民治75。⑤169右大臣家歌合18判）

⑤169右大臣家歌合〈治承三年〉17「雲はるるみかさのやまの月影はさしのぼるよりさやけかりけり」（「月」隆信）…2173に近い

【類歌】③131拾玉2577「さしのぼる月にこたへて鳴く鹿にわれもみかさの山のはの空」（鹿）

③131同5000「みかさ山さしのぼる月ぞさやかなる神のちかひのくもりなければ」…2173に近い

④35宝治百首1565「さしのぼる月をみゆきとみかさ山ふりてつかへしなこそ忘れね」（秋「山月」基良）

⑤229影供歌合〈建長三年九月〉220「すべらぎの三笠の山の月影やくもりなきよをさしてしるらん」（名所月、良教）

⑤233歌合〈文永二年八月十五夜〉51「さしのぼる月もさやかにみかさ山行末かけてさぞくもりなき」（初昇月、良教）…2173に近い

⑤236摂政家月十首歌合128「いくちよもきみが世《せカ》てらすさしのぼるみかさの山のあきの夜の月」（月前祝言、顕綱）

停午月

2174
(2277)
秋の月なかばのそらのなかばにて／ひかりのうへにひかりそひけり

【訳】 秋の月は中秋の空のまん中にあって、光にさらに光が添い加わることよ。

【語注】 **○停午** 「一般に正午をさすが、ここでは真夜中の意（現在の午前零時）。」（全歌集）。 **○停午月→亭午月（題）** 他、④29為忠家後度312～319／③130月清1194のみ。 **○秋の月** ①1古今289「秋の月山辺さやかにてらせるは…」（よみ人しらず）。①3拾遺175「ここにだにひかりさやけき秋の月雲のうへこそ思ひやらるれ」（秋、藤原経臣。①′3拾遺抄116）。 **○なかば** 八代集六例。時、空とも。 **○ひかりそひ** ④41御室五十首537「君が世はたか野の山にすむ月のまつらん空にひかりそふまで」（雑「祝」定家。③133拾遺愚草1767）。

▽秋月は中秋の空のど真中にあるので、光輝く上に光をさらに添えると歌う。「半ばの空の半ば」、「光の上に光」の同音のリズム。

五42「此題、色々させられし也。たゞ半天の月と心得べしと也。方角にとりて、南方午にあたりたるにや。歌には子細なし。」。B403「停午月この題は半夜の事也半天にある心なり歌は聞えたり」。C497「名月也。停《トヾマルムマ》午《停午(D)》半天の月也。月も半天にあり《有。(ク)》、秋の時節もなかば《半(ク)》なる由《よし(ク)》也。名月なれば、一段《ナシ(ク)》、ひかり《ナシ(ク)光(ク)》をそへ《え(ク)》たると也《様(ク)》。」・D315。不審208「停午月 尽日にて候哉。」・無注歌。六家抄104「空のまんなかに有心也。名月也。残る所もなき心也。停午ノ月と云題は十五日のまんなかに有心也。」。

赤羽・一首259頁「定家は同じような月のモチーフを幾度となく試作しているけれども、この歌のような決定的な瞬間を捉えることは二度となかった。」。赤羽317頁「繰返しは音韻上の盛り上がりもさることながら、意味を限定し、集約して一首の構造を緊密にする。…2秋の月なかばのそらのなかばにて／ひかりのうへにひかりそひ…「なかばのそらのなかばにて」も、ことばの一般的な意味から感覚の対象となったものへ、さらにその感覚印象そのものへと転換し、焦点をしぼってゆく。」、同369、370頁「定家は暦を位置として捉えている。…これは時間の空間的な捉え方であるがとくに二首目〔私注―この歌〕にみられる時間の一点集中の捉え方は定家以外には見られないのではなかろうか。」。

【参考】⑤354栄花物語519「雲の上ぞ思ひやらるる秋の月光を添へて入ると見えしに」（巻第三十六　根あはせ、行啓見ゆる人）

【類歌】⑤197千五百番歌合1335「ゆきめぐりなれぬるそらの秋の月さてしもあかぬ光そひけり」（秋二、俊成卿女）

漸傾月

2175（2278）　物ごとに秋のあはれはかずそひて／そらゆく月のにしぞすくなき

【訳】物毎に秋の〝あはれ〟というものは、数が添い加わって、空を行く月の西は残り少ないことよ。

【語注】**○漸傾月**（題）他、③130月清1195のみ。**○物ごと**　八代集三例。①1古今28「ももちどりさへづる春は物ごとに…」（よみ人しらず）。**○秋のあはれ**　八代集四例、初出は後拾遺551。**○かずそひ**　八代集二例、初出は金葉318。**○そらゆく月の**　①3拾遺470「…そら行く月の廻りあふまで」（よみ人しらず）。**○すくなき**　八代集十五例。

▽物ごとに〝秋のあはれ〟の数は加わってゆくが、空を行く月は西の空が残り少なくなってゆくと歌う。「「あはれはかずそひて」と「西ぞすくなき」との対照を狙う。」（全歌集）。「物ごとに秋のあはれ」は型（後述歌参照）。⑤248和歌一字抄308、漸「漸傾月裏」（無名）□。

赤羽346、347頁「時間の経過を空間的に捉えている例…それよりさらに秋が更けて、有明月が西に傾いた月の位置であって、この空間には心理的過程も含めている。」、同369、370頁「定家は暦を位置として捉えている。…これは時間の空間的な捉え方であるが」。

【参考】③116林葉514「ものごとにあきのあはれをながめきてむしのねにこそ心つきぬれ」（秋「虫」）

【類歌】①14玉葉822 823「雲の色野山の草木ものごとにあはれをそへて秋ぞくれゆく」（秋下、為相女）
③131拾玉1256「物ごとに秋のあはれは有りしかど心にそむは木のはなりけり」（賦百字百首、秋）…一、二句同一
④31正治初度百首1648「物ごとに秋のあはれものこるなり霧の籬にすめる夜の月」（秋、寂蓮）
⑤175六百番歌合378「ものごとにあきはあはれをわかねどもなほかぎりなき夕暮のそら」（秋「秋夕」中宮権大夫）

入後月

2176（2279）月はさぞゆきだにのこるころならば／それとも見ましみねのあけぼの

【訳】月はさぞかし峯に消え、雪だけでさえも（峯に）残る比であるならば、雪の光を月とも見たであろう、峰の曙において。

【語注】○入後月（題）他、③130月清1196のみ。○さぞ　八代集一例・後拾遺596。他「さぞな」八代集四例。○みねのあけぼの「斬新な句。」（全歌集）。③132壬二245「…雪降りつもる峰の明ぼの」（②13玄玉311）。④32正治後度百首405「…しづかにかすむ峰の明ぼの」（隆実）。なお「曙」の八代集初出は後拾遺1102。

▽月はそれで仕方ないが、雪だけでも峯に残っている比であるなら、曙時にはそれを月とも見ようものを…と歌う。不審209「入後月[※1]　ニウゴトよみ候哉。／入たる月の心候哉。…※1入テ後ノ月、と漢字以外を付訓。※2此分歟。」。

内裏にて、[③]禁庭月

2177（2280）わすれずよみはしの霜のながき夜に／なれしながらのくものうへの月

【訳】私は決して忘れないよ、御階に霜のような月光を照らす秋の長夜に、慣れ親しんだ宮中の、雲の上の月をば。

【語注】○禁庭月（題）　これのみ。　○みはし　八代集にない。源氏物語「御階《みはし》のともに、御子たち」、（「桐壺」、新大系一―25頁）。同「御前の御階のもとに立たせ給て、」（「明石」、新大系二―73頁）。　○ながき夜に　①3拾遺1161「…ながきよにおくつゆしかからば」（もとすけ）。　○くものうへの月　③113成通41「雲の上の月ばかりをばながむれど…」。

⑤421源氏物語154「ここのへに霧やへだつる雲の上の月をはるかに…」。

▽初句切、倒置法。第三、四句なの多用、頭韻。末句字余（う）。御階に霜が置く秋の長い夜に慣れ親しんだ宮中の、雲の上の月を私は決して忘れないと歌う。

全歌集「参考「かささぎの…（私注―①8新古今620「かささぎのわたせる橋におくしものしろきをみれば夜ぞふけにける」（冬、家持））▽作歌年次不明。或いはかなり晩年の詠か。」。

赤羽307～309頁「第三句と第四句に頭韻がある場合…助詞の「の」「に」「して」などで下につづく。…長き夜に／なれ…第三句と第四句の連続が押韻のない場合に比べてはるかに密接なことがわかるであろう。」。

【類歌】①14玉葉1887 1879「わすれずよみはしの花のこのまより霞みてふけし雲のうへの月」（雑一、院御製）…2177に近い

①15続千載1945 1954「わすれずよなれし雲ゐの夜はの月ひかりを袖の上にやどして」（雑下、読人しらず）

④34洞院摂政家百首665「さえのぼるみはしの月のながき夜に雲もまぎれぬ秋の空かな」（秋「月」頼氏）

④38文保百首2777「わすれずよ雲まの月の其ままにまち出でし夜の人の面かげ」（恋、覚助）

2178（2281）　建久二年法皇栖霞寺におはし／まし、時駒牽のひきわけの使／にまいるとて

嵯峨の山ちよのふるみちあと、めて／又つゆわくるもち月のこま

【訳】嵯峨の山の千代の古道の跡を求めて、再び露を分ける望月の駒であるよ。

【語注】○建久二年　一一九一年、定家30歳。　○法皇　後白河法皇。　○栖霞寺　嵯峨の清涼寺の別院。　○駒牽のひきわけの使　諸国の牧場から貢進された馬を大臣や馬寮に分配する時の使者。　○嵯峨の山　八代集二例・後撰1075（本歌）、新古1646（この歌）。なお「嵯峨」はすべてで八代集七例。「本歌の「嵯峨の山」をかけた。」（全集）。　○ちよのふるみち　八代集二例・これも後1075、新古1646。また「ふるみち」は他、八代集二例。　○あと　「「（古）道」の縁語。先例の意を含める。」（ソフィア）。　○つゆ　秋の季節のもの。　○もち月　これのみ八代集七例。さらに「もち月のこま」は八代集七例。①2後撰1144 1145「もち月のこまよりおそくいでつれば…」（素性）。「望月の駒―信濃国望月の牧で産した駒。八月十六日のことなので、望の月の意をも籠める。「逢坂の…〔私注―①3拾遺170「あふさかの関のし水に影見えて今やひくらんもち月のこま」（秋、つらゆき。「参考」（全集）。「念頭に置く。」（集成））」（全歌集）。　○こま　「道」「跡」の縁語。

【本歌】①2後撰1075 1076「嵯峨の山みゆきたえにしせり《ふり(六)》河の千世《はのべ(ッ)》のふるみちあとは有りけり」（雑一、在原行平。②4古今六帖1231。⑤223時代不同歌合29。「全歌集。旧大系、全書、全集、完本評釈、全註解、集成、新大系、ソフィア、全注釈」）

▽格調高い詠。本歌をふまえて、嵯峨の山の、御幸が絶えてしまった芹河の千代の古道のある跡を求め、昔の跡をたどって、再び望月の駒をひいて露を分けて行くと歌う。八月十六日の詠。本歌によって、「嵯峨の山」「千代の古道」「跡」は一つの型《パターン》。同じ定家に、③133拾遺愚草2740「…　わしの山　よにもまれなる　跡とめて　ふかき《る(夫)》ながれに　むすぶてふ　…」（②16夫木17386）がある。【類歌】が多い。①8新古今1646 1644、雑中「後白河院、栖霞寺におはしましけるに、駒引のひきわけのつかひにてまゐりけるに」定家朝臣、隠岐本除棄歌、撰者名注ナシ。⑤277定家十体103、心ある部、定家卿。⑤328三五記63、定家。

B404「引分とは十五夜の駒を引分て空へ分上ある事也歌は聞えたり。」C498「さがの山…本歌《(大字)本歌は(D)》光孝天皇《王(ゞ)》行幸の時《御(ゞ)》の歌也。本歌をうけて、「又露分る《わく(ゞ)》」と云り。駒を引分る《こま(ゞ)ひきわく(ゞ)》事をよそへていへり《云(ゞ)》。「もち《望(ゞ)》月のこま《駒(ゞ)》」、信乃《濃(ゞ)》国也。諸国より参る《まい(ゞ)》馬を各へくばり給《たま(ゞ)》ふ御使を、ひきわけのつかひと云り《御使(ゞ)いへる也。(ゞ)》。」・D316。

全歌集「韓非子、蒙求などにいう管仲随馬の故事の心をもかすめるか。「八月十日月蝕ありし年、…」（為秀本長秀詠《(ママ)》藻）」。

安田127頁「『定家十体』のなかの「有心様」（…）の例歌…即興的、実情的な作品である。…」、同464頁「『歌舞髄脳記』に見えるもの」。

旧大系「古典的風格の高い歌である。」。全集「引分けの使いとして、嵯峨の後白河院の御もとに望月の駒を引いて参上する感動を、本歌の「嵯峨の山」「千代の古道」をきかせて、句々整斉、厳粛・荘重にうたいあげている。」。集成「言外に、引分けの使いという大役を命じられた誇りが感じられる。」。全注釈「古例に則って駒牽きをした場所がたまたま嵯峨の地であったことに興じて、今東国から出てきた望月の駒が、『韓非子』などにいう老馬のように「千代の古道」を知っていて、その古道を尋ね求めて露を分けていると取りなしたのであると思われる。巧みである。」。

【類歌】①11続古今27「ねのびせし千代のふるみちあととめてむかしをこふる松もひかなむ」（春上「子日の心を」太上天皇）…二、三句同一
①21新続古今1562「おもはずよ花をかたみのさがの山雪に跡とふ千世のふる道」（哀傷、源満元）
①22新葉403 402「さがの山もみぢのにしきたちきてん千代のふる道いそぐ御幸に」（秋下「…、山紅葉を」為忠）
①22同1075 1072「夏草のことしげかりしさがの山思ひぞ出づる千代のふる道」（雑上「夏の歌中に」冷泉入道前右大臣）
②16夫木169「嵯峨の山ふるきみゆきの跡とめてけふは子の日の松や引かまし」（春一、子日、同〔＝為家〕）…一、三句同一

②16同6586「嵯峨の山野べのみちしば霜がれてふりにしみゆきあとはみえけり」（冬一、霜「…、野径霜」光明峰寺入道摂政）
②16同9339「さがの山ちよのふるみちふみわけてさらにむかしのあとはしめつつ」（雑三、路、ちよのふるみち、為家）…2178に近い
②16同12615「今日のみとたづもなききやさがの山みゆきも遠き千代のふる道」（雑九、動物、鶴、行能）
④18後鳥羽院1644「いにしへの千世のふるみち年へても猶あとありやさがの山かぜ」（「野径秋風」）
④37嘉元百首1378「くれ竹のよよのふるごと跡とめてまた一ふしを君ぞのこさん」（雑「竹」俊定）
④38文保百首1650「さがの山紅葉を秋のしるべにてちよのふる道やまずかよはん」（秋、為藤）
⑤199八幡若宮撰歌合〈建仁三年七月〉6「さびしさは秋のさが野ののべのつゆ月にこと《跡(後)》とふちよのふるみち」（「野径月」女房。④18後鳥羽院1622）
⑤234亀山殿五首歌合〈文永二年九月〉46「さがの山千代のふる道立ちかへりいかにしぐれも木葉そむらん」（山紅葉、隆親）

2179（2282）　**九月十三夜内裏にて山路月**③

山かぜは月のさ衣はらへども／を《お③》もらぬ雪はこのはこそふれ

【訳】山風は月光のさす衣を払うけれども、重くならない（月光の）雪として木葉が降ることよ。

【語注】**○山路月**（題）他、⑦53経正40と定家の次歌③133拾2283、2917のみ。**○山かぜは**　②4古今六帖2242「山かぜはふけどふかねどしらなみの…」（いせ）。**○月のさ衣**　後の「を《お》もらぬ雪」と同様、新編国歌大観①～⑩の索引に、

他はなかった。　**○さ衣**　八代集三例、初出は新古475。　**○をもら**《お》　八代集二例・新古今672、1582。④18後鳥羽院1650「宮木のの草葉につゆやおもるらんこのしたはらふ秋の初風」（「野露」）。④43為尹千首81「月は猶かすみの底におもりつつ…」。⑨10漫吟（契沖）278「…おもらぬ露も香をこぼすとて」。
▽山風は月のさす衣を払うが、重くならない雪として、月光ではなく木葉が降ると歌う。あるいは、下句・重くならない雪・月光の上に木葉が降るか。全歌集は雪を月光の見立てとはしていないようである。「作歌年次不明。」（全歌集）。②16夫木5290、秋四、月「九月十三夜内裏御会」同（＝前中納言定家卿）、第四句「おもらぬ雪と」。⑤248和歌一字抄534、路径「山路月裏」定家。以下、二首は為家詠となっており、語句も少し異なっている。⑥27六華集833。⑩185三百六十首和歌261。
B405「山路月この月は悉皆紫雪をはらふやう也をもらぬ所にて木葉のふるそとおもひえたる也」。摘抄67「此歌、句にうとき歌也。歌に親句疎〔句〕とて二あり。…」。不審210「月のうつりたる衣歟。／※合点」。

【類歌】④38文保百首2459「はらへども氷れる雲は晴れやらで雪気の空に山風ぞふく」（冬、行房）
④38同3160「くれ竹の葉わけの風ははらへどもつもりにけりな雪の〔　　〕」（宣子）

2180
(2283)
　たまぼこの道もさりあへぬ春の花／それかとまがふ山の月かげ

【訳】道もよけきれないほどに降る春の花・桜よ、それかと見まがう、山の月光であるよ。
【語注】**○たまぼこの**　八代集九例。①1古今738「たまぼこの道はつねにもまどはなむ…」（よるかの朝臣）。　**○さりあへ**　八代集一例・古今115（後述）。　**○春の花**　八代集三例。①2後撰1422「…こむ年春の花をみじとは」（伊勢）・句またがり。　**○山の月かげ**　③50一条摂政181「をばすての山のつきかげ見しよより…」。④31正治初度百首1233「…露にもくもるやまの月かげ」（隆信）。

【本歌】①1古今115「あづさゆみはるの山辺をこえくれば道もさりあへず花ぞちりける」（春下、つらゆき。「全歌集」）。②4古今六帖4036。⑤299袖中抄825）

▽第二句字余（あ）。本歌をふまえて、春の山辺を越えてくると、道もよけきれずに散る春の桜花、それかと山の月の光を見まがうと歌う。地上の月光か、空中のそれか。②16夫木5315、秋四、月「九月十三夜内裏御会、山海月《ママ》」同（＝前中納言定家卿）。

摘抄68「古今の事書に、志賀の山にて…」。

【参考】①3拾遺130「夏山の影をしげみやたまぼこの道行く人も立ちとまるらん」（夏、つらゆき）

②16夫木1111「春はただ花見がてらに手向するきたののみ山道もさりあへず」（春四、花「…、春山盛興」雅有）

2181（2284）　建保二年九月十三夜内裏月前風③

すがのねやなが月の夜の月かげを／はるかにわたるのべの秋風

【訳】長月の夜の月の光をはるかに渡っていく野辺の秋の風であることよ。

【語注】○建保二年　一二一四年、定家53歳。　○月前風　他、①8新古396（寂蓮）、397（長明）のみ。　○すがのね八代集四例。①1古今551「奥山の菅のねしのぎふる雪の…」（読人しらず）。　○すがのねや　「「長月」の枕詞。」（全歌集）。　○月かげを　①2後撰328「衣手はさむくもあらねど月影を…」（つらゆき）。

▽長月の夜の月光の中をはるかに野辺の秋風は渡っていくと歌う。「十三夜三首歌会の一。」（全歌集）。

六家抄1094「長きノ枕詞也。終夜月の宿る野の平〳〵としたるに、秋風が吹様也。」。

【参考】①4後拾遺338「すがのねのながながしといふ《てふ》あきのよは月みぬ人のいふにぞありける」（秋下、藤原長能）
①4同614「としもへぬなが月のよのつきかげのありあけがたのそらをこひつつ」（恋一、源則成）…二、三句同位置
⑤39三条左大臣殿前栽歌合65「すみにけるみづにうかべるつきかげをあきのよながにそらとこそみれ」（さきのゐちぜのかみながよりのあそん）

【類歌】①18新千載496「明けやらぬ長月のよの秋かぜに初霜さむくすめる月かげ」（秋下「…、月」隆教）
①21新続古今401「すがのねのなが月の夜の明けたては《ば（夫、影）》露けさまさる秋萩の花」（秋上「…、朝草花を」衣笠前内大臣。
②16夫木6293。⑤229影供歌合〈建長三年九月〉110）…一、二句同位置
④18後鳥羽院385「草まくら床にねざめのすがのねをながながし夜を月ぞとひける」（外宮御百首、雑）
④31正治初度百首954「すがのねのながき命ぞしのばるるそこらの秋の月をみつれば」（秋、季経）

建保六年八月十三日内裏中殿宴／秋夜侍③**宴同詠池**③上③**月久明**③**／應**ナシ③**製和歌／參議正三位行民部卿兼伊豫權守臣藤原朝臣定家上**

2182
（2285）

いくちよぞそでふる山のみづがきも／をお③よばぬ池にすめる月かげ　三行三字書之

【訳】幾千代か、袖振山の瑞垣も及びはしない宮中の池に住み、澄んでいる月の光は。

【語注】**○建保六年**　一二一八年、定家57歳。**○池月久明**（題）定家のみ、ただし題は「池上月久明」（③歌集）、歌題索引に「池月久明」はない。**○いくちよ**　八代集七例。**○そでふる山**　八代集二例・拾遺1210（後述）、千載9。**○みづがき**　八代集六例。「その内は神域であることを示す垣。神聖な垣。斎垣。「みづ」は「瑞」だが、ここでは「水」をも響かせ、「池」の縁語。「みづがきもおよばぬ」で、本歌に基づき、歌題の「久」を表す。」（全歌集）。**○**

をよば《お》　八代集一例・拾遺891。　**〇すめ**　掛詞（住・澄）。「歌題の「明」を意味する「澄める」に「住める」を掛ける。」（全歌集）。

【本歌】①3拾遺1210「をとめごが袖ふる山のみづがきのひさしきよより思ひそめてき」（雑恋、柿本人麿。万葉504 501・2419 2415。②4古今六帖2549。②16夫木16572。⑤166俊成三十六人歌合3。「全歌集」。「『万葉集』の影響を受けていると思われる作」（安田143頁）・2182、「（参考歌）」（同150頁））…二、三句同位置

▽初句切、倒置。本歌をふまえて、少女子が袖振山の瑞垣の如くずうっと以前より思い・恋い初めていたのにも及ばないほどに、池に澄んでいる月影はいったい幾千代なのかと歌う。同じ定家に、⑤193水無瀬釣殿六首歌合11「いく世へぬ袖ふる山のみづがきにこえぬ思ひのしめをかけつつ」（「久恋」（定家））がある。①13新後撰1581 1580、賀「建保六年八月、中殿にて池月久明といふ事を講ぜられ侍りけるに」前中納言定家。「中殿（清涼殿）御会での詠。」（全歌集）、「この御会の有様は『中殿御会絵巻』（模本）に描かれている。そこには定家を含めて、列座した廷臣達の似絵が写されている。」（同）。

B406「本歌の久しき世とよめるも及ふましきと也祝言也」。不審211「応製と申候は、御製ニ応候と申候心候哉。又、製ノ字ノ心承度候。…※1「応《スル》製」と返点付訓を記す。※2合点　※3中天御会以後如此書也。中天トハ清涼殿也。」。

【類歌】②16夫木13727「神代よりいくよかへにしをとめごが袖ふる山のみづがきのまつ」（第二十九、松「…」松経年」家隆）

2183 (2286)
神主重保賀茂社哥合とてよませ／侍しに月　元暦元年九月　侍従

しのべとやしらぬむかしの秋をへて／おなじかたみにのこる月かげ

【訳】しのべとやいうことなのか、私の知りもしない昔の秋を経てきて、同じ昔の形見として残っている月は。

【語注】○元暦元年　一一八四年、定家23歳。　○しのべとや　①3拾遺1281「しのべとやあやめもしらぬ心にも…」（よみ人しらず）。定家に用例が多い。　○むかしの秋　八代集四例。　○秋をへて　①1古今688「思ふてふ事のはのみや秋をへて…」（粟田右大臣）。

▽第一、二句しの頭韻。初句切、倒置。懐旧の詠。私の知らない昔の秋を経てきて、同じ形見として残っている月は、私に見知らぬ昔を偲べといっているのかと歌う。同じ定家に、③133拾遺愚草1803「あきをへて昔は遠き大空に我が身ひとつのもとの月影」（院五十首、秋。⑤184老若五十首歌合245。⑤216定家卿百番自歌合50）がある。①9新勅撰1080 1082、雑一「元暦のころほひ、賀茂重保人人の歌すすめ侍りて、社頭歌合し侍りけるに、月をよめる」権中納言定家。⑤216定家卿百番自歌合49、廿五番、秋、左勝、賀茂社、歌合元暦元年。⑤335井蛙抄71、権中納言定家。

全歌集「この重保勧進賀茂社歌合は現在伝わらない。」。

久保田553頁「王朝憧憬が注目される作である。」。赤羽296〜298頁「初句と第二句に頭韻がある場合…四、押韻を意味上で統一する。…2し…しらぬ…一首の音色が大体において第一音で統一される傾向がある。第一句の最初の音が、第二句の最初で再び繰返されるからである。また、冒頭の部分に盛りあがりがあってそこに主題が語られることが多い。」。

明治・新勅撰1080「雑の秋の月」。新勅撰全釈1080「詞続きは、晦渋とも言えるが、きわめて緻密に作り上げられている。」。

2184（2287）　霧

はれくもり[暗③]山のいはねにたつきりを／なづる衣の袖かとぞ見る

【訳】晴れたり曇ったりしながら山の岩の根もとに立つ霧を、撫でる天人の衣の袖と見ることであるよ。

【語注】○はれくもり　八代集索引にないが、新国歌大観①索引では、新古今二例（586、598）がある。時雨歌に多い。○山のいはね　①1古今350「亀の尾の山のいはねをとめておつる…」（きのこれをか）。○たつきりを　②16夫木5346「秋くればかふか《（ママ）》の山に立つきりを海とぞ見つる波たたなくに」（秋四、霧「家集」人丸・③索引に見当らず）。○なづる　八代集六例。○なづる衣の袖　「仏説に基づく表現。「方高四十里…」（『大辞典』第十巻七三ページ）という。また、ほぼ同義で「磐若劫」という語もある。この仏説に拠った本歌や崇徳院の作に触発され、それを崇徳院と同じく叙景に取りなした。本歌「君が代は…〔①3拾遺299「きみが世はあまのは衣まれにきてなづともつきぬいはほならなん」（賀「題しらず」よみ人しらず）〕参考「山高み…〔④30久安百首11「山たかみ岩ねのさくらちる時は天の羽衣なづるとぞみる」（春、御製。①8新古今131）〕」（全歌集）。

▽晴れたり曇ったりして、山の岩の根もとに立ちこめる霧を、岩を撫でる（天女の）衣の袖と見ると歌う。

久保田553頁「久安百首における崇徳院の、／山高み…〔私注—前述〕の作に負っているのであろう。」。

2185（2288）　野宿月、③　　権大納言家、③　貞應

ゆふつゆのいほりは月をあるじにて 續拾／やどりを《お③》くるゝのべのたび人

【訳】夕露が宿る庵は月を主人とするので、宿泊の時が遅れてしまう野辺の旅人であることよ。

【語注】○野宿月（題）他、③132壬二2497、③131拾玉4050、③116林葉478のみ。○續拾　續古が正しい。○ゆふつゆ　八代集八例、初出は後拾682。○ゆふつゆの　③126西行法師258「夕露の玉しくを田の稲莚かけほすすゑに月ぞやどれる」（秋「田家月」）。○あるじにて　③130月清530「つゆやどすよもぎをにはのあるじにてよるよるむしのおとづれぞする」（南海漁父百首、秋。③131拾玉1762）。③130同843「ふるさとはわれまつかぜをあるじにて月にやどかるさらしなのやま」

〈院第二度百首、秋〉。⑤175六百番歌合895「たびねするわれをばとこのあるじにてまくらにやどるさよのおもかげ」〈恋上「旅恋」有家〉。　**○たび人**　八代集八例。

▽夕露の宿る小屋は月が主人であるので、宿をとることが野辺の旅人は遅れてしまうと歌う。①11続古今889 896、羇旅「野宿月といふことを」前中納言定家。⑥11雲葉546、秋中「…、野宿月」中納言定家。C499「月に乗じて、ナシ(D)いほり《庵(〃)》へもゆかず、野べにかりねしたる体也。されば、やどりにを《お(〃)》くれたる由《よし(〃)》也。「旅人」、わが事也。」、「一　月の美景に心を任せきって。」・D317。

摘抄69「此歌、上句余情きはまりなし。旅宿はいづくをも宿とさだめぬことなれば、ふかき山にては雲を友とし嵐をたのみ、又そこはかとなき野中の庵に一夜を明すありさま、此歌によくみえたり。…」。

全歌集「元仁元年（一二二四〈私注—定家63歳〉）基家家五首歌会での詠。↓二〇八九。▽露に宿る月光を擬人化し、そのために旅人は庵があっても野宿すると歌ったか。」。

2186（2289）　**建久五年八月十五夜左大将家、③／見月思旅**

まつほどをかたらぬ月にかこつとも／しらでやぬらんあらきはまべに

【訳】待っている具合を、語りはしない月に嘆いても、あの人はそんなことを知らないで、さぞかし寝ていることであろうよ、荒い浜辺において。

【語注】**○建久五年**　一一九四年、定家33歳。　**○見月思旅**〈題〉　これのみ。　**○かこつ**　八代集五例。　**○あらき**　八代集九例。　**○はまべ**　八代集二例。

【本歌】②4古今六帖2407「神風やい《の(万)》せのはまをぎをれふして《せ(新、万、伊)》たびねやすらむあらきはまべに《辺へ(万)》」〈たび。①8新古911。万葉503・500。⑤415伊勢物語237。「全歌集」。「『万葉集』の影響を受けていると思われる作」（安田143頁）・2186、「（参考歌）」（同143頁）…下句調子似る

▽第二、三句かの頭韻。下句倒置。本歌をふまえて、あの人の帰りを待っている間、語りはしない月に歎いているともあの人は知らないで、旅の途中の、伊勢の浜荻の折れ伏す荒い浜辺で、さぞ寝ていることだろうと歌う。恋歌仕立て。

B407「見月思旅待ほと、は古郷人の遠人待也心は聞えたり」。C500「本神《ナシ(D)》風《かみ(ソ)》や…旅行の人を《人を古郷にて(ソ)》、月にむかひて待わびたる体なり《也(ソ)》。かやうにまつ事《待(ソ)をば旅にては(ソ)》しらじとわびたる《侘(ソ)》さま《様(ソ)》也。か、る心中をも月はつたへまじければ、《ナシ(ソ)》かひなきと《よし(ソ)》也。」・D318。

摘抄70「此歌、旅に出たる人の帰るをまつ也。親は子を旅にたて、子を親を《(ママ)》旅にたて、妻は夫を旅にたて、明暮思ひ歎く也。…」。

六家抄1095「内註　○古里にて旅人行人を待心を月に旅の人にかたれかしと、月なればかたらぬほどにかこつ心也。それをかこつともしらで、旅人は浜べにぬるかと云心也。」。

全歌集「本歌と同じく旅する夫を思う妻の心。」。

赤羽303、304頁「第二句と第三句に頭韻がある場合…第三句に中心的なイメージがある。また第三句にテーマが集中的に打出される。…5待つ…語ら…かこつ…これらの例に共通する傾向は、三句切ではないが、第三句のあとに詠嘆の小休止がくることである。また、第一句に頭韻がはじまる場合と比べると、最初は弱く、またはゆっくりにじまって第二句・第三句でクレッシェンドされ、第四句以下またゆっくり弱くなって終るという形式になる。」。

2187（2290）　對月問昔

わすれずやはじめもしらぬそらの月／かへらぬ秋のかずはふりつ、

【訳】（月は）忘れないのか、この世の初めも知りはしない空の月よ、再び帰ってきはしない秋の数は重なって古くなっていきつつあるが。

【語注】○對月問昔（題）他、④11隆信219のみ。○わすれず ③130月清977「月かげのわすれずやどるわすれみづのざはにたれか秋をちぎりし」（院句題五十首「沢辺月」）。

▽初句切。下句かの頭韻。再び戻ってはこない秋の数は積り積っていくが、劫初のことは分からない空の月は、それらのことを忘れないのかと歌う。⑤248和歌一字抄668、対向「対月問昔裏書」定家、初句「忘れめや」。B408「対月問昔はしめも知ぬ空は忘すやと月に問心也上句は大方の昔の事をいひ下句はわかみし世の事也」。不審212「如何。※／※月ノアリソメシ始ヲ云也。」。

【類歌】③132壬二547「わすれずやむかしみかさの秋の月なほ古郷にめぐりあふとは」（院百首、秋。⑤197千五百番歌合1401）

月契潤月

2188
(2291)
月も又しかならふまでなれよとや／かずそふ秋のそらをたのめて

【訳】月も又そのように馴れ親しむまでに馴れよということでか、（潤月で）数がふえる秋の空を頼みとして（いる）。

【語注】○月契潤月（題）これのみ。○しかならふ「それに倣う。」（全歌集）。○かずそふ 八代集二例、金葉318、新古850。

▽月もそれに馴れ親しむように馴れよということでか、閏月で数がふえた秋の空をたのみとしていると歌う。「建久五年（一一九四）は閏八月があった。」（全歌集）。

摘抄71「「しかならふ」とは、さならふまでなれよといふ心也。たとへば、花などの、いまはとちる夕に、この花をみるに、風吹たらば残るまじなど、、おもひて、かへりたる朝、昨日友なひし人の来りては、夕見つる花どもこそ今夜の風に跡もなく、なりて侍れと云、返事に、さあらふずるよ、夕のけしき、今夜風吹侍らんと、おもひなどいひたる、さの字の心あり。…」。

元久元年五辻殿に御わたりの、ち初て《ナシ③》**／講ぜらる序通具卿**、③ **讀師太政大臣**、③**／松間月**　「松間月」の前に③ **應製臣上**

2189 (2292)　このまより月もちとせの色にいで、／きみが世契《る③》庭《(には)》のわかまつ

【訳】 木の間から月も千年変らぬ色に現われ、我が君の（千歳の）世を約束する庭の若松であるよ。

【語注】 **○元久元年**　一二〇四年、定家43歳。　**○五辻殿**　「京の五辻にあった御殿。もと後白河院の御所であった。後鳥羽院が修造して、元久元年八月八日移徒のことがあった。」（全歌集）。　**○松間月**（題）他、③131拾玉4730、③133拾遺愚草1852、③130月清973、1148のみ。　**○このまより**　①1古今184「このまよりもりくる月の影見れば…」（よみ人しらず）。　**○色にいで**　恋の詞。①2後撰580 581「色にいでて恋すてふ名ぞたちぬべき…」（よみ人しらず）。　**○わかまつ**　八代集一例・千載636。「松の千歳」。

▽腰句字余（い）。木の間から月も永久不変の色をあらわし、庭の若松は我が君の時代がいついつまでも続くことを約束していると歌う。「以下、一二一九三まで、元久元年（一二〇四）八月十五夜の五首歌会。」（全歌集）。

【参考】 ⑤354栄花物語346「住吉の岸の姫松色に出でて君が千代とも《とせに（続）》見ゆる今日かな《まで（〻）》」（巻第三十一　殿上の花見、師房。

【類歌】 ①8新古今1522 1520「山の端を出でても松の木の間より心づくしの有明の月」（雑上「…、山月の…」藤原業清）
①16続後拾遺1330）

④31正治初度百首349「又もこん紅葉のやまの木のまより色に秋ある月もいでけり」（秋、御室）

④35宝治百首3988「みかさ山千とせを松の木のまより出づる朝日の末ぞくもらぬ」（雑「寄日祝」高倉）
⑤239永福門院百番自歌合78「このまより月はたえだえ庭にもりて軒端にさわぐ夜半の松風」

野邊月

2190
(2293)　みよしのは雪ふる峯のちかければ／秋よりうづむ月のしたくさ

【訳】み吉野は雪が降っている峯に近いので、秋から埋もれてしまう、雪を思わせる月光の下草よ。

【語注】○野邊月（題）他、③130月清1149のみ。○うづむ　八代集四例。○したくさ　八代集十四例。「下」掛詞か。

▽吉野は雪の降る峯が近いので、野の下草は秋より雪を思わせる月光で埋まっていると歌う。
②16夫木5288、秋四、月「元久元年五辻殿御会、野亭月」前中納言定家卿。
C501「本故郷は…是《これ》は、みよし野といふ名を、野と山と別々に取なしてよめり。はや秋より月の雪を以て草を埋《うづむ》と也。」・D319。六家抄1096「雪の在所也。吉野の辺は峯が近き心也。月の雪也。」。

【参考】①1古今321「ふるさとはよしのの山しちかければひと日もみ雪ふらぬ日はなし」（冬、読人しらず。②4古今六帖1224）…もと
①4後拾遺10「みよしのははるのけしきにかすめどもむすぼほれたるゆきのしたくさ」（春上、むらさきしきぶ。②8新撰朗詠12）…もとか
③126西行法師724「おほはらやひらの高根の近ければ雪ふる戸ぼそおもひこそやれ」（雑。①9新勅撰415。②13玄玉320。③123唯心房124。③125山家1155。⑤172御裳濯河歌合45。⑤386西行物語205）

【類歌】②16夫木361「みよし野は谷の古里ちかければ先づ馴初むるうぐひすのこゑ」（春二、鶯、光明峰寺入道摂政）

③130月清1378「みよしのはくさのはつかにあさみどりたかねのみゆきいまやきゆらむ」（春「若草」）…ことば

田家月

2191（2294）　ながめつ、とはれずひさに秋の田の／ほのうへてらす月のいくよを

【訳】ながめながら人に訪問されることもなく、幾久しく（生きている）、秋の田の穂の上を照らす月の幾夜を。

【語注】○田家月（題）　①6詞花292 291（新院・崇徳院）、①8新古427（慈円）、428（俊成女）…。　○ながめつゝ　①2後撰942 943「ながめつつ人まつよひのよぶこどり…」（寛湛法師母）。　○ひさに　八代集一例・古今779。　○秋　掛詞（飽き）か。「「飽き」を暗示する。」（全歌集）。　○秋の田　八代集十四例。　○秋の田のほ　①1古今547「秋の田のほにこそ人をこひざらめ…」（読人しらず）。　○よ　掛詞（夜・世）か。

【本歌】①1古今548「あきのたのほのうへを《ナシ（六）》てらすいなづまのひかりのまにも我やわするる《君ぞこひしき（〃）》」（恋一、読人しらず）。②4古今六帖813。「全歌集」）

▽倒置、末句から初句へかえる。本歌をふまえて、人が訪れることもなく、光の間にもあなたを私は忘れはしないといった稲妻の如く、秋の田の穂の上を照らしている月の幾夜をながめながら、年月がずいぶんたってしまったと歌う。同じ定家に、③134拾遺愚草員外161「秋の田のほのかに露の色わきてまだきかなしき夕づくよかな」（秋）、③134同652「ながめつついくとしどしの秋の月あらましかばのなきぞおほかる」（秋）がある。⑤248和歌一字抄595、田家「田家月裏」、定家。

B409「田家月この歌は田夫と成ていひたる心也又よそよりみてもよめる題也いつれもくるしからす本歌のひかりの間にも忘ぬと云心をもたせていく世も人のとはぬことに云なせり」。摘抄72「此歌、〜秋の田の…、此「われや」の

「や」の字は、われやはかわする、、人をば、わするまじきと也。…」。不審213「…※秋の田の…※田家ノ事也。」。（※如何）
【参考】⑤296和歌初学抄112「世中をなににたとへむ秋のたのほのうへてらすよひのいなづま」（③376宝物集97）
【類歌】③131拾玉5130「ながめつつたのみし月も影ふけぬわが世の秋は今いくよかも」
④15明日香井617「あきのたのほのうへてらすほどもなしやみをはなれぬいなづまの影」（雑「是身如電」）
④39延文百首346「ながめつついく秋かくるあはれをばなれぬる月や空にしるらん」（公蔭女）
④42仙洞句題五十首201「ひとりのみ蘆屋のいほにながめつつ秋のよすがらみしま江の月」（「江上月」俊成卿女）
⑤228院御歌合〈宝治元年〉121「漕ぎいでしまつらのうみをながめつつ月になれぬる秋のさよひめ」（海辺月、師継）
⑤236摂政家月十首歌合125「ながめつつ月にぞしのぶいにしへのよよのあきまでおもひつづけて」（月前感思、女房）

羇（羈③）旅月

2192
（2295）　草枕みやこをとを（ほ③）みいたづらに／ゆき、の月のやどるしらつゆ

【訳】草を枕に旅寝をし、都が遠いので、誰も行く人もなく、むなしく空を往還する月の光が宿る白露（そして涙である）よ。

【語注】**○羇旅月**（題）他、③130月清1151のみ。**○草枕**①1古今376「…思ひたちぬる草枕なり」（寵）。**○いたづらに**①1古今113「花の色はうつりにけりないたづらに…」（小野小町）。**○ゆき丶**八代集四例。「月と旅人の両方に関していう。」（全歌集）。**○やどる**「月の光と自身との両方に関していう。」（全歌集）。**○しらつゆ**「自身の旅愁の涙をも暗示する。」（全歌集）。「露」は涙。**○やどるしらつゆ**③132壬二198「…かつ散る花にやどる白露」。

【本歌】万葉51「采女《たをやめ》（続、夫、綺84・327、和、井）の袖吹きかへす明日香風都を遠みいたづらに吹く」（巻第一、志貴皇子。①11続古今938 946。②16夫

木7734。⑤292綺語抄84、327。⑤293和歌童蒙抄308。⑤335井蛙抄122。「全歌集」。「『万葉集』の影響を受けていると思われる作」（安田143頁）・2192、「（参考歌）」（同148頁）

▽本歌をふまえて、旅寝をするが、采女の袖を吹き返す明日香風同様、都ははるか彼方なので、むなしくも往還の月が白露（涙）に宿っていると歌う。【類歌】が多い。

B410「羇旅月いたつらにとは道のへの月の面白をわか思ふ都の人にみせまほしき《の》(三)心をこめたる歌也」。

【参考】⑤165治承三十六人歌合72「草枕月もはかなくやどれとて露を結ぶにまかせてぞみる」（「旅宿月」静賢。⑤183三百六十番歌合335）

【類歌】①22新葉431 430「あすか風いたづらにちるもみぢかな都をとほみみる人やなき」（冬、為忠）
②15万代3453「いたづらにけふもふききぬあすかかぜみやこをとほみくもなへだてそ」（雑四「…、羇中眺望と…」後久我太政大臣）
④18後鳥羽院283「草まくら都の秋をさそひきて月におぼゆるふるさとの空」（内宮御百首、雑）
④22草庵1194「我が庵はみやこを遠み人もこでいたづらにふく軒のまつ風」（雑「…、山家松」）
④24慶運254「草枕ゆくすゑいそぐ思ひねの夢も都はとほざかりつつ」（雑「旅宿」）
④33建保名所百首1028「すむ月の都を遠みあすか風ただいたづらに波や吹くらん」（雑「飛鳥河大和国」）
⑤189撰歌合〈建仁元年八月十五日〉74「草枕月すむのべのしら露にまだひとへなるたびごろもかな」（野月露涼、前権僧正）

2193（2296）　名所月

さとわかずもろこしまでの月はあれど／秋のなかばのしほがまのうら

【訳】里を区別せず、唐土までも照らす月はあるが、秋の中ば、中秋の名月の塩釜の浦（に出るほどの月はない）よ。

【語注】〇名所月（題）③132壬二2494〜2496、③125山家324、325、③130月清1152。〇もろこし　八代集七例。〇なかば　八代集六例。〇しほがまのうら　八代集九例。春の煙、霞の歌も多い。①1古今852「…しほがまの浦さびしくも見え渡るかな」（つらゆき）。

【本歌】①1古今1088「みちのくはいづくはあれどしほがまの浦こぐ舟のつなでかなしも」（東歌、みちのくうた。「全歌集」）

▽腰句字余（あ）。本歌をふまえて、どの里も区別することなく、中国にいたるまでの月はあるが、どこといって中秋の陸奥の、「浦漕ぐ舟の綱手」がかなしいと歌われた塩釜の浦の月ほどすばらしいものはこの世にないと歌う。②16夫木11702、雑七、浦、しほがまの浦、陸奥「元久元年五辻殿御会、名所月」同（＝前中納言定家卿）。

C502「六十余国の中に似たる所なんなき、と塩《しほ(D)》がまをほめてなり平《業(ッ)》のいへる《云りける(ッ)》、それを思《おも(ッ)》ひよそへり。折《おり(ッ)》ふし、《ナシ(ッ)》名月なれば、いづくにもまさらんといへる《ナシ(ッ)》也。」・「一…勢語八一段）」・D320。摘抄73「「里わかず」とは、一天四海の内蕀の下までも、日月の光にもれたる所なし、三国も、おなじ光ぞといふ事を、一、二、三句にいへり。…」。六家抄1045「九六古新註　〇秋の月はいづこの里もおなじ物なれども、とりわきしほがまのうらの月はおもしろき心。」。全歌集「参考」・⑤421源氏物語71「里分かぬかげをば見れど行く月のいるさの山を誰かたづぬる」（「末摘花」君（光源氏））」、同「上句には、後鳥羽上皇の威光が唐土まで及んでいると、その徳化をたたえる心を籠める。」。

【類歌】①8新古今390「ふけゆかば煙もあらじしほがまのうらみなはてそ秋のよの月」（秋上、慈円）
②16夫木5170「もろこしは秋の半になりぬとてこよひや月に衣うつらん」（秋四、月、家隆）
③130月清1214「それもなほ心のはてはありぬべし月見ぬ秋のしほがまのうら」（秋「月のうた…」）
④32正治後度百首334「里わかず秋は心もあり明になほ月かげはをばすての山」（月、具親）

同夜當座／八月十五夜翫月應③―製和歌／正四位下行左近衞權中將兼美濃介臣藤原③朝臣定家上

2194 (2297)　よろづ世はこよひぞはじめやどの月／なかばの秋の名はふりぬとも

【訳】我が君の万代は今宵が最初の時だ、この内裏の殿舎の月よ、中秋の名月の評判は言い古されてしまっていても。

【語注】○八月…翫月（題）この歌のみ。○よろづ世は　①1古今354「ふしておもひおきてかぞふるよろづよは…」（そせい法し）。④38文保百首2397「よろづ代はことしぞはじめ亀のをの岩ねの小松末はしるらん」（雑、為実）。○やどの月　⑤236摂政家月十首歌合43「きみぞみむ千世まつむしのねにたててあきをかぎらぬやどの月かげ」（「庭月聞虫」隆博）。○なかば　八代集六例。○なかばの秋の　④44正徹千首376「玉くしげなかばの秋の三日の夜にあらはしいだす望月もがな」（秋「三日月」）。⑤247前摂政家歌合〈嘉吉三年〉217「久かたのなかばの秋のさと人も今夜しれとや衣うつらん」（中秋、時繁）。

▽倒置、末句から初句へ。下句なの頭韻。中秋の名月の評判は言い古されてしまっても、この殿舎に今夜さす月光が、我が君の万世の始発だと告げていると歌う。「仙洞御所にふさわしい祝言の歌。」（全歌集）。

【類歌】④15明日香井1290「よろづよはまだなかばにもあらなくに秋はこよひとすめる月かな」（内裏御会「見月」）

建仁元年三月盡哥合湖上秋霧③

2195 (2298)　篠波《さざ》やにほの湖のあけがたに／きりがくれゆくおきのつり舟

【訳】さざ波よ、琵琶湖の明け方に、霧に隠れゆく沖の釣舟であるよ。

【語注】○建仁元年　一二〇一年、定家40歳。○湖上秋霧（題）これのみ。○篠波や　八代集九例。実景でもいい。「にほの湖」の枕詞。①3拾遺483「さざなみやあふみの宮は名のみして…」（人まろ）。　○にほの湖　八代集にない。「にほ」は同七例、「湖」は同二例。「鳰の海」もまた八代集二例、初出は千載855。③130月清632「…まだき秋たつにほのみづうみ」。⑤189撰歌合47「からさきやにほの水うみ水の面に…」（女房）。⑤421源氏物語698「しなてるやにほの湖に漕ぐ舟の…」。　○あけがた　八代集十一例。　○きりがくれ　②4古今六帖940「この比の秋のあさけにきりがくれ…」。　○かく（ミ）れゆく　八代集九例。　○おきのつり舟　①7千載1049 1046「…霞にうかぶおきのつり舟」（円玄）。③132壬二2384「秋のよの月やをじまの天の原明がたちかき奥のつり舟」（下、秋「海辺月」）。①8新古今403。⑤162広田社歌合66「…かもめにまがふおきのつりぶね」（師光）。⑤197千五百番歌合2702「ひさかたの空はれわたる波のうへに雲ときえゆくおきのつり舟」（雑一、三宮）。　○つり舟　八代集十四例。

▽第二句字余（う）。琵琶湖の明方に沖の釣舟は、霧隠れ進んで行くと歌う。同じ定家に、③133拾遺愚草2271「さざ波やにほのうら風夢たえて夜渡る月に秋の舟人」（下、秋「…、湖辺月」）がある。「新宮撰歌合・選外歌。」（全歌集）。不審214「…惣※別、「にほの海」と申候ハ如何。／※湖水也。」。全歌集「参考」・①1古今409「ほのぼのと明石の浦の朝霧に島がくれ行く舟をしぞ思ふ」（羇旅、よみ人しらず。「人麿が歌」とも）。

【類歌】①17風雅1430 1420「よさのうみかすみわたれる明方におきこぐふねのゆくへしらずも」（雑上「海辺霞」長方）

2196（2299）　建保四年閏六月内裏哥合秋〈十首之中、③〉

をじ《し③》かなくは山のかげのふかければ《續古》／あらし待つまの月ぞすくなき

【訳】牡鹿が鳴く端山の蔭は深い、つまり木々の茂みが深いので、（吹き払う）嵐を待っているまでの月の光は少ないことよ。

【語注】〇**建保四年**　一二一六年、定家55歳。〇**をじか**　八代集七例。「さをしか」は多い。〇**をじかなく**　⑤421源氏物語638「をしか鳴く秋の山里いかならむ…」。〇**は山**　八代集四例、初出は金葉147。人里に近い山。外山。〇**は山のかげ**　④44正徹千首250「よる鹿もは山の陰にあらはれぬともしの松がねになかねども」（夏「照射」）。〇**ふかければ**　①2後撰134「桜色にきたる衣のふかければぞかなしき大原の里」（よみ人しらず）。③125山家1217「もろともに秋もやまぢもふかければしかしかぞかなしき大原の里」（「かへし」寂然）。〇**すくなき**　八代集十五例。

▽牡鹿が鳴いている端山の蔭は木々が深いので、木葉を散らす嵐を待っている間の月の光の量も少ないと歌う。①11続古今451　454、秋下「建保四年内裏歌合に、秋歌」前中納言定家、初句「をしかなく」。⑤213内裏百番歌合〈建保四年〉102、秋、五十一番、右（持）、定家、初句「をしかなく」、「…、右歌よろしとて為持」。⑥11雲葉601、秋中、初句「をしかなく」、第四句「あらしまつよの」。C503「深山の体也。木々のしげりて（D）茂（ッ）ナシ（ッ）月もうとければ、落葉させたき心にて、「あらしまつ夜③」といへり③。」・D321。六家抄1046は歌のみ。

【類歌】⑤188和歌所影供歌合〈建仁元年八月〉83「男鹿なくは山のしげり分けくれて月に友とふ手枕の露」（「旅月聞鹿」公経）

⑤261最勝四天王院和歌260「をしか鳴く床の月影夢たえて独りふしみのあきの山かぜ」（「伏見里山城」秀能）

2197
(2300)
建暦三年後九月内裏哥合寒野虫③

ゆく秋のすゑの、このはあさなく／そむればよはる虫のこゑぐ

【訳】行く秋の末の、末野の木葉は朝ごとに、染まってゆくにつれて弱ってゆく虫の声々であることよ。

【語注】〇建暦三年　一二一三年、定家52歳。〇寒野虫（題）これのみ。〇するの　八代集一例・金葉㊂296。「すゑ」掛詞か。〇あさな〳〵　八代集十四例。①1古今16「…なくなるこゑはあさなあさなきく」（よみ人しらず）。〇よは《わ》る　八代集十一例。〇虫のこゑ〴〵　八代集一例・千載256。「こゑ〴〵」も「虫の声々」のみ。

▽腰句字余（あ）。行く秋の終り頃、末野の木葉は毎朝ごとに染まってゆくと、虫の声々はだんだんと弱っていくと歌う。同じ定家に、③133拾遺愚草147「そこはかと心にそめぬ下草もかるればよわる虫のこゑごゑ」（二見浦百首、秋）、③133同2346「あさなあさな木葉うつろひ《色づき(桐)》なく鹿のことわりしるき秋の山かげ」（下、秋「秋鹿。⑤210内裏歌合〈建保二年〉70。⑤329桐火桶127）がある。②16夫木6303、秋六、暮秋「建暦三年後九月内裏歌合、寒野虫」同〔＝前中納言定家卿〕。⑤209内裏歌合〈建保元年閏九月（十九日）〉16、八番、寒野虫、右（負）、侍従、（判者定家）「行く秋のすゑのおもかげ、しをるらんくさばの露霜をばおきて木のはをしもいひたてたるたがひて侍るうへに、色といふもじもなくてそめたるもことわりなく侍らん、これただ尤風情つきて白紙をのがるるばかりのいたづらごとにこそ侍るめれ、以左為勝」。摘抄74「寒夜の二字を、まはされたる歌也。たとへば、露霜と云物は、よるならでは、をかぬもの也。「朝な〳〵そむれば」といへる、誠に奇特也。よるそめたる露霜の色は、朝ごとにこそみえ侍れ、露といはねども、木の葉・草葉をそむるといへば、露霜そむる事也。〳〵本歌に、霜のたて露のぬき［こそよわからし］□ちる。」。六家抄1047「朝な〳〵は毎朝也。木の葉は色がまし、虫の音はよはる心也。暮秋也。」。

【参考】③106散木1566「ほどもなくとくさむく野はなりにけりむしのこゑごゑよわりゆくまで」（雑下、隠題「とくさむくの葉」）。①15続千載735 739。②9後葉291）

【類歌】②16夫木13364「行く秋の末葉のあさぢ露霜のふるからをのぞかねてしらるる」（雑十、浅茅、同〔＝為家〕）

④11隆信230「おとらじとおのがさまざまよわるなり秋はすゑのの虫のこゑごゑ」（秋下。④31正治初度百首1255）

④31正治初度百首2057「秋はつるかれのの草の下葉にはさもよわるべし虫のこゑごゑ」（秋、小侍従）
⑤262寛喜女御入内和歌59「さをしかのこゑきくをののあさなあさなゆく人しげきみちのしのはら」（八月「山野鹿立行客過之」（知家））

建保三年五月和哥所哥合行路秋③

2198（2301）　うちわたすをちかたのべのしらつゆに／よものくさ木のいろかはるころ

【訳】ずうっと見渡す遠い彼方の野辺の白露によって、まわり一面の草木の色が変わる頃であるよ。

【語注】○建保三年　一二一五年、定家54歳。○行路秋（題）他、③132壬二2464、③131拾玉4017、4018、4037、4038のみ。○うちわたす　八代集三例。○をちかた　八代集八例。○しらつゆに　①2後撰308「白露に風の吹敷く秋ののは…」○くさ木　八代集十三例。

【本歌】①1古今1007「うちわたすをち方人に物まうすわれそのそこにしろくさけるはなにの花ぞも」（雑体、旋頭歌（文室朝康）。「題しらず」よみ人しらず。②4古今六帖2510。⑤331和歌大綱9。「全歌集」）

▽本歌をふまえて、はるか見渡す遠い彼方の人に、私がそのそこに咲いているのは何かと聞いた花よ、野辺の白露によって、まわりの草木の色も変わっていく季節の比あいであると歌う。同じ定家に、③133拾遺愚草905「うちわたすをちかた人はこたへねど匂ひぞなのる野べの梅がえ」（正治百首、春。①11続古今63。④31正治初度百首1308。⑤216定家卿百番自歌合5）がある。【類歌】が多い。⑤212院四十五番歌合〈建保三年〉40、二十番、行路秋、右勝、侍従藤原朝臣、第四句「よもの木草の」、「大方申曰、ともに優に侍れども、遠方のべの露いますこしいろふかくやなど沙汰侍りき」。全歌集「参考」・①2後撰370「あきののにいかなるつゆのおきつめばちぢの草ばの色かはるらん」（秋下、よみ人しら

ず）。

【類歌】①13新後撰17「まづさける花とやいはんうちわたす遠かた野べの春のあは雪」（春上「…、春雪」為家。④36弘長百首32）

①15続千載1735 1737「白玉かなにぞとはんうちわたすをち方野べの秋の夕露」（雑上、津守国夏）…2198に近い

①21新続古今57「うちわたすをちかた人も春とてやよど野の沢にわかな摘むらん」（春上「若菜を…」成恩寺関白前左大臣）

①21同708「白妙の野原の雪にうちわたすをちかた人の袖まがふらし」（冬「…、野径雪を」忠房親王）

②16夫木15582「しろたへの霜の衣をうちわたす遠方人やそでにしるらん」（雑十五、しもの衣、光明峰寺入道摂政）

④37嘉元百首1847「露しろき草の上よりはれそめてをちかた野辺に残る朝霧」（秋「霧」為相）

④37同1907「白妙にさきなばとはむ打ちわたす遠方野辺の梅の初花」（春「梅」為藤）

建永元年七月十三日和哥所當座行路風③

2199（2302）　たまぼこやゆくての、べのあさぢまで／うつろふそでの秋のはつ風

【訳】道よ、これから行く手の野辺の浅茅までも紅葉する（旅の）袖に秋の初風（が吹く）よ。

【語注】○建永元年　一二〇六年、定家45歳。　○行路風（題）他、③132壬二2953のみ。　○たまぼこ　これのみ八代集一例・新古113（後述）。また「たまぼこの」（枕詞）八代集九例。①8新古今113「このほどはしるもしらぬも玉桙のゆきかふ袖は花のかぞする」（春下、家隆）。　○ゆくて　八代集二例・金葉㊂79、千載440。　○秋のはつ風　八代集十四例。また「はつ風」は「秋の初風」のみ。つまり「初風」は秋のみ。①1古今171「…うらめづらしき秋のはつ風」

（よみ人しらず）。
▽道の行手の先の野の浅茅までもが色変る秋の初風が袖に吹いていると歌う。同じ定家に、③133拾遺愚草2364「夏はてぬるや河べのしののめに袖ふきかふる秋の初風」（下、秋、内裏秋十首）がある。「三首歌合（散逸）中の一首。↓二一六八。」（全歌集）。
B411「行路秋風袖のひやゝかなるにつけてもはやあさちもうつろふこゝちする風そと也旅行の感情なるへし」。全歌集「参考」・①2後撰873 874「いつしかのねになきかへりこしかどものべのあさぢは色づきにけり」（恋四、忠房）、①6詞花138 136「はつしもおきにけらしなけさみれば野べのあさぢもいろづきにけり」（秋「初霜をよめる」能宣）。

【類歌】⑤214右大臣家歌合〈建保五年九月〉38「しらざりきおつる涙の玉ぼこや道のゆくての袖にみんとは」（行路見恋、範宗）

正治二年二月左大臣家哥合

2200（2303）　唐衣すその、まくずふきかへし／うらみてすぐる秋のゆふ風

【訳】唐衣の裾を、また裾野の真葛を吹き返して、裏を見て、さらに恨んで過ぎて行く秋の夕風であるよ。
【語注】○正治二年　一二〇〇年、定家39歳。　○唐衣　「すその」に掛かる枕詞。①1古今375「唐衣たつ日はきかじあさつゆの…」（よみ人しらず）。　○すその　八代集六例、初出は後拾371。「すそ」掛詞。　○まくず　八代集四例、初出は金葉157。「裏見」とセット。　○ふきかへし　八代集十二例。「かへし」「うら」は「衣」の縁語。　○うらみ　掛詞（恨み・裏見）。夕暮、男が飽きて、待っても来ない女の恨みをこめてか。　○秋のゆふ風　八代集二例・千載772、新古274。また「夕風」のみ八代集六例、初出は後拾511。

▽唐衣の裾や、山の裾野の真葛を吹き返して裏を見せ、恨んで秋の夕風は吹き過ぎて行くと歌う。同じ定家に、この詠と似た、⑤197千五百番歌合1087「みづぐきのをかのくずはらふきかへし衣手うすき秋のはつかぜ」（秋一、定家。①21新続古今348。③133拾遺愚草1037）がある。「歌題が記されていないが、「野風」を詠んだと考えられる。良経家十題二十番歌合（散逸）での詠。↓二〇五五。」（全歌集）。

六家抄1048「すそのといはんため也。すその、くずを風が吹かへし〳〵するは、風が葛をうらみて吹かへすやうにみなす心也。から衣と云もうらみてのえん也。興ずる上より也。」。

【参考】①1古今171「わがせこ《ぎも（新、六130、3296、躬）》が衣のすそを吹返しうらめづらしき秋のはつ風」（秋上「題しらず」よみ人しらず。②3新撰和歌4。②4古今六帖130、3296。③3家持226。③12躬恒458。⑤274秀歌大体45）…もと、2200に近い

⑤146関白内大臣歌合〈保安二年〉25「秋野《（の）》のはなずりごろもふきかへしいろならなくに風ぞ身にしむ」（野風、宗国）

⑤295袋草紙496「からころもすそのくさはふく風におもひもあへずしかやなくらむ」（修理大夫（顕季））

【類歌】①16続後拾遺960 952「秋風にかきほのまくず吹きかへしうらみばかりは絶ゆる夜もなし」（恋四「…、寄風恋」鷹司院帥）

②16夫木5850「たのめつつなほいなみ野のくずの葉のうらみをますは秋のゆふかぜ」（秋五、葛「…、寄風恋」藤原憲経）

④33建保名所百首457「みむろ山神のいがきにはふくずのうら吹きかへす秋の夕かぜ」（秋「三室山大和国」。②16夫木5839、8842）

④35宝治百首2551「秋風にかきほのまくず吹きかへしうらみばかりはたゆる夜もなし」（恋「寄風恋」師）

⑤199八幡若宮撰歌合〈建仁三年七月〉2「からころもすそのの風やたちぬらんそでにさきだつ秋のしら露」（「初秋風」公経）

⑤340二言抄50「すがるふすこぐれが谷の葛まきを吹きうらがへす秋の夕風」（西行。②16夫木5844）

元久元年七月宇治御幸、③　野露

2201 (2304)　山しろのくぜのはらの、しのすゝき／たまぬきあへぬ風のしらつゆ

【訳】山城の久世の原野の篠薄は、（風によって）その玉（白露）を貫き通すことができない風の白露であるよ。

【語注】○元久元年　一二〇四年、定家43歳。○野露（題）他、③131拾玉4322、4323、③130月清1147のみ。○山しろ　すべて八代集十二例。①1古今696「つのくにのなにはおもはず山しろの…」（よみ人しらず）。①8新古今1589 1587「山城のいは田のをののははそはらみつつや君が山ぢこゆらむ」（雑中、宇合）。○くぜ　八代集にない。万葉1290 1286「山背の久世《くせ》の社の草な手折りそ…」（巻第七）。同1711 1707「山背の久世の鷺坂神代より…」（巻第九）。○はらの　八代集にない。②14新撰六帖2467「しもがれのはらのにまじるふしくぬぎ…」。③130月清1345「しもがれしはらののさはのあさみどり…」（⑤258文治六年女御入内和歌52）。○しのすゝき　八代集五例。①1古今1107「わぎもこにあふさか山のしのすき…」。②4古今六帖3713「秋風のややふく野べのしのすすきほにいでぬこひはくるしかりけり」（第六「しのすすき」）。③29順129「はなのみなひもとく野べのしの薄い《に（女）》かなる露たむすびおきけん―（「すすき」侍従。⑤34女四宮歌合1）。③89相模459「ほにいでてかぜのなびかばしのすすきそよやしたばのつゆはむすばじ」（七月）。③100江帥212「したにのみしげりしをののしのすすきほにいづるあきぞつゆけかりける」（恋「ある女に」）。⑤421源氏物語717「秋はつる野べのけしきもしのすすきほのめく風につけてこそ知れ」（宿木、（中の君））。⑤424狭衣物語128「招くとも靡くなよゆめ篠薄秋風吹かぬ野辺は見えぬと」（巻三、（宮の中将））。○たまぬき　八代集四例、初出は詞花237。

▽山城の久世の原野の篠薄は、風が吹いて散らすので、白露の玉を貫き通すことができないと歌う。百人一首の①2後撰308「白露に風の吹敷く秋ののはつらぬきとめぬ玉ぞちりける」（秋中、文室朝康）が響くか。②16夫木9743、雑四、

野、くぜのはらの、山城「元久元年宇治御幸、野薄」前中納言定家卿。「宇治での五首歌会の一首。→二二四二。」。不審215「山城のくぜのはらの、名所候哉。「せ」の字、濁候哉。※／※久世歟。無才学候。」。六家抄1049「とりあへず風が露をちらす心也。」。

【参考】②9後葉293「をしか鳴く秋ののばらのしのすすきしのびもあへぬ恋もするかな」（恋一、読人不知）

2202
(2305)
建仁二年三月六首秋哥③

しもまよふをだのかりいほ《ほ③》のさむしろに／月ともわかずいねがてのそら

【訳】霜が入り乱れる小田の仮庵の冷たい狭筵に、霜を月光とも区別できずに眠りがたい空であるよ。

【語注】○建仁二年　一二〇二年、定家41歳。○をだ　八代集十一例。2163前出。○かりいほ　仮庵「かりいほ」八代集四例、「かりほ」同二例。○さむしろ　八代集十二例。「寒し」との掛詞。○さむしろに　①1古今689「さむしろに衣かたしきこよひもや…」（よみ人しらず）。①5金葉二298 319「さむしろにおもひこそやれささの葉にさゆるしも夜のをしのひとりね」（冬、顕季。①5金葉三303。③105六条修理大夫238。④26堀河百首917）。③130月清751「きりぎりすなくやしも夜のさむしろにころもかたしきひとりかもねむ」（院初度百首、秋。①8新古今518）。○いねがて　八代集二例。「稲」との掛詞か。「「寝難く」の意に、「小田」の縁語「稲」を響かせる。」（全歌集）。○いねがてのそら　③132壬二658「君とわれふしみのさとは名のみしてかりほの庵のいねがての空」（百首、恋、寄名所）。

▽第二句字余（い）。空よりの月光とも区別しがたい霜が乱れ置く小田の仮小屋の狭莚に、寒さのために寝がたいと歌う。同じ定家に、③133拾遺愚草2256「さむしろに初霜さそひ吹く風を色にさえゆくねやの月かげ」（下、秋「…、月明風又冷」）がある。⑤259三体和歌21、定家朝臣「からびほそくよむべし」。「三体和歌。秋冬は「からびやせすごき由也」て

詠めと指示されていた（明月記）。」（全歌集）。

Ｂ412「さ莚は寒の字をそへたるにや月ともわかすは霜とも月ともわかぬ面白夜のさま也おらはやおらん初霜のとよめるも愛したる心也」。Ｃ504「田夫にていやしきものなれば、月ともわかずと云せつ、説（Ｄ）不用。霜と月との分別なきよし也。田家の暮秋、ナシ（ク）物《もの（ク）》がなしき躰《体（ク）》也。」・Ｄ322。六家抄1050「さむきとうけたる也。田家の秋の月の心也。月霜をみて白は月か霜か分別もなき心也。いねがても田のえん也。」。

全歌集「参考」・③96経信119「あきのよはころもさむしろかさぬる《ねても（新）》とつきの光にしくものはなし《ぞ（ク）き（ク）》」（「九月十三夜に、望月」）。①8新古今489、秋下、経信）。

安田113頁「定家の「艶」は、じつに、幻想的で枯れ枯れとした冷たさを不思議にただよわせているものであった。」。

安東154～157頁「霜まよふ」についての考察。

【類歌】③130月清926「さむしろにひとりねまちのよはの月しきしのぶべき秋のそらかは」（院無題五十首「秋」）

2203（2306）　**建暦三年九月十三夜内裏哥合③／江上月**

なにはえにさくやこの花しろたへの／秋なき浪をてらす月かげ

【訳】難波江に咲くよ、この花つまり白梅は白妙であり、白妙の、秋というものがない、白波をてらす月の光であるよ。

【語注】**○建暦三年**　一二一三年、定家52歳。**○江上月**（題）⑥1金葉初292（重基）／③132壬二2473、④5実国20、③116林葉461、③129長秋詠藻247…。**○なには江**　八代集九例。**○しろたへの**　①1古今22「かすがののわかなつみにや白妙の…」（つらゆき）。**○秋なき浪**　③133拾遺愚草1243「…秋なき浪の秋の夕暮」。**○てらす月かげ**　①1古今281「…よるさへ見よとてらす月影」（よみ人しらず）。

【本歌】①1古今序「なにはづにさくやこの花ふゆごもりいまははるべとさくやこのはな」（王仁。「全歌集」）
▽本歌をふまえて、難波江（津）に、冬籠った後に今は春だと花咲く白梅があるが、白妙の、秋という季節のない浪を月の光が照らしていると歌う叙景歌。白妙の浪、月であり、まさに白秋。同じ定家に、③133拾遺愚草2223「影きよきなつみの河と秋かけてしらゆふ花をてらすよの月《月かげ(夫)》」（下、夏「名所夏月」。②16夫木1044）がある。【類歌】が多い。⑩60歌合〈建暦三年九月十三夜〉5、三番、左「江上月」、無判、定家卿。
摘抄75「此歌、三の句に「白妙」とをかれたる、神変也。白妙の花に似也。月さえわたる難波の浦を見わたせば、白梅の花の開たる時の気色のごとく也。二の句心にこもれり。難波津にさいたる花まで也。…」。
【参考】②2新撰万葉265「シロタヘノ　ナミヂワケテヤ　ハルハクル　カゼタツゴトニ《吹くから(寛)》　ハナモサキケリ」（春。⑤4寛平御時后宮歌合28）
全歌集「参考」・①1古今250「草も木も色かはれどもわたつうみの浪の花にぞ秋なかりける」（秋下、文屋やすひで）
③118重家342「うのはなのさきぬるときはしろたへのなみもてゆへるかきねとぞみる」（「卯花」。①8新古今181）
⑤105殿上歌合〈承保二年〉12「難波江にひまなくよする白波と見えうちまがへ《こそわたれ(夫)》あしのわかほの」（草花、惟信。②16夫木13434）
【類歌】①9新勅撰51「白妙の浪ぢわけてやはるはくる風ふくままに花もさきけり」（春上、よみびとしらず）
①19新拾遺1631「秋さむく成りにけらしも山里の庭白妙にてらす月かげ」（雑上「月をみて」道済）
②16夫木14604「しろたへの浪もしづけき色見えてかはべのさとにさける卯の花」（雑十三、かはべの里…隆教）
③131拾玉3517「わたつ海の秋なき浪の花になほ霜おく物は夜半の月影」（詠百首和歌「草も木も…」。②16夫木5196。⑤197千五百番歌合1354）
③131同3884「法の水をけふかきながす難波えに月影さむし秋の暁」

④33建保名所百首575「白妙の波の花ずりみだれつつ野島がさきの秋の衣手」（秋「野島崎近江国」）
④40永享百首210「咲きそへていとどかきねもしろたへの月にぞまがふ庭の卯の花」（夏「卯花」御製）

暮山松

2204
(2307) ■ 秋はいぬゆふ日か《が③》くれぬ峯《の③》の松／よものこの葉のゝちもあひ見む

【訳】秋は去ってしまった、夕日が隠れてしまった、峯の松よ、まわりすべての木葉が散り果てた後もともに見よう。

【語注】○暮山松（題） 他、③132壬二3019のみ。 ○秋はいぬ ②4古今六帖202「…ぬさにたむけて秋はいぬとも」。 ○ゆふ日 八代集五例。 ○ゆふ日かくれぬ ①3拾遺546「山高みゆふ日かくれ《が（六、人）》ぬ《り（万）》あさぢ原後見むためにしめ《と（六）》ゆはましを」（雑下、人まろ。万葉1346 1342。②4古今六帖3901。②16夫木15487。③1人丸26。『万葉集』の影響を受けていると思われる作」（安田143頁）・2204、「（参考歌）」（同149頁））…もとか。 ○峯の松 ①2後撰374「打ちはへて影とぞたのむ峰の松…」（よみ人しらず）。 ○ゝ《（の）》ちもあひ見む 恋の詞。 ○ん 意志としたが、推量か。

▽初句切。腰句以下ののリズム。秋は去り夕日は隠れ木葉が散っても残る峯の松を私は見捨てはしないと歌う。⑤216定家卿百番自歌合78、秋、三十九番、右勝、内裏歌合、第二句「夕日がくれの」。⑤225定家家隆両卿撰歌合43、廿二番、左、第二句「夕日がくれの」。⑥11雲葉724、秋下、第二句「ゆふ日がくれの」、末句「のちにあひみん」。⑤335井蛙抄177、第二句「ゆふ日がくれの」。⑩60歌合〈建暦三年九月十三夜〉25、末句「後にあひみん」。
C505「本《ナシ（D）》山高み…冬嶺駙《孤（〃）》松秀、の心もあり《有（〃）》。松は不変物なれば《の（〃）》、よもの《この（〃）》木葉おちゝ《落ち（〃）》りて後も、かはらずなれみんと也。」・D326。不審216「…ぬ[※1]峯の松「ぬ[※2]」の字、心得がたく候。／※1の。※2愚本の分候。」。六家抄1051「いぬる也。木葉のちりはてゝも後夕日の松はおもしろき心也。木葉の後も松はそのまゝなる程にみむと也。暮秋の心也。

右、万二山高み…（私注―前述）」。

全歌集「参考」・①1古今287「あきはきぬ紅葉はやどにふりしきぬ道ふみわけてとふ人はなし」（秋下、よみ人しらず）。

新大系・百番78「参考」・①3拾546（前述）。

【類歌】④40永享百首427「たれか見る四方の木の葉も色づきて夕霧こむる秋のけしきを」（秋「湫夕」性脩）
⑤218内裏百番歌合〈承久元年〉108「秋風山イの夕日がくれのふもとより露見えそはぬ草のはぞなき」（秋夕露、忠定）

元久二年夏院詩哥合山路秋行③

2205（2308）　みやこにも今や衣をうつの山新古／ゆふしもはらふつたのしたみち

【訳】都でも今は（妻が）衣を擣つ宇津の山であるよ、夕霜を払いながら行く蔦の下道であるよ。
【語注】**○元久二年**　一二〇五年、定家44歳。**○山路秋行**（題）他、①8新古360（慈円）、506（家隆）、983（長明）、984（慈円）／③132壬二2385、③131拾玉4071～4079、③133拾遺愚草2309。**○みやこにも**　①1古今90「ふるさととなりにしならのみやこにも…」（ならのみかど）。**○うつの山**　八代集四例、すべて新古今。「うつ」掛詞（宇津・擣つ（ならむ））。**○ゆふしも**　八代集一例・新古982（この歌）。「「霜」は凍った旅愁の涙。」（新大系）。**○つたのしたみち**　八代集一例（この歌）、なお「蔦」、「下道」ともこの例のみ。
▽都でも今頃はきっと妻が衣を擣っていよう、私は宇津の山を夕霜を払いつつ蔦の下道を旅行くと歌う。業平の立場で、我身を業平になして詠んでいる（京極中納言相語）。また腰句「うつの山」、末句「蔦の下道」の型《パターン》。【類歌】が多い。元久二年六月十五日詩歌合。①8新古今982、羇旅「詩を歌に合せ侍りしに、山路秋行といへることを」定家朝臣、隠岐本、撰者名注ナシ。⑤203元久詩歌合128、廿七番、右、定家、山路秋行、判ナシ。⑤216定家卿百番自歌合解7

（前稿本）、八十七番、右、院詩歌合。⑤319和歌口伝7、一　初本とすべき歌。九代抄。C506「こゝは山中なれば、《ナシ（D）》夕霜ふかく、はや冬のごとく也。都《宮古（ツ）》にて《こそ（ツ）》は衣うつ時分にてあらんと思《おも（ツ）》ひやりたる也《心（ツ）》。」・D323。六家抄1052「旅の夕霜のさむき時分に、都にもかゝる比は衣を打らんと思ひやる心也。うつとうけたる、我さむき上より思ひやる也。」。

全歌集「参考」・「宇津の山にいたりて、わが入らむとする道はいと暗う細きに、つたかえでは茂り、物心ぼそく、すゞろなるめを見ることと思ふに、」（伊勢物語、（九段）、新大系88頁）」。安田129頁「唯美的で艶の美を多く湛えている作品」。赤羽331頁「第一句と第二句のたたみかけるような反復が、最後の句までひびき、第一音と尾韻が同音でまとめてある。反復型と内向型とが一つになった例である。」。コレ39。新大系・百番207「一七四「さやの中山」の詠に差し替え。伊勢物語九段の文脈は後景に退く。」。

美濃「めでたし、詞めでたし、霜ふりて寒き山路の夕暮に、故郷の夜寒をも思ひやりて、今や衣うつらんとなり、霜をはらふとて、手して衣をたゝくさまと、衣うつさまと、似たるにつきて、思ひやれる意も、あまりのにほひにて、おもしろし、うつの山につたの下道をよむは、伊勢物語の詞によれり、」。旧大系「伊勢物語「宇津山に…しげりて」による。」。全書「本説「うつの山に…茂りて」（伊勢物語）」。全集「参考「宇津の山…茂り、もの心細く」（伊勢物語九）。」、同「題意を、宇津の山の秋の旅路としての作、衣の夕霜をはらいながら、自分を思って砧を打つ都の妻の面影を浮かべている趣。これも哀艶である。」。完本評釈「伊勢物語を、本歌取の本歌と同じく扱ったものである。」。全註解「伊勢物語の…とある情景をとり、」。集成「これも『伊勢物語』東下りの段の業平の心。参考「宇津の山…逢ひたり」」。新大系「擣衣は孤閨の怨嗟の声。…初句の「も」に注意。」。全注釈「「参考」・「ゆき〳〵て、…あひたり。」」。

【類歌】①21新続古今952「むかしだにむかしといひしうつの山こえてぞ忍ぶ蔦の下道」（羇旅、雅世）
②16夫木4782「鹿のねもいろそふばかりうつの山したもみぢこきつたの中道」（秋三、鹿、…為実）

④33建保名所百首142「宇津の山蔦のわか葉の下にだに道ある御代を憑行くかな」（春「宇津山駿河国」）
④35宝治百首3797「宇津の山これやむかしの跡ならん露分けわぶるつたの下道」（雑「旅行」下野）
④37嘉元百首84「ききてのみうつつには見ぬうつの山ゆめにもみえず蔦の下道」（雑「山」法皇）
⑤261最勝四天王院和歌358「ふみ分けし昔は夢かうつの山跡ともみえぬ蔦のした道」（「宇津山駿河」雅経。①11続古今915
922。④15明日香井1304）
⑤279未来記48「夕暮はつらき嵐のうつの山思ひをたれにつたの下道」（恋）
⑤401東関紀行35「東路はここをせにせん宇津の山あはれも深し蔦の下道」

2206
（2309）
夕づくひこのまのかげもはつかりの／なくやくもゐの峯のかけはし

【訳】夕日（の）、木の間の光もなくなってしまって、（ちょうどその時）初雁が雲居に鳴くよ、そして雲居にある峯の梯（を私は行くことである）よ。

【語注】○夕づくひ　八代集二例・金葉427、新古269。②4古今六帖279「ゆふづくひさすやをかべにつくるやの…」。○このまのかげ　④33建保名所百首426「小倉山心づくしの夕づくよこのまのかげに秋はきにけり」（秋「小倉山山城国」）。○はつかり　「はつ」掛詞（初、果つ）。①1古今206「まつ人にあらぬものからはつかりの…」（在原元方）。○くもゐ　雲居。空。○かけはし　八代集八例。

▽木の間の夕陽の姿も消え、初雁が鳴く空の下、雲居の峯の梯を私は旅行くと歌う。雲居の雁詠。【類歌】が多い。
⑤203元久詩歌合129、廿八番、右、定家、山路秋行、初句「夕づくよ」、判ナシ。
五43「此題は、山路を秋人の行たる体也。山路秋過と云は秋が過行と也。心かはれり。題をよく分別すべき事也。歌

余情かぎりなき物也。返〳〵吟味すべきもの也。」」。B413「山路秋行この題の余情を能々可吟味とぞ」。六家抄1053「峯の木のまにかりのつらなりたるは、峯の梯のやうなる心也。又嶺のかけはしの辺の鴈歟。」」。赤羽285頁「…かけもはつかりの…というように掛詞と押韻を重ね用いることによって、いっそう韻律の効果を強化している。」」。

【参考】③27仲文30「またずともなかざらめやははつかりのくもゐになかむこゑをこそおもへ」（「…、女」）

【類歌】①14玉葉576「すむ里は雲ゐならねど初かりのなきわたりぬる物にぞありける」（秋上、伊勢）

①17風雅912 902「雲霧にわけいる谷はすゑくれて夕日のこれる峰のかけはし」（旅「夕旅行を」院御歌）

①19新拾遺495「初雁の鳴きわたりぬる雲まより名残おほくて明くる月影」（秋下、紀友則）

③132壬二817「霞みゆく雲ゐの雁や越えつらん渡せばたゆる峰のかけはし」（院百首、春）

③132同2599「笠鷺のわたすやいづこ夕霜の雲ゐに白き峰の梯」（下、冬「…、冬山霜」。①9新勅撰375。⑤215冬題歌合〈建保五年〉2）

④23続草庵409「白雲の埋む山路の末なれや夕日うつろふみねのかけ橋」（雑「…、山路雲」）

④34洞院摂政家百首1744「ながめやるみやこのさかひにつかりのなくくく山遠きみねのしら雲」（雑「眺望」行能）

⑤192仙洞影供歌合〈建仁二年五月〉35「柴の戸にさすや木のまの夕づくひかげもすずしき軒の松かぜ」（「松風暮涼」

2207 (2310) 建仁三年和哥所哥合、[3] 海邊鴈　権大納言

ゆくかりのたが秋風とうれふらん／なみもふせがぬいそのとまやに

【訳】空行く雁は一体誰の秋風だと愁えているのだろうか、波も防ぎはしない磯の苫屋に。

【語注】○建仁三年　一二〇三年、定家42歳。　○海邊鴈　他、⑦46出観436、③130月清1144のみ。　○ゆくかりの　①1古今819「葦辺より雲ゐをさして行く雁の…」（よみ人しらず）。　○たが秋風　①8新古今513「…たが秋風に鶉なくらむ」（通光）。　○たが秋風と　「飽き」との掛詞か。誰が飽きた、秋風だと。女が男に飽き捨てられたとの、女の立場に立っての詠で、恋の世界をほのめかすか。　○うれふ　八代集にない。が、「うれへ」（名）は八代集二例・千載351、1163。万葉896 892「… 囲み居て　憂へさまよひ　かまどには　…」（巻第五）。源氏物語「…、と中将のうれへしは、さる人や」（「夕顔」、新大系一―139頁）。同「なやみ給人の御ありさまもうれへきこえ給。」（「葵」、新大系一―302頁）。　○ふせが　八代集一例・拾遺574。　○とまや　八代集七例。

▽三句切、倒置。波も防ぎはしない磯の苫屋に、（私はいるが）、旅行く雁は、誰の秋風だと愁えているか（、それは他ならぬ私だ）と歌う。詠歌主体は苫屋にいる体であろう。「建仁三年七月十五日八幡若宮撰歌合の撰外歌か。」（全歌集）。

B414「海辺雁たか秋風とは雁の鳴を聞て更に心からきて鳴そと思ふ心也又磯の笘屋とよめるもわか心から爰にすむそと思ふ心にやなを可思」。摘抄76「此歌、「うらの笘屋に」とはてぬ歌也。「波もふせがぬうらのとまや」とは、波風をさへふせがず、荒たるとまやに居て、秋の夕のかなしさをながむる比、…」。

三宮より十五首哥めされし秋哥③

2208
(2311)

とぶかりのなみだもいとゞそぼ③《ほ》ちけり／さ、わけし野邊のはぎのうへのつゆ

【訳】飛ぶ雁の涙も（加わって）たいそう濡れそぼったことよ、笹を分けた野辺の萩の上の露に。

【語注】○とぶかりの　①1古今191「白雲にはねうちかはしとぶかりの…」（よみ人しらず）。③132壬二2409「山のはにねぐらたづねず飛ぶ雁のよそのなみだも杉の下露」（下、秋「…、暮天聞雁」）。③132同2478「秋の田のかりほのやどりとふ（マヽ）かりの声さへ匂ふ萩の上の月」（下、秋「田家月」）。○かりのなみだ　八代集三例。○そぼち　八代集十四例。○はぎのうへのつゆ　④32正治後度百首627「雲路分け物おもふかりやすぎつらん色あさからぬはぎのうへの露」（草花」長明）。

【本歌】①1古今221「なきわたるかりの涙やおちつらむ物思ふやどの萩のうへのつゆ」（秋上、よみ人しらず。②8新撰朗詠321。⑤277定家十体8。「全歌集」）

▽三句切、倒置法。末句字余（う）。本歌をふまえて、笹を分けて進み行く野辺の、「物思ふ宿」と同様な萩の上の露に、なきわたり飛んでいる雁の落ちた涙も加わってたいそう濡れそぼつと歌う。「三宮十五首。→二〇三七。」（全歌集）。全歌集「本歌」・①1古今622「秋ののにささわけしあさの袖よりもあはでこし《ぬる（伊）》よぞひちまさりける」（恋三、なりひら。⑤415伊勢物語56、第二十五段、男）。

【類歌】⑤197千五百番歌合1159「雲井よりかりのなみだやをぐら山ふもとののべの萩のうへのつゆ」（秋一、忠良。②16夫木4217）

2209（2312）　久方の月の桂のしたもみぢ／やどかるそでぞ色にいでゆく

【訳】月の桂は下紅葉し、（月光の）宿を借る私の袖は紅涙によって色にあらわれてゆく。

【語注】○月の桂　八代集十二例。①1古今463「秋くれば月のかつらのみやはなる…」（源ほどこす）。○第二、三句　④15明日香井1289「このまもる月のかつらのしたもみぢ…」・同位置。⑤197千五百番歌合974「夏の夜の月のかつらのしたもみぢ…」（讃岐）・同位置。　**○したもみぢ**　八代集七例。⑤319和歌口伝128「とし月はいはでのもりの下紅葉色にいでてやいまは恋しき」。　**○いでゆく**　八代集にない。万葉546 543「…八十伴の男と　出で行きし　愛し夫は　…」。③131拾玉5050「…いでゆきかたもなき身なりけり」。③132壬二2083「…雪気の水ぞ色に出行く」。

【本歌】①1古今194「久方の月の桂も秋は猶もみぢすればやてりまさるらむ」（秋上、ただみね。②4古今六帖307。②3新撰和歌64。「全歌集。新大系・百番72」）

▽本歌をふまえて、秋はやはり紅葉するからか、照りまさっている月の桂の下紅葉の光が宿る私の袖は、紅涙と共に色にあらわれてゆくと歌う。「久方の月の桂」は型《パターン》。同じ定家に、③133拾遺愚草2237「天河ふるき渡もうつろひて月のかつらぞ色にいでゆく」（下、秋、七夕内裏七首。②16夫木4068）がある。⑤216定家卿百番自歌合72、右、三宮十五首。B415「宿かるとは月の袖に宿かる儀也月の旅をやとしたれは此袖の色は下紅葉そと思ふ也木の下の心にいへり」。六家抄1054「月のかつらの下紅葉とよめるは、月のうへの事を桂によせてよめる也。我涙に月が宿るほどに涙も色に出行と也。紅葉とよめるに色に出行とはよめる、月のかんまで也。」。

【参考】②4古今六帖312「そらとほみ秋やよくらん久かたの月のかつらの色もかはらぬ」（「秋の月」きのよしみつのあそん）

⑤354栄花物語227「久方の月の桂や今宵より下葉もみぢて濃さまさるらん」（巻第十九　御裳ぎ、資通）

【類歌】①9新勅撰258「見るままに色かはりゆくひさかたの月のかつらの秋のもみぢ葉」（秋上「月歌とて…」資季）…2209に近い

①16続後拾遺322「ひさかたの月のかつらの初紅葉色づくみれば秋は来にけり」（秋上、「（…、初秋月）」御製）

①19新拾遺1636「久堅の月の桂の紅葉ばはしぐれぬ時ぞ色まさりける」（雑上、高階重茂）

⑤222名所月歌合〈貞永元年〉20「たつた山月のかつらのした露にあきのなかばぞいろにいで行く」（名所月、源家清）

2210（2313）　なみだのみこの葉しぐれとふりはてて／うき身を秋のいふかひもなし

【訳】涙ばかりか、木葉時雨として降り果てて、私もすっかり老いぼれて、この我が憂き身を飽きはて、秋にもう言う甲斐もないことよ。

【語注】○なみだのみ　①1古今581「…涙のみこそしたにながるれ」（清原ふかやぶ）。　○このはしぐれ　③129長秋詠藻265「…木の葉時雨と誰か分きけん」。定家に用例が多い。　○ふりはて　八代集二例・詞花40、新古586。二例共ここと同じく掛詞（旧・降果）。　○うき身を秋　新国歌大観索引では、⑥⑧⑩に数例みられる。　○秋　掛詞（飽き・秋）。

▽涙ばかりが、木葉時雨とばかり思わせて降り果ててしまい、この老いさらばえた憂き身にもううんざりして、この秋にどういっていいのか分からないと歌う。

全歌集「参考」・③73和泉式部275「しほのまによものうらうらもとむれ《尋ぬ(新)》どいまはわが身のいふかひもなし」（①8新古今1716、1714、雑下、和泉式部）。

【参考】①3拾遺1306「うき世にはある身もうしとなげきつつ涙のみこそふるここ《は(万)》ちすれ」（「返し」）

【類歌】①11続古今1613 1621「まきのやにこのはしぐれとふりはててそでにとまるはなみだなりけり」（雑上、覚寛。②15万代1357）

①14玉葉873 874「おとづれし山のこの葉はふり《ば散(式)》はててしぐれをのこす峰の松風」（冬、憲実）

④31正治初度百首262「時雨れつつよもの紅葉は《ば(風)》ふりはててあられぞおつる庭のこのはに《のはイかげ(式)》」（冬、前斎院。①17風雅803 793。④1式子260）

④31同2259「おとそへし杜の木葉はふりはてて時雨よよわる神無月かな」（冬、信広）

2211
(2314)
建久六年秋ご《こ③》ろ《、③》大将殿にて末句／十をかきいだして《出でて③》よむべきよし侍し《り③》に《、③》／當座

しほ《を③》るべきよもの草木もを《お③》しなべて／けふよりつらきお《(を)》ぎのうは風

【訳】萎れてしまうであろうまわり一面の草木もすべてにわたって（であろうから）、今日から辛く思われる荻の上風よ。

【語注】○**建久六年**　一一九五年、定家34歳。　○**よもの草木**　めぐみ、そこに君恩のめぐみに充たされるもの。　○**を《(お)》しなべて**　桜の歌が多い。①2後撰84「ちりぬべき花の限はおしなべて…」（よみ人しらず）。①7千載243 242「おしなべて草ばのうへをふく風にまづしたをるる野べのかるかや」（秋上、甲斐）。③125山家286「おしなべてはらまでになびきて秋のあはれ見えけり」（上、秋、荻）。④31正治初度百首1209「おしなべてよもの梢はかすめども梅がかのこす春のあけぼの」（春、隆信）。⑤258文治六年女御入内和歌150「おしなべて荻吹くかぜのおとさへぞのどけき秋をしらせがほなる」（秋、七月「秋風」隆（信））。　○**けふ**　立秋か。が、「秋」における歌の位置は初めのほうではない。　○**お《(を)》ぎのうは風**　八代集六例・千載二、新古今四例。また「うは風」は「をぎの――」のみ。

▽萎れるであろうまわりの草木すべて、今日よりは荻の上風が辛く思われると歌う。全歌集「参考」・①1古今249「吹くからに秋の草木のしをるればむべ山かぜをあらしといふらむ」（秋下、文屋やすひで）、①8新古今371「あき風のよそに吹きくるおとは山なにのくさきかのどけかるべき」（秋上、好忠）。「なお、第五句は二二一二とともに「秋はなほ…〔私注―③52義孝4「秋はなほゆふまぐれこそただならねをぎのうはかぜはぎのしたつゆ」（「あきのゆふぐれ」）〕によるか。▽以下二二二〇まで、第五句を決めておいて詠みこむ、勒句の方法による詠。大将家は左大将後京極良経家の意。」。

【類歌】①15続千載736 740「おしなべてよもの草木の色づくはやまず時雨のふればなりけり」（雑体、物名「つくば山」山本入道前太政大臣）

2212
(2315)

とればけぬわくればこぼるえだながら／よしみやぎの、はぎのしたつゆ

【訳】手にとれば消えてしまう、分け行けばこぼれてしまう（、だから）枝のままで、よし見てしまおう、宮城野の萩の下露をば。

【語注】○よし　八代集十三例。　○えだながら　①3拾遺201「枝ながら見てをかへらんもみぢばは…」（源兼光）。　○みやぎの　八代集十三例。「み」、「見」との掛詞。「よし宮木野の―「よし見む」を掛ける。」（全歌集）。　○はぎのしたつゆ　②6和漢朗詠229「…をぎのうはかぜはぎのしたつゆ」（義孝。③52義孝4）。③58好忠547「…しるくぞみゆるはぎのした露」。③125山家265「…あらくはわけじはぎのしたつゆ」。　○したつゆ　八代集十二例。

【本歌】①1古今222「萩の露玉にぬかむととればけぬ《きえ（家）》よし見む人《みん人はなほ（六、家）》は枝《よそ（六）》ながら見よ」（秋上、よみ人しらず。「ならのみかどの御歌」とも。②4古今六帖3640。③3家持221。⑤295袋草紙19。「全歌集」）

▽第一、二句対句、第一、二句切。本歌をふまえて、玉にぬこうと、取ると消えてしまうし、分けて進むとこぼれてしまうので、人同様枝そのままで宮城野の萩の下露をえい見ようと歌う。【類歌】が多い。

【参考】③73和泉式部124「玉かと《とみ（863）》てとればきえぬる白露をおきながらこそみるべかりけれ」（「露」。863）

【類歌】①16続後拾遺279「よしさらばおつともをらん枝ながらみてのみあかぬ萩の下露」（秋上、為道）

①22新葉333 332「わけきつる野原の萩を枝ながらうつしてすれる袖の月かげ」（秋下「野月を」読人不知）

④22草庵453「秋萩におく白露をえだながらぬかでも玉と宮城ののはら」（秋上「…、草花露」）

④33建保名所百首397「宮城のの萩のはよわき朝露を枝ながら吹く秋の風かな」（秋「宮城野陸奥国」）④33同404「とればけぬよし枝ながら宮木のや萩の下葉の露の白玉」（秋「宮城野陸奥国」（忠定））…2212と酷似しすぎ④34洞院摂政家百首554「おきそむる露の白玉枝ながらみかきがはらの萩のはつかぜ」（早秋、範宗）⑤197千五百番歌合1244「とればけぬよしえだながらみやぎのの萩にたまゐる秋のゆふつゆ」（秋二、讃岐）…2212と似すぎ

2213
(2316)
こし方はみなおもかげにうかびきぬ／ゆくすゑてらせ秋のよの月

【訳】過去、いにしえはすべて面影として浮んできた、将来の行く先を照らせよ、秋の夜の月よ。

【語注】○こし方　八代集二例・後拾520、新古1790。また「きし方」八代集一例・後拾1066。④33建保名所百首1008「こしかたも猶行末もふる雪に跡こそみえねかへる山人」（雑「還山越前国」）。○うかびき　八代集にない。④39延文百首292「…いく世のことかうかびきぬらん」（実明女）。⑤240院六首歌合157「さ夜ふくるよものあはれはうかびきて…」（隆信）。○末句　「春の――」と共に終り方の一つの型。①1古今191「…かずさへ見ゆる秋のよの月」（よみ人しらず）。①14玉葉689 690「いかなりし人のなさけか思ひいづるこしかたかたれ秋のよの月」（秋下「…、月前懐旧と…」為兼）。⑤26坊城右大臣殿歌合2「よろづよのかげをみよとやおほぞらのてりまさるらむ秋のよの月」（「月」大輔君。②15万代976）。⑤258文治六年女御入内和歌126「岩まもるみづにこころのうかびきて…」（隆信）。

▽上句と下句の冒頭、過去（「こし方」）、未来（「ゆくすゑ」）の対照。三句切。秋の夜の月を見ていると、過去は皆すべて面影として浮んで来た、それなら未来をも照らし出してくれと、秋夜月に訴え呼びかけたもの。同じ定家に、③133拾遺愚草2940「霧晴れて行すゑてらす月影を四方さらしなと何ながめけん」（下、雑、尺教。「参考」（玉葉和歌集全注釈））がある。①14玉葉688 689、秋下「（月をよみ侍りける）」前中納言定家。

全歌集「参考、松浦宮物語・下巻終りで、主人公弁が劉皇后の形見の鏡を見る場面に「見し世はさだかに映りけり」とある。」。

2214
(2317)　いさ《ま③》こえじ《し③》おもへばとを《ほ③》きふるさとを／かさなる山の秋のゆふぎり

【訳】さあこえて行くまい、思うと遠い故里であるから、幾重にも重なった山の秋の夕霧（の彼方である）よ。

【語注】○いさ　これのみ八代集十四例。　○ふるさとを　①2後撰399「旧里をわかれてさける菊の花…」（よみ人しらず）。　○かさなる　八代集十三例。　○かさなる山　①3拾遺969「いはねふみかさなる山はなけれども…」（坂上郎女）。　○秋のゆふぎり　③129長秋詠藻99「…みちたどるなり秋の夕霧」。⑤155右衛門督家歌合39「…秋の夕霧たちもとまらず」（範綱）。　○ゆふぎり　八代集七例、初出は後拾292。

▽初句切。思えば遠い旧里は、重なる山の果てであり、今秋の夕霧が眼前を立ち隔て覆っている、だから今は越えまいと思うと歌う。同じ定家に、③133拾遺愚草1846「木のもとにまちし桜ををしむまでおもへばとほき古郷の空」（院句題五十首「花下送日」）がある。

B416「はるかなる古郷の又この夕霧に隔たりはてんをかなしみていさこえしと云心也此五文字諸本に今こえしとあり冷泉家の本いさと有是を可用云〻」。C507「本《ナシ(D)》人やりの…〔私注―古今388〕心からのたび《旅(〃)》なれば、いざ〳〵帰《かへ(〃)》らんと也。山中の行《ゆか(〃)》やられず物《もの(〃)》うき体也。」・D324。

【参考】②10続詞花675「故郷をおもひ出でつつ秋風にきよみがせきをこえむとすらん」（別、能因。①18新千載754。③85能因88）

【類歌】①19新拾遺815「故郷をへだてきにけりたび衣かさなる山のやへのしらくも」（羈旅、右大臣）

2215（2318）　ふけまさるひとまつ風のくらきよに／山かげつらきさをしかのこゑ

【訳】深く更けてゆく、人を待っている松風の暗い夜に、山蔭でのつらく悲しい牡鹿の声であるよ。

【語注】○ふけまさる　八代集にない。③131拾玉5371「ふけまさるわがよの嵐よはるらし…」。⑤419宇津保物語657「ふけまさる松よりいづる風なれやことなるなみの涙おつるは」（十一内侍のかみ、右大将（兼雅））。○まつ　掛詞（待つ・松）。○くらき　「くらし」のみ八代集十二例。○くらきよ（に）　螢（火）歌が多い。万葉3200 3186「曇《クラキ(クモリ)ヨノ》り夜のたどきも知らぬ山越えていますす君をばいつとか待たむ」（巻第十二、悲別歌）。③131拾玉5208「くらき夜にもみぢの枝を吹くこゑ《おと》は風に色ある心ちこそすれ」。⑤178後京極殿御自歌合63「闇き夜の窓うつ雨におどろけば軒ばの松に秋風ぞふく」。○山かげ　八代集七例、初出は詞花110。○末句　①8新古今356「をぎの葉に吹けばあらしの秋なるをまちける夜はのさをしかのこゑ」（秋上、摂政太政大臣）。①8同442「深山辺の松のこずゑをわたるなり嵐にやどすさをしかの声」（秋下、惟明親王）。①10続後撰302 293「秋風につまごひすらしあし引の山のをのへのさをしかのこゑ」（秋上、前関白左大臣）。④26堀河百首709「夜もすがら滴の山にうらぶれて妻とのふるさをしかのこゑ」（秋「鹿」顕季）。

▽女の立場で、恋歌的に、次第に夜が更けて行き、あの人を待っている私には、松風の吹く暗い夜の山蔭に鳴く牡鹿の声が辛く聞こえてくると歌う。同じ定家に、③133拾遺愚草1800「ゆふづくよいるののを花ほのぼのと風にぞつたふさをしかの声」（院五十首、秋）がある。①14玉葉567、秋上「鹿を」前中納言定家。

B417「此歌は山家の秋のあはれまてなるへし」。

全歌集「待つ人が来ない自身の悲しみと妻に会えない牡鹿の悲しみとを重ね合せる。」。

玉葉和歌集全注釈「参考」・③92成尋阿闍梨母25「わかれぢのこころやそらにかよふらんひとまつかぜのたえずふく

かな」（「このにわじのまつ風…」）。

【類歌】①21新続古今505「伏見山ふもとの小田のいねがてに松風さむしさをしかの声」（秋下「田鹿と…」養徳院贈左大臣）③130月清1180「秋の風をのへのまつにことゝへば人はこたへずさをしかのこゑ」（上、秋「鹿」）④22草庵16「呉竹のは山のかげのくらき夜に鳴くうぐひすの声ぞ明行く」（春上「暁鶯」）④22同1171「つまごひに心しられて小倉山よるこそまされさをしかの声」（雑「夜鹿を」）

2216
(2319)

風なびくすゝきのすゑばつゆふかし／このごろこそは、つかりの聲

【訳】風に靡いている薄の末葉に露は深くおいている、そういったこの頃こそには、初雁の声（がする）よ。

【語注】○すゝきのすゑば　新国歌大観①～⑩の索引に、他はなかった。○すゑば　八代集十例、初出は詞花339。○つゆふかし　②4古今六帖196「露ふかき菊をしをれる心あらば…」（つらゆきかへし）。④15明日香井1335「つゆふかきのきのしたをぎすゑわけてとふべきものと秋かぜぞふく」（秋「（荻歌…）」）。○ゝつかり（は）　八代集十七例。○末句　②16夫木4953「あはれなるみやまのいほのねざめかないなばの風にはつかりの声」（秋三、雁「…、初雁」二条院讃岐）。④31正治初度百首243「我がかど（や（式））のいなばの風におどろけば霧のあなたにはつ雁の声」（秋、前斎院。④1式子241）。④41御室五十首828「荻の葉にまぢかき夜半の風よりも雲にさえたる初雁の声」（秋、寂蓮）。

▽三句切。風に靡いている薄の末葉に露が深く置いている、そういうこの頃には初雁の声も聞こえると歌う。上句視覚、下句聴覚。

C508「本《ナシ（D）》たれきけ《聞（ツ）》と…〔私注―①2後撰361〕薄《すゝき（ツ）》に雁、したしきやう《様（ツ）》に本歌にもよみならはしたれば、薄も盛《さかり（ツ）》なれば、今《いま（ツ）》時分わた《かりも（ツ）》らんと也。」・D325。六家抄1055「薄の風になびく此比こそ、初鴈もなく時分と思心也。」（せり。（ツ））。

2217
（2320）　むかしかなあはれいくよときてとへば／やどもる風にうづらなくなり

【訳】昔であるよ、ああ あれから幾代だとやってきて尋ねると、家を洩れる風と共に鶉が鳴いているようだ。よみ人しらず。

【語注】**○あはれいくよ**　①1古今984「あれにけりあはれいくよのやどなれやすみけむ人のおとづれもせぬ」（雑下、よみ人しらず。⑤415伊勢物語104）…この歌の世界を描くか。①11続古今118「かへりこぬむかしをはなにかこちてもあはれいくよのはるかへぬらん」（春下、入道前太政大臣）。「よ」は掛詞（世・夜）か。**○きてとへば**　③132壬二841「きてとへば我がふるさとの荻のはに昔がたりのあき風ぞふく」（院百首、秋）。⑤314詠歌一体25「山人のむかしのあとをきてとへばむなしきゆかをはらふ谷風」（⑤328三五記205）。**○に**　「…の中に」、「…によって」か。**○末句**　終りの一つの型。**○なり**　断定か。

▽初句切。ああそれも昔であったのだ、あれからどれくらいの歳月がたったのかと、訪れて問うてみると、折しも荒れた家屋敷を漏れて吹く風に鶉の鳴く声が聞こえると歌う。伊勢物語四段のあの「月やあらぬ…」の世界を、後述の百二十三段のそれに置き換えた述懐詠か。⑥16和漢兼作605、秋上「後京極摂政家十首」前権中納言藤原定家。全歌集「参考「深草の…〔私注―①1古今「深草のさとにすみ侍りて、京へまうでくとてそこなりける人によみておくりける／971　年をへてすみこしさとをいでていなばいとど深草のとやなりなむ／返し　よみ人しらず／972　野とならばうづらと《り（伊）》なき《鳴き》て年《をら（〃）》はへむかりにだにやは君か《は（〃）》こざらむ」〕、なお伊勢物語・一二三段参照〕」・⑤415伊勢物語206、207、第百二十三段、男、女。

【類歌】④39延文百首2893「志賀のうらや神代のことをきてとへば昔ながらのまつ風ぞふく」（雑「浦松」時光）

2218（2321）　河風によわたる月のさむければ／やそうぢ人も衣うつなり　續後

【訳】川風に夜を渡っていく月が寒いので、宇治の人も衣を擣つようだ。

【語注】○河風　八代集九例。①1古今170「河風のすずしくもあるかうちよする…」（つらゆき）。○に　「…と共に」「…の中に」「…によって」（夜渡る、寒ければ）」か。　○よわたる月の　②4古今六帖253「…よわたる月のかはらくをしも」。　○さむければ　①2後撰1282 1283「人心嵐の風のさむければ…」（伊勢）。　○やそうぢ人　八代集四例。掛詞（氏・宇治）。「八十」（多く）の意も入るか。①2後撰161「ゆきかへるやそうぢ人の玉かづら…」（よみ人しらず）。○

末句　終りの一つの型。

▽①8新古今483「みよしのの山の秋かぜさよふけて…」（雅経）とは異なって、宇治川の河風に夜空を渡って行く月が寒いので、（夜起きていて、夫を思って、）宇治の里人も衣を擣っているようだと歌う。①10続後撰392 384、秋下「後京極摂政家に十首歌よみ侍りけるに」前中納言定家。②15万代1104、秋下「後京極摂政、左大将に侍りける時の十首歌中に」前中納言定家。⑤216定家卿百番自歌合64、三十二番、右、後京極摂政家十首建久六年大将時。

C509—終夜ある月を夜《「よ(D)》わたる月と《」(〃)》いへり《云(〃)》。さむき《寒》月《夜月イ(〃)》にもよほされ、《て、(〃)》諸人《ナシ(〃)》衣をうつさま也。人に氏のあまたある事なれば、やそうぢ人と《「(〃)」(〃)》云り。八十氏なり《也(〃)》。たゞあまたの氏と心得べし。宇治川《うぢ(〃)》によそへていへり《よめ(〃)》。」・D327。

新大系・百番64「「衣うつなり」から発して案出された作。」。明治・万代1104「擣衣」。

【参考】④28為忠家初度百首431「あき風やみにさむからしよもすがらをちのさとびところもうつなり」（秋「遠郷擣衣」）

⑤125東塔東谷歌合15「あきふかみよ風さむしむべしこそよものさとびところもうつなれ」（擣衣）

【類歌】①18新千載508「河風の夜さむの衣うちすさび月にぞあかすまきの島人」（秋下、為道）

①18同523「かたしきの衣手さむき河風に秋の夜かこつ宇治の橋姫」（秋下「…、宇治河を」祝部成賢）

②16夫木5787「しろたへのしも夜の風のさむければころもでうたぬさと人もなし」（秋五、擣衣、同〔＝為家〕）
②16同6536「神無月まづ月かげのさむければ夜すがら衣いそぎうつなり」（冬一、冬擣衣、藤原敦隆）
④33建保名所百首541「さらしなや夜渡る月の里人もなぐさめかねて衣うつなり」（秋「佐良科里信濃国」。①11続古今473）
⑤230百首歌合〈建長八年〉648「雲路飛ぶかりの羽風やさえぬらん月に夜さむの衣うつなり」（入道大納言）
⑤244南朝五百番歌合468「橋姫の袖の秋かぜふくる夜に衣うつなりうぢのさと人」（秋九、太宰帥親王）

2219
(2322)
みそぢあまり見しをばなきとかぞへつゝ／秋のみおなじゆふぐれのそら

【訳】三十年余り、知り合いも亡くなってしまったと数えながらも、私だけは変らず同じ夕暮の空であるよ。

【語注】〇みそぢ　これのみ八代集一例・拾遺522。〇みそぢあまり　八代集一例・①3拾遺1345「みそぢあまりふたつのすがたそなへたる…」（光明皇后）。③130月清753「ことし見るわがもとゆひのはつしもにみそぢあまりの秋のふけぬ《ぞ（正）》る」（院初度百首、秋。④31正治初度百首457）。〇かぞへつゝ　①1古今344「渡つ海の浜のまさごをかぞへつつ…」（よみ人しらず）。〇ゆふぐれのそら　八代集十六例・千載五、新古十一。①8新古今360「深山ぢやいつより秋の色ならむ見ざりし雲の夕ぐれの空」（秋上「…、山路秋行と…」慈円）。③131拾玉4926「日ぐらしの声は梢のかぜの音に秋をかぞふるゆふ暮の空」（詠三十首和歌、夏）。③132壬二958「物思ふ心のひまもなかれとやあまりしぐるる夕暮の空」（百首、冬）。④1式子143「ながむれば露のかからぬ袖ぞなき秋のさかりの夕暮のそら」（秋）。④31正治初度百首847「秋といへば露は草葉にかぎるかは袖にもあまるゆふぐれの空」（秋、隆房）。④31同2058「いかにせん過行く秋の日数へて今夜にかぎる夕暮の空」（秋、小侍従）。④34洞院摂政家百首522「御祓してけふ三日月の山のはに秋としもなき夕暮の空」（秋「早秋」経通）。⑤175六百番歌合378「ものごとにあきはあはれをわかねどもなほかぎりなき夕暮のそら」（秋「秋夕」

中宮権大夫）。
▽初句字余（あ）。第一、二句みの頭韻。三十有余年の知人も亡くなってしまったのだと指折り数えつついると、秋だけが変らずに、この夕暮の空もそうだと歌う。人は変り自然は不変。新大系・古今28「劉希夷・代白頭吟「年年歳歳花相似。歳歳年年人不レ同」」に代表される詩想による。万葉以来、わが国の詩歌に一般的底流として摂取されている。」。この時・建久六年・一一九五年、定家34歳。

2220
（2323）

ひとりねのさならぬとこもそでぬれぬ／わかれなれたるあか月のそら

【訳】独寝でも、共寝の床でも袖がぐっしょり濡れてしまった、別れ馴れたはずの暁の空であるよ。

【語注】○ひとりね　八代集十一例。①2後撰684 685「ひとりねのわびしきままにおきゐつつ…」（よみ人しらず）。③132壬二395「ひとりねの床のむしろもくちにけり涙は袖をかぎるのみかは」（六百番歌合百首、恋「寄席恋」）。⑤160住吉社歌合〈嘉応二年〉66「ひとりねのあはれひまなきたびごろもしぐれはれてもそではぬれけり」（「旅寝時雨」季定）。
○さなら　八代集一例・後拾1211。　○そでぬれぬ　①8新古今614「冬の夜のながきをおくる袖ぬれぬ暁がたのよもの嵐に」（冬、太上天皇）。　○あか月のそら　八代集二例・①7千載241 240「あまの川心をくみておもふにも袖こそぬるれ暁のそら」（秋上「七夕後朝の…」土御門右のおほいまうちぎみ）、新古1176。④31正治初度百首1281「別れしもいまのね覚もかなしきはあらし身にしむあか月の空」（恋、隆信）。
▽三句切、倒置法。恋（歌）世界。暁の空は、別れることに馴れている筈なのに、独寝の、さらにそうではない寝床でも我袖は濡れ果ててしまったと歌う。
【類歌】④11隆信566「ひとりねのとこにしもなどおとすらむしづかにそそく暁の雨」（恋三「寄雨恋」。⑤175六百番歌合

942）④39延文百首590「わかれぢにききなれぬればひとりねの床にもつらきかねの音かな」（恋「寄鐘恋」法守）

おなじころ大将殿③にて五首哥秋色③

2221（2324）　そめてけり月の桂のすゑばまで／うつろふころのゝべの秋風

【訳】染めたことよ、月の中の桂の末葉までも、散る頃の野辺の秋風は（、野を）。

【語注】〇秋色（題）　これのみ。〇そめてけり　①2後撰810 811「紅に袖をのみこそ染めてけれ…」。〇月の桂　八代集十二例。①1古今463「秋くれば月のかつらのみやはなる…」（秋上「月歌とて…」資季）。④31正治初度百首1436「夏の夜はならの葉そよぐ風よりも月のかつらの影ぞすずしき」（夏、家隆）。〇すゑば　八代集十例、初出は詞花339。①9新勅撰258「見るままに色かはりゆくひさかたの月のかつらの秋のもみぢ葉」（秋上「月歌とて…」資季）。〇うつろふころ　④37嘉元百首148「秋にあへずうつろふ比はときはなる松をもみせぬ峰の紅葉葉」（秋「紅葉」当院）。〇ゝ《の》べの秋風　①7千載259 258「夕されば野べのあきかぜ身にしみて…」（俊成）・父詠。⑤208内裏歌合〈建保元年七月〉6「玉やそれをばなが末の白露を月に吹くよの野べの秋風」（「野月」家衡）。

▽初句切。散る比の野辺の秋風は、月の桂の末葉まで染めたと歌う。同じ定家に、③133拾遺愚草49「もみぢばはうつるばかりに染めてけり昨日の色を身にしめしかど」（初学百首、秋）がある。「晩秋の紅葉に彩られた野辺の色をうたう。」（全歌集）。②16夫木5316、秋四、月「後京極摂政家五首歌、秋色」同〔＝前中納言定家卿〕、初句「染めてける」。

六家抄1056「野山の紅葉するを以テよめる。かゝる暮秋の時分は月の桂もうつろはんと云心也。移はんとは色のかはる心也。草木を以テ也。人のうつろふも心のかはる也。」。
全歌集「参考」・①1古今194「久方の月の桂も秋は猶もみぢすればやてりまさるらむ」（秋上、ただみね）。

秋聲

2222（2325）さえわたる霜月③にむかひてうつ衣／いくとせ秋のこゑをつぐらん

【訳】冴えわたっている霜にむかって砧を擣つ衣であるよ、幾年秋の声を告げているのだろうか。

【語注】○秋聲（題）これのみ。○さえわたる　八代集五例。①8新古今522「かささぎの雲のかけはし秋くれて夜はには霜やさえわたるらん」（秋下、寂蓮）。③118重之67「さえわたる月の光を霜かとてをのへのかねのこゑやたつらん」。○むかひ　八代集九例。○うつ衣　①9新勅撰320「月になくかりのはかぜのさゆる夜にしもをかさねてうつ衣かな」（秋下、如願）。○いくとせ　八代集四例、初出は金葉519。○秋のこゑ　八代集一例・新古今1885。○つぐ「継ぐ」か。

▽冴え渡る霜にむかって擣つ衣に、幾年も秋の声を告げるだろうと歌う。同じ定家に、③133拾遺愚草2404「さえまさるひびきをそへてうつ衣かさなる夜半に秋やくるらん」（下、秋「…、擣衣」）がある。②16夫木5738、秋五、擣衣「建久六年左大将家秋五首歌、秋声」同〔省略〕、第二句「月に…」。
B418「懸声をいくとせつくるそと也霜にむかひてとは霜の時分をいひたりつよくあたるへからす」。
全歌集「閨怨の心を籠めるか。」。

【類歌】⑤214右大臣家歌合27「霜さゆる川辺の里にうつころも千たびや千鳥声もあらそふ」（「河辺擣衣」宮内卿）

秋香

2223（2326）　かたみかなくれゆく秋をうらみつゝ／けふつむそでに、ほふしらぎく

【訳】形見であるよ、暮れて行く秋を怨みながら、今日摘む袖に匂っている白菊は。

【語注】**○秋香**（題）これのみ。**○かたみかな**　④38文保百首479「かたみかな行くもとまるもきぬぎぬの涙にわくる袖の月影」（恋、実重）。**○くれゆく**　八代集十四例。**○うらみつゝ**　②4古今六帖1768「…あまてふあまのうらみつつふる」。

▽初句切。暮れ行く秋を恨みつつ、今日摘む袖に匂い立つ白菊は秋の形見だと歌う。

【類歌】④38文保百首2452「きえやらで残るもあだのかたみかな秋みしままの袖のしらつゆ」（冬、行房）

秋情

2224（2327）　あめおつるこのはをなにのあはれとて／なきこゝちする心わくらん

【訳】雨に落ちる木葉を何のあはれがこもっているものだと感じて、正体のない気もちをもつ心がひかれるのであろうか。

【語注】**○秋情**（題）これのみ。**○初句**「雨が落ちる」か。**○なきこゝちする**　①1古今992「…わがたましひのなき心ちする」。**○下句**「悲しみに消えてしまった気がする私の心を動かすのだろうか。」（全歌集）。

▽雨によって落ちる木葉を何のあはれだと思って、あるかなきかの心を持つわが心を分ける・ひかれるのかと歌う。同じ定家に、員外ではあるが、③134拾遺愚草員外181「神な月おなじ木の葉のちるおともけふしも名残無き心ちして」

（冬）がある。

Ｂ419「秋情　なきこゝちするとはたてれおれともなきこゝち哉とよめるも同心也…」。Ｃ510「我《（後）われ（ヶ）Ｄ》はいやしくなに心《何（ヶ）》もなきに、只今《たゞいま（ヶ）》あはれ《哀（ヶ）》をもよほす《催（ヶ）》は、雨落《おつ（ヶ）》る木葉はなにたる情ぞと也。／秋《（先）（ヶ）》雨《露（ヶ）》梧桐葉落時、此詩《ナシ（ヶ）》のおもかげ也。」・Ｄ419。摘抄77「此雨は落葉の雨也。木のはのはら〳〵とちる音、雨のふるやう也。…」。六家抄1057「落葉の雨也。何の哀とてとは何かあはれてと云心也。我心も心ならぬ様にかなしき心。こゝろわくらんは何と云事にかくはかなしきぞと分別する心也。」。

全歌集「参考」・白氏文集・白氏長慶集巻十二「秋雨梧桐…西宮南苑…紅不掃」（長恨歌、上、281、282頁）、和漢朗詠307「三秋而宮漏正長　空階雨滴　万里而郷園何在　落葉窓深」（秋「落葉」愁賦）。佐藤「漢詩文受容」（445頁）、朗307、文集一二・596「長恨歌」・「西宮…不掃」。

秋戀

2225（2323）　うかりける山どりのお《を③》のひとりねよ／秋ぞちぎりしながきよにとも

【訳】つらく悲しい、山鳥の尾の如く長々しい独寝よ、秋が約束したのだ、長き夜にとも。

【語注】**○秋戀**（題）他、③132壬二1616～1618、2799、2830、2854、④10寂蓮136、319、③133拾遺愚草2351、2359、2538、⑦27道済211、③130月清1438のみ。**○うかりける**　①3拾遺899「うかりけるふしをばすててしらいとの…」。**○山どり**　すべてで八代集九例　**○山どりのお《（を）》**　八代集二例。**○お《（を）》**　すべてで八代集十例。**○ひとりね**（名詞）　八代集十一例。動詞は八代集にない。**○ながきよに**　①3拾遺1161「…ながきよにおくつゆしかからば」。

【本歌】①3拾遺778「葦引《びき（和）》の山鳥の尾のしだりをのながながし夜をひとりかもねむ《わがひとりぬる（六）》《ん（人）》」（恋三、人まろ。万葉2813。②4古今

六帖924。②6和漢朗詠238。③1人丸212。⑤166俊成三十六人歌合2。「全歌集」）

▽下句、倒置。本歌をふまえて、秋が約束し定めた（秋の）長夜に、山鳥の（尾のしだり尾の）如く、雌雄離れての長い独寝はつらいと歌う。同じ定家に、新古今所収歌の①8新古今487「ひとりぬる山鳥のをのしだりをに霜おきまよふ床の月かげ」（秋、定家。③133拾遺愚草1051。⑤197千五百番歌合百首1509）がある。

B420「秋恋　秋を契しとは秋かけて契し事なりなかき夜にともとは夜のなかけれはかならす今といひしにうかりける隔ての独ねにてあるそと云心也。」。

安田143頁「『万葉集』の影響を受けていると思われる作…（参考歌）あしひきの…（『万葉集』作者未詳・『拾遺集』柿本人麿）」。赤羽365頁「俊頼の「うかりける人を…を引き出しながら、さらに初句の「うかりける」が、定家の／うかりける山どり…へと連想を戻させる。これら山鳥の尾につらなる一連の古歌との往復の間に、この閉ざされ凍結した時間は動きはじめる。そして、それは時間の深さと空間の遠さの感覚を同時にもたらす。「山鳥の尾」の歌の背後に限りなく広がるこの時間と空間が今度は「ひとりぬる」の一首に収斂されたとき、永遠の今はますます深いものになってくる。」」。

【類歌】③131拾玉4953「山かげや山どりのをのながき夜を《に(若)》われひとりかもあかしかね《はおきあかし(ツ)》つつ」（「山家」。⑤195若宮撰歌合25。⑤194水無瀬恋十五首歌合77。⑤196水無瀬桜宮十五番歌合25）

④39延文百首3141「をしかなく山どりのをのながきよをひとりねがたき妻やこふらん」（秋「鹿」為遠）

2226
(2329)　**同七年の秋③内大臣殿にて文字を③／かみにを《お》③きて廿首哥中に秋③十**

をざ、はらほどなきすゑのつゆおちて／ひとよばかりに秋風ぞふく

【訳】小笹原の（小）笹の狭い葉末の露が落ちて、一夜ばかりのうちに秋風が吹くことよ。

【語注】○をざゝ　すべてで八代集十例、初出は後拾207。○をざゝはら　これのみ八代集一例・新古1822（【類歌】）。○ほどなき　これのみ八代集九例。○すゑのつゆ　八代集一例・新古757。○ひとよばかり（に）恋の詞。「「をざさ」の縁語「一節」を掛ける。」（全歌集）。○秋風ぞふく　末句の（一つの）型。①4後拾遺518「…秋風ぞふくしらかはのせき」。②4古今六帖401「…すすきうごきて秋風ぞ吹く」。

▽小笹原では、狭い葉末の露が落ち、一夜のほどに秋風が吹くようになったと歌う。同じ定家に、新古今所収歌であり、定家の代表歌の一首とされる③133拾遺愚草2550「白妙の袖の別に露おちて身にしむ色の秋風ぞ吹く」（下、恋「寄風恋」。①8新古今1336）がある。

全歌集「参考」・③130月清448「いそのかみふるののをざさしもをへてひとよばかりにのこるとしかな」（治承題百首、歳暮。①8新古今698）、「この作と定家の作との前後関係は不明。」、「初秋の心。以下、二二三五まで「をみなへし」「ふちはかま」の各字を歌頭に詠み込む、勒字の方法による詠。内大臣殿は後京極良経（建久六・一一・一〇―正治元・六・二二在任）のこと。」・一一九五〜一一九九、建久七年は一一九六年、定家35歳。

【参考】③100江帥310「かぜふけばをざさのはらにすむ人はただひとむらのあめかとぞきく」

⑤248和歌一字抄422「小篠原露にうつれる月影を吹きうごかすなよはの秋風」（映「月光映露」賀茂成助）

【類歌】①8新古今1822「をざさ原風まつ露の消えやらずこのひとふしを思ひおくかな」（雑下、俊成）

①13新後撰295「夕ぐれはを花が末に露おちてなびくともなく秋風ぞふく」（秋上「…、草花露」新院）

③130月清338「しもむすぶ秋のすゑばのをざさはらかぜにはつゆのこぼれしものを」（歌合百首「秋霜」。②16夫木5820。⑤175六百番歌合467。⑤178後京極殿御自歌合85）

④14金槐247「小ざさ原よはに露吹く秋風をややさむしとや虫のなくらむ」（秋「虫」）

④35洞院摂政家百首550「今朝よりは露や数そふ小篠原一夜ばかりにかはる秋かぜ」（範宗）…2226に似る

2227
(2330)
　峯にふく風にこたふるしたもみぢ／ひとはのを《お③》とに秋ぞきこゆる

【訳】峯に吹いている風に答える形での下紅葉（よ）、その一葉の音に秋の（音）が聞こえるよ。

【語注】**〇風にこたふる**　④15明日香井890「秋はなほ風にこたふるくれよりもをぎのうはばのむらさめのこゑ」（詠五十首、秋）。④23続草庵180「古里はとふ人もなし荻のはの風にこたふる音ばかりして」（秋）。　**〇したもみぢ**　八代集七例。①3拾遺844「したもみぢするをばしらで松の木の…」。　**〇ひとは**　八代集二例、初出は詞花80（【参考】）。

▽峯に吹く風（の音）に応えるような形で、下紅葉の一葉の音に秋（そのものの音）が聞こえると歌う。B421「風にこたふるとは紅葉のそう〳〵なる事也一葉の音とは散さま也此音にはや落葉の時分になりけるよと感したる心也」。六家抄1058「風に一葉が秋とこたへておつるに、秋をしる心也。一葉落て天下の秋、一花開て天下の春と云事有。」」。

【参考】①6詞花80 78「したもみぢひと葉づつちるこのした《本(後)もと(若)》にあきとおぼ《きこ(相)》ゆるせみのこゑかな」（夏、相模。②9後葉109。③89相模31。⑤174若宮社歌合46判）

全歌集「これも初秋の心。」」。

2228
(2331)
　なくせみも秋のひゞきのこゑ《に③》たてゝ／色にみ山のやどのもみぢば

【訳】鳴いている蝉も秋の響きを思わせる声を立てて、色に見える、深山の家の紅葉葉であるよ。

【語注】〇ひゞき　八代集、名詞はナシ、動詞は六例。源氏物語「何の響きとも聞き入れ給はず、」（「夕顔」、新大系一―116頁）。⑤391枕草子10「山とよむをのの響をたづぬれば…」」。なお「秋のひゞき」は漢語か。　〇こゑたて　これのみ八代集七例。　〇み　掛詞。「「色に見（ゆ）」を掛ける。」（全歌集）。
▽鳴いている蟬も秋の響きといった声を立て、深山の家の紅葉葉は色に見えると歌う。上句の聴覚（蟬の声）、下句の視覚（色・紅葉葉）の対照がある。②16夫木6141、秋六、紅葉「家集」前中…。全歌集「参考」・和漢朗詠192「嫋ミ兮秋風　山蟬鳴兮宮樹紅　麗宮高《(ママ)》／白」（夏「蟬」）・白氏長慶集（上、90頁）、巻第四「驪宮高」、佐藤「漢詩文受容」（448頁）、朗192「嫋々…樹紅」、文集四・145「驪宮高」、朗194・和漢朗詠194「鳥下緑蕪秦苑寂　蟬鳴黄葉漢宮秋　許渾」（夏「蟬」）。
赤羽・一首46頁「「ひびき」は、心理的な緊張のうえに鳴り出すものであり、それは空気や光の冴えともかかわりがある。…なくせみも秋の…第三首以下はひびきから視覚イメージが誘い出されている。結局は視覚的なイメージが全体を統覚することになるが、それは平面的なものでなく、内に空気の振動や物との作用関係を蔵した、生成し、変化する動態的イメージなのである。」。

【参考】②2新撰万葉119「アキヤマニ　コヒスルシカノ　コヱタテテ　ナキゾシヌベキ　キミガコヌヨハ」（①11続古今1194 1202）
②4古今六帖2183「こゑたててなきぞしぬべきあき山《ぎり(後)》にともまどはせるしかにはあらねど」（①2後撰372）
④27永久百首201「夏山のならのひろ葉にかくろへてこのもかのもに鳴く蟬のこゑ」（夏「蟬」兼昌）

2229
(2332)
へだてゆくきりも日かずもふかければ／わすれやしぬるとを《(ほ)》きみやこに

【訳】隔ててゆく霜も日数も深く遠いので、忘れたのであろうか、遠い都に（よって）。

【語注】○へだてゆく　八代集一例・新古693。○日かず　八代集十四例。○ふかければ　①2後撰134「桜色にきたる衣のふかければ…」。②9後葉511「秋霧のへだつる山のふかければおぼつかなさになれてこそふれ」（雑二、如覚）。④26堀河百首738「河霧のみやこのたつみふかければそこともみえぬうぢのやま里」（秋「霧」匡房）。○わすれやし「もの忘れす」で八代集二例。

▽下句倒置法。貴公子の訪れが絶えた宇治の姫君の源氏物語の世界を思わせる。霧も深く隔て、日数もかなりたってしまったので、あの人は遠い都で私のことなど忘れ果ててしまったのかと、「故郷に残された女の心。」（全歌集）で歌う。

B422「時節のうつり也忘やしぬるとは都人の旅行の人をうたかひたる心也冷泉家本には都にとありそれは又都人の忘やすらんとおもへる心也此儀可然歟」。

赤羽375、376頁「過ぎゆく時間を空間的な隔りとして捉えたものである。…へだてゆくきり…「日かず」と「霧」を同じように隔てゆくものとして捉えている。後の歌は、「きりも日かずも」と同じレベルで並列させている。」、395頁「時間的な距離であるが、それを空間的なものに置きかえ、視覚的なイメージに変えようとしている。」。

2230
(2333)
しきたへの枕わすれて見る月の／かぞふ許のよなくのかげ

【訳】（寝るための）枕を忘れて見る月の、数えるほどの（残り少なくなった）夜々の光であるよ。

【語注】○しきたへの　「枕」の枕詞。八代集十例。①1古今504「わがこひを人しるらめや敷妙の枕のみ…」。①1同595「しきたへの枕のしたに海はあれど人を見るめはおひずぞ有りける」（恋二、とものり）。①3拾遺1190「つらからば人にかたらむ《ん(抄)》しきたへの枕かはしてひとよねにきと」（雑賀、義孝。①′3拾遺抄449）。①4後拾遺838 839「しきたへのまくらのちりやつもるらん月のさかりはいこそねられね」（雑一、源頼家）。①5金葉二425 453「こひわびてねぬよつもればしきたへのまくらさへこそうとくなりけれ」（恋下、顕輔。①′5金葉三427）。⑤21陽成院親王二人歌合11「ひとこひてぬるはるのよはしきたへのまくらながれてうきぬべきかな」。**○かぞふ許** ①2後撰668「…かぞふばかりになさん物とは」。①3拾遺907「思ひきやあひ見ぬほどの年月をかぞふばかりにならん物とは」（恋四、伊勢）。③118重家85「いけ水の玉ものそこにすむさいもかぞふばかりの月のかげかな」。

▽枕すること（寝るの）も忘れて見入る、夜な夜なの月の光も数えられるほど少なくなってしまったと歌う。晩秋である。

【類歌】⑤197千五百番歌合2687「しきたへのまくらもうとくなりぬればゆめみし夜はもこひしかりけり」（恋三、丹後）

2231（2334）　ふりにけりとしぐ〜なれし月を見て／おもひしことのさら《空③》にかなしき

【訳】私は古く年老いてしまったことよ、毎年慣れ親しんだ月を見て、思っていたことは、さらにかなしいことよ。

【語注】**○ふりにけり** ①8新古今1536 1534「ふりにける我が身のかげをおもふまにはるかに月のかたぶきにける」（雑上、西行）。**○としぐ〜** 八代集にない。③40千里66「としどしとかぞへこしまにはかなくて…」。③133拾遺愚草2876「思ひきやとばかりはみし年年も…」。**○月を見て** ①3拾遺792「今夜君いかなるさとの月を見て…」。①5金葉二191 202「こよひわがかつらのさとの月を見ておもひのこせることのなきかな」（秋、経信。①′5金葉三186。③96経信110。⑤335井蛙抄459）。③131拾玉1384「いつかわれ都のほかの月をみて思ひし事をおもひあはせむ」（花月百首、月五十首）。**○さらにかなしき** ①22新葉1355 1349「むら雲にかくれもはてぬ月見ても又みぬかげぞさらに悲しき」（哀傷、新宣陽門院）。
▽初句切。毎年見馴れた月を見て、しみじみと思っていたことが更に悲しくなっていき、我身も古く老いさらばえたことがつくづくと痛感されると歌う。
【参考】③124殷富門院大輔63「つきをみて思はぬ事はなけれどもなほかなしきはやみにまよはん」

2232
（2335）
ちりぬればこひしきものを秋はぎの／けふのさかりをとはゞとへかし

【訳】散り果ててしまえば恋しいものであるので、秋萩の今日の盛りを訪れるとしたら来て下さい。
【語注】○ちりぬれば　①1古今64「ちりぬればこふれどしるしなきものをけふこそさくらをらばをりてめ」（春上、よみ人しらず）。③6業平8）。⑤416大和物語148「ちりぬればくやしきものをおほゐがはきしのやまぶきけふさかりなり」（第百段、季縄少将）。○こひしきものを　①1古今371「をしむからこひしきものを白雲の…」。万葉1603 1599「さを鹿の胸別けにかも秋萩の散り過ぎにける盛りかも去ぬる」（巻第八）。③82故侍中左金吾53「秋はぎのけふまでちらぬものならばもみぢのいろもまさらましやは」。○秋はぎの　①1古今218「あきはぎの花さきにけり高砂の…」。
▽散り果ててしまうと恋しくなるから、秋萩の今日の盛りを問うなら（今）尋ねてきて下さいと願う。同じ定家に、員外ではあるが、③134拾遺愚草員外285「きのふけふとはばとへかし雲さえて雪ちりそむる峰の松かぜ」（冬）がある。全歌集「参考「生きて…（私注—①8新古今1329「いきてよもあすまで人もつらからじこのゆふ暮をとはばとへかし」（恋四、式子内親王））▽定家は建久二年にも「とはばとへかし」という句を用いている（→三〇七六（私注—前述の員外歌））。式子の作との先後関係は不明。」。
【参考】③1人丸152「なにすとかきみをいとはん秋はぎのそのはつ花のこひしきものを《ちらすしら露おきにけらしも》」

2233（2336）　はやせ河みなわさかまきゆくなみの／とまらぬ秋をなにお《を③》しむらん

【訳】早瀬河、水泡が逆巻き流れ行く波の如き、とまらぬ秋を（定めなのに）どうして惜しむのだろうか。

【語注】○はやせ河　八代集二例、①7千載205 204「はやせ川みをさかのぼるうかひ舟まづこの世にもいかがくるしき」（夏、崇徳院。④30久安百首28）、新古1776。○みなわ　八代集二例。○みなわさかまき　②4古今六帖2926「みわがはのみなわさかまきゆく水のことかへすなよおもひそめたり」（「あつらふ」人丸）。○さかまき　八代集にない。③106万葉2434 2430「宇治川の水沫さかまき行く水の事かへらずぞ思ひそめてし」（巻第十一、寄物陳思）・全歌集「参考」。③106散木1253「大井川みなわさかまくいはぶちに…」。③116林葉320「あやふしやみなわさかまくいは淵を…」。○ゆくなみ　①20新後拾遺514「おのづから氷にもれて行く波も末はおとせぬ山川の水」（冬、承覚）。○とまらぬ秋　⑤12陽成院歌合31「まてといひてとまらぬあきと知りながらそらゆく月のをしくもあるかな」。○なにお（を）しむらん　③131拾玉254「行く秋にわかれぬとしはなきものをならはずがほになにをしむらむ」（百首、秋「暮秋」）。

▽早瀬川の、水沫を逆巻きにして流れ行く波の如き、止まろうとはしない秋をどうして惜しむのかと歌う。人麿詠（万葉266 264「もののふの八十宇治川の網代木にいさよふ波のゆくへ知らずも」（巻第三、人麻呂））、方丈記の冒頭、論語「子在川上曰、逝者如斯夫、不舎昼夜、」（岩波文庫123、124頁）が想起される。同じ定家に、③133拾遺愚草487「はや瀬川うかぶみなわのきえかへり程なき世をも猶なげくかな」（早率百首、雑）がある。

【類歌】④14金槐192「天河みなわさかまきゆく水のはやくも秋のたちにけるかな」（秋）…2233に似る

2234（2337）　かりがねのくもゆくはねにをく《お③》しもの／さむきよごろにしぐれさへふる

【訳】雁の雲の中を飛んで行く羽に置いている霜の寒々しい夜の頃に時雨までも降る。

【語注】○かりがねの ①1古今192「さ夜なかと夜はふけぬらしかりがねの…」。①10続後撰311 302「秋ぎりにつまどはせるかりがねのくもがくれゆくこゑのきこゆる」（秋中、家持）。④26堀河百首201「かへるらん行へもしらず雁がねの雲のかよひぢ霞こめつつ」（春「帰雁」師時）。⑤57源大納言家歌合18「おとづれぬたびのなきかなかりがねのゆきかふくもぢはるかなれども」（雁、よしきよ）。○はね　すべてで八代集十四例。○をく《お》しもの　①1古今564「わがやどの菊のかきねにおくしもの…」。③132壬二559「月さゆる庭の木葉におく霜のくもらぬうへに霰降るなり」（院百首、冬。⑤197千五百番歌合1767）。○よごろ　八代集一例・新古199。

【本歌】①8新古今458「秋さればかりのは風に霜ふりてさむきよなよな時雨さへふる」（秋下、人丸。「全歌集」）

▽本歌をふまえて、秋になると、雲の中を飛ぶ雁の羽（風）に降り置く霜が寒い夜毎に、時雨までも降ってさらに寒くなってくると歌う。2234は本歌に似る歌である。②16夫木4948、秋三、雁「土御門内大臣家二十首」同。六家抄1059「鴈の鳴てかなしくさむき夜の時分に、時雨のふりて猶ます心也。夜ごろは夜をかさぬる心也。」。

【類歌】⑤335井蛙抄291「かりがねのはねうちかはす白雲の道行ぶりはさくらなりけり」（巻第三、為家）

2235（2338）　松しまのあまの衣手秋くれて／いつかはほさむつゆもしぐれも

【訳】松島の海士の袖に秋が暮れて、いつになったらいったい干したらいいのだろうか、（絶えず濡れているのみならず）露も時雨にも（濡れているのに）。

【語注】〇松しま　八代集四例、初出は後拾827。　〇松しまの　②4古今六帖1912「みちのくにありといふなる松島のまのあらしいかにあらむ秋のくれて」の「…」。⑤421源氏物語546「なるる身をうらむるよりは松島のあまの衣にたちやかへまし」（「夕霧」女（雲居雁））。　〇秋くれて　①21新続古今613「竜田山梢の紅葉秋くれてつれなき松に猶しぐるなり」（冬「…、山時雨と…」後鳥羽院）。④31正治初度百首959「高砂のをのへの松に秋くれていつしかかはる木枯のかぜ」（冬、季経）。⑤197千五百番歌合1680「秋くれてつゆもまだひぬならの葉におしてしぐれの雨そそくなり」（冬一、女房）。⑤181仙洞十人歌合67「たつた山こずゑのあらし秋くれてかはらぬ松に声しぐるなり」（「山風」権大納言）。　〇いつかは　八代集九例。　〇む　意志としたが、推量か。

▽第二、三句あの頭韻。松島の海士の袖に秋が暮れ果て、潮のみならず露や時雨でも濡れている袖をいったいいつ干したらいいのだろうかと歌う。①15続千載593　595、秋下「後京極…、秋」前中納言定家、第四句「いつかはほさん」。全歌集「参考」・①4後拾遺827　828「まつしまやをじまのいそにあさりせしあまのそでこそかくはぬれしか」（恋四、源重之）。赤羽303、304頁「第二句と第三句に頭韻がある場合…第三句に中心的なイメージがある。また第三句にテーマが集中的に打出される。…これらの例に共通する傾向は、三句切ではないが、第三句のあとに詠嘆の小休止がくることである。また、第一句に頭韻がはじまる場合と比べると、最初は弱く、またはゆっくりはじまって第二句、第三句でクレッシェンドされ、第四句以下またゆっくり弱くなって終るという形式になる。」。

【類歌】②14新撰六帖1727「秋くれば露もしぐれも身にそひてわがころもでやほさでやみなん」（「秋衣」）

2236
(2339)
内裏秋十五首哥合③秋風

おさ《を③》まれる民のくさばを見せがほに／なびく田のもの秋のはつ風

【訳】治まっている民という草葉の様子を見せ顔で、（我が君に）靡いている田の面の秋の初草であるよ。

【語注】○秋風（題）①4後拾遺320、②4古今六帖401～423、…。○お《(を)》さまれ 八代集三例、初出は後拾459。○民 八代集七例、初出は金葉319。○見せがほ 八代集にない。「～顔」は例えば、「かこち顔」などがある。③125山家4「たちかはる春をしれとも見せがほに…」。③129長秋詠藻534「数ならぬ光を空に見せがほに…」。④41御室五十首432「冬きぬとしるしばかりをみせがほに…」（隆信）。○田のも 八代集六例、初出は千載36、あと新古今。○秋のはつ風 八代集十四例。「秋の初風」のみで、他の季はない。当然七夕とよく付く。①1古今171「…うらめづらしき秋のはつ風」。

▽治まっている民の有様を見せるかのように、田の面に吹く秋の初風によって、稲葉は靡き従っていると歌う。同じ定家に、③133拾遺愚草2521「をさまれるみよにあふぎの風なれば四方の草葉もまづぞなびかん」（下、賀）がある。①20新後拾遺720、雑秋「…、秋風を」、前中納言定家。②16夫木3892、秋一、初秋「建保二年秋十五首歌合」。⑤210内裏歌合〈建保二年〉1、「内裏歌合建保二年八月十六日」、判者、定家、一番秋風、左持、定家卿、「左歌、民の草葉風になびき、稲の花雲をなせるばかりにて、さらによろしきふしも侍ぬにや、…一番の左、治世にことよりて侍れば、持とす」、一二一四年、定家53歳。⑤335井蛙抄278、定家。

【類歌】①15続千載2115 2131「かぜわたるたみの草葉も年あれば君にぞなびく千世の秋まで」（賀「…、秋田」基良。④35宝治百首1445）

④39延文百首2443「ふくかぜもをさまれる世の秋の田に民の草葉もみだれざりけり」（秋「秋田」源有光）…2236に似る

2237（2340）　そでぬらすしのぶもぢずりたがために／みだれてもろき宮木の、つゆ

【訳】袖を濡らしている信夫もじ摺り模様はいったい誰のために、乱れてもろい宮城野の露なのであろうか。

【語注】○秋露（題）他、③132壬二2412、③71高遠283のみ。　○しのぶもぢずり　八代集五例、古今一、あと千載四例。○たがため　八代集八例。　○たがために　擣衣の歌にも用いられる。①1古今924「たがためにひきてさらせるぬのなれや…」。　○もろき　八代集四例、すべて新古今、初出は新古今549。　○宮木の　八代集十三例。

【本歌】①1古今724「みちのくのしのぶもぢずりたれゆゑにみだれむ《そめにし（伊）》と思ふ我ならなくに」（恋四、河原左大臣。⑤415伊勢物語2。「全歌集」）

▽第四、五句みの頭韻。恋歌の本歌世界をふまえて、一体誰のせいで、また誰の為に乱れてもろい、宮城野の露なのか、それはすべて、あなた以外の誰に思い乱れると思うような私ではなく、その露（涙）によって、私は、陸奥の信夫もじ摺り模様の袖を濡らすと歌う。「しのぶもぢずり」「宮城野」「露」は、【参考】【類歌】をみても分かるようにセットである。②16夫木5497、秋四、露「建保三年秋十五首歌合、秋露」同。⑤210内裏歌合〈建保二年〉17、九番、左、第三句「たがためか」、「左の、しのぶずり、ふるきみだれ、おき所もかはらず、めづらしきところ侍らねば、右、させるとがなくて、勝ち侍るべし」。

B423「秋露　本歌両首にて調法したる風情也ことなることなし」。

【参考】③106散木1352「宮木野のしづくにかへるかり衣忍ぶもぢずりみだれしぬらし」（雑上）

③117頼政361「我が袖の忍もぢずりぬれぬれてみだれあひぬる心ちこそすれ」（下）

【類歌】③132壬二38「宮城野の露分けゆけばかり衣しのぶもぢずり萩が花ずり」（初心百首、秋）

④10寂蓮178「みやぎののこはぎが露を分行けば色こそかはれしのぶもぢずり」（「宮城野」）

④15明日香井1012「ふるさとをしのぶもぢずり露みだれこのしたしげき宮城のの原」（最勝四天王院名所御障子「宮城野」。⑤261最勝四天王院和歌438）…2237に似る
④31正治初度百首1643「宮ぎのの萩の朝露うちはらひ花にみだるるしのぶもぢずり」（秋、寂蓮）…2237に似る
④34洞院摂政家百首1036「涙のみしのぶもぢずり乱れつつかわかぬ袖の露ぞはかなき」（恋「忍恋」成実）
⑤197千五百番歌合809「ともしするこのしたやみをわけぬれて露にみだるるしのぶもぢずり」（夏二、通具）

2238（2341）　秋月

いつはとも《は③》わかぬときはの山人も／そらにおどろく月のかげ哉

【訳】いったい（今が）いつだとも分からない常盤の山人も、さらに驚く（この）月の光であることよ。

【語注】〇秋月（題）①4後拾遺252、②4古今六帖293～314、…。〇いつはとも《は》　①17風雅93 83「いつはともこころに時はわかなくにをちの柳の春になる色」（春中「…、柳を」伏見院）。③5小町42「いつはとは時はわかねども《ど(宗)》秋のよぞ物おもふこと《ろ(ゞ)》のかぎりなりける」（③17宗于4）。⑤244南朝五百番歌合309「いつはとは時はわかぬ常盤の松風もおとこそかはれ秋やきぬらん」（秋一、顕統）。〇ときはの山　八代集十例。「ときは」掛詞（常磐、常盤）か。〇山人　八代集十一例。〇山人も　①3拾遺847「三吉野の雪にこもれる山人も…」。

▽今がいつだとも分からない常盤の山の山賤も、空には驚くような月の光だと歌う。⑤210内26、十三番、右、初句「いつはとは」、「左歌優なるさまに侍れば、尤為勝」。摘抄78「本歌をとるに、おなじやうなれども心のかはりたるは不苦。初心にてかやうによめば詞もおなじやうになりて、すぢともなき事になる間、詠歌の大概にいましめ給ふ也。…」。

全歌集「上句に祝言の心をこめる。」。
【類歌】④38文保百首1462「いつはとはわかぬときはの山にもつもればしげき松の雪折れ」（冬、定房）

秋雨

2239（2342）花ぞめの衣の色もさだまらず／のわきになびく秋のむらさめ

【訳】花染めの衣の色も定まらない、（なぜなら）野分に靡いている秋の村雨（によって）であるよ。

【語注】○秋雨（題）①8新古今1801 1800（具平）、⑤175六百番361〜372、③132壬二331、…。○花ぞめ　すべてで八代集五例。また「花染衣」八代集一例・千載240。○花ぞめの衣　八代集六例。①3拾遺272「…衣の色にうつれとぞ思ふ」。○衣の色も　③61道信58「つねならば衣のいろもいかでかははなのかたみもいかがそむべき」（秋「七夕」）。○さだまら　八代集二例。○さだまらず　①2後撰1065 1066「白雲のゆくべき山はさだまらず…」。○のわき「のわきす」八代集二例・千載258、新古今439。○秋のむらさめ　八代集（新編国歌大観①索引）にない。②14新撰六帖398「ゆふぐれのかぜさだまらぬうき雲にゆきてはかへるあきのむらさめ」（「むらさめ」）。④38文保百首3137「しほれても色こそまされまはぎ原花の色そふ秋の村雨」（宣子）。○むらさめ　八代集九例。

▽野分によって靡いている秋の村雨のせいで、花染の衣の色も何色としっかり定まってはいない、つまり雨によって見定められないと歌う。同じ定家に、員外ではあるが、③134拾遺愚草員外645「宮ぎのの秋のむら雨すぎやらずそこらの花の枝をたれつつ」（秋）がある。②16夫木5435、秋四、野分「建保二年秋五首歌合」。⑤210内33、十七番、左「左、衣の色さだまらずといへる、その事ときこえずや侍らん、右、…、為勝」。

C511「露草ぞめのしやうぞく《装束(D)》の事也。ちくさ《千種(ソ)》の花のしほる、のみならず、衣のいろ《色(ソ)》までうつろふ由《よし(ソ)》也。野分をかなしみ《び(ソ)》たる也《様(ソ)》。」・D328。六家抄1060「花染の衣はぬれて色のうつる心也。月草色也。さだまら《ず》ぬ《こ》はうつろふ心也。野分になびく村雨はよこにふる心也。野分の巻の衣の雨にぬれて着がへ其面影あり。夕ぎりの衣也。」。

【類歌】④38文保百首3237「くるる日のうつろふ影もさだまらず村雨そそく庭の秋かぜ」（昭訓門院春日）

全歌集「参考」・①1古今795「世中の人の心は花ぞめのうつろひやすき色にぞありける」（恋五、よみ人しらず）

秋花

2240（2343）　たび衣ひもとく花のいろ〳〵も／とをざと《ほ③》をの、あたらあさぎり

【訳】旅衣の紐を解くように、咲き初めた花の色々なものも、遠里小野の、惜しいことに朝霧（によって見えないこと）よ。

【語注】○秋花（題）②4古今六帖4057、4058、歌合大成二「八七　寛和元年八月十日内裏歌合」589頁、③132壬二2418、…。○たび衣　これのみ八代集七例、初出は詞花179。①7千載524 523「たび衣あさたつをのの露しげみしぼりもあへずしのぶもぢずり」（羈旅、覚忠）。②4古今六帖2427「きのふきてこよひばかりをたびごろも…」。④33建保名所百首566「都おもふ野島がさきの旅衣ひもふきかへす秋のうら風」（秋「野島崎近江国」）。○花のいろ〳〵　八代集四例。○いろ〳〵　すべてで八代集十二例。○とをざと《ほ》　「とをざとをの」共に八代集にない。「とを《ほ》」掛詞か。②4古今六帖3311「すみよしのとほさとをののまはぎ《榛(万)》もて…」（万葉1160 1156）。②16夫木1965「すみれ咲く遠里小野の朝露にぬるともつまんたびのかたみに」（春六、菫菜、同（＝俊成））。③116林葉92「…遠ざとをのの春の夕暮」。⑤158経盛歌合15「うづら鳴く遠里小野の小萩はら…」（顕昭）。○あたら　八代集にない。が、「あたらよ」は八代集四例。○あさぎり

八代集十例。
▽旅衣の紐を解くが如く、花も色々咲き初めたのだが、残念なことに遠里小野の朝霧が覆い隠していると歌う。「旅衣」の詞で分かるように、旅歌的。②16夫木4542、秋二、秋華「建保二年内裏十五首歌合、秋花」。⑤210内73、卅七番、左、第四句「とほさとをのの」、「左、花を惜む心によりて、あたら朝霧とつづけたる、事たがひてやきこえ侍らん、右、…、優に侍れば、かちとす」。
六家抄1117「紐とく花といはんために旅《たび衣・松》とよめる。旅に心はなし。そへ字也。野の遠き心に遠里とよめる。霧にみえぬ程にあたらしき心也。」。

全歌集「本歌」・①4後拾遺266「いろいろのはなのひもとくゆふぐれにちよ松むしのこゑぞきこゆる」（秋上、清原元輔）、「参考」・①1古今246「ももくさの花のひもとく秋ののを思ひたはれむ人なとがめそ」（秋上、よみ人しらず）。

【類歌】④38文保百首2741「野べはみなひもとく花におく露の秋は色色ににほふ月かげ」（秋、覚助）
⑤229影供歌合〈建長三年九月〉97「旅衣あさたつ袖も色見えてたえだえまねく花薄かな」（「朝草花」通成）

秋鴈

2241（2344）　このごろのかりの涙のはつしほに／色わきそむる峯の松風

【訳】この比の雁の涙の初染めによって、色を区別して（木々を）染め初めた峯の松風であるよ。
【語注】**○秋鴈**（題）他、③132壬二2415のみ。さらに「秋雁—」③40千里51、54。**○このごろの**　①3拾遺1118「このごろのあか月つゆにわがやどの…」。⑤197千五百番歌合2753判「このごろの風のすがたになれなれて身にしむいろはいづれともなし」。**○かりの涙**　八代集三例、すべて三代集（古今二、後撰一）。①1古今221「なきわたるかりの涙やおちつらむ…」」。　**○はつしほ**　八代集にない。③115清輔322「むらさきのはつしほぞめのにひごろもほどなく色のあかれとぞおもふ」。③132壬二733「すまのうらに秋やくあまのはつしほの煙ぞ霧の色は染めける」（順徳院名所百首、秋「須磨浦」）。　**○わきそむる**　八代集にない。「染、初」掛詞。②14新撰和歌415「たつたひめなにゆゑ秋とわきそめて…」。③134拾遺愚草員外381「わきそめしはじめもしらずあらかねの…」。　**○峯の松風**　八代集十一例。①2後撰167「…峰の松風ふくかとぞきく」。

▽近頃の雁の涙の初染めによって、峯の木々は色を区別して染め初めたし、そこには松風が吹いていると歌う。②16夫木4947、秋三、雁「建保二年秋十五首歌合、秋雁」。⑤210内45、二十三番、左、「左、雁の涙のあとばかりにて、みな松風の歌と申すべくや侍らん、右、…、尤為勝」。

B424「秋雁　雁鳴て紅葉したる時分は松風の音も一入の感情そと云心にや」。六家抄1061「初しほは鴈のなく涙の色也。其時分はまつ風の色も秋にしられてかなしき也。」。

全歌集「本歌」・①1古今258「秋の夜のつゆをばつゆとおきながらかりの涙やのべをそむらむ」（秋下、壬生忠岑）。

【類歌】①11続古今690 694「松のいろはにしふくかぜやそめつらんうみのみどりをはつしほにして」（神祇、北野の御歌）

⑤221光明峰寺摂政家歌合12「から衣袖のなみだのはつしほに思ひそめたるいろをみせばや」（「寄衣恋」源実清）

⑤343正徹物語52「払ふらんそがひに渡る初雁の涙つらなる峰の松風」

秋虫

2242
(2345)　あるじから思《ひ③》たえにしよもぎふに／むかしもよお《ほ③》すまつむしの聲

【訳】主人のせいで、思いが絶え果ててしまった蓬生（の中）に、昔を催して聞こえる松虫の声であるよ。

【語注】○秋虫（題）他、③132壬二2416のみ。「―初吟」・③116林葉418。○あるじから　八代集一例・後拾102。①18新千載1766「身をかくすむぐらの宿はあるじから思ひありとや虫もなくらむ」（雑上、基任）。○思たえにし　恋の詞。①3拾遺1280「…思ひたえにしねこそなかるれ」。○よもぎふ　八代集八例。○よもぎふに　⑤188和歌所影供歌合118「たれきけとあれたる宿の蓬生に声ふりたてて鈴むしの声」（「故郷虫」越前）。⑤197千五百番歌合983「すむ人はあるじともなきよもぎふにむしのねそはん秋のゆふぐれ」（夏三、寂蓮）。○もよおす《ほ》　八代集一例・千載234。○まつむしの聲　八代集十例。末句の型。⑤188和歌所影供歌合134「跡もなき蓬が杣の庭の面にむかしにならふ松虫の声」（「故郷虫」具親）。
▽主《あるじ》のおかげで、すっかり断念してしまった、蓬の生える宿に、昔を思い催すかのように松虫の声が聞こえると歌う。⑤210内59、三十番、左、「おなじさまのよもぎには侍れど、蓬も歌も、右はたけまさりてや侍らん」。
B425「秋虫　むかし催すとは松虫の鳴て前々とはれし人を今更思出たる儀にや」。C512×「「あるじ《主(D)》」、わが事也。かゝるふる《古》さと《郷(ッ)》はたれにとはれむ《ん(ッ)》と休しはて《給(ッ)》たるを、松むし《虫(ッ)》はむかし《昔(ッ)》を忘れ《ナシ(ッ)》ず、人をまつやうになく《啼(ッ)》かと也。徒然《とぜん(ッ)》の体也。」・D329。

全歌集「『源氏《(ママ)》物語　蓬生の巻に語られる末摘花のごとき心を読む。」」。

2243（2346）　秋鹿

あさな〳〵この葉うつろひなくしかの／ことは《わ③》りしるき秋の山かげ

【訳】朝ごとに木葉が移ろい散って鳴く鹿というのももっともなことがはっきりしている秋の山蔭よ。

【語注】○秋鹿（題）他、③132壬二2417のみ。○あさな〳〵　八代集十四例。当然初句字余（あ）。①1古今16「…なくなるこゑはあさなあさなきく」。①2後撰298「往還り折りてかざさむあさなあさな鹿立ちならすのべの秋はぎ」（秋中、つらゆき)。①6詞花353 352「あさなあさなしかのしがらむはぎのえのすゑ《上(玄)》ばの露のありがたのよや」(雑下、増基。②7玄玄127)。③132壬二2297「あさなあさな秋やちかづく末のまつ山こす波の色ぞすずしき」(下、夏「夏山朝松」)。 **○この葉うつろひ** ④1式子238「ながむれば木の葉うつろふ夕月夜…」(②16夫木3902)。 **○なくしかの** ①1古今215「おく山に紅葉ふみわけなく鹿の…」。④15明日香井1215「おもひいるやまにてもまたなくしかのなほうき時や秋のゆふぐれ」(秋十五首歌合「秋鹿」)。 **○ことはり**《(わ)》 八代集九例。「自然の摂理」か。 **○秋の山かげ** ③131拾玉3954「…都にしらぬ秋の山かげ」。④34洞院摂政家百首1645「…今はすみかの秋の山かげ」(信実)。 **○山かげ** 八代集七例、初出は詞花110。

▽毎朝ごとに木葉が散って鹿が鳴くのも、いかにももっともだと思われる秋の山蔭を歌う。⑤210内70、三十五番、右、「右の、ことわり、にくくきこえ侍れば、左を勝とす」。⑤329桐火桶127、第二句「木の葉色づき」。C513×「なく鹿《鳴(D)》にことはりをつけ《付(〃)》ていへ《云(〃)》り。かゝる時節は《ナシ(〃)》、なく事もことはりなると也。わが秋の悲《かなし(〃)》きよりいへ《云(〃)》り。／本《ナシ(〃)》おく山に…」・D330。六家抄1062「昨日よりもけふは色がまさりもて行心。げにもかゝる時分は、鹿のなくも理りと思ふ心。山家にて聞心。」。赤羽291、294、295頁「二句に亘る頭韻が二組ある場合である。…㈡ABBAの型／この型の押韻はAABBほど調子にのった感じは強くないが、全体としての統一感はある。…3あさ…この…／ことわ…秋の…3の歌などはもっとも安定した調子をもつ例である。」。

秋水

2244 (2347)　秋風のかつふきはらふ谷の戸に／おもふもきよくすめる山水

【訳】 秋風が一方で吹き払う谷の戸口に、思うにも清く住み澄んでいる山の水よ。

【語注】〇秋水 (題) 他、③132壬二2419のみ。 〇秋風の ①1古今173「秋風の吹きにし日より久方の…」。①1同256「秋風のふきにし日よりおとは山峰のこずゑも色づきにけり」(秋下、つらゆき)。④30久安百首441「秋風のふかぬかぎりはひとりもる山田のひたにいとまなきかな」(秋、季通)。⑤5寛平御時中宮歌合15「秋風の吹来る(ママ)声はやまながらなみ立ちかへるおとぞきこゆる」(秋)。⑤419宇津保物語8「秋風のふくをもなげくあさぢふにいまはとかれんをりをこそ思へ」(一としかげ、女(俊蔭女))。 〇ふきはらふ 八代集七例、初出は後拾遺148。 〇谷の戸 これのみ八代集三例、他「谷のとぼそ」八代集二例。 〇谷の戸に ①19新拾遺1688「冬の夜の月かげさむき谷のとに氷をたたく山おろしの風」(雑上、経継)。 〇すめ 掛詞 (澄、住)・「戸」により「住む」。 〇山水 八代集二例。

▽秋風が一方では吹き払っている谷の入口に、思うだけでも清く澄んでいる山水が流れている、谷の家に思いやるのにも清らかに、山に住んでいる隠遁を歌う。②16夫木5998、秋五、秋水「建保二年内裏十五首歌合、秋水」。⑤210内87、四十四番、左、「たが色ふかき秋のたきつせ、まことによろしく侍るかな、尤かちとすべし」。

【類歌】①22新葉635 634「入りがたき草の戸ざしも秋風の吹きはらふにぞ月はすみける」(釈教「方便品…」宗良親王)

秋霜

2245 (2348)　秋の色にのこるかたみのしもをだに／を《お③》けかしくさ葉それもと《た③》まらず

【訳】秋の色に残っている形見の霜だけでも、置けよ、草葉に、だがしかし、それもとどまってはいないのだ。

【語注】〇秋霜 (題) ⑤175六百番歌合457～468、③132壬二339、…。 〇秋の色 八代集五例、初出は後拾917。

▽初句字余 (い)。草葉に、秋同様とどまらないが、秋の色として残っている形見の霜だけでもとどめ置いてくれと命令する。⑤210内97、四十九番、左、「左、おけかし草ば、つねのことばに侍るべし、右、…、勝ち侍るべし」。

B 426「秋露　露をたに秋のかた見にをかけ《ママ》しと思ふも草もとまらすと也うらみたる心あるにや」。

全歌集「参考」・①3拾遺214「くれてゆく秋のかたみにおく物はわがもとゆひのしもにぞ有りける」（秋、平兼盛）。

【類歌】④37嘉元百首152「秋の色とのこるかたみもとどまらで檐もあらはにちるこのはかな」（冬「落葉」後宇多院）

④39延文百首2552「露霜の色をかさねてゆく秋ののこるかたみにさける白菊」（秋「菊」実名）

秋祝

2246（2349）　山水に老せ《い》ぬちよをせきとめて／をの《お》③れうつろふしらぎくの花

【訳】山水に（我が君の）老いせぬ千代を堰き止めて、自《み》らは移ろい変化していく白菊の花よ。

【語注】○秋祝（題）　他、③133拾遺愚草2358・後の2255のみ。　○山水　2244前出。「ここでは、中国の菊水の故事にいう河南省の川などを念頭に置いて歌う。」（全歌集）。　○山水に　②4古今六帖3831「やま水にきみはおひねどねぬなはの…」。④35宝治百首1099「せきとめてすずむ木陰の山水にゆふぐれしるくとぶ蛍かな」（夏「水辺蛍」成実）。　○老せ　八代集八例。　○せきとめ　八代集六例。　○をの《お》れ　八代集九例。　○しらぎく　これのみ八代集十二例、すべて八代集二十二例。　○しらぎくの花　八代集十例。①1古今277「…おきまどはせる白菊の花」。

▽山水にわが君の老いはしない千代を堰き止めてはいるが、白菊の花は自《み》ら移ろい変わっていくと歌う。同じ定家に、③133拾遺愚草1931「この里においせぬ千世はみなせ川せきいるる庭の菊の下水」（最勝四天王院名所御障子歌「水成瀬河」）。②16夫木5979。⑤261最勝四天王院和歌136）がある。①18新千載2329 2328、慶賀「…、秋祝」、前中納言定家。①20新後拾遺431、秋下「題しらず」前中納言定家、初句「山水の」。⑤210内103、五十二番、左持、「左歌ことなることなく、…これも不分明」。

全歌集「参考」・①1古今270「露ながらをりてかざさむきくの花おいせぬ秋のひさしかるべく」（秋下、きのとものり）。

【類歌】①12続拾遺747 748「いかばかり老いせぬ秋をかさぬらん千世のかざしの白菊の花」（賀「菊花秋久と…」為経）
①20新後拾遺636「山桜ながるる水をせきとめてせぜのむもれ木花咲きにけり」（雑春、源頼康）
④39延文百首452「たえずゆく谷の下水底すみて千世のかげみる白菊の花」（顕実母）
④43為尹千首462「これも又山路よりこそうつしけめ千世へぬやどの白菊の花」（秋「栽菊」）

秋旅

2247（2350）　ふるさとはとを《ほ③》山どりのお《を③》へより霜／ヲ《お③》クカネノナガキヨノソラ

【訳】故里は遠く、（山鳥の）尾上から霜の置いた鐘の音が長く響く、長い（秋の）夜の空よ。

【語注】○秋旅（題）①8新古今968（定家）、③132壬二2962、…。○ふるさとは　①1古今42「人はいさ心もしらずふるさとは…」。○とを《（ほ）》山どり　八代集四例。なお「山どり」はすべてで八代集九例。また「山どりのお《（を）》」は八代集二例。○とを《（ほ）》山どりの　①2後撰679 680「逢ふ事はとほ山どりのかり衣…」。○お《（を）》のへより　③131拾玉に多い。○ナガキ　掛詞。

▽「遠山鳥の尾」から「尾上」へと続く。「霜おく鐘」は、「霜が結ぶとおのずと鳴るという豊嶺の鐘を念頭に置いた表現。」（全歌集）である。故里は遠くはるかで、尾上から霜置く鐘の音が、秋の長夜に長く響くと歌う。②14夫木15249、雑十四、鐘「建保三《ママ》年内裏秋十五首歌合、秋旅」。⑤210内111、五十六番秋旅、左、「ふるさとはとほ山どり、ことなる事も侍らじ、…草も木も…、為勝」。

六家抄1063「古里にゐて霜夜の鐘をきゝてあかしかねたる心。山鳥とよめり《る》はおのへよりながき夜といはんやう也。おのへのかね也。かなしき心也。」。

赤羽365頁「この歌は、さきの「ひとりぬる」と同様に「足引の…」を本歌にしている。…すなわちこの歌は「山鳥の尾」「ながき夜」という時間のイメージを「ふるさと」「とほ山」という空間的な遠さの感覚に転じたものといってもよかろう。」。

【類歌】①18新千載81「雲かかる遠山鳥の尾上よりへだてぬ色の花さきにけり」（春上「…、花」為定）
③132壬二868「雪つもる松のはさへにしだりをの山鳥のをのながきよの空」（院百首、冬）
④22草庵763「雲かかる遠山鳥のをのへよりをろのはつをのはつ雪ぞふる」（冬「…、初雪」）

秋戀
2248（2351）　したむせぶもしほのけぶりこがるとて／秋やは見ゆる人はうらみじ

【訳】心の中で思い咽んでいる、藻塩の烟の如く恋い焦がれているとしても、私を飽きたあの人と会えるのだろうか、イヤあの人とも会えないが、あの人をば決して恨みはすまい。
【語注】**○秋戀**（題）③132壬二1616～1618、…。**○したむせぶ**　八代集一例・後拾707。なお「咽ぶ」は同三例（すべて新古今）。①18新千載1260「空にだになびくとみえよ下むせぶ思ひの煙立ちものぼらば」（恋二、為遠）。**○もしほのけぶり**　八代集六例。①3拾遺1018「…もしほのけぶりたちやそふらん」。⑤188和歌所影供歌合147「すまの蜑のもしほの煙たちまちにむせぶ思ひを問ふ人のなき」（「初恋」左大臣）。**○秋**　掛詞（「飽き」と）。「「飽き」を響かせる。」（全歌集）。**○人はうらみじ**　②4古今六帖966「…ねをこそなかめ人はうらみじ」。**○うらみ**　「「浦見」を響かせる。」（全歌集)。

▽心の底で思い咽んで、藻塩の煙の如く恋い焦がれていても、私を飽きたあの人に会えなくても恨みはしないと、女の立場で、秋の恋を歌う。同じ定家に、③133拾遺愚草1525「こがるとて煙もみえじ時しらぬ竹の葉山のおくのかやり火」(夏「閑居蚊遣」)がある。⑤210内122、六十一番、右(負)、「風は昔の…、為勝」。

B427「秋恋下むせふは恋の煙の事也のほらぬ物なれはなり秋やはみゆるとは秋の万物の色をみする時分なれ共胸の思ひる色は見えぬ物なれは人の問はぬもことはりなりさて人はうらみしといへるにやねをこそなかめの面影あるへくや」。六家抄1064「恋の哥也。我思ひのこがるゝ心也。人の心の秋の色は我思ひこがるゝといふて、一かたにうらみまじきと云心也。まだみえぬほどに也。」。

【類歌】⑤229影供歌合〈建長三年九月〉364「空に猶たつなもらすな里のあまのもしほの煙下むせぶとも」(「寄煙忍恋」公相)

2249 (2352)
秋思

老《おい》が世はあはれすゐの、くさがれに／よるのおもひのなが月のそら

【訳】(我が)老の世はああ末となって、末野の草枯のような状態となり、夜のもの思いばかりが長い九月の空(の下)だよ。

【語注】**○秋思**(題)これのみ。ただし「――故郷」・⑦46出観457。**○老が世** 八代集三例。**○すゐ** 掛詞。**○すゐの** 八代集一例・金葉(三)296。**○くさがれ** 八代集一例・詞花129。②4古今六帖2696「くさがれのいりえにあさるあしたづの…」。**○なが** 掛詞(長、長月)。

▽人生の末となった老いの世に、末野の草枯れのように、衰えて行き、九月の空の下、夜の（人生・世への）もの思いが長くなると歌う。同じ定家に、③133拾遺愚草398「草枯の野原《ばら(夫)》の駒もうらぶれてしらぬさかひのなが月の空」（閑居百首、雑。②16夫木5525、秋四、秋夜「建保二年秋十五首歌合、秋懐」。⑤210内138、六十九番、右、左は有家。「両首ともに旧老の歌に侍るめり、…年まさりて侍らん作者勝ち侍るべし」。有家が七歳年上。六家抄1065「すゑとうけたる也。思ひのながき心也。おもひのたえぬ心。草枯とは秋の末の時分也。野とよめるは余情也。」）。②16夫木6285）がある。

【参考】⑤146関白内大臣歌合60「あやにくに夜をなが月のあきしまれ草かれがれに人のなるらむ」（恋、道経）

【類歌】③132壬二3172「老がよにいのる思ひのあはれしれひと夜の松も年はへぬらん」（下、神祇「…、社頭松」）

⑤214右大臣家歌合50「夕月夜むかひの岡の草がれにおもふこころも霜にくちつつ」（「山家夕恋」家長）

秋雑

2250（2353）　わたつうみや秋なき花のなみ風も／身にしむころのふきあげのはま

【訳】大海原よ、秋のないはずの花の波風も、身にしみわたる比の（波風を）吹き上げる吹上の浜よ。

【語注】○秋雑（題）他、③132壬二3020、③133拾遺愚草2363のみ。○秋なき花のなみ【本歌】による。○花のなみ八代集一例・後拾107。○ふきあげ　すべてで八代集七例。掛詞。○ふきあげのはま　八代集三例、初出は後拾504。

②4古今六帖1927「きのくにのふき上のはまもあるものを…」。

【本歌】①1古今250「草も木も色かはれどもわたつうみの浪の花にぞ秋なかりける」（秋下、文屋やすひで。「全歌集」）

▽初句字余（う）。本歌をふまえて、草も木も色が変っても、秋のない筈の海の波の花を吹き上げる風も、吹上の浜では、秋のこの頃はしみじみと身にしみると歌う。【類歌】、それも③33建保名所百首が多い。⑤210内141、七十一番秋雑、左、「右の歌こそいとよろしくみえ侍るめれ、仍為勝」。

六家抄1066「海の惣名也。秋なきとよめる波なれども面白心。色のいつもおなじ心に本哥もよめり。右、草の木（ママ）も色かはれ…此哥の心。秋は草木の色はかはれども、浪の花は秋ともなふおなじ物なる心也。」。

【参考】③79輔親18「なみかぜのたえず吹きあげのはまなればうらなき君ぞもしほやきける」

【類歌】①8新古今1609 1607「うちよする浪のこゑにてしるきかなふきあげの浜の秋のはつ風」（雑中、祝部成仲）

①18新千載524「をりふしはおとにもしるしわたつ海や秋なき波の秋の浦風」（秋下「…、秋浦」隆博）

③132壬二2501「秋風に浪より出てすむ月を雲なき空に吹上の浜」（下、秋）

④33建保名所百首159「けふぞみるかざしの波の花のうへにいとはぬ風の吹上のはま」（春「吹上浜紀伊国」）

④33同160「あさ霞花かあらぬか春風の吹上の浜に波や立つらん」（同「同」）

④33同165「春なれば花とさきちる白波の吹上の浜のおきつ塩風」（同「同」）

④33同166「春風のなほ吹上の浜千鳥色なき花の波になくなり」（同「同」）

⑤261最勝四天王院和歌117「秋さむみそれかあらぬか沖つ風吹上のはまの雪のしらなみ」（「吹上浜紀伊」家隆）

2251（2354）

仁和寺宮よりしのびてめされし／秋題十首、③　承久二年八月、③／秋雨

あきの色と身をしる雨のゆく、もに／いこまの山もおもがはりして

【訳】あの人は私を飽きたと秋の色模様だと、我が身の程を知る雨を降らせ過ぎ行く雲によって、生駒の山も様変り

して見える。

【語注】**○仁和寺宮**　道助法親王。　**○しのびてめされし**　「当時定家が後鳥羽院の院勘を蒙って籠居していたので、表立っては召せなかったことによる。」（全歌集）。　**○承久二年**　一二二〇年、定家59歳。　**○秋雨**（題）　2239前出。　**○あき**　掛詞（秋、飽き）。　**○あきの色**　2245前出。　**○身をしる雨**　八代集四例。　**○ゆくゝも**　①1古今430「葦引の山たちはなれ行く雲の…」。　**○いこま**　すべてで八代集四例、初出は後拾167。　**○いこまの山**　八代集一例・後拾167。　**○おもがはりし**　八代集十例、初出は後拾315。が、「おもがはる」は八代集にない。

▽初句字余（い）。あの人は私を飽きたと我身の程を知る雨を降らせて過ぎ行く、秋の様子を示す雲によって、生駒の山もすっかり様変りして見えると歌う。

B428「秋雨おもかはりしてとは紅葉のしたる事也身をしるといへるわたり高安の女業平にすさめられたる心自然にあるへし歌は聞えたり」。摘抄162「此歌、秋の雨のふりくらしたる時分、伊駒の山をながめいたるに、里はなれたるを色〳〵にそめたる秋のけしきは心も詞も及ばぬ、ものいひさしたる歌也。…」。六家抄1067「秋にもあれば紅葉して前見たるやうなくおもがはりしていこまのみゆる心也。伊駒にては雨を読り。我身も秋に成ておもがはりしたるやうにかなしき心也。又恋ならば人の心のおもがはりを以テは身をしる雨と古くよめり。」。

全歌集「参考」・①1古今705「かずかずにおもひおもはずとひがたみ身をしる雨はふりぞまされる（恋四、業平。⑤415伊勢物語185）、⑤415伊勢物語50「君があたり見つつを居らむ生駒山雲なかくしそ雨は降るとも」（第二十三段、かの女（高安の女）。①8新古今1369 1368）。

【類歌】④33建保名所百首484「あさまだきいこまの山に立つ雲のなほ晴れやらぬ秋の村雨」（秋「伊駒山同国」）
⑤197千五百番歌合2560「ながめやるいこまの山にくもとぢてゆくへにまよふあめのゆふぐれ」（恋三、季能）

秋花

2252（2355）　このくれの秋風すゞしから衣／ひもとく花につゆこぼれつゝ

【訳】この夕暮の秋風が涼しいことよ、咲き初めた花に露がこぼれつつあるよ。

【語注】○秋花（題）2240前出。　○このくれ　③28元真144「あききてのほどはへぬれどこのくれにおどろくばかりかぜはふきぬる」。　○から衣「ひも」の枕詞。①1古今375「唐衣たつ日はきかじあさつゆの…」。①1同515「唐衣ひもゆふぐれになる時は返す返すぞ人はこひしき」（恋一、読人しらず）。②4古今六帖113「みそぎつる河のせみればから衣ひもゆふぐれに波ぞたちける」（「なごしのはらへ」つらゆき）。　○ひもとく花　前の2240に「たび衣ひもとく花のいろも…」とある。　○つゆこぼれ　①7千載772 771「よとともにつれなき人を恋ぐさの露こぼれます秋のゆふかぜ」（恋二、顕家）。　○つゆこぼれつゝ　定家に、⑤194水無瀬恋十五首歌合61「…はらひもあへず露こぼれつつ」（2421）とある。

▽二句切。咲き初めた花に露がこぼれつつあって、この夕暮の秋風は実に涼しいと歌う。

【参考】⑤155右衛門督家歌合33「すずしさはたもとにしらるこのくれのあさけの風に衣がへせむ」（「九月尽」隆季）

六家抄1068「草花の紐解と云ニから衣はえん也。」。

秋田

2253（2356）　ながめあへぬほむけの風のかたよりに／田のもふきこすみねのもみぢば

【訳】ながめ通すことはできない穂を向けさせる風の偏りに、田の面を吹き越している峯の紅葉葉であるよ。

【語注】○秋田（題）①4後拾遺370（相摸（ママ））、②4古今六帖1113～1121、…。　○ほむけ「ほむけの風」で、八代集一例・

新古1431（後述）。〇かたより　これのみ八代集五例、初出は後拾遺371。〇かたよりに　②4古今六帖1121「秋の田のほにけのますらかたよりに…」。〇田のも　2236前出。〇ふきこす　八代集四例。〇みねのもみぢば　①1古今1096「つくばねの峰のもみぢばおちつもり…」。

【本歌】①8新古今1431 1430「秋の田のほむけ《向き（万）》の風のかたより《寄れる（〃）》にわれは物おもふつれなきものを」（恋五、よみ人しらず。万葉2251 2247。「全歌集」）

▽初句字余（あ）。第二、三句は表現型《パターン》。初句切、倒置法。本歌をふまえて、六家抄1069の解のごとく、冷たいあなただが、私があなたを一途に思っているように、一方に稲穂を向けさせる風の偏りによって、さらに秋の田の面を吹き越してくる峯の紅葉葉の光景が興をますと歌う。全歌集は初句切、倒置法とする。同じ定家に、③133拾遺愚草2220「門田ふくほむけの風のよるよるは月ぞいなばの秋をかりける」（下、夏「…、田家夏月」）。②16夫木3547）、③133同2685「かりいほやなびくほむけのかたよりに恋しき方の秋風ぞふく」（雑、旅「…、羈中眺望」）がある。

六家抄1069「山田の稲を一かたに風がむかすると見もさだめぬに、みねの紅葉がちりきて興をますとの心也。」。

【参考】④26堀河百首1031「風ふけば田上川のあじろ木にみねの紅葉も日をへてぞよる」（冬「網代」仲実）

【類歌】③132壬二840「花すすきほむけのいとのかたよりに暮るれば野べに秋風ぞふく」（院百首、秋）

⑤197千五百番歌合1410「をやまだのいなばかたより月さえてほむけのかぜにつゆみだるなり」（秋三、女房。①13新後撰376。④18後鳥羽院448）

2254（2357）　**秋霜**

世やはうきしもよりしもにむすびをく《お③》／おいそのもりのもとのくちば、

【訳】この世は辛く悲しいのだろうか、そうではないはずだ、（去年の）霜から（今年の）霜に結び置いている、老蘇の杜の木の下の方の朽ちた葉は。

【語注】○秋霜（題）2245前出。　○しもよりしもに　「秋の霜が置く季節が再びめぐってきたことを言い、「しも」に「下」を響かせるか。」（全歌集）。　○むすびを《お》く　八代集九例。①20新後拾遺1193「むすびおくもとの契の面かげもみえぬ野中のみづからぞうき」（恋四、宗明）。　○おいそのもり　八代集四例、初出は後拾遺195。「老い」との掛詞。②4古今六帖2893「…おいそのもりとおもひいでつる」。③132壬二1629「旅ねして結ぶ枕もあはれなりおいそのもりの霜の下草」（九条前内大臣百首、雑「寄松旅」）。④30久安百首1101「…忘れにし　紅葉の下葉　残るやと　おいその森に　たづぬれど　いまはあらしに　たぐひつつ　霜かれがれに　…」（短歌、堀川）。①7千載1163（1160）。　○くちば　八代集四例。
▽初句切。下句と第二、三句との倒置法。世の中は辛く悲しいものではないはずなのに、私はすっかり老いはて、下積みのまま朽ちはてよう（死のう）としており、白髪がふえ続けていると、歌に「述懐の心を籠める。」（全歌集）。B30「第二句下品の心あり老はてたる朽葉は一身の窮する所也世のとかにもあらすと云由歟」。全歌集「老残の私は人々の下積みのまま、こぼす涙も霜と氷りついている。」。

秋祝

2255（2358）　露しぐれもるにつれなき秋山の／まつにぞきみのみよは見えける

【訳】露や時雨が漏れ落ちても何ら（色の）変らない秋山の松にこそ我が君の御代は見えることだよ。

【語注】○秋祝（題）2246前出。　○露しぐれ　定家に用例が多い。　○秋山　これのみは八代集六例。　○秋山の　①2後撰387「いく木ともえこそ見わかね秋山の…」。　○まつにぞきみ　①1古今356「よろづ世を松にぞ君をいはひつる…」。

▽常磐、千歳の松。露や時雨が漏れても変色しない秋山の松に、永久不変の我が君の御代は現われていると祝う。同じ定家に、③133拾遺愚草2558「露時雨下草かけてもる山の色かずならぬ袖をみせばや」（下、恋）がある。

【類歌】①11続古今523 526「露しぐれもらぬみかさのやまのはも秋のもみぢのいろは見えけり」（秋下「…、山紅葉」為経）…2255に似る

①11同1087 1095「あきやまのまつのこずゑのむらしぐれつれなきなかはふるかひもなし」（恋二「不逢恋の…」為教）

③130月清1520「つゆしぐれそでにもらすなみかさ山くもふきはらへみねのまつかぜ」（下、雑「松風、…」）

③132壬二555「露しぐれもる山陰の下紅葉ぬるともをらん秋《む》（新）のかたみに」（院百首、秋。①8新古今537。⑤197千五百番歌合1625）

秋戀

2256（2359）　はつかりのとを《を③》ちもよお《ほ③》す秋風に／なれてまぢかきなかぞかれゆく

（ほ？）

【訳】初雁のいる遠い土地からやってくるのをうながす秋風に慣れる比になると、（あの人は私を飽き）真近かった二人の仲は離れてゆくことよ。

【語注】○秋戀（題）2248前出。○はつかりの　①1古今206「まつ人にあらぬものからはつかりの…」。○とを《（ほ）》ち　「遠地」は八代集にない。「遠くの地」（全歌集）。「遠」は、下の「近」と対。「とをち（十市）」八代集三例。③96経信176「…人人の　とほぢのさとに　まとゐして　…」。③97国基19「…ふるさとのとほぢのやまをほのもみましや」（「遠山霞薄」）。④31正治初度百首512「…ながむればとほぢのこずゑなづなさきしも」（通親）。⑤124師時家歌合24「と

ほぢよりふきくる風のにほひこそ…」（すけあきら）。　**○もよおす**《(ほ)》　八代集一例・千載234。　**○秋風**　「初雁」とセット。掛詞（秋、飽き）。「「飽き」を響かせる。」（全歌集）。　**○秋風に**　①1古今207「秋風にはつかりがねぞきこゆなる《ひびく(六、寛)》たがたまづさをかけてきつらむ《ん(六、友)》」（秋上、とものり。②4古今六帖167。②6和漢朗詠324。③11友則22。⑤4寛平御時后宮歌合78）。①9新勅撰1339 1341「あさぢ山いろかはりゆく秋風にかれなでしかのつまをこふらむ」（雑四「秋山鹿と…」知家）。

○まぢかき　八代集三例（すべて三代集）。

○かれゆく　「離れゆく」八代集六例。

▽第四、五句なの頭韻。遠い地の初雁の来訪を催し促す秋風に慣れる頃には、あの人は私を飽きて、親しかった仲も離れてゆくと、「秋恋」を歌う。

B429「秋恋とをちもよほすとは秋の風とをき雁をもよほす也なれてとは人の秋になれたる也秋かせに雁のなく時分わか中のかれ〳〵になりたる也遠に近を対していひたてられたる歌也」。C514「かりは《雁(D)》数千万里を隔《へだて(ゾ)》たれど、秋風《かぜ(ゾ)》にもよほ《催(ゾ)》され、時をたがへずしてくるに、わが中は間近《まぢか(ゾ)》くしてかれ行事よと《ナシ(ゾ)》わびたる歌也。」・D331。摘抄163「十市は万葉より衣をうつとよめる也。衣うつ道地也。此里にて初かりの鳴て行をきけば、衣をうてから〳〵といふやう也。衣かりがねといへば也。…」。不審217×「…の〳〵とをぢ…如何。／※遠路歟。」。六家抄1070「遠き心也。はる〳〵と秋風がかりをさそふて秋は来る心也。鴈のなく時分になれてちかき中なれども、うとくなりてかなしき心。遠きとよみてちかきとよめる哥也。恋の哥也。」。

2257（2360）　秋夢

風さはぐ《わ③》おぎ《(を)》のはよくとうきて見し／ゆめのたゞちぞ《ぢ③》いやはかなゝる

【訳】風が吹き騒いでいる荻の葉音を聞くのを避けるのだと、落ちつかないまま（寝て）見た夢は、何とはかなかったことよ。

【語注】○秋夢（題）　これのみ。　○よく　「避く」八代集十一例。「下の「直路」と縁語。」（全歌集）。　○ゆめのたゞち　「ここでは夢路に同じ」（全歌集）。⑤431松浦宮物語45「うきてみるゆめのただちのしのばればながき別をいそがざらまし」（（橘氏忠））。　○たゞち　「夢のたゞぢ」で八代集一例・①1古今558「…夢のただぢはうつつならなむ」。　○いやはかな　八代集二例・古今序、644（後述）。①19新拾遺1272「ねぬるよに逢ふと見つるも夢ぢにていやはかなる契なりけり」（恋四、実直母）。

▽風が騒いでいる荻の葉音を避けようとして、せわしなく見た夢はすぐ目覚めたと歌う。同じ定家に、③133拾遺愚草1380「夢といへどいやはかななる春の夜にまよふただぢはみてもたのまず」（春日…、恋）がある。

B430「秋夢萩（ママ）の声をいとひて自然にまとろみたれは萩（ママ）の葉をよくとみし也うきてとは思ひさためぬ夢のさまなるへし」。

全歌集「本歌」・①1古今644「ねぬる夜の夢をはかなみまどろめばいやはかなにもなりまさるかな」（恋三、なりひら。⑤415伊勢物語179）

【類歌】①22新葉1318 1312「思ひねの夢のただぢにかよひきていやはかなる身の昔かな」（雑下、実秀）

2258（2361）　秋旅

浪かくるそでしのうらの秋の月／やどかるまゝにまづやしぼらん

【訳】浪しぶきの懸かる袖、その袖師の浦の秋の月よ、宿をとるままにまずは涙で（袖を）絞るのだろうか。

【語注】○秋旅（題）2247前出。　○浪　涙を暗示。　○浪かくる　④32正治後度百首774「浪かくるうらのとまやの磯まくら心の外の袖もぬれけり」（「海辺」季保）。**○そでし**　「――の浦」で、八代集一例・後拾660。「袖」との掛詞。**○そでしのうら**　③115清輔141「から衣袖しのうらの月影はむかしかけける玉にやあるらん」（秋「月…」）。⑤174若宮社歌合84「たづのゐる浜のまさごにくらぶれば袖しの浦は波ぞかけそふ」（「寄祝言恋」侍従）。**○秋の月**　①1古今289「秋の月山辺さやかにてらせるは…」。⑤181仙洞十人歌合51「あきの月浪ぢもとほくかげさえて心さへにもすまのうらかぜ」（「浦月」女房）。**○しぼら**　八代集十一例。「「袖師の浦」の「袖」の縁語。」（全歌集）。

▽袖に波がかかる袖師の浦に秋の月がかかり、旅宿をとるとまず涙されると歌う。

秋恨

2259（2362）　心もてよ、のむかしやならひけむ《ん③》／秋風いそぐをかのくずばに《は③》

【訳】自《み》らの心でもって、世々の昔も馴れるようになったのであろうか、秋風が急いで吹く岡の葛の葉に。

【語注】**○秋恨**（題）　これのみ。**○心もて**　①1古今165「はちすばのにごりにしまぬ心もて…」。**○ならひけむ**　①8新古今469「ものおもふ袖より露やならひけむ秋風吹けばたへぬ物とは」（秋下、寂蓮）。**○をかのくずば**　①8新古今296「みづぐきのをかのくずはもいろづきてけさうらがなし秋のはつ風」（秋上、顕昭。全歌集「参考」）。**○くずば**　八代集二例。「くずのは」八代集九例。葛の葉の恨み・裏見。

▽三句切、倒置法。秋風が急いで吹く岡の葛葉の裏見・恨み心によって、世々の昔も習うようになったのか、私も秋の恨みを催すと歌う。同じ定家に、③133拾遺愚草1037「水ぐきのをかのくずはら吹返し衣でうすき秋の初風」（千五百番歌合百首、秋）がある。

B431「秋恨秋風のふけはうらむる物なれはいそくといへるにや世ゝのむかしの人もこの秋風にもよほされてたへさる

心をならひけんといへるにや」。摘抄176「此歌、惣じて秋は人をうれへさするもの也。又、葛は秋のくる日やがてうらをかへすもの也。…」。

2260（2363）　秋雑

しられじななく〳〵あかすながきよも／さわ《は③》べのたづの秋の心は

【訳】決して知られまいよ、鳴きながら明かす秋の長い夜も、沢辺の鶴の秋の心は。

【語注】○秋雑（題）　2250（2353）前出。　○しられじな　恋の詞。①2後撰1017 1018「しられじなわがひとしれぬ心もて…」。○なく〳〵　八代集七例。　○ながきよも　①3拾遺799「ながき夜も人をつらしと思ふには…」。　○さわ(は)べ　八代集六例。　○秋の心　八代集二例・①2後撰333「…秋の心をあさしとおもはむ」、千載351。「愁」④30久安百首448。

▽第二、三句なの頭韻。子を思い夜に鳴・泣く鶴。初句切、倒置法。秋の長夜を鳴・泣きながら明す沢辺の鶴の秋の心、つまり子を思う愁いの心は誰も分からないだろうと歌う。

B432「秋雑秋の心は愁の事也なく〳〵あかす愁をもしられしとたつによそへてわか述懐をいへるにや」。

赤羽・一首237頁「長夜の闇に苦吟する歌人に夜明けはなかなかやっては来なかったようにみえる。定家は永遠に救いのない詩人だったのであろうか。」。

【参考】①7千載1230 1227「ながき夜もむなしき物としりぬればはやくあけぬる心ちこそすれ」（釈教、師仲）

【類歌】④32正治後度百首974「思ひしる一夜あかしのうきねしてつねにすむらん秋の心を」（「かいへん」越前）

⑤261最勝四天王院和歌191「高砂や尾上の秋のながきよもあけぬとひとり鹿ぞ鳴くなる」（「高砂播磨」御製）

内裏秋十首

2261（2364）　夏はて、ぬるやかはべのしの、めに／そでふきかふる秋のはつ風

【訳】夏が終って、寝たよ、閏八川の川辺の夜明け方に、袖に吹き替っていた秋の初風であるよ。

【語注】○内裏秋十首　全歌集・「廿五首、…十首歌…昨日進之云々、」（明月記、建暦二年九月）・一二一二年、51歳、同「この内裏秋十首は建暦二年（一二一二）九月頃の詠か。」。　○夏はて　①2後撰208「秋ちかみ夏はてゆけば郭公…」。（全歌集）。　○ぬるやかはべ　「ぬるやかは」と共に、八代集にない。後述歌参照。「「寝るや」に「潤和川」を掛ける。」　○かはべ　八代集八例。　○しのゝめ　八代集十例。　○ふきかふる　八代集にない。③89相模377「しろたへにふきかへたらむあづまやの…」。③130月清812「はるかぜは花とまつとにふきかへて…」。　○秋のはつ風　2236（2339）前出。

▽「ぬるやかはべのしののめ」は一つの型、後述歌参照。夏が終り、閏八川の川辺で寝た東雲時に、秋の初風が袖に吹き変るようになったと歌う。同じ定家に、③133拾遺愚草1033「なつの月《夜（千）》はまだよひのまとながめつつぬるや川辺のしののめの空」（千五百番歌合百首、夏。⑤197千五百番歌合975）がある。②16夫木3870、秋一、立秋「内裏御会、秋十首歌」同、第四句「袖ふきかぬる」。

摘抄192「夏は納涼にあかぬものなるに、みな月の祓の為に河べに逍遥してふくるもしらず、明てかへる袂には初秋の風かろ〴〵と涼しく音づれて、心のすゞしくなりかはりたる秋の初風の感情いふばかりなき歌と也。…」。安田143、148頁「『万葉集』の影響を受けていると思われる作…（参考歌）朝柏…（『万葉集』作者不詳）／あさがしは…（『新勅撰集』よみ人しらず）」。

【参考】①3拾遺137「夏衣まだひとへなるうたたねに心してふけ秋のはつ風」（秋、安法法師。①′3拾遺抄87。②8新撰

朗詠193）
万葉2482 2478「秋柏潤和《うるわ》川辺の小竹《しの》の芽《め》の人には忍び君に堪へなくに」（巻第十一。②4古今六帖2167。②4同3039・人丸。「参考」（全歌集））
同2764 2754「朝柏潤八《うるや》川辺の小竹《しの》の芽《め》の偲ひて寝れば夢に見えけり」（巻第十一。①9新勅撰724 726。②16夫木10971。「参考」（全歌集））
【類歌】④35宝治百首2531「さらぬだにわかれもやらぬしののめに身にしめと吹くねやの秋風」（恋「寄風恋」資季）
⑤197千五百番歌合2444「夢にだに人をみよとやうたたねの袖ふきかへす秋のはつかぜ」（恋二、讃岐。②16夫木17071）

2262
（2365）　をのづからいくよの人のながむらん／あまのかはらのほしあひのそら

【訳】おのずと幾代の人がながめることになるのであろうか、天の川原の星合の空をば。

【語注】○をのづから「たまたま」か。「ひょっとして」（全歌集）。八代集初出は後拾952。○いくよの人「幾代も長生きした人」（全歌集）。○よ「夜」か。○あまのかはら　八代集十例。①1古今173「…あまのかはらにたたぬ日はなし」。③75御堂関白18「露おきてながむる程を思ひやれあまのかはらの暁の空」。○ほしあひのそら　八代集二例・新古今316、317。式子歌38、266。なお「ほしあひ」はすべてで八代集五例、初出は後拾243。
▽三句切、倒置法。天の川原で二星の会う空を、自然とこれから幾世の人が眺めるのであろうかと歌う。全歌集「長恨歌の玄宗皇帝と楊貴妃は二人で長く眺め続けられなかったのに、というニュアンスがあるか。」。
【参考】②10続詞花158「雲ゐにてながむるをりも天河星合の空ははるけかりけり」（秋上、三河内侍）
③73和泉式部815「ただにしもほしあひの空を詠めじなあまの河風さむく吹くなり」

【類歌】②16夫木3959「玉敷や雲井の庭におくことのおのづからなる星合の空」（秋一、七夕「…、乞巧奠」為家）⑤251秘蔵抄51「いはさきの神いかばかりながむらむあまの河原にすめる月影」（酒井人真）

2263（2366）　わすれじなはぎの白露しきたへの／かりいほのとこにのこる月かげ

【訳】忘れまいよ、萩の白露を敷く、仮廬の床に残っていた月の光をば。

【語注】○はぎの白露　②4古今六帖571「秋の野の萩の白露けさ見れば…」。③31元輔72「月かげのいたらぬ庭もこよひこそさやけかりけれ萩のしら露」。○しきたへの　八代集十例。（白露を）「しき」掛詞。「床」にかかる枕詞。①1古今504「わがこひを人しるらめや敷妙の…」。①11続古今407 409「しきたへのとこのうらわのなみまくらやどるや月のうきねなるらん」（秋上「浦月を」定円）。○かりいほ　八代集四例。○のこる月影　定家歌に多い。④33建保名所百首573「小萩さくのじまがさきに風こえて露ちる波に残る月かげ」（秋「野島崎近江国」）。

▽第四句字余（い）。初句切、倒置法。萩の白露が敷く、仮庵の床に残っている月の光の情趣を私は決して忘れまいと歌う。同じ定家に、③133拾遺愚草941「から衣かりいほの床の露さむみ萩の錦をかさねてぞきる」（正治百首、秋。④31正治初度百首1344）がある。

B433「歌は聞えたり風情をおもふへし」。六家抄1071「萩の露に月のうつるを床にしくと云心也。忘まじと興ずる心。かりいほはそとしたる庵のさま也。かりほのこ荻（萩・松）と万ニよめり。田家にあらずともかりほとはよむべし。」。

2264（2367）　やどれど（と③）もぬらさぬそでのわれからに／なれてひさしき秋のよの月

【訳】月影は（袖に）宿るけれども月光が濡らさない袖は、自分から馴れ親しんで、それが長く久しくなった秋の夜の月よ。

【語注】**○われから**　八代集四例。　**○秋のよの月**　末句の型。①1古今191「…かずさへ見ゆる秋のよの月」。

▽秋の夜の月の光は袖に宿ってはいるが、濡らすわけではない、私自《み》らの心で涙して、そのことが久しくなってしまったと歌う。

B434「月にはぬらさぬ也わか思ひの泪也されとも月はやとり馴たる也われからは月の事なるへし」。摘抄79「此五文字は、やどれとおもふてはぬらさぬ袖なりといふ五もじなり。…」。

全歌集「参考」・①1古今756「あひにあひて物思ふころのわが袖にやど《は（後）》る月さへぬるるかほなる」（恋五、伊勢。①2後撰1270　1271）。

【参考】③1人丸51「こぞみてし秋の月夜はやどれどもあひみしいもはましとほざかる」

【類歌】③130月清375「そでのうへになるるも人のかたみかはわれとやどせる秋のよの月」（歌合百首「寄月恋」。⑤175六百番歌合911）…2264に似る

⑤248和歌一字抄1051「白露の底に光はやどれどもとまらでぞ行く秋のよの月」（「秋月宿露底」藤景名）

④18後鳥羽院1463「中中に思ひいでてぞ袖はぬるるなれし雲井の秋の夜の月」（秋）

2265（2368）　聲たて、たれ松風のをの《お③》れのみ／たゆまぬ月に衣うつらん

【訳】声を立てて、いったい誰を待っている松風は、自分だけがたゆまぬ月の光の中で衣を擣つのであろうか。

【語注】**○聲たて**　八代集七例。　**○聲たてヽ**　時鳥、鶯、鹿歌に多い。①2後撰372「声たててなきぞしぬべき秋ぎり

に…」。　**○松**　掛詞（松、待つ）。遠征中の夫を待つか。　**○を《お》のれ**　八代集九例。　**○を《お》のれのみ**　①6詞花211 210「かぜをいたみいはうつなみのおのれのみくだけてものをおもふころかな」（恋上、重之。②7玄玄30）。　**○たゆま**　八代集四例。　**○衣うつらん**　①7千載338 337「さよふけてきぬたのおとぞたゆむなる月をみつつや衣うつらん」（秋下「月前擣衣と…」覚性）。

▽「を《お》のれのみたゆまぬ」は、松風のようであるが、月、衣か。松風は自分だけがたゆむことのない秋の月の下で、人は、音をたてて、いったい誰を待って、衣を擣っているのかと歌う。同じ定家に、③133拾遺愚草1046「高砂の尾上の鹿のこゑたてて風よりかはる月の影かな」（千五百番歌合百首、秋）がある。安東56、57頁「擣衣の歌は定家に多いが、なかでは、…声たてて…などが目にとまる程度で、とくにこれといって佳い歌はない。」。

【類歌】①13新後撰407「風さむきすその里の夕ぐれに月まつ人やころもうつらん」（秋下「…、夕擣衣」為道）⑤230百首歌合〈建長八年〉674「待つ月は廿日の里のよひのまをたれあらましに衣うつらん」（前内大臣。②16夫木14562）

2266（2369）　またれつる月もはるかになくつるの／こゑあけがたきながきよのしも

【訳】出るのが、待たれていた月もはるか先で、はるか彼方に鳴く鶴の声は、なかなか明けがたい長い夜の霜（の中に聞こえる）よ。

【語注】**○はるかに**　月、鶴共に（はるか）。　**○なくつるの**　④1式子293「鳴くつるのおもふ心はしらねどもよるのこゑこそ身にはしみけれ」（鳥。④31正治初度百首295）。④26堀河百首1345「…ひがた遥に鳴くつるの独あさはむ…」・位置が同じ。　**○あけがたき**　八代集一例・新古1167。「ながき」と共に上下にかかる。

▽出るのが待たれていた月も遙か彼方であり、遙か彼方に鳴いている鶴の声がなかなか終らない秋の長夜に霜が降りていると歌う。同じ定家に、③133拾遺愚草363「霜ふかきさはべのあしに鳴くつるの声もうらむる明暮の空」（閑居百首、冬）、③133同1098「年ふれば霜夜のやみになくつるをいつまで袖のよそにききけん」（千五百番歌合百首、雑。⑤197千五百番歌合2917）がある。

六家抄1072「またれつると云に、今は出たる月也。ながき霜夜のせん也。月を久しく待て霜夜を《に》鶴《と》をきく心也。こゑをはるかに聞て長夜の明がたき心也。」。

赤羽・一首237頁「長き夜の霜に迷って恨めしげな声で鳴く鶴の姿に、定家は自分自身の投影を見たのであろう。長夜の闇に苦吟する歌人に夜明けはなかなかやっては来なかったようにみえる。定家は永遠に救いのない詩人だったのであろうか。」。赤羽75頁「しかしまた、／またれつる…とも歌うのである。長夜の霜に迷う歌人に夜あけは遠いのであった。」。

【類歌】⑤176民部卿家歌合107「またれつる其よひのまを月影のあかで明行く程になさばや」（「暁月」前宮内卿）

2267
（2370）

いくかへり梅をばきくにながめつゝ／しもよりしもの《に③》そでしぼるらん

【訳】いったい幾度くり返し梅を菊にながめながら、（春の）霜から（秋の）霜の置く袖を涙で絞るのであろうか。

【語注】○いくかへり　八代集五例、初出は金葉530。①8新古今1017「いくかへりさきちるはなをながめつつものおもひくらす春にあふらん」（恋一、能宣）…一、三句同一。　○ながめつゝ　①2後撰942 943「ながめつつ人まつよひのよぶこどり…」。①8新古今595「ながめつついくたび袖にくもるらむ時雨《ん(壬)》にふくる有明の月」（冬、家隆。③132壬二2997）。

○しもよりしも　2254前出。　○しぼる　八代集十一例。

▽幾度、春の梅を秋の菊に眺めて、春の霜から秋の霜の置く袖（「下積みの者の着る衣の袖」（全歌集））を涙で絞るのかと歌う。「梅、菊」と「（春の）霜、（秋の）霜」。「述懐の心を籠める。」（全歌集）。
赤羽318頁「音韻とイメージの一致を定家は執拗に追い求めたのであるが、反復の意味を表わすことばをどこかにつけ加えておかねば気がすまなかったようなところがあるのはそういう意識の反映なのであろう。／一、「くりかへし」「いくかへり」…3いくかへり…／しもよりしもの…」、319頁「また、定家の同語、同音反復の技法は、運動のイメージをあらわす場合がある。／一、繰返しが時間の推移と進行をあらわす。／1　いくかへり…／しもよりしもの…秋から秋を「しもよりしもに（ママ）」であらわし、」、340頁「「ながめなす」（傍点小田）などという表現は、主体の能動的なポーズだけでなく、対象に応じて変化し、対象の動きと一つになって流動する目、自由自在に動く目を感じさせる。」。

2268
(2371)　身をくだく年のいくとせなげきして／思《ひ③》とぢめし秋のなみだぞ

【訳】いったい身を砕く、年の何年もの嘆きをして、思いを閉ざした、あきらめた秋の涙よ。

【語注】○身をくだく　恋歌に多い。　○くだく　八代集十五例。　○いくとせ　八代集四例、初出は金葉519。　○なげきし　八代集六例、初出は詞花79。③131拾玉107「朝夕に心づくしのなげきしてわが身のうさを思ひしりぬる」（百首述懐）。　○思とぢめ　「とぢむ」（動）と共に八代集にない。「とぢめ」（名）は八代集一例・金葉236。源氏物語「人の絶えはてんさまを見はてて思とぢめむも、」（「真木柱」、新大系三―125頁）。同「老の波にさらにたち返らじと思ひとぢめて、」（「若菜上」、新大系三―277頁）。①21新続古今1464「…思ひとぢめぬ心よわさは」（大江茂重）。④16右京大夫220「おもひとぢめ思ひきりてもたちかへり…」。　○思とぢめし　「あきらめをつけた。」（全歌集）。　○秋のなみだ　①15続千載2091 2107「くらべばや誰かまさると十とせあまりおなじ三とせの秋の涙を」（哀傷、道性）。漢語「秋涙」か。

▽幾年も我身を砕くような嘆きをして、断念し思いあきらめた秋の涙を歌う。
B435「此五文字はうきに馴たる心也思ひとちめしとは秋の感情をも思ひはれしと秋ことに思ふ物から又はなみたになりなりする也」。
全歌集「述懐の心を籠める。」。

2269
（2372）
たつた山ゆふつけどりのなくこゑに／あらぬ時雨の色ぞきこゆる

【訳】立田山では、木綿付鳥の鳴く声に、そうではない時雨の色、つまり時雨の染めた紅葉の色・紅涙を流し泣く声が聞こえるよ。

【語注】○たつた山　これのみ八代集十三例。紅葉の名所ゆえに時雨を歌う。①1古今994「風ふけばおきつ白浪たつた山…」。○ゆふつけどり　八代集六例。○なくこゑに　①2後撰1423 1424「なくこゑにそひて涙はのぼらねど…」。
○色ぞきこゆる　視覚聴覚融合。
▽立田山では、鶏の鳴く声に、時雨が染めた紅葉の色の紅涙の鳴く声がきこえると歌う。同じ定家に、③133拾遺愚草352「立田山もみぢふみわけたづぬればゆふつけ鳥のこゑのみぞする」（閑居百首、秋）、③133同1155「たつた山夕つけ鳥のおりはへて我が衣でに時雨ふるころ」（内大臣家百首、恋。⑤216定家卿百番自歌合解4）、③133同1623「しののめのゆふつけ鳥の鳴くこゑにはじめてうすきせみの羽衣」（韻歌百廿八首和歌、夏。②16夫木3398）…二、三句同一、がある。また2269に近い【類歌】も多い。
B436「暁の時雨の心也あらぬとはつねにかはりたる心也色とはしみのふかき時雨也」。摘抄80「此歌、夕付鳥は色もみぢに似り。時雨は紅葉さする物なり。夕つげ鳥の色は時雨のそめたる紅葉にあらず。…」。

全歌集「参考」・①1古今995「たがみそぎゆふつけ鳥か唐衣たつたの山にをりはへてなく」（雑下、よみ人しらず。⑤416大和物語258）。

【類歌】①18新千載1380「竜田山ゆふつけ鳥のなくなくぞ床は草ばの露と消えにし」（恋三、定為）

①19新拾遺131「竜田山夕付鳥のおのがねを夜ぶかき花の色に待つかな」（春下、為藤。④37嘉元百首1913）

③132壬二856「竜田山ねぐらの木葉ちりはててゆふつけ鳥の声《色(夫、夫)》ぞ残れる」（院百首、冬。②16夫木6484、12758）

④38文保百首1133「けさよりや身にしむ風もたつたやまゆふつけどりの秋のはつこゑ」（秋、実教）

④43為尹千首118「花の色のあさゐる雲のたつた山ゆふつけ鳥の声に明けつつ」（春「朝花」）…2269に似る

⑤212院四十五番歌合66「立田山しぐれはすぎぬあかつきのゆふつけどりやぬれて鳴くらん」（「暁時雨」範宗）…2269に似る

2270
（2373）　山ひめのかたみにそむるもみぢばを／そでにこきいる、よもの秋風

【訳】山姫が形見として染めている紅葉葉を、袖にこき入れているまわりの秋風よ。

【語注】**○山ひめ**　八代集三例。**○山ひめの**　①2後撰419「わたつみの神にたむくる山姫の…」。**○もみぢばを**　①1古今235「こひしくは見てもしのばむもみぢばを…」。**○こきいる**　八代集一例・古今309（【本歌】）。**○よもの秋風**　③133拾遺愚草1544「…はらひもやまぬよもの秋風」。

【本歌】①1古今309「もみぢばは袖《を(新)》にこきいれてもていで《で(ク)》なむ《ん(ク)を(ク)》秋は限と見む人のため」（秋下、そせい。②3新撰和歌112。「全歌集」）

▽第四句字余（い）。本歌をふまえて、山姫の形見として染めている紅葉葉を、持ち出して、秋は終りだと思っている人のために、四方の秋風は袖にこき入れていると歌う。同じ定家に、③133拾遺愚草1436「山ひめのこきもうすきもな

ぞへなくひとつにそめぬよもの紅葉ば」（関白左大臣家百首「紅葉」）、③133同1807「山ひめのぬさのおひかぜふきかさねちひろの海に秋のもみぢば」（院五十首、秋。⑤184老若五十首歌合285）がある。

B437「形見とは秋のかた見也山風のさそひ行さまはさながら袖にこきいるゝやう也本歌の余情也」。

【類歌】①21新続古今627「吹く風のさそひきにける紅葉ばや袖にこきいれしかたみなるらん」（冬、尊道。④39延文百首857）

②16夫木6013「まつがねのたけがりゆけばもみぢばを袖にこきいるる山おろしの風」（秋六、秋山「…、遊山催興」寂蓮）…2270に似る

⑤197千五百番歌合1604「あきのくれあらしの山をすぎゆけばそでにこきいるるみねのもみぢば」（秋四、讃岐）

2271（2374）　建保二年みなせ殿にて講ぜられ／し秋十首哥　應製　臣上

もしほくむあまのとまやのしるべかは／うらみてぞふく秋のはつ風

【訳】藻塩を汲んでいる海士の苫屋の道しるべではない、恨んで浦を見て吹く秋の初風よ。

【語注】○建保二年　一二一四年、定家53歳。○もしほくむ　八代集一例・新古1557。○あまのとまや　①2後撰1193「…あまのとまやはくちやしぬらん」。○とまや　八代集七例。○かは　反語。「なじる語気をふくむ。」（続古今・全注釈292）。○うらみ　掛詞（恨み・八代集十五例、浦見（「〈海人〉の縁語」（続古今・全注釈292））同五例）。○秋のはつ風　2236前出。

【本歌】①1古今727「あまのすむさとのしるべにあらなくに怨みむとのみ人のいふらむ」（恋四、小野小町。「全歌集」）

▽本歌をふまえて、藻塩を汲んでいる海士の住む里の苫屋の道案内人でもないのに、飽きを思わせる秋の初風は、あ

の人の言うように恨みにばかり思って、浦を見て吹くと歌う。①11続古今292 293、秋上「後鳥羽院御時秋の十首撰歌合に」前中納言定家、初句「もしほやく」。⑥11雲葉387、秋上「水無瀬にて秋十首歌つかうまつりしに」前中納言定家、初句「藻しほ焼く」、第三句「しるべには」。

全歌集「以下、一二八〇まで建保二年八月撰歌合（散逸）での詠。」。

安田464頁「『歌舞髄脳記』に見えるもの」。続古今・全注釈292「☆」・①1古今472「白波のあとなき方に行く舟も風ぞたよりのしるべなりける」（恋一、勝臣）。

【参考】④26堀河百首1266「きさがたや海士のとま屋のもしほ草うらむ《み（歌）》る事の絶えずも有るかな」（恋「恨」匡房。⑤302和歌色葉454）

【類歌】①18新千載507「もしほくむ袖の浦風寒ければほさでもあまや衣うつらん」（秋下「海辺擣衣を…」宗泰）

②16夫木6102「伊勢の海やあまのとまやの紅葉葉に船ながしたる秋風ぞふく」（秋六、紅葉、後九条内大臣）

③132壬二1856「明石がたうらみぬ袖も月やどるねなましあまのもしほくみつつ」（最勝四天王院御障子和歌「明石浦」。⑤261最勝四天王院和歌157）

④34洞院摂政家百首1465「もしほくむいせをのあまの袂だにほさでやかへる秋の浦風」（恋「怨恋」隆祐）

⑤197千五百番歌合1518「しほかぜやあきは夜さむになるみがたあまのとまや《ら（隆）》に衣うつなり」（秋四、隆信。④11隆信226）

⑤246内裏九十番歌合77「もしほくむうらのとま屋もうづもれて雪をぞわくるあまのかよひ路」（「浦雪」義持）

2272
（2375）

あさぢふのをの、しのはらうちなびき／をちかた人に秋風ぞふく

【訳】浅茅生の小野の篠原が靡いていて、遠い彼方の人に秋風が吹いていることよ。

【語注】**○あさぢふ** 八代集十三例。**○をのゝしのはら** 八代集三例。「しのはら」は全、同五例。**○うちなびき** 八代集八例。①1古今230「をみなへし秋のの風にうちなびき心ひとつをたれによすらむ」（秋上、左のおほいまうちぎみ）。**○をちかた人** 八代集五例。「をちかた」のみは同三例。①1古今1007「うちわたすをち方人に物まうすわれ…」。**○秋風ぞふく** 末句の型。

▽浅茅生の小野の篠原は靡いた状態で、遠くに見える旅人に秋風が吹くと歌う叙景歌。【類歌】をみても分かるように、「浅茅生の小野の篠原」は一つの型。「建保二年八月撰歌合（散逸）での詠。」（全歌集）・一二一四年、八月二十九日、53歳。同じ定家に、③133拾遺愚草734「みちもせにしげるよもぎふうちなびき人かげもせぬ秋風ぞふく」（十題百首、草）がある。②15万代923、秋上「後鳥羽院御時秋撰歌合に」前中納言定家。②16夫木5400、秋四、秋風「水無瀬殿秋十首歌合」。⑤216定家卿百番自歌合46、右「水無瀬殿秋十首」。⑤225定家家隆両卿撰歌合25、左。

六家抄1073「秋風の吹時分、遠く行人をみての心也。」。

全歌集「参考」・①1古505（後述）、①2後撰577 578「あさぢふのをののしの原忍ぶれどあまりてなどか人のこひしき」（恋一、源ひとし）。安田133頁「いずれも、表現が平明であるばかりでなく、そこに湛えている美も平淡ともいうべきものとなっている。」。

新大系・百番46「参考」・①1古505（後述）。明治・万代923「秋風」、「参考歌」・①1古505、①2後577 578（前述）。

【参考】①1古今505「あさぢふのをののしの原しのぶとも人しるらめやいふ人なしに」（恋一、読人しらず）

【類歌】①18新千載1506「浅茅生のをののしの原露ながらたが秋風にみだれそめけん」（恋四、道助）

①19新拾遺381「おきあまる露はみだれてあさぢふのをののしの原秋風ぞ吹く」（秋上、惟宗光吉）…2272に似る

①21新続古今1693「あさぢふの小野のしの原風そよぎ人しるらめや秋立ちぬとも《は（新）》」（雑上「立秋風と…」よみ人しらず。

①22新葉247・宗良親王）…2272に似る

④37嘉元百首1328「ゆふぐれはあき風わたるあさぢふのをののしの原つゆこぼるらし」（秋「露」俊定）
⑤213内裏百番歌合〈建保四年〉88「袖にまた人しるらめや浅ぢふのをののしの原しのぶ秋風」（秋、経通）…2272に似る

2273（2376）　おほかたの秋を《お③》くつゆやたまはなす／身ながらくちしそではほしてき

【訳】おおよその秋に置く露は玉を為すのか、我身はそのまま朽ちはててしまい、袖は干して乾いてしまった。

【語注】〇おほかたの　八代集十三例。①1古今185「おほかたの秋くるからにわが身こそ…」。〇玉　魂をほのめかすか。〇身ながら（皆）　八代集一例・古今867。

▽普通の秋に置く露は袖に玉を為すのだが、我身はすべて露も朽ち果ててしまったので、袖は干し乾くようになってしまったと歌う。

B438「みながらは残る所なく朽たる袖也されは泪のさき所もなき也今は世の秋をく露や玉はなすとおもへるなり袖はほしてきはなみたのなき所也われはせきあへす滝つとなれはとよめる心にかよひてたくひなき物也」。

全歌集「参考」・①1古今557「おろかなる涙ぞそでに玉はなす我はせきあへずたきつせなれば」（恋二、こまち）、①7千載267 266「おほかたの露にはなにのなるならむたもとにおくは涙なりけり」（秋上、円位）。

【参考】⑤165治承三十六人歌合206「我ゆゑにぬるるにはあらじ大方の秋のさがにて露ぞ置くらん」（経正）

【類歌】①16続後拾遺1022 1014「おろかにはあらぬ涙の袖の上に秋おく露や玉はなすら《む(万)》ん」（雑上、藻壁門院少将。②15万代2099）

④37嘉元百首732「おく露ぞをばなが袖に玉はなす秋のあはれはおろかならねど」（秋「薄」実重）

2274（2377）　いく秋をたへていのちのながらへて／なみだくもらぬ月にあふらん

【訳】幾秋を堪え忍んで命は生き長らえて、いったいいつになったら涙に曇ることのない月に会うのだろうか。

【語注】**○いく秋**　八代集一例・新古320。が、「いくあきかぜ」八代集一例・詞花110。②16夫木5919「いく秋にわがあひぬらんなが月のここぬかにつむやへのしら菊」（秋五、菊「…、菊を」西行上人）。**○ながらへて**　①1古今347「かくしつつとにもかくにもながらへて…」。③92成尋阿闍梨母53「きえかへりつゆのいのちはながらへてなみだのたまぞとどめわびぬる」。③118重家319「いかでわれしばしこの世にながらへて月みるあきのかずをかさねむ」（「月」）。**○なみだくもら**　八代集二例・千載560、新古379。③131拾玉3706「いつまでか涙くもらで月は見し秋まちえても秋ぞこひしき」（詠百首和歌「月」）。①8新379「参考」（全歌集）。

▽第三、四句なの頭韻。いったいいつになったら、幾秋を堪え、命永らえて、涙に曇ることのない月に会えるのかと歌う。B439「泪くもらぬとは当代を祝したる儀也恋《ママ》の歌なれは也」。

2275（2378）　宮木のはもとあらのはぎのしげゝれば／たまぬきとめぬ秋風ぞふく

【訳】宮城野は本荒の萩が多く茂っているので、玉を貫き止めない秋風が吹くよ。

【語注】**○宮木の**　すべてで八代集十三例。②4古今六帖543「みさぶらひみかさと申せみやぎのの…」。**○もとあら**「もとあらのはぎ」「もとあらのこはぎ」で八代集五例。**○しげゝれば**　①1古今716「空蝉の世の人ごとのしげければ…」。**○たまぬき**　八代集四例、初出は詞花237。**○ぬきとめ**　八代集二例。**○秋風ぞふく**　末句の型。三首前の2272前出。

▽宮城野は本荒の萩がいっぱいあるので、露の玉をも貫きとめない秋風が吹いているとの叙景歌。百人一首の①2後撰308「白露に風の吹敷く秋ののはつらぬきとめぬ玉ぞちりける」（秋中、文室朝康）の世界でもある。同じ定家に、③133拾遺愚草2247「むら雨の玉ぬきとめぬ秋風にいくのかみが《くだ(内)》く萩の上の露」（下、秋「…、野外秋望」。⑤207内裏詩歌合58。⑤248和歌一字抄712）がある。

B440「しけ、れはとはひまもなく玉ぬきとめぬと也この歌は宮城野の露の面白さをつく〳〵となかむる時分秋風の吹立て玉ぬきとめぬよと思ふ也」。

【参考】①1古今694「宮木ののもとあらのこはぎつゆをおもみ風をまつごときみをこそまて」（恋四、よみ人しらず。①8新古今300「あはれいかにくさばの露のこぼるらむ秋風たちぬみやぎのの原」（秋上、西行）。全歌集「参考」・⑤421源氏物語2「宮城野の露吹きむすぶ風の音に小萩がもとを思ひこそやれ」（「桐壺」、（桐壺院））、

②7玄玄72「ぬれぬれもあけばまづ見ん《む(続)》宮城野のもとあらの小萩しをれしぬらん」（②10続詞花222②4古今六帖2819、3650）

②10続詞花559「宮城野のもとあらの萩のさかりにはひとりのみやはゆきてみるらん」（恋中、正家）

③118重家81「みやぎののもとあらのはぎのしたはれてつゆもくもらぬ秋のよの月」

⑤69祐子内親王家歌合33「さをしかのこゑきこゆなりみやぎののはもとあらのはぎのはなざかりかも」（「鹿」小弁）

⑤135内大臣家後度歌合4「みやぎののもとあらのこはぎしもがれてすずのしのやもかくれなきかな」（「宮木野」忠房）

【類歌】①18新千載369「露ながらをるべきものを宮城野のもとあらの萩に秋風ぞ吹く」（秋上「…、秋植物」邦省親王）…2275に似る

④38文保百首1636「つゆならぬ花もちるまで宮城野のもとあらの小萩秋風ぞ吹く」（秋、為藤）…2275に似る

2276
（2379）　ゆふづく日むかひのをかのうすもみぢ／まだきさびしき秋のいろ哉

【訳】夕陽の（沈む）向こうの岡の薄紅葉は、早くももう淋しい秋の色であることよ。

【語注】**○ゆふづく日**　八代集二例・金葉427、新古269。「さびし」とセット。①8新古今953「…ゆふ日さびしき山のかけはし」。「「朝づく日」に準じ「むかひ」を導く。」（玉葉・全注釈769）。②4古今六帖279「ゆふづくひさすやをかべにつくるやの…」。④41御室五十首676「うづらなく末の原野の萩がえに秋の色あるゆふづくひかな」（秋、禅性）。**○むかひ**（名）　八代集にない。万葉1897 1893「出でて見る向ひの岡に本茂く…」（巻第十）。源氏物語「道を避きつゝ、ひき過ぎて、むかい《ひ》の大殿につどひ給ふを、」（「賢木」、新大系一—380頁）。**○むかひのをか**　「岡の辺に向かう住居から眺めるまなざし。」（新大系・百番70）。「武蔵国の歌枕か。向こう側の岡の意の普通名詞とも。」（明治・万代1187）。②4古今六帖2542「いでてみるむかひのをかのもとしげみ…」。③5小町85「むさしののむかひの岡の草なれば…」。**○うすもみぢ**　八代集一例・金葉243。院に多い。**○秋のいろ**　漢語「秋色」。八代集五例、後拾917とあと四例は新古今。

▽夕日が彼方の岡にあって、その岡は薄紅葉となっているが、そこは早くも寂しい秋の色模様となっていると歌う。①14玉葉769 770、秋下「水無瀬殿にて秋歌よみ侍りけるに」前中納言定家。②15万代1187、秋下「後鳥羽院御とき秋撰歌合に」前中納言定家。⑤216定家卿百番自歌合70、右「水無瀬殿十首」。⑤225定家家隆両卿撰歌合39、二十番、左。⑥11雲葉715、秋下、末句「あきのかげかな」。

C515×「夕日は、《ナシ(D)》むかふへかげ《影(ゞ)》のさす物《もの(ゞ)》なればいへり《云(ゞ)》。夕の月と日といふ《云(ゞ)》心もあり《有(ゞ)》。是は夕陽まで也。夕の景気は、《ナシ(ゞ)》初秋より、《ナシ(ゞ)》暮秋などのごとくさびしきと也《よし(ゞ)》。」・D332。六家抄1074「月と日と向ふ心。夕の時分は月も日もうすき物なれば、うす紅葉とよめり。八月初比の心はやさびしきと云心也。」。安田133頁「表現が平明であるばかりでなく、そこに湛えている美も平淡ともいうべきものとなっている。」、335頁「洗練された表現を持ち、感覚のあざやかな、構成の確かな歌である。」」。赤羽350頁「㈤、場所を指し示す視点／夕づく日…こんどは静的なコントラストである。第一首はまだ少しばかり紅葉しかけた薄紅葉に夕日がさして淋しい秋の色をクローズアップする。スポットの効果を使って新緑や薄紅葉の微妙な色合を浮かび出させるところが巧みである。」」。明治・万代1187「初紅葉」。玉葉・全注釈769「参考」・①8新古今269「ゆふづくひさすやいほりのしばのとにさびしくもあるかひぐらしの声」（夏、忠良）、万葉1298 1294「朝月の日向の山に月立てり見ゆ　遠妻を持ちたる人し見つつ偲はむ」（巻第七）、①7千載220 219「あきかぜは浪とともにやこえぬらんまだきすずしきすゑの松山」（夏「松風秋近と…」親盛）。

【類歌】①13新後撰661「西にのみむかひのをかの夕づくひ外にこころのうつりやはする」（釈教、源邦長）
①14玉葉744 745「秋霧のたえまをみればあさづくひむかひの岡は色づきにけり」（秋下、後一条入道前関白左大臣）
①17風雅512 502「かげよわき柳がうれの夕づくひさびしくうつる秋のいろかな」（秋上、重資）
①17同689 679「夕日うつるそとものもりのうすもみぢさびしき色に秋ぞくれゆく」（秋下「秋望と…」今上御歌）…2276に似る
③130月清1260「たつたやままつのあなたのうすもみぢしぐれおくある秋のいろかな」（秋「紅葉」）

2277
(2380)
高砂のほかにもあきはあるものを／わがゆふぐれとしかはなくなり
續後

【訳】高砂の他にも秋はあるものなのに、私（だけ）の夕暮だと鹿は鳴くようだ。

【語注】**○あるものを**　①2後撰601 602「人を見て思ふおもひもあるものを」。　**○なり**　断定か。

▽高砂の他の場所でも秋はあるのに、わざわざ自分だけの夕暮だといわんばかりに鹿が鳴いているのが聞こえると歌

う。同じ定家に、③133拾遺愚草1633「やへむぐら秋分けいづる風の色をわれさきにとぞしかは啼くなる」（韻歌百廿八首和歌、秋）がある。①10続後撰309 300、秋上「建保二年秋十首たてまつりける時」前中納言定家。⑤216定家卿百番自歌合67、三十四番、左勝「水無瀬殿十首」。⑤225定家家隆両卿撰歌合37、十九番、左。C516×「本秋《ナシ(D)》萩《はぎ(〃)》の…世中《は(〃)》、いづくも秋の時節なるに、しかは《鹿(〃)》、わが《我(〃)》秋と斗《計(〃)》思ひて夕の《ナシ(〃)》かん情《せい(〃)》をもよほすかと也。」・D333。全歌集「参考」・①1古今218（後述。「新大系・百番67」）、①3拾遺191「秋風の打吹くごとに高砂のをのへのしかのなかぬ日ぞなき」（秋、よみ人しらず）。

【参考】①1古今218「あきはぎの花さきにけり高砂のをのへのしかは今やなくらむ」（秋上、としゆき）

③23忠見9「たかさごのしかなく秋のあらしにはかのこまだらになみぞたちける」

④30久安百首941「高砂の尾上の風やさむからんすその原に鹿ぞなくなる」（秋、清輔）

【類歌】①15続千載402 404「われだにもねにたてつべき夕暮をさぞ妻ごひに鹿は鳴くらん」（秋上「…、鹿」経継）

④35宝治百首1376「夕ぐれはさらぬ月日もあるものを秋は何とてなにたてるらん」（秋「秋夕」師継）

⑤229影供歌合〈建長三年九月〉161「妻ごひに鹿はなくなりから衣すそろ《ま(夫)》の山の秋のゆふ暮」（「暮山鹿」経平。②16夫木4831）

2278
(2381)

河波のくゝ《ぐ③》るも見えぬ紅を／いかにちれとか峯のこがらし

【訳】川波がくくり染めにするとも見えない紅・紅葉をどのように散れといって峯の木枯（は吹くのか）よ。

【語注】**○河波**　八代集十三例。　**○くゝる**　八代集二例、「くぐる」は同四例。　**○紅を**　③131拾玉2191「ほのぼのと霞の袖のくれなゐをくくるはしろき和歌のうら浪」（詠百首倭歌、海）。　**○いかにちれとか**　①1古今86「…いかにちれとか風の吹くらむ」。　**○峯のこがらし**　家隆に多い。③84定頼184「思ひやる心だにゆくもみぢばを見せでちらすなみねのこがらし」。③110忠盛46「ははそはらこころづからやちるとみんよきてをわたれみねの木がらし」（百首、秋）。
▽第二、三句くの頭韻。上句は①1古今294「…竜田河唐紅に水くくるとは」による。河波がくくり染めにするとも見えない紅葉葉を、峯の木枯は、どのように散れと思って吹くのかと歌う。②16夫木6137、秋六、紅葉「建保二年水無瀬殿秋十首撰歌合」。⑥11雲葉678、秋下「水無瀬にて秋十首歌つかうまつりし時」前中納言定家。
【類歌】⑤211月卿雲客妬歌合8判「こがらしのさそへばさそふかはなみの竜田のもみぢみてを渡らん」安東99頁にこの歌が載る。

2279
（2382）

たまきはるわが身しぐれとふりゆけば／いとゞ月日もおし《を》き秋哉

【訳】時雨が降る我身も古く老い衰えてゆくので、ますます月日も惜しまれる秋であることよ。
【語注】○たまきはる　八代集にない。「この場合、「身」に掛かる枕詞。」（全歌集）。（家隆、）定家に多い。万葉808 804「…たまきはる　命惜しけど　為むすべもなし」。②4古今六帖626「たまきはるわがやどのうへにたつかすみ…」。③106散木1255「…たまきはるたちかへるべきむかしならねば」。④26堀河百首1482「玉きはる命もしらず別れぬる…」（顕仲）。　○ふりゆけ　八代集五例。掛詞（降、古り）。　○おし《を》き秋　「をしき春…」は多い。④41御室五十首231「あぢきなく我が身ひとつの別かとおもひなせどもをしき秋かな」（秋、兼宗）。
【本歌】①1古今782「今《秋(後)》はとて《て(〃)》わが身《れ》時《に(伊)》雨に《の(〃)》ふりぬれば《ゆけ(〃)》事の《言(〃)》はさへにう《ぞ(〃)》つろひにけり《る(〃)》」（恋五、をののこまち。①2後撰450。⑤415伊勢物語217。「全歌集」）
▽本歌をふまえて、時雨が降り、今は我が身は古く老いゆくので、木葉ばかりか言葉さえ変ってしまい、ますます月日も惜しまれる秋だと歌う。同じ定家に、③133拾遺愚草954「秋暮れて我が身しぐれとふる里の庭の紅葉の跡だにもな

し」（正治百首、秋。④31正治初度百首1357）がある。②16夫木5535、秋四、秋雑「建保二年十首撰歌合」。⑥10秋風437「後鳥羽院の御時の秋撰歌合に」定家。

不審218×「此五文字、「わ」にてハなし。「ハ」トよみ候由、先年仰候き。いのちなど、云枕詞候歟。玉極※といふ心候哉。／※合点」。

久保田121頁「定家に至ると、老の嘆きと共に我身の顧みられることがいよいよ多くなっている。…「いまはとて…」の作を本歌に仰ぐものであるが、本歌の…句に漂うあえかな詠嘆を篩い落して、…というような明確な叙景に置換えようとしている所に、両者の差が看取される。」。

【参考】万葉3264 3250「…行く影の　月も経ゆけば　玉かぎる《タマキハル》　日も重なりて　思へかも　…」（巻第十三）

【類歌】①16続後拾遺749「玉きはるあだの命の年月に我がこふらくはよわる日もなし」（恋二、定為）
③132壬二684「日の光やふしわきけりいたづらに我が身時雨のふるさとの秋」（光明峰寺入道摂政家百首、旅「里」）

2280
(2383)
しものたて山のにしきを、り《お③》はへて／なくねもよはる《わ③》のべの松虫

【訳】霜の経糸（で）、山の錦を長く織りのばして（きたが）、鳴く音も弱っている野辺の松虫よ。
【語注】**○しものたて**　八代集一例・古今291（本歌）。①18新千載558「霜のたて露のぬきともみえぬかな紅ふかき山のにしきは」（秋下、忠季）。　**○たて**　八代集すべてで三例。　**○山のにしき**　八代集一例・古今291（本歌）。　**○へりはへ**《お》「にしき」の縁語「織り」を掛ける。「おりはふ」は八代集にない。「をりはふ」は八代集五例。①1古今995「…たつたの山にをり《お（新）》はへてなく」（②3新撰和歌213）。③92成尋阿闍梨母143「…とわたるふねにおりはへもせじ」。③118重家12「…待がほにおりはへてなくほととぎすかな」。　**○よはる**《わ》　八代集十一例。　**○のべの松虫**　⑤421源氏物

語136「おほかたの秋の別れもかなしきに鳴く音な添へそ野辺の松虫」（「賢木」（六条御息所））。

【本歌】①1古今291「霜のたてつゆのぬきこそよわ《もろ（新、六）》からし山の錦のおればかつちる」（秋下、せきを。②3新撰和歌74。②4古今六帖3516。⑤291俊頼髄脳168。⑤329桐火桶107。「全歌集」）
▽本歌をふまえて、霜を経糸《たて》と、露を緯糸《よこ》として、すぐに散る山の紅葉の錦を長くずうっと織り延ばしてきたが、野辺の松虫は、今や鳴く音も、紅葉の錦の如く弱ってきたと歌う。同じ定家に、2280と似た③133拾遺愚草2884「霜のたて山のにしきの夜をへてはともなふ虫やよわりはつらん」（下、雑、無常）がある。
【参考】①1古今150「あしひきの山郭公をりはへてたれかまさるとねをのみぞなく」（夏、よみ人しらず）
【類歌】②14新撰六帖2262「霜のたて露のぬきもて秋ののにはたおるむしはにしきなるらし」（「はたおりめ」）
⑤244南朝五百番歌合364「秋の夜のふけ行くままに霜やおくなくねもかるる野辺の松虫」（秋四、太宰帥親王）

承久元年七月内裏哥合③／聞擣衣

2281（2384）　なさけなくふく秋風ぞをしふらん／こぬよのとこに衣うてとは

【訳】心なく吹いている秋風が教えているのであろう、（あの人の）来ない夜の寝床で衣を擣てということをば。
【語注】**○承久元年**　一二一九年、定家58歳。　**○聞擣衣**（題）　他、③132壬二2422、③133拾遺愚草2386、③82故侍中左金吾（頼実）42のみ。　**○なさけなく**　八代集十二例。③130月清120「秋のよにつまよぶしかをきかせばやともしするをはなさけなくとも」（二夜百首、照射）。④43為尹千首670「なさけなく人は軒ばに秋更けてしのぶにかこつ夜はの月影」（恋「寄檐恋」）。　**○をしふらん**　①19新拾遺1516「にしへとや御法の門をしふらんさきだちて行く秋のよの月」（釈教、土御門院）。

▽第四、五句こ の頭韻。三句切、倒置法。男のやって来ない夜の床において衣を擣つということを、心なく吹く秋風がきっと教えているのであろうよと歌う。⑤218内裏百番歌合〈承久元年〉117、承久元年七月廿七日、「判者　衆議判隠名／宮内卿家隆後日付判詞」、聞擣衣、六十二番、左勝、定家卿「「吹く…床にといへる、まことにありがたく秀逸のよし申し侍りき、…さらに申しくらぶべからずと申し侍りにき」。

B441「こぬ夜の床とは人はとはぬとも待心には今や〳〵とたのめたる時分秋風のあら〳〵敷吹立て衣をうてとをしふるそと也衣は人書絶てみぬ時うつ物なれは也」。

【類歌】①16続後拾遺364「身を分けて吹く秋風の夜寒にも心そらにや衣うつらむ」（秋下「風前擣衣と…」藻壁門院少将）

庭紅葉

2282
(2385)　もる山もこのしたまでぞしぐるなる■續拾／わがそでのこせのきのもみぢば

【訳】守山も木の下まで時雨れているようだ、我が袖は（紅葉・紅涙しないよう）残しておいてくれ、軒の紅葉葉よ。

【語注】○庭紅葉（題）他、③132壬二2423のみ。○もる山　八代集六例。「近江国の歌枕。「漏る」が響き「時雨」の縁語。」（明治・続拾遺362）。○もる山も　①2後撰384「葦引の山の山もりもる山も…」。○わがそでのこせ「時雨の音は悲しい物思いを催させ紅涙で袖が染まってしまうため、このようにいった。」（明治・続拾遺362）。○末句「…もみぢは」か。

【本歌】①1古今260「しらつゆも時雨もいたくもる山はしたばのこらず色づき《紅葉し（貫）》にけり」（秋下、つらゆき。③19貫之813。「全歌集」）

▽四句切、下句倒置法。本歌をふまえて、守山は木下までも白露と共にすべて時雨れ、下葉は皆紅葉しているらしい、

だから我が袖は紅葉（紅涙）しないよう残しておいてくれと、軒の紅葉葉へ訴えかけたもの。やはり④33建保名所百首の【類歌】が多い。①12続拾遺362、秋下「承久元年内裏歌合に、庭紅葉」前中納言定家。⑤218承137、七十二番、左持、第三句「しぐるなり《ママ》」、「左、ことの外にまさるよし申し侍りしを、ともに秀逸なりとて、持に被定」。⑤248和歌一字抄555、庭「庭紅葉裏」定家。⑥11雲葉675、秋下「承久元年内裏にて十首歌合侍りしに、庭紅葉」前中納言定家、初句「もるやまの」、第三句「しぐれける」。

C517×「本白露《ナシ(D)》も…露しぐれのもるといふ《云(〃)》山さへ下草《、(〃)》かぎり《を(〃)》にそむる也。いはんや《況(〃)》、宿《我やど(〃)》のしぐれなれば、わが《我(〃)》袖をばそめのこせ《残(〃)》と也。秋のかん涙《るひ(〃)》の事也《なるべし(〃)》。」・D334。

明治・続拾遺362「紅葉」、「本歌」・①1古260、「参考」・①8新古今580「やよしぐれ物おもふ袖のなかりせば木のはの後になにをそめまし」（冬、慈円）。

【類歌】③132壬二1616「我が袖はくるれば露ももる山の松のはかけて下紅葉ぢつつ」（九条前内大臣家百首、秋恋）
③132同2521「をらでふく下葉のもみぢ時雨るなりもる山人の庵もたまらず」（下、秋。②16夫木14357）
④15明日香井254「このごろは月こそいたくもる山のした葉のこらぬこがらしの風」（千五百番歌合百首、冬。⑤197千五百番歌合1825）
④18後鳥羽院1662「月ぞいまはもる山みちの夕時雨のこる下葉もあらし吹くなり」（「時雨」）
④33建保名所百首853「時雨のみもる山かげの下葉かは物おもふ袖も色はのこらず」（恋「守山…」）
④33同854「かきくらす涙時雨ともる山は袖ものこらず紅葉しにけり」（同「同」）
④33同857「いかにせむしげき人めを守山も下葉のこらず時雨行くころ」（同「同」）
③33同858「わが袖に時雨も露も守山は下葉の外も色かはりけり」（同「同」）
④43為尹千首485「むら時雨そむるもあさき梢かな山路に遠き軒の紅葉ば」（秋「庭紅葉」）

聞擣衣といふことを人〳〵よみ侍《り》しに

2283（2386）　荻の葉のつげふるしてし秋風を／又しもさらに衣うつなり

【訳】荻の葉が、昔からずっと告げてきた秋風（の淋しさ）を、又しもさらに衣を打つ、その音が風にのって聞こえてくる。

【語注】**○聞擣衣**（題）2281前出。　**○荻の葉の**　①2後撰266「山里の物さびしさは荻のはの…」。①3拾遺139「荻の葉のそよぐおとこそ秋風の人にしらるる始なりけれ」（秋、つらゆき）。⑩の索引に他はなかった。　**○つげふるし**　八代集にない。新国歌大観①～　**○秋風を**　①2後撰1138 1139「心してまれに吹きつる秋風を…」。　**○衣うつなり**　②4古今六帖3304「…ころもうつなりやどやからまし」。　**○ふるし**　八代集八例。

▽荻の葉に秋風が吹き音をたてるのは、昔からのことではあるが、又さらに擣つ衣の音が秋風に乗って聞こえてくると歌う。「擣衣」詠なのだが、セットの「荻の葉」「秋風」を付加する。

【類歌】①8新古今483「みよしのの山の秋かぜさよふけて古郷さむく衣うつなり」（秋下「擣衣の心を」雅経）
⑤189撰歌合〈建仁元年…〉27「あさぢふの月ふく風に秋たけてふる里人は衣うつなり」（「月下擣衣」女房）

依月思秋

2284（2387）　いたづらにつもれば人のながき夜も／月見で《て③》あかす秋ぞすくなき

【訳】むなしく積もり、積もると人は老いるのだという、秋の長い夜も、月を見ないで夜を明す秋は少ないことよ。

【語注】○依月思秋（題）　これのみ。　○いたづらに　①1古今113「花の色はうつりにけりないたづらに…」。　○ながき　掛詞。　○ながき夜も　①3拾遺799「ながき夜も人をつらしと思ふには…」。

【本歌】①1古今879「おほかたは月をもめでじこれぞこのつもれば人のおいとなるもの」（雑上、なりひら。⑤415伊勢物語162。「全歌集」）

▽本歌をふまえて、かいなく積もり、積もると、これがこの老いとなり、人生の長い、秋の長夜もおおよそは月をもめで見ないで、夜を明す秋は少ないと歌う。「長き」と「少き」とは対。

B442「依月思秋つもれは人のとはめてしと思ふ心也さりなから秋の月にたへすして詠もてくれはやう〳〵秋のすくなくなるをおしむ心也いたつらに過る月日はとよめるも平生いたつらに過る時は月日のゆくを忘れしを此花《ママ》をみる比月日のみしかきと知心也」。摘抄81「此歌、本歌二首あり。〽いたづらに…是を月にいひかへられたる也。…〽大かたは…此本歌にた、かひたる歌也。我は月をみるともおもはねど、かく老ぬるよといふ心なり。」。

【参考】③73和泉式部683「いたづらにあかす月かなうらやましせこが衣を人はうつなり」

【類歌】①10続後撰1068 1065「ながめつつつもれば人のおいがよに月も見しよの秋や恋しき」（雑上、津守経国）
①18新千載1774「いたづらに秋の夜な夜な月みしもなすことなくて身ぞ老いにける」（雑上「…、月」為定。④39延文百首2247）
④34洞院摂政家百首634「誰もこのつもれば人の月なれど身のいたづらに秋ぞ重なる」（秋「一月」為家）
⑤244南朝五百番歌合405「いたづらにみる人ぞなきあすか風ふくる川せの秋のよの月」（秋六、長親）

2285
(2388)　承久元年九月日吉哥合とて内より／のおほせごと／深夜秋月

おほかたのあらしもくも、すみはて、／そらのなかなる秋のよの月

【訳】おおよその嵐も雲も澄み切ってしまって、空のまん中にある秋の夜の月よ。

【語注】**○承久元年**　一二一九年、定家58歳。**○内**　「順徳天皇の内裏。」（全歌集）。**○深夜秋月**（題）他、③132壬二2407のみ。**○おほかたの**　これのみ八代集十三例。①1古今185「おほかたの秋くるからにわが身こそ…」。**○すみはて**（澄・果）八代集にない。⑤421源氏物語414「浅けれど石間の水はすみはてて…」。③76大斎院前120「うきよにはありあけの月もすみはてぬ…」。**○秋のよの月**　末句の型。①1古今191「…かずさへ見ゆる秋のよの月」。

▽ほぼ嵐も雲も澄みきって、秋の夜の月が大空のどまん中にあると歌う。同じ定家に、③133拾遺愚草144「おほかたの秋の気色はくれはてでただ山のはの在明の月」（二見浦百首、秋）がある。②16夫木5242、秋四、月「承久元年日吉社歌合、深夜秋月」同。⑩70日吉社大宮歌合〈承久元年〉2、九月七日、一番、深夜秋月、一番、右、民部卿定家、無判。

【参考】①4後拾遺257「すむとてもいくよもすまじよのなかにくもりがちなる秋の夜の月」（秋上、公任。③80公任110）
①5金葉二188 199「すみのぼるこころやそらをはらふらん雲のちりゐぬ秋のよの月」（秋、俊頼。③106散木504）
③106散木535「月のゆくあたりはいはじおほかたの空にも雲のなき世なりけり」（秋）

【類歌】④22草庵548「すみはてぬよかはの水に秋をへてみしよの月や猶やどるらん」（「…秋」）
⑤197千五百番歌合1383「あまつそらよもの雲きりきえはてて嵐にのこる秋の夜の月」（秋三、忠良）…2285に似る
⑤230百首歌合〈建長八年〉408「おほかたの空に雲なき夜はも猶月にはなれぬ秋の山風」（伊長）
⑤233歌合〈文永二年…〉58「大かたの空だにあるを山のはにかげみえそむる秋のよの月」（「初昇月」中納言）
⑤233同67「久かたの空のなかばに影とめて秋もこよひと月ぞのどけき」（「停午月」前関白）

遠山暁霧

2286（2389）　ほのかなるかねのひゞきにきりこめて／そなたの山はあけぬとも見ず

【訳】ほのかな鐘の響きに（対して）霧が籠め、（鐘の聞こえる）そなたの山は夜が明けたとも見えない。

【語注】○遠山暁霧（題）　他、③132壬二2408のみ。　○ほのかなる　⑤229影供歌合〈建長三年九月〉208「あけわたる峰の朝けのほのかなる霧のまよひに雁はきにけり」（「霧間雁」家棟）。　○かねのひゞき　⑤197千五百番歌合2761「とりのねもかねのひびきもなき山はあくるもしらぬみねのまろぶし」（雑一、三宮）。　○ひゞき　2228前出。　○きりこめて　④30久安百首1342「霧こめてたつきもみえぬ杣山にをのばかりこそ音もかくれね」（秋、小大進）。　○そなた　八代集七例、初出は後拾725。

▽かすかな鐘の響きがするが、霧は立ち籠め、その鐘の音のする山は明けたとも見えないと歌う。⑤248和歌一字抄115、遠「遠山暁霧裏」定家名ナシ。⑩70日吉12、六番、遠山暁霧、右。

全歌集「参考」・源氏物語「橋姫」新大系四―321頁、宇治の八宮の籠っている阿闍梨の寺・「かのおはします寺の鐘の声、かすかに聞こえて、霧いと深く立ちわたれり。…「あさぼらけ家路も見えずたづね来し槇の尾山は霧こめてけり」・⑤421源氏物語626（歌は薫）」。赤羽・一首47頁、2228参照「第三首以下はひびきから視覚イメージが誘い出されている。結局は視覚的なイメージが全体を統覚することになるが、それは平面的なものでなく、内に空気の振動や物との作用関係を蔵した、生成し、変化する動態的イメージなのである。」。赤羽252頁「打消や否定の効果が、感情や心理状態のパラドックスである場合、執着や期待の心が逆に出て、微妙な陰影を作り出す。…「みず」といいながら見ようとしている、心と行為のパラドックスである。」、352、353頁「奥行きを捉える視点…雲の果てるところを眺める視点である。」、383頁「暁鐘も玉葉・風雅のころに好み詠まれる以前はわりあいに少ない。…これらの暁の鐘と定家のそれとの違いは鐘の声を空間的なイメージの広がりとともに感じとっていることであろう。」、395頁「これらは、奥行き空間であって、ここには距離をおいて見ようとする態度がみられる。」。

【類歌】①15続千載513 515「明けやらぬかねのひびきはほのかにて初瀬のひばら月ぞかたぶく」（秋下、隆博）

暮天聞鴈

2287（2390）　かりがねのなきてもいはむ方ぞなき／むかしのつらのいまのゆふぐれ

【訳】雁が鳴いても、そのように私は泣いても心を言いやるすべはないよ、昔と同じの一列になって飛ぶ今のこの夕暮では。

【語注】〇暮天聞鴈　他、③132壬二2409のみ。　〇かりがねの　①1古今192「さ夜なかと夜はふけぬらしかりがねの…」。①1同213「うき事を思ひつらねてかりがねのなきこそわたれ秋のよなよな」（秋上、みつね。②4古今六帖4372）。　〇方ぞなき　①7千載124「ながむればおもひやるべきかたぞなき春のかぎりの夕ぐれのそら」（春下、式子内親王。④1式子302）。　〇つら　八代集二例。

【本歌】①1古今814「怨みてもなきてもいはむ《ん》（興）方ぞなきかがみに見ゆる影ならずして」（恋五、おきかぜ。③10興風16。「全歌集」）

▽本歌をふまえて、雁は怨んでも鳴いても、自らの心を、鏡に映る自分の影以外には訴えるすべはなく、そのことは昔の雁の列が、今この夕暮にも同様に飛んでいるが、そのことと同じなのだと歌う。「昔」と「今」は対。⑩71日吉社十禅師歌合〈承久元年〉2、九月七日、一番、暮天聞雁、右、民部卿定家。「大宮歌合と姉妹編を成し、やはり無判。」（全歌集）。

B443「暮天聞雁むかしのつらは昔の友たち也その恋しきはなきてもいはん方なしと也」。摘抄82「此歌、秋の夕のいと心ぼそくかなしき時分、こしかた行末の事などおもひつらね詠ゐたるに、雁のなきてわたるをみていへる事也。…」。不審219「下句如何。※1 ※2／※合点（ママ）※2心あるべく候哉。只にてもあるべく候。懐旧の心までにて候哉」。六家抄1075「つらとは友也。物かなしげになくは、むかしの友をこふるかと云心也。なげきてもかひなき心。夕暮の時分に鴈をき、てかくよめり。むかしのかりの友を今の夕暮にこふるかと也。右、なきてもいはんかたぞなきかゞみにみゆると云哥（古今・巻十五・恋五・藤原興風）有。」。安東264、265頁「須磨の巻には、続いて、／二千里…泣かれ給ふ。／とあるから、定家の一首はこれを本説としたものだろう。」。

【類歌】④34洞院摂政家百首1462「いかにせん明けぬ暮れぬとうらみてもなきてもいはんかたしなければ」（光俊）

紅葉添雨

2288（2391）　ふりまさるなみだもあめもそぼ《ほ③》ちつゝ《續古》／そでの色なる秋の山哉

【訳】降りまさっている泪も雨も濡れそぼちながら、袖の色（紅涙の紅）である秋の山であるよ。

【語注】**○紅葉添雨**（題）他、③132壬二2410のみ。**○ふりまさる**　八代集五例。②4古今六帖231「…雪もわが身もふりまさりつつ」。⑤3是貞親王家歌合47「ひとしれぬなみだやそらにくもりつつあきのしぐれとふりまさるらむ」。**○なみだもあめ**　④35宝治百首2500「恋すてふうき名ながすな我が袖の涙も雨とふるにまかせて」（恋「寄雨恋」為氏）。**○そぼち**　八代集十四例。**○そぼちつゝ**　恋の詞。①1古今422「心から花のしづくにそほちつつ…」。**○そでの色**　③127聞書集118「ふりほしてそでのいろにはいでましやくれなゐふかきなみだならずは」（「涙顕恋」）。**○色なる**　八代集六例、初出は後拾311。**○秋の山**　八代集五例。②4古今六帖4363「秋のやまきりたち分けてくるかりの…」。

▽第三、四句その頭韻。降りまさっている雨に濡れそぼって、秋の山と、紅涙の袖の色は同じだと歌う。同じ定家に、③133拾遺愚草2778「ふりまさるわが世の嵐よわるらし袖までもろき秋のくれかな」（下、無常）がある。①11続古今526、秋下「日吉社歌合に、紅葉添雨」前中納言定家。⑤336愚見抄26、定家卿、第三句「そほちつつ」。⑥10秋風416「承久元年…」秋下、第三句「そほちつつ」。⑥12別本和漢兼作集201「紅葉添雨」、第三句「そほちつつ」。⑩71日吉社十禅師歌合〈承久元年〉12、六番、紅葉添雨、右、第三句「そほちつつ」。承久元年・一二一九、定家58歳。

C518×「わが袖のくれなゐ《紅(D)》より山のいろ《色(ヶ)》もならふかとなり《也(ヶ)》。「そぼちつゝ」とは、袖をひたしぬるゝ事也。当時、うた《歌(ヶ)》にも連歌にも不用事《詞(ヶ)ヒ》也。」・D335。摘抄196「秋は思ふ事なき人も時節の感にもよほされて涙ぬぐひあへぬさま也。…」。

赤羽307～309頁「第三句と第四句に頭韻がある場合…二、助詞「の」「に」「して」などで下につづく。…第三句と第四句の連続が押韻のない場合に比べてはるかに密接なことがわかるであろう。」。

【参考】③3家持133「ながづきのしぐれのあめにそほちつつかすがの山はいろづきにけり」（秋）

⑤16論春秋歌合12「なきながすなみだもそでにそほちつつほせどかわかぬふゆはまされり」（とよぬし）

【類歌】①19新拾遺1353「恨みわびたえぬ涙にそほちつつ色かはり行く袖をみせばや」（恋五、肥後）

2289 (2392)　建保五年四月十四日庚申五首秋朝③

小《(を)》倉山しぐる、ころのあさな〳〵《續後》／きのふはうすきよものもみぢば

【訳】小倉山よ、時雨れている頃の毎朝では、昨日は（今日に比べて）色薄いまわりの紅葉葉よ。

【語注】**○建保五年**　一二一七年、定家56歳。　**○秋朝**（題）他、③132壬二2396のみ。　**○小倉山**　これのみ八代集十

一例。①1古今439「をぐら山みねたちならしなくしかの…」。○しぐるゝころ　①3拾遺1139「…しぐるゝころは色かはりけり」。　○あさな〳〵　八代集十四例。①1古今16「…なくなるこゑはあさなあさなきく」。第二句字余（あ）。○よものもみぢば　①5金葉二256 273「をしめどもよものもみぢはちりはてて…」（公実）。④30久安百首887「…色色になる四方のもみぢば」（顕広）。④30同1244「秋ふかきよものもみぢば紅を…」（安芸）。○もみぢば　「もみぢは」か。

▽小倉山に時雨が降る朝ごとに、四方の紅葉葉の紅葉が深まって、それと比べると、昨日は薄かったなあと思われると歌う。同じ定家に、③133拾遺愚草1436「山ひめのこきもうすきもなぞへなくひとつにそめぬよもの紅葉ば」（関白左大臣家百首「紅葉」）がある。①10続後撰418 410、秋下「建保五年四月庚申、秋朝」前中納言定家。②15万代1210、秋下「後鳥羽院御時庚申に、秋朝といふ事を」前中納言定家。⑤216定家卿百番自歌合解二、卅六番、左、庚申五首。⑤223時代不同歌合64、三十二番、右。⑤225定家家隆両卿撰歌合41、廿一番、左。⑤273続歌仙落書12「仙洞庚申夜秋朝を」。⑤319和歌口伝8「一　初本とすべき歌」。⑤326愚見抄11、愚詠（作者）。⑤339耕雲口伝17。

B444「秋朝庚申の夜五首めされし内也今夜は秀歌ならてはいたすへからすと被仰しと也歌は声えたり四方といへるは小倉山を紅葉の本所にしてあたりの四方なるへし」。C519×「昨日《きのふ(D)》もいろ《色》こき《濃(ッ)》もみぢなれ共《ども(ッ)》、けふにあはすれば薄《うす(ッ)》きと也。露しぐれに、《ナシ(ッ)》毎日色のましゆく体也。」・D336。六家抄1076「紅葉の名所也。毎朝心也。きのふよりもけふは色がこくなりもて行心也(ッ)」。

安田308頁言及、466頁「謡曲に引き歌となっている定家の歌と、それが引かれている謡曲の本文」＝472頁言及。安東238～240頁、239頁「「昨日はうすき」と記憶のなかにさぐる振《ふり》の感の深さによって、現在の眺望の拡りをしかと言据える、そこに一首の狙があるように思う。」。新大系・百番202「後補歌（七一）は「三室の山」の時雨をよむ。定家にとって親しい嵯峨・小倉山の景は除かれたことになる。」。明治・万代1210「紅葉…日々に紅葉が濃くなっていくさまを歌っている。」。

【類歌】①22新葉398 397「あさなあさなしぐれぬかたも嵐山みねにもをにもそむる紅葉葉」（秋下、冷泉入道前右大臣）
④34洞院摂政家百首769「あさなあさなしぐるる雲にまけにけり風にこがるるみねの紅葉葉」（秋「紅葉」頼氏）
④38文保百首1454「さらでだに時雨るる比の紅葉葉をいかにちれとか山おろしの風」（冬、定房）
⑤244南朝五百番歌合498「小倉山あさゐる雲やしぐれけんやがて色づく木木の紅葉ば」（秋十、源資氏）
⑤252蔵玉88「小倉山同〔＝順徳院御歌〕しぐるる比は鳴く鹿の妻恋草の色ものこらず」（秋「妻恋草同〔＝紅葉〕」）

承元三年九月新羅社哥合とて／人のよませ侍し（り）、③紅葉

2290（2393）　露じものしたてるにしきたつたひめ／わかる、そでもうつる許に

【訳】露霜の下に照り映える（紅葉の）錦を裁つ立田姫、その姫が別れていく袖も映るほどの様で。

【語注】○承元三年　一二〇九年、定家48歳。○新羅社哥合　「今伝わらない。」（全歌集）。○紅葉（題）①4後拾遺364（頼宗）、1206 1208（同）、…。○露じも　八代集六例。①1古今224「萩が花ちるらむをののつゆじもに…」。○したてる　八代集二例・金葉257、詞花132（共に後述）。○たつたひめ　八代集八例。「たつ」掛詞（裁つ、立田姫）。春の佐保姫に対して秋の女神。①1古今298「竜田ひめたむくる神のあればこそ…」。○わかる丶そで　離別、恋歌に多い。「裁つ」と「別る」は縁語。①1古今400「あかずしてわかるるそでのしらたまを…」。○うつる許　①2後撰631 632「色ならば移るばかりも染めてまし…」。

▽露霜が置き、下に照り映える紅葉の錦、その錦を裁って、袖も映るほどの状態で、立田姫は別れ去って行くと歌う。同じ定家に、③133拾遺愚草976「暁はわかるる袖をとひがほに山下風も露こぼるなり」（正治百首、恋。④31正治初度百首1379）がある。

B445「紅葉したてるとはこき色也わかる、袖は秋の別なりうつるはかりは行秋の心也とまる計の心也又うつるは一段色こきを云也」。

全歌集「参考」・万葉4163 4139「春の園紅にほふ桃の花下照る道に出でたつ娘子《をとめ》」（巻第十九、家持）、①5金葉二257 274「かみな月しぐるるままにくらぶやましたてるばかりもみぢしにけり」（冬、源師賢）、①6詞花132 130「ゆふさればなにかいそがむもみぢばのしたてるやまはよるもこえなん」（秋、匡房）。

【参考】④28為忠家初度百首369「つゆじもをたてぬきにしてたつたひめにしきをおれるころもでのもり」（杜間紅葉）

2291 (2394)　内裏にて朝見紅葉③

もみぢばの猶いろまさるあさひ山／夜のまのつゆの心をぞしる

【訳】紅葉葉が一層色まさっている朝日山（を見れば）、夜の間の露の心を知ることよ。

【語注】○朝見紅葉（題）　これのみ。　○もみぢばの　①2後撰1301 1302「思ひいでてきつるもしるくもみぢばの…」。①3拾遺194「もみぢばの色をしそへてながるればあさくも見えず山河の水」（秋、よみ人しらず）。　○あさひ山　八代集二例、詞花419、新古今494。「あさひ」掛詞（朝日のさす、朝日山）か。⑤154顕輔家歌合45「朝日山てる紅葉ばのあたりには松の緑もうつろひにけり」（「紅葉」琳賢）。　○夜のま　八代集六例。　○夜のまのつゆ（の）　②16夫木3365「夏草の夜の間の露の下葉までさもほしはつる朝日影かな」（夏三、夏草「…、夏朝」為家）。④15明日香井784「けさはなほよのまのつゆもたまざさの葉わけのしものかたむすびなる」（院百首、冬）。　○心をぞしる　②4古今六帖3635「…よそなる人の心をぞしる」。

▽紅葉葉が一層あざやかに色を増した朝日山を見ると、夜の間におりた露の程の心を知ると歌う。「朝」と「夜」は

対。同じ定家に、③133拾遺愚草1428「風の音の猶色まさる夕かなことしはしらぬ秋のこころを」（関白左大臣家百首、早秋）がある。②16夫木6252、秋六、紅葉「内裏御会、朝見紅葉」。C520「「朝日山」、山《やま（D）》城の国也。紅葉さする《す（ッ）》事、《ナシ（ッ）》つゆ《露（ッ）》の所作なれば、朝日《ナシ（ッ）》にいろ《色（ッ）》のます事を露はいかにうれしく《して（ッ）》思《おも（ッ）》ふらんと也。」・D337。

【類歌】④38文保百首853「うすくこく露はおかじを紅葉葉の心づからや色ことになる」（秋、師信）

2292（2395）　建保二年九月十三夜内裏暮山紅葉（小字ではない③）

しぐれつゝそでぬれきつる山人の／かへるいほりはあらぬもみぢ葉

【訳】時雨しながら袖が濡れ、紅葉を着て山人が帰ってきた庵は、本来あるはずのない紅葉葉（がある）よ。

【語注】〇建保二年　一二一四年、定家53歳。〇暮山紅葉（題）これのみ。〇しぐれつゝ　①1古今820「しぐれつつもみづるよりも事のはの…」。〇ぬれき「濡れ着る」は八代集になく、「濡れ来」のみ同一例・千載973。「き」掛詞（着、来）。③35重之289「ふるゆきにぬれきてほさぬわがそでをも…」。⑤215冬題歌合〈建保五年〉81「ぬれきつつとふべき山の夕暮も…」（御製。②16夫木6367）。〇山人　八代集十一例。〇山人の　①2後撰1380 1381「山人のこれるたきぎは君がため…」。〇あらぬ「月やあらぬ」から、「そうではあらぬ（紅葉葉）」。「山人にふさわしくない」か。〇末句「時ならぬもみぢ葉でいっぱいになってしまう。」（全歌集）。

▽時雨で袖が濡れ、紅葉を着て、山人が帰って来た庵は、少し前の紅葉葉とは様相が異なっていると歌うか。「あらぬ」が難解。⑤248和歌一字抄197、「暮晩夕」、「暮山紅葉裏」。

B446「暮山紅葉袖ぬれきつるは山人の帰るさ也あらぬ紅葉とは山人の時雨の色をうつしたる袖はさなからあらぬ紅葉

也あらぬとはすくれたる色をいへり又一説あらぬ紅葉とは山に出たる留主に時雨てみしにもあらぬ色に庵の紅葉を染たるとも云也」。B31「帰路の時雨に幽栖の紅葉一入色をます心歟」。摘抄83「「暮」と云字をまはしたる歌也。「あらぬ紅葉」とは、薪のたよりに折そへたる紅葉也。賞翫して折来るにあらねば「あらぬ紅葉」也。林間酒暖焼紅葉。又、野のへのたよりの桜折持て薪やおもき春の山人。とをき山へ入て帰る体、誠に夕暮なるべし。奇特也。」。全歌集「故郷に錦衣を飾るという朱買臣の故事を念頭に置き、山人が身に帯びてきた紅葉が庵の内に散っている有様を詠むか。」。

【参考】①5金葉二258 275「しぐれつつかつちるやまのもみぢ葉を《は（親）》いかにふくよのあらしなるらん《む（〃）》」（冬、顕季。①5金葉三260。⑤119親子歌合25）
⑤12陽成院歌合（延喜十年夏）9「しぐれつつ草ばもなべてもみづともときはの山にあきはとまれり」（惜秋意）

【類歌】①8新古今563「しぐれつつ袖もほしあへず足引の山の木のはに嵐ふく比」（冬、信濃。⑤202春日社歌合18）

對菊惜秋

2293（2396）　如何《いかに》せむ《ん③》きくのはつしもむすぼゝれ／そらにうつろふ秋の日かずを

【訳】どうしたらいいのだろうか、菊の初霜が結び生じ、空に移り動く秋の太陽の、秋の日数を。

【語注】**○對菊惜秋**（題）これのみ。**○如何せむ**　①1古今650「…如何にせむとかあひ見そめけむ」。④31正治初度百首158「いかにせむ秋のかたみとながむべき草葉の露もしもとなりせば」（秋、三宮）。**○はつしも**　八代集七例。**○むすぼゝれ**　八代集十五例。源氏物語に多い。⑤421源氏物語312「秋はてて霧のまがきにむすぼほれあるかなきかにうつる朝顔」（「朝顔」、（朝顔の姫君））。**○日**　掛詞（秋の日、太陽）か。**○日かず**　八代集十四例。

▽初句切、倒置法。初霜が菊に結んで、菊の花が色うつろうが、空に移り変ってゆく秋の日数を私はいったいどうしたらいいのかと歌う。同じ定家に、⑤175六百番歌合461「とけてねぬ夢ぢもしもにむすぼほれまづしるあきのかたしきの袖」（秋「秋霜」定家。③133拾遺愚草839）がある。⑥11雲葉654、秋下、前中納言定家、初句「いかにせん」。

【類歌】①11続古今499 502「よそにゆくあきの日かずはうつろへどまだしもうときにはのしらぎく」（秋下、土御門院）

紅葉見秋

2294
(2397)　龍田河お《を③》られぬ水の紅に／ながれてはやき秋のかげかな

【訳】竜田川（の）折ることができない水の紅葉の紅に流れて早い秋の姿・そのものであるよ。

【語注】○紅葉見秋（題）　これのみ。　○龍田河　①1古今283「竜田河もみぢみだれて流るめり…」。　○お《(を)》られぬ水　①1古今43「春ごとにながるる河を花と見てをられぬ水に袖やぬれなむ」（春上、伊勢。「参考」（全歌集））。　○紅に　①1古今1044「紅にそめし心もたのまれず…」。　○ながれてはやき　①1古今341「昨日といひけふとくらしてあすかがは流れてはやき月日なりけり」（冬、はるみちのつらき。「参考」（全歌集））。　○かげ　紅葉のことか。

▽竜田川の水面に映って折ることのできない紅葉は紅色をして、水は流れる、そのように秋の姿は早く流れると歌う。紅葉は川面に映っているとしたが、実際に川を流れているのか。

【参考】①1古今302「もみぢばのながれざりせば竜田河水の秋をばたれかしらまし」（秋下、坂上これのり）

①2後撰414「竜田河秋にしなれば山ちかみながるる水も紅葉しにけり」（秋下、つらゆき）

①2同416「たつた河秋は水なくあせなんあかぬ紅葉のながるればをし」（秋下、よみ人しらず）

【類歌】①13新後撰905 906「たつた川くれなゐくくる秋の水色もながれもそでのほかかは」（恋二「…、名所恋」光明峰

寺入道前摂政左大臣）…2294に似る

①18新千載561「紅葉ばのうつろふ波の竜田河おられぬ水の錦とや見む」（秋下、三条入道前太政大臣）

③132壬二2008「竜田河ながれてはやき年暮れて風のかくべきしがらみもなし」（西園寺三十首、冬）

九月十三夜侍宴[3]詠三首[3]／秋山月

2295（2398）　さゝ枕み山もさやにてる月の／千世もふばかりかげのひさしさ

【訳】笹枕をし、深山《み》もさやかに（笹はさやぎ）、さやかに照る月は千代も経るほどに（月の）光の長久さよ。

【語注】**○秋山月（題）** 他、③132壬二2481、2511のみ。**○さゝ枕** 八代集にない。①12続拾遺683 684「露むすぶ野原のいほのささ枕いく夜か月のかげになるらん」（羈旅、平時村）。③130月清70「月やどるのぢのたびねのささまくら…」。③131拾玉553「しながどりゐなのたびねのささ枕…」。**○み山も** ②4古今六帖2364「ささのははみやまもよそにわかるらん…」。**○み山もさやに** ③132壬二1823「篠のはにしみつく霜の夜をへてはみ山もさやに衣うつなり」（日吉奉納五十首、秋。②16夫木5775）。**○さやに** 八代集四例。掛詞（さやに、さやかに）。**○てる月の** ①2後撰428「てる月の秋しもことにさやけきは…」。②4古今六帖3534「朝日影にほへるやまに照る月のうつくしつまを山ごしにおきて」（「ひかげ」）。**○千世（も）ふ** すべてで八代集九例。①1古今96「…花しちらずは千世もへぬべし」。**○かげのひさしさ** 「月の光は寂しい。」（全歌集）。**○ひさしさ** 八代集一例・詞花171。

▽笹枕で旅寝をすると、山全体がさやぎ、深山をさやかに照す月は、千年も経ったかと思われる程の光の長久さを想像させるものがあると祝ぐ。同じ定家に、③133拾遺愚草2080「山かげや嵐のいほのささ枕ふしまちすぎて月もとひこず」（権大納言家三十首「旅宿」。②16夫木14368）がある。

全歌集「本歌」・万葉133「笹の葉はみ山もさやにさやげども我れは妹思ふ別れ来ぬれば」（巻第二、人麻呂）、「祝言の心。」、「以下二二九七までは建保六年九月十三夜内裏歌会での詠。題者は定家か。」、明月記、建保六年八月「廿八日、自右大臣殿…惣如此、」。

秋野月

2296
(2399)　久方のあまつそらゆく月かげを／をのれ《お③》しめの、秋の白露

【訳】天空を行く月光を自分だけが独占する標野の秋の白露よ。

【語注】○秋野月（題）　他、③132壬二2482のみ。　○あまつそら　八代集八例。①1古今751「久方のあまつそらにもすまなくに…」。　○をのれ《（お）》　八代集九例。　○しめの　八代集にない。「しめ」掛詞（占め、標野）。「占む」八代集八例。「しめしの」同三例。万葉20「あかねさす紫野行き標野行き…」。④26堀河百首179「わが物としめのにかひしはる駒の…」（国信）。③132壬二818「…むらさきの雪しめのゆきみん」。　○月かげを　①2後撰328「衣手はさむくもあらねど月影を…」。　○秋の白露　「月」と結びつくのは珍しい。また③131拾玉、132壬二集に多い。①2後撰242「…涙なるらし秋のしらつゆ」。

▽天空を行く月の光を、標野の秋の白露は、自分だけで独り占めしていると歌う。

B447「秋野月をのれしめ野は露の月をやとしたる心也久堅の空行といへるはるかなる野に対して面白也」。C521×「をのれしめ野」といひかけたり。山城也。紫野近所也。月を露のわが物にしたる由也。わが儘にかげをやどす事、露のおもしろき事をいへり。つゆのためにはくはん分なる由也。」・D338。

赤羽306、307頁「第二句と第五句に頭韻がある場合…ある程度の統一感はあるが、韻律の効果は強くない。…部分的な

イメージの重層とか、気分的な交響のようなものがあって、それが一首のアクセントになっている。」。

【参考】①3拾遺440「久方のあまつそらなる月なれど《ば(抄)》いづれの水に影やどる《なか(ン)》らん」（雑上、みつね。①3拾遺抄504）

②4古今六帖170「久堅のあまつ空よりかげみればよく所なき秋のよの月」（「十五夜」つらゆき。③19貫之531）…2296に似る

【類歌】①10続後撰329 320「ひさかたの月かげきよしあまのはら雲井をわたる夜半の秋風」（秋中、後鳥羽院。④18後鳥羽院545）

①18新千載414「久方の空行く雲のたえまより月の宮こに秋風ぞふく」（秋上、順徳院）

④1式子150「久かたの空行く月に雲きえてながむるままにつもるしらゆき」（秋）

④18後鳥羽院378「久かたの空ゆく風に雲きえて月かげさむし宮川の秋」（外宮御百首、神祇）…2296に似る

⑤182石清水若宮歌合164「久かたのそら行く月をながめてもかぎりぞしらぬ秋のあはれは」（「月」家衡）

秋庭月

2297（2400）　雲の秋《ナシ③》うへをてらさむ秋もしらざりき／をしへし庭のみちの月かげ

【訳】雲の上・宮中を照らそうとする秋も知らなかった、（我が父が）「教へし庭の（歌の）路」の月の光が。

【語注】○秋庭月（題）他、③132壬二2483のみ。　○雲のうへ　①1古今269「久方の雲のうへにて見る菊は…」。掛詞（宮中、雲の上）。　○雲のうへを　⑤421源氏物語524「雲の上をかけはなれたる住みかにももの忘れせぬ秋の夜の月」（「鈴虫」冷泉院）。　○しらざりき　②4古今六帖2523「…もちつづけんとかむしらざりき」。　○みち　「歌道」（全歌集）。

▽三句切、倒置法。父の庭訓の歌道を照らす月影が、同じく雲の上・宮中の秋を照らすということも全く知らなかったと歌う。

不審220「如何。※／※歌道ノ事候哉。」。

全歌集「父俊成の庭訓を守ってきて、自身の代で廷臣として重きをなすことができた喜びをしみじみと歌う。」。

【参考】①7千載875 873「しらざりき雲ゐ《ゐ（⑤西）》のよそにみし月のかげをたもとにやどすべしとは」（恋四、円位。③125山家617。③126西行法師315。⑤172御裳濯河歌合56。⑤386西行物語115）

2298（2401）　右大臣家六首哥合《、③》　夜深待月

夜をかさねたゆまずひさにながめする／山のはを《お③》そき月をこひつゝ

【訳】幾夜も重ねたゆむことなく長らく物思いにふけりながら見るよ、山の端を出るのが遅い月を恋い慕いながら。

【語注】○夜深待月（題）他、③132壬二2489、③82故侍中左金吾（頼実）84のみ。○たゆま　八代集四例。○ひさに　八代集一例、が、「久し」は多い。○ながめする　①1古今113「…わが身世にふるながめせしまに」。①2後撰59「…花にしられぬながめするかな」。⑤154顕輔家歌合8「ながめする身は池水にあらねども心に月のすまぬよぞなき」（「月」維順）。○山のはを《お》そき　①9新勅撰227「よひよひの山のはおそき月かげをあさぢがつゆにまつむしのこゑ」（秋上、公衡）。○を《お》そき　八代集十三例。

▽三句切、倒置法。山の端より遅く出る月を恋い慕いながら、幾夜もひたすら長くながめしていると歌う。⑤214右大臣家歌合2、建保五年九月、前関白家「判者　衆議判　後日治部卿書判詞」、右大臣は藤原道家。判詞（定家執筆）、一番、右（負）、治部卿、「…右もちかくあるさまなりなど頻に定められ侍りしかど、たゆまずひさに、といへる殊に聞きにくく侍るべし、作者も優なりとは思ひ侍らじ、ただ風情つきてもよまざらん事を申しいでんとかまへたるにぞ侍らん、尤左勝と定め申し侍りき」。⑤335井蛙抄248。

不審221×「…なが《如何。》めする／※別儀無之哉。」。

【類歌】④34洞院摂政家百首942「夜をかさねながめやすらん都にも月と雪とのつもる日数を」（冬「雪」範宗）

故郷紅葉

2299
（2402）　うつろひし昔の花のみやことて／のこるにしきの色ぞしぐる、

【訳】移り変った昔の花の都として、残る（紅葉の）錦の色には時雨が降っている（こと）よ。

【語注】○故郷紅葉（題）他、③132壬二2490のみ。　○花のみやこ　八代集十二例、初出は後拾92。　○のこるにしき　④1式子258「木ずゑには残るにしきもとまりけり庭にぞ秋の色はたちける」（冬。④31正治初度百首260）。

▽「都」は奈良あたりか。すっかり移り変ってしまった昔の花の都として、残っている紅葉の錦の色は時雨で濡れていると歌う。⑤214右18、九番、右（持）、「…右歌紅葉侍らぬいかがと申すをも聞入れられ侍らず、持と定められ侍りき」。⑤336愚問賢注27。

B448「古郷紅葉うつろひしと云五もしは旧蹟の事也又春の花をかねたり残る錦は紅葉也時雨てと云ところにさひしき心ありならの都なとのさまにや惣して都に錦地といへり」。

C522×「旧都《(後)(D)》のさま《様(ヶ)》也。都をば花洛《落(ヶ)》錦地といへば、その《其(ヶ)》名をば紅葉の《ナシ(ヶ)》錦《にしき(ヶ)》のこし《残(ヶ)》たるよし也。／本《ナシ(ヶ)(先)(ヶ)》見渡《わた(ヶ)》せば柳桜を…」・D339。摘抄84「古郷紅葉題也。ならの都をおもひやりてよめり。「残る錦」といへる、此歌の眼也。…」。六家抄1077「古都に紅葉の残て時雨るをみてよめり。残るにしきは紅葉也。都をにしきにとりなす心。花と云によせて花の都はうつろひて紅葉は残る也。」。

2300
（2403）

河邊擣衣

こはた河こはたがためのから衣／ころもさびしきつちのをと《お》哉

【訳】木幡川よ、これは誰の為に擣つ唐衣なのか、比も淋しい槌の音であることよ。

【語注】○**河邊擣衣**（**題**）　他、③132壬二2491のみ。　○**こはた河**　八代集一例・拾遺706（本歌）。五月雨にも歌う。第二句の「こはたが」へと続く。　○**たがため**　八代集八例。　○**から衣**　冒頭同様、第四句の「ころも」へと続く。①1古今375「唐衣たつ日はきかじあさつゆのおきてしゆけばけぬべきものを」…「やへむぐらおひこしやどにから衣たがためにとかうつ声のする」（「やど」）。②4同3275「しきしまのやまとにはあらぬから衣ころもへずしてあふよしもがな」（「ころも」つらゆき）。　○**つち**　八代集にない。　○**つちのをと**《お》（**哉**）　慈円歌に多い。③73和泉式部46「里人の衣うつなるつちのおとに…」。③102紀伊60「…うらがなしかるつちのおとかな」。④26堀河百首802「衣うつつちのおとこそたゆむなれ…」（匡房）。④26同803「さ夜ふかくきぬたにあたるつちの音のしげきや誰か衣うつらん」（秋「擣衣」国信）。

【本歌】①3拾遺706「こはた河こはたがいひし事のはぞなきなすすがむたきつせもなし」（恋二、よみ人しらず。「全歌集」）

▽本歌をふまえて、木幡川付近、これはいったい誰が言った言葉なのか、汚名を濯ぐ激流もなく、そのために擣つ唐衣なのか、この折にさびしい槌の音がすると歌う。②16夫木5798、秋五、擣衣「…、河辺擣衣」。⑤214右25、十三番、左持、「左珍しからぬ、こはたがため、よりも、末句無下にみぐるしく侍る由度度申出し侍りしかど、右も…、つちの音かな、持や面目に侍るべからん」。

C523「五もじ、「こは」《文字（D）こはた（ゝ）》といはんため也。これはと云心也。たが為《ため（ゝ）うつ（ゝ）》に打衣にてかあるらん、《有（ゝ）とおもふに、（ゝ）》つちのをとの物《音（ゝ）》さびしき事はわが為《ため（ゝ）》のやう《様》なると《成（ゝ）》也。こ《ヒ》わた《「こは（ゝ）は》川《川」（ゝ）》、山城国也《なり（ゝ）》。／本《ナシ（ゝ）》こはた《（先）（ゝ）》…」・D340。

全歌集「参考」・①7千載341　340「たがためにいかにうてばかから衣ちたびやちたび声のうらむる」（秋下、基俊）。赤羽284頁「11こはた河こはたかためのから衣ころも…これなどは一首中に同音反復でかかる枕詞を二組も使い、全体をこの頭韻で統一した、語呂合せといってよいほどに音の組合せが一首のモチーフになったものである。定家の音韻への関心を示す極端な例であろう。」、315、316頁「同語反復も上下にそれぞれ繰返されて、バランスに意が用いられている例をさらにあげてみよう。…2こはた河こはたがためのから衣／ころも…このように、地口、または語呂合せともとれるようなつづけ方の中に、定家らしい工夫がみてとれるのである。」。

【類歌】③130月清139「よもすがら月にしてうつからころもそらまですめるつちのおとかな」（二夜百首、擣衣）…三、末句同一

2301
(2404)
元暦元年宰相中将通親卿五首之内／擣衣

さえまさるひゞきをそへてうつ衣／かさなるよはに秋やくるらん〔底本は、このページあとナシ〕

【訳】冴えまさる響きを加えて擣つ衣よ、それが重なり幾夜も重なる夜半に秋は暮れてゆくのであろうか。

【語注】○元暦元年　一一八四年、定家23歳。○通親　村上源氏。一一四九～一二〇二年。土御門内大臣。この時36歳。○擣衣（題）①4後拾遺335（資綱）…。○さえまさる　八代集四例。①1古今563「…わが衣手ぞさえまさりける」。①5金葉二686 317「中中に霜のうはぎをかさねてもを《や（三）》しの毛衣さえまさるらん」（「千鳥を…」前斎院六条）。①5金葉三302）。○ひゞき　2228前出。○うつ衣　壬二集に多い。③103在良11「月かげにあきのよすがらおきゐつつうつころもでにしもやおくらむ」（「月前擣衣」）。⑤119親子歌合27「まつ人のかへるほどにやなりぬらむ夜をかさねてもうつころもかな」（「擣衣」清長）。○かさなる　八代集十三例。掛詞（衣が重なり、重なる夜半）。○や　詠嘆でもいい。

▽冴えまさる響きを加えて擣つ衣が重なり、それが重なる夜半のうちに秋が暮れはててしまうのであろうかと歌って、「秋」を閉じる。同じ定家に、③133拾遺愚草2325「さえわたる月にむかひてうつ衣いくとせ秋のこゑをつぐらん」（下、秋「秋声」）がある。

【類歌】④31正治初度百首1155「さえまさる秋のころもをうちわびて人まつ虫もこゑよわるなり」（秋、釈阿）

全歌集「土御門通親主催五首会の作。…→二〇九七」。久保田553頁、記述アリ。

冬〔底本は、次のページより〕

正治二年毎月哥めされし時初冬③

2302
(2405)　このごろの冬の日かずのはるならば／たにのゆきげ（消）にうぐひすのこゑ

【訳】この近頃の（小春日和の）冬の日数が（まことの）春であるなら、谷の雪は消え、鶯の声が聞こえるであろうよ。

【語注】○冬　「定家の作七十六首、他人の作六首、計八十二首を収める。」（全歌集）。○正治二年　一二〇〇年、定家39歳。　○初冬（題）　①5金葉三270（重之）、①7千載387 386…。　○このごろの　①3拾遺1118「このごろのあか月つゆにわがやどの…」。　○日かず　八代集十四例。　○ゆきげ（消）　八代集三例。　○うぐひすのこゑ　①1古今108「…たつたの山のうぐひすのこゑ」。

▽近頃の冬の日数が春であったとしたら、谷の雪は消えて鶯の声が聞こえるはずだと、小春日和《インディアンサマー》を歌う。②16夫木

6355、冬一、初冬「…、初冬」。

全歌集「正治二年（一二〇〇）十月十二日源通親家影供歌合での作。定家は歌だけを送り、負とされたが、後鳥羽院が後に勝とさせたという。」・明月記（第二）、正治二年十月「十三日、…兵衛大夫…このごろの…自愛者也、」。安田269頁記載あり。佐藤「漢詩文受容」446頁、朗352「十月…春華」（私注―和漢朗詠352「十月江南天気好　可憐冬景似春華白」（冬「初冬」。「参考」（全歌集））」、文集二〇・1386「早冬」・白氏長慶集、上、515頁、巻第二十「早冬」、「十月江南天気好…入酒家」、中に和漢352あり。

【類歌】①8新古今1441 1440「谷ふかみ春の光のおそければ雪につつめる鶯の声」（雑上「うぐひすを」菅贈太政大臣）
①18新千載171「春がすみたなびく谷にかへるなり雪よりいでし鶯のこゑ」（春下、後二条院）
④32正治後度百首804「春もなほ谷のふるすはうづもれて雪よりいづる鶯の声」（春「うぐひす」宮内卿）
④34洞院摂政家百首281「古巣にも契らでかへる春ならば都にをしめ鶯のこゑ」（春「暮春」隆祐）…三、末句同一
⑤244南朝五百番歌合30「春きぬとたれかつげけん雪ふかき谷の戸陰の鶯のこゑ」（春二、具氏）
⑤244同46「谷の戸の雪やけぬらし朝日影出づるふるすの鶯の声」（春二、頼意）

時雨

2303（2406）　山めぐりしぐれやをちにうつるらん／くもま、ちあへぬそでの月かげ

【訳】山をめぐって時雨は遠い彼方に移ったのであろうか、雲が晴れるのを待ちきれぬかのように袖に月光がさすよ。

【語注】〇時雨（題）①3拾遺1138（能宣）、①5金葉二257 274…。〇山めぐり　八代集一例・千載408。「山めぐりす」八代集三例、初出は金葉（三）263。〇をち　これのみ八代集九例。他「をち―」同十二例。〇くもま　八代集十

五例。　〇ゝ《(ま)》ちあへ　八代集にない。①20新後拾遺192「…まちあへぬまのほととぎすかな」（後嵯峨院）。④35宝治百首13「待ちあへずはるはきにける誰がために…」（忠定）。
▽第四句字余（あ）。三句切。山をめぐって時雨が遠い彼方に移ったのか、雲が切れるのを待ちきれぬかのように、袖に月影がさすと歌う。同じ定家に、③133拾遺愚草2005「ゆふ日影むれたつたづ《る(夫)》はさしながら時雨の雲ぞ山めぐりする」（「十月鶴」。②16夫木6407）がある。
全歌集「二三〇三と同じ時の詠。」。

【参考】④29為忠家後度百首412「山めぐりするむらさめのくもはれてなかなか月のかげぞくまなき」（秋月「雨後月」）

【類歌】①17風雅738 728「神な月雲ままつ間にふけにけりしぐるるころのやまのはの月」（冬、後鳥羽院。④18後鳥羽院860）
③130月清857「ゆふぐれのひとむらくものやまめぐりしぐれはつればのきばもる月」（院第二度百首、冬。②16夫木6415。⑤197千五百番歌合1712）

2304（2407）　承元四年十月家長③朝臣日吉社にて／講ずべきよし申《(し)》、哥③、故郷時雨

むらくもや風にまかせてとぶとりの／あすかのさとはうちしぐれつゝ

【訳】村雲よ、風にまかせて飛んで行く鳥の明日香の里は時雨つつあるよ。
【語注】〇承元四年　一二一〇年、定家49歳。　〇家長　源。和歌所開闔。　〇故郷時雨（題）　これのみ。　〇むらくも　八代集七例、初出は金葉206。　〇風にまかせて　①1古今859「もみぢばを風にまかせて見るよりも…」。　〇とぶとりの（枕詞）　八代集一例・①8新古今896「とぶとりのあすか《あすからは(六)》の里をおき《出で(ヶ)》ていなば君があたりはみえずかも有ら《をみずやなりなん》

ん(ご)」（羇旅、元明天皇。②4古今六帖1297）。「あすか」の枕詞でもあるが、ここは実景。①1古今535「とぶとりのこゑもきこえぬ奥山の…」。⑤194水無瀬恋十五首歌合86「とぶとりの飛鳥のさとに秋深けぬ出でにし人はおとづれもせで」（「故郷恋」俊成卿女）。**○あすかのさと**　八代集一例・新古896（前述）。「飛鳥川」の用例が多い。**○うちしぐれ**　八代集三例、初出は金葉614。

▽村雲の中を、風にまかせて鳥が飛んでいく明日香の里は、今時雨つつあると歌う。

【類歌】①14玉葉949 950「雲ゐゆくつばさもさえてとぶ鳥のあすかみゆきのふる郷の空」（冬、土御門院）

②16夫木14752「飛鳥のあすかのさとのさくら華そらにぞあそぶ風にみだれて」（雑十三、あすかのさと、大和「…、花」隆縁）

③132壬二1528「天つ空雲のはたてに飛ぶ鳥のあすかの里をおきや別れん」（洞院摂政家百首、眺望。④34洞院摂政家百首1722）

④15明日香井534「霞行く春は雲路をとぶとりのあすかのさとにかりかへるらし」（春日社百首、春）

2305（2408）　時雨知時　私家

[redacted]いつはりのなき世なりけり神無月／たがまことよりしぐれそめけん

【訳】偽りのない世であることよ、神無月（に）、誰の本当の言葉により、時雨しはじめたのであろうか。

【語注】**○時雨知時**（題）　これのみ。**○私家**「定家の自邸における歌会での詠の意。」（全歌集）。**○いつはりのなき世**　「そうした常識に違わず、時雨が降り始めたことを言う。」（明治・続後拾遺415）。①1古今712「いつはりのなきよなりせばいかばかり人のことのはうれしからまし」（恋四、よみ人しらず。②4古今六帖2140。②6和漢朗詠478）。**○神無月**　①1古今253「神な月時雨もいまだふらなくに…」。

①1同1010「きみがさすみかさの山のもみぢばのいろ神な月しぐれのあめのそめるなりけり」（雑体、つらゆき）。○た**がまことより**　「誰の誠が天に通じたのか。」（明治・続後拾遺415）。

【本歌】①1古今713「いつはりと思ふものから今さらにたがまことをか我はたのまむ《ん（六）》」（恋四、よみ人しらず。②4古今六帖2141。「全歌集」）

①2後撰445「神な月ふりみふらずみ定なき時雨ぞ冬の始なりける」（冬、よみ人しらず。「全歌集」）

▽二句切。「いつはりのなき世…」のパターン。二つの本歌をふまえて、偽りと思うのだけれども、まことに偽りのないこの世の中であり、今更誰の真実《まこと》を私は頼りとしたらいいのかと思うものの、神無月となって、降ったり降らなかったりして、定めのない、冬の初めを告げる時雨が降り初めるのも、言葉通り本当だと歌う。同じ定家に、③133拾遺愚草1570「たがまことと世のいつはりのいかならむ《ん（藤）》たのまれぬべき筆の跡かな」（恋「疑真偽恋」）。④45藤川五百首346）がある。①16続後拾遺415、冬「時雨知時といへる心を」前中納言定家。⑤248和歌一字抄886、知「八時雨知時」。⑥17閑月291、冬。

B449「時雨知時なき世なりけりとおとしつけたる心は年々時雨の時をたかへぬをいへりさなから世は皆偽はかりなるに如此時雨のさたまれるはいかなる人のまことに習そめて今に絶ぬそと也」。C524「本《ナシ（D）》偽と…この《此（ッ）》詞をとれり。世上、何事《なに（ッ）》もいつはり《偽（ッ）》のみ《ナシ（ッ）》なるに、しぐれは時節をたがへずふると也。時雨《しぐれ（ッ）》は、いかなる《如何（ッ）》人のまこと《実（ッ）》をかならひつらんと也。」・D420。六家抄1407「世上は偽り有物なるが、神無月には時雨る物也。右、偽と…偽とおもへども君がいふ事をばたのむ心也。別の人はまことをいふともたのみがたき心也。」。

全歌集「謡曲「定家」でもシテ（式子内親王の霊）によって語られる著名な詠。」。安田473頁「謡曲に引き歌となっている定家の歌」。明治・続後拾遺415「冬時雨」、「本歌」・①1古今712、①2後撰445、「後に能「定家」などでも利用される著名な作。晩年の定家が自邸で催した歌会での詠。」。

【類歌】①10続後撰1090 1087「ふりはつるわが身むそぢのかみなづきそではいつよりしぐれそめけん《む(新)》」（雑上、知家。②14新撰六帖403）…三、末句同一

⑤230百首歌合〈建長八年〉1355「偽のなからん世をぞそむくべき家をいづるもまことならねば」（寂西）

寒草纔残

2306
(2409)
ふくかぜのやどすこのはのした許《續古》／しもをきはてぬにはの冬草《お③》

【訳】吹く風がもたらしてきた木葉の下だけは、霜を置き果てることができない（で、枯れ残っている）庭の冬草よ。

【語注】○寒草纔残（題）　これのみ。　○ふくかぜの　①1古今251「紅葉せぬときはの山は吹く風の…」。①1同290「吹く風の色のちくさに見えつるは秋のこのはのちればなりけり」（秋下、よみ人しらず）。②16夫木1144「吹く風の下草そむる花の色や春のかたみの衣手の森」（春四、花、知家）。　○やどす　八代集九例。　○をき《(お)》はて　八代集にない。「しもおきはて…」共に①～⑩の新国歌大観索引になかった。　○にはの冬草　①12続拾遺402 403「見し秋の露をば霜におきかへて花のあとなき庭の冬草」（冬、平政長）。①18新千載642「夜もすがら置きそふ霜の消がてにこほりかさぬる庭の冬草」（冬、為兼）。②16夫木7725「吹きこほる夜のまの風の名残とてはつ雪しろし庭の冬草」（雑一、風、為家）。　○冬草　八代集四例。

▽第三、四句しの頭韻。吹く風が宿し置いた木葉の下だけが、庭の冬草の中では霜が置き残っていると歌う。①11続古今588 591、冬「寒草纔残といふことを」前中納言定家。⑤248和歌一字抄927、纔、「寒草纔残」。⑥31題林愚抄5171、冬上、第三句「下ばより」。

B450「寒草纔残吹風のやとすとは風の散して草に木葉をやとしたる也」。

建保二年内裏三首時雨③

2307（2410）　山の井のしづくもかげもそめはて丶／あかずはなにの猶しぐるらん

【訳】（時雨は）山の井の雫も、そこに映る影も紅葉で紅に染め果ててしまって、それでも飽きないとしたら、どうしてさらに時雨れるのであろうか。

【語注】○建保二年　一二一四年、定家53歳。○時雨（題）2303前出。○山の井　すべてで八代集十五例。○そめはて丶　①9新勅撰347「露しぐれそめはててけりをぐら山けふやちしほの峰のもみぢ葉」（秋下、範宗）。○猶しぐる　④33建保名所百首617「染めかねて松にのこさぬ秋の色をしほの山はなほ時雨れけり」（冬「小塩山山城国」）。

【本歌】①1古今404「むすぶてのしづくににごる山の井のあかでも人にわかれぬるかな」（離別、つらゆき。①3拾遺1228。②3新撰和歌197。②4古今六帖986。「全歌集」）

▽本歌をふまえて、山の井の、濁る結ぶ手の雫も、そこに映る影もすっかり紅葉の紅で染めはてて、それでも人との別れの如く飽き足りないのなら、どうしてなおも時雨れるのかと歌う。同じ定家に、③133拾遺愚草1622「夏の夜はげにこそあかね山の井のしづくにむすぶ月の暉も」（韻歌百廿八首和歌、夏）がある。①18新千載604、冬「建保二年内裏三首歌に、しぐれを」前中納言定家、末句「…らむ」。

不審222×「如何候哉。※／※別儀なき哉。」。六家抄1408「雫も草木の陰も染はて丶、また何を染んと時雨るぞと云心也。右、結ぶ手の雫の哥本哥也。」。

全歌集「以下二三〇九まで、建保二年十月二日内裏人丸影供三首。」。

【類歌】④18後鳥羽院698「山の井のあかでも春ぞくれにけるむすぶしづくに影をとめなん」（詠五百首和歌、春）

水鳥

2308（2411）　池にすむありあけの月のあくるよを／をの③《お》が名しるくうきねにぞなく

【訳】池に澄んでいる有明の月の明けてゆく夜を、「惜し」という自分の名もはっきりと惜しみ、（鴛は）浮寝をし、憂き音に鳴いていることよ。

【語注】〇水鳥（題）①5金葉三302（堀河）、303、…。　〇ありあけの月の　①2後撰401「…ありあけの月の桂なるらし」。　〇をの《お》が名しるく　「「をし」という名もはっきりとの意。「惜し」に「鴛鴦」を掛ける。」（全歌集）。　〇うきね　掛詞（「「浮寝」と「憂き音」を掛ける。」（全歌集））。その「浮寝」は八代集に十五例あるが、「憂き音」は八代集にない。

▽第二句字余（あ）。第二、三句あ音のリズム。池の水に澄み切っている有明の月が（夜に）明けるのを、はっきりと惜しんで浮き寝をして、もの憂い音に鳴（泣）いていると歌う。C525「本《ナシ(D)池(ｿ)》いけにすむ…本歌も名のおしき事によそ《、(ｿ)》へり《てよめ(ｿ)》。これ《是(ｿ)》も、いけ《池(ｿ)》の月かげ《影(ｿ)》をおしき心《む|む(ｿ)ヒ》に、「をの《お(ｿ)》が名しるく」とよめり《云(ｿ)》。此有明のおもしろき《面白(ｿ)》を、あけ《明(ｿ)》がたなれば惜みてなくかと也。」・D421。摘抄190「水鳥といふ題也。月の光は水にうつりて猶さやかなるもの也。「をのが名しるく」とは、をし鳥の事也。…」。全歌集「参考」・①1古今672「池にすむ名ををし鳥の水をあさみかくるとすれどあらはれにけり」（恋三、よみ人しらず）。赤羽303、304頁「第二句と第三句に頭韻がある場合…二、第三句に中心的なイメージがある。また第三句にテーマが集中的に打出される。…これらの例に共通する傾向は、三句切ではないが、第三句のあとに詠嘆の小休止がくることである。また、第一句に頭韻がはじまる場合と比べると、最初は弱く、またはゆっくりはじまって第二句・第三

句でクレッシェンドされ、第四句以下またゆっくり弱くなって終るという形式になる。」。

【類歌】①9新勅撰969　971「池にすむをしあけがたのそらの月そでのこほりになくなくぞ見る」（恋五、家隆。③132壬二2821。⑤217家隆卿百番自歌合152）

④39延文百首2263「さゆる夜のうきねもしらず池にすむ名ををし鳥やたへて鳴くらん」（冬「水鳥」釈空）

2309（2412）　寒草

霜か雪かおばな《を③》にまじりさく花の／のこりし色もむかし許に

【訳】上に積っているのは霜か雪か、薄にまじって咲いている花の残っていた色もすっかり昔ばかりのものと（なってしまった）。

【語注】○寒草（題）④7広言61、③123唯心房120、121（索引）のみで、この定家詠の記述がない。○初句　字余。「が」、語中に母音がない。『論集　藤原定家』「藤原定家の和歌表現――字余り句の機能をめぐって――」（赤瀬信吾）66、68頁に、2309の歌が挙がっている。○おばな《を》　八代集十四例。○まじり　八代集十三例。○さく花の　当然桜の歌の表現に多い。花は「思い草」（全歌集）。

【本歌】①1古今497「秋の野のをばなにまじりさく花のいろにやこひむあふよしをなみ」（恋一、読人しらず。⑤325和歌用意条々23。「全歌集」）

▽本歌をふまえて、今覆っているのは、霜か雪か、秋の野の薄にまじって咲いていた、逢う手だてもないのだから、目立って恋い慕おうとしている花の残った色あいも、もうすっかり昔のものとなってしまったと歌う。

B451「寒草尾花にましり咲花はりうたんの事也本歌によめる尾花かしたよりむらさきにうつくしく咲たるやうなる色

にやそのうつくしき色もみな枯はて、今は霜か雪かとおもふ計霜かれはてたるさまさえこほりたる歌也」。

【参考】⑤299袖中抄547「秋の野のをばなにまじり咲く花の千草に物をおもふころかな」

【類歌】④11隆信157「あきといへばこころも色になりぬべしをばなにまじり咲く花をみて」（秋上。⑤197千五百番歌合1158）

2310（2413）　正治二年十月一日院御會、当座、（③上の字と同じ大きさ③）／枯野朝

あさしもの色にへだつるおもひ草／きえずはうとしむさしの丶はら

【訳】朝霜の白い色にすっかり隔てられてしまった思い草よ、（その霜が）消えなかったら、うとましい、武蔵野の原よ。

【語注】○正治二年　一二〇〇年、定家39歳。○枯野朝（題）　これのみ。○あさしも　八代集一例・後拾398。○**あさしもの**　③1人丸223「あさ霜のきえみきえずみおもへどもいかでかこよひあかしつるかも」。○おもひ草　八代集四例、初出は金葉416。家隆、定家に多い。「ナンバンギセルをさすとされるが、定家はツユクサかリンドウなどを考えていたか。」（全歌集）。②4古今六帖676「思ひ草きゆる物とはしりながらけさしもおきて何にきつらん」（「しも」おきかせ）。○むさしの　八代集九例。○むさしの丶はら　家隆（、定家）に多い。③130月清663「わかくさのつまもあらはにしもがれてたれにしのばむむさしのはら」（西洞隠士百首、冬）。

▽四句切。朝霜の色によって、思い草はすっかり隔てられてしまった、だから武蔵野の原は、霜が消えなかったら、うとく思うと歌う。同じ定家に、③133拾遺愚草735「霜むすぶ尾花がもとの思草きえなん後や色にいづべき」（十題百首、草）がある。②16夫木13501、雑十、思草、「…、枯野霜」。⑤180院当座歌合〈正治二年十月〉29、正治二年十月一日「判者　衆議判　執事　定家」、枯野朝、三番、左持、定家、第四句「さえずはうせじ」、「左歌色にへだつるといへることば聞きにくくや、右歌…、持などにや」。

B452「枯野朝　千種の花の面白を隔つるつらさに思草といひかけたりきえすはうとしとはこのまゝ霜のきえすして色をうつしはては草のゆかりと云名にうとくなりはてんと也おもひ草はりうたん也」。
C526×「〈後〉（D）「おもひ草」、りんだうの事〈也（ツ）〉。むらさき色也。〈紫（ツ）の（ツ）〉霜にうづもるゝ事をかなしむ也〈と（ツ）〉。／本〈ナシ（ツ）（先）（ツ）〉紫《むらさき（ツ）》の…」、D341。
全歌集「本歌」・①1古今867「紫のひともとゆゑにむさしの草はみながらあはれとぞ見る」（雑上、よみ人しらず）。

2311（2414）　建仁元年三月盡日哥合嵐吹寒草③

あさぢふやのこるはずゑの冬のしも／をき《お》所なくふくあらし哉

【訳】浅茅生よ、残っている葉末の冬の霜よ、それが置き所もないくらいに吹く嵐であることよ。

【語注】〇建仁元年　一二〇一年、定家40歳。　〇あさぢふや　「初句で、二句以下の場所を提示する。」（奥野注）。　〇嵐吹寒草（題）　他、④11隆信260、③130月清1272のみ。　〇あさぢふ　八代集十三例。　〇のこるはずゑ　「この句はこれが唯一例。…冬の荒涼とすがれた浅茅の様子を表す。わずかに霜の置く場所。」（奥野注）。　〇はずゑ　八代集三例、初出は金葉416。　〇冬のしも　「「秋の霜」の用例が圧倒的に多いが、どちらも新古今時代から使われている句。定家に初出の句。…拾遺愚草　五五八　…漢語としても、「秋霜」が普通である。「冬霜」の熟語は全唐詩にも「冬霜既零」（「湖作」趙冬曦）の一例あるのみである。厳しい冬の自然が、嵐という激しい風と照応する。」（奥野注）。　〇をき《お》所　名詞八代集一例。　〇をき《お》所なく　これだけで八代集七例。「どうしようもなく。「置き」は霜の縁語」（三弥井・風雅761）。「「霜の置く所もなく」の意に「どうしようもない程ひどく」の意をかける。」（風雅・全注釈771）。「霜の置くことができる場所がなく、の意と、霜が平静に落ち着ける方法もなくの意を掛ける。嵐の激しさを表現する。／「置きどころなし」という表現は、「露」に関して使われることが多かった。…「霜」に関連して「置きどころなし」というのは、相模集四七二に例があるが、…次の歌が、46番歌への影響という点で注目される。／世中の…（私注―⑤184老若五十首歌合343「世中の晴れゆく空にふる霜のうき身ばかりぞおき所なき」（冬、慈円。①8新古今1740 1738）」（奥野注）。①1古今736「…わが身ふるればおきどころなし」。④39延文百首1349「浅茅原うらがれゆけば露の身のおきどころなく虫や鳴くらん」（秋「虫」道嗣）。　**○ふくあらし（哉）**　家隆、定家に多い。　**○ふくあらし哉**　「この頃流行し、後に制詞のごとく見なされるに至る句。「永不レ可レ詠詞、…ふくあらしかな」（追加）」（全歌集）。④31正治初度百首463「ささの葉はみ山もさやにうちそよぎこほれる霜をふく嵐かな」（冬、良経。①8新古今615）。

▽浅茅生の、冬に残存している葉先に、冬の霜が置けないぐらいに嵐が吹くと歌う。①17風雅771 761、冬「建仁元年三月歌合に、嵐吹寒草といふ事を」前中納言定家。⑤186新宮撰歌合46「建仁元年三月二十九日　作者隠名　褒貶」、判者、釈阿、「右　嵐吹寒草」定家朝臣、後鳥羽院主催、二十三番、（判詞）「左右たがひによろしき由申之、判者、其以優なり、可為持」。

三弥井・風雅761「霜」、「土御門天皇朝。」、「参考」・①5金葉二588 625「くさのはのなびくもまたずつゆの身のおきどころなくなげくころかな」（雑上、輔弘。「風雅・全注釈771」）。奥野注「46番歌は「冬の霜」の句の新しさや、「置きどころなく」にある霜と嵐との緊張のある葛藤に、見どころがあるといえよう。俊成の判も、よき持ということであろう。」。

【類歌】①8新古今1564 1562「浅茅生や袖にくちにし秋の霜わすれぬ夢をふく嵐かな」（「寄風懐旧と…」通光）…2311に似る

2312
（2415）　**建保四年閏六月内裏哥合　冬哥**（十首之中、③入れ）

よしさらばかたみも霜にくちはてね／いまはあだなる秋のしらぎく

【訳】よしそれなら、形見（となった白菊）も霜に朽ち果ててしまえ、今となってはもうかいがない秋の白菊（であるからだ）よ。

【語注】○建保四年　一二一六年、定家55歳。　○よしさらば　八代集八例、初出は後拾865。「よしさらば…くちはてね」は一つの型。④23続草庵483「よしさらばかけし衣も朽ちはてねうらなる玉のあらはるるまで」（雑「…、法華経」）。④39延文百首
④35宝治百首2811「よしさらばあらはれてだにくちはてね逢瀬をしらぬ浪の埋木」（恋「寄木恋」資季）。
2474「よしさらばくちだにはてねおもひいづるときはくるしき杜のしめなは」（恋「寄杜恋」源有光）。　○くちはて　①2後撰1135 1136「…しづめる影ぞくちはてにける」。　○いまはあだなる　①1古今746「かたみこそ今はあた《だ（伊）》なれこれなくはわするる時もあらましものを」（恋四、よみ人しらず。⑤415伊勢物語201）。　○秋のしらぎく　③133拾遺愚草2910「…久しくのこる秋の白ぎく」。

▽秋の形見である白菊の花も、今となってはむなしいだけだから、それならいっそのこと霜に朽ち果ててしまえと、白菊に命じる。⑤213内裏百番歌合〈建保四年〉122「建保四年閏六月九日」、判者、定家「或本衆議判後日付詞畢」六十一番、冬、右（負）、定家、「左…右講師頗停滞不読之間瑕瑾弥現形、残菊之芬芳猒却槿柳之外意得之由作者申定、以左為勝」。

【類歌】④34洞院摂政家百首1032「よしさらば名にあらはれず朽ちはてね尾花が本の霜の下草」（恋「忍恋」知家）
④38文保百首1618「よしさらばぬきだにかへん花衣今はあだなる春のかたみを」（夏、為藤）

2313（2416）　三宮十五首冬哥③

神な月くれやすき日の色なれば／《續拾》しものした葉に風もたまらず

【訳】十月（は）、暮れやすい日の様子であるので、霜の置く下葉に風もとどまることはない。

【語注】〇神な月　①1古今253「神な月時雨もいまだふらなくに…」。④30久安百首653「神無月くもらば空とみしほどにやがて日くるるみ山べのさと」（冬、親隆）。④30同1054「神無月木の葉も霜にふりはてて嶺のあらしの音ぞさびしき」（冬、堀川）。〇色なり　八代集六例、初出は後拾311。〇色なれば　①3拾遺294「よろづ世にかはらぬ花の色なれば…」。〇風もたまらず　「風をも防ぎきれない。「山賤の…（私注—④30久安百首953「山がつのよもぎのかども霜がれて風もたまらぬ冬は来にけり」（冬、清輔））」（全歌集）。③73和泉式部65「夏のせしよもぎのかどもしもがれてむぐらの下は風もたまらず」（冬）。〇たまら　八代集九例。

▽十月の暮れやすい日の気配だから、霜の下葉に風もとどまってはいず、足早に通り過ぎ去って行くと歌う。①12続拾遺405 406、冬、「惟明親王家の十五首歌に」前中納言定家。⑤216定家卿百番自歌合83、四十二番、左、三宮十五首。B453「暮やすき日の色は短日のてう〳〵としてうつりもはてぬ景気也そのことく霜の下葉に風吹とめすさむき興也」。全歌集「参考」・和漢朗詠集367「万物は秋の霜よく色を壊る　四時には冬の日最も年を凋ましむ　白」（冬「霜」。「新大系・百番83」）。安東244、245頁、245頁「けっこう感のある言葉続のように読ませる。そこがこの作者の巧だろう。」。新大系・百番83「秘やかな景物の中に季節の兆しを捉える。」。明治・続拾遺405「霜」、「参考」・④26堀河百首1489「霜がれの草の戸ざしのあだなれば賤の竹がき風もたまらず」（雑「山家」公実）。佐藤「漢詩文受容」450頁、朗367「万物…凋年」（前述）、文集一五・887「歳晩旅望」、白氏長慶集、上、巻第十五、372、373頁「歳晩旅望」、「朝来暮去…両無辺」（中に和漢367あり）」

【類歌】①22新葉429 428「紅葉葉をさそふとすれど神な月風にぞ秋の色はのこれる」（冬「…、冬植物を」国夏）

2314
(2417)

しがらきのと山のあられふりすさび／あれゆくころのくもの色哉

【訳】信楽の外山の霰が降りすさんで、（空が）荒れ行く頃の雲の色（あい）であることよ。

【語注】○しがらきの　②4古今六帖608「しがらきのみねたちこゆる春霞…」。○しがらき　八代集二例・金葉291、詞花2（後述）。○と山　八代集十二例。○ふりすさび　八代集にないが、「ふりすさむ」が八代集一例・新古1642。「すさび」が八代集六例、「すさぶ」が同三例、「すさむ・み」が同十例。「烈しく降るの意か。降り止むの意に言うこともある。」（全歌集）。○あれゆく　八代集二例・後拾594、881。

▽信楽の里の外山に霰が激しく降って、荒れて行く時節の暗鬱な雲の色模様が目にされると歌う。①14玉葉1012、1013、冬「惟明親王家に十五首歌に」前中納言定家。②15万代1389、冬「三品親王惟明家十五首に」、第三句「ふりすさみ」。⑤216定家卿百番自歌合87、第三句「ふりすさみ」、第四句「あれゆく冬の」。六家抄1409「山家也。ふりすさみは《（び・松）》ふる也。雲の色とよめるはくらくなる心也。哉と云ニ色々の心こもれり。」。全歌集「参考」・①6詞2（後述。「新大系・百番87。明治・万代1389。玉葉・全注釈1012」）、「旧作の一七一二に通う風景。」。明治・万代1389「霰」。玉葉・全注釈1012「惟明親王家…建暦二～建保二年（一二一二～一四（私注―定家51～53歳））頃成立か。」、「参考」・①4後拾遺594「ひとりこそあれゆくことはなげきつれぬしなきやどはまたもありけり」（哀傷、赤染衛門）、③131拾玉1659「うつしうゐし萩がまがきのあれ行くをまことの野べになすうづらかな」（歌合百首、秋上「うづら」）。

【参考】①6詞花2「きのふかもあられふりしはしがらきのとやまのかすみ《に（新）》春めきにけり《棚引きにけり（ママ）（〃）》」（春、藤原惟成。②8新撰朗詠71。②9後葉5。⑤44内裏歌合〈寛和二年〉2）

【類歌】④15明日香井1201「しぐれゆくいろこそしらねしがらきのとやまのおくも秋の夜の月」（内裏歌合「深山月」）④18後鳥羽院988「わが恋は色もかはらずしがらきのまきのそま山しぐれふれども」（詠五百首和歌、恋百首）

⑤197千五百番歌合1751「みやこだにあられふる夜はしがらきのまきのとやまのおくぞしらるる」（冬一、兼宗）

正治元年十一月七日二條殿新宮哥／合紅葉殘梢③

2315（2418）

冬もふかくしぐれし色を丶しみもて／はつゆきまたぬみねのひとむら

【訳】 冬も深くなり、時雨れた（紅葉の濃い）色を惜しむ心でもって、初雪を待ちはしない峯の（紅葉の）一群よ。

【語注】 **○正治元年**　一一九九年、定家38歳。　**○紅葉殘梢**（題）　これのみ。　**○ひとむら**　八代集七例。

▽初句字余（母音ナシ・ふ。2309の赤瀬論文68頁の表にあり）。冬も深まって、時雨れた、峯の一群の紅葉の紅い色を惜しむ余り、初雪が降るのを待つというのでもないと歌う。

不審223×「冬ふかく…※如何。／※「冬」の下に補入圏点（◦）して「も」と傍記。」。全歌集「参考」・①3拾遺220「唐錦枝にひとむらのこれるは秋のかたみをたたぬなりけり」（冬「ちりのこりたるもみぢを見侍りて」遍昭）、「自筆本も「正治元年」と記すが、『後鳥羽院御集』により、正治二年（一二〇〇）であると見られる。」。

2316（2419）
寒夜埋火

うづみ火のきえぬひかりをたのめども／猶霜さゆるとこのさむしろ

【訳】 埋火の消えはしない光を頼みとはするが、やはり霜が冴え冴えとしている（寒い）床の狭筵よ。

【語注】 **○寒夜埋火**（題）　これのみ。　**○うづみ火**　八代集二例・初出は後拾402。④26堀河百首1089～1104、冬「炉火」

（題）16首すべてに用例がある。　**○たのめども**　②4古今六帖3134「ゆきのうへのあとをかたみとたのめども…」。④26堀河百首850「からにしき霜をばたてとたのめども時雨の糸のなほよわきかな」（秋「紅葉」匡房）。　**○とこのさむしろ**　③133拾遺愚草1068「かたしきの床のさむしろこほる夜に…」。　**○さむしろ**　八代集十二例。「寒し」を掛けるか。「寒し」を響かせる。」（全歌集）。

▽埋火と床の結びつく歌は少ない。埋火の消えぬ光を頼みとするが、やはり床の寒い狭莚には霜が冷え冷えとしていると歌う。①15続千載695　699、冬「正治元年新宮歌合に、寒夜埋火」前中納言定家、第二句「きえぬばかりを」。「二三一五と同じ時の詠。」（全歌集）。

赤羽388頁「埋火といういわばはかないイメージに定家は自己への回帰という役割をもたせた。埋火のほのあたたかさの中に自分を育んだ揺籃を見出し、そこに回帰するごとに安らぎを感じているのである。定家の時間意識とは「埋火」や「糸遊」のようなはかない存在にさえ、回帰性を見出そうとするものではなかったろうか。」。

2317（2420）　**文治三年冬侍③従公仲よませ侍し(り)③／冬十首**

ふるさとのしのぶのつゆも霜ふかく／ながめしのきに冬はきにけり

【訳】故里の忍草の露も霜が深く（置くようになって）、しみじみと物思いにふけって見ていた軒にも冬は来たことだよ。

【語注】**○文治三年**　一一八七年、定家26歳。　**○公仲**　「藤原氏北家、公季流。権中納言実綱の息。侍従従五位下に至る。」（全歌集）。勅撰集（作者索引）に所収歌はなく、私撰集（作者索引）には、②13玄玉318一首のみが載る。　**○しのぶのつゆ**　④43為尹千首83「あさ戸明にしのぶの露やみだるらんふるにもまさる軒の春雨」（春「朝春雨」）。　**○霜ふかく**　定家に用例が多い。　**○冬はきにけり**　⑤197千五百番歌合1670「ながめやる野辺もひとよにしもがれてあしのまろやに冬はきにけり」（冬一、有家）。
▽第二、三句しの頭韻。末句は一つの型で、堀河百首に多い。故里の軒の忍ぶ草の露も氷って霜深くなり、（忍草に昔を）しみじみと思い見た軒にも冬はやってきたと歌う。
六家抄1410「秋の時分は忍ぶに露のをきけるが、今は霜に成たる也。」。

全歌集「参考」・⑤421源氏物語198「荒れまさる軒のしのぶをながめつつしげくも露のかかる袖かな」（「須磨」、花散里）。

【類歌】⑤228院御歌合〈宝治元年〉181「故郷のしのぶの露も色に出でぬいつわが袖よ人のとふまで」（「忍久恋」越前）
⑤273続歌仙落書62「古郷のしのぶの露にやどりても人にしられぬ月のかげかな」（範宗）…一、二句ほぼ同一

2318
(2421)

やどからぞみやこの内もさびしさは／人めかれにし庭の月かげ

【訳】私の家のせいだよ、都の内も淋しさは、人の訪れがとだえ、草枯れてしまった庭の月光（である）よ。

【語注】○さびしさは　④38文保百首1348「さびしさは月ひとりすむ古郷のあさぢが庭の秋風ぞふく」（秋、経継）。○人めかれ　⑤182石清水若宮歌合228「さらぬだに人めかれ行く山里に物さびしかるにはのしら雪」（「雪」但馬）。①21新続古今719）。　○かれ　掛詞（離、枯れ）。

【本歌】①1古今315「山里は冬ぞさびしさまさりける人めも草もかれぬと思へば」（冬、源宗于。「全歌集」）
▽本歌をふまえて、我家のせいで、山里の冬でない都の内であっても、淋しさがまさることに、人の訪れも途絶え、草も枯れ果ててしまうと思える庭にさすのは、月の光だけだと歌う。
【類歌】④38文保百首162「人めさへまれなる宿のさびしさはかれ行く草の色にみゆらん」（冬、冬平）

2319（2422）　しもがる、よもぎがそまのかれまより／ゆきげに、たる冬のわかくさ

【訳】霜枯れの蓬の杣の枯れた間から、（冬なのに）雪消に似ている冬の若草（がある）よ。

【語注】**○よもぎがそま**　八代集一例・①4後拾273「なけやなけよもぎがそまのきりぎりすすぎゆく秋はげにぞかなしき」（秋上、好忠）。「杣木（材木）のように生い茂った蓬。」（全歌集）。③131拾玉457「冬がれのよもぎがそまに月さえてよわりし虫の声ぞさびしき」（日吉百首和歌、冬）。④29為忠家後度百首432「かれはつるよもぎがそまのにはさえてしもにしもをもそふる月かげ」（秋月「霜夜月」）。　**○ゆきげ（消）**　2302前出、八代集三例。　**○わかくさ**　八代集六例。

▽霜枯れ果てた蓬の杣の枯れた間から、雪消より生えるのにも似て、冬なのに若草が生えると歌う。②16夫木13222、雑十、冬のわかくさ「冬歌中、雲葉」。

不審224「…雪げ※1に似たる冬のわか草※2／如何。／※1消也。※2雪消ノヒマヨリ冬草ノモエ出タル也。」。六家抄1411「蓬が杣とはたかく成て杣山の様なるといふ心也。蓬のかれたるあひだより、冬草の青きは少みえたる様也。春の雪のきえたるまよりもえ出る草の様なる心也。雪げといふに、雪の降さふなる空をも云也。」。

2320（2423）　雲か、る峯よりをちのしぐれゆへ《ゑ》③／ふもとのさとをくらすこがらし

【訳】雲がかかっている峯より彼方遠くの時雨のせいで、山の麓の里を暗くしている木枯（である）よ。

【語注】**○しぐれゆへ**（ゑ）　①3拾遺222「時雨ゆゑかづくたもとをよそ人は…」。　**○ふもとのさと**　八代集六例、初出は金葉29。

▽雲のかかっている峯より彼方の時雨のせいで、麓の里を木枯は暗くすると歌う。

赤羽351頁「時間の目で捉えた遠近法…雲と峯と里の重層関係を動的に捉えたものである。」。

【参考】④26堀河百首902「神無月ゆふまの山に雲かかる麓の里やしぐれふるらむ」（冬「時雨」顕仲）

【類歌】①15続千載606 608「雲かかる嶺はしぐれて嵐ふくふもとにふるはこのはなりけり」（冬、俊光。④38文保百首1255）

2321（2424）　かこたじよ冬のみ《（深）》山のゆふぐれは／さぞなあらしのこゑならずとも

【訳】嘆くまいよ、冬の深山の夕暮は、さぞかし嵐の声がなくとも（、淋しくつらいものだろうから）。

【語注】○かこた　八代集五例。　○ゆふぐれは　①1古今205「ひぐらしのなく山里のゆふぐれは…」。③33能宣196「ゆふぐれはあらしのこゑもたかさごのをのへのまつにつけてこそきけ」（「たかさご」）。④26堀河百首821「夕暮はすぎうかりけり秋の野は我がまつ虫の声ならねども」（秋「虫」顕季）。　○あらしのこゑ　八代集七例。　○こゑなら　①1古今359「めづらしきこゑなくに郭公…」。　○さぞ　八代集一例・後拾596。　○さぞな　これのみ八代集四例、初出は千載841。

▽初句切、倒置法。冬の深山の夕暮は、嵐の声がしなくとも、きっと寂しかろうが、文句は言うまいと歌う。

2322（2425）　こけふかきいはやのとこのむらしぐれ[redacted]／よそにきかばやありてうき世を

【訳】苔が深い岩屋の寝床での村時雨を、よそのものとしてききたいものだよ、この世に生き永らえてつらい世であるから。

【語注】○いはや　八代集二例・金葉533、千載1109（後述）。「いはややま」八代集一例・千載1282。　○いはやのとこの

①7千載1109 1106「やどりするいはやのとこのこけむしろいくよになりぬねこそいられね」（雑中、覚忠）。○むらしぐれ　八代集一例・千載539。④24慶運法師149「いつまでも袖ぬらすらん村時雨うきたる雲の程もなき世に」（冬「時雨」）。　○よそにきか　①2後撰715 716「…みかさの山をよそにききつつ」。　○よそにきかばや　①21新続古今1861「山ふかくすまむとまではなけれどもことしげき世をよそにきかばや」（雑中、宗尊親王）。

▽述懐的詠。下句倒置法で、生き続けるとつらい世であるから、苔の深い岩屋の床での村時雨を他人事として聞きたいと歌う。②16夫木14316、雑、窟「晩嵐払雨斜陽見、寒浪閉氷流水無」。

B454「心は憂をいとひし人の岩屋の時雨を聞て爰にありて聞もさら〳〵浮世と時雨のかなしき心よりおもへりよそにてきかはやさらは興もまさりなんやとおもへる心にや是も時雨を愛したる心より色々思ふよしにや猶可思」。C527「本《ナシ(D)》草《庵を(シ)》の床の…岩《山岩(シ)》屋は《や(シ)ナシ(シ)》、時雨の《しぐれ(シ)ナシ(シ)》、をと《音(シ)》もなくもる事もなき也。時雨をよそにするごとく、うき世《よ(シ)》の事、《を(シ)》よそに聞度と也。」、「二」・①5金葉二533 568「くさのいほなにつゆけしとおもひけんもらぬいはやも袖はぬれけり」（雑上、行尊。「参考」（全歌集）・D422。摘抄103「此歌、不及風情也。時雨はうき物かなしき物とより外はいひ侍らず。…」。六家抄1412「内註　○岩屋にて時雨を聞様に、世のうき事をよ所に聞たきといふあらまし事也。聞えぬうへから也。」。

【類歌】⑤197千五百番歌合1731「つくづくと身をしる夜はのむらしぐれよそのとこにはきかじとぞ思ふ」（冬一、丹後）

2323（2426）　浦風のふきあげの松のうれこえて／あまぎるゆきをなみかとぞ見る

【訳】浦風が吹き上げる、吹上の松の先を越えて（行くので）、天霧る雪を浪かと見ることよ。

【語注】○浦風　八代集十六例。　○ふきあげ　すべてで八代集七例。掛詞。　○ふきあげの松　③130月清1382「きのくにやふきあげのまつによるなみの…」。　○うれ　八代集一例・古今891。　○あまぎる　八代集六例。　○あまぎるゆ

き　①1古今序・334「…あまぎる雪のなべてふれれば」。　〇なみかとぞ見る　①1古今919「あしたづのたてる河辺を吹く風によせてかへらぬ浪かとぞ見る」（雑上、つらゆき）。
▽第二句字余（あ）。浦風の吹き上げの吹上の浜の松の木末を越えて、天を覆う雪を波かと見まがうと歌う。②16夫木13790、松「家集、冬歌中」。
不審225「…※うれこえて／如何。／※ウレ葉ト云モ上葉ノ心歟。」。

【参考】④29為忠家後度百首533「おきつ風なびかす雪のかたよりをふきあげのはまのなみかとぞみる」（冬、雪「風前雪」）…2323に似る
⑤419宇津保物語218「うらかぜのもとをふきかくる松山もあだしなみこそなをばたつらし」（五さがのゐん、少将（仲頼））
【類歌】①18新千載440「たつ浪の花かあらぬか浦風のふきあげにすめる秋のよの月」（秋上「…、海月」山本入道前太政大臣。⑤319和歌口伝112）
①20新後拾遺504「浪よりもさきにと立ちて浦風のふきこす磯になく千鳥かな」（冬「…、浦千鳥」親雅）
④33建保名所百首632「うら風のあられ松原吹きまよひ玉よせかへる住吉の波」（冬「住吉浦摂津国」）
⑤244南朝五百番歌合576「よそよりはつもりにけりな浦風の吹上の浜にふれる白雪」（冬四、源資氏）
⑤244同576判「浦かぜの吹上につもる雪みても人をやまたん鳴く千鳥かな」

2324（2427）　ながらへむいのちもしらぬ冬のよの／雪と月とをわがひとり見る

【訳】生き永らえるであろう命も分からない冬の夜の雪と月とを私はたった一人で見る。
【語注】〇いのちもしらぬ　①3拾遺315「ゆくすゑのいのちもしらぬ別ぢは…」。　〇冬のよの　①1古今1002「…しぐ

れしぐれて　冬の夜の　庭もはだれに…」」。　**〇雪と月とを**　⑤169右大臣家歌合29「たづぬべき友こそなけれやまかげや雪と月とをひとり見れども」（「雪」皇太后宮大夫入道）。⑤169右29（父・俊成詠）参照。生き永らえるか分からない冬の夜の雪と月とをたった一人で私は見ると歌う。▽これも2322と同じく述懐的詠。王子猷の故事をふまえるか、【語注】の⑤169右29、B455「月雪の興に乗してつく〲とさしむかひて忘かたき心をいひたてたる歌也なからへん命も知ぬと云所にか丶る月雪にはおしからぬ命もおしき心也」、B32「此盛に又あふへきもしらぬに独風吟する事を無念なる由歟」。全歌集「参考」・⑤421源氏物語587「春までのいのちも知らず雪のうちに色づく梅をけふかざしてん」（「幻」、（光源氏））、⑤169右29（【語注】）、④6師光85「あはでこそむかしの人はかへりけれ月と雪とをともにみてしか」（隆房）、「これらの先行歌と同じく、子猷尋戴の故事を詠むか。」。

【参考】③25信明50「ながらへん命ぞしらぬ忘れじとおもふ心は身にそはりつつ」（「返し」）

③129長秋詠藻58「冬のよの雪と月とをみる程に花の時さへおもかげに立つ《ぞ(久)》」（久安の比…、冬。④30久安百首858）

⑤423浜松中納言11「あすまでの命も知らず今宵こそあまてる月のかげもよく見め」（巻の一、老いたる人）

2325
（2428）
そらとぢて又このくれのいかならん《む③》／日ごろの雪にあとはたえにき

【訳】空が閉じ果てて、またこの夕暮はどのようになるのだろう、長く続く雪に人跡は絶え果ててしまった。

【語注】**〇初句**　定家に多い。「大きく閉ざされた空間を表現する。」（赤羽386頁）。　**〇とぢ**　八代集十四例、他「とぢめ」八代集一例。　**〇いかならん**　八代集十三例。①1古今952「いかならむ巌の中にすまばかは…」」。①7千載235 234「たなばたの心のうちやいかならむまちこしけふの夕ぐれのそら」（秋上「七夕の…」摂政前右大臣）。①8新古今659

「ふる雪にまことにしのやいかならんけふは都に跡だにもなし」（冬「返し」基俊）。④41御室五十首484「冬の空雲のあなたやいかならん雪の梢に春は来にけり」（冬、有家）。**○日ごろ**　八代集一例・後拾遺733。**○あと（は）たえ**　八代集十七例。②16夫木6538「衣うつ人いかばかりながむらん雪のこしぢに跡はたえねど」（冬一、冬擣衣「…、冬歌」為実）。**○あとはたえにき**　定家詠・①8新古今1686 1684「…それより庭の跡はたえにき」・③133拾遺愚草1772、④41御室五十首542、⑤216定家卿百番自歌合166。

▽三句切。空は雲に覆われて、さらにこの夕べはどのようになるのか、何日もの雪で人の来訪は絶えたと歌う。「くれ」とあるので、夕暮時に男の来訪を待つ女を思わせ、そうして「跡は絶えにき」とあるので、それが途絶えてしまったと、恋歌めかすか。同じ定家に、③133拾遺愚草528「とはでこしよもぎの門のいかならむ空さへとづる五月雨の比」（重早率百首、夏）がある。「閉塞感が歌われている。」（全歌集）。

赤羽166頁「ふたつの場面をもつ、いわゆる物語的な歌にも同じような発想と表現の二重構造がみられる。…「む」も未来・現在に関する事柄を推量するものである。しかしこの二首の場合はイメージの効果において、現在の状態も想像表象も同等の重みとバランスを保っているのは、さきにあげた二空間の対比と同様である。これは主観によって一元的に統一される和歌的発想というより、客観的な二元描写による絵巻や物語の構造に近づくものといえよう。」、379頁「過去への幻想をかきたてるのは、現実の時間から置きざりにされた世界である。定家は「あとたえて」というイメージを好んで用いる。…この二首は雪によって隔絶された空間を想像している。」、390、391頁「閉ざされた世界への偏向をあらわすことばに「そらとぢて」がある。これは、かれの夢想する内密性のイメージを天空にまで拡大したものであるが、制作の時期によってそのイメージを充たす気分に多少の違いがみられる。…文治期に詠まれたこの三首には、閉ざされ隔絶した世界、内部での不安や気がかりの気持が逆に孤独感を出している。」。

2326（2429）　又くれぬすぐればゆめの心地して／あはれはかなくつもる年哉

【訳】又（この一年も）暮れはててしまった、過ぎてしまうと（過去は）夢の心ちがして、ああはかなく積っていく年であることよ。

【語注】〇ゆめの心地し　八代集七例、初出は金葉459。　〇心地して　ちぢのなさけも…」。

▽初句切。今年も暮れ、過去となってしまえば、すべてが夢の心地のして、年だけがあはれはかなくも積ってゆくと歌う。

【参考】①1古今1003「…くもにほえけむ　心地して　①7千載474「一とせははかなき夢のここちしてくれぬるけふぞおどろかれける」（ぬ（続、今））（冬「歳暮の…」俊宗。②10続詞花324。②11今撰114）

【類歌】④41御室五十首38「はかなさはうつつともなき心ちして夢の底より年ぞ暮れぬる」（冬、御詠。②16夫木7650）

2327（2430）　月のゆく雲のかよひぢかはれども／をとめのすがたわすれしもせず　■續後

つかさはなれてのち[③]つくぐとこ／もりゐたるにし[ナシ③]も月うし[ナシ③]の日と／き、しよるになりておほきおと[③]ゞの／ふみたまへる

【訳】月の通り行く雲の通路（宮中）はすっかり変ってしまったが、五節の舞姫の少女の姿は決して忘れはしない。

【語注】〇つかさはなれて　「貞応元年（一二二二）八月十六日、辞参議、叙従二位。定家は時に六十一歳。」（全歌集）。　〇おほきおとゞ　「西園寺公経。貞応元年八月十三日任太政大臣。既に右大将正二位であった。」（同）。　〇雲のかよひぢ　八代集三例。「宮中を暗示する。」（続後撰・全注釈1094）。　〇かよひぢ　すべてで八代集十四例。　〇かは

れども　「時に、承久の変に後鳥羽院が敗れ、隠岐に遷幸された承久三（一二二一）年の翌年である。」（続後撰・全注釈1094）。　**○をとめ**　すべてで八代集九例。　**○すがた**　八代集十六例。　**○わすれしもせ**　①1古今547「…などか心に忘れしもせむ」。

【本歌】①1古今872「あまつかぜ雲のかよひぢ吹きとぢよをとめのすがたしばしとどめむ《ん（新、六）》」（雑上「五節のまひめを…」よしみねのむねさだ。②3新撰和歌217。②4古今六帖441。②6和漢朗詠718。③7遍昭10。「全歌集」。「☆」（続後撰・全注釈1094））

▽他人詠。本歌をふまえて、宮中は変っても、しばしの間とどめたいから、天つ風に吹き閉じよと歌われた天女の姿は忘れないと、（藤原）公経の定家への詠。「返し」は次歌である。「貞応元年十一月の豊明の夜に交された贈答。」（全歌集）。①10続後撰1094 1091、雑上「貞応元年とよのあかりの夜、月くまなきに思ひいづる事おほくて、前中納言定家もとにつかはしける」西園寺入道前太政大臣（公経）。全歌集（3828）。
不審226「※霜月うしの日…何事候哉。…※五節ノ事也。」。
全歌集（3828）「承久の乱後の公経・定家の心情を探る際に注目される贈答歌。」。続後撰・全注釈1094「ここは、後堀河天皇即位の大嘗会十一月廿三日（『百錬抄』）の翌廿四日。」。

【類歌】①9新勅撰604 606「あまつそら雲のかよひぢそれならぬをとめのすがたいつかまち見む」（釈教「陀羅尼品」八条院高倉）
④32正治後度百首294「君が世に雲のかよひぢはれてをとめの姿月にみるかな」（公事、雅経。②16夫木16866。④15明日香井187）
⑤242年中行事歌合60「立ちいづるをとめのすがたあらはれて月にたどらぬ雲のかよひぢ」（「五節」経賢）
⑤247前摂政家歌合305「代代をへし乙女のすがたそれながらへだても行くか雲のかよひぢ」（秦兼任）

2328
(2431)
むかしのことかきくづし思い《(ひ)》づる／お《を③》りふしいと《③》ゞあはれまさりて
をとめごのわすれぬすがた世、ふりて《續後》／わが見しそらの月ぞはるけき

【訳】五節の舞姫の少女子の決して忘れない姿も、時が流れて（その時に）私が見た空の月は遙なものとなってしまった（こと）よ。

【語注】〇かきくづし　「片端から物を崩すように。」（全歌集）・源氏物語「むかし語りもかきくづすべき人、少なうなりゆくを、まして、つれ〴〵も紛れなくおぼさるらむ」（「花散里」、新大系一―398頁）。〇をとめ　2327前出。〇をとめご　八代集二例。〇をとめごの　③131拾玉1196「諸人はいかに見るらむをとめごの袖に雪ある冬のすがたを」（勒句百首、冬）。〇すがた　2327前出。〇わが見しそらの月　「承久の変以前の宮中を暗示する。」（続後撰・全注釈1095）。

▽少女の忘れられない姿も時が経って、昔私がかつて見た月も遙か昔となったと歌う。続後撰1095は「返し」（詞書）。前歌2327「月のゆく雲のかよひぢかはれどもをとめのすがたわすれしもせず」。①10続後撰1095 1092、雑上「返し」前中納言定家于時前参議、第一、二句「わすられぬをとめのすがた」。

2329
(2432)
建久六年二月左大将家五首冬《③》
霜のうへのあさけのけぶりたえ〴〵に／さびしさなびくをちこちのやど

【訳】霜の上の朝食の煙が途切れ途切れで、淋しさが靡いている彼方此方の家々よ。

【語注】〇建久六年　一一九五年、定家34歳。〇左大将　良経。〇冬（題）①1古今315など。〇あさけ　「朝明」は八代集にあるが、「朝餉」は八代集にない。③58好忠418「をだまきはあさけのま人わがごとや…」。③130月清214「お

ほ井がはあさけのけぶりほのぼのと…」。⑤248和歌一字抄743「山里にあさけの煙たなびくを…」（頼家）。**○たえ〴〵に**　八代集六例、初出は後拾遺324。なお「たえ〴〵」はすべてで八代集十一例。上、下にかかる。**○をちこち**　すべてで八代集四例。

▽初句字余（う）。青春期の詠。霜の上の、（遠近の家の）朝食の煙が絶え絶えとして靡き、それにつれて、遠近の家では絶え絶えに淋しさも靡いていると歌う。「良経家五首歌会→二〇六三。」（全歌集）。B456「しろたへの霜の上にむら〴〵なひくをさなからさひしさのなひくよといひたる儀まて也」。赤羽・一首88、89頁「「さびし」を霜に感じている例は他に、…の五首である。これらに共通して表現されている情景は、そのままでさえ荒涼として寂しい景色に霜まで置いて、いっそう寂しさを添えていることである。…霜の上に朝餉の煙がなびくのを「さびしさなびく」と表現している。寂しさを霜という感覚的現象として捉えると同時に、霜の方からいえば、それをたんなる感覚の印象に終らせることなく、深い寂寥感の表象としている。」。赤羽352頁「㈢、伝統的な詩情の空間化…後拾遺以来の寂寥感を視覚化し、空間的に構成したもので、様式化された構図ながら、不思議に実在感を出している。」。全歌集「…靡いている寂しさ。それはいってみれば、寂しさが靡いているようなものだ。」。

【類歌】④31正治初度百首2265「ましばたくいほりの煙たえだえにさびしさまさるをのの山人」（冬、信広）

④38文保百首1598「うちなびきさこそはかすめ遠近のあさけの煙はるや立つらん」（春、為藤）

正治元年左大臣家冬十首哥合[③]／寒樹交松

2330（2433）

冬きても又ひとしほの色なれや／もみぢにのこる峯のまつばら

【訳】冬がやって来ても、又一層あざやかな色であるよ、紅葉の中に残っている峯の松原は。

【語注】○正治元年　一一九九年、定家38歳。　○左大臣　良経。　○寒樹交松（題）他、③132壬二2584、③130月清1285のみ。　○又ひとしほの　⑤184老若五十首歌合252「あきの色はまた一《だ(後)》しほのもみぢ葉に心してふけ山おろしの風」（秋、女房。④18後鳥羽院1124）。　○ひとしほ　八代集二例。　○色なれ　八代集六例、初出は後拾遺311。　○色なれや　②4古今六帖3476「あはれともうしともおもふいろなれや…」。①16続後拾遺391「高砂の松にならはぬ色なれやおなじ尾上の秋の紅葉葉」（秋下、道性）。　○や　疑問ではなく、詠嘆であろう。　○峯のまつばら　①19新拾遺1681「野も山も木のはまれなる冬枯に嵐を残す嶺の松ばら」（雑上、平時常）。④38文保百首652「しぐれ行くよそのもみぢば色に出でて秋あらはるるみねの松原」（秋、実泰）。

【本歌】①1古今24「ときはなる松のみどりも春くれば今ひとしほの色まさりけり」（春上、源むねゆき。「全歌集」）

▽三句切、倒置法。本歌をふまえて、紅葉の中に残っている緑一点の、峯の常磐の緑の松原は、春同様冬がきても、もう一段と「ひとしほ」の色がまさっていると歌う。「以下二三三七まで、良経家冬十首歌合の詠。」（全歌集）。
B457「寒樹交松本歌の春の色を冬も一入の色そと也紅葉にましりたるはさそ侍らん残るとは紅葉せぬ色也」。

【参考】⑤171歌合〈文治二年〉133「もみぢゆゑまつさへのこるいろなれやみどりをそへてふかくなるらん」（紅葉、寂蓮）

2331（2434）　池水半氷

池のおもはこほりやはてむ《ん③(和)》とぢそふる／よごろのかずを又しかさねば

【訳】池の表面は氷で覆い尽くすのだろうか、閉じ加える夜々の数をさらに重ねていくと。

【語注】○池水半氷（題）他、③132壬二2585、④11隆信274、③130月清1286（後述）のみ。　○池のおもは　④40永享百首638「池の面は氷とづらしみぎはなる蘆まはなれぬあしがものこゑ」（冬、水鳥、公名）。　○とぢそふる　八代集にない。

④40永享百首601「ながれえぬあさせの木のはとぢそへて…」。⑤215冬題歌合39「わすれめやみがく氷はとぢそへて…」。なお「とぢ」は2325前出。○よごろ　八代集一例・新古今199。▽初句字余（お）。二句切。閉じ添う夜の日数をさらにまた重ねてゆくと、池の面は氷り果ててしまうのかと歌う。⑤248和歌一字抄93、半「池水半氷裏」定家。⑤336愚問賢注24、定家卿。C528「半こほる《池の水なかば氷（D）》」といふ《云（ｿ）》題なれば、氷りした《ナシ（ｿ）》りし夜比《ごろ（ｿ）》を又かさねば、池《いけ（ｿ）》のおも《面（ｿ）》はこほ《氷（ｿ）》りふたがらんと也。「なか《半（ｿ）》ば」といふ《云（ｿ）》字をたくみてよめり。」※一、「一　中心に仕組んで。…」・D423「…※まはしてきどくによみたまふと也。おなじ題にて後京極摂政殿もあそばされし也。池水をいかにあらしの吹分てこほれるほどのこほらざるらん」。

【類歌】④41御室五十首551「二月のさえつる風の夜のまにも又うすごほる池の面かな」（春、家隆）

山家夜霜

2332（2435）　ゆめぢまで人めはかれぬくさのはら／をき《お③》あかすしもにむすぼゝれつゝ

【訳】夢路までも人と会えなくなってしまった、（枯れた）草の原で、眠れずにずうっと夜を起き明す霜に、涙を結びながら。

【語注】○山家夜霜（題）　他、③132壬二2586、③130月清1287のみ。○かれ　「枯れ」をにおわす。○くさのはら　八代集二例・新古今422、617（後述）。⑤175六百番歌合505「…くさのはら…」、506、俊成判「紫式部歌よみの程よりも物かく筆は殊勝なり、そのうへ花宴の巻はことにえんなる物なり、源氏見ざる歌よみは遺恨の事なり」」。家隆、定家に多い。①8新古今617「霜がれはそこともみえぬ草の原誰に問はまし秋のなごりを」（冬、俊成女）。③131拾玉2936「霜がれのしづがあらたの草の原春なつかしき色をまつかな」。③132壬二2583「草の原枯れにし人は音もせであらぬと山の松の雪をれ」（冬）。　**○をき《お》あかす**　八代集六例。「「起き」に「霜」の縁語「置き」を響かせる。」（全歌集）。①2後撰283「おきあかすつゆのよなよなへにければ…」。　**○をき《お》あかすしも**　①3拾遺257「おきあかす霜とともにやけさはみな…」。　**○むすぼゝれ**　八代集十五例。「「霜」の縁語。」（全歌集）。　**○むすぼゝれつゝ**　①1古今653「…したゆふひものむすぼほれつつ」（冬恋、俊成卿女。①8新古今1335。⑤194水無瀬恋十五首歌合39「かよひこしやどのみちしばかれがれにあとなきしものむすぼほれつつ」（冬恋、俊成卿女。①8新古今1335。⑤195若宮撰歌合8。⑤196水無瀬桜宮十五番歌合8）。

【本歌】①1古今315「山里は冬ぞさびしさまさりける人めも草もかれぬと思へば」（冬「冬の歌…」源宗于。「全歌集」）

▽第四句字余（あ）。二句切。本歌をふまえて、山里では冬こそが淋しさがまさっている、枯れた草の原の旅寝で起き明すと、涙は霜となり、眠らないので夢にまでも人に会うことは途絶えたと思うから…と歌う。⑤336愚問賢注28、定家卿、第三句「くさまくら」。

C529「[本]山[ナシ(D)]ざと[里(〃)]は…「草枕」、たびに限《かぎるべからず(〃)》[ね(〃)]まじき也。本歌に[二]ゆづりて、山家の心なり。うつゝに人跡絶《たゆ(〃)》るのみならず、冬の山家[里はさびしく(〃)]、ぬる事もなければ、夢にもかる[人め(〃)]ゝよし也。」」、「二　本歌にその語義限定を任せること。」・D424。摘抄198

「山家の夜霜也。山家をまはしたる歌也。山家と云事をば本歌にゆづりて、其心をあらはし侍り。…」。

全歌集「参考」・⑤424狭衣物語45「尋ぬべき草の原さへ霜枯れて誰に問はまし道芝の露」（巻二（狭衣））。

【類歌】②16夫木6423「草の原かるる人めは跡たえて木のはさへふる冬の山ざと」（冬一、落葉、同〔＝為家〕）

④31正治初度百首1442「夢路より露やおくらんくさの原さむればやがて袖ぞしをるる」（秋、家隆）

2333（2436）　**關路雪朝**

雪のもるすまのせきやのいたびさし／あけゆく月もひかりとめけり

【訳】雪が漏れ落ちる須磨の関屋の板庇（に）、明けて行く月も光をとどめていることよ。

【語注】○關路雪朝（題）他、③132壬二2587（「関路朝雪」）、③130月清1288のみ。○もる「「洩る」に「関屋」の縁語「守る」を響かせる。」（全歌集）。○すまのせきや 八代集二例・千載499、501。なお「せきや」はすべて八代集五例。○第二、三句 表現の型。○いたびさし 八代集四例、初出は金葉504。○あけゆく 八代集五例。「「明け」に「関屋」の縁語「開け」を響かせる。」（全歌集）。○とめけり 「「とめ」は「関屋」の縁語。」（同）。
▽雪が漏れる、須磨の関屋の板庇ではあるが、明けゆく月は光をとめていると歌う。新古今の有名な良経歌に、①8新古今1601 1599「人すまぬふはの関屋のいたびさしあれにし後はただ秋のかぜ」（雑中「…、関路秋風と…」摂政太政大臣。建仁元年（一二〇一）八月三日影供歌合）がある。2333は正治元年（一一九九）であり、良経詠に先んずる。①15続千載845 849、羈旅「後京極摂政家冬十首歌合に、関路雪朝」前中納言定家。
【参考】①7千載499 498「はりまぢやすまのせきやのいたびさし月もれとてやまばらなるらん」（羈旅「…関路月と…」師俊。②9後葉467。②10続詞花188。⑤295袋草紙60。⑤301古来風体抄601。「参考」（全歌集））…2333に近い
【類歌】①16続後拾遺750「涙のみもるや関屋の板びさしあはぬ月日をさて過しつつ」（恋二「…、不逢恋」後嵯峨院）

2334
（2437）
水鳥知主
見なれてはこれもなごりやを《は③》しかも《が③》の／なれだに《たる（全歌集）》やどのぬしはわきけり

【訳】水に馴れ見馴れては、これも名残が惜しいのか、鴛鴨のお前でさえも、家の主は見分けることよ。

【語注】○水鳥知主（題）他、③132壬二2588、③130月清1289のみ。○見なれ「水なれ」との掛詞。「水馴る」八代集七例、「見馴る」八代集九例。○をしかも 八代集にない。「をし」掛詞（惜し）。②10続詞花299「谷河のふしきにねぶ

るをしかもは…」（仁和寺宮）。③106散木644「をしかものかづくいはまのうすごほり…」。⑤162広田社歌合70「なごのうみにたつともみえぬをしがもや《（ママ）》…」（実守）。　**○なれ（汝）**　八代集四例。

▽見・水馴れてはこれも名残が惜しいのか、鴛でさえも家の主人は分かると歌う。②16夫木7005、冬二、水鳥「正治元年左大臣家十首歌合、水鳥知主」。⑤248和歌一字抄885、知「水鳥知主」定家、第四句「なれたる宿の」。C530「「見《み（〃）》なる丶《れて（〃）》」は、水に馴也《なる丶（〃）》。それを、《ナシ（〃）》こなたのみなれたるに取なしたる也。人間のほだしは無中事《申事におよばず、（〃）》。鳥類なれ共《ども》、ねん比《態（ママ）（〃）》にすればなれたるよし也《と（〃）》。〈水鳥知主と云題をかくよめり。（〃）〉難題也。」・D425。

2335
（2438）

旅泊千鳥

こぎよするとまりさびしきしほ風に／又ゆめさましちどりなくなり

【訳】漕ぎ寄せる泊りに淋しく吹く潮風に、再び夢を覚まして千鳥が鳴いているようだ。

【語注】**○旅泊千鳥（題）**　②12月詣999（長真）、1000（顕昭）／歌合〔367〕（歌合大成七「三六七　某年俊恵歌林苑歌合雑載」平経正／③132壬二2589、④7広言68…。　**○こぎよする**　八代集一例・拾遺115。　**○とまり**　すべてで八代集十二例。　**○しほ風**　八代集五例、初出は千載542。　**○しほ風に**　②4古今六帖2989「しほかぜにけさひえにけりいでてこし…」。　**○さまし**　八代集六例。　**○ちどりなくなり**　①3拾遺224「…河風さむみちどりなくなり」。　**○なり**　いわゆる伝聞推定。

▽漕ぎ寄せた泊りに、淋しい塩風が吹き、それによって旅泊の夢を覚まし、さらにまた夢を覚ます千鳥の声が聞こえると歌う。

【参考】②10続詞花296「ゆふさればしほかぜこしてみちのくの野田の玉河千鳥なくなり」（冬、能因。①8新古今643）

【類歌】④31正治初度百首71「しほかぜやさむけかるらん冬の夜のふけひの浦に千鳥鳴くなり」（冬、御製）

④37嘉元百首2358「塩かぜに千鳥鳴くなりおきつ島浪のうきねもいまや明けなん」（冬「千鳥」定為）

湖上冬月

2336（2439）　月にナシ③いづるかたゞのあまのつり舟は／こほりかなみかさだめかねつゝ

【訳】月光に出る堅田の海士の釣舟は、氷か波か定めかねつつ（いるよ）。

【語注】**○湖上冬月**（題）他、①8新古今639（家隆）＝③132壬二2591、③130月清1292のみ。**○月にいづる**「月光の中に出て行く」。「によって」ではなかろう。⑤261最勝四天王院和歌148「定めなき心ひとつをすまの浦の月に出でたるあきのあまびと」（諏磨浦摂津、雅経）。**○かたゞ**　八代集にない。③116林葉654「…かただのおきにかずのそひゆく」。⑦55頼輔58「…さらにかただのうらみありけり」。**○かたゞのあま**　④34洞院摂政家百首1440「あふ事はかただのあまのぬれ衣…」（範宗）。**○あまのつり舟**　八代集十例。**○つり舟**　すべてで八代集十四例。万葉1249 1245「志賀の海人の釣舟の綱堪《あ》へなくも心に思ひて出でて来にけり」（巻第七）。**○さだめかね**　八代集一例・①1古今509「伊勢の海につりするあまのうけなれや心ひとつを定めかねつる」（恋一、読人しらず。②4古今六帖3011）。

▽初句字余（い）。月光の中を出た堅田の漁師の釣舟は、月光によって湖面は氷か波か（見）定めかねていると歌う。同じ定家に、員外の③134拾遺愚草員外656「秋の夜の月にいつともわかじかしおのがよわたるあまのつり舟」（秋）がある。⑤248和歌一字抄1144、証歌「湖上冬月月氷詠冬　裏書」同〔＝定家〕、初句「月出づる」、第二句「かたのあまの」。

【類歌】④22草庵596「霧ふかきかただのおきの波まよりくれぬといそぐ海士のつり舟」（秋下「…、湖上秋霧」）

④22同725「釣舟のみぎはこぎ出づる跡ばかりこほりにのこるまののうらなみ」（冬「…、湖氷」）

爐邊懷舊

2337 (2440)　つくゞとわがよ《(世)》もふくる風のを《(お)》とに／むかしこひしきうづみ火のもと

【訳】しみじみと我が人生も夜も更けていく風の音に、昔が（つくづくと）恋しい埋火のもとよ。

【語注】**○爐邊懷舊**（題）他、③132壬二2592、③130月清1293のみ。　**○つくゞと**　八代集十例。①3拾遺999「かしまなるつくまの神のつくづくとわが身ひとつにこひをつみつる」（恋五、よみ人しらず）。　**○わがよ**　八代集十例。「よ」掛詞（世、夜）。　**○うづみ火**　八代集二例・後拾遺402、新古今689。　**○風のを《(お)》とに**　①1古今169「…風のおとにぞおどろかれぬる」。　**○末句**　定家に多い。

▽第三句字余（お）。風の音を聞いていると、しみじみと我が人生も、また夜も更けて行き、風の音によって、埋火のもとで、昔が恋しく思われると歌う。紫式部の有名な歌に、⑤392紫式部日記14「年くれてわがよふけ行くかぜのおとにこころの中《うち(紫)》のすさまじきかな」（作者）。③72紫式部解4。「参考」（全歌集）があり、定家の長歌に、③133拾遺愚草2738「…あはれなれ　み山のかねを　つくづくと　我が君がよを　おもふにも《と(増)》　…」（下、述懐。②16夫木17384。⑤358増鏡15）がある。

六家抄1417「夜の字と世とかねてふくると也。」。

全歌集「参考」・①7千載999 996「のこりなくわがよふけぬとおもふにもかたぶく月にすむ心かな」（雑上「…、月歌とて…」待賢門院堀河）。赤羽388頁「埋火といういわばはかないイメージに定家は自己への回帰という役割をもたせた。埋火のほのあたたかさの中に自分を育んだ揺籃を見出し、そこに回帰するごとに安らぎを感じているのである。定家の時間意識とは「埋火」や「絲遊」のようなはかない存在にさえ、回帰性を見出そうとするものではなかったろうか。」。

【類歌】①21新続古今1955「つくづくと世世のむかしを思ひ出でて我が身ふりぬるほどぞしらるる」（雑中、永福門院右

衛門督）
③130月清855「かぜのおともいつしかさむきまきのとにけさよりなるるうづみ火のもと」（院第二度（千五百番）百首、冬。②16夫木6337。⑤197千五百番歌合1652）
⑤250風葉1212「常よりもむかし恋しき夕ぐれにことの外なる風のおとかな」

2338（2441）　正治二年九月院③にはじめて哥合／侍し《(り)》に水鳥③
うすごほりゐるをしか《が③》ものいろ〳〵に／打いづる浪の花ぞうつろふ

【訳】薄氷（が張り）、そこにいる鴛鴨の色がさまざまであり、色さまざまに立ち出る浪の花が映っている。

【語注】○正治二年　一二〇〇年、定家39歳。　○水鳥（題）　①5金葉三302…。　○うすごほり　名詞は八代集五例、初出は後拾遺623。①8新古今638「みるままに冬はきにけり鴨のゐる入江の水ぎは薄ごほりつつ」（冬、式子内親王）。④11隆信267「をしのゐる池のみぎはのうす氷ふかきちぎりを結ぶなりけり」（冬）。　○ゐるをし　③119教長604「なみのかくゐじまがいそにゐるをしのいろどりたりとみえわたるかな」（冬「島辺水鳥」）。　○をしかも　2334前出。　○いろ〳〵に　これのみ八代集四例、初出は後拾遺447。掛詞、第二句（上）を受け、第四句（下）にかかる。③48清慎公68「色色に花の心はうつるともおふおふ我はをらむとぞ思ふ」。③57兼澄5「色色にうすくもこくもおきわくる露と花とのなかのゆかしさ」。　○打いづる　八代集八例。　○打いづる浪　③132壬二522「入る月にこほりきえゆく木のまよりうちいづる浪や谷のうの花」（院（千五百番歌合）百首、夏）。　○浪の花　八代集八例。

【本歌】①1古今12「谷風《やま（六、寛1）》にとくるこほりのひまごとにうちいづる浪や春のはつ花」（春上、源まさずみ。②2新撰万葉239。②4古今六帖5。②5金玉5。②6和漢朗詠16。⑤4寛平御時后宮歌合2。⑤5寛平御時中宮歌合1。「全歌集」）

▽第四句字余（い）。本歌をふまえて、やがて谷風にとける薄氷が張り、そこにいる鴛が色とりどりで、様々に氷のひまごとに立ち出る浪の、春の初花が映っていると歌う。同じ定家に、③133拾遺愚草1560「いまいくかうちいづる浪のはつ花もたにの氷の下に待つらん」（冬「歳暮澗水」）がある。⑤181仙洞十人歌合86、「正治二年九月十二日」、四十三番、右勝「水鳥」定家朝臣、「右、めづらしきさまに侍り」。六家抄1413「内註　○をしかもの羽が花の様にうつくしき心也。右、打出る浪やの哥にてよめり。」。

2339（2442）　同年冬内裏にて頭中将通具朝臣／人〲にうたよませ侍しに深夜／水鳥

こほりゆくみぎわ《は》をいづるをしかもに／山のはちぎるありあけの月

【訳】氷って行く汀を出て（中央へ）行く鴛鴨に、山の端を約束したかのように出る有明の月よ。

【語注】○通具　俊成卿女の夫。新古今集撰者の一人。　○深夜水鳥（題）他、③131拾玉3336、⑦61実家207のみ。　○こほりゆく　八代集にない。③80公任212「冬の池のこほりゆくらん水鳥の…」。⑤76資通卿家歌合23「こほりゆくいけのみぎははみづとりの…」（百首句題、冬「池上冬月」）・池。④38文保百首1564「さゆるよのあしまにすだくをし鴨はこほりに水をたどりてぞ行く〲」（冬、為相）。　○をしかも　2334前出。③131拾玉3331「月影のおなじ光やをしかものうはげの霜も池の氷も」。

▽氷ってゆく汀を出て（中へ）行く鴛に、約束したかのように、ちょうどその時、有明の月は山の端を出ると歌う。B458「深夜水鳥汀の氷るまゝに水鳥の興になりゆくおりふし出たる月也」。C531「漸々《やうく(D)》こほるにしたがひて、鴛がものながれゆく《行(ク)》さま也。月影《かげ(ク)》のながるゝにおなじさま成よし也。」・D426。摘抄104「夜のふけ行まゝに汀よりこほられて、次第〲に沖へ出る時分、廿二三日の比、月は暁かけて山のはを出ると鴛鴨の沖へ出ると契りたるやう也。…」。

【類歌】①10続後撰810 806「さりともとまつになぐさむ山のはにいづるもつらき在明の月」（恋三、資季）①8新古今639。⑤183三百六十番歌合549
③132壬二2591「しがのうらや遠ざかりゆく浪まより氷りていづる有明の月」（冬「湖上冬月」。
④34洞院摂政家百首1775「遠かたや山のはまでに雲晴れて出づかた見する有明の月」（眺望、少将）
⑤187鳥羽殿影供歌合21「時鳥ただひとこゑのやまのはいでてもうらむありあけの月」（「暁山郭公」具親）

建仁二年三月六首 冬哥③

2340（2443）　はまちどりつまどふ月のかげさむし／あしのかれはのゆきのした風

【訳】浜千鳥が妻を求める月の光は寒々としている、（そうして）芦の枯葉に吹く雪の下風よ。

【語注】○建仁二年　一二〇二年、定家41歳。　○はまちどり　①1古今996「わすられむ時しのべとぞ浜千鳥…」。④26堀河百首解39「夜やさむきこゑを吹上の浜千鳥塩風さむみ友もとむなり」（冬、千鳥、978、匡房）。　○つまどふ　八代集三例、初出は千載308。　○かげさむし　⑤189撰歌合〈建仁元年八月十五日〉75「あさぢ分けやどる月さへ影さむき露ふかくさの野べの秋風」（「野月露涼」俊成卿女）。　○かれは　八代集二例・新古今625、1596。　○末句　後鳥羽院に多い。　○した風　八代集八例。
▽三句切。芦の枯葉の雪の下を風が吹き抜け、浜千鳥が妻を求めて鳴いている月の下、月光は寒いと歌う。②16夫木6852、冬二、千鳥「三体御会、冬歌」、末句「雪のうら風」。⑤259三体和歌22、冬、定家朝臣、末句「雪のうら風」。⑤344東野州聞書27、定家。三体和歌については2202参照。
六家抄1414はこの歌のみ。

安田79、80頁「㊂夢幻的作品…定家の歌風は、単純なものではない。その歌が湛えている美も、艶・妖艶の美もあれば、また、幽寂、平淡の美もあるという具合である。しかし、この期においては、先ほども述べたように、艶・妖艶の美を湛えた歌が数多く詠まれており、その傾向はとくにこの期の終りに近く、定家の三十代の後半から四十代の初期に強く見られる。」、113頁「定家の「艶」は、じつに幻想的で枯れ枯れとした冷たさを不思議にただよわせているものであった。「三体和歌」において、彼が「からびやせすごき由也云々、」（『明月記』）として詠じた歌というのは、いかにもその体にふさわしい、」、537頁。赤羽347、348頁「㊁、上下を指し示す視点…第二首の「ゆきのした風」も、葦の枯葉に積った雪の下を吹き抜ける風である。ここには寒々とした冬の自然の一隅を鋭く切り取ってもぐり込む視線がある。」。

【類歌】①19新拾遺606「湊江やあしのかれはに風さえて霜夜の月に千鳥なくなり」（冬、雅孝）
⑤197千五百番歌合1493判「ささのいほよぶかき月のかげさむしつまどふ鹿のかよふねざめに」

2341（2444）　建保四年内裏寒③山月

月のうへにくも、まがはでを《お③》くしもを／あかずふきはらふみねのこがらし

【訳】月光の上に雲と紛うこともなく置いている霜を、飽くことなく吹き払っている峯の木枯よ。

【語注】○建保四年　一二一六年、定家55歳。○寒山月（題）他、③132壬二2597、⑦46出観（覚性）569のみ。○月のうへに　①2後撰321「秋の池の月のうへにこぐ船なれば…」。○を《（お）》くしも　①1古今563「ささのはにおく霜よりもひとりぬる…」。○ふきはらふ　八代集七例、初出は後拾遺148。○末句　定家、家隆に多い。

▽初句字余（う）、第四句字余（母音なし。Fu）。月光の上に雲とも見紛わないで置いている霜を、峯の木枯は飽くことなく吹き払っていると歌う。同じ定家に、③133拾遺愚草964「庭の松はらふ嵐に置く霜を上毛にわぶるをしのひとり

ね」（正治…、冬。④31正治初度百首1367）、2341に似た③133拾遺愚草2259「夕より雲はまがはぬ（よ（和））月影にまつをぞはらふ峰の木がらし」（秋「月前松風」。⑤248和歌一字抄86）がある。「建保四年（一二一六）十一月一日内裏三首会での詠。」（全歌集）。六家抄1415「内註　○雲もなく吹はれたる心也。猶霜をもはらふ也。」。赤羽348、349頁「㈢、宇宙的な方向性をもつ視点…この三首は、定家独特の視点である。…「月のうへに」…は飛行する視点とでもいうことができよう。これらは冬の夜の月光や星の光の中に霜や霰が散ってくる情景である。」。

【類歌】②12月詣997「月さえてかものうはげにおく霜をひとへはらふは夜半の浮雲」（十一月、覚延）

③131拾玉2111「…おいにける身に　おくしもの　かはりのみ行く　秋のいろに　峰の木がらし　吹きくれば…」

④13長明56「くもり行く月をばしらでおく霜をはらひえたりとをしぞなくなる」（冬「月前水鳥」）

寒閨月老後私家

2342
(2445)　山風のあれにしとこをはらふ夜は／うきてぞこほるそでの月かげ

【訳】山風が荒れた寝床を払う夜は、つらく、浮んで、氷り果ててしまう袖の月（の）光よ。

【語注】○寒閨月（題）これのみ。○老後私家「老いて後、自宅での歌会での詠の意。」（全歌集）。○山風の①2後撰73「山風の花のかかどふふもとには…」。○うき　掛詞（浮き、憂き）。

【本歌】①1古今733「わたつみとあれにしとこを今更にはらはばそでやあわとうきなむ」（恋四、伊勢。①2後撰757 758。②4古今六帖1383。⑤301古来風体抄326。「全歌集」）

▽本歌をふまえて、山風が、海原の如く、すっかり荒れ果てた寝床を、今更に払う夜は、袖の月光も（袖に）あわと浮いて、辛い思いで氷っていると歌う。本歌で分かるように、男のやって来ない女の立場での、恋歌めかした詠か。

同じ定家に、③133拾遺愚草1359「かささぎの羽がひの山の山風のはらひもあへぬ霜の上の月」（冬）、③133同1585「ひえの山みねの木がらしはらふよに心きよくも月を待つかな」（雑「高山待月」）、③133同2241「天河あれにしとこをけふばかりうちはらふ袖のあはれいくとせ」（秋）がある。

C532「本（ナシ（D））わたつ海《み（ゝ）》と…本歌にゆづりて、鹿《ゞ（ゝ）》ちりの事《こと（ゝ）》也。ちりの塵《（ゝ）》涙《なみだ（ゝ）》にうくのみならず、月さへうきてかなしきと也《よし（ゝ）》」、「二一　本歌の誤伝による注。」・D427。六家抄1416「内註」（頭注）のみ。

安田113頁「定家の「艶」は、じつに、幻想的で枯れ枯れとした冷たさを不思議にただよわせているものであった。」。

【類歌】③132壬二1285「荻の風たゆたふ雲とはらふ夜は月の氷に浮島の松」（為家卿家百首、秋）

④38文保百首1555「山風の月を尋ねて吹く空にしぐれかねたるよはの浮雲」（冬、為相）

⑤222名所月歌合19「さくらとも雪ともいまはみよし野の山のあき風はらふ夜の月」（知宗）

行路霞

2343（2446）　冬の日のゆく方いそぐかさやどり／あられすぐさばくれもこそすれ

【訳】冬の日に、（旅人は）行き先を急いでいる雨宿りで、霰をやりすごしたら、日が暮れるかもしれないよ。

【語注】**○行路霰**（題）他、②11今撰101（俊恵）／③119教長548のみ。**○冬の日**　八代集二例・詞花231、千載796。掛詞（か）。**○冬の日のゆく**　⑤215冬題歌合90「冬の日のゆくほどもなき夕暮に猶里遠き武蔵野の原」（冬夕旅、知家。①12続拾遺698 699）。**○ゆく方**　八代集十二例。**○ゆく方いそぐ**　④39延文百首1048「…ゆくかたいそぐ秋の夜の月」（良基）。**○かさやどり**　八代集にはない。しばらくの雨やどり。催馬楽46・婦《いも》が門《かど》「…雨やどり　笠やどり　舎《やど》りてまからむ《ん（袖）》　郭公《しでたをさ》」（旧大系408頁。⑤299袖中抄15、466）。源氏物語「さやうにおかしき方の御笠宿りにはえしもやと《（を）》、」

（「末摘花」、新大系一―212頁）。
▽冬の太陽も急ぎ沈み行く、その冬の日に先を急ぐのだが、霰をやりすごすために少し休憩を取ると、日も暮れ果てしまうかもしれないと、不安、おそれ、困惑（「もこそ」）を歌う。②16夫木7115、冬二、霰「三首歌、行路霰」。⑤248和歌一字抄1143、証歌「笠宿行路霰 裏書」定家、末句「照りもこそすれ」。C533「「かさやどり」、かりそめのやどり也。短日なれば、霰《あられ(D)》をすぐさばくれ《暮(ﾉ)》はてやせんと、《也。(ﾉ)》あられのふるともうち《打》いで《出(ﾉ)》んと思《おも(ﾉ)》ふよし也。」、「一　木陰・軒下などでのちょっとした雨やどり。」・D428。摘抄105「親句の歌也。「行方いそぐ」とは、冬の日短日なれば日もいそぐやう也。もとより我もいそぐ也。…」。六家抄1418「家のほとりに立よりて霰をすぐすをかさやどりといへり。冬の日はみじかき物なればくれんとおもふ心也。」。
赤羽363頁「暮れを急ぐのは旅人なのか、それとも時間そのものなのか、後の歌の「かさやどり」は、『源氏物語』の「末摘花」や、催馬楽の「婦《いも》が門」などにみられる女の家での雨宿りのことであるが、ここではそのような人間臭さはほとんど消えて、自然に即した表現になっている。」。

遠村雪

2344（2447）　あともなきすゑの、竹のゆきをれに／かすむやけぶり人はすみけり

【訳】人の通った跡もない末野の竹の雪折れの中に、霞んでいるよ、（あの）煙、（ここにも）人は住んでいることよ。
【語注】**○遠村雪**（題）他、③132壬二2598のみ。　**○あと**　足跡。〔海〕路・地上。　**○あともなき**　①3拾遺1199「あともなきかづら木山をふみみれば…」。　**○すゑの**　八代集一例・金葉三296。「山城国葛野郡。現、京都市右京区。清涼寺の東南、…」（全歌集・歌枕一覧）。普通名詞「玉葉・全注釈1003」か。　**○ゆきをれ**　八代集一例・新古今1582（後述）。

他、「雪の下折」あり。

▽人の足跡もない末野の竹は雪折れしているが、煙が霞んでいることによって人が住んでいるのが分かると歌う。同じ定家に、③133拾遺愚草2460「雪をれの竹の下道跡もなしあれにし後の深草のさと」（冬。⑤216定家卿百番歌合95）がある。「一二三四一と同じ時の詠。」（全歌集）。①14玉葉1003 1004、冬「建保四年内裏にて遠村雪といふことを読み侍りける」前中納言定家。②16夫木7327、冬三、雪「家十首歌、遠村雪」。C534「けぶり《煙(D)》を以て《ナシ(ﾂ)》人家をしると也。すむ《住(ﾂ)》人の冷然をおもひやる《遣た(ﾂ)》也《心(ﾂ)》。一　煙顕山舎陰、この心也《蔵(ﾂ)と云(ﾂ)》。」、「一　出典未詳。」・D429。六家抄1419「雪折に雪がちれば、霞はむ様《(ママ)》なる物也。霞むは煙の様なるが人のすみ家かと思ふ心也。遠く野をながめての心也。」」。

赤羽353頁「この歌は、人跡のたえた末野の竹の雪折れの中に人が住んでいるのか、煙が霞んでいるという人間生活と自然との交点を捉えている。これも視覚の原点を人間の目の中に捉えるという人間中心主義でなく、自然も人間も含めたもっと大きな空間の原点を求めようとする一点集中への志向である。」。玉葉・全注釈1003「一二一六年十一月一日内裏三首会。夫木抄の詞書は誤り。」、「参考」・③100江帥84「あきかぜにすゐのすすきみだれあひてたびゆく人のみちだにもなし」（あき「のみちのかぜ、人人…」）、①8新古今1582 1580「杣山のこずゐにおもる雪をれにたえぬなげきの身をくだくらむ」（雑上「ゆきに…」俊成）、③133拾遺愚草2120「くにとめる民の煙のほどみえて雲まの山にかすむ炭がま」（十一月「炭竈」）。

【類歌】⑤197千五百番歌合1994「わがともとたのみしたけはゆきをれて人こそなけれ冬のあけぼの」（冬三、讃岐）

建仁元年十二月八日八幡哥合社頭松[3]

2345（2448）　神がきや松につれなきよるのしも／かはらぬいろよ《に③》おきあかせども

【訳】神垣よ、松には冷淡な夜の霜（で）、変らぬ（松の）色よ、一晩中置きて、起き明していても。

【語注】○神がき　①2後撰これのみ八代集八例。○建仁元年　一二〇一年、定家40歳。○社頭松（題）他、③132壬二3172、③131拾玉4161～4163のみ。○かはらぬ色　①2後撰864、865「…かはらぬ色ときかばたのまむ」。○神がきや　②4古今六帖225「神がきやみむろの山の榊葉は…」。○おきあかせ（起明）八代集六例（「置明」は索引項目になかった）。掛詞（置き（明す）、起き（明す））。①2後撰283「おきあかすつゆのよなよなへにければ…」。

▽神宮で起き明しても、神垣の松は、夜の霜が一晩中置いても、薄情に色変ることはないと歌う。「正しくは建仁元年十二月二十八日。」（全歌集）。

B459「社殿松霜のをきあかすとはたえすをく心也霜はつれなくをけとも又松もかはらぬ色よと云儀にや」。

【類歌】④16建礼門院右京大夫119「神がきや松のあらしもおとさえて霜にしも《お（夫）》しく冬の夜のつき」（②16夫木6656）

⑤197千五百番歌合1797「しもやこれかはらぬいろをおきあかし月にかれのの秋のふるさと」（冬一、雅経。②16夫木6571。④15明日香井253）

2346（2449）　月前雪

ふきみだるゆきのくもまをゆく月の／あまぎる風にひかりそへつ、

【訳】吹き乱れている雪の雲間を行く月は、天霧る風に光を加えつつ（あるよ）。

【語注】○月前雪（題）他、③131拾玉4164、4165、④11隆信293のみ。○ふきみだる　八代集八例。○くもま　八代集十五例。　**○ゆく月**　②4古今六帖322「あま雲のたなびけりとも見えぬよはゆく月影ぞのどけかりける」（「ざふのつき」）。　**○あまぎる**　2323前出。

▽第二、三句ゆの頭韻。吹き乱れている雪を生じる雲間を行く月は、空を覆って吹く風に光を加えると歌う。B460「月前雪　雪を吹みたる雲まを行月のきら〳〵としたるさままことに身にしみておほゆる歌にや祇公連歌に雪はうちゝり月はくまなしと云句に雁の飛よるのむら雲風さえて此歌の面影にや」。安田77、78頁「㈡　客観的傾向の作品…⑵　感覚の冴えを強く見せている作品」。赤羽239頁「月光の中に散乱する霜・雪などの現象を絢爛たる幻妖美として描き出しながら、そこにはたしかな感覚の手ごたえがある。これらはもはや天然現象ではあっても、自然な時間の流れを超え出たところにくりひろげられる現象である。そしてまたこれらの歌の境位は伝統的なものからも隔絶している。」、354頁「㈤、消失点を捉える視覚…吹き乱れる雪の雲間をゆく月のゆくへを追っているのであるが、風が早いので雲も月もどんどん走るように見える、目の錯覚である。」。

【参考】③96経信274「…きぎのこずゑも　そめわたし《色づきて いろづきて（新）》　いなばのかぜも　ふきわたり《みだり（〃）》　きりのたえまに　いへゐせる…」（①21新続古今2043）

【類歌】②13玄玉326「月かげやあまぎる空にみだるらんひかりちりしく雪の有明」（天地歌下、読人しらず）

②16夫木567「雲間よりあまぎる光ひとつにて月にふりしく春のあは雪」（春二、余寒、為家）

③132壬二2453「白雲のたえだえまじりゆく月の末吹きはらへよはの秋風」（秋「月の歌とて」）

④39延文百首1561「雲はらふかぜの名残のさゆるよに月のこほりもひかりそへつつ」（冬「冬月」公清）

承久元年七月内裏哥合冬氷月③

2347 (2450)　天河氷《こほり》によどむ風さえて／ゆくかたをそき月ぞひさしき

【訳】天の川（は）、氷に淀んでいる、また風は冴え冴えとし、（氷っているため）行くのが遅い月（の舟）は（そのために）長く光ることよ。

【語注】○承久六年　一二二九年、定家58歳。○冬氷月（題）歌題索引は「冬氷月」で、この定家歌のみ。○天河　①1古今175「天河紅葉をはしにわたせばや…」。○よどむ　八代集十三例。○ゆくかた　八代集十二例。○をそき　八代集十三例。

▽二句切。天河は氷って、流れは淀み、風は冷え冷えとするが、（月の船は）航行のスピードが遅く、月光はいつまでも照っていると歌う。⑤218内裏百番歌合〈承久元年〉157、「歌合　承久元年七月廿七日」、「判者　衆議判　隠名」、「宮内卿家隆後日付判詞」、八十二番、左（負）、定家卿、第三句「かげさえて」、判「左、殊宜しき之由申し侍りしを、ききなれ侍らぬ、月より北勝と被定ぬ」。

佐藤「漢詩文受容」444頁「朗253」・和漢朗詠253「秋水張来船去連　夜雲収尽月行遅　野郚展」（秋「月」。「参考」（全歌集））。

【類歌】①16続後拾遺453「天河月はよどまぬ影ながら雲のみをこそ先氷りけれ」（冬、後二条院御製）
②15万代1400「あまのがはさえたるそらを見わたせばこほりをながす冬のよのつき」（冬「冬月と…」道意）
⑤246内裏九十番歌合53「あまのはら雲のみをゆく風さえてこほりのうへにこほる月かげ」（寒月、尊経）

2348 (2451)　杜間雪
はつゆきのいのるやなにのたむけして／いそぐいくたのもりのしらゆふ

【訳】 初雪は（降って）祈るのは、何のための手向けというので、急いでする生田の杜の白木綿（を思わせる雪）よ。

【語注】 **○杜間雪**（題） 他、④29為忠家後度百首471～478のみ。 **○はつゆきの** ①2後撰1068 1069「身をつめばあはれとぞ思ふはつ雪の…」。 **○たむけし** これのみ八代集三例。①2後撰704 705「たむけせぬ別れする身のわびしきは…」（祝、四条坊門）。 **○たむけして** ④34洞院摂政家百首1903「深山木のかはらぬ色に手向していのるときはのもりのしめなは」。 **○いくたのもり** 八代集六例、初出は後拾遺732。なお「いくた」はすべてで八代集十一例。 **○しらゆふ** 八代集四例、初出は詞花157。

▽初雪が降ったのは、何を祈るというのか、それは急いで生田の杜に白木綿を手向けるためなのだ、と歌う。雪を白木綿に見立てたもの。同じ定家に、③133拾遺愚草1576「ながかれよあらば《ら　へ(藤)》あふよと手向して年のをいのる杜のしめなは」（恋「依恋祈身」）。④45藤川五百首376）がある。前歌・2347と同じく、⑤218内177、九十二番、左持、定家卿、第四句「いそぐいはたの」、判「いのるやなにの手向して、宜しく侍るを、持に被定」。摘抄106「生田の森には明神の立給ふ所也。「祈や何の手向して」とは、森の梢にかゝりたる雪、しらゆふを引たるやうなれば、何の祈事ありてかと、雪に対していへる也。四の句に「急ぐ」といへるは五文字に「初雪」とある間、「いそぐ」といへる也。此歌、風情おもひかけざる事也。」。

*

次・③133拾遺愚草2452「跡もなしこぼれておつる白雪の玉しま河の川かみのさと」（「河辺雪、権大納言家」）、全歌集4576・名古屋大学本拾遺愚草。「河辺雪」（題）は、他、③132壬二2662、⑦46出観（覚性）614のみ。C535「本《ナシ(D)》玉しま《嶋(〃)》や此川《この河(〃)》上にいへ《家(〃)》はあれど…《…(〃)》／「たま嶋」《しま(〃)は(〃)》、仙郷也。仙人は、《ナシ(〃)》もとよりみえ《見(〃)》ぬ物《ものなり(〃)》也。ことさら《殊更、(〃)》雪中なれば、《ナシ(〃)》道《跡(〃)》もなきさま《様(〃)》也。」、「一」・万葉858 854「玉島のこの川上に家はあれど君を恥《やさ》しみあらはさずありき」（巻第五）・D430。

正治二年二月左大臣家哥合庭雪③

2349
（2453）　とゞむべき人もとひこぬゆふぐれの／まがきを山とつもるしらゆき

【訳】とどめるはずの人もやっては来ない夕暮の籬を山とばかりに積っている白雪よ。

【語注】**○正治二年**　一二〇〇年、定家39歳。　**○庭雪**（題）①5金葉三285…。　**○とゞむべき**　①1古今132「とどむべき物とはなしにはかなくも…」。　**○とひこ**　八代集五例、初出は千載413。　**○末句**　新国歌大観①の索引の八代集にない。

【本歌】①1古今392「ゆふぐれのまがきは山と見えななむ《ん(六)》よるはこえじとやどりとるべく」（離別、遍昭。②3新撰和歌189。②4古今六帖1347。③7遍昭7。「全歌集」）

▽本歌をふまえて、ひきとどめる人も訪れては来ない、夜は越えまいとして宿をとるように、山と見えてほしいと歌われた、夕暮の我家の垣を山のごとくに白雪が積り重なっていると歌う。上句は恋歌めく。「良経家十題二十番撰歌合。」（全歌集）。

安田63、489頁。

【類歌】①17風雅1484 1474「ちるまでに人もとひこぬ木のもとはうらみやつもる花のしら雪」（雑上、平親清女）

③131拾玉1188「ほかはいさとひくる人もあとたえてわがやどにのみつもるしら雪」（勒句百首、冬）

④34洞院摂政家百首949「行く年のよるはこえじととまれとや籬を山と埋む白雪」（雪、行能）

④36弘長百首394「越えしとてとふ人もなしわがやどのまがきも山とつもるしら雪」（冬「雪」実空）…2349に似る

④37嘉元百首255「とはるべきたのみもいとどたえはてて人もこ末につもる白雪」（冬「雪」基忠）

④41御室五十首343「夕暮のあはれを誰にかこたま《たら(夫)》し人もとひこぬ［　］《本　山(〃)》のすみかに《を(〃)》」（雑「閑居」季経。②16夫木14310）

2350 建仁元年三月盡《(尽)》哥合、《③》雪似白雲
(2454) 冬のあした《朝③》よしの、山のしらゆきも／花にふりにしくもかとぞ見る

【訳】冬の朝、吉野の山の白雪も、花に降ってしまった雲かと見紛う（こと）よ。

【語注】○建仁元年　一二〇一年、定家40歳。　○雪似白雲（題）他、④10寂蓮259、③130月清1273のみ。　○よしの、山　①1古今588「こえぬまはよしのの山のさくら花…」。　○ふり「降り」ではなく、「古り」（奥野注）か。
▽初句字余（あ）。冬の朝の、吉野山の白雪も花として降ってしまった果ての雲かと見えると、これも雪を「花にふりにし雲」と見る。〝見立て〟詠。⑤186新宮撰歌合〈建仁元年三月〉54、「建仁元年三月二十九日　作者隠名　褒貶」、「判者　皇太后宮大夫入道釈阿」、二十七番、右（負）、雪似白雲、定家朝臣、判「判者云、以左為勝」。奥野注「「冬のあさ」という用例は無い。…雪は雲のように見える。あの雲は、春以来花に何度も見紛え古された雲である、というのである。…花として古くなってしまった雲と形容することに、映像を重層させる意図をこめて、表現されたのではなかったか。」。

【参考】①2後撰117「み吉野のよしのの山の桜花白雲とのみ見えまがひつつ」（春下、よみ人しらず）…もと
①6詞花22 21「白雲とみゆるにしるしみよしののよしののやまのはなざかりかも《のさかりも(ゞ)》」（春、匡房。②9後葉44。③100江帥39。⑤121高陽院七番歌合4。⑤311八雲御抄81）

【類歌】①19新拾遺163「これも又有明のかげとみゆるかなよしのの山の花のしら雪」（春下「…、暁花」後嵯峨院御製）
⑤423浜松中納言物語113「ふるかとぞ花《春(風)》の都の花を見る吉野か《も(ゞ)》の山の雪にならひて《の(ゞ)ごりに(ゞ)》」（巻の五（吉野の姫君）。⑤250風葉115）
④1式子14「たれも見よ芳野の山のみねつづき雲ぞ桜よはなぞしらゆき」（春）…2350に似る

2351 摂㊇政殿詩哥合、③雪中松樹低
(2455)

はなと見る雪も日かずもつもりゐて／松のこずゑは春のあをやぎ

【訳】花と見る雪も日数も（すっかり）積っていて、松の梢は（垂れ下って）春の青柳（のように見える）よ。

【語注】○摂㊇政殿　良経。　○雪中松樹低（題）　他、③132壬二2657、2658のみ。　○はなと見る　①1古今331「ふゆごもり思ひかけぬをこのまより花と見るまで雪ぞふりける」（冬、つらゆき）。　○日かず　八代集十四例。　○つもりゐ　八代集一例・金葉520。　○松のこずゑ　八代集八例。①2後撰1121 1122「…松のこずゑも色かはりゆく」。

▽花と見る雪も日数も積って、松の梢は春の青柳のように垂れ下って見えるという、これも見立て詠。「冬の自然を春の景物に見立てた点が作為。良経家詩歌合→二〇五三。」（全歌集）。②16夫木7210、冬三、雪「同（＝後京極摂政家詩歌合、雪中松樹低）」。⑤248和歌一字抄32、中「雪中松樹低低字依無其篇入中字」定家、初句「花とみて」。

摘抄107「花をみる、雪を花と見、花を雪とみる事は常の事也。諸の木の中にも柳のやうによはくなびく木もあらじ。松はさもあらず。…」。

【参考】③125山家1362「はなと見るこずゑの雪に月さえてたとへんかたもなきここちする」

④28為忠家初度百首481「しらさぎの松のこずゑにむれゐるとみゆるは雪のつもるなりけり」（冬「松上雪」）

【類歌】①8新古今2000「花の春もみぢの秋もしるかりし松の梢も見えぬ雪かな」（空仁）

②16夫木8722「有乳山雪も日かずもふるままに木末ぞちかき峰の松ばら」（雑二「…、山雪」為家）

⑤176民部卿家歌合149「子日せし春の野辺ともみゆるかな雪ふり埋む松の木末は」（「深雪」右近衛権中将）

2352（2456）　風のまのもとあらのはぎのつゆながら／いくよかはるをまつのしらゆき

【訳】風の間のもとあらの萩の露さながらに、幾夜か春を待っている松にかかる白雪（である）よ。

【語注】〇風のま　八代集にない。①9新勅撰1071 1073「風のまにたれむすびけむ花すすき…」（実方）。⑤175六百番歌合271「くれそめて草の葉なびくかぜのまに…」（定家）。〇もとあらのはぎ　八代集二例・後拾遺289、新古今1566。なお「もとあらのこはぎ」は八代集三例。〇つゆながら　①1古今270「露ながらをりてかざさむきくの花…」。〇まつ　掛詞（待つ、松）。

【本歌】①1古今694「宮木ののもとあらのこはぎつゆをおもみ風をまつごときみをこそまて」（恋四、よみ人しらず。「全歌集」）

▽第二句字余（あ）。本歌をふまえて、風が吹く間の宮城野の本疎の（小）萩の重い露そのままに、幾夜か春を松の白雪は、君（恋人）を待つごとく待っていると歌う。詠歌大概の言う如く、恋の本歌で四季（冬）を歌い、恋をほのかににおわす。同じ定家に、⑤197千五百番歌合1171「つゆを《ナシ(拾)》おもみ人はまちえぬにはのおもにかぜこそはらへもとあらの萩」（秋一、定家。③133拾遺愚草1040）がある。②16夫木7211、冬三、雪、同、同（共に夫木7210＝2351（前歌））。⑤248和歌一字抄33、中「雪中松樹低」同（＝定家）・夫木7210＝2351（前歌）に同じ。

五44「萩が花の露のをもきさまに、雪の下なる松をにせたる也。本歌の、風をまつを、「春をまつ」にとりかへられたる也。「いく世か」とは、年〲春をまつ心也。」。B461「雪中松樹低露《ウナタル》ながらとは萩の花の露おもけなるさまに雪の下なる松の似たる義也本歌の風を待ことを松を待に取かへられたりいく世かとは年ゝ雪に春をまつ心也」。C536「本《ナシ(D)》宮《みや》城野の…はぎの風をまつ《待(ﾏ)》ごとく、雪の下なる松の春をまたんと也。これ《是(ﾏ)》も本歌にもたせてよめり。」・D431。摘抄108「此歌、〱宮城野、…「風のま」とは、枝もたは丶に露の置たるをいひたてん為也。…」。

六家抄1420「内註　○本あらの荻(萩・松)は風を待てきゆる、その様に松の雪は春を待てきゆる心也。ながらとよめるはその様にして雪をきゆると也。本哥風を待ごと、いふをとりて、荻(萩・松)の露は風をまちてきゆるごとく雪は春を待とうけたる也。いく世かはいつきゆべくもあらぬ雪をもつて也。いく世とは毎年かくのごとくと也。本哥　宮城野の…」。

【参考】③67実方226「風をいたみもとあらのはぎのつゆだにもあはれいかなる人をまつらむ」

【類歌】①18新千載369「露ながらをるべきものを宮城野のもとあらの萩に秋風ぞ吹く」（秋上「…、秋植物」邦省親王）

④14金槐489「かぜをまつ今はたおなじ宮城ののもとあらの萩の花のうへの露」（恋）

④34洞院摂政家百首1671「あすをだにまたで《ちて》（俟）かりねの露ながらいくよへぬらん苔のさ莚」（山家、三位侍従母。④19俊成卿女161）

秀能が五首哥、③　雪

2353（2457）　あまつかぜはつゆきしろしかさゝぎの／とわたるはしのありあけのそら

【訳】空には風が吹き、初雪は白い、鵲の天の川の門を渡る橋（宮中の御階）にかかる有明の空よ。

【語注】○雪（題）①5金葉二278 297…。○あまつかぜ　八代集三例。①1古今872「あまつかぜ雲のかよひぢ吹きとぢよ…」。○かさゝぎ　八代集五例、他「かささぎのはし」八代集三例。○かさゝぎの　①2後撰207「鵲の峰飛びこえてなきゆけば…」。○とわたる　八代集七例。○ありあけのそら　八代集六例、初出は詞花324。が、「有明の月」は八代集に圧倒的に多い。

▽二句切。有明空を天つ風が吹き、鵲の、天の川の川門を渡し作る橋（宮廷の階）に初雪が白く置いていると歌う。「秀能勧進五首→二〇五九。」（全歌集）。②16夫木7182、冬三、雪「秀能すすめける五首歌、雪」。⑤335井蛙抄264、定家。

六家抄1421「内註　○空をよめり。白きをみれば夜ぞ更にけるをもつて也。有明の時分の景気也。」」。

【参考】②4古今六帖3452「あまの川《たなばたの（新）・元輔》あふぎのかぜにきり《くも（和）・元輔》はれてそらすみわたるかささぎのはし」（「あふぎ」）。②6和漢朗詠202。②8新撰朗詠387）…2353に近い

③3家持268「かささぎのわたせるはしにおくしものしろきをみればよは《ぞ（新、百）》ふけにけり《る（〃、〃）》」（雑。①8新古今620。⑤276百人一首6。「参考」（全歌集））

【類歌】①12続拾遺321「かささぎのとわたるはしも白妙のはつ霜いそぐ秋の月かげ」（秋下「…、月」衣笠内大臣。④36弘長百首295）

④18後鳥羽院869「かささぎの雲のかけはしさえわたり霜おきまどふ有明のつき」（詠五百首和歌、冬）

建保内裏哥合十首之《ナシ③》中冬《、③》

2354
（2458）　みそらゆく月もまぢかしあしがきの／よしの、さとの雪のあさけに

【訳】空を行く月（が没するの）も真近いよ、吉野の里の雪の朝明に（は）。

【語注】**○建保…**　後述。**○冬（題）**　2329前出。**○みそら**　八代集三例、初出は千載279。**○まぢかし**　八代集三例。**○あしがき**　八代集三例。**○あしがきの**　「葦の一名は「よし」であることから、「吉野」に掛かる枕詞。」（全歌集）。①1古今506「人しれぬ思ひやなぞとあしかき《（ママ）》のまぢかけれどもあふよしのなき」（恋一、読人しらず）。**○よしの丶さと**　八代集二例。なお「みよしののさと」（武蔵）は八代集一例・新古今121。言うまでもなく「吉野」、「み吉野」は八代集に多い。**○あさけ**　八代集五例。

▽「みそらゆく月」および「あしがき・まぢかし」は各々型。二句切、倒置法。吉野の里の朝明時に、空を行く月が

沈むのも真近いと歌う。同じ定家に、③133拾遺愚草1303「あしがきはまぢかき冬の雪ながらひらけぬ梅に鶯ぞなく」（春）がある。下記の建保四年は一二一六年、定家55歳。⑤213内裏百番歌合〈建保四年〉142「歌合　建保四年閏六月九日」、「入新勅撰歌共詞書建保六年内裏歌合云云」、「判者　治部卿藤原朝臣定家或本衆議判後日付詞畢」、七十一番、右勝、定家、第三句「あしかきの」、「…、尚右可勝之由左方に有沙汰、仍為勝」。

全歌集「参考」・①1古今506（【語注】）、①1同332（【参考】）。

【参考】①1古今332「あさぼらけありあけの月と見るまでによしののさとにふれるしらゆき」（冬、坂上これのり）

【類歌】①20新後拾遺1274「古郷にまぢかければやあしがきのよしのの山と名にしおふらん」（雑上「山をよめる」津守国量）

③132壬二2666「夕月夜よしのの里にふる雪のつもりてのこる有明のかげ」（冬「…、暁雪」）

④38文保百首28「あしがきのよしのの河の滝つせに秋もまぢかく月やすむらん」（春、忠房）

④38同321「朝ぼらけ吉野の里の卯の花も猶有明のつきかとぞみる」（夏、内経）

2355（2459）　正治二年九月院初哥合暁雪③

あけぬるかこずゑお《を③》れふす松がねの／もとよりしろき雪の山のに

【訳】（夜は）明けはてたのか、梢が折れ臥している松の根の元から白い、もともと白い雪の山の端は。

【語注】○正治二年　一二〇〇年、定家39歳。○暁雪（題）他、②12月詣933（実房）／③132壬二2619、2666、③117頼政301、③130月清1274。○お《を》れふす　八代集四例、初出は金葉233。○松がね　八代集六例、初出は金葉211。○もとより　八代集一例・新古今1347。○もとよりしろき　掛詞（【訳】参照）。○雪の山のは　①14玉葉952 953「…日かげにみがく雪の山のは」。④18後鳥羽院1740「…ふきあげの空の雪の山のは」。④38文保百首3098「…なほふる年の雪の山のは」。

▽初句切、倒置法。雪の重みで梢が折れ伏し（雪が落ち）た松の根の根元より白い、もともと白い雪の山の端は（白々と）明けたのかと歌う。同じ定家に、③133拾遺愚草2043「したたへず梢をれふす夜な夜なに松こそうづめ峰の白雪」（仁和寺宮五十首、冬「松雪」）がある。②16夫木7251、冬三、雪「…、暁雪」。⑤181仙洞十人歌合75「正治二年九月十二日」卅八番、左勝、定家朝臣、「左、松がねのもとよりなど、おもしろきさまに聞ゆ、右は難もなく侍れど、猶左めづらしくや」。⑤335井蛙抄、定家。

B462「暁雪　木末のこと〳〵くおれふしたる山の端は松の木陰より夜の明るかと也」。

【類歌】③131拾玉2166「あけぬるか梢によはの雪とぢてねやの軒端にすずめ鳴くなり」（詠百首倭歌、朝。②16夫木12880）

③132壬二1587「あけぬるかいなばの山の松がねの枕に月の影のかたぶく」（九条前内大臣家百首、秋「旅宿月」）

④32正治後度百首660「明けぬるかはつかあまりの冬の夜の月より後にしらむ山の端」（「暁」長明）

2356（2460）　建久五年左大将家哥合〈夏③　ツメル③｜やや小字③〉深草雪

ゆきをれの竹のしたみちあともなし／あれにしのちのふかくさのさと

【訳】雪折れの竹の下のほうの道は、人の通った足跡もない、荒れ果ててしまった後の深草の里では。

【語注】**○建久五年**　一一九四年、定家33歳。**○左大将**　良経。**○深草雪**（題）これのみ。**○ゆきをれ**　2344前出。**○したみち**　八代集一例・新古今982（定家「つたのしたみち」）。**○あともなし**　②4古今六帖206「紅葉ばに道はうもれてあともなし…」。**○ふかくさのさと**　八代集四例、初出は有名な千載259（俊成・自讃歌）、なお「深草」はすべてで八代集十例。伊勢物語でおなじみである。

▽第三、四句あの頭韻。三句切、倒置法。青春期の詠。すっかり荒廃してしまった後の深草の里では、雪折れのした

竹の下の道は人の通った足跡もないと歌う。同じ定家に、③133拾遺愚草2447「跡もなき末の竹の雪をれにかすむや煙人はすみけり」（冬「遠村雪」。①14玉葉1003 1004）がある。「建久五年夏良経家名所題十首歌合。」（全歌集）。②16夫木14711、雑十三、里、ふかくさのさと、「…、深草雪」。⑤216定家卿百番自歌合95、四十八番、左持、同家歌合建久七年。⑤225定家家隆両卿撰歌合51、廿六番、左。⑥11雲葉841、冬「…名所雪を」。赤羽251頁「作者は物語を語るような視点から時間の経過をみている。…ある人生が終り、一つの物語も過ぎ去ったけれども、あとにまだなにもはじまらないのである。」。新大系・百番95「「七年」は錯誤か。」。

【類歌】①13新後撰458「たのめおくふる郷人の跡もなしふかきこの葉の霜のした道」（冬、光明峰寺入道前摂政左大臣）
①15続千載683 685「深草や竹の下道分過ぎてふしみにかかる雪の明ぼの」（冬、前関白太政大臣）
②14新撰六帖783「かりあけぬ道ふか草の里の名はあれにし後やいひはじめけん」（「ふるさと」）
④35宝治百首1017「おほあらきの杜の下草跡もなしふかくや草のしげりはてぬる」（夏「夏草」師継）

2357
(2461)
文治五年十二月後京極摂政大納言の時③、雪十首哥ナシ③、③禁庭雪
さえのぼるみはしのさくらゆきふりて／はる秋見するくものうへの月

【訳】冷え昇っている（宮中の）御階の桜に雪が降って、（月光が射し）春と秋を見せている宮中の、雲の上の月よ。

【語注】○文治五年　一一八九年、定家28歳。　○後京極摂政　良経。　○禁庭雪（題）他、③131拾玉3966のみ。　○さえのぼる　八代集一例・千載1018。　○みはし　八代集にない。③130月清13「たちよればみはしのさくらさかりなり…」。源氏物語「御階《みはし》のもとに、御子たち、上達部つらねて、…」（「桐壺」、新大系一―25頁）。　○ゆきふりて　①1古今329「ゆきふりて人もかよはぬみちなれや…」。　○はる秋　八代集四例。　○くものうへ　掛詞（宮中、雲の上）。

▽末句字余（う）。寒い中、昇る御階の桜（左近の桜）に雪が降って、桜（の花びら）を思わせ、宮中の雲の上の月が見えて、冬なのに春と秋を見せていると歌う。青春期の詠。「祝言の心を籠める。」（全歌集）。同じ定家に、③133拾遺愚草652「さえのぼる月の光にことそひて秋の色なる星合の空」（花月百首、月）がある。②16夫木14170、雑、禁中「…、禁庭雪」、第三句「雪ちりて」。

赤羽・一首99頁「定家の歌の〈さえ〉への志向性は他にも、…などの歌にも認められる。これらは寒々とした景色の中に一種の〈えん〉ともいうべき美を見出しているのである。」。

【類歌】④34洞院摂政家百首665「さえのぼるみはしの月のながき夜に雲もまぎれぬ秋の空かな」（月、頼氏）

⑤197千五百番歌合141「きのふけふまたみよし野は雪ふりてはるとも見えぬみねのくもかな」（春一、有家）

故郷雪

2358（2462）　山人のひかりたづねしあとやこれ／みゆきさえたる志がのあけぼの

【訳】山人が光を訪ねた旧跡がこれか、深雪が冷え冷えとしている志賀の曙（の光景）よ。

【語注】〇故郷雪（題）　④29為忠後度百首447～454…。　〇山人　八代集十一例。　〇山人の　①2後撰1380 1381「山人のこれるたきぎは君がため…」。③131拾玉3329「山人のあとたえぬべき雪の内にきりおく枝ぞ猶たどらるる」（百首句題、冬「樵路雪深」）。⑤184老若五十首歌合380「山人の焼きすさみたるしひ柴のあとさへしめる雪の夕暮」（冬、左大臣）。

〇志がのあけぼの　③130月清213「…こぎはなれゆくしがのあけぼの」。③131拾玉4066「…こしに浪うつしがの明ぼの」。⑤183三百六十番歌合16「…はる風しるきしがのあけぼの」（有家）。なお「あけぼの」の八代集初出は後拾遺1102。

▽山人が光を尋ね求めた旧跡がこれで、その志賀の曙には雪が冴えていると歌う。同じ定家に、③133拾遺愚草1605「谷

ふかみまだ春しらぬ雪のうちにひとすぢふめる山人の蹤」（韻歌百廿八首和歌、春）がある。②16夫木7330、冬二、雪。C537「桓武天皇の御時、霊山をたづねさせられしに、五波羅密の声波にして、光のあらはれたるに、忽い山へ尋入に、仙人にあひたる也。仙人云、一古山霊窟伏蔵地楽之浪長等山。／その時の光を雪のあらはしたるなり。雪のあきらかなる光にて、いにしへをおもひよそへり。」、「一　奥義抄下は…」・D432。不審227「如何。」。全歌集「参考」・和漢朗詠374「暁入梁王之苑　雪満群山…」（冬「雪」白賦）。

山家雪

2359（2463）　まつ人のふもとのみちはたえぬらん新古今／のきばのすぎに雪をもる《お③》なり

【訳】私が待っている麓の道は（雪のために）すっかり絶え果ててしまったことであろう、軒端の杉に雪が重く積っているようだ。

【語注】○山家雪（題）　①8新古今672（この歌）…。　○まつ人の　①1古今34「…まつ人のかにあやまたれけり」。136。　○ふもと　「「麓」の一語で、題の「山家」を現わしている。」（完本評釈）。　○のきば　八代集十四例、初出は金葉　○をもる《（お）》　八代集二例・新古今672（この歌）、1582。　○なり　いわゆる伝聞推定。

▽恋歌めかす（「まつ人…（みちは）たえぬ」、「待つ人」は女性）。人の訪問を待っているのだが、麓の道は積雪のためにさぞ途絶えてしまっているだろう、それは軒端近くの杉に雪が重く積っていることによって分かると歌う。「文治五年十二月後京極摂政大納言の時雪十首哥」・一一八九年、定家28歳。①8新古今672、冬「摂政太政大臣、大納言に侍りける時、山家雪といふことをよませ侍りけるに」、定家朝臣、隠岐本、「有、隆、雅」。⑤216定家卿百番自歌合94、四十七番、右（持）、「後京極摂政家雪十首文治五大納言時《（ママ）》」、第二句「麓の道や」。⑤327愚秘抄4、愚詠（作者）、第二句

「麓の道や」」。⑤342落書露顕18。⑩177定家八代抄565、冬。

C538「我すむ《が(D)》山家は、《ナシ(ヶ)》軒ばの杉まで《雪に(ヶ)》うづもれ《埋(ヶ)》たる也。麓は、いまだ此深雪にも、《ナシ(ヶ)》道ばかり途絶せんと也《うちたえて、人をまたんとおもひやる心也(ヶ)》。」・D433。

六家抄1422「新古・九代抄　○雪の時分、人がとひこんと待に、軒ばの杉に雪のをもるをみて麓道も絶ぬらんと思ふ心也。奥山にて爰《杉歟》の雪のふかきをみて也。」。

安田272頁。安東82、83頁「「絶えぬらむ」に「重るなり」とひびかせた対照は、一首を姿のよい歌にしている。下句は眼前写景と解するよりも、軒端の杉に重る雪を気配で感じとっている、と考えた方が面白い。」、147、175頁、176頁「駒とめて…待つ人の…これはもう、王朝の恋から無常までの物語を、続の歌で言い現したと解するしかあるまい。…宇治十帖の、恋の結着を俤とした仕立だということは容易にわかる。」。赤羽371、378、379頁「時間の構造…㈢　物語的時間…過去への幻想をかきたてるのは、現実の時間から置きざりにされた世界である。定家は「あとたえて」というイメージを好んで用いる。…この二首は雪によって隔絶された空間を想像している。」。

美濃「めでたし、軒端なる杉に、雪のふりつもりて、次第におもりゆくをみて、待人の来べき、ふもとの道は、絶ぬらむと、おもひやれるなり、」。全集「山家の寂しさから人の訪れを期待していた、その期待も絶たれ、しんしんと深まる寂しさを、軒端の杉の重る雪で具体化している。重厚な歌境。」。完本評釈「山家のさみしさから待っている人。」。

集成「雪の深い山中の庵で、訪れる人もないだろうとあきらめている庵の主の心。」。新大系「参考」・①3拾遺251「山ざとは雪ふりつみて道もなしけふこむ人をあはれとは見む」（冬、かねもり）、①5金葉二285 304「ふるゆきにすぎのあをばもうづもれてしるしも見えずみわのやまもと」（冬「…雪の心を…」皇后宮摂津）。

【参考】⑤394更級日記24「ゆきふりてまれの人めもたえぬらむ《ん(夫)》よし《ナシ(三)》のの山のみねのかけみち」（作者））

【類歌】③130月清438「やま人のこのしたみちはたえぬらむのきばのまさき《きも(ヶ)》もみぢちるなり」（治承題百首、紅葉。②16夫木6216。⑤183三百六十番歌合419）

④35宝治百首2161「朝夕に通ふ山人みちたえて峰のときは木雪おもるなり」（冬「積雪」道助）

野亭雪

2360（2464）　雪の内はなべてひとつになりにけり／かれの、色もたのむかき雜③ねも

【訳】雪の中ではすべて一つとなってしまったことよ、枯野の色も頼りとしていた垣根も。

【語注】〇野亭雪（題）他、①8新古今670（国房）／③131拾玉3969のみ。〇雪の内　①1古今4「雪の内に春はきにけりうぐひすの…」。〇なりにけり　①1古今528「恋すればわが身は影と成りにけり…」。④1式子350「たづぬればそこともいはず成りにけりたのめし野べのもずの草ぐき」。④26堀河百首1401「見わたせばさがもかれ野と成りにけりいまや小倉にもみぢちるらん」（雑「野」師時）。④41御室五十首632「思はずに野原の友と成りにけりたのめもおかぬ松むしのこゑ」（秋、顕昭）。〇かれの　八代集二例・千載1093、新古今793。

▽三句切、倒置法。初句字余（う）。第二、三句なの頭韻。枯野の色も頼みとする垣も、雪の中のものは、すべて白一色となったと歌う。

社頭雪

2361（2465）　春日山おほくの年のゆきふりて／はるのあさ日は神もまつらん

【訳】春日山では、多くの年の雪が降り積って、古くもなって春の朝日をば神もさぞ待望しているであろうよ。

【語注】〇社頭雪（題）①7千載1266 1263…。〇春日山　これのみ八代集十例。①2後撰2「春立つときさつるからに

かすが山消えあへぬ雪の花とみゆらむ」（春上「はる立つ日よめる」凡河内躬恒）。〇ゆきふりて　①1古今329「ゆきふりて人もかよはぬみちなれや…」。〇ふり　掛詞（降り、古り）。「「降り」に「古り」を響かせる。」（全歌集）。〇あさ日　これのみ八代集十例。

▽春日山では、長年の雪が降り積り古くなって、春の朝日を神もさぞかし待っているのだろうと歌う。同じ定家に、③133拾遺愚草1899「かすが山朝日まつまの明ぼのに鹿もかひある秋とつぐなり」（女御入内御屏風歌、七月。⑤258文治六年女御入内和歌167）がある。「述懐の心を籠めるか。」（全歌集）。

【参考】③59千穎1「はるひすらをぐらのやまにふるゆきはおほくのとしをつめどきえつつ」（春）

④30久安百首603「春日山麓の野べのねのびこそ神のしるしを待つ心ちすれ」（春、親隆）

④30同801「春きぬと空にしるきは春日山嶺の朝日のけしきなりけり」（春、顕広。③129長秋詠藻1）

古寺雪

2362
(2466)　うつしける月のみかほはひかりあひて／のきのあれまにつもるしらゆき

【訳】映している月の光による、仏の尊顔は光り合って、軒の荒れ間に積っている白雪（に）。

【語注】〇古寺雪（題）　他、③131拾玉3971、私家集大成・中世Ⅰ・27隆信Ⅰ63のみ。〇うつし「映す」八代集八例。〇月のみかほ　③112待賢門院堀河82「ながき世にまよふさはりの雲なれば《晴れて（久）》月のみかほをみるよしもがな」（④30久安百首890「をしむかな月の御かほも影きえて…」。「阿弥陀如来の尊容の形容。」（全歌集）・梁塵秘抄28「弥陀の御顔は秋の月、青蓮の眼は。夏の池　四十…」（新大系13頁）、③112待82（前述）、③129長秋詠藻450「ふかき夜の光もこゑもしづかにて月のみかほをさやかにぞみる」（釈教、六時讃）。〇みかほ　八代集一例・拾遺1349。〇ひ

かりあひ　「ひかる」（動）と共に八代集にないが、名詞（光）は多い。万葉859 855「松浦川川の瀬光り鮎釣ると…」。枕草子「御けしきの紅の御衣にひかりあはせ給へる、」（新大系141頁）。源氏物語「月はくまなきに、雪の光りあひたる庭のありさまも、」（「賢木」、新大系一—377頁）。**○のきのあれま**　③132壬二987「おちつもる軒の荒まの松のはに…」。**○あれま**　八代集にない。③106散木662「柴の庵のねやのあれまにもる雪は…」。**○末句**　不思議なことに、新国歌大観①索引の八代集にない。

▽第二句「月のみかほは」ではなかろう。第三句字余（あ）。末から初めへかえって、軒の荒れ間に積る白雪に映している月光の照らしている仏のみ顔は光り合っていると歌う。②16夫木7331、冬三、雪「古寺雪」。⑤248和歌一字抄1146、証歌「古寺雪以月貌用寺　裏書」同（＝定家）、第三句「光ありて」。

B463「古寺雪　面輪端照秋月とて仏の御かほを月にたとへていへりうつしける月のひかりとは仏の御かほにうつしたる也」、33「仏をは満月尊容を摸《（ママ）》すと云下句は此寺荒廃して紅と雪との映徹せる心歟」。C539「本尊に《ナシ（D）》月光菩薩の事《ことをよめり（〃）》也。雪の光の本尊にうつりたるさま《様（〃）》也。故仏《古仙（〃）》の残《りし歟（〃）》たる体也。」・D434。不審228「如何／※古寺ノ本尊ナドノ事ニヤ。」。六家抄1423「内註　○月は仏にたとへたる也。其心をもつて月の光をみて雪をも興ずる心也。月を軒にうつしたる心也。」。

2363
（2467）
雪中戀人《人 恋③》

かきくらすゆふべ《夕③》のゆきにせき《関③》とぢて／心やみちにかよひわぶらん

【訳】空を暗くする夕べの雪に堰き閉じられて、あの人の心は路を通いわびているのであろうよ。

【語注】**○雪中戀人**（題）他、③131拾玉3972のみ。**○かきくらす**　八代集十四例。①1古今646「かきくらす心のやみに迷ひにき…」」。③58好忠425「かきくらすこころのやみにまどひつつうしと見るよにふるぞわびしき」。**○せきとぢ**　八代集にない。「とづ」2325前出。「関」なら「道」の縁語。新国歌大観索引①～⑩では、他に⑧10草根（正徹）7262「とはぬ夜のあくればむねにせきとぢて心の道ぞいとどはるけき」（「待空恋」）、⑧10同7969「清見がたかよふ心の関とぢて岩しく袖にこゆる波かな」（「寄関恋」）がある。**○せきとぢて**「堰かれ閉されて。」（全歌集）。「関閉ぢて」か。**○かよひわぶ**　八代集にない。また新国歌大観①～⑩の索引に他はない。

▽第四句「心闇路に」ではなかろう。女の立場で、天を覆い一面に暗くする夕暮の雪に行手を遮られて、さぞあの人の心は、道を通い侘びていようと歌う。

不審229「如何。※／※無別儀候。」。

【類歌】④38文保百首61「かきくらす夕の雪はかつはれて山のは寒く出づる月かな」（冬、忠房）

雪中述懐

2364（2468）　かずまさる年にあはれのつもる哉／わがよ世③ふけゆく雪をながめて

【訳】数がまさって行く年に、あはれさも積り重なることよ、夜も我が人生も更けて行く雪をながめていると。

【語注】**○雪中述懐**（題）他、⑦57粟田口別当入道（惟方）100、私家集大成・中古Ⅰ32躬恒Ⅳ180（同33同Ⅴ283）、③131拾玉3973のみ。**○かずまさる**　①2後撰697 698「…たのむ心ぞかずまさりける」。**○つもる**「雪」の縁語。**○つもる哉**　①6詞花159 157「かずならぬ身にさへとしのつもるかなおいは人をもきらはざりけり」（冬「歳暮の…」成尋）。**○わがよ**「――世」八代集十例。「よ」掛詞（世、夜）。**○わがよふけ**　②16夫木12613「あしたづもとしへぬるこそあはれなれわがよふけひのうらになくなり」（雑九、動物、鶴、寂蓮）。**○わがよふけゆく**　⑤392紫式部日記14「年くれてわがよふけゆくかぜのおとにこころの中《うち》(紫)のすさまじきかな」（作者）。③72紫式部解4。「参考」（全歌集）。
▽三句切、倒置法。我が人生も夜も更けて行く雪をしみじみと思い見ていると、一つずつ数がふえてゆく年に、あはれさもしみじみと積み重なってゆくと歌う。同じ定家に、③133拾遺愚草1411「かずまさる我があら玉の年ふればありしよりけに《げ》(洞)をしき春かな」（関白左大臣家百首、暮春。④34洞院摂政家百首226）がある。
【類歌】④32正治後度百首914「時鳥まつよのかずのつもるかなむなしくあくる空をながめて」（なつ「ほととぎす」越前）

雪中遠望

2365
(2469)
ふりまがふ雪をへだて、いでつれど／くもまにきゆるあまのとも舟

【訳】降り紛う雪を隔てて出港したが、雲間に消えてしまった海人の友船よ。
【語注】**○雪中遠望**（題）他、③131拾玉3974、④10寂蓮166、③130月清1326のみ。**○ふりまがふ**　八代集一例（四段）・新古今545。④33建保名所百首677「ふりまがふ涙に空もかきくらす雪げの雲の浮島の原」（冬、浮島原駿河国）。**○いでつれ**　①2後撰1144 1145「もち月のこまよりおそくいでつれば…」。**○くもま**　八代集十五例。この「くも」は「雪雲」か。**○あまのとも舟**「とも舟」は八代集にない。③115清輔79「五月雨のせとにほどふる友舟は…」。③116林葉24「…あまの友ぶね数ぞ消行く」。④15明日香井1046「くれかかるなみぢのすゑのかずきえてこぎいづるほどぞあまのともぶね」（「暮漁舟」）。④26堀河百首33「…おぼつかなしやあまのともぶね」（公実）。
▽降りまがう雪をものともせず湊を出たが、海士の仲間の舟は、雪の雲間に消えたと歌う。摘抄109「此歌、はるかに漕出でたる舟也。遠山の景気雪とも雲ともたしかならず。次第〳〵に遠ざかる舟なれば、雲まに消ると也。そこはかとなく雪のふれる海をながむる比、あまの小舟も一入みんなるに、波ぢとをく出行間に舟も

みえずなるをおしむ心侍り。ほの〴〵とあかしの浦の朝ぎりに、此心をすこしとり給へり。是換骨の歌也。」」。赤羽354頁「㈤、消失点を捉える視覚…雪の中にこぎ出した蜑のとも舟が雲間に消えてゆくのを雪のこちらがわから見送っているのであろうが、視線もともに動いて雲間に消えてゆくような感がある。」。

2366
(2470)

雪中旅行

うちはらひやどかりわびぬゆきをれの／きゞのしたみちおもがはりして

【訳】払いながら、宿を借りわびてしまった、雪折れの木々の下の道はすっかり様変りして（しまったので）。

【語注】○雪中旅行（題）他、③131拾玉3975のみ。○うちはらひ　八代集十例。①1古今815「夕されば人なきとこを打ちはらひ…」。⑤169右大臣家歌合54「宮城野のこのした露を打ちはらひ小萩かたしきあかしつるかな」（旅、仲綱）。○やどかりわび　八代集にない。新国歌大観索引①～⑩にも、他、⑤197千五百番歌合1874「…やどかりわぶる冬のよの月」（讃岐）以外なかった。○かりわび　八代集にない。「かりわ（ぶる）」は、新国歌大観①～⑩の索引でも、⑧39通勝292、⑨2黄葉（光広）492、12芳雲（実陰）2027、4395だけである。○ゆきをれ　八代集一例・新古1582。2344前出。○きゞ　八代集八例。○きゞのしたみち　⑤247前摂政家歌合253「…日影にぬるる木木の下路」（持純）。○したみち　八代集一例・新古982。2356前出。○おもがはりし　八代集十例、初出は後拾遺315。

▽二句切、倒置法。雪折れの木々の下道は、以前とはすっかり様変りしてしまったので、雪を払うのだが、今夜の宿を借るのに難渋していると歌う。同じ定家に、2356・③133拾遺愚草2460「雪をれの竹の下道跡もなしあれにし後の深草のさと」（冬。②16夫木14711。⑤216定家卿百番自歌合95。⑤225定家家隆両卿撰歌合51）がある。②16夫木9276、雑三、路「文治…、雪中旅行」。

【類歌】④39延文百首2365「雪ふればわがやどさへぞめづらしき庭も梢もおもがはりして」（冬「雪」空静）⑤184老若五十首歌合351「つま木とる谷のかよひぢ打ちはらひ分けぞわびぬる柴の雪をれ」（冬、権大納言）

建保五年庚申、冬夕③

2367（2471）

ふりくらすよしのゝみゆきいくかとも／はるのちかさはしらぬさとかな

【訳】一日中降り続く吉野の深雪は（今まで）幾日とも、又何日とも春の近さは分からない里であることよ。

【語注】○建保五年　一二一七年、定家56歳。○冬夕（題）他、③132壬二2621、③131拾玉4044のみ。○ふりくらす　八代集にない。①15続千載687 689「ふりくらすけふさへ雪に跡たえばあすかの里を誰かとふべき」（冬「…、里雪」源兼氏）。②4古今六帖483「くれなゐのやしほの雨はふりくらし…」。⑤97定綱朝臣家歌合4「しめじめとふりくらすなる春雨は…」。⑤415伊勢物語210「降り暮し降り暮しつる雨のおとを…」。○よしのゝみゆき　①16続後拾遺30「春がすみはや立ちにけり故郷の芳野のみ雪今やけぬらし」（春上、為氏）。③134拾遺愚草員外665「ふりまさるよしののみゆき跡たえて…」。○いくか　八代集九例。○第三句　上、下共にかかる。○はるのちかさ　新国歌大観①～⑩の索引では、他は⑦85家良49のみ。○ちかさ　八代集にない。源氏物語「ほどもなき軒の近さなれば、」（「総角」、新大系四―393頁）。他、宇津保物語（蔵開上）にもある。○しらぬさと　②4古今六帖392「…しらぬさととなる花を見ましや」。

▽日ぐらし降り続ける吉野の深雪は何日連続とも、またあと何日で春だとも、その近さはこの里では知らないと歌う。「建保五年四月十四日庚申五首歌会。」（全歌集）。
全歌集「参考」・①1古今1021「冬ながら春の隣のちかければなかがきよりぞ花はちりける」（雑体、誹諧歌、清原ふかや

ぶ）。

【類歌】①11続古今662 666「あまのはらくもまも見えずふるゆきのいくかともなきみよしのやま」（冬、衣笠前内大臣。④36弘長百首400）

〔2368〕（2472）

は、のおもひにてこもりゐたりし／冬[3]雪のあしたに大将殿[3]より

みよしのやをばすて山のはる秋も／ひとつにかすむゆきのあけぼの

【訳】み吉野（の春の桜）や姨捨山（の秋の月）の春秋も一つとなって霞んでしまった雪の曙よ。

【語注】○は丶のおもひにて… 「母の喪に服して。建久四年（一一九三）二月十三日、定家母没す。」（全歌集）。○大将殿　後京極良経。○みよしの〔2368〕の今は、〝花〟ではなく雪（曙）。○をばすて山　八代集十三例。①1古今878「…をばすて山にてる月を見て」。〔2368〕の今は〝月〟ではなく雪（曙）。○はる秋　八代集四例。①3拾遺509「春秋に思ひみだれてわきかねつ…」。○末句　新国歌大観①の索引に、八代集はない。が、拾玉（、月清）集に多い。○あけぼの　2358前出。

▽良経詠。吉野、姨捨山の春、秋の光景も、雪の曙の中に一つとなって融け合って霞んでいると歌う。定家の「返し」は、2368・③133拾遺愚草2477「おも影のそれかと見えし春秋もきえて忘るる雪の明ぼの」（冬「御返し」。第三、五句同位置）である。さらに定家には、③133同2744「春秋ものどけき宿にをしめばや山のはとほき有明の月」（述懐「…、閑中暁月」）もある。2368の▽の良経詠・①8新古今1参照。②16夫木7307、冬三、雪「定家…」後京極摂政。

【類歌】①15続千載76 77「花の色もひとつにかすむ山のはのよこ雲にほふ春の明ぼの」（春上、定為）

③132壬二86「みよし野やをばすて山よいかにして月と花とに契りそめけん」（初心百首、雑）・ここは各々花と月（夜）、

第一、二句ほぼ同一
④31正治初度百首1573「春きては花にながめやつづくべきよしのの山の雪の明ぼの」（冬、範光）
⑤212院四十五番歌合7「明ぼのやそことも見えばうみ山もひとつにかすむ春はきにけり」（「春山朝」左衛門督藤原朝臣）

〔2369〕
（2473）

しもがれのまがきの、べのけさの雪／とを《ほ③》き心をにはに見る哉

【訳】霜枯れの籬の彼方の野辺の今朝の雪よ、遠いはるかな心を近くの庭に見ることよ。

【語注】〇しもがれ　八代集十四例。　〇しもがれの　①2後撰476 477「霜がれの枝となわびそ白雪のきえぬ限は花とこそみれ」（冬、よみ人しらず）。　〇まがきの丶べ　③131拾玉5679「われもしるこころは行きてみるやどにまがきの野べを分けぬばかりぞ」。　〇第二句　月清集に多い。

▽これも良経詠。今朝の雪で、霜枯の籬と野辺は一つとなり、遥か彼方までも庭を通してながめられると歌う。「庭から遠くの景色が望まれる。」（全歌集）。②16夫木7308、冬三、雪「同〈＝前歌・〔2368〕〉」。

不審230「籬[※1]の野べ[※2]、如何。／※1合点　※2庭ニ野ヲウツシタル景乎。」。

【参考】①7千載449「霜がれのまがきのうちの雪みればきくよりのちの花も有りけり」（冬「雪のうたとて…」藤原資隆）

【類歌】④31正治初度百首63「しも枯のまがきの菊に雪ふれば猶はつ花のここちこそすれ」（冬、御製）
⑤175六百番歌合506「しもがれの野べのあはれ《けしき(井)》を見ぬ人や秋の色にはこころ《そ(ヶ)》とめけむ」（冬「枯野」隆信。⑤335井蛙抄254）

〔2370〕（2474）　このさとはまつべき人のあともなし／庭のしらゆきみちはらふとも

【訳】この我が里は待つべき人の足跡もないよ、庭の白雪の道を払ってあっても。

【語注】○このさと　①1古今72「このさとにたびねしぬべしさくら花…」。　○あともなし　②4古今六帖206「紅葉ばに道はうもれてあともなし…」。　○第四句　拾玉（、壬二）集に多い。

▽良経の詠。三句切、倒置法。庭の白雪の中、人の通う道は（雪を）払いのけていても、この我が里では待つべき人の足跡もないと歌う。やや恋歌的でもある。定家詠に、有名な③133拾遺愚草1016「さくら色の庭のはる風跡もなしとはばぞ人の雪とだにみん《む(千)》」（千五百番歌合、春。①8新古今134。⑤197千五百番歌合470）、さらに前出の2356・③133同2460「雪をれの竹の下道跡もなしあれにし後の深草のさと」（冬「…深草雪」。⑤216定家卿百番自歌合95）がある。

【類歌】①12続拾遺653 654「待つ人のとはぬ日かずやつもるらん跡たえはつる庭のしらゆき」（雑秋、平時茂）
①22新葉482 481「よしさらばいとふになしてとふ人の跡をもまたじ庭の白雪」（冬、入道前右大臣）
③131拾玉3903「さらぬだにまつべき人もなきやどにふかく成行く庭のしら雪」（「雪」）
④10寂蓮245「すむ人のかよはぬほど《外(正)》は跡もなし庭よりおくの旅の《谷(ゝ)》ほそ道」（④31正治初度百首1692）
⑤197千五百番歌合2017「とふ人のあとなきみちはたえもせよにはのしらゆきふるにまかせて」（冬三、通具）
⑤197同2965「あともなしいはのかけ道たどりきてゆきとわけつるにはのしら雲」（雑二、通光）

〔2371〕（2475）　おもへどもきみをたづねぬゆきのよに／猶はづかしき山かげのあと《跡③》

【訳】（そうしようと）思うのだけれども、あなたを訪ねはしない雪の夜に、やはり恥しく思う山蔭の道（を行かないのを）は。
【語注】○おもへども　①1古今369「けふわかれあすはあふみとおもへども…」。　○はづかしき　これのみ八代集三例。
○山かげ　八代集七例、初出は詞花110。　○山かげの　②4古今六帖2267「山かげのきくのしたみづいかなれば…」。
▽良経の詠。君のもとへ、山蔭の跡・道を通って訪れようと思うのだが、それを雪の夜にしない私はやはり恥しいと歌う。「子猷尋戴の故事を念頭に置いて詠む。」（全歌集）。
不審231「故事如何。乗※一興来、ノ心歟。／※合点。」。
【参考】③110忠盛56「山ざとはいつもさぞとはおもへどもゆきのあしたはなほぞさびしき」（百首、冬）
【類歌】③130月清578「山かげやともをたづねしあとふりてただいにしへのゆきのよの月」（南海漁父百首、山家。①14玉葉2040 2032。②16夫木7273。③131拾玉1862）
③131拾玉3714「かよひなれてさこそは冬とおもへども猶雪ふかしひえの山もと」（詠百首和歌、雪。④32正治後度百首1041）
④36弘長百首309「秋ぞかしよもさらしなとおもへども雪にまがへる山のはの月」（秋「月」行家）
④41御室五十首483「山陰やとへかし人の雪の夜のふりにしあとを思ひいでても」（冬、有家）

〔2372〕
（2476）
ながめするわがそでならぬくさも木も／しほ《を③》れはてぬるけさの雪哉

【訳】しみじみと思い見る私の袖のみならぬ草も木もすっかり萎れ果ててしまった今日の雪であるよ。
【語注】○ながめする　①2後撰59「…花にしられぬながめするかな」。　○くさも木も　①1古今250「草も木も色かはれどもわたつうみの…」。①18新千載637「草も木もしをれはてたる山風に夕の雲の色ぞつれなき」（冬「…、冬夕」如願）。　○しほ《を》れはてて　八代集にない。⑤191石清水社歌合3「しをれ果て結ぶさびしきくさまくら…」。　○しほ《を》れ

はてぬる　③129長秋詠藻142「…下葉が下にしをれはてぬる」。⑤197千五百番歌合2333「わびつつもはるまでとだにおもはばやしをれはてぬるゆきのした草」（恋一、寂蓮）。
▽良経詠。しみじみと思い見る私の袖ではない草も木も、今朝の雪でしおれ果てたと歌う。

御返し

2368（2477）　おもかげのそれかと見えし春秋も／きえてわする、雪のあけぼの

【訳】面影がそれかと見えた春秋（み吉野、姨捨山）も消えてしまって忘れる（ということになる）雪の曙よ。
【語注】**○春秋**　〔2368〕前出。　**○末句**　〔2368〕前出。　**○あけぼの**　2358、〔2368〕前出。
▽面影がそれかと見えた吉野の桜の春、姨捨山の月の秋も、雪の曙に消えて忘れると歌う。各歌、各々の順に対応、2368は当然、〔2368〕「みよしのやをばすて山のはる秋も／ひとつにかすむゆきのあけぼの」（良経詠）である。この良経詠は、新古今巻頭歌、①8新古今1「みよしのは山もかすみて白雪のふりにしさとに春はきにけり」（春上、摂政太政大臣。治承題百首）に似る。
【類歌】④15明日香井9「けさよりははなになりぬるおもかげのながめにかはるゆきのあけぼの」（鳥羽百首「立春」）
④44正徹千首664「夕ま暮それかと見えし面影もか《の（正）》すむぞかたみ有明の月」（恋二百首、春恋。⑤343正徹物語34）

2369（2478）　昔今心にのこすそら《空③》もなし／かれの、ゆきのにはのひとむら

【訳】昔も今も心に残す（ような）空・ものもない、枯野の雪の（如き）庭の一群（の雪を見ると）。

【語注】○昔今　新国歌大観①の索引の八代集にない。勅撰集初出は、①11続古今1719。○かれの　2360前出。○下句「枯野さながらの庭に残る一叢の草も雪が覆い隠して。」（全歌集）。○ひとむら　八代集七例。○末句　④18後鳥羽院461「…霜までのこる庭のひとむら」（⑤197千五百番歌合1800）。

▽三句切、倒置法。枯野の雪と一体となった庭の有様を見ては、昔や今を心に残すもの・空もないと歌う。対応する〔2369〕は、「しもがれのまがきの、べのけさの雪／とをき心をにはに見る哉」である。

不審232「如何。※／※無別儀。」。

2370 (2479)　わがやどの雪はいくへとはるや見む《ん》③（夫）／あれにしのちのよもぎふのかげ

【訳】わが家の雪は幾重積ったのかと春に分かるのだろうか、荒れ果ててしまった後の蓬生の蔭で。

【語注】○わがやどの　①1古今67「わがやどの花見がてらにくる人はちりなむのちぞこひしかるべき」（春上、みつね）。③130月清271「わがやどの春の花ぞの見るたびにとびかふてふの人なれにける」（十題百首、虫）。②16夫木13136。④30久安百首937「わが宿のもとあらの萩の花ざかりただ一むらの錦とぞみる」（秋、清輔）。○いくへ　八代集九例。○よもぎふ　八代集八例。○よもぎふの　②2新撰万葉323「ヨモギフノ　アレタルヤドニ　ホトトギス　ワビシキマデニ　ウチハヘテナク」（夏）。

▽三句切、倒置法。すっかり荒廃してしまった後の、蓬の生えた蔭では、我が家の雪は幾重積ったのだと春に見られるのかと歌う。対応する〔2370〕は、「このさとはまつべき人のあともなし／庭のしらゆきみちはらふとも」である。②16夫木13483、雑十、蓬「家集」。

【参考】③73和泉式部278「たれかきてみるべき物とわが宿のよもぎふ《を（367）》あらしふき《ひ（ン）》はら《てぬ（ン）》ふらん」（367。②16夫木7775、13492）

2371（2480）　おもふてふたゞさばかりをわが身にて／ゆきにへだゝる山かげも哉《がな》③

【訳】（私のことを）思っているという、ただそればかりを我身のこととして、雪に隔てられた山蔭があったらなあ（と思っています）。

【語注】〇おもふてふ　①1古今519「…思ふてふ事誰にかたらむ」。　〇さばかり　八代集三例。　〇へだゝる　八代集一例・新古今1859。　〇山かげ　〔2371〕前出。

▽あなたが私を思いやるという、ただそのことだけを我が身のこととして、雪と隔たった山の蔭があればよいと歌う。子猷尋戴の故事をふまえ詠む。対応するのは、〔2371〕「おもへどもきみをたづねぬゆきのよに／猶はづかしき山かげのあと」である。

2372（2481）　袖のうへはよもの木ぐさにしほ《を》③れあひて／ひとり友なき雪のした哉

【訳】わが袖の上はまわりの木草と同じく萎れ合って、私は一人で友もなく雪の下にいることであるよ。

【語注】〇袖のうへ　②4古今六帖2482「…そでのうへなるふちせなりけれ」。　〇袖のうへは　④10寂蓮242「袖のうへは千重にも露やかさぬらんしのだの森の秋の下草」（④31正治初度百首1677）。　〇木ぐさ　八代集にない。②15万代790「…よものきくさのあきのはつかぜ」（信実）。⑤212院四十五番歌合〈建保三年〉40「…よもの木草にいろかはる比」（侍従藤原朝臣）。源氏物語「同じ木草をも植へ（ゑ）なし給へり。」（「若紫」、新大系一―161頁）。が、「よもの草木」は多くある。　〇しほれ（を）あひ　八代集にない。②15万代855「…まののはぎはらしをれあひにけり」・④14金槐206。　〇雪のし

た　②4古今六帖2676「しら山のゆきのした草われなれや…」。

▽初句、第三句字余（う、あ）。「上《うへ》」と「下《した》」は対。袖の上は、まわりの木草と同様に萎れ合って、私はたった一人で友もない雪の下にいると歌う。2372は〔2372〕「ながめするわがそでならぬくさも木も／しほれはてぬるけさの雪哉」をうける。

2373（2482）　正治二年二月左大臣家哥合③／冬述懐

いたづらにことしもくれぬとばかりに／冬はなげきぞゝふ心ちする

【訳】むなしく今年も暮れたとばかりに、冬は嘆きというものが加わる心ちがするよ。

【語注】○正治二年　一二〇〇年、定家39歳。　○左大臣　良経。　○冬述懐（題）他、③130月清1337のみ。　○第二、三句　共に定家に多い。　○とばかり　八代集二例、初出は後拾遺967。

▽第一、二句「いたづらに今年も暮れぬ」は型。「くれ（榑）」（上句）と「なげき（木）」（下句）か。虚しく今年も暮れ果ててしまったとばかりに、冬は嘆きがさらに加わる心ちがすると歌う。「良経家十題二十番撰歌合。」（全歌集）。全歌集「参考」・③116林葉632「なげきつつ今年もくれぬ露の命いけるばかりを思出にして」（冬「俊成卿十首歌中、歳暮」）。

①8新古今695）。

【参考】⑤162広田社歌合165「いたづらにとしはみそぢにあまりても身はかずならぬなげきをぞする」（述懐、懐綱）

【類歌】①12続拾遺463 464「いたづらにことしも暮れぬとのへもる袖のこほりに月をかさねて」（冬「…冬月…」如願）

①14玉葉2057 2049「いたづらにくれぬとばかりかぞへきていくとし月の身につもるらん」（雑一「歳暮の心を」経尹）

④35宝治百首2376「いたづらにことしもくれて行く水にかく数ならぬうき身をぞ知る」（冬「歳暮」成実）

山野落葉といふことを　私家

2374（2483）　みかりの、とだちをうづむならしばに／猶ふりまさる山のこがらし

【訳】み狩野の鳥の飛び立ちの場所を埋めている楢柴に、さらに（落葉が）降りまさり埋めている山の木枯よ。

【語注】〇山野落葉（題）　これのみ。　〇みかりの　八代集四例、初出は後拾遺394。　〇とだち　八代集三例、初出は千載421。　〇うづむ　八代集四例。「四段活用の「埋む」の連体形と見られる。」（全歌集）。　〇ならしば　八代集一例・新古今1050。　〇第三句　定家に多い。③133拾遺愚草157「朝夕の音は時雨のなら柴に…」。　〇ふりまさる　八代集五例。　〇末句　④18後鳥羽院1666「足引の山の木がらし吹くからに…」。

▽第三、四句なの頭韻。み狩野の鳥の飛び立ち所を埋めている楢柴に、さらに一層山の木枯は落葉を降らせ上に加えると歌う。同じ定家に、③133拾遺愚草2624「みかりののかりそめ人をならしばに我ぞふみみし道はくやしき」（恋「返し」）がある。②16夫木6474、冬一、落葉「家会、山野落葉」。不審233「…ならしばに猶ふきまさる山《楢柴といふ心候哉。》の木がらし／※ナラ柴、柴ノ名也。」。

【参考】万葉3062※3048「み狩する雁羽《かりば（新・人麿、夫）》の小野の櫟柴《なら》のなれはまさらず恋こそまされ《で（新、夫）ぞまされる（新）》」（巻第十二。①8新古今1050。②16夫木9668。安田152頁「（参考歌）…（『万葉集』作者不詳）／…（『新古今集』柿本人麿）」）…もと

③125山家525「ふる雪にとだちも見えずうづもれてとりどころなきみかりのの原」（冬「雪中鷹狩」）

④30久安百首解3「みかり野のとだちもみえず雪ふれど草とる鷹はたどらざりけり」（冬歌、堀河）

⑤132俊頼朝臣女子達歌合18「かき分けしみかりののべのならしばの立枝もみえずふれる白雪」（雪）

【類歌】②15万代1510「ゆふかりにとりふみたつるならしばのはおとまぎれてあられふるらし」（冬、蓮生）

松竹霜

2375（2484）　庭のまつまがきの竹にをく《お》しもの／したあらはなる千世の色哉

【訳】庭の松や籬の竹に置く霜の下にはっきりしている千代の色であるよ。

【語注】**○松竹霜**（題）これのみ。**○初句**「庭の松―」新古今に多い。**○庭のまつまがきの竹**（第一、二句）対句。③131拾玉1791「庭の松まがきの竹をくもりにて風に月すむ夜はのさむけさ」（百番歌合、冬）。③132壬二1300「朝戸出のみちやたえなん庭の松まがきの竹のよはの雪をれ」（為家卿家百首、冬）。**○をく《お》しもの**　①1古今564「わがやどの菊のかきねにおくしもの…」。**○あらはなる**　八代集六例。

▽庭松、籬竹に置いている霜の下には、はっきりと千世の不変の色があらわに見えると歌う。同じ定家に、第一、三句同位置の③133拾遺愚草964「庭の松はらふ嵐に置く霜を上毛にわぶるをしのひとりね」（秋日…、冬。④31正治初度百首1367）がある。「祝言の心を籠める。」（全歌集）。

全歌集「参考」・①7千載607 606「うゑてみる籬の竹のふしごとにこもれる千代は君ぞかぞへん」（賀、後三条内大臣）。

【類歌】②16夫木15023「色かへぬまがきの竹のませの内にちよゆひそふる松むしのこゑ」（雑十三、籬、西園寺入道前太政大臣）

④39延文百首1767「庭の松そのの呉竹をれふしてやどあらはなるゆきの明ぼの」（冬「雪」経顕）

2376（2485）　**報恩會のついで歳暮述懐**

思《ひ》やれまくらにつもるしもゆきの／むそぢにちかきはるのとなりは

【訳】 思いやって下さい、枕に積る霜雪の如き髪を持つ、六十歳に近い歳の暮をば。

【語注】 **○報恩會** 「祖師の忌日に報恩のために行なう法会。」（全歌集）。 **○歳暮述懐**（題） ①7千載472…。 **○思やれ** ①4後拾遺413「おもひやれゆきもやまぢもふかくしてあとたえにける人のすみかを」（冬、信寂）。②10続詞花573「おもひやれ雪の下草むすぼほれとくる春まつほどのこころを」（恋中、平経盛）。③129長秋詠藻364「おもひやれ春の光も照しこぬ深山の里の雪のふかさを」（雑）。④32正治後度百首444「とはずとも山路の冬をおもひやれ心のみちをうづむ雪かは」（冬「雪」隆実）。 **○しもゆき** 八代集一例・拾遺573（後述）。①12続拾遺1433 1435「霜雪をいただくまでにつかへきてむそぢみかさの山にふりぬる」（神祇、中臣祐茂）。 **○しもゆきの** ①3拾遺573「…世世をへつつも しもゆきの ふるにもぬれぬ …」。 **○はるのとなり** 八代集二例。なお「となり」はすべてで八代集五例。①1古今1021「冬ながら春の隣のちかければなかがきよりぞ花はちりける」（雑体、誹諧歌、清原ふかやぶ）。 **○むそぢ** 八代集二例・千載1022、新古今1540。

▽初句切、倒置法。枕のあたりに積っている霜雪・白髪の六十歳に近い年の暮を思いやって下さいと歌う。「詠作年次未詳。建保（一二一三―一二一八）の頃の詠か。」（全歌集）。②16夫木7615、冬三、歳暮「報恩会次、歳暮述懐」。B464「歳暮述懐枕につもる霜雪は白髪の事也おもひやれとは世上に対していへる也たゞわか思ひをのへたる詞也」。全歌集「参考」・①1古今1021（前述）、①3拾遺1156「梅の花匂の深く見えつるは春の隣のちかきなりけり」（雑秋、三統元夏）。

2377（2486） **おなじ會山家懐舊**③

おもひいるみ山にふかきまきのとの／あけくれしのぶ人はふりにき

【訳】思い立って入った深山の深い所にある槙の戸の開け繰れと同音の明け暮れ思い偲ぶ人は古いこととなってしまった。

【語注】〇山家懐舊（題）　他、③131拾玉4250のみ。　〇おもひいる　四段・八代集十一例。①2後撰879 880「限なく思ひいり日のともにのみ…」。①7千載1151 1148「世の中よみちこそなけれおもひいる山のおくにもしかぞなくなる」（雑中、俊成）。　〇まきのと　八代集七例、初出は後拾遺910。　〇まきのとの　「「戸の開」から「明け」を起す有心の序。」（全歌集）。②4古今六帖1376「まきのとのかりそめぶしもしにけるか…」。　〇あけくれ　八代集一例・新古今1674。掛詞（開け繰れ、明暮）。　〇人はふりにき　①1古今248「さとはあれて人はふりにしやどなれや…」。

▽決意して入った深山の奥深い槙の戸を開けたり繰ったりし、また明け暮れ思い偲ぶ人もすっかり年をとってしまったと歌う。

【参考】②10続詞花494「君ゆゑにおもひ入りぬるみ山べのたにの心はふかきとをしれ」（恋上、隆季）

【類歌】④15明日香井788「雲かかるみやまにふかきまきのとのあけぬくれぬと時雨をぞきく」（院百首、冬。①16続後拾遺416）…2377に似る

④18後鳥羽院1729「思入る色は木のはにあらはれてふかき山路のありあけの月」（「暁山」）

おなじ會歳暮③《ツメル③》　承久三年

2378（2487）

つきもせぬうきおもひ（思）で（出③）はかずそひて／かはりはつなる年のくれ哉

【訳】尽きもしないつらく苦しい思い出は、次々と数が加わって、すっかり変り果ててしまった年の暮であるよ。

【語注】〇歳暮（題）　①5金葉二300 321…。　〇承久三年　一二二一年、定家60歳。　〇つきもせぬ　④16建礼門院右

京大夫331「つきもせぬうきねは袖にかけながらよそのなみだをおもひやるかな」。④21兼好35「つきもせぬなみだの玉のなかりせばよのうきかずになにをとらまし」。　**○かずそひ**　八代集二例・金葉318、新古今850。　**○かはりはつ**　八代集にない。③113成通13「名残なくかはりはてぬる世の中に…」。③125山家1235「めの前にかはりはてにし世のうさに…」。　**○年のくれ**　八代集五例、初出は金葉301。　**○年のくれ哉**　①8新古今697「むかしおもふ庭にうききをつみおきてみしにもあらぬ年のくれかな」（冬、西行）。⑤230百首歌合〈建長八年〉1321「人ごとにいそぐ日数をいのちとはおもひもしらぬ年の暮かな」（民部卿）。

▽述懐詠。第二句字余（お、い）。第三、四句かの頭韻。尽きせぬ辛く悲しい思い出は、次から次へと加わって、すっかり変り果ててしまった世の年の暮のことだと歌う。「下句に、承久の乱を経験した定家の落莫たる感情が窺われる。」（全歌集）。

B465「此思出はうきことをのみ思出也かはりはつなるとはみし世にも似ぬ年の暮也」。

【類歌】④38文保百首3366「つもりてのはてはいかにと思ふともうき身にをしき年の暮かな」（少将内侍）

付　記

左記の前著の方針をほぼそのまま踏襲しているので、本書の凡例は簡潔なものとした。あわせてご参照いただければ幸いである。

『藤原定家名歌注釈』（武蔵野書院、二〇一五年）

前著はややコンパクトに書いたが、本書は、今までの研究を集成する形としたため、例歌も多く挙げて、より詳しい注釈書となった。【参考】歌は、ほぼ定家前代、【類歌】は、ほぼ後代ということで、定家が、前時代の歌をいかに見、また後代の人間が、定家の歌をどのように見たのか、考える材料として掲げておいた。久保田淳氏の、定家の全歌についての注釈（『訳注　藤原定家全歌集』上・下、河出書房新社、一九八五年、一九八六年）があるが、これを視野に入れつつ考察した。

最後に、この著を出すに当たって、尽力していただいた武蔵野書院の方々（M、F氏）、さらに私を支え続けている家族などの人々に感謝したいと思う。

初句索引

（歴史的仮名遣いの五十音順に配列したが、句頭の〝を〟は〝お〟に入れた。初句が同一のものは、第二句を掲げた。数字は本書中での番号である。逆引きをして確認した。）

《著者紹介》

小田　剛（おだ　たけし）

昭和23年（1948）京都市に生まれる。
神戸大学大学院文学研究科修士課程（国文学専攻）修了
専　攻：中世和歌文学
著　書：『式子内親王全歌注釈』（和泉書院、1995年）
『守覚法親王全歌注釈』（和泉書院、2001年）
『小侍従全歌注釈』（和泉書院、2004年）
『二条院讃岐全歌注釈』（和泉書院、2007年）
『実国・師光全歌注釈』（思文閣出版、2009年）
『定家　正治百首、御室五十首、院五十首注釈』（和泉書院、2009年）
『定家　早率、重早率、十題百首注釈』（和泉書院、2010年）
『定家　初学百首、韻歌百二十八首、千五百番歌合百首、内大臣家百首注釈』（武蔵野書院、2012年）
『式子内親王――その生涯と和歌』（新典社、2012年）
『式子内親王全歌新釈』（新典社、2013年）
『藤原定家名歌注釈』（武蔵野書院、2015年）
など。
現　在：龍谷大学仏教文化研究所客員研究員
現住所：〒666-0112　川西市大和西2-14-5
ＴＥＬ　072-794-6170

拾遺愚草、下（部類歌）、四季歌注釈

2016年11月21日 初版第1刷発行

著　　者：小田　剛
発 行 者：前田智彦
装　　幀：武蔵野書院装幀室
発 行 所：武蔵野書院
〒101-0054
東京都千代田区神田錦町3-11 電話03-3291-4859　FAX 03-3291-4839

印　　刷：㈱精興社
製　　本：㈲佐久間紙工製本所

ISBN 978-4-8386-0700-6 Printed in Japan